强盗新娘

THE ROBBER BRIDE

[加]玛格丽特·阿特伍德 著
刘国香 译

MARGARET ATWOOD

上海译文出版社

不咬人的响尾蛇无法给人教训。

——杰萨敏·韦斯特（Jessamyn West）

只有完全逝去的东西才需要被无休止地提及：对逝去之物的呼唤如此狂热，直到它真正回来。

——君特·格拉斯（Günter Grass）

幻想是众乐之首。

——奥斯卡·王尔德（Oscar Wilde）

献给格莱姆和杰斯，

献给鲁斯、菲比、罗茜和安娜

以及逝去的朋友们

目录

开端

一

泽尼亚的故事应该从泽尼亚的诞生讲起。那一定是在很久以前并且很遥远的地方，托妮觉得：某个瘀青，纠结的地方。一张手工着色的、赭石颜色的欧洲照片，里面是布满灰尘的日照——还有浓密的树叶和古老而交错的树根的丛林，树根后面，矮树丛里看不见的地方，只有用靴尖或漫不经心的手探过去才感觉得到的地方，一些平常但可怕的事情正在发生。

或许这是给托妮留下来的印象，但太多的东西被抹去，被包扎住，被刻意弄乱，托妮再也无法确定泽尼亚关于自己的故事中哪些是真实的。现在没办法去问，就算能问，泽尼亚也不会回答，或者她会撒谎，诚恳地撒谎，哽咽着声音，用一种压制着悲伤的颤抖；或者结结巴巴地撒谎，好像在忏悔；或者冷静地，挑衅似的生着气，托妮就会相信她，以前就是。

*一根线，剪断，历史就拆开了。*托妮就是这样开始她令人费解的讲座——关于自发性屠杀的动力学问题，用的是有关纺织或者编织以及裁剪的隐喻。她喜欢这样讲，喜欢看到听众脸上微微的震惊。对他们来说是家中印象和大片流血的混合物，这种混合物应该会被泽尼亚赏识，她喜爱这种动荡、这种暴力冲突。不只是喜爱：她制造。*至于为什么*，现在还不清楚。

托妮不知道为什么自己想要知道原因，这么长时间了，谁会在乎为什么呢？灾难就是灾难，受伤害的仍然受伤害，被杀的依旧被杀，瓦砾仍是瓦砾，谈原因就离题了。泽尼亚是个坏东西，应该不去管她，为何试图去译解她的动机呢？

但泽尼亚也是一个谜，一个结：如果托妮能够找到打活结的那头，一拉，就可以使每个牵涉其中的人，也包括她自己，都得到解脱。或许这是她的愿望，她对解释的有益力量怀着历史学家般的信念。

从哪里开始是个问题，因为当它开始的时候什么事情都没有开始，当它结束的时候什么都没有结束。每件事都需要有个前言：一个前言，一个后记，一个同时发生着的几件事情的轮廓图。历史是一个概念，她这样告诉她的学生。任何一个切入点都是可能的，所有的选择都是任意的。但是，仍然有决定性的时刻，我们用来作参照的时刻，因为它们打断了我们意识的连贯性，改变了时间的方向。我们可以看着这些事情发生，可以说在这之后，事情再也不会是原来的样子。它们为我们呈现了开始，也预定了结束。比如，出生和死亡，婚姻，战争。

战争是托妮的兴趣所在，虽然她身穿蕾丝花边的衣领，喜欢清晰的结论。

泽尼亚也对战争感兴趣，或者说托妮曾经这么以为。但现在，她不敢这样说了。

一个任意的选择，一个决定性的时刻：1990 年 10 月 23 日。晴朗明媚的一天，不合时宜的暖和，星期四。苏联正在瓦解，以前的地图正在分化，东部组织正在向动荡的边界进发。海湾正遇上麻烦，房地产市场在崩溃，臭氧层产生了一个很大的空洞。太阳移到了天蝎座，托妮正在托克斯克与她的两个朋友——洛兹和查丽丝吃饭，安大略湖面上吹来一阵微风，泽尼亚从死里复活了。

托克斯克

二

托妮

像平常一样，托妮六点半起床。韦斯特还在睡，轻声呓语着。他大概在梦中叫喊，梦中的声音总会比呓语更大一点。托妮端详着他睡梦中的脸庞，棱角分明的下颌线条因为放松而变得柔和，神秘的隐士般的蓝眼睛轻轻地合着。她很高兴他还活着：女人比男人活得久，男人的心脏弱，有的时候会晕倒。虽然她和韦斯特还不老——他们一点都不老——但她这个年纪的女人曾发生过早上醒来发现自己身边的男人已经死去的事。托妮并不认为这是一种病态的想法。

她大体上是快乐的，她很高兴韦斯特还活在这个地球上，在这座房子里，每天晚上睡在她的身边而不是别的地方。尽管发生很多事情，尽管有泽尼亚，但他还是在这里，简直是个奇迹。有的时候她还真适应不过来。

为了不吵醒他，她轻轻地从昏暗的桌子上摸索到自己的眼镜，悄然下床。穿上维耶勒法兰绒睡衣和棉袜，在外面加一双灰色羊毛工作袜，然后将包裹很多层的脚塞进拖鞋。她的脚怕冷，血压低的标志。她的拖鞋是浣熊样子，很多年前洛兹送的，只有洛兹自己才最清楚她为什么会送她这种拖鞋。这双拖鞋和那时洛兹送给她自己八岁的双胞胎女儿的一模一样，托妮的脚码几乎和她们一样。现在，浣熊都有点破了，其中一个还少了只眼睛，但托妮从来不善于扔东西。

她蹑手蹑脚地穿过前厅去书房。她每天早上做的第一件事情就是在那儿度过一个小时，觉得这样可以使她集中思想。在那里能看到破晓，如果有日出的话她会看日出。今天就有日出。

她的书房里有印着棕榈树和异国情调的水果图案的新窗帘，还有舒服的椅子以及相配套的垫子。是洛兹帮她一起挑选，并说服她掏钱买下来的，这比托妮一个人的时候愿意花的钱多多了。听我的，亲爱的，洛兹说，现在，这个——这个！可是个特价。无论如何，这是为你思考的地方而买的东西！这是你的精神环境！扔掉那些呆板陈旧的海军蓝帆船！你该为自己着想。而那些日子，托妮正沉浸在美国凌霄花和橙色芒果之类的东西之中；为室内装修所迫，才发现洛兹这方面的专业知识让人难以抗拒。

书房的安宁令她格外舒适，书籍和论文堆在地毯上，墙上挂着特拉法尔加战争的照片，另有一张劳拉·西科德①的照片——在1812年的战争中，穿着她难看的白色衣服，赶着她神话般的母牛，越过美国战线去警告英国人。几捧关于战争的卷了角的论文集、书信集，一卷卷那些早被遗忘的新闻记者采写的已经发黄的前线报道，塞满了橄榄绿的书柜，还有几本托妮已经出版的两种书：《五次埋伏》和《四场失败的事业》。精心严密的考察、与众不同的新解释，高级平装本上面引用了这样的评论。另外还有没被引用的评论：耸人听闻，过度离题，败在着迷于细节。书的背面是托妮的照片，猫头鹰样的眼睛，精灵一样的鼻子，比现在年轻，她瞪着眼，微皱眉头，试图使自己看上去更真实。

除了一张书桌外，她还有一个设计师用的画板，和很高的旋转凳子，这个凳子使她立马高出很多。她坐在凳子上改学生的学期论文：她喜欢坐在凳子上，来回摆着自己短短的腿，将论文斜在面前，保持一个可以做出明智判断的距离来修改，好像在画画。实际上，是因为她不仅近视，也变得远视了；注定很快要戴双光眼镜了。

---

① Laura Secord，加拿大爱国女英雄，为通知驻守的英军美国人要进一步进攻加拿大而与两个侄女行走了32千米。

她用左手作标记，用不同颜色的笔，那些笔夹在右手手指间，像握画笔那样：红色用作差评，蓝色用作好的，橙色是拼写错误，紫红色用来质疑，有的时候也换一下手。改完一篇论文就扔到地上，扬起一阵令人满足的微风。为了抵挡厌倦她偶尔会大声读出几个句子，倒过来读。*学科的争竞术技是就学科的争战。*多么准确。她自己也这么讲过很多次。

今天她改得特别快，左右手非常同步，左手知道右手在做什么。她的两半相互叠加：只有一个细微的交合处，只有一点点的打滑。

托妮改论文改到七点四十五分，阳光溢满被外面的黄色叶子染成金黄色的屋子；一架喷气式飞机飞过；垃圾车开过街道，当啷声像是辆坦克。托妮听见声音，拖着拖鞋急速奔下楼到厨房，从垃圾箱中提起塑料袋子，打个结，拎着跑到前门，奔下走廊的台阶，晨衣飘起。只要再跑一点点就可以赶上垃圾车了。那些男人朝她咧嘴笑着：他们以前也看到过她穿晨衣的。本来是韦斯特扔垃圾的，但他忘记了。

她回到厨房，开始煮茶，暖上壶，小心地放了适量的花瓣，用她那特大号数字的手表来计算浸泡时间。是托妮的妈妈教她怎样泡茶的，这是她所教过为数不多的实用东西之一。托妮九岁的时候就知道怎样泡茶，记得她站在厨房的凳子上，估量，倾倒，把杯子拿到楼上，小心保持平衡，妈妈躺在床上，盖着被单，圆圆的一堆，白得像雪。*太好了，放那儿。*后来再去看那茶杯，冷了，但仍旧是满的。

走了，母亲，她想。*亲母，了走。*她抛弃了她，不是第一次了。

韦斯特总会喝托妮煮的茶，他总会接受她的给予。当托妮端着他的茶杯走上楼时，他已经站在后窗旁边，看着外面被忽视和遗弃的秋意深沉的院子。（他们两个都说过，早晚要在院子里种点东西，但一个都没这样做。）他已经穿好了：牛仔裤，蓝色运动衫，上面写着“鳞片 & 尾巴”，画了只乌龟。一些组织致力于保护两栖动物和爬行动物，托妮猜想，这种组织没有太多成员，如今有许多其他需要保护的东西。

“你的茶。”她说。

韦斯特适当地弯下腰，像个坐下来的骆驼一样，为了可以亲到她。她也踮脚站到最高。

“垃圾的事对不起。”他说。

“没关系，”她说，“又不重。一个蛋还是两个?”曾有一次，早上追垃圾车的时候，她被自己的晨衣绊倒，头栽到前门的台阶上。幸运的是正好摔在袋子上，袋子爆掉了。但她没有向韦斯特提及此事。她总很小心地对待他，因为她知道他有多脆弱，有多在意补偿损失。

三

煮蛋的时候托妮想到泽尼亚，这是个前兆吗？不是。她经常想到泽尼亚，比泽尼亚活着的时候更常想到。泽尼亚的死并不是个威胁，不需要推走，不需要推入托妮保存自己阴影的蜘蛛网似的角落。

但是单单泽尼亚的名字本身就足以激起以前愤怒、羞辱、莫名痛苦的感觉，或者至少是那些感觉的回声。事实上是，在某些特定的时刻——清早，午夜——她觉得很难相信泽尼亚已经死了。即便是她自己，她理性的一部分，托妮仍在盼望泽尼亚的出现，经由那些没锁上的门踱进来，从忘关的窗子爬进来。她不大可能就这样简单地蒸发掉，什么都没留下。她太强大了：那些恶毒的生命力肯定跑到什么地方去了。

托妮抽了两片面包放进烤箱，然后在碗橱里到处找果酱。泽尼亚已经死了，那是当然，永远地离开了，死了，燃成了灰烬。托妮每次想到这里，就深吸一口气，然后长叹一声，松一口气。

泽尼亚的葬礼是在五年前，或是在四年半之前，三月间。托妮清楚记得那天，阴暗多雨，后来变成了雨夹雪。那时让她惊奇的是参加的人如此之少，大多数都是男人，外套的领子翻起来。都避免站在第一排，都试图往别人后面挤，似乎不想被人看到。

托妮有点好奇有点失望地发现，这些男人当中并没有洛兹跑掉的丈夫密奇，但她是为洛兹感到高兴的。她能意识到洛兹正伸长脖子，快速浏览着那些脸：她肯定是希望密奇也在，然后呢？好戏就会上演了。

查丽丝也在查看，只是不那么明显；但如果这些人中有比利的话，托妮也认不出来，因为她从没见过比利。他曾经出现，然后又消失了，是在托妮和查丽丝还没有建立联系的间歇。没错，查丽丝给她看过一张照片，但是焦点很模糊，照片里比利的头也被切掉了，只留下胡须。随着时间的流逝，男人的脸会比女人的变化更大。或者是他们更容易按着自己的意愿改变面貌，留胡须或是剃掉胡须。

当然，除了洛兹和查丽丝外，托妮一个人都不认识。洛兹说，她们无论如何都不该错过，她们要亲眼看到泽尼亚的结局，确保她“完全”（托妮的用语）不起作用。查丽丝的用语是安宁了，洛兹的用语是完蛋了。

葬礼真是混乱，好像是补救事务一样，在葬礼营业室的一个粗笨的小礼堂里举行，洋红色，丑陋得肯定让泽尼亚万分鄙视。倒是有几束白色菊花，托妮在猜可能是谁送的，她自己什么花都没有送。

一个穿蓝色西装，声称自己是泽尼亚的律师的人——因此也就是打电话通知托妮参加追悼会的那个人——读了泽尼亚生前的优点和贡献，这其中，勇气被放在第一个，但是托妮并不觉得泽尼亚的死法有多勇敢。泽尼亚是在黎巴嫩恐怖暴动之类的骚乱中被波及的，她并不是被袭目标，她只是挡住道了。一个无辜的旁观者，律师说。托妮非常质疑这两个词："无辜"从来都不是泽尼亚喜欢用在自己身上的形容词，旁观也不是她的典型行为。但律师没有说她到底在贝鲁特那个不知名的街道上干什么，却说她会长铭人心。

"他妈的当然，"洛兹对托妮低语，"他说的勇气意思是她的大乳房。"托妮觉得这低俗了点，泽尼亚的乳房大小自然已经无足轻重了。在她看来，洛兹有时候走得太远了。

律师说，泽尼亚只以灵魂和骨灰的形式存在着，骨灰马上会被埋葬到快乐山墓地，他说的是埋葬，这也是泽尼亚的意愿，在她遗嘱里面写着，她的骨灰要被安葬到树下。

安葬一点都不像泽尼亚的风格，树也不像。实际上，写遗嘱，找律师，都不像是泽尼亚。但谁知道，人是会变的。比如说，泽尼亚为什么要把她们三个放在告知自己死讯的名单中呢？是悔过吗？还是作最后的嘲弄？如果是这样，托妮没感觉出来。

律师没帮上什么忙：他所有的仅是一张名单而已，大致就是他已经宣读的那些。托妮也不指望他能向自己解说泽尼亚，如果要解说，他会从相反的方面来介绍。"你们是她朋友吧？"他有点责难地问。

"是，"托妮说，"但很久以前了。"

"泽尼亚记性真好。"律师说着，叹了口气。托妮以前也曾听到过这样的叹息。

洛兹坚持在追悼会之后去墓地，她把她们塞进自己的大车。

“我要看看他们把她葬在哪里，这样就可以在那里遛狗，”她说，“我还要训练它们在树边撒尿。”

“又不是树的错，”查丽丝愤怒地说，“你越来越不厚道了。”

洛兹大笑：“对，亲爱的！我是为你才这么做的！”

“洛兹，你并没有狗啊。”托妮说，“而且也不知道是什么样的树。”

“就为这个，我会养几条的。”洛兹说。

“桑树，”查丽丝说，“就在前厅里，上面还有标签。”

“我觉得它不可能生长，”托妮说，“太冷了。”

“会长的，”查丽丝说，“只要嫩芽还在。”

“我希望它长害虫，”洛兹说，“不，真的！她连棵树都不值。”

泽尼亚的骨灰装在一个密封的金属盒子里，像个小小的地雷。托妮熟悉这种盒子，这种盒子让她觉得不舒服。它们没有棺材那种富丽堂皇。她觉得里面的人好似被压缩过，像是炼乳。

她以为会有撒骨灰的仪式，也就是被那个律师称为骨灰的东西，但是骨灰盒没有打开，也没有撒骨灰。（之后——葬礼之后，十月的一个早上她煎完鸡蛋之后——托妮偶尔想到，盒子里到底是什么，有可能是沙子，或者是些恶心的东西，狗屎或者用过的避孕套之类。有可能是托妮第一次认识泽尼亚的时候，她曾做过的那种手势。）

埋葬骨灰罐的时候，他们都站在寒冷的细雨中，桑树也伫立在那儿。掩上土，没有终了的话，没有叫大家解散的话。细雨开始变成雪珠，穿着大衣的那些男人踌躇起来，然后徘徊着走向自己停在那边的汽车。

“我有种不舒服的感觉，我们好像遗漏了点什么。”离开的时候，托妮说。

“是的，没有唱诗。”查丽丝说。

"遗漏了什么?"洛兹说,"穿透她心脏的桩子吗?"

"也许托妮的意思是,泽尼亚至少也算是个人类。"查丽丝说。

"人类,屁,"洛兹说, "如果她也算人,我就是英国女王了。"

托妮的意思并没有那么慈善,她在想,几千年来,人死的时候——特别是强有力的人,那些令人畏惧的人——幸存者会遇到很多麻烦。他们会割开最好的马的喉咙,活埋一些奴隶和最爱的妻子,向土地倾倒鲜血。他们想要表达美好的愿望,尽管是假装的,因为死者的灵魂会嫉妒他们还活着。

或许我应该送花的,托妮想。但对泽尼亚来说,花根本不算什么,她会嘲笑那些花。需要的是一碗血。一碗血,一碗痛苦,一些死亡。这样,她才能够被埋住。

托妮没有告诉韦斯特追悼会的事情。也许他也去了,并且心碎了。抑或他没有去,然后又觉得自责,或是因她只身参加而觉得难过。但是他知道泽尼亚已死,从报纸上得知的:藏在中缝的长方形的一小条。*有加拿大人在恐怖爆炸中丧身*。托妮他们年轻的时候,"爆炸"是舞会的名字。他什么都没对托妮说,但托妮找到了被剪掉一小块的那一页。他们有个心照不宣的约定,就是永远不提泽尼亚。

托妮把鸡蛋放在形状如小鸡的两个陶制蛋杯中,是几年前她在法国买的。法国人喜欢把盘子做成要用来装的那个东西的形状,等到吃的时候更是直截了当。他们的菜单简直是素食者的噩梦——这个的心脏,那个的脑。托妮很欣赏这种直接。她也有个法国盛鱼浅盘,是鱼的形状。

通常,购物并不是她的强项,但她抵挡不住纪念品的诱惑。这些蛋杯就是她在罗马将军马里于斯消灭十万条顿族人的战场附近买的——或许是二十万，就要看是谁编的年代史了——公元前一世纪的事。通过从大部队派遣一个小的先遣队在敌军面前作为诱饵，他使敌人败退到他已经选好的屠杀场地。战后，三十万的条顿族人被卖为奴隶，另外九万人可能，也可能并没有被扔进圣维多利亚山的一个坑洞，在一个可能性的叙利亚女先知的策动下。这个女先知的名字可能是，也可能不是玛撒。据说她穿紫色长袍。

虽然故事的其他部分含糊不定，但几千年来关于衣服的这一细节却被坚信不疑地流传下来。尽管如此，战争本身确实发生过。托妮考察过地形：一个平坦的空地，三面环山。如果处于守势，仗很难打。附近有个小镇叫布利耶尔，现在还叫这个名字，散发着腐烂尸体的味道。

托妮没有（也从来没有）向韦斯特提起这个蛋杯的关联。他会觉得惊愕，与其说是因腐烂的条顿族人，不如说是因为她。她曾经对他谈及自己能够理解那些古老的国王会把敌人的头盖骨做成酒杯，这实在是个错误：韦斯特喜欢把她想象得亲切而仁慈，当然，还有宽容。

托妮自己研磨咖啡豆做咖啡，并加了奶油，不去管胆固醇的问题。他们迟早会动脉淤积，到时候就不得不放弃奶油，但不是现在。韦斯特坐着吃鸡蛋；他全神贯注地吃着，像个幸福的孩子。明亮的基本色——红色杯子，黄色桌布，橙色盘子——使厨房着上游乐场的气氛。他灰色的头发看上去像条比目鱼，在夜间，会有些说不清的转变发生在他身上，她刚认识他的时候他是金发。

“鸡蛋不错，”他说。像好鸡蛋这样的小事情会让他高兴起来，而类似差鸡蛋的小事情会使他沮丧。他很容易满足，却不容易保护。

韦斯特，托妮对自己重复着。她一次次轻声叫着他的名字，像个护符。他以前不叫韦斯特。曾经——三十？三十二年前？——他叫斯图尔特，直到他告诉她他有多讨厌被人叫斯图，所以她帮他换掉名字，从那时开始他就成为韦斯特了。其实她撒了小谎：严格来说，应该叫韦茨。但托妮觉得，当你爱一个人的时候就会那样，撒点小谎。

“今天你有什么安排？”韦斯特说。

“再要点吐司吗？”托妮说，亲亲他的头顶，呼吸着他头皮和香波的熟悉味道；他点点头，于是她停下，起身走向烤面包机。他头顶的头发越来越稀薄：很快他会秃顶，像修士的发型。此刻她比他高：她不常能拥有这样的鸟瞰视角。

她不需要告诉韦斯特她会和谁吃午饭。他不喜欢洛兹和查丽丝，她们让他觉得紧张。他觉得——没错——她们知道他太多事情。

“没什么特别的。”她说。

四

早饭之后，韦斯特去三楼的书房工作，托妮换下晨衣，穿上牛仔裤和一件套衫，又改了一些论文。楼上传来有节奏的敲击声，这敲击声又被交配的土狼，受到猛烈敲打的母牛，以及热带鸟痛苦的混合唱打断。

韦斯特是个音乐学者，他的某些研究非常传统——影响、变异、起源——但他还涉足一些最近变得非常流行的跨学科项目。他跟一帮子医学院的神经生理学家混在一起；他们在一起研究音乐对人脑的影响——不同种类的音乐，不同种类的嘈杂声，因为韦斯特拿出来的一些东西几乎不能算作是音乐。他们想知道人脑的哪部分在听，特别是哪一半。他们认为这个信息可能对被击打过的受害者，以及那些在车祸中丧失部分脑功能的人有帮助。他们将电线绑在人脑上，并弹奏音乐——或者说噪声——然后看着彩色电脑屏幕上的显示结果。

韦斯特对这一切都非常兴奋，他说他越来越清楚的是，人脑本身就是一个乐器，实际上可以在上面谱曲，在别人的脑子里；或者说，你有完全的行动自由的话，就可以。托妮觉得这个想法令人烦恼——如果科学家要在那个人的脑袋里弹奏那个人不想听的东西呢？韦斯特说这仅仅是理论而已。

但是他强烈地想要把电线接到托妮脑袋上，因为她是左撇子。左撇子是他们的研究对象之一。他们要将电极连在托妮头上，然后让她弹钢琴，因为弹钢琴需要双手，而且两只手同时工作，却要按照不同的乐谱。托妮一再逃避这个实验，说她已经忘了怎么弹，这也差不多是真的；而且她也不想让韦斯特窥视任何发生在她脑子里的东西。

她批改完了论文，然后回到卧室换衣服出去吃午饭。她看着自己的衣柜：没有太多选择，而且无论她穿什么，洛兹都会对她眯着眼睛建议一起去购物。洛兹觉得托妮过于追求花墙纸似的印花布，虽然托妮很小心地解释过这只是伪装色。不管怎样，洛兹曾经试图确认说那件黑色皮衣才是她真正的自我，而那件衣服只能让她看上去像是一个先锋派意大利伞架。

她最后还是决定穿那件上面有白色小圆点的森林绿色人造丝外套，在伊顿的童装柜上买的。她在那里买了不少东西，为什么不可以呢？它们正合适，税也少；而且，就像洛兹总是不厌其烦地评论的那样，托妮是个吝啬鬼，特别是在衣服上。她宁愿把钱省下来，花在参观战争遗迹的机票上。

在这种朝圣过程中她收集纪念品：每个遗迹一朵花。或者是一根野草，因为她捡的东西都很平常——雏菊、苜蓿、罂粟。这样，她不认识的那些人的多愁善感都保留在她身上了。到了她住的便宜酒店和公寓里，她把那些花夹在该宗派留在梳妆台的抽屉里的《圣经》书页间。如果没有《圣经》，她就把它们放在烟灰缸下面压平，烟灰缸总会有的。

然后，等到了家，她就按照字母顺序将它们用胶带粘在剪贴簿里：*阿金库尔、奥斯特利茨、邦克山、卡卡松、敦刻尔克*。她不想偏袒哪个：所有的战役都是战役，都包含了勇气，都意味着死亡。她不会和同事谈论自己的这种举动，因为他们没人能够理解她为什么这么做。甚至她自己也不确定自己到底在收集什么，或者纪念什么。

她在浴室里修饰一下面孔，给鼻子上点儿粉，但不涂口红。口红在她脸上显得尤为突兀，就像孩子们戳在土豆上的红色塑料嘴巴。梳子穿过头发。她在唐人街剪头发，因为他们不会胡乱开价，而且他们知道如何对付前额垂了几根杂乱无章的刘海的黑色直短发，每次都一样。小精灵头，那曾经被称为。刘海下面是她的大眼镜和大眼睛，以及她过于消瘦的脖子，效果是，一个顶着新孵化的鸟儿的街头顽童。她的皮肤还很好，足够好；弥补了灰色细纹的不足。这让她看起来像是非常年轻的老人，或者非常老的年轻人；不过，她两岁以后就是那个样子了。

她把学期论文胡乱塞进她的特大号帆布提包，跑上楼去和韦斯特道别。*逆风*，他书房门上的招牌上写着，电话应答机里也这么设置——*三楼，逆风*。他就是这么称呼他的高科技录音工作室的，如果那能算是个工作室的话。韦斯特正戴着耳机，连在他的大型录音机和合成器上面，但他看见了她，用招手来回复她。她从前门出去，上好锁。她总会很小心地锁门，她不想有任何瘾君子趁她不在的时候溜进去，打扰韦斯特。

木制大门需要修了；木板正在腐烂。下个春天就叫人来修，她对自己承诺说；安排这种事情至少需要那么久。有人在擦鞋垫下面塞了一份传单：又是工具贱卖。托妮想知道谁会买这些工具——这些圆锯、无绳电锯、锉子、起子——它们到底用来做什么。也许工具是种替代性的武器；也许男人不从事战争的时候就追求那些东西。但韦斯特不是那种善于使用工具的人：家里唯一的一个锤子也是托妮的，比敲几个钉子高级的活，她就只好翻《黄页》查电话了。为什么要冒生命危险呢？

还有一张工具传单散落在门前的小草坪上，草坪杂草丛生，需要修剪了。这个草坪是本区的污点，托妮知道，并一次次为此感到尴尬，她发誓要把草全挖掉，代之以一些五颜六色但生命力顽强的灌木，或者鹅卵石。她从没看出草坪有什么特别之处，如果可以选择，她更喜欢护城河，加上一个吊桥，鳄鱼则可有可无。

查丽丝不断地发出含糊的喵喵叫声，吵着要帮托妮重整草坪，要把它变成一个鲜花盛开的奇迹，但是托妮把她挡开了。查丽丝会弄出托妮书房里的窗帘上那样的一个庭院来，她称它为“辛勤培育的”——繁茂的花海，缠绕的葡萄藤，俗丽的结实盆栽——对于托妮来说，那太繁复了。她已经看见洛兹向类似的请求屈服之后，她后墙旁边的那条细长的土地上发生了什么。因为查丽丝就是那么弄的，洛兹不可能去重整一遍，所以现在洛兹院子里有一小块地将永远属于查丽丝了。

到街转角的地方，托妮回头看了一眼自己的家，就像她经常做的那样，欣赏一下。即使是二十年后的今天，她仍觉得能够拥有这样一座房子或者说拥有任何一座房子，都似乎是个奇迹。房子是砖头的，后维多利亚时代造型，又高又窄，第三层盖着鱼鳞似的绿色木瓦。她书房的窗户从左边仿造的塔上伸出来：维多利亚时代的人喜欢想象自己住在城堡里面。这是个大屋子，实际上比站在街上看过去要大得多。一个坚固的房子，可靠的；一个堡垒，一个碉堡，一个要塞。里面是韦斯特，制造听觉破坏，却不会被伤害。当她买下来的时候，这个区域更潦倒一些，价格也更低，她觉得除了她之外没有人能一直住在里面。

她走下地铁阶梯，把代币投进旋转式栅门，登上列车，在塑料座位上坐下，像个上门服务的护士那样把提包放在膝盖上。车厢不挤，所以没有高个子的人头挡住视线，她能看见广告。扎嘎！一个巧克力棒广告这么说。吗助帮予给能？红十字会恳求道。价减！价减！如果她把这些字都大声读出来，人们会认为是另一种语言。确实是另一种语言，一种古代的语言，她所熟知的语言。她睡着的时候都能说这种语言，而且也确实说过。

如果被基本教义派听见，他们会谴责她在崇拜撒旦。崇拜撒旦的人就会将流行歌曲反过来唱，声称要找出隐藏其中的亵渎；他们认为把十字架倒挂或者将主祷文反过来说就能够召唤魔鬼。都是胡说。魔鬼才不需要这种召唤，这种幼稚而做作的仪式。才没那么复杂。

但是，托妮的另一种语言并不是邪恶的。它只对她自己有危险，是她的裂口，在那里她将自己小心地缝合在一起，也是在那里她有分裂的可能性。虽然如此，她还是沉湎其中，一种冒险的怀旧之情。旧怀。（黑暗时代的一个海盗头子？一种高档泻药？）

她在圣乔治站下车，从贝德福德路出口上来，路过发传单的人和街头卖花的人，经过了角落里吹笛子的男孩儿，没有跑着过绿灯，接着往前走，过了大学体育场，然后穿过主校区的操场。她的办公室在一条昏暗的老街深处，拐角处一座叫做麦克朗大楼的建筑物里面。

麦克朗大楼是一座庄严的红砖大楼，被天气和烟灰变成了紫棕色。当它还是女生宿舍的时候，她曾作为学生在里面连续住了六年。有人告诉她这座楼是以某个人或者是其他帮助过女人投票的人来命名的，但她不太在乎这些。那个时候，没人在乎。

托妮对这个地方的第一印象是它像一个古老的烽火台，烧得过热却通风良好，地板嘎吱作响，里面有很多破旧而冷淡的木头：宽大的栏杆，沉重的窗座，厚厚的板门。闻上去——到现在闻上去仍然——像个潮湿的餐具室已经干枯腐烂了，有发了芽的土豆被忘在里面。那个时候，常有从饭厅里滤过来的令人反胃的气味，挥之不去：温热的卷心菜，残余的炒鸡蛋，烧油脂。她总是避开那里的饭食，私运面包和苹果回房间。

70年代的时候，比较宗教学的人占据了它，但自那之后它就变成了各种有价值但穷困的院系的过剩人员的临时办公室——那些被认为是更多地使用脑子而不是使用一件件光鲜亮丽的设备，那些对现代工业贡献不大，因此被认为自然地能够适应破旧环境的人。哲学系已经在一楼建立了桥头堡，现代历史占据了第二层。尽管有些不认真的重漆尝试（已经成为过去了，已经褪色了），麦克朗依然那样严厉，它总是那种慎重的建筑物，犹如冷麦片粥一般正直，保持着自我。

托妮不介意它的破旧，甚至做学生的时候就喜欢待在这里——说得更确切些，是相对于她本来要待的地方来说，相对于一间租来的屋子，一个不具名的工作室式的公寓。其他一些更加玩世不恭的同学把它叫做麦克菌，一个多年流传下来的名字，但是对于托妮来说，这里就是个天堂，并仍然保留着这种感恩。

她自己的办公室在二楼，往里去，距她曾住过的那个房间几个门之远。她以前住过的房间变成了一个咖啡间，一个顽固阴郁的地方，里面有一张有缺口的厚光面板桌子，几把不相称的直背椅，以及一张钉满弯曲钉子的发黄的“大赦”海报，海报上是一个男人被绑在有刺的金属丝里。还有一个滴漏咖啡机，嘀嘀嗒嗒的，以及一个架子，用来放大家的环保耐洗大杯，每个杯子上都印着各人姓名的首位字母，免得相互传染牙龈疾病。托妮的杯子花了些工夫，她用红色的指甲油在黑底上写：用擅勿。人们偶尔会由于弄错或者偷懒而用了别人的杯子，但没有人用她的杯子。

她在咖啡间停下来，里面有两位同事，都穿着羊毛慢跑装，正在喝牛奶，吃曲奇。阿可罗德博士，18世纪农学专家；还有萝丝·平洛特，社会历史学家和加拿大学家，这个人无论用什么其他的名头，仍然讨人厌。她很想知道萝丝·平洛特和鲍勃·阿可罗德有点儿什么东西，用洛兹可能使用的措辞来说。近几周来，他们经常把头凑在一起，但顶多也只是场宫廷密谋。整个系就像是个文艺复兴时候的宫廷：窃窃私语，相互联合，琐碎的变节，焦急，愤怒。托妮努力远离这些，但只是有时候成功。她没有特定的同盟，因此被所有的人猜忌。

特别是被萝丝猜忌。托妮仍然对两年前萝丝谴责说她的一堂研究生课程是欧洲中心主义的事情感到愤慨。

“它当然是欧洲中心论的！”托妮说，“你能指望一堂称做梅罗文加王朝围城战略的课上成什么样子呢？”

“我认为，”萝丝·平洛特说，企图挽救她的立场，“你可以从受害者的角度来教授这门课程，而不是忽视他们。”

“哪些受害者？”托妮说，“他们都是受害者！轮流受害！事实上，他们在轮流努力地避免成为受害者，战争的整个重点就在这里！”

萝丝·平洛特对战争的了解你可以自作评断，但她的无知是肯定的：她主要想战争离她远点儿，不再有战争带来的扰乱。“你为什么会喜欢这个？”最近她对托妮说，皱着鼻子，好像在谈论鼻涕或者放屁：微小而令人讨厌，却又隐藏得很好的东西。

“你会去问艾滋病研究者他们为什么喜欢艾滋病吗？”托妮说，“战争已经存在，也不会马上离开。并不是因为我喜欢它，我想知道它是怎么回事。”但是萝丝·平洛特才不管，她宁愿让别人去开垦这片墓地，她会弄破自己的指甲。

托妮想过跟萝丝说，劳拉·谢科德的老牌巧克力盒子上同样名为萝丝的肖像，在X光下，是个穿裙子的男人，确实是穿裙子的男人。她会告诉萝丝说，没有女人能表现出这种侵略性，或者——如果你喜欢——这种勇气。那将会把萝丝钉在两难的境地！她必须坚持说女人能像男人一样善于争战，因此和男人一样坏，否则就是他们天生就是胆怯的娘娘腔。托妮非常好奇想要看到萝丝会怎么回答，但是今天的时间不够。

她对萝丝和鲍勃点点头，他们斜眼看看她，是她已经习惯的那种集体的斜视。男性历史学家认为她正在侵入他们的领地，她不应该去管他们的矛、箭、弹弓、标枪、剑、枪、刨子和炸弹。他们认为她应该写写社会历史，例如谁在什么时候吃些什么，或者封建家庭的生活。女性历史学家，虽然为数不多，也同样这么认为，但另有原因。她们认为她应该研究出生，而不应该是死亡；肯定不应该研究战争方法，不该是溃败和逃散，不该是流血，不应该是杀戮。她们觉得她令妇女失望。

总体而言，她和男人相处得更好一点，如果他们能够认真地通过笨拙的初次交谈；如果他们不叫她“小女士”，或者不说他们没料到她如此柔弱，意思就是个头矮。虽然那么做的也只有那些老态龙钟的人了。

但是如果她不是那么小，她永远都无法和男人相处成这样。如果她有六英尺高，长得健壮；如果她有臀部。那样，她就会受到威胁，然后变成悍妇。正是这种不协调给了她某种特权。一口气就能把你给吹走，他们静静地朝着她微笑。随便你，托妮想，回他们微笑。很多人喜欢吹牛。

她打开办公室门锁，然后将身后的门锁上，假装她不在里面。这不是她的办公时间，但是学生会乘虚而入。他们能够像狗一样嗅出她在与不在；他们会奉承她或者向她哭诉，或者企图给她留个好印象，或者将他们负气抬杠时的见解强加给她。我只是一个人，托妮想告诉他们。但她不是，她是个拥有能力的人，虽然不多，可仍旧是能力。

大概一个月前，有个学生——高大，穿皮夹克，眼睛红红，本科二年级概论课程上的——将一把折刀插进她的办公桌正中间。

“我要一个A!”他嚷道。托妮既害怕又愤怒。杀了我你连通过都拿不到！她想喊回去。但是他可能发生了什么事，嗑了药或者疯了，抑或两者都有，或者在模仿那些从新闻上看来的谋杀教授的狂暴学生。幸好还只是把小刀。

“我欣赏你的直接，”她对他说，“现在，为什么不在那边的椅子上坐下，让我们来谈谈呢?”

“多亏了精神病治疗服务，”他走之后，她在电话里对洛兹说，“可他们是怎么了?”

“听着，亲爱的，”洛兹说，“我只要你记住一件事情，你知道女人在经前综合征的时候，体内有些化学物质是吧？那么，男人在所有时间都有那种物质。”

也许是真的，托妮想。否则，陆战队士官是怎么来的呢?

托妮的办公室很大，比一座现代建筑物中应该有的样子要大多了，里面一张标准配备的有刮痕的桌子，标准的锯屑公告板，标准的布满灰尘的软百叶窗帘。一代又一代的图钉已经使变淡的绿色涂漆剥落；玻璃纸胶带的残余碎片闪烁在这里那里，好像山洞里的云母。托妮不太用的打字机就放在桌上——那么慢，那么过时，如果有人将它偷走，她都不会注意到——她的书架上有一些值得信赖的书卷，有时候她会借给学生：克瑞西的《世界上十五场决定性的战争》，必啃的书；利德尔·哈特；当然还有丘吉尔；《致命决定》；还有她自己最喜欢的书之一，基根的《战争的一面》。

一面墙壁上挂着仿制粗糙的本杰明·韦斯特的《乌尔夫之死》，在托妮看来它是一张过于忧伤的画，乌尔夫白得跟鳕鱼肚子似的，眼睛虔诚地朝上翻，许多犹如化装舞会上的恋尸偷窥狂的人物集结在他周围。托妮把它放在办公室里作为一种提醒，既是对她自己也是对学生，在她的专业里不时会有的虚荣和殉教的倾向。那幅画旁边是拿破仑，正在沉思着跨过阿尔卑斯山。

对面墙上，她挂了幅笨拙的钢笔卡通画，命名为《乌尔夫在小便》。乌尔夫将军背对着观看者，只展示了他衰弱的下巴的侧影。他表情里带着怒气，从嘴里冒出来的气球形圆圈里写着："我日这些纽扣。"这个卡通画是她两年前的一个学生画的，由整个班级在期末的时候一起交给她。通常她的学生大多是男人：没有多少女人觉得自己能喜欢"中世纪后期战术失误或者人为制造的军事历史"，她这一轮的研究生课程就是这么命名的。

当她打开包装的时候，他们都注视着她，要看她对"日"这个词怎么反应。他们这个年龄的男人似乎认为她这个年龄的女人以前从没听到过这个词。她觉得这令人伤感。她不得不有意识地努力不让自己管学生叫"我的孩子们"。如果不注意，她自己就会变成一个亲切滑稽的童子军女训导员；或者更糟，一个博学古怪的老女人。她会开始对他们使眼色，捏脸蛋儿。

卡通本身是为了纪念她的关于襟门紧固件技术的讲座，这个讲座——她听说——已经被取绰号为"温柔的纽扣"，而且经常全场爆满。作家写战争——她开始讲——总倾向于把注意力集中在国王和将军身上，在他们的决策和他们的战略上，而忽略那些低下但同样重要的因素，这些因素能够，而且确实已经让那些战士——那些身在前线的战士——陷入危险境地。例如，携带疾病的虱子和跳蚤、糟糕的靴子、淤泥、细菌、汗衫，还有襟门紧固件、拉带、衣服重叠处、扣住的袋盖、拉链，在各个时代的军事历史中都扮演重要角色；更不用说苏格兰短裙了，从某种角度来看，它更是问题百出。不要笑，她告诉他们。而应该想象你们自己在战场上，尿急了，就像在那种高压情况下经常会有的那样。现在想象你们正在努力解开这些纽扣。

她拿出有关纽扣的草图来讨论，一套19世纪的装束，每打开一个至少需要十根手指和十分钟。

现在想象一个狙击兵，没那么好笑了吧？

吃饱的兵才能打好仗，但同样也得有好襟门紧固件。拉链——虽然它加快了打开的速度——也不是完全不受指摘的。为什么呢？用脑子想想——拉链会卡住，而且有声响！很多人养成在上面擦火柴的习惯。在黑暗里！你还不如打闪光信号算了。

作为军服设计者——她继续说——很多人在那些无助的应征兵身上犯下大错。有多少英国战士因为他们的红色制服而招致不必要的死亡呢？别以为那种草率除了19世纪就没有了。墨索里尼没有为自己的军队提供鞋子的犯罪性失误——鞋子！——就是其中一个例子。而且，托妮认为，谁为朝鲜军队构想出的那种尼龙裤子，应该送交军事法庭审判。一公里之外你就能听见两条腿扫来扫去的声音。还有睡袋——也发出沙沙声，并且没办法方便地从里面打开，而且它们冻住了！在敌人的夜间袭击过程中，那些人就像布袋里的小猫一样被宰杀。

是被设计者谋杀了！她完全可以整理推论出这一点。

所有这些，加工下，让叙述更为冷静，添上脚注，至少可以作为她正进行的书——《致命祭袍：无能的军服设计师的历史》——里面的一章。

查丽丝说花这么多时间在战争这么消极的事情上对托妮不好，她说这会害她得癌症的。

托妮搜遍了她的折叠文件夹，找到班级名单，她给它设置在B里面，即代表官僚（Bureaucracy），然后把每份论文的等级登记在小方框里。弄完后，就把改过的论文扔进钉在门外的马尼拉纸信封里，根据约定好的，学生们在今天晚些时候就可以去那里取。然后，她继续走到走廊尽头，在间或有秘书的系办公室的肮脏小房间里查看邮件，没发现什么，只有一份《简氏防务周刊》的更新通知，和她最新打印的《大型枪械》稿本，于是将它们全都塞进包里。

接下来，她在过热的女盥洗室停留了一会儿，一股液体肥皂，氯，加上半消化的洋葱味道。三个马桶中的一个一如既往地塞住了，另外两个缺卫生纸。无法运作的那个里面倒是藏了一些，被托妮征用过来。在她喜欢选用的那一间的墙壁上——粗面玻璃窗旁边的一格——有人刻了新的信息上去，*历史（herstory）不是历史（history）和子宫切除术（hersterectomy）不是子宫切除术（hysterectomy）*的上面：*女权主义解构真恶心*。这句话的弦外之音，托妮很清楚，指的是正在进行中的一个变动，要将麦克朗大楼宣称为历史建筑，移交供"女性研究"使用。*历史性的（historic）不是历史性的（herstoric）*，有人在旁边加了一行。一场即将到来的争斗的前兆，托妮希望可以免于卷入。

她在秘书的桌上留下纸条：*厕所塞住了。谢谢。安东尼娅·弗雷蒙*。她不想加上"又一次"。没有必要搞得不开心。这个纸条不能带来什么结果，却是她必须履行的责任。然后，她匆匆地走出大楼，回到地铁，往南去。

五

午饭在托克斯克，所以托妮在奥斯古站下，然后沿着皇后街往西走，走过龙女士漫画书屋，走过太后咖啡馆，走过竹艺俱乐部及其热销的书画作品。她本可以等电车，但电车里的拥挤会把她给压扁，有时候会挤痛她。她已经对衬衫纽扣和皮带卡子做了足够的查看，暂时对她没有威胁，所以她选择了危险的随机性更大的人行道。不管怎样，她还不算晚；总不会比洛兹晚。

她沿着人行道的外侧走，远离墙壁以及靠着墙壁的那些衣衫褴褛的人影。表面上他们只是要些零钱，但托妮更多的是觉得他们阴险。他们是间谍，在大举进攻之前先侦察这个区域；或者是难民，还能行走的战争伤员，在突击到来之前退避起来。两种情况她都清楚，绝望的人令她惊慌，因为她就是在这样两人中间长大的。他们会发出攻击，会抢夺任何东西。

皇后街的这个地段安定一些了，几年前，这里更野，更危险，但是租借市场也更活跃，很多二手书店和潦倒的艺术家不见了。这里仍然混杂着边缘时尚，东欧食品，批发办公家具，乡村音乐啤酒吧；但是现在已经有了很棒的油炸圈饼，新潮夜总会，名牌衣服。

但是经济不景气正在加剧，更多大楼在贱卖；更多流行衣服小店停业，那些仍然开张的店里，女店员潜伏在门口，用失败、恳求的目光瞪视着路人，她们的眼睛充满了挫败的愤怒。大降价，窗户上写着：去年的这个时候，也就是圣诞节前两个月，不可能听到这个。没有脸或者没有头的人体模特身上的华丽衣服似乎不再是欲望的化身了，反而更像是派对垃圾、弄皱的纸巾、一伙小流氓或者劫掠的军队留下的瓦砾堆。虽然没人看见过他们，或者敢确定他们是谁，但哥特族和旺达尔人的时代结束了。

无论怎样都从来没穿过那种衣服的托妮这样想。它们是给那些拥有长腿，长躯干，长而优美的手臂的女人准备的。“你不矮，”洛兹告诉她，“你是娇小。听着，我死都想要你那样的腰。”

“但是我从上到下都是一样的粗细。”托妮说。

“所以，我们要的是二者的混合，”洛兹说，“把你的腰和我的大腿放在一起，折中一下。你觉得怎样？”

如果她们再年轻一点，这种谈话可能指向她们对各自体型的认真的不满和认真的渴望，但在这个时候这种谈话多少只是常备剧目。

洛兹正站在托克斯克外面朝她招手，托妮走过去，洛兹弯下腰，托妮就伸长脸，她们在各自的头两侧对着空气亲了一下，这是最近才在多伦多，或者说在多伦多的某些阶层流行起来的。洛兹笨拙地模仿这种礼仪，把脸颊吸进去，这样嘴就变成了鱼嘴，目光交叉。“太做作了？我？”她说。托妮笑笑，然后两人一起走进去。

托克斯克是她们最喜欢的地方之一：不太贵，带着嘈杂声；虽然它有一点调皮，有一点肮脏。端过来的盘子底面会有一些触感奇怪的东西粘在上面，男服务生会涂眼影膏或者戴鼻环，女服务生习惯穿荧光保暖裤和超短皮裤。旁边是长长一排烟熏玻璃镜，从某个拆毁的酒店里抢救下来的。墙上糊着过期的非主流戏剧演出计划海报；皮肤苍白、金属装饰的暗淡衣服上面挂着链条的人们在禁止入内的里屋无精打采地坐着，或者是在通向厕所的开裂的楼梯上面商量着什么。托克斯克的特色菜是一种羊酪芝士烤胡椒三明治，一种纽芬兰鳕鱼蛋糕，间或会有放了太多核桃和碎根茎的又黏又多的色拉。还有果仁蜜饼和提拉米苏，以及会上瘾的浓烈咖啡。

晚上，当摇滚乐队和高分贝闹声接管那里的时候，她们当然不会过去。但吃午饭还不错，这让她们感到振奋，觉得自己比事实上年轻、有胆量。

查丽丝已经在那儿了，坐在角落里一张红色福米加塑料桌子旁边，金色斑点烘在塑料桌子里面，铝制的桌腿和包边，要么真是50年代的老货，要么是仿制品。她已经帮她们点了一瓶白葡萄酒，一瓶依云水。她看到她们，微笑着，空对空的亲吻环绕桌边。

查丽丝今天穿的是一件宽松的淡紫色棉质运动连衣裙，上面罩一件灰色的绒毛开襟毛线衣，脖子上绕了一条草地花朵图案的橙色—水绿色围巾。她长长的直发是灰白色，从中间分开来；眼镜架在头顶。桃红色的唇膏就是她嘴唇的真正颜色。她有些类似于稍稍褪色的草本香波广告——健康，但是过于接近古风。奥菲莉娅如果还活着就是这个样子，或者中年的圣母马利亚——诚挚并苦恼，具有心灵之光。正是这心灵之光导致她的苦恼。

洛兹裹着一件托妮曾在布鲁尔街上一个更为昂贵的设计商店的橱窗里见过的衣服。她购物非常慷慨而且有自己的风格，但通常是急匆匆的。这件夹克是鲜亮的蓝色，裙子很紧。她的脸经过仔细的化妆，头发重新染过，这次是红褐色，嘴唇是树莓色。

她的脸和装束不般配，她不是那种漫不经心和消瘦的脸形，而是圆胖、柔软的挤奶妇女那样的粉红色脸颊，笑的时候还有酒窝。她的眼睛智慧，慈悲，冷酷，像是属于另一张脸，更瘦的一个人：更瘦，更顽固的。

托妮坐到椅子上，把她的大提包放在椅子下面，可以当脚凳用。矮皇帝曾需要特制的脚垫，这样他们坐在王位上的时候腿就不会晃来晃去了。托妮有同感。

“那么，”开场结束后，洛兹说，“我们都各就各位了，气色都不错。有什么新闻吗？托妮，我在霍尔特里看到一件减价外套，会非常适合你。中式领——中式领又回来了！——前面是黄铜扣子。”她点燃自己惯常抽的烟，查丽丝惯常性地轻咳一声。托克斯克的这个部分不是禁烟区。

“那会让我看上去像个旅馆服务生，”托妮说，“无论如何都不会合适。”

“你从没考虑过高跟鞋吗？”洛兹说，“你应该加高四寸。”

“认真地说，”托妮说，“我想要能够走路。”

“你可以装个植入腿，”洛兹说，“增高腿。嗯，为什么不呢？别的花样我们都在搞呢。”

“我觉得托妮身体的本来样子很合适。”查丽丝说。

“我不是在说托妮的身体，我是在说她的行头。”洛兹说。

“总是这样。”托妮说。她们都有些大声地笑了。酒瓶已经空了一半。托妮只喝了一点，掺着依云，她对任何形式的酒精都有所提防。

她们三个一个月在一起吃一次午饭，已经形成了某种依赖。她们没有太多的相似之处，只是相同的灾难将她们带到一起，如果泽尼亚可以被称做是一种灾难的话；但是一直以来，她们之间已经产生了彼此的忠诚，一种团队精神。托妮已经喜欢上这两个女人了；把她们看成好朋友，或者类似于好朋友了。她们勇敢，有战争的伤疤，她们经历过火炼；到如今，她们每个人都知道彼此不为人知的事情。

所以她们继续有规律地碰面，就像战争寡妇或者退伍军人，或者那些在战争中失踪的人的妻子那样。在这种小组里，桌子旁边实际在场的人要比身份明确的人多。

但是她们不谈及泽尼亚，再也不谈了，自从她们埋葬了她之后。如查丽丝所说，谈论她会把她仍然扣留在这个世界。如托妮所说，她不利于消化。如洛兹所说，为什么在她身上白白浪费时间？

她还是一直存在在桌子周围，托妮觉得。她在场，我们扣留了她，我们正白白给她时间。我们没办法让她离开。

女服务生过来点单，今天是一个蒲公英头发，豹纹紧身裤，高及小腿肚的银色系带靴女孩儿。查丽丝点了兔子食谱——是给兔子吃的食谱，而不是兔子——胡萝卜丝、白干酪、凉扁豆色拉。洛兹点了烤厚切软芝士三明治、草本香菜籽面包，以及波兰泡菜；托妮点了中东特色菜、色拉三明治、烤肉串、蒸丸子、鹰嘴豆芝麻色拉酱。

“说到中东，”洛兹说，“那边现在情况怎么样？伊拉克问题，我猜是你的专业，托妮。”

她们两个看着托妮，“实际上，并不是，”托妮说。作为一个历史学家，最关键的，她曾试图告诉她们，是能够成功地避开现在，大多数时候都是。但是她当然也紧跟趋势，紧跟了多年。一些有意思的新技术正在测试中，那是肯定的。

“别忸怩作态了。”洛兹说。

“你的意思是，是否会发生一场战争？”托妮说。“简单的回答就是，是的。”

“真可怕。”查丽丝沮丧地说。

“可别责怪信使，”托妮说。“不是我造成的，我只是把它说出来的人。”

“但是现在你怎么可能*知道*？”洛兹说。“事情也许会变。”

“这不像股市，”托妮说，“已经注定了，萨达姆一越界，立马就成了定局。就像卢比孔河。”

“就像什么？”查丽丝说。

“没什么，亲爱的，就是历史上的事情，”洛兹说，“所以这果真很糟糕，还是什么？”

“短期之内不会，”托妮说，“长期来看——哎，很多帝国都因为过分扩张而垮台了。两种可能性都有，但是美国没想那么多，他们喜欢这个主意，他们会找个机会试验他们的新玩意儿，招揽一些生意。别把它当作战争来看，看成是市场扩张。”

查丽丝叉起胡萝卜丝；上嘴唇沾了一个碎片，还有一根可爱的橘子须。“那么，不管怎样，不关我们的事。”她说。

“关我们的事，”托妮说。“我们会被要求参与，食君之禄忠君之事。我们会参与进去，我们以及我们的失败结局，我们过时的老海军。现在那是一种耻辱。”托妮其实对此是愤怒的：如果你要让男人去打仗，就应该给他们像样的装备。

“也许他会放弃原来的主张。”洛兹说。

“谁？”托妮说。“山姆大叔吗？”

“萨达姆大叔，不好意思，是个双关语。”洛兹说。

“他不可能的，”托妮说。“他已经走得太远了，他自己的人民会杀了他，他们并非没有尝试过。”

“真压抑。”查丽丝说。

“没错，”托妮说，“对权力的欲望会占上风，数千人会毫无必要地死去，尸体将要腐烂，女人和孩子将会死去，瘟疫将会肆虐，饥饿将横扫整个国家，抚恤金将会设立，官员将会从中吮吸钱财。但也不全是坏事——自杀率会下降，战争期间都是如此，而且或许女性战士会在前线的格斗中大显身手，为女权主义而战。但我对这一点表示怀疑，她们可能还是会像往常一样绑绷带。我们再叫一瓶依云吧。”

“托妮，你太冷血了，”洛兹说，“谁会赢？”

“战役，还是战争？”托妮说，“战役的话，肯定是技术赢，谁有空中优势谁赢。现在更可能是谁呢？”

“伊拉克人有某种巨大的炮，”洛兹说，“我读到过一些。”

“那只是其一，”托妮说，她很清楚这一点，因为她自己对此也感兴趣。她，以及《简氏防务周刊》，还有其他一些不认识的人。“叫做超级炮。那确实是个技术性突破；能够取代中程飞行器和昂贵的火箭，减少成本。猜猜他们叫它什么？巴比伦工程！但是这个武器的制造者被谋杀了，一个武器天才——格里·布尔，世界上最好的弹道学家——我们的人，顺便说一句。他被警告过，有那么点儿。他不在的时候，有东西一直在他的房间里走来走去。明显的暗示，我要说。但他还是在造炮，直到砰——他头上中了五颗子弹。”

“真可怕，”查丽丝说，“我讨厌那样。”

“你自己选，”托妮说，“想想有多少人会被超级炮杀死。”

“但不管怎样，我听说挖地窖了，”洛兹说，“听说他们已经有了很深的水泥地下碉堡，足以抵挡爆炸。”

“只给将军级别的人用，”托妮说，“等着瞧。”

“托妮，你真愤世嫉俗，”查丽丝说，怜悯地叹一口气。她一直希望托妮能够在灵魂上有所提高，包括，无疑，对前生的发现，接受部分脑白质切除术①，提高对园艺的兴趣。

托妮看着她，坐在她漂亮的甜点前面，冰淇淋拼盘，一个粉色球，一个红色球，一个诱人的紫色球，汤匙已经准备好，就像是一个孩子的生日派对。这种无知让托妮觉得痛苦，同时以两种方式。她想要安慰查丽丝；也想摇醒她。“你想要我说什么？是要我们都应该努力有个更积极的态度？”

“会有帮助的，”查丽丝严肃地说，“你不知道会怎样，如果每个人都那么做。”

有时候托妮想拉着查丽丝百合花一般白的手，带着她去头盖骨堆，去到填满尸骨的隐秘洞穴，去看手臂如柴、肚子鼓胀的挨饿儿童，去看那些教堂被锁起来，然后连同里面嘶吼着的囚犯一同烧掉，去看十字架，一排一排一排。多少世纪之前，能够追溯的最早的时候。现在告诉我，她会对查丽丝说，你看到了什么？

鲜花，查丽丝会说。

泽尼亚才不会那么说。

---

① 以前用来治疗精神性疾病的方法。

托妮感到一丝寒冷，门肯定打开了，她朝镜子里面看。

泽尼亚站在那儿，在她后面，在烟雾当中，在镜子里，在这间屋子里。不是长得像泽尼亚的某个人：是泽尼亚自己。

这不是幻觉，豹纹衣服的女服务员也看见她了。她正在点头，正在察看，正在指着后面的那张桌子。托妮觉得心揪紧了，像只拳头一样紧拽着，像个铅锤。

“托妮，怎么了？”洛兹说。她抓住查丽丝的手臂。

“慢慢转过头，”托妮说，“不要尖叫。”

“狗屁，”洛兹说，“是她。”

“谁？”查丽丝说。

“泽尼亚。”托妮说。

“泽尼亚死了。”查丽丝说。

“天哪，”洛兹说，“真是她。查丽丝别盯着看，她会看见你。”

“居然让我们去经历那个白痴葬礼。”托妮说。

“那么，她不在里面，”洛兹说。“只有那个锡罐，记得吗？”

“还有那个律师。”托妮说。经过一开始的震惊之后，她觉得自己并不惊奇。

“是呀，”洛兹说，“律师个屁。”

“那人看上去是像个律师。”查丽丝说。

“他看上去太像是律师了，”洛兹说，“面对吧，我们上当了。那也是她的人。”

她们像谋逆者那样窃窃私语着。为什么？托妮想道，我们没什么好隐藏的，我们应该迎着她走过去追问——什么呢？她怎么能够仍然厚颜无耻地活着？

她们应该继续聊天，装作没看见她，可是她们却盯着桌面，剩余的冰淇淋拼盘融化成粉色和黑梅色的一片，在白色盘子上流淌，就像鲨鱼袭击后留下的痕迹。她们感到被发现，被捉住，感到心虚。应该是泽尼亚这样感觉才对。

但是泽尼亚大步走过她们的桌子，好像她们并不存在，好像没有任何人存在。托妮感觉到她们都在她散发出来的耀眼的光中黯然失色。她用的香水识别不出来：很浓很阴郁的一种，阴沉，不吉利。焦土的味道。她走到屋子后面，坐下来，点燃一支烟，眼睛越过她们头顶上方，凝视着窗外。

"托妮，她在干什么？"洛兹小声说。托妮是唯一一个对泽尼亚看得清楚的人。

"吸烟，"托妮说，"等人。"

"但她在这里做什么？"洛兹说。

"猎奇，"托妮说，"跟我们一样。"

"我真不敢相信，"查丽丝悲哀地说，"在这之前我还是喜欢这一天的。"

"不，不，"洛兹说，"我是指她来这个城市干什么，狗屁，我是指整个国家，她已经断了自己所有的后路。还给她剩了什么？"

"我不想谈她。"托妮说。

"我想都不愿想她，"查丽丝说。"我不想让她来搅乱我的头脑。"

但是已经不可能去想其他的任何事情了。

泽尼亚还像以前一样漂亮，穿着黑色紧身衣，低低的汤匙领，露出乳房的上部。总是那样，她看上去像是一张照片，用了强光，因此所有的雀斑和皱纹都褪去，只剩下基本的五官：在她，就是饱满的红紫色嘴唇，微染着陶土色的高高颧骨。还有她的头发，一团密集的烟雾，以她身上无处不在的那种难以察觉的卷曲，在她的头四周爆炸开来，这种微卷也使衣服紧贴身体，这种爆炸不规则地震动着她前额的卷发，使她周围的空气充满着沙沙的声音。在这种看不见的骚乱中间，她一动不动地坐着，像是被雕刻而成的那样静止着。憎恶像宇宙辐射一样从她体内流淌出来。

或者这只是托妮看到的，当然是种夸大；是夸张的形容。但这就是泽尼亚通常会鼓动出来的情绪：夸张的情绪。

“我们走吧。”查丽丝说。

“别让她吓到你。”托妮说，好像是在告诉自己。

“不是害怕，”查丽丝说，“她让我觉得恶心，让我觉得自己恶心。”

洛兹沉思地说：“她就是有那种功效。”

她们两个收拾手提包，开始分摊费用的仪式。托妮还在看着泽尼亚。她确实仍和以前一样漂亮；但是现在托妮能够察觉到一丝粉末状的乏味，就像葡萄上的白霜——细微的毛孔收缩，有点收缩，就像表皮下面的汁液被吸了出来。托妮觉得安心：泽尼亚毕竟终有一死，就像其余的她们一样。

泽尼亚吐出一口烟雾，放低目光，盯住托妮。她的目光正正地穿过她，但确实又看见她了，看见了她们三个，她知道她们的感觉，对此她很享受。

托妮不看她了，她的内心又冷又稠密，像只雪球一样裹在一起。同时，她又非常兴奋，紧张，似乎在等待一个短语，一个命令，正要下达的，殊死的。前进！冲锋！开炮！或者是与此类似的某种东西。

但同时她也很累，也许她已经没有力气对付泽尼亚了，她也许斗不过她，这一次。当然她也从来没斗赢过。

她集中注意在光滑的红色桌面上，黑色的烟灰缸和压皱的烟蒂。餐馆的名字用银色的字体印在上面：托克斯克。

克斯克托。看上去像阿兹特克语。

她想干什么？托妮想。她要什么？

她在这里，在镜子的这一边，又是想干什么？

六

她们三个结队走出门，一个接着一个。撤退。托妮克制住想要退着走出去的冲动：如果逃跑，伤亡率就会上升。

并不是因为泽尼亚可能有枪，而是说，托妮能够感觉到轻蔑的深蓝色凝视像一道激光穿过她后面脆弱的小圆点人造丝衣服。可怜，泽尼亚肯定在想，她肯定在笑；或者微笑，性感的嘴角上翘。她们虽然人数是三个，但也无法大笑。没了，托妮喃喃地对自己说。像是没了盔甲，像是没了尊严，像是没了头发。

今天早上，托妮还感觉到安全，足够安全，但是现在不觉得了。一切都成了问题，即使是最好的时候，每天的世界对她来说也显得脆弱，犹如一层薄薄的珍珠色皮肤被表面的张力固定在原处。她花费大量的精力去保持它的完整，保持她幻想中希望的舒适和稳固，话语从左到右地流淌，爱的惯例；但是表面之下却是黑暗。危险，混乱，城市着火，塔楼倒塌，深水区的混乱。她吸一口气，让自己沉静下来，感觉到氧气和汽车尾气冲进她的脑子。她的腿在摇晃，街道起伏的表面，像是池塘里的反射光那样可怕，微弱的阳光像烟雾一样吹过。

然而，当洛兹提出要开车送她回家或者去任何她要去的地方，托妮说她要走走。她需要间歇，需要空间，需要准备好自己去面对韦斯特。

这次，她们三个没有隔空亲吻，而是彼此拥抱。查丽丝在发抖，尽管她努力让自己平静。洛兹轻率并轻蔑，但她在努力止住眼泪，她会坐到自己的车里，然后大哭，用她鲜亮的夹克袖子抹干眼泪，直到她准备好，可以开回她顶层的豪华公司。另一方面，查丽丝会慢慢地走向回岛的渡船码头，透过商店橱窗往里面看，乱穿马路。在渡船上，她会看着鸥，想象自己也是一只，努力把泽尼亚赶出脑袋。托妮感觉应该保护她们两个。她们怎能明白那种艰难邪恶的选择呢？在即将到来的抗争中，她们一个都帮不上太大的忙。但另一方面，她们没有什么可以损失了，什么也没有，或者说没有人可以损失了。托妮却有。

她沿着皇后街走，然后在斯帕蒂娜街向北转。她强迫自己的脚移动，强迫阳光照耀。他不是过于害怕自己的命运，就是赏罚过小，他把它藏起来，既无法赢取，也不会完全失去[①]：她在脑子里背诵着。一首令人振奋的诗歌，一首被普遍喜欢的诗，一首将军们喜欢的诗。她需要的是一些展望，一些望展，一个有治疗作用的词。

慢慢地，她的心平静下来。在陌生人当中让她感到舒心，他们不需要她的努力，不需要她的解释，不需要她的再保证。她喜欢混合在这里的街头，在各种肤色当中。这里主要被唐人街接管，但仍有一些犹太熟食店，再往前去，被挤到一边的，是肯星顿市场里的葡萄牙人和西印第安人的店铺。还有 2 世纪的罗马，10 世纪的君士坦丁堡，19 世纪的维也纳。穿过十字路口。从其他国家来的人们似乎在努力忘却着什么，而这里的人又似乎在努力记住着什么。或许反过来。不管怎样，那些眼神里都有一种内向、出神的神情，斜眼的一瞥。到处都是音乐声。

---

① 出自苏格兰英雄人物詹姆斯·格雷厄姆（1612—1650）诗作《我唯一的挚爱》。

人行道上挤满了午休购物的人；他们用不着看，就能成功地避免撞到彼此，好像身上长了猫须。托妮飘进飘出，经过蔬菜店，他们的杨桃，荔枝，和多皱的长卷心菜整齐地陈列在前面，肉贩子们的光滑鲜红的鸭子挂在橱窗里，亚麻制品店里有雕绣的桌布，丝质和服的后面绣着象征好运的龙。在中国人当中，她觉得自己高度正好，虽然她并不是没有察觉到自己会被他们当中的一些人怎么看，一个多毛的外国白种坏人；但是她并不多毛，事情就是这样，而且她也不是很坏。外国人，是的。在这个区域是外国人。

差不多到她该剪头发的时候了，在莉莉安理发店，往前两个街区，在拐角处。在那里，他们会对着她大惊小怪：他们欣赏，或者装作欣赏她的小脚，她鼹鼠爪子般的小手，她扁平的屁股，她心状的嘴，同时尚杂志中的翘嘴蜂蜇唇形比起来已经非常过时。他们说她几乎是个中国人。

但只是几乎。几乎是她总是感觉到的一点；近似。泽尼亚从来不是几乎，即使在她最不诚实的时候。她的伪装非常巧妙，即使是最表面的掩饰也是绝对的。

托妮走啊走，走完斯帕蒂娜街，经过旧的胜利滑稽表演场——哪个胜利，谁的胜利，她在想——现在贴满了中文海报电影广告，经过格罗斯曼酒店，穿过学院街，史葛差会在供应耶稣之汤，用越来越少的钱，供给越来越多的人。她可以一直走回去，今天没课。她需要重组她的力量，需要谨慎思考，需要布置策略。但是这么少的资源又能计划出什么策略呢？例如，为什么泽尼亚要选择复活，为什么她要先不厌其烦地让自己炸死？也许有她自己的原因；和她们三个没关系。或者和他们两个有关，她和韦斯特。但在托克斯克被泽尼亚认出来仍然是个坏运气。

也许泽尼亚现在已经把韦斯特忘光了。他只是个小把戏，托妮默默地恳求着。一条小鱼，有什么好麻烦的呢？但是泽尼亚喜欢狩猎，她喜欢狩猎任何东西，她就爱好这个。

想象一下你的敌人，专家说。把你自己放在他的位置上，假装自己就是他，学着预测他。很不幸，泽尼亚是个不可预测的家伙。一切都藏在古老的儿时游戏里面——剪刀，纸，石头。剪刀剪纸，但是摔碎在石头上。诀窍就是知道你的对手隐藏了什么，他或她，藏了什么拳头或者是卑鄙的突袭或者是什么秘密武器在后面。

太阳西沉，托妮走在她自己的那条安静的街道上，在飘落的枫树和栗树叶子间拖着脚步，回到自己的家。她的大本营，在逐渐衰弱的光线下，这座房子不再那么厚实，那么坚固，那么无可争议了。而是看上去好像是临时的，好像正要被售出，或者正要开航，它有一丝摇曳，在停泊处摇动着。打开门锁之前，托妮的手在砌砖上拂过，向自己确证它的存在。

韦斯特听见她回来，对着下面喊她。托妮在走廊镜子前检查了自己的脸，镇定下来，恢复她希望的正常表情。

“听听这个。”她爬上第三层楼梯的时候，韦斯特说。

托妮听着：又是一首噪声，和昨天的——就她所能够分辨的——差不多。求爱的雄企鹅搬来石头，夹在橡胶靴子似的两脚之间；韦斯特带来的是噪声。“很棒。”她说。这是她诸多小谎当中的一个。

韦斯特微笑了，意思表示他知道她无法听到他能听到的东西，但是他喜欢她没有说出来。她回他一个微笑，担忧地审视他的脸。她检查了每一个皱纹，每个抬高和弯曲，一切都和平常一样，就她能看出来的。

他们两个都不想做饭，所以韦斯特转过拐角去买了日本外卖——烤鳗鱼，黄尾鱼，鲑鱼寿司——他们就在韦斯特三楼的书房里，坐在电视机前的垫子上吃，脱了鞋，舔着手指。

韦斯特在那儿放了一台电视机，这样他就能在上面放录像，声音被处理成颜色和波浪线，但他们也会用它来看老电影和质地很差的午夜凶杀连续剧。韦斯特通常更喜欢看电影，但今天晚上轮到托妮选择了，他们决定看一部警匪故事的重播，极具攻击性，俗不可耐，而且充斥着毫无理由的突发性暴力。

托妮的学生如果发现她做这个，肯定会笑；在他们的幻想中，他们的长辈和老师不可能像他们自己那样轻浮和思维懒惰。托妮看着一个女人梳理刚刚洗好的头发，看着另一个女人赞扬一个卫生巾，并将它弄弯来接住滴漏。她继续看，第一百次，第一千次，一个男人准备杀另一个男人。

这种男人在扔出匕首或者割断喉咙或者扣动扳机之前总会适当地说上一两句。这也许只是种银幕现象，是编剧的空想；或许男人真会说这种东西，在那种情境下。托妮怎么会知道呢？具有一种冲动，要去发出警告，幸灾乐祸，威吓敌人，将自己推向行动？*君权天授。人不犯我，我不犯人。为祖国而死是甜蜜和光荣的。别干涉我。*挑战，呐喊，墓志铭。汽车保险杠贴纸。

这个男人说："你将成为历史。"

托妮在脑中编撰了这些在电视里播放的死亡的同义词。*你被烤了，你被烧了，你已经没有用了，你成了牛排，你死定了。*奇怪的是有这么多都与食物有关，好像成为营养品就是最终的侮辱。但是*你将成为历史*很久以来就是她最喜欢的表述之一，它在过去——过去任何东西，过去的一切——和应得的不值钱的遗忘之间画了一个确切的等号。*那就是历史，*年轻人带着自以为是的藐视宣称，*就是现在。*

给了眼睛瞪大的男人一个脸部特写，按照事情的进展，这个人将很快成为历史，然后场景转换到鼻道的画面，鼻道里渗透着用橙色泡沫来医治的笑蕾。

“真可怕，”韦斯特说。托妮不知道他指的是这个警匪剧还是指鼻子的横截面。她隐去声音，拿起他的大手，握住他沾了酱的两根手指。“韦斯特，”她说。她想要传达什么呢？*你是那么大？*不是。*我并未拥有你？*不是。*请留下？*

穆特和杰夫①，他有时候会这么称他俩。特穆和夫杰，托妮应答。把那段切掉，韦斯特说。他们一起散步的时候，总会看上去像是其中一个被拴在链条上；但是哪一个被拴呢？熊和它的驯兽师？狮子狗和它的训练员？

“要啤酒吗？”韦斯特说。

“苹果汁，”托妮说，“劳驾，”韦斯特从他的垫子上站起来，穿着短袜的脚踏步走下楼梯。

托妮坐着看一辆新车在山地的荒野里发出刺耳的声音，静静地，从一个平顶的山冈鸟瞰下去。埋伏的好地方。现在，她只有一个决定要作：要不要告诉韦斯特。怎么开口？*泽尼亚活着。*然后怎样？韦斯特会怎么做？跑出这座房子，衣服和鞋都不穿？是有可能的。高个子人们的脑袋离地面太远，重心太高，一有震动他们就摇摇欲坠。正如泽尼亚曾说过的，韦斯特是个容易受影响的人。

凭着直觉，她站起来，踮着脚走到韦斯特的书桌边，那里放着他的电话机。他没有类似电话活页簿的东西，但是在一张废弃的音乐记录纸背面，她发现了令她害怕的东西。*Z. —A. 旅馆。分机：1409。*

Z字漂浮在纸上，就像涂在墙上，就像潦草地写在玻璃上，又像雕刻在手臂上。Z代表佐罗，戴着面罩的复仇者。Z代表零点。Z代表击溃。

---

① 美国动画片中一高一矮的一对主角。

就好像泽尼亚已经来过这里，留下一个嘲讽的记号；但字体是韦斯特的。多可爱，她想；他就将它放在这里，谁都能看见，他甚至都不知道冲下马桶。不够可爱的是，他还没有告诉她。他比她想象中少一些坦率，少一些公正；多一些背信弃义。敌人已经在围墙以内了。

私事不是政治，托妮想：私事是军事。当语言失败，战争就开始了。

泽尼亚，她低语着，试着说出来，*泽尼亚，你将成为历史。*

你死定了。

七

查丽丝

破晓时分，查丽丝起床，将床打理得十分整洁，她尊重自己的床。她换过一张又一张的床——在地板上摆个充气垫子，或是在几个房间的地板上摆上几个充气垫子；一张盒子造型、拧着锥形木腿、老是坏的二手床；一个足以毁掉脊椎的蒲团；一个有药味的泡沫垫子——最后终于找到了自己喜欢的：结实，却又不是太硬，白漆铸铁床架。是她在工作时从莎安妮塔那里以很便宜的价格买回来的，当时莎安妮塔在定期更换中正想扔掉它。从莎安妮塔那里得来的一切都带有好运，这个床也是。干净，新鲜，像颗薄荷糖。

查丽丝用漂亮的印花床罩盖住床，白底，叶子、藤蔓和葡萄都是深粉红色，维多利亚时代的样式。她女儿奥古斯塔却认为太繁琐了。奥古斯塔在某些方面很有眼光：像膝关节一样光滑的皮椅子，铬合金腿玻璃面的咖啡桌，摆着灰色、象牙白、棕色枕头的块状棉款式的沙发。是种极简主义的奢华，就像公司法律师的办公室——也许只是查丽丝的想象，实际上她一个公司法律师都不认识。女儿从杂志上剪下这些令人望而却步的椅子、桌子和沙发的图片，将它们贴在家具剪贴簿里，并将摊开的剪贴簿随便放，就像是对查丽丝以及她的不修边幅的一种责备。

女儿是个倔强的女孩儿。很难使她满意，至少对于查丽丝来说很难。大概因为她没有父亲，或者不是没有父亲：而是一个看不见的父亲，一个只有少许轮廓，需要查丽丝来着色的父亲。而查丽丝自己也无能为力，因此他的特征至今仍旧有点模糊也就不足为奇了。查丽丝不知道对女儿来说有个父亲是否会好一点，她也不知道，因为她自己不曾有过父亲。也许当奥古斯塔拥有双亲而非一个却仍会感到不满足时，才会和查丽丝相处得好一点。

也许是查丽丝命该如此。也许她前世是个孤儿院的女看管——维多利亚时代的孤儿院，院里有供给孤儿们的薄粥，有舒适的炉火，有给女看管的四周糊满海报、被子填满绒毛的床；大概这就决定了她现在对床罩的品位。

她记起在成为查丽丝前，还是卡伦的时候，母亲也说自己倔强。*你真倔，你真倔*，她会哭着，用鞋或是扫帚柄或是身边的任何东西抽卡伦的腿。但其实卡伦不倔，她是温顺的，而且太温顺了。她头发柔软，笑容柔和，声音温柔。她是如此温顺，没有任何反抗。冷酷的东西沉入她的生命，穿透她；一旦她真的较劲儿，则完全是另外一回事。她用不着去看、去听甚至不去触碰它们。

大概她看上去很倔强。*你赢不了的*，她姨父这样说着，用粗壮的手抓住她的手臂。他以为她在反抗，也许是吧。最终她变成了查丽丝，消失了，在别处再次出现，从此以后就在另一个地方了。变成查丽丝后她更倔强了，倔强得可以，但她依然穿柔和的衣服：柔滑的印第安细棉布，长衬衫，印花披肩，长丝巾。

但是，她的女儿就闪亮多了。涂漆指甲，墨发定型成了个闪烁的头盔，虽然不是朋克造型：也差不多了。她太小不该如此闪亮：才十九岁。就像才从蛹中出来一半就坚持要成为标本的蝴蝶，怎能够把身躯展开呢？她那超薄的衣服，干净的小军靴，从电脑打印出来的整洁的崭新列表，令查丽丝心都碎了。

奥古斯特，是查丽丝起的名字，因为那是她出生的时间①。暖暖的微风，婴儿粉，无精打采的热度，刚刈的干草的味道。如此温柔的一个名字，对她女儿来说太柔了，于是奥古斯特自己在名字后面加了个 a，现在变成了奥古斯塔，这就完全不同凡响了。大理石雕像般的脸，鹰钩鼻，双唇紧闭发号施令的嘴。奥古斯塔在韦仕敦大学念商学，上一年级，所幸的是有奖学金，因为查丽丝从来都负担不起；她在金钱上的拮据是奥古斯塔另一个抱怨的缘由。

虽然生活不富裕，但奥古斯塔被喂养得很好，营养充足。每次奥古斯塔回家，查丽丝都会为她煮上一顿营养大餐：多叶的绿色蔬菜以及营养平衡的蛋白质。她还会送奥古斯塔小礼物：填满玫瑰花瓣的香薰袋，供奥古斯塔带回学校的瓜子曲奇。但这些东西似乎并非最合她意，也似乎永远都不够。

奥古斯塔让查丽丝把肩挺直，否则老来就成了驼背老太太。她检查查丽丝的碗橱和抽屉，把查丽丝收集起来打算做成新蜡烛的蜡烛头扔出来，有的时候扔的是那些查丽丝准备用来煮成新肥皂的半截肥皂，或是本打算用来装饰圣诞树却不小心长了蛾子的羊毛线卷。她问查丽丝上次清洗马桶是什么时候，吩咐她清理混乱的厨房——她是指那些每年夏天查丽丝无限钟情地培育而现在已经干枯的一簇簇香草，在窗子顶框上那脏兮兮，但仍然有点用处的大小不一的钉子上摇摆着；还有挂在那里的用来装鸡蛋和洋

① “奥古斯特”原文为 August，意为 8 月。

葱的金属丝编制的篮子——上面扔了查丽丝的手套和围裙；还有牛津饥荒救济委员会发放的由遥远某处的山区农妇制作的烤箱露指手套，红色猫头鹰形状和海军蓝猫咪形状的。

奥古斯塔朝着“猫头鹰”和“猫咪”皱眉，她告诉查丽丝，她自己的厨房将是白颜色的，并且非常实用，所有的东西都将收进抽屉。她已经从《建筑学摘要》上面把图片剪贴下来了。

查丽丝爱奥古斯塔，但此刻她决定不去想她。太早了，她要享受日出，这才是更中立的方式来开始一天。

她走到卧房的小窗前，拉开窗帘，窗帘是与床罩取自同一花色的布。她还没有来得及替它卷边，但迟些时候她会的。几个钉窗帘的图钉已经从墙上崩掉，散落在地上。现在她得记住，避免以后赤脚踏上去。她应该弄个窗帘棒什么的，或者两个吊钩一根细绳：那不会很贵。无论如何，必须在奥古斯塔回来之前把窗帘洗掉。“你从来不洗这些东西的吗？”上次在的时候她这样说过，“看上去就像穷人的内衣。”奥古斯塔对事物的图解方式令查丽丝畏缩。太尖锐，太伶俐，太不加掩饰：从锡罐上剪下来的形状。

没关系，卧室窗外的风景使她宽慰。她的房子是一排的最后一间，旁边就是草坪，然后是树，枫树和柳树，树林的间隙是个海港，在那儿，太阳刚刚从水面上升起，今天，正在起雾。如此之粉，如此之白，如此柔软的蓝，一牙弯月，海鸥打着转，时而点水，如同飞翔的灵魂。城市在雾中渐渐浮现，塔楼，塔楼，塔楼，尖顶，不同颜色的玻璃墙：黑色，银色，绿色，紫铜色，吸收着光线又将它扔了回来，此刻又是异常的温柔。

岛上的城市是神秘的，就像海市蜃楼，又像科幻小说的封面，平装本的。仿佛此刻是日落时分，天空正在变成燃烧的橘红色，然后里面变成深红色，然后是靛青，于是人们窗前的光将黑暗变成了薄纱；然后到了晚上，霓虹升起，发出红光，就像一个娱乐公园，也像是什么东西安全地燃烧着。只有在中午，一天中阳光最炫目的时候，查丽丝才不注意观察这个城市。这个时候它太清晰，太傲慢，太唐突。太突出了，富于攻击性。只有钢桁，只有混凝土路面。

查丽丝宁愿看着这个城市而不愿意走进它，即使在黄昏。一旦她身处其中，就看不到了。或许她看它看得太细密了，以至它变得太刺目，太多凹痕，太多十字格栅，就像显微镜下拍出来的皮肤照片。尽管如此，她每天都得进城，她得工作。她非常喜欢这个工作，但仅仅作为工作而已，每个工作都有其桎梏。所以她每天都尝试一点点缓息，找点乐子，一点额外的东西。

今天她将与洛兹和托妮在托克斯克一起吃午饭。某种程度上她并不太适合拥有这样的朋友。她认识她们那么久，从麦克朗大楼开始就认识了，想想实在是奇怪。实际上，不是认识，她当时并不了解任何人，只知道他们的面貌。但和托妮和洛兹竟成为朋友，出乎意料。在今生，她们三个有共同的特点。

她从窗口退回来，又停住，把踩到脚上的图钉取下来；没有她想象的那么疼。闪念间她想象自己躺在一个满是钉子的床上。可能需要习惯一下，但应该是很好的训练。

她脱下白色棉质睡衣，喝下为了提醒自己多喝水而每天晚上摆在床边的那杯水，只穿着内衣做瑜伽。她的紧身衣洗掉了，可是谁会在乎呢？没有人看得见她。一个人生活也有好处。房间里有点凉，但凉爽的空气有利于皮肤。她的工作有一点好，就是十点才上班，这给了她长长的早晨，可以让她慢慢地进入一整天。

她在锻炼时偷了点小懒，因为这次不大愿意躺到地板上。然后下楼洗澡。浴室在厨房的外面，是房子造好后加出来的。岛上的很多房子都是这样；一开始是在屋子外面加一间，然后就变成了夏季小别墅。查丽丝把浴室漆成了粉红色的欢乐图案，但这对于倾斜的地基毫无改善。浴室好像正在偏离整个房屋的其他部分，大概这也是为什么会有那些噼啪声和冬天气流的原因。她得将它支撑一下了。

查丽丝用的沐浴液是美体小铺，露梅香味的，她用它来清洗自己的手臂，脖子，腿——腿上的伤疤几乎看不见了。她喜欢清洁自己。祖母曾说，干净有外在的，也有内在的，而内在的干净更重要。但是查丽丝的内在并不完全干净：泽尼亚的一点点东西仍然附着在她身上，就像闪着脏点的细棉布。她能在脑子中看到泽尼亚的名字，像一道发烫的抓痕，像火山岩，在脑子里画出一条又粗又黑的蜡笔线。现在还太早，不该去想泽尼亚。

洗澡的时候，查丽丝一并洗了头发，从浴室走出来，用毛巾将头发擦干，从中间把头发分开。奥古斯塔缠着让她剪掉头发，因为她不想要一个又老又掉份儿的妈妈。掉份儿就是她的措辞。“我喜欢我自己存在的方式。”查丽丝告诉她；但她其实并不知道是否真如自己所说。尽管如此，她不愿意染发，因为一旦开始就必须不断继续，简直是一个沉重的镣铐。看看洛兹就知道了。

查丽丝对着浴室的镜子检查自己的乳房——她每天都得做这件事情，否则她会忘记并永远都不做了——没有发现任何肿块。也许她得开始戴胸罩了，也许她该一直戴着的，那样就不会变得像现在这么松软了。没有人会预先告诉你关于变老的事情，也不对，人们告诉了你，但你自己从来不听。“我妈在另一条路线上。”在给自己的名字加上一个a字之前，奥古斯塔曾这样对她的朋友说。

查丽丝从她蓝色的束口中国丝绸包里取出石英钟——丝绸能保护振动的钟，莎安妮塔这样说——她将它举过头顶，从镜子中观察它。“今天运气好吗?”她问它。旋转不息表示肯定，前后晃动表示否定。石英钟犹豫了一会才开始摆动：稍有点椭圆形状。

它也拿不定主意。正常，查丽丝想。然后它有点跳动，又停下来。查丽丝迷惑不解：以前从没见过它这个样子。她决定去问问莎安妮塔；莎安妮塔肯定知道。她将钟塞回丝绸包。

为了换个角度，她取下她祖母的《圣经》，闭上眼睛，用一个大头针拨开书页。她有一段时间没有这样做了，但还没丢掉这个窍门。她的手停了下来，睁开眼睛看：我们如今仿佛对着镜子观看，模糊不清，到那时，就要面对面了。《哥林多前书》这只是一个日常预报，并不是完全的帮助。

早餐吃了穆兹利，加了酸奶和半个切碎的苹果。比利在的时候他们是吃鸡蛋，那些消失很久的母鸡生的，还有熏肉。或许是比利吃熏肉，他喜欢吃。

查丽丝迅速地将比利的样子扫出脑子——擦去！像擦掉录像一样！莎安妮塔这样说——还有他喜欢吃的东西。她只去想熏肉。七岁的时候她就不再吃熏肉了，之后才不吃其他的肉类。《拯救你生命的菜谱》建议的，回到那里，那个时候，想象这块肉在她胃里会是什么样子。一磅黄油，一磅猪油，一条熏肉，没有煮过的，白色，柔软，肥肥的，像一条绦虫。查丽丝实在是太会想象了：她并没有停留在脂肪这一步。每次她将食物送到嘴里，她似乎看到它活着的样子，顺着她的食道下到她的胃，并在里面不情愿地被搅拌着，之后一点点到达消化道，消化道像一根长长的缠绕的花园软管，里面是小小的橡胶似的指状物，按摩拖鞋一样。或早或晚，食物终会从另一头出来。由于过于关注健康饮食，她视餐盘里的每样东西为将来的粪便。

忘掉熏肉！她坚决地对自己说。外面晴了，她应该想想那个。她穿着印了竹笋图案的日本棉质和服，坐在厨房的餐桌旁——一个橡木圆桌，在奥古斯特出生之前就有了；吃着她的穆兹利，细数着咀嚼次数，看着窗外。以前在这里可以看到鸡舍，是比利自己造的，她将它留在那里以作纪念，即使里面已经没有母鸡了。直到奥古斯特变成了奥古斯塔的时候，她偏让她拆掉了。她们两个用铁锹拆的，之后她趴在她的白底葡萄藤印花的床罩上哭了很久。她只想知道他去哪里了，只想知道他们把他带到哪里去了。一定是被人强行带走的，他不会就那样离开的，不告诉她，也没有信给她……

疼痛敲击着她的脖子，穿过气管，她都来不及阻止。擦掉疼痛！但有的时候她办不到。她用前额轻轻敲击着桌子边缘。

“有时候真的办不到！”她喊出了声。

那好，莎安妮塔的声音说，那就让它泛滥，让它冲刷你，它只是一层波浪，就像水一样。想想那个波浪是什么颜色的？

“红色！”查丽丝喊道。

好，莎安妮塔微笑着说。那是个漂亮的颜色，不是吗？坚持，坚持着这个颜色。

“嗯，”查丽丝顺服地说，“但很疼。”

当然疼了！谁说不会疼了？疼，证明你还活着！现在——那个疼痛是什么颜色的？

查丽丝吸气，又呼气，颜色消失了，并伴着头疼。她曾试图向洛兹解释这些，那时洛兹也非常痛苦，比查丽丝痛得更深，时间上也更近，但也有可能并不比她更深。“你可以自己治愈，”她告诉洛兹，保持她的音量和自信，像莎安妮塔那样，“你能够控制住它。”

“胡说，”洛兹生气地说，“让我不要再爱那个人，这样的话简直一点用都没有，根本不管用！”

“但是，你必须那么做，如果你知道那对你不好。”查丽丝说。

“这就不是‘对你不好’的事儿。”洛兹说。

“我喜欢吃汉堡，”查丽丝说，“但我却不吃。”

“汉堡并不是感情！”洛兹说。

“当然是。”查丽丝说。

查丽丝起来把茶壶放到灶上。她要做一点早茶，一种上班的时候学来的特别的混合物。她侧身站着点着了煤气炉，因为有的时候——现在正是这样的时候——她不想向厨房门口转身。

厨房门上有一个玻璃嵌板，在门顶的地方。一个月前，奥古斯塔回来度周末的时候给了她一个伤疤。不过不是在早上，而是在晚上，在黄昏。外面下着毛毛雨，起了轻轻的薄雾；整个城市以及湖的一部分被抹去，已经落山的太阳不再发光。查丽丝并没期待奥古斯塔在那个时候回来，甚至可能都不期待她第二天能回来；她想着她应该会从大陆那边打电话回来，虽然不知道会是什么时候。奥古斯塔的来去相当难以掌握。

但是厨房门的玻璃嵌板上突然出现了一张女人的脸。一张苍白的脸，在幽暗和阴沉的空气中显得模糊。查丽丝从炉子转过脸来看见它，顿时毛骨悚然。

只是奥古斯塔而已啊，但查丽丝想到的却不是奥古斯塔，她以为是泽尼亚。被雨水冲得光滑下垂的头发，潮湿并颤抖着，像以前那样站在后面的台阶上，很久以前。泽尼亚已经死了有五年了。

查丽丝想，最糟糕的是她把泽尼亚和她自己的女儿给弄混淆了，她女儿一点都不像泽尼亚啊。她做了件多么可怕的事情呵！

不，最糟糕的是她实际上并不是惊讶到那种地步。

八

不惊讶，因为人并不会死，大概查丽丝就是这么认为的。托妮有次问她她所谓的“死”表示什么意思——托妮这样的逼问，让查丽丝觉得紧张，于是她常常通过假装没听见来摆脱这样的问题——查丽丝不得不承认每个人必定会经历习惯上被称作“死亡”的过程。一些终极的事情当然会发生在身体上，这些事情查丽丝宁愿不去细想，因为她还不知道将它埋葬在土地中好，还是通过火葬让它与空气混合更好。每一个这样的可能性都被诉诸于一种普遍观念，但是当牵涉到细节的时候，比如她自己的手指、脚趾、嘴，就不是那么回事了。

但她试图说明，死只是一个阶段。它是一种状态，一个过渡，呃，是段学习的经历。

她不太善于向托妮解释，常常顿住，特别是当托妮用那双大大的、带着些许寒冷、在眼镜片后面显得更大的眼睛盯着她，有着珍珠般牙齿的小嘴微张的时候；好像查丽丝所说的每件事情都让托妮吃惊似的。但她怀疑，吃惊并不是托妮那灵敏的脑子里真正在想的东西，虽然托妮从没嘲笑过她，至少以前从没有过。

“你学到什么?”托妮问。

“嗯，学到——下次可以更好一点。重见光明，”查丽丝说，托妮靠向前，看上去有兴趣，于是查丽丝继续摸索，“人有死后的经历，当人们重新活过来的时候，他们这么说的，我们也这么认为。”

“他们活过来?”托妮说，瞪大眼睛。

“人们敲打他们的胸膛，做人工呼吸，温暖他们，最后，把他们带回来。”查丽丝说。

“她是指濒死，”洛兹说，她总会告诉托妮查丽丝的意思是什么，“你一定读过那些文章，最近有很多。你似乎得经历一种声音和光，地道和烟火还有巴洛克音乐。我父亲经历过，当他第一次心脏病发作的时候。他以前的银行经理向他显现，像棵圣诞树一样发着光，告诉我父亲他不能死，因为他生意还没有做完。”

“哈，”托妮说，“未完的生意。”

查丽丝想说她并不是这个意思，她是指死后。“有的人没能走到有光的地方，”她说，“他们迷失了，在隧道里，有的人并不知道自己已经死了。”她不打算继续讲：这种人非常危险，因为他们能够进到你的体内，或多或少地搬进来，就像擅自占住空房的人，然后很难将他们赶出去。她不再继续谈这个了，因为不会有什么效果：托妮对证据有特别的嗜好。

“对，”洛兹说，她被这样的谈话搞得很不舒服。“我知道那样的人，比如我自己的银行经理，或者政府内阁，都已经死了，但他们自己知道吗？”她笑道，又问查丽丝自己的飞燕草怎么回事，为何正在变黑。“是长霉了，”查丽丝说。洛兹就是这样打发她的后半生：常绿植物花坛；这是唯一一个查丽丝拥有比托妮多很多的硬数据的话题了。

但泽尼亚在雨中出现在后门的时候，查丽丝想到了这一点。她想，泽尼亚是迷失了，找不到光了。也许她根本不知道自己已经死了。还有什么比现身于查丽丝的屋子请求帮助来得更自然呢？她第一次来就是为了寻求帮助。

当然，后来泽尼亚就不再是泽尼亚，只是奥古斯塔了，回家度周末，有点孤独悲惨，因为——查丽丝猜——她的某些计划成了泡影，是和一个男人有关。奥古斯塔的生活中有几个男人，查丽丝猜测，虽然他们并没有被提过，也从没被带到过查丽丝面前。最有可能的是他们也在商学院，好像羽翼未丰的企业家的样子，瞥一眼查丽丝不算井井有条的屋子就会疯也似的跑开。最有可能是奥古斯塔从中阻拦，大概她告诉他们她的妈妈生病了，或是告诉他们她在佛罗里达什么的。

但奥古斯塔还没有完全变油滑，她也有过轻微的内疚的时刻。那种时候，她会带回来一条糠麸面包和干无花果，表示友好。查丽丝会给她一个额外的拥抱，给她做一点南瓜松饼，在睡觉前给她弄杯热水，就像从前，奥古斯塔小的时候她为她做的那样，因为她非常庆幸奥古斯塔毕竟不是泽尼亚。

尽管如此，泽尼亚似乎真的在那儿，似乎真的来过，没有得到自己想要的，又走掉；不过还会再回来。

查丽丝还是会期待她下次现身。泽尼亚一定是有什么想要说的。或者不，是查丽丝有什么想说，也许这就是泽尼亚依然存在在这个世界的原因。泽尼亚会来访的，会造访某处的，自打那次葬礼开始查丽丝就知道这点。看着装了泽尼亚骨灰的罐子，她就知道。骨灰也许在里面，但骨灰不是人。泽尼亚不在那个罐子里，也不在日光之下。泽尼亚被释放了，释放在空气中却被束缚在外观世界中，这都是查丽丝的错。是查丽丝希望她在这里，是查丽丝不愿意释放她。

泽尼亚会出现的，她苍白的脸会隐现在方形玻璃上，查丽丝会打开门。进来，她会说，因为如果你不邀请，死人无法跨进你的门槛。进来，她会说，冒着肉体的危险，因为泽尼亚需要找到一个新的血肉之躯。进来，她会说，第三次、至关重要地。泽尼亚就会飘过门口，她的眼神空洞，头发似冰冷的烟雾。她会站在厨房里，灯会熄灭，查丽丝会害怕。

但这次她不会放弃，不会退后。他们把比利怎样了？她要问她。泽尼亚是唯一知道这件事情的人。

查丽丝回到楼上，穿衣上班，努力不向肩后看过去。有的时候她想这样一个人居住并不是一件很好的事情，虽然其他时间她还是挺享受的。想做什么就做什么，可以成为她自己，当她大声对自己讲话的时候也没有人盯着她看。没有人抱怨尘埃，大概只有奥古斯塔，她会拿出扫帚清扫干净。

她又踩到一只图钉，这次比较疼，因此她穿上鞋。穿好所有的衣服，她开始找自己的阅读眼镜，因为上班的时候会用到，要用来开发票，在托克斯克吃饭时要看菜单。

她期盼午餐，至少她希望自己是期盼的，虽然有种什么东西拖曳着她，某种知觉……一种消沉的感觉，但这种感觉又并不像爆炸或者是火那样猛烈，是其他的东西。她常会有这种感觉，但这些感觉的一半都不会有什么后果，所以它们并不可信。莎安妮塔说是因为她的手掌有所罗门十字，但比较模糊，太多细线。“你拥有太多的十字交叉，”莎安妮塔这么说，“宇宙静力。”

她在厨房的茶壶保温套下面找到眼镜；却记不起是什么时候放在那儿的。事物有它们自己的生命，她房间的东西晚上会自己走来走去。最近越来越厉害了。可能是因为臭氧层，有不知名的能量穿过。

她有二十分钟时间可以走到渡口，足够了。她按照固定路线，从后门走出去，因为前门被钉起来了，并用塑料片在里面隔离好，上面盖了印度手织床单，床单上绣着绿色和蓝色的佩斯利螺旋花纹。隔离板在冬天才用，夏天就取下来，除了去年夏天她忘了去取。塑料板下面老是有一串死苍蝇，非常讨厌。

岛上的空气真不错，确切地说，是相对不错。至少常会有微风。她在后门外停住，呼吸着这相对不错的空气，感受清新的空气充满她的肺。她的蔬菜园里长着唐莴苣，还有胡萝卜和青番茄，锈斑橘色菊花开在菜园一角。这里的土地很肥，鸡屎的痕迹还在，每年春天和秋天她都会从她的肥料堆里挖肥料来施肥，现在正是做这个的时间了，在第一次霜冻以前。

她爱自己的园子，喜欢跪在泥土里，两手深深埋在土地里，在植物的根间翻找，蚯蚓从她摸索的指尖滑走，她让自己被包裹在泥土和缓缓发酵的味道中，什么都不想，只是帮助它们生长。查丽丝从不戴菜园手套，这着实让奥古斯塔失望。

莎安妮塔说她祖母曾吃泥土，每个春天要吃一到两把。她说这对身体有好处。（虽然查丽丝不知道她确切指哪个祖母，莎安妮塔似乎有两个以上的祖母。）但是吃泥土这种事查丽丝自己的祖母倒是可能做过，因为那位祖母，虽然邋遢可怕，却是很像知道这种事情的人。查丽丝自己还没有尝试，但也快逐渐达到这种境地了。

房子的前面有更多的事情要做。去年春天她修整了草坪，希望达到英式小别墅的效果，这会和房子的整体比较协调；白色的楔形板，彼此间稍稍分离。但是植物种类太繁多，不够稀疏，也没有常常除草，结果是有点混乱。通常是金鱼草会获得胜利，它们还在开花，有一些高的穗子已经倒掉了（她应该给它们打桩的），长出细长的分支。明年她会把高的植物种到后面，减少一点颜色。

确切地说，是如果还有明年的话。也许明年她连房子都没有了。这个岛和城市的战争还在继续。城市要拆掉岛上所有的房子，夷平所有的东西，把它变成一个公园。很多房子都被拆掉了，几年前，在人们还没开始抗拒之前。查丽丝认为这是嫉妒：城里人如果自己不能住在这里也不让其他的人住。这里的产权价格很低，如果不是这个原因，查丽丝能住哪里呢？

如果没有人住在岛上，谁会从远处观看这个城市，在每天早上太阳升起来的时候，像查丽丝所做的那样，去发现它是如此之美呢？如果没有这种自身的美景，没有它的可爱，没有了这些最好的可能性，这个城市就会腐烂，就会分崩离析，就会倒塌成为无用的垃圾。它的存在是靠着信念的支撑；信念，和冥想，像她这样的人的冥想。查丽丝确定无疑地相信这一点，但是到目前为止她还没办法那样提出来，实际上，在她频繁地写给市政议员的信中，只有两封真正寄了出去。但是写下来本身就能有帮助，它放射出信息，在市政议员毫无意识的情况下就进入他们的脑子。就像电台电波那样。

当她到码头的时候摆渡船快要开了。人们一个一个地，分成两队上船，他们上船，从陆地上到水上的样子，有点像列队游行。这里正是她最后看见比利的地方，还有活着的泽尼亚。当查丽丝无比沉重地奔过来，气喘吁吁，手捧着肚子，让它紧紧挨着自己的时候，他们已经上了船。她那样跑是很危险的，会摔倒，丢掉这个孩子。船员拉起跳板，船响起汽笛，向后移动，深水搅动成了漩涡。她跳不过去。

比利和泽尼亚没有靠在一起，两个陌生男人和他们在一起，或者只是两个陌生男人站在附近的地方而已，穿着大衣的男人。比利看见她了，他没有招手，而只是转过脸去。泽尼亚没有移动，她的光晕是深红色的。她的头发在头顶被风吹散。太阳在她身后，所以看不见她的脸，像是朵黑色的向日葵。天空非常的蓝，他们两个越来越小，越来越远。

查丽丝已经不记得自己发出来的声音了，她不想记住。她只去想他们两个向后退去的画面，静止的时刻，全无内容，就像明信片的背面什么都没有写。

她走向主甲板以使自己调整过来。她的开襟羊毛衫口袋里有块面包皮，是用来喂鸥的，那些鸥已经打着转，盯着她，像饥饿的灵魂般喊叫着。

她想，或许人不会通过隧道进入光中。也许是只船，如古人所说。你自己付旅费，穿行而过，喝忘川的水，然后得到重生。

九

查丽丝工作的地方叫做“闪耀”，卖各种各样的水晶，大的小的，做成挂件和耳环，或者直接卖毛坯，还有海贝壳；以及从埃及和法国南部进口的精油，印度进口的香，有机护体乳，加利福尼亚和英格兰进口的沐浴露，用来自法国的树皮、药草和干花做成的香袋，还有六种不同图案的占卜牌，阿富汗和泰国的珠宝，用竖琴和笛子来演奏的新世纪音乐磁带，海滨、瀑布、潜鸟鸣叫的CD；有关阿兹特克族人的健康秘诀和有关印度本土精神的书籍；日本进口的嵌着珍珠母的筷子和上漆碗，精细的中国翡翠雕刻，用回收纸手工制作的，上面粘着由干种子排列成的图案的问候卡片，小包野稻谷，从八个不同国家来的不含咖啡因的茶，贝壳项链，干种子，磨光石头，上面有雕刻的木珠子。

查丽丝从60年代①起就记得这个地方。当时它叫做“精神风暴商店”，出售大麻烟斗，迷幻剂海报，烟蒂夹子，扎染背心，和大席吉装。70年代的时候它又叫做“奥寇特”，出售鬼神学书籍，也有古代妇女的宗教和巫术崇拜，亚特兰蒂斯岛的没落王国，毫无吸引力的骨头赝品，还有有异味的，在查丽丝看来是骗人的一包包地表动物的器官。橱窗里出现过填充过的鳄鱼，一会儿又卖令人吃惊的假发和吓人的成套化妆品工具，上面有假的血迹和胶上去的伤疤。虽然深受朋克族的欢迎，但都是低俗的。

80年代早期它又转型了，当它还是“奥寇特”的时候莎安妮塔就接手了。她迅速清除那些填充过的鳄鱼、骨头和鬼神学书籍——为何自找麻烦呢，她说，而且她并不想和那些动物权利保护者争论，也不想和基督徒怪人一起给窗子喷漆。开水晶店是她自己的主意，并把名字改为“闪耀”。

吸引查丽丝的是它的名字，起初她只是一个顾客：进去买药茶。后来有一个销售的职位，由于她也厌烦了为自然资源部门整理报告和归档——太没有人情味了，压力太大，另外她也并不太擅长——所以她就申请了这个职位。

---

① 指20世纪60年代，下文的“70年代”“80年代”也一样。

“你不用打扰那些顾客，”莎安妮塔说，“他们不喜欢被强迫，只喜欢在这儿随意游荡。明白我的意思吗？”

查丽丝明白，她自己也喜欢在这里游荡。她喜欢这里的味道，喜欢里面的东西。有时她会买，在打折的时候以低价买回去，这让奥古斯塔觉得非常反感。*又是那垃圾？*她说。她看不出有多少日本漆碗和潜鸟磁带是查丽丝的真正需要。查丽丝说这不是需要的问题，不是物质需要的问题，是精神需要的事情。现在她又盯上了一个非常可爱的紫水晶簇，来自新斯科舍。她将会摆在卧室里，用以抵御噩梦。

她可以想象奥古斯塔对这个晶簇的反应。*妈！放这么大块石头在你床上干什么？*她可以想象托妮的半感兴趣半是怀疑——*真的管用吗？*——还有洛兹母性的宽容——*亲爱的，如果它让你觉得开心，我完全赞同！*这是查丽丝一辈子的问题：想象别人的反应。她太擅长这方面了，可以想象任何人的反应——他们的回应状态，他们的情绪，他们的批判，他们的需要——但不知怎的他们并不想象她的反应。也许他们没办法，没有那种天赋，如果这是种天赋的话。

查丽丝走出码头，经过国王街，到皇后街，呼吸着城市浮夸的空气，它大不同于岛上的空气。这里的空气充满化工味道，还有别人的呼吸。在这个城市呼吸的人太多了，在这个地球上呼吸的人太多了，如果有个几百万人去重新投胎，将会很有好处。但这是个令人毛骨悚然的自私想法，所以查丽丝不再去想了。于是她开始思考分享的问题。查丽丝吸进肺里的每个分子都被其他数也数不清的人们吸进呼出很多次。这样的话，在她体内的每个分子都曾是别人身体的一部分，许多其他人，追溯回去，越过人类，直到恐龙，直到最初的浮游生物，更不用提蔬菜了。我们都是别人身体的一部分，她沉思着，都是别人的一部分。

那是种广阔的洞见，如果你可以保持在一定的尺度观察。但是查丽丝有了一个令人讨厌的想法，如果每个人都是别人的一部分，那么她自己就是泽尼亚的一部分，或者反过来。泽尼亚可能被她呼吸进来，简言之，就是泽尼亚被烧掉的那部分。不是她仍旧在地球附近盘旋的灵魂，也不是她安全地保存在骨灰罐里，埋在桑树下的骨灰。

也许那正是泽尼亚想要的！也许她已经对自己的一部分感到厌烦了，她的一些能量在骨灰罐子里，一些在飘荡着。也许她想出来，也许查丽丝应该在某个晚上去公墓，带好铲子和开罐器，把她挖出来，撒在空气中，将她和宇宙混合。那将是件好事。

她十点差十分的时候到“闪耀”，又一次早到，用钥匙开门进去，穿上莎安妮塔设计的紫红和浅绿拼接的工作服，这样顾客就不会把她们也当成顾客了。

莎安妮塔已经到了。“嗨，查丽丝，你好吗？”她从后面的储藏室喊道。所有的安排都是由莎安妮塔来做的，她有诀窍；一会儿去到手工艺品那边一会儿又到一些鲜为人知的角落，找出城里独一无二的好东西。她似乎能够预先知道别人需要什么。

查丽丝非常钦佩莎安妮塔。莎安妮塔聪明并有经验，而且通灵。她也很强壮，是查丽丝见过的最漂亮的女人之一，虽然并不年轻——大概四十出头了。她不肯说出自己的年龄——一次查丽丝问她，她只是笑，说年龄在人的心里，在她心里，自己已经两千岁了——但她有白头发了，这也是查丽丝钦佩她的另一件事：莎安妮塔从不染发。

头发是黑色的，不卷但是有波浪，厚厚的、光滑而健康，像扯下来的太妃糖或是火山岩，像热的黑玻璃。莎安妮塔将它卷起来，盘在头上不同的地方：有时候在头顶，有时候在一边。否则，她就让它厚厚地、卷卷地披在背后。她有着宽阔的脸颊，整洁的高鼻梁，丰满的嘴唇，暗黑边眶的大眼睛，令人吃惊地从褐色变到绿色，根据她所穿的衣服而定。她的皮肤光滑没有皱纹，一种不确定的颜色，不是黑色不是褐色也不是黄色。是深米色，但用米色形容又不够。不是栗子色，不是深橘色，也不是棕色。需要用其他的什么词语来形容。

来商店的人常常问莎安妮塔是从哪里来的。“这里啊，”她说，脸上挂着无比明亮的笑容。“我出生在这个城市！”表面看上去和和气气，但这个问题非常困扰她。

“我觉得他们的意思是，你的父母从哪里来，”查丽丝说，因为加拿大人那么问的时候他们通常是这个意思。

“他们不是那个意思，”莎安妮塔说，“他们的意思是，我什么时候离开这里。”

查丽丝看不出为什么有人想要莎安妮塔离开，但当她这样说出来的时候，莎安妮塔笑了，“你，”她说，“过着受保护的生活。”然后她告诉查丽丝白色路面电车的售票员有多粗鲁，“往后动动，他们对我说，好像我是不洁净的东西。”

“路面电车售票员都很粗鲁！他们对每个人都说往后动动，对我也很粗鲁！”查丽丝说，想要安慰莎安妮塔——虽然她有点不太诚实，只有一些售票员是这个样子，而且她自己也不大乘电车——莎安妮塔向她投来轻蔑的一瞥，对查丽丝不肯承认几乎每个人，每个白人都有的种族歧视，这让查丽丝感觉很差。有的时候她觉得莎安妮塔是个大胆的探险家，在丛林中辟路，这丛林由像查丽丝这样的人组成。

于是查丽丝不让自己太好奇，不问莎安妮塔太多问题，关于她的背景，从哪里来。但是，莎安妮塔逗她，抛出暗示，更改自己的故事。有时说自己是中国人和黑人的混血，又有一个西部印第安人祖母；她能讲那种语言，所以也许真是那样。大概就是那个祖母会吃泥土；但也有其他的祖母，一个是来自美国，一个来自哈利法克斯，一个来自巴基斯坦，一个来自新墨西哥，甚至有一个来自苏格兰。也许她们都是继祖母，也或许莎安妮塔到过很多地方。查丽丝没办法将她们挑出来：莎安妮塔有比她知道的任何人都多的祖母。但有时她又有奥吉布维的血统，或者玛雅人血统，有一天她甚至有西藏人的血统。她想是什么人就是什么人，谁会知道呢？

然而，查丽丝只能是白人，一只白色兔子。做白人越来越令人疲惫了。太多不好的浪潮加在它上面了，从过去遗留下来蔓延到现在，如废弃的原子堆释放出来的要命的辐射。有太多需要赎罪了！光去想这些就足以使她得贫血症了。下辈子她要做个混血，一个精力旺盛的杂种，像莎安妮塔那样。就不会有人敢怎样她了。

店铺直到十一点才开门，所以查丽丝帮着清查存货。莎安妮塔检查货架，清点，查丽丝记在纸夹笔记板上。还好找到了眼镜。

“我们得降价了，”莎安妮塔说，皱着眉头。“东西卖不动了，得降价。”

“圣诞节前？”查丽丝惊奇地说。

“经济正在衰退，”莎安妮塔噘起嘴唇。“这是现实。每年这个时候，我们都要重新安排圣诞节货品，对不？现在，看看这些东西！”

查丽丝看着架子，满满的，有些混乱。“你知道什么卖得动吗？”莎安妮塔说。“这个东西。”

查丽丝熟悉这个，因为她最近就卖出去很多。这是一种类似于小册子的书，烹饪菜谱，灰色回收纸制作，并印有漂亮的黑白图片；是种“自己动手”的家庭出版物：《家常便饭：省钱的汤和炖菜》对她来说，并没什么吸引力。她发现“省钱”这个概念非常封闭，带有艰苦和压榨在里面，“省钱”本身就是一个具有伤害性的词语。确实，她收集蜡烛头和毛线段，但那是因为她想，她要用它们来造新的东西，对这个世界是一种爱的举动。

“我需要更多这样的东西，”莎安妮塔说，“实际上，我正考虑改变这个店铺：名字，理念，一切。”

查丽丝的心沉了下来。“变成什么样子？”她问。

“正在想，应该是折扣货，”莎安妮塔说。

“折扣货？”查丽丝说。

“你知道的，就像以前的廉价物品商店，都是些便宜的东西，”莎安妮塔说，“只是更加具有创造性，肯定能行！几年前，刺激别人去买才能卖得动。那时人们有私房钱，你知道吗？但人们渐渐抛弃这种消费方式。只有一种办法在工业衰退时期生存下来，就是让人们来买那些教他们怎样不用去购买的东西，但愿你明白我是什么意思。”

“但是‘闪耀’真的很可爱！”查丽丝不开心地叫道。

“我知道，”莎安妮塔说。“只有当它能够生存下来，才会有很多乐趣，但可爱是奢侈品。你认为现在人们会买多少这些小玩意儿？也许有一些，但只在我们降价的时候。这种时候，你得减少浪费，削减日常开支，必须这样做。这是个救生艇，你知道吗？是我的救生艇，我的生活。我工作得异常努力，知道风往哪个方向吹，我可不想和大船一块儿沉下去。”

她具有很强的防御性。看着查丽丝，她凝视她的程度——今天她的眼睛是绿色的——使查丽丝意识到自己就是那日常开支。如果事情变坏，莎安妮塔就会开掉她，自己经营这个店，查丽丝就会失业。

她们清查完毕，打开店门，莎安妮塔的情绪就变了。现在很友好了，几乎有点讨好；她给两个人都做了点“奇迹早茶”，坐在前面柜台喝着。店里并没有蜂拥的顾客，所以莎安妮塔不断问查丽丝有关奥古斯塔的情况，这样就可以打发一天。

让查丽丝不舒服的是，莎安妮塔赞同奥古斯塔；她觉得奥古斯塔上商学院是非常聪明的。“女人应该准备好走自己的路，”她说。“到处是懒惰的男人。”她赞同那本家具剪贴簿，查丽丝却是觉得那太贪婪太物质主义。“是个有头脑的姑娘，”莎安妮塔说，给她俩多加了点茶。“真希望我也有个这么大的女儿，会替我省不少麻烦。”她自己有两个女儿，两个儿子，都长大成人了，她甚至已经当祖母了；但她不大谈及那部分生活。到如今，她知道查丽丝的很多事情，但查丽丝几乎对她一无所知。

“今天早上我的摆钟很奇怪，”查丽丝说，避开奥古斯塔的话题。

“奇怪？”莎安妮塔说。摆钟是这个店卖出去的，总共有五种样式，莎安妮塔是解释它们如何运动的专家。

“停掉了，”查丽丝说，“停在我头顶上。”

“那是个强烈的信号，”莎安妮塔说，“真的很突然，可能是你不太想要的那种。也许是某种实体，试图传递一个信息。今天处在天蝎座的尖角，对吧？好像，摆钟正伸着指针，意思是，当心！”

这让查丽丝担心了：可能是奥古斯塔吗，一个事故？这是她想到的第一件事情，也就这样问出来。

“我看到的不是这个。”莎安妮塔肯定地说，“但让我们看看。”她拿出放在柜台下的占卜牌，她最喜欢的提花马赛布牌，查丽丝洗牌。

“城堡，”莎安妮塔说，“突然，正如我所说，女祭司，一个通道，隐藏的东西正在显露。持剑骑士——哇，有意思！骑士总会带来信息。现在，皇后，一个很强的女人！但不是你，是其他人，也不是奥古斯塔，不是她，皇后可不是个年轻女孩儿。”

"也许是你。"查丽丝说。莎安妮塔大笑，说："强！我可是折断的芦苇！"她发出另一张牌。"死亡，"她说，"一个转变，可以是个复兴。"她重新洗了那张牌。"喔，月亮。"

月亮，它的天狗，它的池子，它潜伏的蝎子。正在这时，门铃响了，一个顾客走进店里，她向查丽丝要两本《家常便饭》，一本自己用，一本送人。查丽丝也赞同她，认为既实用又不贵，那些手绘的插图也很漂亮，并且告诉她说是的，莎安妮塔确实漂亮，但她并不是从别的地方而是从平凡的老多伦多来，她收下钱，将书包好，她挂念着别处。

月亮，她在想，幻觉。

十

下午，查丽丝脱下印花工作服，与莎安妮塔道别——属于她的半天，星期二，所以午饭后不必回来——向街道走去，努力不去过多地呼吸。她曾经当过邮递员，戴着白色纸制口罩，像护士一样。这是一种趋势，她想；也许也应该给店里订一些，只有一些彩色和漂亮图案印在上面的那种。

她一走向托克斯克脑子里就开始噼啪作响，好像周围什么地方在下雷暴雨，又像连接不好的线路。离子轰击着她，险恶的能量。她拂了拂自己的前额，抖抖手指，试图摆脱它们。

她伸长脖子，四处搜寻骚动的来源。有的时候是那些在去盥洗室的路上买卖大麻的人，但现在似乎并没有这样的人。女服务员向她走来，查丽丝要了靠近镜子的角落，镜子斜角的地方。

托克斯克是洛兹新近的发现。洛兹老是发现东西，特别是餐馆。她喜欢在没有她办公室的人来吃饭的地方吃饭，她喜欢被那些穿着她自己永不会去穿的衣服的人们包围着。她喜欢认为自己正和真实生活混合在一起，真实的意思是比她要穷。或者只是查丽丝有时的印象。她已经厌倦了告诉洛兹所有的生活都同样真实，但洛兹看上去并没有明白她的意思；但也许是查丽丝解释得不够清楚。

她扫了一眼女服务员的美洲豹皮紧身衣，皱了下鼻子——这衣服对她来说太紧了——又告诉自己不要评判，叫了瓶依云和一些白葡萄酒，坐下来等。她打开菜单，斜眼看着，同时在包里翻找眼镜，找不到——放在店里了？——最终在自己的头顶上找到了它，一定是这样戴着走在街上了。她将眼镜架上鼻梁，开始浏览每日特价。至少他们总会有一些蔬菜供应：虽然谁也不知道这些蔬菜来自哪里，有可能是来自一些有辐射，充满化工品，综合经营的大型农场。

事实上是她并不喜欢托克斯克。一部分是由于这个名字：她觉得把时间花在这种讨厌的名字周围简直是对神经的摧残。还有服务员的衣服，那些侍者，使她想起以前在“奥寇特”出售的东西。随时都出现橡胶做的伤疤和伪造的血迹。但是她会为了洛兹而愿意偶尔在这里吃饭。

至于托妮，谁知道她对这个地方怎么想呢？对查丽丝来说，理解托妮是难的；一直都是这样，从她们初次见面的时候开始，追溯到麦克朗大楼的日子。但托妮的态度很可能与在埃迪国王，或者在麦当劳是一样的：眼珠稍稍转动，带着怀疑地记下笔记，就像一个短时假日旅行的火星人。收集样本，冻干它们，粘到贴好标签的盒子里。不留空白，不给那些无法言说的东西留下空白。

倒不是她不喜欢托妮，不是那样，不对的。很多时候她是不喜欢托妮，托妮能使用的词语太多，会刺激她，会导致她电场的紊乱。但她仍然爱托妮。托妮是如此冷静，头脑清晰，踏实。一旦查丽丝再次听到有声音让她割自己的手腕，她就要打电话给托妮，让她摆渡到岛上来，看住她，使她平息，来告诉她不要白痴了。托妮会知道怎么做，一步一步，一件一件的事情，按照顺序。

她不会首先找洛兹，因为洛兹会逃避现实，会哭出来，会同情她，与她同样认为这一切已经让人无法忍受了，也会错过渡船。但是之后，她再次觉得安全后，她会需要洛兹的拥抱。

洛兹和托妮一起走进来，查丽丝向她们招手，洛兹每进一家餐馆都会带来一点骚动，她们两个坐下来，洛兹点上一支烟，立马聊开来了。查丽丝插不上话，因为她们的话题她不感兴趣，她只是沉浸在她们的存在中。较之于她们嘴里的话，她们的存在本身对她来说更加重要。言语，大多时候就像窗帘，是挂起来，将邻居隔在一定距离的装饰性屏障。但是光并不会骗人，查丽丝自己也不像以前那样常留心光晕了。当她还小，还是卡伦的时候，她毫不费力地留意到它们；现在只在刻意强调的时候。但她能感觉到，就像盲人通过指尖来感受颜色那样。

今天她对托妮的感受是冰凉，透明的冰凉。托妮让她想起雪花，很小，苍白，挑剔，但是冰冷；又像冰块，干干净净，方方正正；或是刻花玻璃，坚硬锋利；或者是冰，因为冰能够融化。在学校的演出中，托妮会是一片雪花：作为最小的孩子之一，太小不能适合演讲的角色却非常注意倾听。查丽丝自己通常扮演一棵树或是一株灌木丛。她不会被派给任何需要移动的角色，因为她会撞到东西，或者至少老师是这么说的。他们意识不到她的笨拙并不是常态，她并不缺乏协调性。只是因为她不确定自己身体边缘打哪儿结束，其余世界打哪儿开始。

洛兹会是什么角色呢？查丽丝看到了环绕洛兹的光晕——如此金黄，如此之多——彩色的，香香的——还有她掌权的样子，但又带着放逐的潜质，那就派给她三王之一的角色吧，穿锦缎戴珠宝，手捧华丽的礼物。但洛兹演过这样子的剧本吗？她早年生活简直一团糟，充斥着修女和拉比。也许她不会被允许演这种角色。

查丽丝自己很久以前就放弃了基督教，只有一个原因，《圣经》里到处是肉：动物被献祭，羊羔，小公牛，鸽子。该隐献蔬菜是对的，上帝不应该拒绝。而且很多血：《圣经》里的人物总是流血，手上有血，血被狗舔干。太多屠杀，太多苦难，太多眼泪。

她也曾考虑过一些东方更平静的宗教；在发现佛教有多少层地狱之前，她曾是个佛教徒。大多数宗教都太专注刑罚。

她意识到的时候，发现自己忘了午饭正吃了一半。她正在吃的是搓碎的胡萝卜和乡村芝士色拉，聪明的选择；她不记得自己点过这些，但有时候有个这样的自动控制器照管日常事务也不错。她看了会儿洛兹吃法国面包；她喜欢看洛兹吃法国面包，啪的一声咬开，鼻子被埋进面包里面——这太好玩了，太好玩了——在她白白的牙齿咬进去之前。洛兹对面包所做的，就像是个小小的祷告，一场小型的谢恩。

“托妮，”查丽丝说，“我真的可以用你的后院做出一些有意思的事。”托妮家有个非常大的空地，但是里面除了斑驳的草坪和一些病恹恹的树之外什么都没有。查丽丝想的是修剪那些树，弄出个林子来，里面种上三叶天南星，紫罗兰，盾叶鬼臼，黄精，能让人遮阴的植物；还有蕨类植物。托妮什么东西都不会种，这种事情从来都不能靠托妮。将会很特别啊！或许可以搞个喷泉？但是托妮并不回答，过了一会儿查丽丝才意识到是因为自己没有大声地说出来。有时候她很难想起自己实际上是否说过一件事情。奥古斯塔在别人面前抱怨过她的这个坏毛病。

她回到谈话当中来：她们正在谈论某几场战争。查丽丝希望她们不要再继续战争的话题，但这些天她们常说起这个，好像很久没有流行之后又突然流行起来。是洛兹挑起的；她问托妮问题，因为她喜欢向那些可能知道答案的人提问。

几个月前的一次午饭她们的话题全是围绕种族屠杀，洛兹想谈谈大屠杀，托妮想深入谈谈历史上有关种族屠杀的详细情况，成吉思汗和后来的法国卡特里教派，遭土耳其屠杀的亚美尼亚人，然后是爱尔兰人，苏格兰人，以及英格兰人对他们的所作所为，一次一次可怕的死亡，直到查丽丝差点吐出来。

托妮可以对付所有的东西，她能够处理，也许对她来说只是词语，但对查丽丝来说词语就是画面，就是尖叫和呻吟，就是身体的疼痛，如果你详述它就意味着是你使之发生的。但她没有办法用托妮明白的方式向她解释，她也怕她们判定她傻掉了，歇斯底里，笨蛋，有怪癖。她知道她俩有时候都会这么想。

所以她站起来从黑暗、快碎裂的楼梯走下去到盥洗室，盥洗室里墙上贴了张雷诺阿的画，一个丰满健康的女人浴后悠闲地擦着身体，身体的加亮区用了蓝色和紫红色，感觉很安静；但是当她回到楼上，托妮仍然沉浸在苏格兰，高地的女人和孩子被驱逐到小山冈，像猪一样被唾弃，像鹿一样被枪击。

“苏格兰人！”洛兹说，想要将话题转回大屠杀，“他们为自己所做的已经够好了，看看那些银行家！谁会在乎他们？”

“我，”查丽丝说，让她们两个也让自己大吃一惊，“我在乎。”她们惊愕地看着她，因为她们已经习惯了在谈战争的时候她心不在焉，觉得她不会感兴趣。

“你？”洛兹说，眉毛竖起，“为什么，查丽丝？”

“应该关心每个人，”查丽丝说，“或者，也许因为我一半是苏格兰人，一半苏格兰，一半英格兰，都是那些互相残杀的人。”她没提门诺派教徒，因为不想让洛兹觉得烦，虽然门诺派教徒并不算真正的德国人，也从没杀过人，倒是被杀。

“甜心，对不起，”洛兹懊悔地说，“当然了！我老是忘记。愚蠢的我，以为你是纯盎格鲁-撒克逊人的结晶。”她拍了拍查丽丝的手。

“但是最近没有人被屠杀。”查丽丝说，“至少不会突然有。但我觉得我们应该在这里结束。”

“在这里结束?”托妮说，环顾四周。查丽丝是指托克斯克?还是什么?

“是战争，”查丽丝说，不开心的样子；这是查丽丝不太喜欢的洞察力，现在就是。“在这个国家，这样那样的战争，但都在以前，我们应该努力活在现在——你不觉得吗?或者至少我是这么努力的。”

托妮慈爱地向查丽丝微笑，应该是她通常情况下给予的最亲密的微笑。“她完全正确，”她对洛兹说，好像这是个非常值得注意的事情。

但是，查丽丝想知道到底什么是正确的，战争?还是现在?托妮对于现在的标准反应会是告诉查丽丝每分钟有多少婴儿出生，她很喜欢现在，会告诉她这些过度生育不可避免将导致更多的战争。然后她会加上过度拥挤的老鼠会有哪些疯狂举动的注脚。查丽丝庆幸她今天没这么做。

但她最终还是这样了，她的思路是：现在是萨达姆·侯赛因和对科威特的侵略，不知道下一步会发生点什么。“已经决定了，”托妮说，“就像卢比孔河。”查丽丝问，“就像什么?”

“没关系，甜心。只是历史上的事。”洛兹说，因为她至少知道这并不是查丽丝喜欢的话题，于是准许偏离话题。

但是现在变成查丽丝想知道卢比孔河是什么了。同尤利乌斯·恺撒有关，中学时候学的。骑兵翻越阿尔卑斯山；又是一个以杀人著称的人。查丽丝想，如果人们停止给这种人颁奖，停止夸耀地展示和为其立雕像，那些人就可能不去做那些事，不去杀人。为了获得注意他们才那样做。

大概托妮的前生就如此：尤利乌斯·恺撒。也许尤利乌斯·恺撒被化成女人送回来，以惩罚他。很小的一个女人，这样他就可以知道没有能力是什么样子的。大概这就是万事的规律。

门打开了，泽尼亚站在那里。查丽丝浑身都凉了，倒吸了一口气。她准备好了，虽然她最不希望这件事发生在午饭时间的托克斯克，但她已经准备好自己，这个显现，这个返回。伦敦塔，她想。突然事件，一些你并不期待的东西。怪不得石英钟在她头顶上死死地停住！但为什么泽尼亚要费力开门呢？她可以直接穿过它。

泽尼亚穿着黑衣，这一点也不奇怪，黑色是属于她的颜色。但奇怪的是她变胖了。死亡使她长胖，这不是寻常的方式。灵魂应该是更瘦，看上去很饿，焦干的样子，但泽尼亚看上去很健康。特别是，她的胸部更大了。查丽丝最后一次见到泽尼亚的肉体时，她是个瘦得皮包骨的荡妇，事实上不成人形，胸部几乎是平的，像是粘在胸腔上的圆形厚纸板，上面扣着乳头。现在她可以称得上是性感了。

但是，她在生气。黑暗的光晕从她周围旋转出来，就像日食时候的光环，只是反过来；那个环不是亮光而是黑暗。是种狂暴的混浊的绿色，被血红色和略带灰黑色的线穿过——最坏的，最具破坏性的颜色，致命的光轮，显著的影响。查丽丝得召唤她自己的光了，召唤她异常努力地获取和储藏的白光，很多很多年来的努力。她必须立即进入冥想，但这是个什么样的地方啊！泽尼亚可为这次相遇选了个好环境：托克斯克，嘈杂的闲聊声，香烟，葡萄酒的浓烈气味，被厚厚的呼吸的空气充满的城市，所有这些都对泽尼亚有利。她站在门口，轻蔑并带着恶意地扫视着这个屋子，脱下一只手套，查丽丝闭上眼睛，重复对自己说话。想想那道光

“托妮，怎么了？”洛兹说，查丽丝睁开眼睛。女服务员向泽尼亚走去。

"慢慢地转过头，"托妮说，"不要尖叫。"查丽丝有兴趣地看着，看女服务员会不会穿过泽尼亚；但她并没有，而是突然停住。她一定是意识到什么，一股寒意。

"哦狗屁，"洛兹说，"是她。"

"谁?"查丽丝说，开始起了怀疑。洛兹几乎从没说过"哦狗屁"，肯定有什么重要的事情。

"泽尼亚，"托妮说。所以，她们也能够看见她！嗯，为什么不能呢？她们两个都有够多的东西要对她说，不是只查丽丝有。

"泽尼亚已经死了，"查丽丝说。她在想，她回来到底为了什么，为了谁？泽尼亚的光晕退去了，或许是查丽丝看不见了：泽尼亚看上去是如此实在，如此真实，如此有形，令人不安地活着。

"那人看上去是像个律师，"查丽丝说。泽尼亚向她走来，她竭尽全力集中精神在那一刻免受影响；但是泽尼亚身着厚重质地的裙子大步走过她们，她光滑的头发一团雾似的散在肩上，她紫红色愤怒的嘴唇，弥漫的麝香味香水。她拒绝注意查丽丝，故意拒绝；她让一串黑暗掠过查丽丝，侵占了她，遮盖住她。

查丽丝发抖并觉得恶心，闭上眼睛，挣扎着稳住自己的身体。*我的身体，我的*，她重复着，*我是个好人，我是存在的*。在她脑子里，月光照耀的晚上，她看见一个幻象：一个高高的建筑物，一座大楼，有东西从上面高耸着，又从空中掉下来，翻腾着，碎裂了。

十一

她们三个站在托克斯克的外面，互相道别。查丽丝不大清楚自己是怎么走出来的，她的身体自己走出来，她的身体将一切照管得很好。她在发抖，虽然有太阳，但觉得冷，感到更瘦了——更轻，漏洞更多。仿佛能量从她身上抽出来，能量和物质，以助泽尼亚现身。泽尼亚成功地回来了，穿过那条河；她现在在这里，以肉身形式，从查丽丝的身体夺走一大块，吸进自己的身体。

但那又不对，泽尼亚一定还活着，因为其他人也看得见她。她坐在椅子上，叫上一杯饮料，点燃一支烟。可是这些一个都不是活着的必要标志。

洛兹轻捏了她一下，说，“自己保重，亲爱的，我会打电话给你的，好吗?”然后朝她车的方向离去了。托妮已经对她微笑过了，离开了，走下街道，她短短的腿走得非常稳健，好像上了发条的玩具。查丽丝站在托克斯克门前，迷失了一会儿。她不知道下一步该做什么，她可以转身回去，去找泽尼亚，稳稳站在她面前；但是想和泽尼亚说的话没有了，从她脑子中飘走了，留下的就是些呼呼声。

她可以回到店里，回“闪耀”，即使这半天是属于她休息的时间，莎安妮塔也没想着她会去。她可以把发生的事告诉莎安妮塔；莎安妮塔是个老师，也许她能帮忙。但可能莎安妮塔并不是那么富有同情心。*那种女人，她会说，她什么都不是。你干吗那么关注她？你在给她加力，你自己更清楚！她是什么颜色？痛苦是什么颜色？擦掉它！*

莎安妮塔从来没遇到泽尼亚这样的人，她意识不到，她不会明白，泽尼亚是不能通过冥想来让她不存在的，如果可以，查丽丝早就这样做了。

她决定回家。她要给浴缸加满水，放一点橘子皮，一点玫瑰油，一点丁香；她要把头发别起来，躺到浴缸里，任她的手臂漂浮在带香味的水里。受这个目标的驱使，她走下山坡，朝着湖和渡口的大致方向走去。但沿着一个街区走了会儿就左转进一个窄窄的小巷到了另一个街区，然后又左转，现在又回到皇后街。

她的身体现在不愿意回家，而是催促她去喝杯咖啡，更糟糕的，是要浓咖啡。这很不寻常——她身体的这类提示通常是果汁或一杯白水——她觉得有责任给身体它所需的。

托克斯克那条街的对面有家咖啡馆，叫作那瓦咖啡馆，窗子上是火红的40年代的霓虹标志。查丽丝走进去，坐在窗边一个铬合金腿的小圆桌旁，脱下开衫，穿褶皱衬衫打弓形领带的服务员过来的时候，她叫了杯世界语浓缩咖啡——菜单上的每样东西都有复杂的名字，卡布基诺狂想曲，水果馅饼挞，捣蛋巧克力泥蛋糕——注视着托克斯克的门口。很明显，以前她的身体从不需要浓缩咖啡，这次是要她暗中监视泽尼亚。

为了使自己看上去不像一个监视者那样明显，她从手提包里掏出本笔记簿，是她逛了不少时间才买到的很可爱的本子。封面是手工装订的硬质纸，书脊是勃艮第小山羊皮的，书页是精致的淡紫色，她买了支珠光灰的笔来与它相配，墨水是灰绿色的。这支笔以及墨水也都是在“闪耀”里面买的，这使她对“闪耀”的即将消失更加忧伤。那么多的好东西。

这本笔记簿用来记录她的思想，但到目前为止上面什么都没写。她不愿糟蹋漂亮的空白纸张，破坏它的潜力；她不想用完它。但此刻她打开珠光色笔的盖子，写道：*泽尼亚一定会回来。*她曾经练过斜体书法，所以这行字看上去很端庄，几乎像是句诗歌。她一次写一个字母，一边看看字，一边越过眼镜顶端往外看，因此穿过街道的任何东西都不会逃过她的眼睛。

开始进来的人多于出去的人，之后出去的人就多于进来的人。进来的没有比利，倒不是她实际上很期盼他，但谁也不知道。出去的人也没有泽尼亚。

她的咖啡来了，她的身体告诉她应该放两块糖，她这样做了，然后迅速喝掉咖啡，感受咖啡因和蔗糖冲向她的脑袋。现在可以集中注意力了，几乎具有X射线的视力，知道该做什么了。托妮和洛兹都帮不了她，她们也用不着在这件事情上帮她，因为她们的故事中有关泽尼亚的部分已经结束了。至少她们知道发生了什么，查丽丝却并不知道在自己身上到底发生了什么，从来没有知道过。好像关于她、比利、泽尼亚的故事沿着一条路径走着，却突然没了脚印。

最后，查丽丝开始觉得泽尼亚一定是从后门溜走了或者是蒸发掉了，正在这时，门开了，泽尼亚走了出去。查丽丝轻轻地垂下眼帘；她并不愿意将颇有压力的眼神完全压在泽尼亚身上，她不想暴露自己。但是泽尼亚都没有向她在的方向瞥一眼，她正和一个查丽丝不认识的人在一起，一个有着很好看的头发的年轻男人，不是比利，和比利比他太瘦了。

但是如果是比利，他也不可能这么年轻了，可能发胖了，秃顶了。但在她脑子里，比利还是和她最后一次看到他时一样的年龄。一样的年龄，一样的身材，一切依旧。失败的裂口又在她的脚下打开了，深渊，熟悉的活盖。如果她一个人，如果她不是在那瓦咖啡馆，而是在自己家的厨房，她会用额头轻轻地敲击桌子边缘。这痛苦是红色的，很疼，她没办法将它赶走。

泽尼亚不开心，查丽丝想。这不是一种认识，却更像是一种魔法，一种咒语。泽尼亚不可能开心，如果她有权开心的话就完全不公平了：宇宙间必定是有公平存在的。但是泽尼亚向那个男人微笑着，查丽丝不大能看清那个男人的脸。她搀着他的手，在街上走着，至少在这个距离她看上去是足够幸福的。

怜悯所有的生物。查丽丝提醒自己。泽尼亚还活着，那么就要怜悯她。

虽然在清查存货的时候，查丽丝意识到这句话的意思，但此时此刻，她感到无论什么样的怜悯也无法给泽尼亚。相反，她脑子中却有一幅清晰的图像，是要将泽尼亚从悬崖或者其他高处推下去。

控制住情绪，她告诉自己，因为虽然情绪实在是一件彻底不值得的东西，但在抛弃它之前必须给它完全的确认。她将思想集中在那幅画面上，拉近距离；她感到风吹在脸上，感觉那个高度，听到她身体的手臂肌肉放松的声音，听泽尼亚尖叫的声音。但是泽尼亚并没有发声，仅仅是下落，她的头发飘散在脑后，就像一颗黑色的彗星。

查丽丝用薄纸将这个图景包裹起来，努力将它赶出自己身体。我想要的，只是与她谈谈，仅此而已。她告诉自己。

有一点混乱，干燥翅膀的沙沙声。泽尼亚离开了那瓦咖啡馆的椭圆窗子。查丽丝收拾好笔记簿，灰色钢笔，开衫，眼镜，还有手提包，准备跟踪泽尼亚。

十二

洛兹

洛兹在梦中正打开门。这里什么都没有，那里也什么都没有，她很着急，机场巴士正在等她，而她却没穿衣服，没有什么可以来遮盖她肥大松垮、粗糙尴尬的身体。最后她终于找到对的门了，衣服都在门后面，是像男人外套一样的长外衣，但是顶灯打不开，从门的挂钩上取下来的第一件衣服也是湿的，上面还有活蜗牛。

这时钟声响了，不早不晚。“圣母，上帝的母亲。”洛兹喃喃道，她讨厌有关衣服的梦，就像购物一样，从来找不到她想要的。但她宁愿梦到上面有蜗牛的衣服，也不愿意梦到密奇。

也不愿意梦见泽尼亚，特别是泽尼亚。但有的时候还是会梦见泽尼亚，看见她在洛兹卧室的角落里现形，将炸裂之后身体的各个部分重新组合起来：手，腿，眼睛。有时她真的怀疑泽尼亚是不是确实来过这个卧室，当洛兹不在，密奇在的时候。

洛兹喉咙里有股烟味，她伸出手去摸闹钟，却碰掉了最近正在读的垃圾惊悚小说。奸杀，奸杀，这年到处充斥着奸杀。有时候她很想回到少女时代静谧的英国乡村，在那里，受害者总是一些又老又恶毒的吝啬鬼，他们是活该的，而不是大街上那些无辜的人。那些吝啬鬼会被毒药害死或因一个子弹孔而致命，尸体却不流一点血。侦探是一个上流社会的有着灰色头发的女士，常常从事编织，或者非常聪明古怪却没什么具体的事情可以做，只关注微小的、看上去没有什么伤害性的线索：T恤衫扣子，蜡烛头，欧芹的小枝。她真正感兴趣的是家具：一房间一房间的家具，太奇异了，是她所不知道的东西。有轮茶具台，撞球间，树枝形的装饰灯，躺椅。她想住在那样的房子里！但当她再次回到这些书当中，就不再对那些家具感兴趣了；即使是装潢方面的也吸引不了她。也许我着迷于血腥的东西，她想。血腥、暴力、愤怒，像其他人一样。

她将腿从巨大的有着四根帐杆的卧床的一边耷拉下来——这是个错误，她每次从那个该死的东西上爬下来时几乎折断脖子——把脚塞进她的厚绒布拖鞋里。她的双胞胎称这双鞋为地主婆拖鞋，她们意识不到这个词给她带来的令人烦扰的反应。她们长这么大从没见过地主婆。她始终很难分辨是她俩共有一个生命还是各有一个生命。但是整天穿着引人注目、和外套般配的高跟鞋子，让她感觉很有压力，因此在家她该给憔悴的脚穿上更加舒适的东西，不管双胞胎说什么。

卧室里的白颜色也是个错误——白色窗帘，白色毯子，床上的白色褶裥饰边。她不知道什么东西钻进自己的脑子，居然会尝试这么少女的颜色，大概是因为想回到从前，创造一个她曾经向往但从没实现的完美的十几岁的卧室。是在密奇走后，应该是突然离开，或是逃走的，或者说更像是付账离开旅馆之后。他总是把这地方当作旅馆，把她当作旅馆。她得把那些所有他在时就有的东西都扔出去，她得做回自己，虽然肯定已经不是她自己了！床看上去像个摇篮，又像只结婚蛋糕，更糟的是，像他们在墨西哥为受难节而建的有褶皱的大祭坛。她始终没有搞清（那个时候她和密奇一起在那儿度蜜月，幸福无比）是所有死者都会回来呢，还是只有那些你邀请过的？

她现在能够想起几个她宁愿没有邀请过的人。她所需要的，就是已死之人破门而入，与她共享晚餐。而她自己则躺在床上，像一个大大的水果蛋糕。她会重新装饰整个屋子，她决定加进一些华丽的东西，多一些有纹理的东西。现在屋子里白色过多了。

她慢吞吞地走进浴室，喝了两杯水醒醒脑，吃下维他命，刷牙，洗脸，擦干，脸上又有了点生气，重新装扮面孔，对着镜子里的自己皱了一下眉。她的皮肤像个充满淤泥的池塘，并在一层层积聚着。每过一阵子，当她有时间，她就在市北的一家SPA馆待上几天，喝蔬菜汁，接受超频率音响治疗，是为了找回她原初的脸孔，那张藏在下面的脸；回来后她觉得更加健康和贞洁，并且饥饿。但也会觉得烦恼，她当然不是在试图取悦男人，她已经放弃那样做了。我是为了自己。她这样告诉托妮。

“你滚开，密奇！”她对着镜子说道。如果不是密奇，她会很轻松，会是个中年妇女。但如果他仍在旁边，她还是会试图取悦他，关键词是试图。

但是发型该变一下了，这次太红了，让她看上去过于浓妆艳抹，她曾经一直倾慕这个词。浓妆艳抹的老妇人——在英语侦探小说里可以读到——简朴的房间里，缩在蒸汽管的窗边椅子上，脚蜷在下面，为了保密而让房间暗着，仿佛在空袭时期，书沿着一个角度移动着，这样，街灯就可以照到书页上，在黄昏中，在休伦湖街上的木板房子里，屋子外面是栗子树。*洛兹，还没睡？快上床，马上，不许搞鬼！鬼鬼祟祟的小东西！*

洛兹在黑暗中看书她怎么会发现呢？她妈妈，地主婆，一个怪异的殉教者，站在古典派楼梯的底端，用她刺耳的洗衣妇的嗓子吼着。洛兹觉得非常羞愧，因为房客也可能听得见。洛兹，厕所清理员；洛兹，廉价市场的灰姑娘，郁闷地使劲擦洗着。*你在这儿吃饭*，她妈说，*就得帮忙*。那都是在她英雄式的父亲由贫变富之前。*浓妆艳抹的老妇人*，洛兹会咕哝着，意识不到她自己哪天也会变成这种人。在一个英雄和一个殉道者之间长大不是件容易的事，因为没有更多的角色可供她选择。

那座房子已经不在了，不，不是不在了：是被中国人住着。听说那些中国人不喜欢树，因为他们认为树枝上有恶灵，和曾发生在以前住在那里的人身上的惨事。大概也有洛兹自己的一些事情，她被夹在那棵栗子树的树枝上，如果那树还在的话，夹在上面，焦急地挣扎着。

她不清楚如果把头发染成灰色会带来多少麻烦，如果她任凭头发长出来，就是这种颜色。灰色的头发能使她更受尊重，这样她会更坚强些，少一点软弱。坚强的女人！不可能。

洛兹刚买的浴衣挂在浴室门背面，橙黄色天鹅绒的。橙黄色是今年的颜色，去年的颜色是硫酸黄，她试着去穿，但实在不行，穿上后看上去像根柠檬棒棒糖。但是橙黄色会使她皮肤下面产生一种灼热，或者只是她在买这玩意儿的时候这么认为的。她相信里面有轻微的声音，那个声音在说，*是它！是它！快抓住机会，否则就没有了！*但是里面的声音越来越不可信了，这次它肯定是对别人说的。

她披上浴衣，穿在手工刺绣的白底白花的薄织细麻布睡衣上面。那浴衣是买来与她的床相配的，但谁会注意呢？她找到了手提包，把半包香烟放到口袋里，因为早餐之前是不可以抽的！然后她走下楼梯，后面的楼梯，以前是为女仆和像曾经的她一样的洁厕员准备的，她抓牢扶手以免跌倒。楼梯直接通向厨房，闪烁而简单的全白厨房（是该改变一下了！），双胞胎坐在瓷砖面长餐桌旁的高凳子上，穿着长T恤，条纹紧身裤，体操短袜。这是这些天她们觉得穿了睡觉很别致的装备。她们还小的时候，帮她们打扮曾是件很有意思的事情；那些小褶边，还有让你爱得要死的小帽子！那些连着塑料鞋的绒布连裤睡衣不再有了，那些昂贵的印了一排排戴着帽子和围裙的鹅妈妈图案的英国棉法兰绒睡衣不会再有了。消逝的还有那些书。当她们穿着那样的睡衣依偎着她，两只手臂，一边一个，她读给她们听——《爱丽丝漫游奇境》《彼得·潘》《一千零一夜》，附有亚瑟·雷克汉姆插图的豪华重版百年经典童话。也许不是消逝了：而是贮藏在地窖中了。不再有粉色的慢跑套装，浣熊卧室拖鞋，装饰夸张的丝绒晚装。她们现在什么都不要她买，如果她给她们带回个黑色陀螺，甚至两条内裤，她们都会翻白眼。

她们两个正在喝优酪加脱脂乳加蓝莓的果昔，刚刚从搅拌机中弄出来。她看见冰冻蓝莓的包装正在融化，长餐桌上一摊蓝色牛奶，像淡颜色的墨水。

“拜托，直接把它放进洗碗机。”她忍不住对她们说。

她们两双一模一样的眼睛转向她，轻轻摇曳的眼睛犹如森林中的猫；她们没心没肺又摧毁人心地微笑着，露出她们略带野性的农牧神似的牙齿，此刻是蓝颜色的，摇晃着泡沫样的蓬松头发。几乎每次看到她们，她都要屏住呼吸，因为她们如此庞大灿烂，她至今不太明白自己如何能够生下她们。生出一个这样的生物都足够难以置信了，可两个啊！

她们笑起来，“是老妈！”右边的那个大叫道，“老妈！拥抱一下！”

她们从凳子上跳下来，抓住她，紧紧抱着。她的脚离了地，升到空中，非常危险。

“放我下来！”她尖叫着。她们知道她不喜欢这样，知道她担心她们把她摔下来。她们一松手，她就会摔伤。有时候她们意识不到这点，她们以为她摔不坏——洛兹是岩石。这次她们记着了。

“我们把她放在凳子上吧，”她们说着，将她抬过去放好，然后爬回自己的凳子，就好像玩完把戏的马戏团动物。

“妈妈，你穿那玩意儿像是个南瓜，”有个说，是伊伦。洛兹总能够分辨她们，或者只是她自己号称。猜两次，她每次都正确。密奇分不清，但那个时候他一天才看她们十五分钟。

“南瓜？我是，”洛兹说，非常戏谑地说。“肥胖，橙黄色，友好地露牙而笑，中空，在黑暗中放光。”她现在急需咖啡，马上！她打开冰箱门，将冰冻蓝莓的包装放回原来的地方，找到那包奇异的咖啡豆，在抽开的那个抽屉里摸索着电子研磨机。把所有的东西都塞进抽屉并不是个好主意，她现在什么都找不到了，特别是壶盖子。那个傻瓜设计师说，看上去很整洁。她们总是令她害怕。

“啊喔，”另一个说，是坡拉。伊丽亚和坡丽，她们如此称呼彼此——伊和拉，或者，她们共同称为伊拉。当她们这样称呼的时候真让人起鸡皮疙瘩。如果她们说，*伊拉今晚要出去啦*，意味着她们两个都要出去。“啊喔，臭丫头，你伤害妈妈了！你太坏了，坏透了！”后面一句是对洛兹的模仿，而洛兹是从自己的母亲那里学来的，她母亲以前一直这样说。洛兹突然觉得很需要她，她的粗鲁，她的防备，曾经被她藐视的，已经死去很久的妈妈。她已经厌倦了当妈妈，想改变一下做孩子。但这从未实现过，这使它看上去更有意思。

双胞胎快乐地笑着。“自私的臭水沟！”一个对另一个说。

“没刮毛的腋窝！”

“脓疮棉球！”

“穿过的连裤衬袜！”她们能这样持续数小时之久，一边发明越来越糟糕的侮辱加给对方，一边因为她们粗暴的幽默而笑得不可开交，在地板上蜷成一团，脚在空中开心地蹬着。让她觉得困惑的是为何她们这许多的侮辱会这么——唉，这么大男子主义。婊子和荡妇已经算是轻的，她不知道她们是否乐意被男生这么称呼。她们觉得她不在听的时候，会更猥亵，或者只是她觉得猥亵。避孕套。这种东西在她自己成长过程中从来不曾想到过，而她们现在才十五岁！

人们一辈子都背负着语言，就像背着龟壳，洛兹这样想着。她突然闪过一瞬双胞胎八十岁时候的样子，她们的美丽脸孔业已衰老，那时已经枯萎的腿依然包裹在彩色的紧身裤当中，得了拇囊肿的脚上还穿着体操短袜，仍然会说避孕套。想到这她打了个冷颤。

上帝保佑，她纠正自己。她们应该活这么久。

咖啡研磨机不在那里；不在她昨天放的地方。“该死的，孩子们，”她说，“你们动我的研磨机没有？”有可能是玛丽亚。昨天轮到玛丽亚来打扫。

“该死的！”坡拉说，“噢，我该死的研磨机，噢真是该死！”

“噢，天哪，噢圣母马利亚，”伊伦说。她们觉得这很好玩，洛兹自己是不会真的发咒，她不能。其实，那些词会在脑子当中，但却不会说出来。你愿意别人认为你是垃圾吗？

她在她们面前一定显得很古板，非常过时，非常陌生。她花了前半辈子越来越不觉得自己是个移民，现在正在花费她的另半辈子时间让自己越来越觉得像个移民——一个逃离中年之地的难民，在年轻人的国度触礁。

“你们的哥哥呢?”她说。这使她们清醒过来。

“每天的这个时候他通常在的地方，”伊伦暗含蔑视地说。“在积聚能量呢。”

“睡觉呢，”坡拉说，她似乎想要回到玩笑中。

“在梦境，”伊伦沉思着说。

“在拉里国，”坡拉说。“敬礼，地球人，我来自遥远的星球。”

洛兹不知是否要叫醒拉里，还是决定不了。他睡着的时候让她觉得更安全。他是老大，头生的儿子。当老大并不是件幸运的事情，曾经，意味着多做牺牲。他按密奇的名字命名真是太糟糕了。劳伦斯·查尔斯·米切尔，对一个如此脆弱的小男孩来说太过沉重和壮观的组合。即使他现在已经二十二岁而且长了胡子，她还是忍不住这样去想。

洛兹找到了研磨机，在拉开的抽屉里面的对流烤箱下面，混在几个烤肉平锅之间，她该问一问玛丽亚的。她磨碎咖啡豆，量好咖啡粉，转向她可爱的意大利咖啡壶，然后一边等一边给自己剥了个橙子。

“我觉得他身上正在发生着什么，”伊伦说，“一些浪漫的或者其他的什么事情。”

坡拉用洛兹的橙子皮做了几颗假牙。“噗，谁知道呢，他就是这样，我才不管呢，”① 她说，使劲地耸着肩，口齿含糊地呓语着。这是她们从法语环境学校中学到的所有东西：随口说。洛兹也不知道大部分词是什么意思，但是挺高兴的。

---

① 原文为法语。

“我觉得我宠坏你们了，”洛兹对她们说。

“宠坏，妈咪?”伊伦说。

“伊拉没有被宠坏，”坡拉说，噘嘴装作无知的样子，取出橘子皮牙齿。“她宠你了吗，伊拉?”

“圣母啊，喔我的神啊，妈咪，没有!”伊伦说，她俩透过她们丛林似的头发凝视着她，用明亮的眼睛审视着她。她们的诡计多端，她们的矫揉造作，她们粗俗的白痴行为，她们的笑声，所有这些都是为了她，才装作精神涣散的样子。她们欺负她，但不会太过分，因为她们知道她有忍耐的极限。比如说，她们从不提密奇。她们坚持着好像他从来不曾存在过。她们想念他吗?她们爱他吗?怨他吗?恨他吗?洛兹都不知道。她们不让她知道，那样更辛苦。

她们真是太棒了！她充满爱意地盯着她们看。*泽尼亚，她想，你这个婊子！也许你拥有其他的一切，但你永远都不会有这样的祝福，永远不会有女儿。*她开始哭起来，头埋在手上，手臂放在厨房柜台的冰冷白色的瓷砖上，眼泪绝望地滑落。

双胞胎跑过来，比刚才小很多，不安地，更加胆小，轻轻拍着她，把她的橙子拿下来。“没事，妈妈，没事了。”她们说。

“瞧，”她对她们说，“我把肘子放在你们该死的蓝莓牛奶上了!”

“噢该死!”她们说，“双倍的该死!”她们释然地朝她笑着。

十三

双胞胎夸张地将高高的盛果昔的玻璃器皿放到洗碗机里面，冲向后面的楼梯，忘了搅拌器，想起来后又跑回来，也放了进去，还是忘了那摊蓝色牛奶。洛兹在她们上楼的时候擦掉了它。她们两个一起，一路碰碰撞撞从厅里跑到房间，准备上学；但这已经比平时柔和很多了，通常情况下会如大象逃窜一般。楼上，两个立体声同时响起来，鼓声对敲。

几年后，她们会去别的城市上大学，屋子就要安静了。洛兹不愿去想，说不定她会卖掉这所大房子，买套高级公寓，可以鸟瞰湖面，进出时可以轻率地对待门卫。

她坐在白色柜台旁，喝咖啡，吃早餐——两片甜面包，一个橘子，只吃这么少的东西是因为她在节食，小型节食。

她曾经尝试各种各样的节食方法。葡萄柚节食，在所有东西、全蛋白中加入谷皮。她曾经像月亮圆缺那样，在双胞胎出生后努力想抖掉那多出来的二十磅肉。但是她现在已经不那么热衷了，如今她知道怪诞地节食对她身体不好，杂志上都是这么讲的。他们说，身体就像一座被包围的碉堡，在脂肪细胞里贮藏着能量，以备万一出现紧急情况可以使用，如果你节食的话，它会认为你将要饿死，于是就贮存更多，你就会变作一个小飞艇。然而，稍微损失一点是不会伤害身体的，少吃一点，不是真的节食。

不管怎样，她并不胖，只是有点结实。像农民那样的好身体，是那种可以拉犁的女人。

但也许她不该这么节省，特别是早餐。早餐是一天当中最重要的一顿，他们说，在这个年纪，塑身是以损害脸蛋儿为代价。臀部瘦下来之前，脖子会先瘦，这样就会形成鸡脖子。她可不想变成那种穿六码衣服的五十几岁的老女人，脸就像金属片和细绳堆，每根骨头和青筋都看得见。但*荡妇*不适合用来形容那个年纪的女人，*老妖婆*也许更合适。如果泽尼亚活着，应该就是，老妖婆。

洛兹微笑，将两片全麦面包放进烤箱。她发现叫泽尼亚的名字很有帮助；有帮助，让人安心。现在它还能伤到谁呢？

那以前是谁受伤了呢？她残酷地问自己。当然不是泽尼亚，她向来毫不关心洛兹，甚至不关心密奇会怎样想她，怎样说她。尽管如此，还是有些东西她故意没说，你看不见那两个乳房是假的吗？是做出来的，我知道真相；她以前是穿34A。你爱上了两袋硅胶体。不，密奇一定不会去仔细检查，在他沉迷的阶段；等到过了沉迷阶段，就已经晚了。

火葬的时候那东西并不会被烧掉，关于人造波波的传言都这样说。它们只是熔化，你身体的其他部分变成了灰，但乳房变成药属葵蜜饯样的黏性物；必须从熔炉里将它们铲出来。大概这就是为什么它们没有在泽尼亚的追悼会上撒骨灰，大概没办法撒，大概那个密封的铁罐里面存放的就是熔化了的乳房。

洛兹给两片烤面包涂上黄油，撒上蜂蜜，细嚼慢咽地吃掉，舔舔手指。如果泽尼亚活着，毫无疑问她会节食；如果不努力是不会有她那样的腰的，所以，到如今她肯定会有鸡脖子。否则，她会去开刀，这更有可能。她会这里剪掉一块，那里塞一块；拉一拉眼皮，加厚嘴唇。洛兹受不了这样，她无法想象自己打了麻药躺在床上，陌生男子手持小刀俯在她身上。她读了太多这种惊悚小说，太多奸杀惊悚小说。那持刀的可能正好是个穿着偷来的医生白大褂的堕落者。或者，如果他们出了差错，你醒来时发现自己缠着绷带，在接下来的六周内都会像只受伤的浣熊，这样一个小瘪三只会在一部制作粗糙的恐怖电影中出现，那怎么办呢？不，她宁愿静静地老去，像一瓶上好的红酒。

她又给自己做了片吐司，这次放了草莓大黄酱。为什么要委屈肉体呢？为什么要引起它的愤恨，它暗地的报复，它的头疼，还有饥饿之苦，以及抗议的咕哝呢？她吃掉吐司，酱滴了下来，然后，向后扫了一眼，确认没有人在看她——可是谁会看呢？——她舔干净盘子。现在她感觉好多了，是吸烟时间了，这是她的清早奖赏。为什么而得的奖赏呢？不要问。

双胞胎几乎是冲下楼，穿着她们的校服。洛兹从来没有完全明白为什么要穿这些套装，方格呢短裙和领带的打扮似乎要将她们变成苏格兰人。她想，大概现在流行不到万不得已就不用纽好衬衫。她们亲她的脸颊，大口湿湿的很夸张的亲吻，然后飞奔出后门，两个鲜亮的脑袋闪过厨房窗户。

大概她们正好踏过去年查丽丝执意要种的花，种这些花是出于爱的行动，所以洛兹碰都不许碰，即使它们看上去类似于虫蛀补缀的棉被；洛兹的园丁——一个优雅的崇尚极简的日本人，也认为这是对他的专业立场的一种侮辱。但是也许双胞胎会将其捣毁而无法修缮，谢天谢地。她看看手表：她们已经晚了，但还不是太晚。她们像她：没什么时间观念。

洛兹喝完咖啡，灭掉烟头，走上楼，沿着走廊进去浴室洗澡。路上忍不住偷看双胞胎的卧室，虽然知道这是她们规定的禁地。伊伦的卧室就像个衣服大爆炸，坡拉又忘了关灯。她们对环境小题大做，她们因为有毒清洁物而大叫着将她赶出来，让她帮她们买可回收利用的便笺，却仍忘记关掉该死的灯。

她拍了一下开关，知道已经暴露了自己（妈！谁进过我的房间？我可以进你的房间，宝贝，我是你妈妈！你不尊重我的隐私，妈，不要倚老卖老，不要叫我宝贝！我有资格！这里谁付电费？如此等等），然后沿着走廊继续走。

过了她自己的房间，拉里的房间就在走廊的尽头。也许她该叫醒他，可是，如果他需要她叫醒的话，会给她留条的。也许，也许不是。有的时候他希望她能知道他在想什么。咳，他为何不可以这样期望呢？她曾经能够明白他想什么，但现在再也不能了。如果有什么事情发生在双胞胎身上的话，她会知道，虽然不一定知道具体是什么事情。但对于拉里，却不一样。拉里现在变得很难懂。事情进展得还好吗？她会问，他会回答很好，这可以代表任何意思。她甚至不知道事情谓何，更甚，那些事情还被认为进展得很好。

他是个顽固的孩子。从与密奇的吵吵闹闹，当双胞胎越轨，从超市偷东西，或是逃学的时候，他却老老实实。他照顾洛兹，以一种守本分的方式。他帮着丢垃圾，周六洗洛兹的车，像一个中年男人那样。不用你做的，她告诉他，没听说过有洗车店的吗？我喜欢，他说，这让我放松。

他拿到驾照，拿到高中毕业文凭，又拿到大学学位。两眼之间也因为忧愁而多了些许皱纹。他做他觉得被期待去做的事情，带官方证书回来给她，好像小猫拖死老鼠回家。现在他似乎放弃这样做了，因为不知道还有什么其他的可以带回来了，完全没了主意。他说他决定了下一步做什么，但她没看见任何做决定的征候。他晚上在外面她不知道的地方过夜，如果是双胞胎，她会问的，她们会劝她管好自己的事情。对于他，她问都不会问。她不敢问，因为他可能真会告诉她。他从不善于撒谎，是个认真的孩子，也许太过认真了。让她觉得担心的是，他身上有股不快活。以前他会在地下室里练习打鼓，后来放弃了，让她觉得很难过，虽然那个时候几乎把她逼疯。至少那个时候他还有点什么可以去击打。

他起得很晚。他从不向她要钱；他不需要，因为给他的已经足够，一切都是他的。他的钱能够承担离开家，找间公寓的费用，但他没有搬走。他几乎没什么进取心，而她在这个年纪的时候，简直是迫不及待地要抖落鞋上祖训的尘土。虽然她也并没有做到。

也许他正在吸大麻，她想。但是也看不出什么征兆来。她能知道什么呢？在她的成长过程中，吸大麻被认为是那种愚蠢的家伙才做的事。她曾经发现过一个小包，小的塑料信封，看上去好像有烘干的粉末在里面。她决定不去知道是什么，因为她能怎样呢？你没办法告诉你二十二岁的儿子说自己不小心翻到他的短裤口袋。不可能的。

他有一个闹钟，但会在睡梦中将它关掉，以前密奇也这样。也许她该踮脚进去飞快地看一下他的闹钟搁在几点钟，这样她就可以知道他是否关掉过，她就知道该怎样做了。

她轻轻推开房门，衣服铺成的小路一直延伸到他的床，好像蜕壳的茧，留在地上的是：手工牛仔靴，短袜，淡黄褐色的小山羊皮夹克，黑色T恤。虽然手痒，但帮他清理地板已经不是她的工作了，她叫玛丽亚也不要做。只有放在洗衣篮子里面的才需要洗，她曾这样告诉她们几个，否则不要动。

房间依然是个男孩儿的房间，而不是男人的房间。书架上放满了教科书；两幅18世纪帆船的照片，密奇选的；他们的第一艘船，“罗沙琳达”，三个人都在上面，她，密奇，六岁的拉里，那时双胞胎还未出生；十一年级时的曲棍球战利品；他九岁时拍的一条鱼的照片，密奇非常喜欢，至少很赞赏。拉里比两个双胞胎从密奇那里得到的更多，大概因为他是第一个，而且是个男孩儿，也许因为他是唯一的。但是密奇和他在一起时从不是很自在的，或者和他们任何一个在一起都不是。他有父亲常有的那种举动：过于粗率，非常健谈，太在意时间。他开拉里不明白的玩笑，拉里困惑地盯着他，用孩子怀疑的眼神，似乎想看穿他。

但是拉里的成长仍然是艰难的，缺失了某些东西，洛兹觉得很沮丧，一种熟悉的失败感。她最大的失败就是拉里：如果她可以——怎样呢？——再漂亮点，再聪明点，甚至更性感，无论如何，更好一点；否则就更坏一点，更会算计，更肆无忌惮，像游击队员那样——密奇也许还会在。洛兹想，一旦孩子们领会到他们需要原谅她多少事情，那要花多长时间才能原谅她啊。

拉里在他的单人床上睡着了，一只手臂搭在眼睛上，头发轻柔地散在枕头上，他的头发比双胞胎的颜色更浅，更直，更像密奇的。他将头发留长，后面扎了个老鼠尾巴样的小辫，洛兹觉得它看上去很丑，但她从未说出来过。

洛兹静静地站着，倾听他的呼吸。从还是个婴儿的时候，她就常常这样：听听他是否仍然活着。他小的时候肺很弱，有哮喘。她不用这样去听双胞胎，因为用不着，她们非常强壮。

他吸了一口气，深深的一个叹息，她心里翻腾起来。她对他的爱不同于对双胞胎的爱，她们倔强而坚硬，富有弹性；并不是她们不会受伤害，而是已经被伤害了，但是她们可以互相舔着伤疤，然后复原。她们拥有对方。但是拉里看上去更像个流放者，像个迷失的旅者，仿佛陷入某个没有人的空地，在边境之间，却没有护照；努力辨识着路标，想要做点恰当的事情。

年轻的胡子下面，他的嘴很整洁，也很柔和。正是这张嘴最让她担心。这是一张会毁于女人之手的男人的嘴，连续一串的女人。否则就是一个女人：如果她够狠，一个就足矣。一个真正狡猾心狠的女人，可怜的拉里就会陷入爱情，全心全意地去爱，像一只可爱忠贞的家养的小狗一样，伸着舌头绕着她转；他会把心思都放在她身上，等着她瘦瘦的金色环绕的手腕一挥，而他仅仅是个张开的贝壳。

除非杀了我，洛兹想，但她又能怎么样呢？对于这个不知道的将要到来的女人，她无能为力。她明白作为婆婆的心态，明白女人通常认为自己的儿子是完美的，没有一个女人会配得上他。她知道这一点，知道这种想法会多么具有破坏性，她发誓自己永远都不要那样想。

她已经经受住他好几个女朋友了——一个高中生有着卷曲的刘海、狂野的小眼睛，像只美国杂种狗，她声称自己会弹吉他，她将自己上托的法式胸罩留在他的房间；夏令营时候，一个近视的股票经纪人的女儿，腿毛茂盛，有狐臭，曾到意大利举行过艺术巡回展，所以这使她有权力贬低洛兹客厅的家具；还有大学时候一个胖胖的说话很放肆的女孩，头发像男人的假发，染成毫无生气的人造黑色，两边都刮过，每个耳朵都戴了三个耳环，穿着到腋窝的皮短裙，坐在厨房餐桌旁，交叉着肿胀的大腿，点上烟，却没有给洛兹一支，还把洛兹的咖啡杯当烟灰缸，问洛兹有没有读过《查拉图斯特拉如是说》。

这个最差：她会审查餐厅里维多利亚时代的红木和银色茶罐；很可能会当掉些小东西，并赖在清洁女佣的头上，中饱私囊。她告诉洛兹她自己的妈妈几年前认识密奇，还觉得这样做很明智，当洛兹说从没听说过她妈妈时，她还作惊奇状。（其实不是，她完全知道那女人是谁，离婚两次，真正的房地产经纪人，一个男人收集者，一个荡妇。但那时密奇正处在“吹——扔”女用克里内克斯纸巾的时期，只和那个女人维持了一个月。）

拉里正和那个女人打得火热。《查拉图斯特拉如是说》，可不！狂妄的小婊子。洛兹听到过她告诉双胞胎（那时她们才十三岁）她们哥哥的屁股很大。她的儿子！大屁股！这个低俗的婊子在玩弄他，可你去告诉他试试！

他的那些女友她并没经常看见，拉里将她们藏得很紧。*是个好女孩吗？*她会试探去问，*把她带过来吃饭吧！*不可能。用又红又热的钳子是不可能从拉里嘴里得出什么信息的，尽管她也知道，这样做毫无好处。在街上撞见她们的时候，用她们小小的颚和爪子勾住拉里，拉里就开始引见，洛兹从她们诡诈的涂着睫毛膏的小眼睛就可以分辨出来。谁能明白潜伏在女人心里的邪恶呢？当妈的明白。

她等着她们离开，忍住不说，祈祷这些都不是认真的。现在，据双胞胎说，她要准备好对付另一个了。洛兹告诉自己说，跪下来，认自己的罪。*亲爱的上帝，给我一个善解人意的女孩，不要太富有，不要太贫穷，不要太漂亮也不要太丑，不要太聪明，*

他不需要太聪明的，一个和蔼、热情、敏感、大方，会欣赏他的好处，理解他的工作，不管发生什么，都不会多啰唆，最重要的是，喜爱小孩子的女子。还有，上帝啊，让她有正常的发型吧。

拉里叹了一口气，在床上翻了个身，洛兹就走开了。她放弃了查看他的闹钟，让他继续睡。现实生活很快就会深深地戳进他的身体，用它那亮晃晃的尖锐而抓得紧紧的红色指甲。

洛兹赤脚站着，粉红色，冒着热气，裹着浴巾，火烈鸟那样的粉红色，最好的英国式的。洛兹查看着和房间一样宽的镜面衣橱，有足够的衣服可以穿，却没有一件是她想要的。她决定穿那件在布罗的一个意大利专卖店买的外套：她有个会要开，之后在托克斯克和托妮、查丽丝吃午饭；这件外套不会太不正式，也不会太正式，肩上也没有做得像木乃伊的样子。垫肩掉了，感谢老天，不然洛兹通常也会拿掉。双胞胎曾经回收过她丢掉的垫肩。最近她们转向回收钢笔，因为塑料圆珠笔太浪费了，她们认为，垫肩是很好的拭笔具。不管怎样，只有那种高大苗条的人才需要那种东西；洛兹高大，却不苗条。

她的肩在变小，但胸部却在变大。不是不依靠帮助的。洛兹加入她的祷告需求：上帝，求你使她不要隆胸。泽尼亚确实很超前。

十四

洛兹开了奔驰，因为她知道午饭时自己会停在皇后大街，而劳斯莱斯会吸引太多注意。谁想要自己的轮胎被割破呢？

不管怎样，她几乎没开过劳斯莱斯，开它就像开条船一样，还是那种古代很重的带甲板的船，用红木装修，马达会低吟着老贵族，老贵族。老贵族低语，新贵呼喊：这是洛兹曾觉得自己需要学习的功课之一。低调一点，洛兹，她内心的检察官警告道。声音低调，外形低调，衣服浅色：都要避免使自己被放置于、被定位为奋发的新贵一族，短视，焦虑，品位低俗，肩负琐事。避免招致那些从来不必精打细算、钻法律空子、强迫别人、遮人眼目、证明事情的人的嘲笑、无知、柔弱、发狂的注视。大多数的新贵妇女都是绝望的，都是盛装却找不到觉得安全的地方可去，异常焦虑，大多数新贵男人都愚蠢卑鄙。洛兹能够明白绝望和愚蠢，她是个速学者，是个坚韧的谈判者，最好的之一。

但是她成为新贵已经有一段时间了，实际上已是老贵族，在这个国家成为老贵族不需要太长时间。现在她可以穿橙色，可以尖声喊叫，她可以逃脱那些东西；可以把它们当作迷人的古怪货当掉，如果有人不喜欢，亲她屁股好了。

不过，她自己是不会买劳斯莱斯的，她觉得太招摇了。是密奇时代留下来的；是他说服她买的，她买下来是为了取悦他，也是很少几件她无法扔掉的密奇的东西之一，他因它如此自豪。

大部分时间它都待在车库，但她开过它去泽尼亚的追悼会，毫无恶意。喂，她想，你带走很多，婊子，但是休想抢走这辆车。虽然泽尼亚不能在旁边看着，却依然有种无法否认的快感。

查丽丝不喜欢这辆劳斯莱斯；从她坐在里面的样子你就可以知道，弯着腰，很不安。但是托妮几乎不在意，这是你的大车？她说。托妮在分辨车子这一点上很可爱，她知道所有历史的事情，知道枪支之类的事，却没有办法区分两辆车。你的大车，你的另一辆车，这就是她的分类。就像那个纽芬兰人数鱼的可怕的笑话：一条鱼，两条鱼，另一条鱼，再一条鱼……洛兹知道不该嘲笑这样的笑话，这不公平，但她总会笑，在朋友中。会伤害纽芬兰人吗？会降低洛兹的血压，会让她在糟糕的一天中觉得好一点吗？谁知道？至少没有人对他们计划过种族大屠杀，但是，他们应该过着比任何加拿大人都美妙的性生活，远他妈比洛兹现在好得多，这更不幸。

她穿过罗斯道向南开，开过仿造的哥特式塔楼，仿造的乔治亚时代的正门，仿造的荷兰三角墙，现在都混合进了他们自己精细的原创性：那种陈腐的金钱的原创。对它们各自瞟了一眼，她估算着：一百五十万，两百万，三百万，物价已经下跌了，但这些人多多少少都坚定地握在手上，对他们来说是好的，在这个变化起伏的时代，有时候是不得不这样的。如今能相信什么呢？（股市是不能相信的，真的，还好她及时重整了自己的投资。）她曾经憎恶这些呆板，属于中上层白人的，过于自信的房子，这些年来却变得喜欢它们了。拥有这样一套房子促成了她的改变，因为知道了许多住在里面的人都不如他们应该的样子，不如她。

她开下贾维斯，它曾是上流社会的街道，后来成了红灯区，现在不太合理地做了翻新；她又向西取道韦尔兹利，快速开进大学校园，跟门卫说只是去图书馆接个人，他挥手让她穿过——她是可信的，或者是她的车更可信——她抄了近路，经过麦克朗大楼，一幅记忆中喧嚣的场景。想到她曾住在那里的日子就觉得有趣，那时她很年轻，鲜绿鲜绿的，充满热情。大狗狗前掌扒着家具，大狗狗向着周围的人伸着舌头，咕嘟咕嘟向人讨食吃。喜欢我吧！喜欢我吧！昨日不再，今非昔比了。

她转进一所专科大学，在校舍右转。多失败的设计！枯燥无味的块状笨重砖头和玻璃，一个接一个，没有人行道装饰，却试图用拘束的小花床来增加情趣。如果她拿到合同，她会怎样搞呢？她也不知道。可能会搭葡萄架，或者就造圆亭，像巴黎那样的；但是无论怎样搞，总会像是从主题公园跑出来的东西。可如今什么都是如此，即使真实的东西看起来也像是人造出来的。当洛兹第一次看到山坡上的草场时，她想，把穿紧身胸衣和紧身连衣裙的合唱队搬出来，大家一起来唱乡村音乐。

大概那就是人们所谓的国民身份，借来的装备，背景幕，道具。

洛兹的总公司在一个翻修过的 19 世纪的红砖酿酒厂里，主要入口的上面是工厂的窗户和一个狮子头雕像，是为了显出一点层次。这是她父亲的精明点子之一，翻新了一下，否则就被拆掉了。这是他的第一件大事，第一次放任，最终开始玩儿钱，而不是仅仅积累。

她停在公司空地，*未经允许不得停车*，在她自己的位置上标着金色字母*总裁女士*——如果是你的名字，你也会不禁炫耀的，虽然洛兹时常提醒自己她并不是像想象中那么重要得要命。没错，她偶尔会在餐馆里面被认出来，特别是她作为多伦多最有影响的五十个人出现在《多伦多生活》上之后。但是如果这种承认是能力的表征的话，那米老鼠比她有能力一百万倍，但是米老鼠甚至从未存在过。

她在后视镜里看了看前面牙齿上有没有口红——唉，这种事情是值得去做的——然后神采奕奕地迈开步子，她希望看上去神采奕奕地走进前台。该改变这里的墙壁风格了，她已经厌倦了这些愚蠢的彩色方块，看上去像是桌布，虽然花了不少钱。幸好都是免税的。加拿大艺术。

“嗨，妮柯。”她向前台打招呼。记住她们的名字是很重要的，据闻洛兹曾因用圆珠笔墨水将新来的前台和秘书的名字印在袖口，像中学生作弊那样。如果她是个男人，她会简单点下头就匆匆离开，但她不是，而且她非常明白不应该像男人那样做。

妮柯向她眨眨眼，继续讲电话，没有笑容，表情冷漠的小贱人；妮柯的好日子不会长的。

作为一个女老板是很复杂的。女人不会觉得你是老板，只觉得你也是个女人；像我一样，另一个女人而已，能差多远呢？她们的性感小把戏不会用在你身上，你的也不会用在她们身上，大大的蓝眼睛并没有优势。如果你忘了她们的生日，你就会落个骂名；如果你把她们骂出去，她们就哭，当然不会像被男人惹得躲在洗手间里哭那样，而是在你看得见的地方哭，向你哭诉她们的问题，博取同情，希望得到一杯咖啡走出情绪。女士，请自舔伤口。她们就会好起来了。但这样会很冷漠，她们也会恨你一辈子。去年是谁做你的仆人？当她长大到足够反抗时她这样对自己的母亲说。确实如此。

如果同样一个女人是为一个男老板打杂，就不会有问题了。给他的太太买生日礼物，给情妇买生日礼物，煮咖啡，递拖鞋，加班也没问题。

是洛兹太消极了吗？也许吧，但她经历过更糟糕的。

也许她处理不当。后来就傻一点了。到处施加压力，显得正常一些，也会发点脾气。我不是说明天，我是说现在！让我们能在这儿看到一点专业精神好不好！现在她知道了，如果一个女人雇用其他女人，得使她们成为女性朋友，成为搭档；你必须声称一视同仁，在你年长她们一倍的情况下，这并不容易。否则你就得像带孩子一样地对待她们，做她们的母亲，照顾她们。在洛兹的生活中有太多需要她担当母亲角色的人，但有谁来像对待孩子一样对待她，做她的母亲，照顾她呢？没人；这也是为什么她会雇用波尔斯。

她乘上电梯，到达顶楼，“嗨，苏茜，”她向那儿的前台打招呼，“牌儿玩得怎样?”

“很好，安德鲁小姐，”苏茜回答，并给了个义务性的微笑。她比妮柯进来早一些。

波尔斯在他自己的办公室，就在她办公室旁边，金色字体的头衔：总裁秘书。她来上班的时候波尔斯总是已经在他的办公室了，“嗨，波尔斯，”她招呼道。

“早安，安德鲁小姐，”波尔斯庄重地说，从他的桌前抬起头来。波尔斯刻意非常正式，稀疏的茶色头发打理得根根整齐，衬衫领子无懈可击，套装也是轻描淡写的极品。

“我们开始工作，”洛兹说，波尔斯点点头。

“咖啡?”他问。

“波尔斯，你是个天使，”洛兹说，波尔斯消失了一下，回来的时候就带来咖啡，温热新鲜，他刚煮好的。洛兹仍旧站着，就可以享受波尔斯接下来为她拉开椅子。洛兹身着长裙，尽量优雅地坐下来——波尔斯将她诸如此类的淑女气质挖掘出来——但波尔斯总是说：“不得不说，安德鲁小姐，你今天早上气色很好，穿这套衣服非常迷人。”

“波尔斯，我喜欢你的领带，”洛兹说，“是新的吧?”波尔斯脸上闪过会心的微笑，或是悄悄地红一下脸。波尔斯很少露出他的牙齿。

她爱慕波尔斯！他真是可人！她抑制不住激动，想要给他一个大大的拥抱，却从来不敢做这样的事。她觉得波尔斯受不了，波尔斯实在是矜持。

波尔斯二十八岁，训练有素的律师，十分聪明，同性恋。面试的时候他就把自己的性取向和盘托出了。“你很快就会知道，”他说，“说出来就不会让你浪费时间在猜疑上。我是同性恋，蟋蟀般快乐，但我不会在公共场合让你难堪，我在行为上完美无瑕。蟋蟀，如果你寻思过，可以表示短腿母鸡，也可以意味着小美洲鳗。我自己喜欢美洲鳗这个意思。”

“谢谢，”洛兹发现自己一点都不了解蟋蟀；她还以为带有种族歧视的意思，就像人们称那些移居美国的南欧黑人。她立即觉得波尔斯是那个用不着吩咐就可以替她填好表格的人。“波尔斯，你被录用了。”

“要加奶油吗？”波尔斯又问。他总会问一下，因为他推测洛兹在间歇性地节食。他真的很有礼貌！

“好的，”洛兹说。波尔斯就倒了一点，并给她点上烟。太奇妙了，她想，在这个城市，怎么做才能使自己像个女人那样被对待呢？不，不是像个女人，是像个淑女，像个淑女总裁。波尔斯很有风度，就是这样，也很有教养。他尊重等级，他欣赏好的瓷器，在属于自己的界限内展现自己。他喜欢升迁有阶梯，阶梯上需要有把手，因为他想往上爬。如果洛兹要说点什么，她觉得他正在往上爬，因为波尔斯真正有天分，她也非常愿意帮助他。毋庸置疑，也是为了回报他的忠诚。

至于波尔斯怎样看待她，她就一无所知了。虽然，她希望，天啊，不要把她当作母亲。或许他把她想象成一个高大的，身体柔弱的男人，穿着女人的衣服。或许他讨厌女人，或许他希望自己是个女人。只要他愿意，谁会在乎呢？

洛兹在乎，却无力承担。

波尔斯关上办公室门，表示洛兹正在忙。他给自己倒了杯咖啡，嘱咐苏茜不要将任何电话接进来，然后和洛兹一起看她每天早上最关注的事，也就是和他逐条核对她手头存货的去留。

“你觉得呢，波尔斯？”洛兹问。

“半个同盟，半个同盟，半个同盟前进，财富五百强都悬挂在死亡之谷，”① 波尔斯说，他既喜欢读书也喜欢引用，“丁尼生。”为了让洛兹听懂，他加了句。

“我知道，”洛兹说，“它不好，嗯?”

“万物崩溃，人心无以承受②，”波尔斯说，“叶芝。”

“卖，还是留着?”洛兹说。

“下降就意味着上升。艾略特③，”波尔斯说。“你能等多久?”

“无所谓，”洛兹说。

“我会有所谓，”波尔斯说。

如果没有波尔斯，洛兹该怎么办呢?他已经变得不可或缺，有时候，她觉得他是个干儿子；另一些时候，又像是她的干女儿。偶尔，她会黏他陪自己购物——他对衣服很有品位——虽然她怀疑他可能有点刻意迎合她，而自个儿背地里偷着乐。比如，他得为那件橙色浴袍负责。

“安德鲁小姐，到放松的时间了，”波尔斯说，“及时行乐。”

“什么意思?”洛兹问。

“把握今天，”波尔斯说，“有花堪折直须折。但是我自己，宁做被折者。”

这让洛兹吃了一惊，因为波尔斯还从没在办公室里这样直率过。当然他肯定有另外的生活——某种她一无所知的夜生活，一种她会被友好但坚定地拒绝邀请进入的私生活。

“你今晚会做什么?”立刻这样问实在太不明智。(期望什么呢?他也许会陪她看电影或者什么的。她寂寞，为什么不承认

---

① 这里引自英国19世纪著名诗人丁尼生（Alfred Tennyson）的诗《轻骑兵进击》，原诗为：半个同盟，半个同盟，半个同盟前进，六百人都悬挂在死亡之谷。

② 引自爱尔兰诗人叶芝的诗《第二次降临》。

③ 当指T. S. 艾略特，英国现代诗人，出生在美国。

呢？她变得非常非常，空洞般的寂寞，然后她就吃东西，吃，喝，抽烟，填满她的里面，尽她所能。）

“我们一些人会去看人妖表演，”波尔斯说。“你知道，他们穿成女人的样子，对口形演唱。”

“波尔斯，”洛兹说，“她们是女人。”

“是呀，你明白我的意思。”波尔斯说。

我们一些人是谁呢？可能是一群男人，年轻男子，年轻的同性恋男子。她担心波尔斯的健康。更确切地，坦白说——他会有艾滋病吗？他还很年轻可能没染上，也可以及时查出来。她不知道该怎样问，但通常波尔斯猜得出她的想法。常是这样，就像去年春天流感的时候，他抖得厉害，她正要说他两句，他就说，“别这么担心，安德鲁小姐，时间无法令我衰微，获得性免疫功能丧失综合征也拿我没办法。我这家伙能照顾好自己。”这只是答案的一部分，却是她能得到的所有答案。

库存查完之后，洛兹和波尔斯查看这个月的请愿书，印得非常漂亮，标题凸印，签名用真墨水（洛兹常用舔湿的指头来测试，看看哪些人一面在骗人，一面还矫揉造作）。这里有一个请她做荣誉赞助人，她觉得有些厌恶，因为不赞助怎么可能成为赞助人呢。无论如何应该叫“荣誉主妇”，可是谁知道那又是个什么意思。另外一个请愿书邀请她参加一个人体器官筹款舞会，又要榨她一千美元。心脏，肺，肝，眼睛，耳朵，还有肾，都有其倡议者；就算知道多伦多人有多么自欺欺人，有些人还是会趋之若鹜。洛兹自己在等有没有睾丸协会，睾丸化装舞会。她以前很喜欢化装舞会，也许她可以扮成阴囊穿梭自如；或者扮成卵巢。为此，她得努力了。

洛兹有自己的清单。她继续做名誉女棒球击球手，继续做被强奸受害者和无家可归的妈妈们的代言人。多少同情心才足够呢？洛兹从来不知道，你得在某个地方画条底线，可她还是做了被弃奶奶的代言人。但她从不参加这种正式的宴会，几乎没办法一个人去，太沉闷了，到了一定的日子就要聚集。要施舍，总会有接受者，可是想得到什么回报呢？她记得密奇离开后那段消沉的日子，那个时候她突然重新变成了被追求的对象，所有那些突然蹦出来想成为她丈夫的男人一只手放在她大腿上，一只眼睛盯着她的银行账户。她不该喝那么多酒，纠缠其中对她也毫无益处，怎样才能将他们打发离开她白漆的卧室而不被孩子们发现呢？谢天谢地了，她想，却毫无感谢可言。

“犹太文化促进会？”波尔斯说，“圣母马利亚协会？”

“宗教勿涉，波尔斯，”洛兹说。“你知道规则的。”不被用作筹款项目，上帝本身已经够复杂的了。

十一点的时候他们在会议室与一个新公司开了个会，洛兹打算投资他们。波尔斯拿出商人扮相，严肃而迟钝，保守至极，洛兹真想紧紧拥抱他一下，她希望他自己的母亲也以他为荣。她记起自己第一次参加会议：在成长过程中，她一直以为生意是非常神秘的，非她能力所及，是她爸爸关起门来做的事情。只有父亲才会做生意，女孩子永远太愚钝而无法理解。没想到就是一帮男人坐在一个房间里面，皱眉思索，转动着手中的镀金笔，企图迷惑对方。她坐在那儿看着，努力控制着吃惊得要张开来的嘴。*嘿！就这样吗？天那，我也可以！*她可以，而且可以做得更好，通常比大多数人都好。

加拿大商人大体上都非常懦弱；他们以为把钱放在枕头底下就能大钱生小钱了。他们都在自由贸易中做了些什么令人捶胸顿足的事情！*我们必须积极进取*，他们说，现在却哭诉着吮吸着大拇指请求宽减所得税。*做个积极进取的加拿大人*，多么自相矛盾的说法，真可笑！洛兹自己就是个赌徒，却不是鲁莽地赌博——而是个精明的赌徒，但仍旧是在赌博。要不然，哪儿有什么乐子呢？

这次来的这家是个形象公司：产品价廉质优，不走形。他们最初以家庭派对用具起家，就像塔珀家用塑料，业务扩展后，专门为女演员和模特儿开辟了一条线；现在正疯狂拓展，需要打开零售业销路，争取经销权。洛兹觉得有出路。她调查过了，应该是波尔斯调查过，经济不景气的时候——坦白说是萧条期——女人倾向于买更多唇膏。算是给自己的小礼物，一点奖赏，不贵又能让人高兴起来。洛兹非常清楚这一点，虽然富有却能够替穷人着想，这是她的长处。而且她喜欢这个名字，形象公司。这是个需要鼓起勇气的机会，意味着得付出努力，得卷起袖子大干一番，要冒一点险。

来了两个男人两个女人，三十岁左右，谄媚的样子令人心都碎掉，带了许多的示意图，照片，样品和曲线图；这几个可怜的小甜心一定为这个会做了很大的准备。虽然洛兹已经有了决定，但她让他们说完，坐在椅子上，一边听一边在脑子中组建一个新的生产线。她已经厌倦了将钱在账面上挪来挪去，她已经决定好动手做些事情了，会有意思得多。她要让他们做些不一样的事儿，把他们从几年来的怠惰、毒性和麝香味的沉重当中拉出来。她是有眼力的。

他们的四重奏结束后，准备打道回府，波尔斯告诉他们明天再联系。洛兹问："你觉得呢，波尔斯？"永远都不要在当天达成交易，是洛兹的座右铭。灭灭他们的气焰，把价格压下来。"我们应该小赌一把吗？"

"我的眼睛，我古老的，闪烁的眼睛，是轻快的，"波尔斯说。"叶芝。"

"我的也是，"洛兹说，"控股权益，和以前一样？"洛兹吃过几次亏，现在她不再购买任何无法控制的东西了。

“我不得不说，安德鲁小姐，”波尔斯不无赞美地说，“你对别人的弱点有着专业的品位。”

“去你的，波尔斯，”洛兹说，“别把我说得这么血腥。一桩好生意而已。”

洛兹回到办公室，手指轻轻翻拂着粉色的电话记录簿子，像洗牌一样：这些需要波尔斯回复，这些是苏茜的，还有需要她自己回复的。她潦草地在上面画了些指令，备注。她感觉很好，有了一些创新。

该休息一会儿了；正好可以吸上一口烟。她坐在自己昂贵的真皮椅子上，面前是同样昂贵的办公桌，光滑，时髦，手工制作，却不再那么令人满意。该换张办公桌了，她喜欢那种古色古香的，暗藏很多可爱的小抽屉。桌子上，她九岁的双胞胎女儿从照片里望着她，她们身着生日派对上的粉色装扮，粗暴地抱着早已不见的那只猫。然后是她们穿着黑色晚礼服，在学校组织的年度父女舞会上，由于普遍缺少父亲，这个舞会显得特别奇怪。洛兹打发拉里过去，并且胁迫波尔斯一同前往；双胞胎说波尔斯跳起舞来可酷了。他们四人照的旁边有个银色相框，是拉里的单人照，穿着毕业礼服，非常严肃，心事重重。

再旁边是密奇。

内疚感袭来，像个巨大的灰色降落伞轻柔地翻腾着，却没有人在上面。她的黄金婚戒戴在手上显得特别沉重。她该把这张照片卸下来的，免得他在新款黄铜艺术相框里得意洋洋地朝着她笑；但这次他的眼神里却透着一丝不确定，以前倒没发现。不是我的错，她告诉他。泽尼亚还在，就在这座楼里，这个房间里；她燃烧的破碎的灵魂碎片像白蚁一样爬满老朽的木制品，从里面向外侵蚀。洛兹应该把这地方熏一遍，人们把这个叫什么来着？驱魔。但她却不相信那一套。

她趁着兴头翻看自己的抽屉，却发现了一件可恶的东西，于是打电话到隔壁叫波尔斯过来。她从没告诉过波尔斯，没有讨论过这方面，他还只为她工作了两年；他大概还不知道这个故事。但应该每个人都知道这件事情了：这是个谣言纷纷的城市。

“波尔斯，老实告诉我，你觉得怎样?”

她递给他的是一张泽尼亚的室内相片，展现了她的八分姿色，这也是泽尼亚任编辑时期人们用在《聪明女人世界》杂志上面的那张，也是她调查那个丢人的勾当时交给私家侦探的那张。深色纹理外衣，丝绒的，当然是 V 字领——如果你确实有料，并要炫耀，即使它是聚苯乙烯泡沫塑料做的；又长又白的脖子，深色爆炸头，左眉扭曲，深紫色嘴唇，嘴角微曲，带着发狂而隐匿的微笑。

我的噩梦，洛兹想。我以为我可以控制她，却被她挣脱了。

波尔斯以为，或假装以为，泽尼亚是洛兹考虑作为形象公司的模特。他把相片夹在拇指和食指之间，好像它带了病菌，撇着嘴。“她坐的那张椅子，像个磨光的宝座，之类之类，”他说，“她的吊袜皮腰带，我得说，缠绕繁琐，太过了；我指的是，她头发看上去像假发。肯定不是 90 年代的人，安德鲁小姐，已经过时了，你不觉得她对于我们的目标客户来说有点儿老么?”

洛兹欣慰得几乎要哭出来。当然，他错了；无论泽尼亚有些什么，无论她的魔法是什么，都胜过月度最佳形象。但是她太喜欢波尔斯刚刚所说的了。“波尔斯，”她告诉他，“你真是个活宝。”

波尔斯微微一笑。“我正努力呢，”他说。

十五

洛兹把她的奔驰停在皇后街的一个户外停车场，进去吃午饭，但愿没人给她车胎放气，撬她的后备厢，或是刮花她才磨光后涂刷上去的深蓝色漆。还好，光天化日，车停在看得见的地方，而且这里也不是纽约。但是这里的情况也变糟了，锁车的时候她就注意到人行道上不少黑影，缩在衣服里，用他们明显营养不良的红眼睛打量着她，好像在算计能否从她这儿捞到点儿什么。

这也是心脏、眼睛、肾与肝协会，只不过是在更为基本的层面上。她抓了一把粉色两元美钞在口袋里，这样就不用慢下来拿皮夹子了。因为从这里走到托克斯克遭到攻击的时候，她得左右分发给他们。大概是她父亲说的吧，付出就是祝福。可洛兹信么？小鸡会长嘴唇么？如今给予基本上是多余的，因为不会有任何回报，甚至都买不着一辆无刮痕的车，干吗要付出呢？因为你给予他们，他们却恨你，恨你是因为他们必须索要，恨你有能力给予。否则他们就是干这一行的，他们鄙视你居然相信他们，同情他们，简直就是容易上当的笨蛋。那个善良的撒玛丽亚人后来怎样了呢？把那人从盗贼手下救出来，拽到路边，弄回家，给他喂汤，安置他舒舒服服地在客房过夜之后呢？可怜的笨撒玛丽亚人早上醒来发现保险箱被撬，狗被勒死，妻子被强奸，金烛台不见，地毯上一大堆屎，因为一开始就是粘上去的伤和假的血，是个有预谋的勾当。

洛兹突然想到泽尼亚。泽尼亚站在他们门前的台阶上，她自己和密奇的门前，就在 80 年代初的那些晚宴之后；那个时候洛兹还会被泽尼亚的作为感动，还会提拔她，还邀请她。她穿着带垫肩的紧身红色套装，夹克衫后面一条喇叭短裙围住包得很紧的屁股。她踩着高跟鞋，翘起屁股，一只手放在屁股上。她喝得有点醉了，洛兹也是。她们是好朋友，好伙伴，死党，泽尼亚亲了一下洛兹的脸，淘气地向着不幸的密奇微笑，洛兹蠢到没能觉察到底是谁不幸。之后泽尼亚转身走下台阶，抬手做了个很怪的手势，让人想到新闻影片里军队的敬礼，她想要表达什么呢？去他妈的第三世界！烦透了！

去他妈的财产。严肃的老洛兹，还有她迟钝、烦人的慈善事业，那些她给遭强奸的母亲和受虐待的奶奶，以及鲸鱼，还有饥荒灾民和农民的施舍物，去他妈的；可怜的胖妈妈洛兹被她乏味老套的思想束缚着。这是一种自私的草率的言辞，大胆的解放的言辞——滚到地狱去！这就好像开着一辆敞篷车狂飙，紧贴前车，来回变道也不亮灯，开足音响从别人车旁呼啸而过，垃圾直接从车窗扔出去，什么袋子，包装纸，吃了一半的馅饼和香槟酒瓶塞，那些你看两眼就觉得累的东西。

最糟糕的是，洛兹——虽然震惊，虽然喋喋不休，噢泽尼亚，你不是这个意思！——还是感觉到有个回答在心里敲击着她。是一种回声，催促她快一点，释放一点，贪婪一点，自我一点。咳，为什么不呢？如果和他们调换位置，你以为那些第三世界的人会尽举手之劳吗？就像那个汽车广告，如果她没记错：要么制造灰尘，要么含垢忍辱。就两个选择。

洛兹制造灰尘，很多，黄金灰尘；泽尼亚也制造很多灰尘，却是另一种灰尘。现在她自己成了灰尘，灰烬，密奇也是。这就是洛兹嘴里能够感受到的滋味。

洛兹摇摇晃晃穿过碎石子路，踏上人行道，尽她紧身裙子所能赶往托克斯克。漫无目的地上下摆动着的很多手伸了出来，带着微弱的咕哝声，好像沉睡边缘时候的不开心的轻声呓语。她把捏成了球的钞票塞到那些抖动的手指和戴破的手套里，却不看他们，因为他们最恨你的好奇心。她不越雷池。看到托妮迈着均匀的小步朝着自己这个方向走过来，洛兹招手叫她，托妮停了下来，对着她微笑。洛兹感到一阵愉悦的暖流，非常舒服！

查丽丝已经在桌前坐下了，向她们挥手打招呼，也非常舒服。洛兹一人亲了一下，一屁股坐到椅子上，就开始在手提包里翻香烟。她打算好好享用这顿午餐，因为这两个女人是安全的：在所有人中，包括她自己的孩子，只有这两个女人不想从她身上索取任何东西。她可以把台子底下的鞋脱掉，可以滔滔不绝，想笑就笑，想说什么就说什么，因为不是在做什么决定，也不是在提什么要求；更没有什么需要保留的，因为她俩已经什么都知道了，最糟糕的事情她们都知道了。只有和她们在一起，她才不需要动用权力。

女服务生也过来了——她们哪儿弄来的这身衣服？洛兹很佩服她们的脸皮，也希望自己脸皮可以厚一点。豹纹紧身裤、银色靴子！根本就不是衣服，简直就是道具。但是这些人想把自己打扮成什么呢？司仪。可是在搞什么庆典呢？多奇怪的宗教？洛兹发现托克斯克在搞这些迷惑人的东西，却也有点吓人。每次洛兹去厕所都担心走错门，碰上某种不圣洁的仪式：纵酒狂欢！献人肉祭！不不，走得太远了。但是有些事情她不该知道，知道了会给她带来麻烦，就像一些可怕的电影。

但这不是她来托克斯克的真正原因，真正的原因是，虽然努力尝试过，却还是没有办法让自己不去洗那些衣服。她会像个缸底觅食的金鱼一样在孩子们的房间里面巡逻，这里搜出一只脏袜子，那里找到一些内衣，一次她在拉里的皱衬衫口袋里发现了一张这个地方的折叠式印刷品，接下来的一周又发现了一张。想知道儿子是在哪里打发时间的有什么不正常的吗？当然是指晚上；他不可能是过去吃午饭的。她忍不住关注这个地方，时不时地过来一下。这让她放心多了：至少他还是会去些地方，而不是消失在空气中。可是他在这里做什么呢？和谁在一起呢？

也许不做什么也没和什么人在一起，也许就是像她一样，在这儿吃饭而已。

说到吃饭，她手指在菜单上画着——饿死了，简直可以吃下一匹马；但她知道在查丽丝面前最好不要用这种表达。她点了烤厚切软芝士三明治，草本香菜籽面包，还有波兰泡菜。纯乡下菜，或者至少是仿制的乡下菜。波兰人该好好享用他们的泡菜，但现在由于是硬通货，他们大概把所有的泡菜都出口了。她把点的菜报给头发蓬乱的女服务员——这会吸引拉里吗？一个服务生妓女？——然后定下心和托妮谈谈中东的话题。只要那边发生什么大事，商业就会受到影响。

托妮非常令人满意，虽然洛兹对当前形势已经非常悲观了，托妮还要厉害。她让洛兹觉得自己像个天真的小笨蛋，多么新奇的变化！过去几年里，她们同对美国总统的任期感到悲哀，在保守党搞分裂时一同摇头，从对玛格丽特·撒切尔的头饰分析中得出可怕的预兆，如果有军国主义的铁片头饰的话，就是她戴的那种，托妮说。柏林墙倒塌的时候，托妮预言将会出现大量移民涌出东柏林，加剧西柏林对他们的仇视。洛兹说，噢当然不会，因为想到移民遭受敌视她就很困扰。一个也不要，这是二战时候某些加拿大政府要员对待犹太移民的态度。

但事情却越来越令人费解了：比如，该允许多少移民进入呢？能承受多少呢？他们是怎样一些人呢？该在哪里画条底线呢？洛兹以这样的方式去思考就证明了问题的严重程度，因为洛兹非常明白被认为是“他们”是种什么滋味。但是现在，她属于我们。还是有些不一样的。她讨厌被束缚在经理的位置上，但在金钱这点上她不得不承认——虽然有点沮丧——托妮是正确的。如果托妮把她的预言能力用到更加有利可图的地方，像股票市场，洛兹就更加钦佩了。

但是托妮在每件事情上都非常冷静，太就事论事了。你希望怎样呢？她会问，惊讶地睁着她圆圆的眼睛。她惊讶的是别人的满怀希望，是他们的无知，他们糊里糊涂地期待无论怎样一切总会变好。

与此同时，查丽丝不相信死亡，只相信有轮回，被托妮谈到的动乱、战争、饥荒弄得很心烦，因为太多的人会被杀。她告诉她们，不是死亡本身——而是死亡的性质。他们并不是正常死亡，是暴力和残忍的，已经不完整了，被毁伤了，坏的效力会像一种灵魂污染一样缠绕不去很多年。按照查丽丝的说法，想这种事情只会产生污染。

"已经注定了，"托妮说，"萨达姆一越界，立马就成了定局。就像卢比孔。"

卢比孔，卢比孔，洛兹之前听到过这个词。是一条河，有人跨越了它。托妮有一整串河流的名字，由于跨越了它们，导致了世界的改变，在历史上的不同时期。特拉华河，在华盛顿。日耳曼民族跨过莱茵河，推翻了罗马帝国。但是卢比孔？唉，真笨！尤利乌斯·恺撒，加十分！

洛兹突然灵光一闪——多好的口红名字！一系列很棒的名字，宿命性地被跨越的那些河的名字；混合着禁止，勇气，胆量，和一丝宿命。*卢比孔*，明亮的冬青莓色；*约旦*，饱满的葡萄红；*特拉华*，带点暗蓝的樱桃红——虽然这个名字本身太拘谨了；*圣劳伦斯*——冰火两重的热辣红——不，不，不可能，圣徒可不会抹口红；*恒河*，鲜橙色；*赞比西*，肉感的栗色；*伏尔加*，怪诞的紫色，几十年来，俄国那些备受剥夺的可怜女人手上仅有的一款唇膏——但洛兹觉得会有市场，它会重新流行，具有收藏价值，就像斯大林雕像。

洛兹继续聊着，脑子里却在飞快地盘算着。她似乎看到了模特的造型，她希望她们看上去是什么样子：诱人，天然，也具有挑战性，一种你——死——定——了的凝视。拿破仑跨过的是什么河来着？只有阿尔卑斯山，没有什么著名的河，运气真差。一点点历史油画的碎片作为背景，也许就会有人爬上山去挥舞长条旗帜——总是在山上，从来不会在例如沼泽样的地方——硝烟弥漫在周围。对！就这样！销路将会像厚松饼那样！还需要最后一种颜色，来完成这个调色板：热辣棕色，带着阴暗浑浊的克制。该给它用哪条河呢？

冥河。再好不过了。

正在这时候洛兹看到托妮脸上的表情，不是恐惧，事实上是：一种专注，集中，无言的咆哮。如果托妮背上有羽毛的话，一定会竖起来；如果有獠牙的话，一定会露出来。这种表情和平时的托妮太不一样了，洛兹被吓得怔住了。

“托妮，怎么了？”她问。

“慢慢转过头，”托妮说，“不要尖叫。”

喔，狗屁。是她，活生生的。

洛兹一点不怀疑，一刻都没有。如果有人可以死里复活的话，就是泽尼亚了。她回来了，没错。她返回城市了，就像一些西部片里戴着黑色帽子的人那样。她大踏步穿过屋子的样子宣布着她的重返，标注她的领地：嘴角微翘带着蔑视的假笑，故意扭着盆骨昂首阔步，好像屁股上挂了两把珍珠柄左轮手枪，就等着有借口就用上。飘在身后的香水味就像傲慢无礼的人吐出来的雪茄烟气。这边三个人却怯懦地挤在一张桌子前，装作没看见她并避免目光接触，像小镇居民扑进干货柜台后面藏身那样，远离火线。

泽尼亚坐下去的时候，洛兹欠身拿手提包，越过自己放低的肩膀偷偷瞥了泽尼亚一眼，打量她一下。泽尼亚依然十分动人，虽然洛兹知道她有多少东西是做出来的，但没有影响。你改变自己的时候，改变过的就成了真的：谁能比洛兹更清楚这点呢？她自己一个月染一次不同颜色的头发。这种事情不是幻觉，而是变化。泽尼亚不再是戴着填充物胸罩的小乳房，而是大胸绝代佳人。鼻子也增高了，泽尼亚的头发即使在变灰也不易察觉，她肯定有个顶级的色彩大师。你就是别人看到的样子，像是修复过的建筑，泽尼亚不再是本来的样子了，成了现在这个最终的效果。

洛兹仍然能够想象那些作法自毙的医生所缝的针脚和痕迹；她知道如果摔碎的话，那些断层在哪里；她还可以念一句咒语——快变！——就让时间倒流，移开泽尼亚的牙套，露出藏在底下的残余，溶解她的彩釉，让她头发变白，注入氨基酸、补充雌性激素的皮肤顿时枯干，胸部像葡萄一样爆开，就有硅树脂飕地流出来，啪的一声溅到墙上。

那个时候泽尼亚成了什么呢？人，和其他人一样了。这样对她有好处，或者说对洛兹有好处，因为那样就公平了。实际上，洛兹已经在准备应战了，用来作武装的只是一篮子龌龊的形容词，一把派不上用场的小卵石。她能把泽尼亚怎样呢？一点儿不能，因为她这儿没什么泽尼亚想要的东西了，再也没了。

在她复仇和宿命论的默想的间隙，她突然觉得泽尼亚也许并不是单单坐那儿，等着洛兹去攻击的。她也许另有目的，也许正在徘徊。藏银币！她想要什么呢？出来找谁呢？如果是自己的话——但会怎么找她？为什么呢？——洛兹打了个颤。

十六

洛兹怎么离开托克斯克的呢？当然是走出来的，但她却不记得怎样收拾包，站起来，勇敢而愚蠢地背对着泽尼亚，走出来；她被心灵转移了，像 50 年代的科幻电影，缩成一阵黑白点组成的漩涡，到了门外重新复原。她跟托妮和查丽丝拥抱道别，没亲她们的脸。亲吻有些虚饰，拥抱才是真实。

托妮这么小，查丽丝这么瘦，两个人都在发抖。她觉得在拥抱双胞胎，一个然后是另一个，在她们第一天上学的早上。她想张开臂膀护着她们，告诉她们没事的，她们需要鼓励；但现在她应付的是两个成人，在不同方面都有比洛兹更聪明的地方，但她知道她们根本不会相信这一点。

她看着她们走远，托妮沿着看不见的轨迹小步快走着，查丽丝迈着迟疑的步子慢慢地走着。是的，她们都比她要聪明；托妮非常有思想，却又很适度；查丽丝拥有另外一些东西，很难触及但非常神奇；有时候她让洛兹觉得毛骨悚然，因为她知道洛兹没办法知道的事情。但她们两个都没有什么生存本领。洛兹一直担心她们会在她眼前走上马路被卡车压扁，或是被抢劫。*对不起，小姐，这里有个抢劫案。不好意思，有个什么？抢劫？我能帮上忙吗？*

她们根本没有生存能力，而泽尼亚是个生存斗士。她会使劲踢，用卑鄙下流的手段，第一个计谋就是用来对付洛兹的，靴子上装了金属楔子。如果再有一场短兵相接，洛兹会光靠自己。她不需要托妮历史地对匕首进行分析，也不管查丽丝不爱谈论利器，因为这些都太消极了。她只需要知道颈静脉在哪儿，直接刺过去。

问题是泽尼亚没有颈静脉。即使有，洛兹也从不知道在哪儿，怎么才能够到它。以前的泽尼亚没心没肺，现在可能连血液也没有了。血管里流淌的是乳胶，或熔化的钢铁。除非她改变了，但看上去几乎没有。无论如何这都是第二个回合，洛兹已经准备好了，没那么脆弱易动了，因为这次不再有密奇。

这些决定和尝试都很不错，但当洛兹回到车子面前，发现在她座驾门新涂的漆上被刮开一行小字。*有钱的婊子*。措辞干净，相对算是礼貌——在美国，刮上去的会是*淫妇*——一般情况，洛兹会盘算一下修理费用会是多少，要花多少时间，在不在保险范围。也会找停车场管理员大骂来出口恶气。谁干的？你什么意思，不知道？在干吗，睡着了？可恶，付你钱要你干什么来了？

但今天却不在状态。她打开车门，察看一下后座确保没人在里面——那些奸杀恐怖小说并不是白看的——坐进去，锁上车门，以她惯常的姿势，前额顶着方向盘哭了一会儿，手里拿着新的棉质手帕。（双胞胎不允许用纸手帕。她们很无情，但是对于玛丽亚熨衣服另外收费却没有大吼过。过不了多久洛兹连厕纸都不能用了，她们会让她用旧T恤什么的。）

她的眼泪并不是悲伤，也不是绝望，而是愤怒。洛兹知道它们各自的滋味。但她这个年纪，为了愤怒而愤怒变得越来越不值得了，因为每次你咬牙切齿，就可能会折断几颗。于是她用袖子擦了擦脸，因为手帕已经湿掉，补上口红（卢比孔，我来了），涂了点睫毛膏，发动马达，碎石从轮子下面喷开来。她有一点希望把车开出来的时候能够擦破别人的挡泥板，发泄一些愤怒——哎哟！对，对不起！退而求其次，几乎和扼死泽尼亚一样大快人心。可是前面一辆车都没有，管理员也正看着。唉，只能想想。

洛兹回到办公室——嗨妮柯，嗨苏茜，怎么样了波尔斯，有重要的事吗，咖啡还有吗，电话别转进来，就说我在开会——关上门。坐到真皮椅子里，点一支烟，在篮子里摸索到一颗巧克力，那种圆形产自维也纳的东西，上面还印着莫扎特的肖像，孩子们称它为莫扎特球，咀嚼吞下，手指轻敲着她不太满意的这张桌子。密奇瞪着她，让她觉得烦，于是她站起来，给它转个方向，移开他的注视。你不会喜欢看到的，她告诉他。上次他也不喜欢她那样做，当发现她在干什么的时候。

她打开放文件夹的抽屉，取出标Z字的文件夹，翻了几页。都在里面，家丑概要：哪一天，什么时间，什么地方。仍然很伤人。

为什么不仍用那个侦探呢，可以免掉很多解释，而且她挺棒，海蒂，海蒂·辛，匈牙利人，但她改了个盎格鲁-撒克逊名字——海蒂·布里奇。她曾说之所以做侦探，是因为作为匈牙利女人，要对付自己的丈夫，你无论如何得是个侦探。洛兹找到号码，拿起电话。但她得先打通看门人——海蒂如果有个秘书会做得更好，不过也许可能那是个共用的办公室——她软硬兼施，终于海蒂不在开会，接了电话。

“嗨，海蒂，我是洛兹·安德鲁。是，我知道，好几年了。听着，我要你帮我做件事，实际上基本就是你帮我做过的，还是那个女人。呃，我知道她死了，我的意思是，她死过，但现在没死，我看见她了！在托克斯克……

“我没眼花。那地方你也去过！

“如果我是你，我会从旅馆查起，但别指望她会用原名。记住了？

“照片我会叫快递给你。找到她，查到她在做什么，见了谁。一有消息就打电话给我，任何事情！包括她早餐吃什么。你知道我有多爱管闲事。

“开在私人账单上。谢谢，你真是个甜姐儿。下次一起吃午饭！”

洛兹挂上电话。她应该觉得好点儿，却没有，她神经太紧张了。事情现在刚刚展开，她就等不及要知道结果了，因为除非她搞清楚泽尼亚到底在哪里，否则泽尼亚就有可能在任何地方。也许现在正在洛兹的家门口，肩上扛着黄麻袋，里面装了战利品。什么战利品？这就是问题所在！洛兹恨不得亲自上阵，手臂下夹着那张浮夸的照片，徘徊于一个又一个旅馆间，她会撒谎，会迂回渗入，会贿赂接待人员。她已经不耐烦，开始急躁了，劲头十足，好奇得鸡皮疙瘩都快出来了。

也许是更年期现象，但来点改变不是很好吗？也许以后就可以精神激增，像大家常说的人生的欢乐。迟来好久了。

或许这并不是荷尔蒙分泌，而是罪，七宗罪之一，甚至之二。修女常渴想性欲，洛兹最近在想也许她的名字被列入了贪婪罪列。现在愤怒又过来攻其不备；最糟糕的还有嫉妒，它化作她的老熟人，现形为泽尼亚，得意洋洋地微笑着，像灿烂的维纳斯，但不是从海贝壳里而是从沸腾的大锅里慢慢升起。

面对它，洛兹，你嫉妒泽尼亚，一直都嫉妒得要死。是的上帝，但怎样呢？圣徒犹大，怎么办呢？羞辱自己！苦修心灵！擦洗厕所吧！

要活多久才能摆脱这些废话呢，洛兹想。灵魂就像自家车库里出售的旧货。她要早点回去，吃点东西，弄点什么喝喝，洗个澡，加点查丽丝从她工作的那个卖毒品似的店里蜂拥给她的东西。落叶，干花，进口的根，霉草地的芳香植物，蛇油，鼹鼠骨头，由资深的干瘪老太婆酿制的古代秘方。洛兹没有看不起老太婆的意思，因为按照她的趋势，很快自己也是个老太婆了。

查丽丝说这个可以放松，洛兹想，得解决这个问题！不要直接和它斗！顺着它，躺下，浸没，想象你自己是在温暖的大海里。

可是每次洛兹尝试这样想的时候，都有鲨鱼出现。

黑瓷漆

十七

所有的历史都是追溯性的，托妮写道，逆向写下句子。我们选择一个重大事件，考察其因果，但事件是否重大又由谁来决定呢？我们决定，我们存在于此时；事件的真正参与者却在彼时。他们早已不在了；同时，又掌握在我们手上。就像罗马斗剑者，在我们的指间。我们按照自己的启发和意愿让他们再斗一次，而他们当时的决斗却完全出于其他原因。

历史也不是一个真正的回文，托妮想。你没办法倒着读，并回到一个清清楚楚的开头。当中省略的东西太多，我们知道的也太多，结果已经知道了。历史学家是典型的窥淫狂，鼻子挤在时间的玻璃窗上。事实上他们永远无法到达那些战场，无法参与那些最激动人心或是最悲痛的时刻。他们对历史的再造最多不过是拼凑的蜡像而已。谁来做上帝呢？谁在事情发生之前知道整个故事和它的暴力冲击，它的混战，它的致命结局呢？太悲哀了，太挫伤士气了。至于战争前夜的士兵，既无知又充满希望，虽然二者都没什么好处。

托妮落下笔。将这种想法写下来，作为两个月后要给军事历史学家协会做报告之用，显得太含糊了。她需要准备的是公元982年7月13日奥托二世战败在撒拉逊人手上，以及后来的编年史家怎样将其作为教训性范例来编撰。这将是个好演讲，非常好——她的演讲总是很不错——但随着时间流逝，她开始觉得自己越来越像是这些事件的谈论走狗。毫无疑问，她伶俐，有着巧妙的窍门，是只体面的狗；可仍然是只狗。她曾经认为人们会根据她自己工作的功过选择接受或是拒绝，但现在开始质疑了，她讲座的精华从某种角度来说并不是重点，重要的反而是她的穿着。她会被轻轻拍一下头，赞扬几句，给几块精良的狗食；当里屋那几个家伙——其中之一会是将来的协会主席——开始认真考虑一些现实的事情的时候，她就被支开。

真是妄想狂。托妮赶走这些念头，给自己倒杯水。

午夜，她穿着睡袍和浣熊毛拖鞋，在地下室里。睡不着，又不想在书房工作而吵醒韦斯特，书房在卧室门廊的里面。她的电脑会发出哔哔的声音，光线也会影响他。当她从床上悄然下来，踮着脚尖走出房间的时候，他睡得像个孩子，鼾声均匀柔和又令人发狂。

背信弃义的韦斯特，不能没有的韦斯特。

她下楼的真正原因是想要查看电话簿，还有黄页上的酒店，但不想被韦斯特看到，不想让韦斯特发现她在窥探他，他和泽尼亚，窥探他在电话机旁胡写乱画的本子。她不想让他失望，或者更糟的是，惊动他。她正在查看所有以 A 打头酒店，列了个清单：亚历山德拉，安耐克斯，阿诺德花园，阿莱福，林荫道公园。她可以逐个打电话过去，用假声询问房间号码——或者不说一句话，装作一个打骚扰电话的呼吸沉重的变态——听听对方是不是泽尼亚。

卧室也有电话，就在床边。怎样才能避免韦斯特听到挂掉电话时候那轻微的“砰”声，避免他偷听呢？可以用韦斯特自己的手机，顶风作案；但它也在卧室里，而且如果被发现了该如何解释呢？最好再等等。如果泽尼亚再现——托妮此时一点也搞不清楚她是怎么办到的——韦斯特必须尽可能地置身于外。他必须与此事隔离。他已经几乎被毁掉。现实世界，尤其是女人的现实世界，对韦斯特这样善良而敏感的心来说，实在是过于残酷了。

托妮在被她和韦斯特称为游戏室的那个房间写作，是地下室里面的一大块，在炉子间和洗衣房之间，不像楼层上面有室内外地毯。韦斯特的游戏用具是个台球桌，占据了大部分的空间，台球桌上还可以加上一个三合板的乒乓桌面，托妮就在这个桌面上写字。托妮台球玩得不好——她知道规则，但击得过猛，没有谋略；但她是个乒乓高手。韦斯特则相反——尽管他有惊人的命中率，在高速方面却显得愚钝了点。有时候，为给自己一个不利因素，托妮用右手打，远不如她的左手，但还是能够赢他。玩台球时托妮如果输得太多，韦斯特就会建议玩会儿乒乓，即使预先知道他定会惨败。这方面，他总是非常体贴。是一种骑士精神。

这是一种测量计，测量此刻的托妮能承受多大程度的失败。

但乒乓只是一种娱乐。托妮真正的游戏是在一个角落里，在他们存放冰水和韦斯特的啤酒的小冰箱旁，是一个大大的沙桌，几年前在一个日托中心车库的贱卖会上买的，但它却不全是沙子。它包含一个欧洲和地中海的三维地图，用含粉末和盐的硬糨糊制成，地图上有突起的山峦和用蓝色塑胶黏土做的河流。托妮可以反复利用这个地图，随着事件需要增加和减少河道，移开沼泽地，改变海岸线，建造或者拆除道路和桥梁以及城镇和都市，改变河的流向。现在，它是根据9世纪而设：严格按照奥托那致命一战时候的样子来的。

军队和人口的标志，托妮主要不是用大头针和旗子，而是用了厨房调料，每个部落或种族用不同的调料，斯堪的那维亚人用红胡椒子，撒拉逊人用绿胡椒子，斯拉夫人就用白色的。凯尔特人用胡荽种子，盎格鲁-撒克逊人用莳萝子。巧克力屑，小豆蔻，四种扁豆，以及小银球分别用来指代马扎尔人，希腊人，北非王国，和埃及人。每个主要的国王、首领、皇帝，或者教皇，都是独裁者；每个人都有自己实际的或名义上的统治范围，用切断了的、匹配颜色的塑料鸡尾酒棒标出来，围成橡皮擦那样的方形。

这是个复杂的系统，但与图解和只显示军队与要塞相比，她喜欢这种方式。通过它，她能够描述由于胜仗或奴隶贸易而导致的杂交，因为实际上人口并不是同质性块状，而是混杂的。在君士坦丁堡人和罗马人中有白色胡椒子，是统治他们的红色胡椒子人进行的奴隶贸易造成；绿色胡椒子人将扁豆人从南部卖到北部，从东部到西部，然后又回到原处。法兰克统治者是真正的丁香，绿色胡椒子浸透在凯尔特-利古里亚胡荽里。这些显示了一系列连续的涨落，一种混合形势，以及领土的改变。

为了防止这些很轻的香料滚来滚去，她用了一点喷发定型剂。但得轻轻地，否则会被弄散掉。当她要改变年代或世纪的时候，她会刮下这个或那个族群，然后重新安设。用镊子，否则会弄得满手指都是种子。历史不是干燥的，它是黏的，会粘满你的双手。

托妮拖过一把椅子坐在沙桌前研究起来。在意大利的西海岸，靠近索伦多，一群丁香正追逐一小群溃逃的绿胡椒子：条顿人正要攻下撒拉逊人，或者说企图攻下。丁香们的独裁者正是奥托——冲动的、有才能的奥托，奥托二世，罗马帝国的日耳曼皇帝。奥托和丁香们马不停蹄，跨过冰冷的大海和干巴巴的山脉，在让人精疲力竭的太阳下挥洒汗水；肾上腺素上升，怀着对流血和战利品的期待而情绪高涨，眩晕于急切的胜利。其实他们知道得太少了。

托妮知道得多一点。在干燥的土地和岩石的背后，在眼睛看不见的地方，潜伏着一大队撒拉逊胡椒子。在前面逃跑着的那群绿胡椒子只是诱饵。这是书中记载过的最古老的把戏，奥托却败在这上面。不久，他的人将被三面夹击，另一面就是大海。他们会被杀光，至少大部分会死，或者被逼进大海，溺死，或者受伤突围而出，然后渴死。一些人会被俘虏，卖为奴隶。奥托自己仅能逃生。

回头，奥托，托妮想。她喜欢奥托，他是她最喜欢的一个人物；也为他感到悲哀，因为那天早上他还和妻子产生了争执，在这次不吉的出征之前，正好说明了他的鲁莽。动怒对战争不利。

奥托，回去啊！但是奥托听不见，他没办法像她一样从上面向下看这个世界。只要他先派出探子，只要他再等一等！但是等待和退后也可能是致命的。战斗，逃跑，活下来，然后某天又会去战斗，否则还是会背后中枪。

奥托已经走得太远，空中的镊子已经落下，绿胡椒子从岩石后面站起来，骑兵冲出掩体，沿着不毛的海岸追赶。托妮觉得可怕，可她又能做什么呢？无助，太迟，一千年前就太迟了。她能做的就是去看看那个海滨，她已经去过了，已经看过那些炎热干燥的大山，已经压了一朵尖尖的小花在剪贴簿里。也买了纪念品：一对沙拉盆，橄榄木雕刻而成。

她心不在焉地捡起奥托部队的一个丁香，放到自己的玻璃水杯里浸一下，洗掉喷发定型剂，丢进嘴里。这是她的一个坏习惯，吃掉她地图上的部分军队，所幸的是楼上厨房摆在架子上的瓶子里总会有调味品可以替补。但是死去的战士还是会被吃掉，这样或那样的方式，或者至少会被肢解，财产被分割。这就是战争：礼节靠边站，为亡者举办丧礼的比率很低。撒拉逊人正在干掉伤员，这在那种（无法医治，没有水源的）环境下是一种仁慈，然后剥掉他们的甲胄和武器。到处觅食的乡下人已经在等候他们的时机，秃鹰已经聚集。

对奥托来说已经太晚了，而她呢？如果她再有一次机会，重新开始，与泽尼亚，她的表现会有所不同吗？她不知道，因为她知道太多需要弄明白的东西了。

十八

托妮是她们三个中最早和泽尼亚交朋友，或者说，是最早邀请她进入自己生活的，因为如果你不去邀请，像泽尼亚那样的人是不会到你门口，跨进你家，将自己搅和在你的生活里面的。肯定是对她表示过赏识，提供过款待，表达过欢迎。托妮已经意识到这些，虽然时候不对。她问自己的问题很简单：她为什么会那么做？她是怎么了？泽尼亚怎么了？是什么让一件事情不仅是可能的而且是必需的？

毫无疑问，是她自己发出了邀请。她不知道自己在干什么，但在这种事情上的无知是站不住脚的。是她将大门敞开，让泽尼亚进来，就像失散已久的朋友，像是自己的姐妹，像一阵风，是托妮欢迎她的。

很久以前了，60 年代早期，那个时候托妮 19 岁；泽尼亚出现之前的那段时间不是她喜欢回忆的日子。追忆以前似乎是因为她的空虚，没有慰藉；但她这样做的时候，又觉得是理所当然。

她努力学习，吃饭，睡觉，在麦克朗二楼的洗脸盆里冲洗自己的长统袜，裹在毛巾里拧干，窗帘杆上垂下来的细绳这头悬了根衣架，袜子晾在上面，整洁地垂挂在屋里丁东作响的暖气机上方。她有各种各样多次使用的小通道可以带她穿越周末以外的工作日，就像田野里的老鼠；只要她待在这些小通道里面，她就是安全的。她追随着这些通道，埋头苦干，鼻子嗅着地面，遮蔽在有保护作用的麻痹状态之中。

回想起来，那是十一月。（她有一幅挂历，会在上面圈点日子，虽然没有她等候和期待的特别的日期；但那样能够给她一种前进的感觉。）自从她父亲死后，她在麦克朗大楼已经住了三年。母亲死得更早，骨灰存放在一个金属罐子里，罐子形状像个缩小的深水炸弹，被她存放在衣橱隔板上，塞在叠好的毛衣后面。她父亲埋葬在大墓地，但是他的 1940 年代德国手枪保存在一个旧的圣诞树装饰品盒子里，这个盒子装着她从老家保留下来的所有东西。她曾打算使父母和解——哪天拿把铲子去大墓地，把母亲栽在父亲身边，就像一株铝合金郁金香花苞那样——但她怀疑至少她母亲无论如何都会阻止这种事情，因此踌躇了。不管怎样，她一点儿不会介意让母亲在自己的房间里，放在架子上，能够照看她。（给她指派一个位置，拴住她，让她保持固定。）

托妮一个人住一个房间，因为本来合住的女孩儿由于服用过量安眠药而去洗胃，之后就不见了。通常都会这样，按照托妮的经验。离开之前的几个礼拜，那个室友整天不脱衣服待在床上读平装本小说，轻声哭泣。托妮觉得非常讨厌，比安眠药还烦人。

托妮觉得应该依靠自己生活下去，当然她的周围却是另一些人，另一些女孩儿，或者该叫女人？麦克朗大楼被称为女人的住宅，但是她们彼此却互称女孩儿。嗨女孩儿，她们会叫，快上楼。你猜发生了什么？

托妮觉得自己和其他女孩儿没什么共同之处。她们很多人会在公共休息室过夜——如果她们不出去约会的话——四肢伸展地斜在令人沮丧的橙棕色大沙发，以及三个填得过满有裂洞的安乐椅上，穿着睡衣和家常服，顶着刺毛的卷发筒，玩桥牌，抽烟，喝咖啡，打发日子。

托妮不出去约会，没有人可以约会。她不介意，无论如何，和死去很久的人在一起让她觉得更快乐。那样就没有痛苦的挂虑，没有失望，没什么可以失去。

洛兹是公共休息室女孩儿当中的一个。她嗓门儿很大，管托妮叫托妮宝贝，或者更糟，托妮亲亲；还不止这些，她甚至想帮托妮打扮打扮，像对待洋娃娃那样。托妮那种时候并不喜欢她。她觉得她太具侵略性，又粗鲁，让人受不了。

那些女孩通常觉得托妮很奇怪，但没有敌意，反而很宠她。

她们会喂给她几口藏在自己房间的违禁品——巧克力棒，曲奇，薯条。（因为有蟑螂和老鼠，房间里放食物是不允许的。）她们喜欢摸摸她的头，弄得她的头发有点乱，抱抱她。人们总是很难不去碰那些小的东西——如小猫，婴儿。小托妮。

当托妮回自己房间从她们身边快速经过时，她们会大声叫她：托妮！嗨！嗨托妮！你好吗？托妮经常不理她们，或者完全躲开。但有时候也会走到公共休息室，喝口她们带渣的咖啡，咬一点点儿她们红黄色的曲奇。然后她们让她帮着写名字，两只手同时写，一只向前写，一只向后写；她们就拥在后面，对她的这种轻而易举惊叹着。骗人的小把戏而已。

托妮不是唯一一个有特长的女孩儿。她们当中有一个能够发出汽艇开动时候的声音，有几个——包括洛兹——习惯用眉笔和口红在肚子上画脸，然后跳肚皮舞，画上去的嘴巴就怪异地一张一合。另外一个女孩儿可以用一杯水，一个卷筒纸的空卷，帚柄，一个铝的平底锅和一只鸡蛋玩特技。托妮觉得这些技能都比她的有效力，她的不需要技巧，不需要练习；就像屈伸关节，或者扭动耳朵那样。

有时候她们请她倒着唱歌，如果她们过于纠缠而且托妮也有精力，她就会答应。她走调的声音出奇的刺耳，就像唱诗班孩子着凉了的声音，她唱道：

的爱亲我噢，
的爱亲我噢，
的爱亲我噢，
娜蒂蒙莱克，
去逝地远永已你，
哀悲此如，
娜蒂蒙莱克。

为了使它押韵，她申明三个元音不发音，而且 uo 是复合元音。有何不可？所有的语言都有这种痉挛，这就是她的语言；所以规则形式和不规则形式都由她定。

其他女孩儿觉得很好笑，特别是托妮一笑不笑，声音都没有闪过，也没有颤动，连续地唱下来。事实是，她自己一点都不觉得好笑，这首歌讲的是一个淹没在荒唐的流行风尚之中的女人，她不被悼念，最终被忘记。托妮觉得是悲伤的。*永远地逝去*。她们为什么要笑呢？

她不与她们在一起的时候很少想到她们——她们尖锐的笑话，睡衣和发胶以及湿湿的身体和爽身粉混在一起的气味，她们叽叽喳喳的欢迎声音和咯咯笑声，在她背后肆无忌惮的傻笑：*小精怪托妮*。她想到那些战争。

战争，以及战役，这两者并不一样。

她喜欢重新组织已经决定的战役，看看失败的那方能赢与否。她研究地图和报告，军队的布局，战略战术。选择另一个场地就能够让天平倾斜，或是换一种思路，因为思想是一种技术，一种坚定的宗教信仰，因为上帝也是一种军事武器。天气也是，还有季节。雨天和雪天使战役变得艰难。当然还有运气。

她没有偏袒，从不会偏向一方而针对另一方。换种打法，战役结果可能会不一样。有些无论如何都不可能赢；有一些则不是。她有个战役笔记簿，记录下她觉得可行的解决方案和数量，数量指的是丢掉的兵力。“丢失的兵力”，他们被称为，好像他们是因为健忘而被放错了地方，之后还能再找回来似的。实际上指的是被杀的人数。永远地逝去。*非常可惜*，之后他们的上将会这样感叹，如果上将自己能够活下来。

她十分机灵地不在其他女孩儿面前提到这个爱好。如果她们知道，会将她推向边缘：由古怪而聪明变成病态。她还想对曲奇保有选择权呢。

住在这里的也有另外几个像托妮一样的女孩，溜过穿家常衣服玩桥牌的人，回避公共的食物。这些女孩也不联结在一起，除了点头和打招呼之外，甚至彼此不说话。托妮怀疑她们有隐秘的偏好，隐秘、可笑、让人难以接受的野心，像她一样。

她们当中的一个就是查丽丝。她的名字其实不是查丽丝，而是简单的卡伦。（这是在60年代改的，那个时候兴起了很多命名法的变化。）查丽丝-卡伦是个单薄的女孩儿：苗条是能够想到的唯一的词，像柳条那样，摇摆着枝子，颤动着金黄色的叶子。另一个词是健忘症。

查丽丝慢悠悠的：托妮看到过她几次，上课来回的路上，斜着身子漫步穿过马路，总是——好像——害怕什么东西会溢出来。她穿长的紧身连衣裙，里面的衬裙都能显出来；她的东西会从手提包里掉出来，或者从她松开的绣花编织包里掉下来。如果她游荡到公共休息室，总是去问有没有人看到过她的另一个手套，她淡紫色的围巾，她的钢笔。通常没人看到。

一天晚上，托妮从图书馆回来的时候，她看见查丽丝从麦克朗边墙的防火梯往下爬。她穿的好像是睡衣，至少又长又白还有大波浪。到底层平台的时候，她停了一会儿，然后跳下最后几级，朝托妮走过来。她没穿鞋。

在梦游，托妮认定。她不知道该怎么办，听说不能叫醒梦游者，虽然她已经忘记为什么。查丽丝关她什么事，和她说过的话没超过两句，但她还是觉得应该跟着，确保没有车撞到她。（如果这事发生在现在，托妮会把强奸也包括在可能性之内：穿睡衣的年轻女人，黑夜在外，多伦多商业区，非常危险。那个时候查丽丝也是很危险的，只是那时强奸两个字还不在托妮的日常生活字典里面。强奸伴随着抢劫发生，这真实发生过。）

查丽丝没有走远，她穿过麦克朗草坪的枫树和栗子树下面的几堆树叶，然后又转回来，再从树叶堆中间走了一遍，托妮就像个扑蝴蝶的偷偷跟在后面。然后查丽丝在其中的一棵树下面坐了下来。

托妮不知道她准备在那儿待多久。越来越冷了，她想回屋；但不能把查丽丝一个人留在草地上，穿着睡衣，坐在树下面。于是她选了旁边一棵树坐下，地面不干，托妮希望没人看到她，幸好天非常黑，而且她穿的是灰色外套。不像查丽丝，朦胧可见。

过了一会儿，黑暗中有个声音对托妮说话。“我没有睡着，”那声音说，“但不管怎样还是谢谢你。”

托妮怔住了，她觉得自己被耍了。之前她没发现查丽丝有这种行为——赤着脚穿着睡衣游荡——太不可思议，太让人奇怪了。她觉得非常戏剧性，非常诡异。洛兹和公共休息室的女孩儿们也许很烦人，但她们至少是固态的，简单的，能秤得出几斤几两。查丽丝却是滑的，半透明的，也许还是黏的，就像肥皂薄膜或者凝胶或者海葵灵敏的触角。如果碰到，她身上的某些东西就会带到你身上。她具有传染性，最好离远点儿。

十九

麦克朗大楼里住的女孩子和泽尼亚没有关系，泽尼亚也不会和她们有什么关系。除非用枪口顶着，否则她是不可能住进女人宅区的，就像她第一次踏进这个地方对托妮说的那样。垃圾场，她管它叫。

（她怎么会来的？是来借点东西。借什么呢？托妮不愿意记着，但还是想起来了：是钱。泽尼亚总是资金短缺，托妮觉得被借钱非常尴尬，但如果拒绝的话会显得更尴尬。而她现在觉得尴尬的是自己当时太天真，太温顺，不情愿却又太仁慈。）

“住宅是给小人物准备的，”泽尼亚这样说，轻蔑地环顾着她的周围，打量着老式的油漆，摆在公共休息室里粗糙的椅子，还有女孩儿们房门上用透明胶带粘着从报纸上剪下来的连环画。

“对，”托妮重重地说。

泽尼亚俯视了托妮一眼，微笑着纠正自己，“是想象层面上的小人物，我不是指你。”

托妮松了一口气，因为泽尼亚的轻蔑是一种艺术。它太近乎绝对，当你发现自己被排除在外的时候会觉得特别荣幸。你会感觉像是被判了缓刑，像是得到辩护，感到庆幸；或者只是托妮才这样觉得，然后啪嗒啪嗒地走进房间，打开自己的小支票簿，开张小支票，贡献出去。泽尼亚漫不经心地接过去，折两次，塞进袖子。两个人都试着当做什么也没发生的样子；好像没有什么东西转过手，谁也没欠过谁。

她怎么能够因此而恨我呢，托妮想。

因此托妮不是从麦克朗大楼的女孩儿们那里认识泽尼亚，而是从她的朋友韦斯特那儿认识她的。

事实上，她不明白韦斯特怎么会成为自己的朋友，他多少有点物质主义。一开始是他坐到托妮旁边来借她的现代历史的笔记，因为他缺了之前的那次讲座，然后，他突然成了她日常生活中的一员。

韦斯特是唯一一个她可以与之谈论战争的人。那一次还没有开始，但后来就逐渐谈论起来。这种事情也许需要几年时间，但他只做了她一个月的朋友。那段时间的开头两周，她叫他斯图尔特，就像他的其他一些男性朋友那样，他们会拍他的肩，在他手臂上轻轻打几拳，会说，*嗨斯图，最近在忙什么？*但后来他看到她在笔记本上做的一些神秘旁注——圾垃么什，便粪的套老味乏——她就得解释一番。他惊异她倒着写字的能力——太棒了，他说——然后要倒着写他自己的名字。他觉得更喜欢这个新的名字。

楼里面的女孩儿们开始称韦斯特为托妮的男朋友，虽然她们知道不是，只是逗乐子。“你男朋友还好吗?”洛兹会喊道，在陷进去的橘色沙发里冲着她笑，洛兹坐上去让这沙发陷得更深。“嗨，托妮亲亲！个人生活不错吧？瘦高个儿好吗？我真不幸！高个子男孩儿尽喜欢小个子!”

韦斯特很高，走在托妮旁边显得更高。他不是那种巨大威猛型，而是消瘦松软型。腿和手臂好像是暂时加到身体上去的，而手和脚好像比它们本身更大，因为他的袖长和裤腿总是短上一两寸。他的帅是那种骨瘦嶙峋的帅，好像中世纪的石雕圣徒，又像普通的帅哥被像橡胶那样拉长的样子。

他有着蓬卷的金黄色头发，穿着深色灰暗的衣服——磨损了的套领毛衣，带污点的牛仔裤。在那个时候这样穿是非常与众不同的：大多数的大学男生都还打着领带，或者至少穿夹克衫。他的衣服是偏激分子的标记，给他染上反叛者的光泽。现代历史课结束后，托妮和韦斯特在他们常去的学生咖啡店喝咖啡的时候，女孩儿们总会盯着韦斯特看。然后她们会目光下移到托妮，打量她孩子一样的卷发，她的角质边框眼镜，苏格兰裙子，还有小平跟船鞋。然后她们就困惑了。

托妮和韦斯特在一起，就是喝咖啡，边喝边聊，虽然两个人都话不多，大多时候是轻松的沉默。有时候也喝啤酒，在不同的昏暗的啤酒吧里；其实是韦斯特喝，托妮只是倚着椅子坐着，脚趾几乎碰不到地面，舔掉杯子顶上的一点泡沫，像猫一样，细细品味。剩下的由韦斯特解决，然后再叫两杯，但四杯是他的极限。令托妮感到放心的是他从不多喝。啤酒店会让托妮进去也真是奇怪，因为她看上去太像未成年人了。他们一定觉得如果不是真的已经到了22岁的话，她怎样都不敢涉足这种地方的。但是她就自己假扮自己，这是她最成功的伪装了。如果她扮成熟的话，是不可能奏效的。

韦斯特说没人的历史笔记比托妮的更好。这让她觉得自己很有用——甚至更好，不可或缺，值得称赞。

韦斯特喜欢聊现代史——实际上根本不是现代的历史，只是因为它不是随着罗马帝国的衰落而结束的古代历史——因为他喜欢民歌民谣和旧式乐器。他大概说过他会弹鲁特琴。托妮从没见过他的鲁特琴，事实上是从没去过他的房间，如果他确实居住在某个房间的话。她不知道他住哪儿，晚上会做些什么。她告诉自己说自己并不在乎：他们的关系只是午后的友谊。

但是，随着时间的推移，她开始想象他生活的其他部分，发现自己想知道他晚饭甚至早餐吃些什么。她假定他没有和其他男人或男孩儿合住，因为他对她说过一个认识的家伙，那家伙能对着自己的屁点火。他跟她说的时候没有取笑的意思，而是有点抱歉。"想象一下把这个写在墓碑上，"他说。托妮认定给自己的屁纵火这样的事儿，和麦克朗大楼里面的鸡蛋以及口红脸的把戏比起来，只是更加严肃一点的特技的变种而已。但她没多问。

韦斯特出现的时候会说嗨，离开的时候说再见。托妮不知道他什么时候会出现，也不知道他什么时候会离开。

就这样，到了十一月，托妮和韦斯特坐在一个叫做蒙哥马利的酒吧里，对发生在上加拿大①的1837年叛乱有一点争执，托妮觉得如果不是由于愚钝和惊慌，叛乱的结果会完全不一样。和往

① 是一个在1791年至1841年间以五大湖北岸为管辖区域的英国殖民地。安大略省的前身。

常一样，托妮舔着啤酒杯口的泡沫，韦斯特突然说了句令人惊奇的话，他说他会参加一个晚会。

实际上他是说我们，而且不是说的晚会，而是狂欢。

狂欢这个词从韦斯特口里出来，显得有些古怪。托妮觉得韦斯特没有暴力倾向，狂欢却是粗鲁的，带有身体攻击的意思，好像他是在引用别人的说法。

“狂欢?”托妮犹豫地说，“我不知道。”她听到过一起住的女孩儿们谈起狂欢，在麦克朗的一间盥洗室里，一般是在大学的兄弟会，常常以有人受伤结束——大多是男人，有时候也会有女孩子受伤，要么是在兄弟会上，要么是之后。

“我觉得你应该来，”韦斯特说，蓝眼睛仁慈地注视着她，“我觉得你看上去有一点苍白。”

“我就是这样的，”托妮为自己辩护。她被韦斯特突然的关心吓住了，这似乎过于殷勤了；虽然总是由他来开门，当然这一点和他随随便便的沉闷打扮不符。她不太习惯他的这种关心，或者任何其他人的关心。她觉得有些担忧，好像被他碰了一下。

“好吧，”韦斯特说，“我觉得你应该出去走走。”

“出去?”托妮说，她迷糊了：他说“出去”是什么意思?

“你知道，”韦斯特说，“认识别人。”

他这样说显得几乎有些狡猾，好像在隐藏一个不可告人的目的。让她想到他要介绍男的给她，出于一种毋须有的关怀，洛兹才会这样干。托妮宝贝！有个人要让你见见！洛兹会这样说，托妮则会闪开逃掉。

这次她说：“但我一个人都不认识。”

“你认识我，”韦斯特说，“也会认识其他人。”

托妮没说她根本不想认识其他人，那样会显得太奇怪。她让韦斯特从教科书《文艺复兴的兴起》的书页上撕下一角，把地址写给她。他没说要来接她，所以至少不是约会。托妮从没处理过和人约会，更别说和韦斯特。甚至没有处理过这样的暗示或者期望。这种期望会打乱她的平衡，她不想卷入，任何人，下划线，句点。

狂欢在远离商业区的一排狭窄的沥青木瓦屋的两段楼梯之上，这排木瓦屋是诸多出售廉价商品和军队剩余物品商店中的一排，屋子前面就是火车轨道。楼梯很陡，托妮扶着栏杆一级一级地爬。楼梯顶上的门是开着的，烟雾和闹声从门口涌出来。托妮不知道要不要敲门，想到没人能听见，就当场否决，径直走了进去。

她立刻觉得不该进来，因为房间里挤满了人，都是那种人，这样的一群人，很可能让她害怕，或者至少会让她觉得不舒服。女人大都是黑发，扎成芭蕾舞女主角似的长长的马尾，或者盘成简单的小圆面包形状。她们穿黑色长统袜和黑色裙子，加上黑色的头顶，不涂口红；她们眼睛的轮廓非常深。当中有些男人留着胡须，穿的衣服和韦斯特是同一类型——工作 T 恤，套领毛衣，牛仔夹克——却没有他的那种直率和温柔，也不像他那样脸上干干净净。他们结实，粗糙，聚集了超负荷的物质。他们笨重，隐约阴森，充满着静态能量。

男人都在彼此交谈，女人却不说话。她们倚着墙，或者手臂交叉在胸前站着，纸烟漫不经心地夹在一只手上，灰弹在地上，看上去很无聊的样子，似乎就要离开，去更有意思的派对；要么面无表情地盯着那些男人，或者从他们肩膀看过去，好像在专心寻找另外的人，另一个男人，更重要的一个。

托妮进去的时候，有几个女人瞥了她一眼，然后目光迅速移开。托妮穿着自己平时穿的衣服，暗绿色的灯芯绒无袖连衣裙，里面是一件白色短衫，绿色的丝绒发束，齐膝半筒袜以及棕色平跟船鞋。她还保留着高中的很多衣服，因为仍然合适。但这个时候她觉得应该买些新的了，却又不清楚如何选择。

她踮着脚，目光穿过那些像树篱一样缠绕在一起的手臂，肩膀和头，还有黑色粗羊毛布盖着的乳房，厚质棉布里面的胸膛和躯干。却看不见韦斯特。

大概因为房间太暗了；大概正是这个原因她才看不见他。然后她才意识到这个房间不止是暗，简直是一片漆黑。墙壁，天花板，甚至地板都是那种有光泽的硬瓷漆的黑颜色。连窗子都漆过，照明装置也是。照明不是用电灯，而是蜡烛，插在勤帝酒瓶里。房间里到处都是大果汁罐头，标签被撕掉，插了一束束白色菊花，在烛光中摇曳闪烁。

托妮想走，但又不想在见到韦斯特之前离开。他会以为她拒绝邀请而没有来过；会觉得她架子大。同时，她也需要使自己平静和安定下来：有他在，她就不会显得来错地方了。她进去找他，沿着通向左边的门廊走进去。尽头是个盥洗室，门开着，伴着冲水的声音，出来一个高大的男子，头发浓密。随便看了托妮一眼。“呸，是女厕所指示牌，”他说。

托妮觉得自己只有两英寸高。她闪进盥洗室，至少是个避难所。这里也被漆成了黑色，甚至浴缸，水槽，镜子。她锁上门，摸一下马桶看看漆干了没有，然后坐上去。

她不确定是否来对地方。也许韦斯特根本不在这儿，也许是她搞错地址了；也许这是另一个狂欢。但是上楼之前她核对过那个纸片呀。那么，或许是时间不对——对韦斯特来说太早了，或者太晚了。没办法知道，因为他的来来去去总是难以预料。

她可以出去问问别人——那些庞大的长很多毛的男人中的一个，或者那些大个子傲慢女人中的一个——他在哪里，但她不敢。要是没人知道他该怎么办呢？还是待在这里比较安全，自己再玩一遍卡洛登战役，计算一下余数。她先安排地形——山丘倾斜下去，石墙尾翼是整整齐齐的不列颠士兵，还有墙后面排成一列的枪支。褴褛的部落大喊着从山上冲下来，什么武器都没有，就那些沉重过时的剑和小圆盾。然后倒下，绘画般的，壮观的一堆一堆。屠宰场。只有技术对等的时候，勇敢才有价值。波尼王子查理①简直是白痴。

无法取胜，她想，就像一场战役。仅有的希望就是集体休战，拒绝辩论条款，拒绝集会。夜晚出击，然后隐匿山间。乔装成农民。不要公平交战，但是怎样才是公平的战争呢？她还不知道。

有人敲门了，托妮起来，冲一下黑色马桶，对着黑色水槽洗洗手。没有毛巾，她就在灯芯绒裙子上擦了擦手。打开门：是芭蕾舞女演员之一。

“对不起，”托妮对她说，那女人冷冷地看着她。

托妮回到主厅，准备离开。韦斯特不在，就毫无意思。但是在房间的正中，是泽尼亚。

托妮这个时候还不知道泽尼亚的名字，而泽尼亚似乎并不需要名字。她没有像其他人那样穿着黑颜色，而是穿着白颜色，那种牧羊人的罩衫，长及大腿中部，紧身牛仔裤包着长长的腿。罩衫并不紧却显出了贴身内衣，大概因为前面的纽扣低到了乳头的位置。V 字领里面，小而结实的半露乳房的曲线隐向两旁，像背靠背的两个括弧。

穿着黑颜色的其他人，全都沉进了墙壁的黑色背景之中，只有泽尼亚凸显而出：她的脸、手和躯干在那些菊花之间，漂浮在黑暗中，好像不具形体，没有腿。她一定事先想好，托妮觉得——她将怎样像一个通宵加油站那样闪耀于黑暗，或者——老实说——像月亮那样。

---

① 即查尔斯・爱德华・斯图亚特，1745 年起事失败，复辟大不列颠王位不成。

托妮觉得自己被往回吸，被推向瓷漆墙的黑暗。漂亮至极的人就有那种效果，托妮想：他们可以涂抹掉你。在泽尼亚面前她不止是觉得渺小和可笑：她觉得自己不存在。

她闪进厨房，这里也是黑色的，甚至暖炉，甚至冰箱。烛光反射在油漆上，湿湿的。

韦斯特正靠着冰箱。他完全醉了，托妮立即意识到了，她有经验。她觉得里面翻腾了一下，又沉下去。

“嗨，托妮，”他说，“我的小伙伴儿还好吗?”

韦斯特从来没这样叫过托妮，从没称过她小，这似乎是一种侵犯。

“其实我得走了，”托妮说。

“还早呢，”他说，“喝杯啤酒。”他打开黑色冰箱，里面还是白色的，掘出两瓶莫尔森。“我把那破玩意儿放哪儿了?”他一边问一边拍拍自己。

托妮并不知道他在说什么做什么，甚至他是谁。不是她认识的那个他，她确定。他不常说脏话，她开始往后退。

“在你口袋里，”她后面的一个声音说道。托妮一看：是穿白色罩衫的女孩儿。她朝着韦斯特笑，用食指指着他，“举起手来。”

韦斯特咧嘴笑着，举起手。那女孩跪下来，摸索他的口袋，头倚着他的大腿，过了好一会儿——这期间，托妮觉得自己被迫从钥匙孔里偷看一幅让人受不了的亲密的场景——掏出一个启瓶器，打开两瓶啤酒，熟练地弹掉盖子，一瓶递给托妮，斜过另一瓶自己喝起来。托妮看着她边喝边起伏的喉咙，她脖子很长。

“我呢?”韦斯特说，那女孩儿就把瓶子递给他。

“那么，你喜欢我们的花吗?”她对托妮说，“我们从希望山墓地偷来的，某个重要人物翘辫子了。但有点枯萎了：我们得等那些人全滚开。”托妮注意到那些词——偷，*翘辫子*，*滚开*——

她觉得羞怯和不入流。

“这是泽尼亚，”韦斯特说。他的声音带着拥有似的尊严，沙哑着，托妮一点都不喜欢。我的，他的意思是。属于我的。

托妮这才发现她把我们理解错了。我们并不包括这个屋子的男人，就是指泽尼亚自己。泽尼亚背靠着韦斯特，好像他是根街灯杆。他手臂缠着她罩衫下面的腰；一半脸隐没在她烟灰色的头发里面。

“不错，”托妮说，企图显得很热情。她笨拙地吞了口泽尼亚递过来的啤酒，集中力量不喷出来。她的眼睛开始刺痛，脸红起来，鼻子里也都是刺痛的感觉。

“这是托妮，”韦斯特的声音。他的嘴在泽尼亚的头发后面，所以听起来像是头发在说话。托妮想跑掉：出了厨房门，穿过厅里那些穿着厚棉布的手臂，下楼。奔窜的耗子那样。

“喔，这就是托妮，”泽尼亚说，听上去像在发笑，“嘿，你好，托妮。喜欢我们的黑墙不？请把你的凉手从我的肚子上挪开，”她对着韦斯特补充一句。

“手是冷的，心却是热的，”韦斯特说。

“心，”泽尼亚说，“谁在乎你的心？那可不是你身上最有用的部分。”她撩起罩衫，找到他的两只大手，抽出来，并抓在自己手里，爱抚着它们，同时一直朝着托妮微笑。“这是报复，”她说。她的眼睛并不像托妮一开始以为的黑色：而是海军蓝。“这是个报复派对。房东要把我们赶出来，所以我们觉得应该给老混蛋留个纪念。他得涂两层才能把这些盖住。租赁合同上说我们有权上漆，却没说什么颜色。看到马桶了吗？”

“看到了，”托妮说，“非常光滑。”她不是想搞笑，泽尼亚却笑起来。

“你说得对，”她对韦斯特说。“托妮很滑稽。”

托妮讨厌被作为第三人称来谈论，一直都讨厌；她妈妈就经常这样。韦斯特肯定和泽尼亚议论过她，他们两个，在她背后分析她，给她套上形容词，好像她是个孩子，好像她完全是随便的一个人，是个谈资。她觉得韦斯特邀请她来派对也是泽尼亚叫的。她把啤酒瓶放在黑色灶头上，发现瓶子空掉一半。一定是她自己喝掉的另外一半，怎么可能呢？“我得走了，”她说，用她希望的那种庄严的口吻。

泽尼亚没听见似的，韦斯特也没听见。他正从泽尼亚的头发里瞪着外面；托妮看得见他的眼睛在烛光里闪烁。

托妮的手和腿好像不属于自己了，声音也慢下来。是啤酒的原因，她不常喝酒，不习惯。一种渴望掠过，她希望有人也像那样把他的脸埋进自己的头发，希望这个人是韦斯特。但她没那么多头发，他只会碰到头皮。

她觉得失去了什么，失去了韦斯特。了去失地远永。愚蠢的想法：从没得到过，怎可能失去呢？

“那么，托妮，”泽尼亚说。托妮两个字在她口里像是外国词，像是引用来的。“韦斯特跟我说你很有才华，你什么方向？”

托妮以为泽尼亚在问她接下来要去哪里。她可以假装还有个更好的派对，泽尼亚不知道的派对，但她不大可能相信。“我想我会乘地铁回去，”托妮说，“我还有事情要做。”

“她总是很忙，”韦斯特说。

“不，”泽尼亚说，不耐烦的样子，“我是说，你怎么打发这辈子？会对什么着魔呢？”

着魔，托妮从没听过谁像这样说话，只有罪犯和那些令人毛骨悚然的人才会着魔，人们就算自己有，也不会承认的。我不必回答，她对自己说。她脑中闪现出公共休息室的那些女孩儿，她们会怎样看待着魔，怎样看泽尼亚。她们会觉得她就是着了魔的，也是个荡妇，扣子不扣。她们会非难她荡妇样子的头发。托妮常觉得她们对其他女人的评价阴险而肤浅，但现在觉得她们非常贴心。

托妮应该无趣地、轻蔑地一笑了之，应该笑着问："我什么?"显出困惑样子，表示这是个愚蠢的问题。她知道该怎样做，她看过听过。

但是这个问题并不蠢，她也知道答案。"争战①，"她说。

"什么?"泽尼亚说，她集中注意，好像终于有点兴趣了，需要确认一下，"你是说政治?"

托妮意识到她搞错了，发音失误，换了另一个词，一定是酒精作用。

"我是说战争，"她说，这次很小心地发音，"我这辈子想做的就是研究战争。"她不该说的，她不该太多暴露自己，她错了，让自己显得很滑稽。

泽尼亚笑了，不是嘲笑，是欣喜的笑。她轻轻地摸一下托妮的手臂，像捉人游戏那样。"喝咖啡，"她说。托妮也笑了笑。

二十

就是那样一个决定性时刻。卢比孔之战！死亡已经铸成，可是在那个时刻谁知道呢?托妮不知道，但是她记得一种感觉，失去根基的感觉，被卷进某种强烈的洪流。那么，那个邀请的真正目的是什么?是什么召唤泽尼亚，让她在这个武装成小甲壳虫似的托妮身上开了一道口子呢?哪个词更有魅力呢，生的还是战争?或许是两个加起来，双重的。那样才有魅力，对泽尼亚

① 托妮想说"战争"（war），却说反了，成了"生的"（raw），泽尼亚听成了"law"。

来说。

但这也许过于复杂了，智力魔方一样，托妮倾向于复杂化。事情无疑更简单，更明了：托妮的慌乱，在那种情境下缺乏防御力，是因为韦斯特；事实是，托妮爱韦斯特。泽尼亚肯定在托妮自己意识到之前就已经发现了，便知道托妮没有威胁，也知道可以从托妮这儿拔点毛。

但托妮自己呢？泽尼亚给她的是什么，或者看起来要给她什么，她这样站在黑色的厨房里，微笑着，手指轻轻地搭在托妮的胳膊上，像一个幻影在烛光中闪烁？

大自然憎恶真空状态，多不自在，否则，我们真空状态的人就可以生活得相对安全一些。

并不是说托妮现在就是真空状态，根本不是。她现在可是满满的，完全充实，她正把守着满是财宝的城堡，完全卷入其中，所以必须坚持住。

托妮在地下室里走着，钢笔和记事簿在乒乓桌上，想象楼上睡着的韦斯特，深深地呼吸着；韦斯特，翻过身呢喃着，孤独地叹息，这叹息听起来像是心碎的声音。她聆听着垂死的尖叫声，贫瘠的海岸上撒拉逊人的欢呼声，旁边电冰箱嗡嗡的声音，炉子一开一合的声音，还有泽尼亚的声音。

慢声慢气的，微微有些迟疑，带点儿外国口音，少许的口齿不清；低沉，津津有味，表面上却冷冰冰。糖汁巧克力，中间裹着软软的奶油，是很甜，但会害了你。

“什么原因会让你自杀？”泽尼亚说。

“自杀？”托妮十分惊讶，好像自己从来没考虑过这回事儿，“不知道，不知道我会不会自杀。”

“如果你得了癌症呢？”泽尼亚说，“如果你知道自己会在难熬的疼痛里慢慢地死去了？如果你知道缩微胶片在哪里，而另一派人也晓得你知道，他们要折磨你让你交出来，然后还是会杀了你呢？如果你长了颗氰化钠牙齿呢？你会用这种做法吗？”

泽尼亚喜欢这类问题，总是建立在完全极端的脚本之上：如果你在沉没的泰坦尼克号上你会怎样？你是拼命挤，或者退后，还是优雅地沉溺呢？如果你饿得要死呢？你会吃了他吗？如果在那种情况下，你会不会把其他的人都推下船，然后你就可以完全独自拥有他？她似乎有自己完全适当的答案，但不一定透露出来。

虽然她脑中常点缀着漂浮的尸体，虽然她每天都寻思着她的纸上战争和大量的流血，托妮发现自己被这些问题吓住了。它们并不是抽象的问题——甚至太私人了——没有正确的解决方案。但是如果显出自己的狼狈就是战术上的失误。“呃，你没办法知道的，不是吗？”她说，“除非真的发生了。”

“同意，”泽尼亚说，“那么，什么原因会让你去杀人？”

托妮正在和泽尼亚喝咖啡，她们见面后的几个月以来，几乎是每个月的第三天，她们都在一起喝咖啡。或者不是每月第三天，而是每月第三个晚上：已经是11点了，托妮通常已经上床，但这天没有，甚至一点都不觉得困。

她们也不是在乏味的学校咖啡馆里，而是在一个真正的咖啡馆，在泽尼亚新的住所附近，泽尼亚和韦斯特的新住所。一个低级酒馆，泽尼亚称。咖啡馆名叫克利斯蒂，通宵营业。这个时候里面有三个男人，两个人穿了军用雨衣，另一个穿了油腻的斜纹软尼夹克，来醒酒的，泽尼亚说；还有两个女人，一起在雅座里面坐着，压低声音聊天。

泽尼亚说这些女人是妓女；鸡，她管她们叫。她说自己总能分辨出来。在托妮看来她们并不像那种很有吸引力的性工作者：

她们不年轻了，妆浓得像漆墙似的，发型老气，齐肩长，因为涂了发胶而僵直，头的一侧还有一块白颜色。其中一个脱掉了一只露跟女鞋，穿着尼龙袜的脚在过道里晃荡。整个地方，包括脏脏的油毡地板布，不大好使的电唱机，和厚重的布满斑渍的杯子，都是该扔掉的东西，还有那种粗俗艳丽的漫不经心，让托妮觉得恶心，毛骨悚然。

她离开麦克朗的时间越来越久，她称自己在为一个话剧《特洛伊女人》漆布景。泽尼亚饰演海伦，但事实上她是安德洛玛克。“所有的那些哭泣，”她说，“女人的哭诉，我实在觉得憎恶。”她说她曾经想当演员，但现在却不想了。“该死的导演以为自己是上帝，”她说，“你只能是狗粮，按照他们的利益，任凭他们对着你流口水，用爪子扒你。”她正在考虑离职。

对托妮来说，流口水和用爪子扒是个全新的概念，她从来没碰到过这种情况，她想问问是怎么一回事儿，但克制住了。

有时候她们两个确实会漆漆布景，倒不是托妮擅长涂漆——她之前从没漆过任何东西——只是有人给了她刷子和油漆，并告诉她该往哪儿漆，于是她就开始打底漆。油漆弄到她的脸和头发上，还有他们给她穿在身上，长及膝盖的男士T恤。她感觉像是刚受过洗礼。

其他人——消瘦的神色轻蔑的女配角，穿黑毛衣的尖刻男人——几乎都能够接纳她了，自然是泽尼亚所为。由于他们当中没人能认出她们，泽尼亚和托妮常常溜进溜出。连同住的那些女孩儿都发现了，她们不再管托妮叫亲亲，不再给她曲奇碎片，或者求她倒过来唱《亲爱的克莱蒙蒂娜》。她们退却了。

托妮不知道这意味着不喜欢还是尊敬；或者可能是害怕，因为泽尼亚好像在她们当中享有某种声望。虽然没有人和她有私交，但她是那种显而易见的人——对每个人来说都是显而易见的，除了托妮，因为在这之前托妮根本没在看。一部分是由于她的外

表：泽尼亚是平凡的椭圆形身材女人希望看到并成为的对象的化身：她们以为这种事情可以学得来。她也被认为极其漂亮，能得最高分——虽然从不显露自己，甚至几乎没有参加过讲座，那她怎么做到的呢？漂亮，也很可怕。除了苍白之外，还贪婪，凶猛。

有些词是从洛兹那儿听来的，洛兹某天早上突然闯进她房间，那时候托妮正在做功课，急着补上前一晚落掉的时间。“洛兹妈妈”嘎嘎叫着降落，拍打着羽毛，试图开导小托妮，她觉得该保护托妮。托妮静静地听着，眼神麻木，耳朵紧闭，针对泽尼亚的话她一句都听不进去。*嫉妒的泼妇*，她想着。*妇泼的妒嫉*。

现在她也有不同于以往的衣服了，因为泽尼亚重新设计了她。黑色灯芯绒斜纹裤，大翻领的套头衫套在她头上，好像一只鸡蛋坐在鸡窝里，以及一条可以绕很多圈的绿色大围巾。看来你并不是承担不起，泽尼亚说，推着她奔走在各个商店之间。托妮不再是扎着丝绒发圈的内卷发了，取而代之的是剪短后头顶弄得乱乱的，手工搓成的一绺一绺。有时候托妮觉得自己有点像奥黛丽·赫本，有时候又觉得像被电过的拖把。泽尼亚曾说，这样显得更老练。她还让托妮换掉一般大小的角质边框眼镜，改戴一副大的，镜片非常大。

“但是这样太夸张了，”托妮说，“不平衡。”

“这就是时尚，”泽尼亚说，“夸张，不平衡，多关注一些你就会发现了。”

这也是特大号毛衣背后的理论，还有毛毯似的围巾：托妮在这些衣服里面晃荡，显得更加细长。“我看上去像根棍子，”她说，“好像才十岁！”

“苗条，”泽尼亚说，“青春。有的男人就喜欢。”

“那他们是变态，”托妮说。

“听我说，安东尼娅，”泽尼亚严肃地说，“所有的男人都是变态，你必须记住。”

女招待走过来，下巴下面缀块肥肉，大腿套在长统袜里面，笨重粗俗的鞋子，灰色的齐胸围裙上面溅了滴番茄酱，凸在前面。她冷淡地加满她们的杯子。“她也是，”等她转过身去，泽尼亚说，“一只鸡，兼职的。”

托妮打量着她结实的臀部，毫无生气地斜下来的肩膀，过时的松鼠毛颜色的卷头发。“不是！”托妮说，“谁会要她？”

“随便赌什么，”泽尼亚说，“继续！”

她是让托妮继续之前正在讲的故事，但托妮已经不记得自己讲到哪里了。和泽尼亚的友谊开始得十分突然，她觉得自己被拖在一根绳子上，绳子接在高速汽艇上，波浪溅在她身上，她耳朵里满是喝彩声；或者好像是骑着自行车从山顶往下冲，脱开了双手，也不带刹车。她失去了控制；同时，又非同寻常地警觉，好像手臂和后颈的每根汗毛都直竖着。这是危险的水域，但是为什么？她们只是在聊天啊。

但是这些满不在乎的废话让托妮觉得晕眩，她从没听一个人说这么多话，也没有这么轻率地对谁说过这么多。之前的生活中，托妮从不轻易表露自己的情感。谁在那里喋喋不休呢？她不知道下一次张开嘴，会吐出什么来。

“继续，”泽尼亚又说一遍，向前斜倚，面对着布满斑点的褐色桌子，半空的杯子，扔在褐色金属烟灰缸里面的烟蒂。托妮也一样。

二十一

托妮正在讲述的是她母亲。这是她第一次告诉别人这么多有关她母亲的事，确切地说，基本之外的事。没了，去世了，托妮总是说。十分抱歉，对方会说。有什么好多说？谁会感兴趣？

泽尼亚感兴趣，看得出。她能知道这对托妮来说是个痛苦的话题，但这不能阻止她追问下去；好像有什么在鞭笞她。她催促着，追究着，适当地发出声音，或是表示好奇和吃惊，或是反感，或是宽容，或是无情，像对待一只短袜那样，将托妮翻个底朝天。

需要慢慢地讲，因为托妮对母亲没有清晰的影像，她的记忆由许多闪耀的碎片组成，像是被破坏的马赛克图案，又像摔在地上的易碎物品。托妮偶尔捡起些碎片，进行整理和重组，试着将它们拼装起来。（但是她没能持续多久，因为碎得太厉害了。）

所以泽尼亚能得到的只是一把碎片而已。她干吗要这种东西呢？这是泽尼亚已经知道，托妮需要查明白的。但是在那个神志模糊、喋喋不休的时刻，托妮想也没想过去问。

托妮的心早就变坚硬了，到如今，凌晨三点在地下室里，她悲哀地承认；在她和韦斯特在楼上睡觉之前，奥托的丁香军队就蹒跚地散布在沙桌上，而此时此刻，泽尼亚在这座城市的哪个角落正毫无束缚地肆虐着。"坚硬"这个词是从查丽丝那儿剽窃来的，她解释说，当你想使幼苗变得健壮，使它们能够抵御霜冻，成长得更好，就不要给它们多浇水，让它们在外面冻着。托妮就是被这样对待的。母亲总喜欢告诉她，她是早产儿，一出生就被放在玻璃盒子里了。（从她母亲的声音里是不是能听出后悔的口气？好像是说真可惜最终把她从盒子里拿了出来。）所以托妮生命的头几天根本没有母亲，而且——最终——情况并没有好转过。

例如：

托妮五岁的时候，母亲决定带她去滑平底雪橇。虽然从没滑过，但托妮知道平底雪橇是怎么回事儿。她母亲只有一个模糊概念，还是从圣诞卡片上搜集来的。但这是她对加拿大的一个浪漫的英国式幻想。

她打哪儿弄来的雪橇呢？大概是向一个桥牌俱乐部的朋友借的。她把托妮塞进防雪装，用出租车载到滑雪山顶。只是一个很小的雪橇，因此可以斜放在后座，和托妮一起；妈妈坐前面。他们家的车一般被托妮的爸爸开着，那天也是。而且这天街道路面结冰，托妮妈妈充其量只是个自学的司机。

她们到山顶的时候，太阳又低又大，在冬天的灰色天空里微微地泛着粉红色，影子略带着青色。山很高，旁边就是峡谷，到处被紧绷绷的冰雪覆盖着。一群群喊叫着的孩子和几个大人乘着轻便雪橇和平底雪橇或者一张大大的硬纸板从山上往下冲。有一些人翻倒了，形成一堆一堆的雪；那些滑到山底的人就消失在黑色的冷杉树丛后面。

托妮母亲站在山顶，凝视山下，握着雪橇绳子，好像在管束着它。“那边，”她说，“不是很棒吗？”她皱了下嘴唇，给自己上唇膏的时候她就会这样，托妮知道眼前的景色其实根本不是她脑子里的那一幅画面。她穿的是逛街时候穿的外套和帽子，尼龙长统袜和顶上有软毛的高根小靴。她没有其他大人那样的宽松裤子和滑雪鞋，或者是哈得孙湾牌子的外套或者耳罩，托妮发现，母亲大概希望她独自滑下去。

托妮觉得尿急。考虑到笨重的防雪套装，并且用松紧带箍在肩上，她知道这有多困难，会有多为难她母亲——没看到有盥洗室——所以她没说出来。只是说了一句，“我不要。”她知道如果自己滑下去，肯定会翻掉，会撞上什么，会摔碎的。一个孩子正被拎回山顶，哭号着，淌着鼻血。

托妮母亲讨厌自己想象的情节被打破，人们应当在她希望的时候尽情享受。“来吧，”她说，“我会推你一把，很好玩！”

托妮坐到地上，这通常意味着抗议。哭是没有用的，对她母亲来说是这样，只会招来一个巴掌，或者最多摇她一下。她从来不是个好哭鬼。

母亲嫌恶地瞥了她一眼，“我给你看怎么滑！”她说。她眨了眨眼睛，咬咬牙：当她要使自己勇敢起来的时候，当她拒绝被打败的时候，就会像看上去这个样子。托妮还没反应过来发生什么的时候，母亲就捡起雪橇跑到山边，扔到雪上，自己跳上去，飕飕地滑了下去。她的肚子贴在上面，米色的腿穿在尼龙长袜和带软毛的靴子里，直直地伸在后面。帽子立马飞掉。

她的速度惊人地快，当她在斜坡上逐渐缩小，消失在薄暮里的时候，托妮才费力地站起来。她母亲离开她了，消失了，托妮被独自留在寒冷的山顶。

“不！不！”她尖叫着。（她这样叫是很不平常的：一定是吓坏了。）但在她身体里，能听到另一个声音，也是她的，一点儿也不害怕并且带着残忍的欣喜喊着：

前进！前进！①

还是孩子的时候，托妮就开始写日记。每年一月她总会在扉页写下自己的名字，用粗体：

托妮·弗雷蒙

然后下面一行写下她的另一个名字：

蒙雷弗·妮托

这个名字有种俄语或者是火星人的发音，让她觉得开心。这是个外国人或者一个特务的名字。有时候是她的另一个孪生姐妹的名字，一个看不见的孪生姐妹；当托妮长大并知道更多关于左撇子的知识，她觉得可能自己确实有个孪生姐妹，同一个卵子分裂后的左撇子的那一半，已经死了的另一半。但她还小的时候，

① “No！No！”倒过来拼是“On！On！”。

孪生姐妹只是一个虚构物，她失去的那一部分的化身。虽然是孪生，但蒙雷弗·妮托要比托妮高得多，更高，更强壮，更勇敢。

托妮用右手写自己表面上的名字，用左手写另一个，里面的那个名字；但是，在正式场合，托妮不允许用左手写字，或者用左手做任何重要的事情。没有人告诉她为什么。最接近的解释是安西娅——她母亲——的话，她说这个世界不是为左撇子而设计的。她还说等托妮长大后就会更明白了，但这又是一件安西娅确信却没能实现的事情。

托妮更小一些的时候，学校老师会用手拍或者用尺子敲她的左手，好像捉到她正用它挖鼻屎一样。有一个老师把它绑在课桌的一边，其他的孩子本应该会因此取笑她，但他们没有。她比他们更明白其中的道理。

托妮很快就从那个学校出来了。一般情况下，每过八个月或八个多月，安西娅就会对一所学校感到厌恶。托妮确实拼写不太好，没有按照老师的要求。他们说托妮倒着写字母，说她学数字有困难，他们把这些告诉安西娅，安西娅会说托妮其实很有天分，然后托妮就知道安西娅马上就要失去耐性，要开始辱骂老师了，称他们为傻子已经是非常客气的了。她要托妮改过来，校正好，用右手，她要这些一夜之间就实现。

托妮的左手运用自如，右手倒是有些东倒西歪。她在右手生涯中是笨拙的，书写也笨重而粗陋。但是都一样：左手尽管表现很好却被藐视，右手却得到诱导和鼓励。这不公平，但安西娅说生活就是不公平的。

私下里托妮还是用左手写字；却会因此觉得内疚。她知道左手一定有什么不体面的地方，否则她不会觉得那么羞耻。但它仍然是她最喜爱的一只手。

正当十一月，下午天就开始黑了。起初扫过一阵雪，这会儿下着毛毛雨。毛毛雨落在客厅的窗子上，沿着结冰的蜿蜒细流淌下来；几片棕色的叶子粘在玻璃外面，像是皮鞋舌。

托妮跪在长沙发上，鼻子贴着窗子，用呼吸弄出一块块雾斑。雾斑足够大的时候，她就用食指在上面写字，吱吱作响，写完就抹掉。交性，她写道。这个词太不好甚至不能写在日记本里。屎狗。她怀着恐惧和畏怯写下这些字，同时也带着迷信意味。它们是蒙雷弗·妮托的字，让她觉得强有力，好像在掌管着什么。

她呼吸，写字，擦掉，又呼吸，又写。空气并不新鲜，满是印花棉布窗帘干燥烧焦的那种味道。写的时候她一直聆听着身后屋子里的寂静。她习惯了寂静：已经能够分辨完全的寂静和空洞的寂静，分辨寂静到来之前和到来之后。寂静本身并不意味着没有事情正在发生。

托妮能在窗前跪多久就跪多久。终于看到母亲从街角拐出来，沿着街道飞快地走过来，在细雨中低着头，毛领子竖着，脸藏在栗色的帽子里，手里提着包装袋。

很可能是件衣服，因为衣服是安西娅的慰藉之物；每当她觉得“沮丧”，用她的话来说，就会去购物。托妮曾多次被拖到商业区参加这种征伐，当安西娅不知道该把她存放在哪里的时候。她等在更衣室外面，穿着隆冬的外套冒汗，安西娅一件一件地试穿，然后走出来，脚上穿着长统袜，一边在全身镜前面旋转脚尖，一边拉平臀部上的衣服。安西娅不大给托妮买衣服；她说就算她给托妮穿上马铃薯布袋，托妮都不会觉察，她当然能觉察，只是觉得无论她穿的是不是马铃薯布袋，都没有任何区别。说得更精确些，是在安西娅面前没有任何区别。

托妮从长沙发上站起来，开始练钢琴。弹钢琴是为了强化她的右手，但每个人，包括托妮自己，都明白她不是这块儿料，这种课程是没有出路的。他们能怎么办呢？托妮啮齿目动物爪子似的小手，几乎跨不过一个八度。

托妮顽强地弹着，努力跟上滴答滴答的节拍器，斜着眼看乐谱，因为她忘了开钢琴灯，也因此，她在不知不觉中变成了近视。她弹的这个曲子叫《加伏特舞曲》。特伏加。这个词不错，待会儿她要给它想个用处。钢琴散发着柠檬油的臭气。已经跟过来清洗的埃塞说过不要用柠檬油擦琴键——她只需要用潮湿的布擦——但她老不注意，托妮的手指会几个小时都带有那种味道。这是种正式的味道，大人的味道，是一种预兆，举行派对之前会有这种味道。

她听见前门打开又关上，腿上感到一阵冷风。几分钟后，母亲走进客厅，托妮能听见她高跟鞋敲在硬木地板上的声音，这声音又消失在地毯上。她继续弹，使劲儿敲着琴键，向她母亲显示她有多勤奋。

“今天足够了，你不觉得吗，托妮?”她母亲兴高采烈地说。托妮迷惑了：通常安西娅希望她练得越久越好。她希望她在不挡道的地方，安全地忙碌着。

托妮停下来，转过身看着她。她脱掉外套，帽子和配套的栗色手套仍然戴着，非常古怪。帽子上有半截网眼面罩，遮住她的眼睛和部分鼻子，面罩下面是嘴，嘴的边缘有些模糊，好像唇膏被雨水弄花了。她把手举到脑后，去松开帽子。

“但还没有练足半小时，”托妮说。她仍然相信忠实地完成事先安排的任务会使她讨人喜爱，虽然在她心底某个朦胧的角落，她明白这从没奏效过，将来也不会奏效。

安西娅放下手，帽子仍在头上。“你不觉得今天该放个小假吗?”她微笑着说，牙齿在昏暗的房间里显得特别白。

“为什么?”托妮说。她不知道今天有什么特别的，也不是她生日。

安西娅就着钢琴板凳坐在她旁边，左臂绕过来，戴着皮手套的手搭在托妮肩上，轻轻挤了一下。“好可怜，”她说着，另一只手的手指放在托妮下巴下面，抬起她的脸。皮质的手毫无生气而且冰凉，像是洋娃娃的手。

“我要你知道，”她说，“妈妈真的真的很爱你。”

托妮自己向后缩回来。安西娅以前也这样说过，说的时候闻起来也是现在的这种味道，像是开完派对的早上留在厨房柜台上的香烟和空杯子，没有派对的早上也是。杯子里装着湿烟蒂，地上是摔碎的玻璃杯。

她从来不说“我真的真的很爱你”。总是说妈妈，好像妈妈是另外一个人。

妈妈（Rehtom），托妮想，爱（Evol）。节拍器滴答滴答响着。

安西娅注视着她，两只戴手套的手握住她。半黑的光线中，面罩网眼后面的眼睛乌黑乌黑的，深不可测；嘴巴微微颤抖。她俯身用自己的脸颊贴住托妮的脸，托妮被面罩锉着，感觉到面罩下面湿湿的，奶油似的皮肤，闻了闻，紫罗兰香水味，腋下混杂着衣服布料的气味，还有咸蛋味儿，像是古怪的蛋黄酱。她搞不清安西娅为什么会这样，觉得尴尬。通常安西娅只会在睡前轻轻地啄一下；她全身发抖，此刻托妮以为——希望——是在笑。

然后她放开托妮，起身走到窗边，背对着房间站住，这次是真的松开了帽子取下来，扔在沙发上，散开头发披在背上。过了一会儿，她跪下来往外看。“谁弄的这些污迹？”她用一种更高更紧的声音问。这是她假装高兴的声音，当她生托妮爸爸的气却要表现得不在乎的时候就这样。她知道这些污迹是托妮的，通常情况下她会被激怒，要谈到叫埃塞过来擦窗子有多贵，但这次她笑了，屏住呼吸，刚跑完步的样子。

“鼻子的印记，就像只小狗。古比，你可真是个有趣的小孩。”

古比是老早以前的名字。安西娅的说法是，托妮一生下来，她就这样叫了，因为那个时候她还在保育器里面。安西娅会过来隔着玻璃看托妮，托妮的嘴会一张一合，却没有声音，安西娅说，或者是她没法听见。后来仍然沿用这个名字是因为托妮度过危险期，被带回家后，还是很少哭；仅仅是嘴巴一张一合。安西娅讲这个故事，好像它很滑稽。

这个绰号——加上引号——用铅笔写在托妮的婴儿照下面，在安西娅的白色皮质我的宝宝相册里："'古比。'18 个月"；"'古比'和我"；"'古比'和她爹"。后来，安西娅肯定是不再拍这种照片，或者不再贴进去了，因为后面都是空白页。

托妮突然非常想从相册里知道自己和母亲之间发生过什么，无论是什么；但她也觉得恼怒，因为这个名字本身就是个恶作剧。她本以为古比是个温暖而柔软的东西，小狗那种，当她发现它是条鱼①的时候，她感到被伤害和受侮辱。

所以她没回答她母亲，坐在钢琴板凳上，看安西娅下一步会做什么。

"他在吗？"她说，她自己肯定知道答案：托妮爸爸从不会把托妮独自留在家里。

"在，"托妮说。爸爸在后屋搞自己的研究，一直都在，托妮静下来没弹琴的时候，他肯定听到了，他才不管托妮是不是在练琴。钢琴，他说，是她妈妈的好主意。

二十二

托妮的妈妈像往常一样做晚饭。她没有脱去桥牌俱乐部的打

---

①"guppy"有"虹鳉"的意思。

扮，而是把围裙罩在外面，是她最好的一件围裙，肩上有褶皱的白色围裙。她重新涂过唇膏：嘴巴像是打过蜡的苹果。托妮坐在厨房的凳子上，望着她，直到安西娅叫她别干瞪着：有点儿用的话就去铺桌子。之后她就可以去把爸爸挖出来。安西娅经常这样说：挖出来，好像他是个马铃薯。有时候会说拱出来。

托妮没特别期望能有什么用，只要妈妈和平常一样她就放心了。她分派好盘子，然后是餐叉，刀和勺，左边右边右边，左边右边右边，然后跑到爸爸的书房，先敲一敲门，再盘腿坐在地板上。只要保持安静，她随时都可以去那儿。

爸爸正在伏案工作。他开着台灯，绿色的灯罩使他的脸也呈现浅绿的色泽。他人很大，写的字却小巧精致，像是挑剔的胆小鬼写出来的。比较而言，托妮的字有他三个那么大。他箭一样长长的鼻子直指正在书写的纸张；淡黄带灰的头发往后梳，鼻子和头发的组合使他看上去像是正顶着强风飞行，以他的纸为目标疾驰而下，紧锁的眉头，仿佛正为即将到来的撞击力做好准备。托妮隐约地觉得他不快乐；但男人的快乐不是她想象的那样。不像她母亲，他从来不抱怨自己不快乐。

黄色的铅笔在他手上旋转，这样的铅笔桌子上有一瓶，都削得很尖。有时候他会叫托妮帮忙削，她就拿到夹在窗槛的卷笔刀里一只接一只地转，感觉像是在替他准备他的箭。她不知道他用这些铅笔做什么，但她晓得是极端重要的事情，比她自己——例如——重要得多。

父亲的名字叫格里夫，但她不像将母亲想象成安西娅那样，把他想象成格里夫。他更像其他的父亲，而安西娅不太像其他的母亲，虽然她偶尔尝试像其他母亲那样。（但格里夫不是她爸爸，格里夫不是一个爸爸。）

格里夫参加过战争。安西娅说虽然他上过战场，却没有像她那样真正经历过它。在伦敦，她父母的房子在闪电战中被炸毁，父母都被炸死。她回家的时候——她去哪里了？她从来没说过——只剩下一个弹坑，一堵墙，和一堆瓦砾；还有她母亲的一只鞋，脚还在里面。

格里夫却错过了那一切，他是在“开始进攻日”投身战斗。（那意味着危险和杀戮；而不是训练，等待，闲荡。）他在那里等着登陆，前进，是轻松活儿，安西娅说。是胜利。

托妮喜欢那个样子去想象他——胜利——就像赢得一场赛跑。凯旋。他近来明显没怎么胜利了。但安西娅会在别人面前谈这轻松活儿，当他们的朋友过来喝酒，托妮在门口看着的时候。安西娅一面讲轻松活儿，一面扬起下巴直直地看着格里夫，他就脸红了。

“我不想谈这件事情，”他说。

“他一直都这样，”安西娅说，带着嘲弄的失望，耸了耸肩。当托妮不愿给俱乐部的朋友弹钢琴的时候，她也是这种姿势。

“打到最后全是孩子，”格里夫说，“孩子，穿着大人的制服。我们杀的是孩子。”

“真走运啊，”安西娅轻蔑地说。“那战事肯定更顺利了。”

“才不是，”托妮爸爸说。他们彼此瞪着眼，好像屋里没有别人：绷紧着脸，打量着对方。

“他劫了支枪，”安西娅说。“不是吗，亲爱的？在他书房里。不知道那支枪是否觉得被解放①了。”她轻视地笑了一声，转身走开，一片沉默回旋在她身后。

他们就是那样认识的——战争期间，他在英国的时候。是驻扎在英国，她会说；所以托妮想象他们两个在一个火车站里，等待出发。大概是冬天的车站，他们都穿着大衣，母亲还会戴顶帽

① 这里的“劫获”和“解放”是同一个词：liberate。

子，嘴里呼出来的气立即变成白雾。他们会像照片里那样亲嘴吗？不清楚。也许他们是一起乘的火车，也许不是。他们带很多旅行箱，在托妮父母的故事里，总有很多旅行箱。

“我是个战时新娘，”安西娅说；自嘲地微微一笑，然后一声叹息。她说战时新娘的时候好像在取笑这件事——低调，悔恨的玩笑。她在暗示着什么呢？是陷进了一个古老的秘密的圈套，现在明白过来了，觉得悲哀？是托妮父亲在某些方面捉弄了她？是战争的错？

生的①，生的新娘，托妮想。没煮过的。或者更像是：擦破的肉，就像托妮自己被防雪装结冰的袖口擦伤的手腕。

“我是战时丈夫，”她父亲说；或许是曾经说过，在他还会开玩笑的时候。他还说曾带安西娅去舞厅。安西娅却不喜欢。

“格里夫，别这么粗俗。”她会说。

“男人很稀缺，”他向听众加一句。（这种交锋通常会有听众在，单独在一起的时候他们不会去说这些事儿。）“她必须抓住自己能够得到的。”

然后安西娅就会大笑。“缺的是高尚的男人，谁抓谁了？而且那不是舞厅，就是个舞会。”

“好吧，你没办法指望像我们这种可怜的野蛮人明白这其中的区别。”

舞会之后怎样了呢？不清楚。但是，出于某种原因，安西娅决定嫁给格里夫。托妮父亲经常强调是她自己的决定：嘿，没人强迫你。无论如何，她母亲还是以某种方式被强迫了。被强制，被胁迫，被那个粗鲁的小偷笨蛋，托妮的父亲，弄到这个过于狭

① 见前文第20章注释。

窄的两层楼，伪都铎，半木制，没完工的房子，在这个邻里关系沉闷、气量狭小的乡间小城，在这个太大又太小、太冷又太热的国家，她带着一种陌生的、上当受骗的、挫败的狂怒憎恨这一切。别那样讲话！她斥责托妮。指她的口音，降音，她称之为。可是托妮怎可能像母亲那样讲话呢？像中午的电台里那样。学校的孩子们会嘲笑她。

所以对她自己的母亲来说，托妮成了外国人；对她父亲来说也是，因为虽然她像他那样讲话，可她——他说得很清楚——不是个男孩。她像个外国人那样，仔细倾听，翻译。像个外国人那样，她密切注意着突然到来的敌对姿态。像个外国人那样犯错。

托妮坐在地板上，看着父亲，想着战争，战争对于她来说如此神秘但似乎对她的生命又具有决定性意义。她想要问问他关于战役的事情，能不能给她看看那把枪；但她知道他会回避这些问题，好像身上有一个痛处，他必须保护。一块裂开的地方，不让她的手放上去。

有时候她想知道战争之前他在做什么，但他也不说，只讲过一个故事。小时候他住在一个农场，冬天他的爸爸带他去树林里。他爸爸打算砍木柴，可是树结冰冻得太硬，斧头弹起来砸到腿。他扔掉斧头跨着大步子走了，留格里夫一个人在树林里。但是他沿着雪地里的脚印走了回去：一个红色的，一个白色的，一个红色的。

如果不是战争，格里夫不可能受到教育，他自己说，可能仍然在农场里。这样的话，托妮会在哪里呢？

她爸爸做一件事情，无论是什么，就会一直做下去。他为一家保险公司做事，人寿保险。

“那么，托妮，”他说，没有抬头。“有什么事吗？”

“安西娅让我告诉你晚饭差不多了，”她说。

“差不多？”他说。“还是已经好了？”

“不知道。”托妮说。

“那你最好去看一看。”她爸爸说。

晚饭吃腊肠，安西娅下午出去过的话晚上就常吃这个。腊肠和煮马铃薯，还有罐头绿豆。腊肠有点焦，但托妮爸爸什么都不说。饭菜确实很好吃的时候他也不发表任何评论。安西娅说托妮和她爸爸俩都一个样儿，两个没有热情的人。

她从厨房里把小碟拿进来，坐在自己的椅子上，仍然穿着围裙，通常她都脱下来的。“好啦！”她轻快地说，“大家今天好吗？”

“好。”托妮爸爸说。

“那就好。”妈妈说。

“你看上去花枝招展，”她爸爸说，“有什么特别的活动？”

“才不呢，可能吗？”她妈妈说。

然后一阵沉默，只有咀嚼的声音，托妮生命中有大量时间花在听她父母的咀嚼声上。他们的嘴发出的声响，一口咬下去牙齿磨一块儿，让她感到惶恐。就像在别人不知道的时候透过浴室的窗子看人家脱衣服。妈妈小口小口地嚼得紧张；爸爸则反复咀嚼。他眼神定在安西娅身上，好像是定在空气中远远的一个点；而她的眼神则很精密，像是在瞄准。

虽然巨大的力正运行其中，但什么都没运动，尚未运动。托妮感到脑袋里像是有根粗橡皮条在拉伸，他们两个各拉一头：再紧一点就会啪地断掉。

“桥牌俱乐部怎么样？”爸爸终于说话了。

“好。”妈妈说。

“你赢了吗？”

“没，我们第二。”

“那么谁赢了？”

她妈妈想了一会儿。“朗达和拜芙。”

“朗达去了？”她爸爸说。

“这儿又不是西班牙宗教法庭，”她妈妈说，“我已经说过她去了。”

“真有趣，”爸爸说，“我撞见她了，在商业区。”

“朗达走得早。”妈妈说。她小心地将叉放到盘子上。

“她可不是这样说的。”爸爸说。

她母亲推开椅子站了起来，捏皱纸巾扔在盘子里的小截腊肠上。“我拒绝在托妮面前讨论这件事情。”她说。

“讨论什么？”托妮爸爸问，继续嚼着。 “托妮，你可以走了。”

“待着别动，”安西娅说，“你是说我撒谎。”她的声音低沉颤抖，好像要哭出来。

“我有吗？”托妮爸爸说，听上去很困惑很好奇的样子。

“安东尼娅，”她妈妈带着警告口吻说，好像托妮正准备做错误的或是危险的事情。“你就不能等到饭后甜点吗？我每天都试着让她吃一顿体面的晚餐。”

“对，算我的错。”托妮爸爸说道。

甜点是米饭糕，放在冰箱里了，因为托妮说她不想吃。确实不想，她不饿。她回自己卧室，爬上棉织法兰绒被单的床，努力不听不想他们的讲话声。

部乐俱牌桥，她在黑暗中喃喃自语。野蛮人在草原上疾驰，蒙雷弗·妮托骑在他们头上，蓬乱的长发在风中飞舞，一手握一把剑。*部乐俱牌桥*，她喊道，驱动他们向前进。是战争的呐喊声，他们横冲直撞，挥扫一切，践踏庄稼，焚烧村庄。他们劫虐，抢夺，粉碎钢琴，杀害儿童。夜晚支搭帐篷，用手抓饭，生火烤全牛。油腻的手指擦在皮衣上，他们没有一点儿规矩。

蒙雷弗·妮托自己则从一个头盖骨器皿里喝水，原来长耳朵的地方装了银色的把手。她高高举起头盖骨干杯庆祝胜利，向着野蛮人的战神：特伏加！她吼道，于是人群回应，喝彩：特伏加！特伏加！

早上便会有摔碎的玻璃。

托妮半夜突然醒来，爬起床，在床头柜下面摸索着找到自己的兔子拖鞋，然后踮着脚穿过房间走到门口，门轻轻地打开。

她蹑手蹑脚地沿着走廊到父母的卧室，但门是关着的，她什么都听不见。他们或许在里面，或许不在，但是最有可能是在的。她更小一些的时候曾经担心——或者是做梦？——放学回家发现地上只剩一个洞，还有他们的脚在鞋子里面。

她继续走到楼梯，下去，用一只手扶着栏杆引导自己。她常常在半夜这样爬起来；常常四处走走，查看有无损失。

她在寂静的客厅里，就着模糊的黑暗摸索着。从外面透进来的街灯的昏暗中，这里那里的东西微微地闪动：壁炉上面的镜子，壁炉架上的两个陶瓷狗。她的眼睛睁得很大，拖鞋在地毯上没有响声。

直到厨房，她才开灯。长桌和地上什么都没有，没有东西碎掉。她打开冰箱：米饭糕在里面，但还是完整的，所以她无法在不被发现的情况下吃一点。于是她给自己弄了块儿面包加果酱。安西娅说加拿大的面包简直是丢脸，尽是空气和木屑，但是托妮觉得味道不错。这面包和安西娅其他的许多憎恶一样——让托妮摸不着头脑。为什么这个城市太大，或者太小？“正好”是啥样子呢？不管咋样，她说话的方式怎么了呢？不管怎样吧。她小心地擦掉面包屑，回到床上。

第二天早上醒来时她已经失去了沏茶的机会——她对安西娅的一个可能性补偿，为不能成为英国人——因为安西娅已经在厨房做早餐了。穿了日常的围裙，蓝白格子；她正在炉子上煎东西。（对她来说，这是个偶发行为。托妮常常自己做早饭，也是自己带午餐。）

托妮悄悄地走到有坐垫的那个吃早餐的角落。爸爸已经在那儿读报纸了。托妮给自己倒了一些冷掉的麦片粥，拿勺送进嘴里，用左手，因为没人看。右手把着麦片盒子，靠近她的眼睛。片麸麦，律规，托妮低语道。他们从不直接提到“便秘”。秘便：一个更令人满意的词。

她有一连串的回文——活得（live）邪恶（evil），夫人我是亚当（Madam I'm Adam），看见厄尔巴之前我是能干的（Able was I before I saw Elba）——但是她最喜欢的是倒过来就不同的词：曲解的，古怪的，旋律优美的。它们属于另一个世界，在这个世界里托妮属于本国人，因为她能讲这种语言。供提费免！约节！包面果坚子橙！两个野蛮人站在一座狭窄的桥上，叫骂攻击，挑逗敌人穿过……

“托妮，放下，”父亲平淡地说，“不要在饭桌上看书。”他每天早上都这么说，每当他看完报纸。

安西娅端着两个满满的盘子过来，培根肉和鸡蛋还有吐司，正式地摆好，像是在餐厅里。托妮切开鸡蛋，看着蛋黄像黄色胶水一样淌进吐司里。然后她看着父亲喝咖啡的时候喉结一上一下，就像有东西卡在喉咙里。夫人我是喉结（Madam I'm Adam's apple）。

安西娅这天早上格外轻松愉快，这使她整个人看上去像是涂了指甲油。她把碗里剩下的麦片粥刮进垃圾桶唱着：“收拾你的烦恼，装进陈旧的旅行包，微笑，微笑，微笑……”

“你应该登台表演的。”托妮的父亲说。

“是，我应该，不是吗？”母亲说着，声音轻快而漫不经心。

没有什么不恰当的，没有什么明显的；即使如此，那天下午托妮放学回家的时候，妈妈不在家。不是出去了，是走了。她给托妮留了个包装袋在床上，还有信封里的一张便条。一看到便条和包装袋，托妮全身冰冷。她吓住了，但不知怎么并不奇怪。

便条是安西娅喜欢的栗色墨水，写在有她签名的米色信笺上，华丽的大写字母和蜷缩的笔迹下，她写道：

亲爱的，你知道我想带你走，但现在不行，等你再大一些就明白为什么了。做个好女孩儿，在学校好好的。我会多多给你写信。非常爱你的妈妈。

附言：很快就能再见！

（托妮保存着这个便条，后来，长大之后，才对它感到惊讶。作为解释，这个便条当然不充分，并且，里面没有一句真实的话。首先，托妮不是亲爱的，对安西娅来说，只有男人才是亲爱的，有时候是女人，就是被她们烦扰的时候。她不想带托妮走：如果她想她就会那么做，因为她通常都想做什么做什么。她没有给托妮写很多信，她不是非常爱她，也没有很快再来见她。并且虽然托妮长大一些了，她还是不明白为什么。）

一看到这个便条，托妮就想要通过意志的努力，相信里面的每一个字。甚至设法相信更多东西，她相信母亲会接她过去，否则就会回来，但不确定是哪一个。

她打开包装袋；是安西娅昨天冒着细雨从桥牌俱乐部回来的时候提着的那个，这意味着一切都是提前计划好的。不像以前摔门奔出家，或者把自己锁在卫生间并打开水龙头，让浴缸的水溢到走廊，然后渗过天花板淌到楼下，格里夫只好叫消防队闯进去。这不是发脾气，不是一时的兴致。

包装袋里是一个盒子，盒子里面是衣服，深蓝色，白色拷边的海军领。因为不知道该干什么，托妮就穿上试试。大她两码，看上去像是晨袍。

托妮坐在地上，抱着膝盖，把鼻子埋进裙子，吸入它的气味，一股浓烈的人造丝和胶水的味道，是新东西的气味，是徒劳的气味，是无声的叹息的气味。

所有这一切都是她自己的错误，从某种角度。她茶沏得不够，她误读了信号，她松开了把母亲束缚在这个家庭、待在原地的带子或者绳子或者链子或者无论什么，像一个抛锚的帆船或者一只气球，她母亲就这样松掉了。飘向蓝色的大海，被风吹散了。消失了。

二十三

这就是她们坐在克利斯蒂咖啡馆，脑袋在桌子上面交叉着倚在一块儿，在寂静的深夜品尝涩口微酸的咖啡的时候，托妮告诉泽尼亚的故事。讲出来好像是个凄凉的故事——比真正发生在她身上的时候更突出更悲惨。大概到如今她才相信确实是，那个时候似乎是暂时的——没有妈妈，现在她知道是永远的。

“那么她离开了，就是那样！去哪儿了？”泽尼亚颇有兴趣地问。

托妮一声叹息。“和一个男人跑了，我爸办公室的一个人寿保险员，叫帕里，这人和我妈桥牌俱乐部一个叫朗达的人是夫妻。他们去了加利福尼亚。”

“不错的选择，”泽尼亚笑着说。托妮觉得不是好选择，是一次审美的倒退，也前后不一致：如果安西娅一定得去什么地方，为什么不去英国，她常常称为家的地方？为什么去加利福尼亚？那地方的面包更空，口音降得更厉害，比这里的语法错误更多。

所以托妮并不觉得好玩，泽尼亚领会了这种保留态度，立马变过脸来。“你没有发怒吗？”

“没有，”托妮说，“我不觉得。”她把自己查了个遍，拍拍外面，摸摸口袋，她找不到一丝愤怒。

“我会的，”泽尼亚说，“我会被激怒。”

托妮不确定被激怒会是什么样子，或许太危险了，抑或是一种慰藉。

那个时候没有愤怒：只有冰冷的恐慌，一种荒凉；还有因为爸爸可能会做、会说的而感到害怕：自己会遭到责备吗？

爸爸还没下班，家里没有别人，只有埃塞，在厨房里拖地。安西娅下午要出去的时候就会让她晚点走，这样托妮放学回家的时候屋里会有人在。

埃塞是个有着嶙峋的大骨架的女人，脸上有着别人手上才有的那种线条，干燥的头发像假发，她有六个孩子，只有四个活了下来——白喉病夺走了其他两个——但是如果你问她有几个孩子，她会说六个。安西娅曾像讲笑话一样说这事儿，好像埃塞不会数数。埃塞工作的时候习惯哼哼，好像在跟自己说话：听起来好像是“噢不，噢不”，还有“嘘嘘嘘嘘嘘嘘”。通常托妮离她远远的。

托妮走进父母的卧室，打开妈妈的衣橱，香气扑鼻：里面有薰衣草的缎子小包包，用淡紫色丝带扎在每个衣架上。安西娅大多数的套装和连衣裙都还在，配套的鞋子装着鞋楦摆在下面。这些衣物好像是抵押品，她应该会回来取走它们。

埃塞正在上楼；托妮能听到她的哼哼声和咕哝。现在她已经到了卧室门口，拖着真空吸尘器的管子，站住不动看着托妮。

“你妈妈跑了，”她说，使用那种有人在的时候才说的常规语言。

托妮从埃塞的话里听出了轻蔑，狗跑了，猫跑了，马跑了，妈妈不会。

到这里托妮的记忆分裂了，一个是她希望发生的，一个是实际发生的。她希望发生的是埃塞用结块的手臂搂着她，抚摸她的头发，摇着她，告诉她一切都会好起来的。埃塞，腿上凸着青筋的埃塞，混着汗水和javex①漂白剂气味的埃塞，她甚至都不喜欢的埃塞！但她却能够给予安慰，小小的安慰。

实际上是什么都没发生，埃塞转向吸尘器，托妮回到自己房间关上门脱下海军裙子，叠好放回盒子里。

过了一会儿，爸爸回来并和埃塞在前厅说话，然后埃塞走了，托妮和爸爸一起吃晚饭。晚饭是一听番茄汤；爸爸用锅热了一下，托妮在盘子里摆一些硬饼干和切达干酪。他们两个都觉得困惑，这顿饭里好像有一个裂口，怎么也填不满，因为他们都不明白。发生的一切太重大，是空前的，所以还不能被提及。

托妮的爸爸静静地吃饭，啧啧的声音抓搔着托妮的皮肤。他诡诈地看着托妮，有点孤注一掷；在上门推销员，街头乞丐，以及要撒无耻又极易被识破之谎的其他小孩子的脸上能看到同样的表情。他们两个正在共谋着什么，从他的神色可以看出来：他们打算联合起来，共同保守秘密，当然，是关于安西娅的秘密。向谁呢？虽然安西娅已经走了，但她还在那儿，和他们一起坐在桌前，比起以前，更像在那儿。

过了一会儿，爸爸放下勺子；丁冬地敲在盘子上。

“我们会好好过，”他说，“对吗？”

托妮不太确定，但是她觉得必须向他保证。“是。”她说。

---

① 加拿大的一个漂白剂品牌。

番茄，她自言自语，安大略（Otamot①），五大湖之一，也是古代部落打仗用的一种石锤。如果你把一个词倒过来说，意思抽空了，然后这个词就是空白了，以备新的意义注入。安西娅，娅西安，和死这个词一样，倒过来和正过去是差不多的。

然后呢，然后呢？泽尼亚想知道，但托妮困惑了：她怎样去描述空白呢？许许多多的空白，托妮竭尽全力去填满，用日子和事情，灌进自己的脑袋制止里面的回声。因为安西娅在的时候感到缺失的那些东西，在安西娅走后更加缺失。

安西娅就是她自己的缺失。她飞了，够不着了，像一个非常着急的幽灵，一个几乎被托妮对她的渴望赋予了薄薄一层肉体的幽灵。只要她对托妮多一点爱，她就会在这儿，或者托妮就会在别的地方，和她在一起，她所在的地方。

当然，安西娅也写信。她寄过一张棕榈树和海浪的明信片，说她希望托妮也在里面。她寄包裹给托妮，里面的衣服从来不合身：日光浴装，短裤，夏装，太大或者有时——没过多久——又太小。后来，她寄过生日卡片，寄过快照，总好像是在强光下拍的；照片里她穿着白色衣服，比托妮记忆中胖，她的脸晒黑了，闪着石油一样的光泽，鼻子下面的投影像是一撮小小的胡须。其中一些照片，和她私奔的该受责难的帕里站在旁边，手臂绕着她的腰：一个松软的男人，皱巴巴的膝盖和眼袋，斜着嘴，略带悔恨的微笑。然后过了一阵子帕里不再出现在照片中，换了另一个男人；再过一阵子，又是另一个。母亲衣服的肩膀变窄，裙子却更长更饱满，领圈翻了出来；西班牙舞女的那种褶皱出现在袖子上。她说起过让托妮过去小住，在复活节假期或者是暑假，但从

① 英文单词“番茄”（tomato）倒过来写，和“安大略湖”（Ontario）形似。

没实现过。

（至于安西娅的另一些衣服，也就是她留在衣橱里的那些，托妮的父亲和埃塞将它们装进盒子，送给了救世军。他没有提前通知托妮。她养成了每隔几天查看一下衣橱的习惯，那天她从学校回到家，发现衣橱空了。托妮什么都没说，但是她知道。安西娅再也不会回来了。）

期间，日子一年一年过去。在学校，托妮被诊断为近视，戴上了眼镜，对此她并不特别介意。它们是某种屏障，并且现在也能看见黑板了。晚饭就热一下埃塞准备好放在厨房长桌上的砂锅。她照常自己做午饭带到学校；也用包装盒来装焦糖布丁，用现成材料做蛋糕，来打动父亲，虽然没能得到想要的效果。

父亲给她二十美元，叫她给自己买圣诞礼物。她给他沏茶，他喝得并不比她妈妈更多。他常常不在。那些年里他有过一个女朋友，公司里的秘书，戴着当啷响的手镯，散发着紫罗兰和新鲜橡胶的味道，她滔滔不绝地说托妮像个纽扣一样可爱，她要带她去购物或者看电影。*女孩子的事情*，她管它叫，*我们不带老格里夫去！我们要成为密友*。托妮瞧不起她。

和女朋友吹了之后，格里夫开始喝更多酒。他会在托妮做作业的时候进她房间，坐在那里看她，好像希望她能对他说点儿什么。但是现在她已经大了，更坚强了，不再期望从他那里得到什么。她停止考虑自己对他的责任；觉得他仅仅是个烦人的干扰。他远不如拉丁文课上正在学的尤利乌斯·恺撒的围攻技巧有意思。她为父亲的痛苦感到疲惫：太单调，太沉默，太无力了，太像她自己。

有一两次，他比平时醉得更厉害，在屋子里追赶着她，颠簸叫喊，推倒家具。其他时间他变得可亲可爱：要拂弄她的头发，要抱她，好像她还是一个孩子，可是当她真是个孩子的时候他却从来没有这样做过。她在餐桌底下爬来爬去，躲避他：她比他小得多，也更敏捷。这段插曲中最糟糕的是第二天他似乎什么都不记得。

托妮开始在可能的时候避开他。夜晚的时候她会监听他喝醉的程度——从气味的甜度中可以做出部分判断——然后设计逃跑路线：冲进浴室，从厨房门出来，就可以到自己房间。主要是不要被逼进角落。她的卧室有锁，但她会把衣屉柜里的抽屉拿出来，然后把柜子推到门前，等衣屉柜复归原地再把它们放进去；否则对她来说太重了。之后，她就背靠着柜子坐着，在膝盖上打开一本书，试图堵住锁柄转动的声音，和压低的破碎的嗓音，还有对着门的鼻息声：*我只是想和你说说话！就这些！我只是想……*

一次她尝试了一个实验：她倒掉瓶子里所有的酒，所以他下班回到家的时候一点儿都没有了——他换过工作，后来又换——于是他扔掉所有的玻璃酒杯，各种式样的玻璃杯，砸向厨房墙壁，第二天早上就会有许许多多的碎玻璃。托妮颇有兴趣地注意到这种混乱的痕迹不再让她觉得害怕。她以前以为安西娅才是家里摔碎玻璃杯的人；也许以前是，曾经。他们不得不用茶杯喝橙汁一周之久，直到埃塞买到新的玻璃器皿。

托妮初潮的时候，是埃塞帮她应付的。埃塞解释说先在冷水里面浸泡，血渍更容易洗掉。她是解决各种各样污渍的专家。“只是月经而已。”她说。托妮喜欢这个说法。这是个咒诅，但仅仅是咒诅①。疼痛和痛苦几乎不重要，可以忽略不计。

托妮的母亲死于溺水。在离开巴哈加利福尼亚海岸的某处，从游艇上下水去潜水，再没回来。她一定是在水底下弄糊涂了，从错误的地方浮上来，头撞到船底，结果昏过去了。或者这只是罗杰讲述的故事，那个时候和她在一起的男人。罗杰觉得十分抱

---

① 英文 curse 既指诅咒，口语也指月经。

歉，是那种当你弄丢别人的车钥匙或者打碎人家最好的瓷器的时候才会表现出来的样子。听起来他似乎想买一个赔偿你却又不知道该买什么，并且他像是喝醉了。

是托妮接的电话，爸爸和埃塞都不在。罗杰似乎并不知道她是谁。

"我是她女儿。"她说。

"谁?"罗杰说，"她根本没有女儿。"

"那天她穿了什么?"托妮问。

"什么?"罗杰说。

"是穿的泳装还是衣服?"

"有这么蠢的问题吗?"那个时候，罗杰大叫起来，很远的地方。

托妮不知道他为何要发火，她只是想重现当时情境。安西娅是穿着泳装乘船出去潜水，还是穿着长长的累赘的裙子气呼呼地跳下去的？相当于摔门而出？后者可能性更大。或者也许是罗杰推了她，这也不是没有可能。托妮对报复甚至不公平没有兴趣，只对准确性感兴趣。

尽管含糊其辞，是罗杰安排了火化，并装进金属筒里运过来。托妮觉得应该举行一个葬礼什么的；但是除了她之外，还会有谁去呢?

金属筒到了没多久就不见了。几年后她再次找到，那时她爸爸也去世了，她和埃塞清理屋子的时候发现的。在地下室里，和一些旧网球拍混在一起，倒是给了它合适的时代风味：她妈妈的许多照片都是穿了网球裙拍的。

母亲死后，托妮自己要求去寄宿学校。她想逃出这个她不觉得是家的地方，这个她父亲埋伏，喝醉，追着她到处转，清清嗓子像要开始讲话的地方。她不想听他说什么，她知道一定是某种歉意，请求理解，感情脆弱之类。否则就是控告：如果不是托妮，他根本不会娶她妈妈，而且如果不是他自己的话，托妮不可能出生。托妮是他生命中的灾难，他的牺牲全为了托妮——到底牺牲了什么呢？他自己也不知道。但她是不是依然欠他什么呢？

拼凑事实，查找日期，从早先的一点缥缈的谈论里，托妮猜到一些事情：怀孕，一个草率的战时婚姻。她妈妈是一个战时新娘，爸爸是个战时丈夫，自己是个战时婴儿，她是个事故，所以什么？她不想知道。

他想说的仍然没说。是埃塞发现他的，躺在平静整洁的书房地板上，削尖的铅笔整齐地排列在桌上。纸条上说他等待的一切就是托妮中学毕业。他还去了毕业庆典，那天下午，和其他父母一起坐在礼堂里，之后给了托妮一只金手表。他亲亲她的脸颊，告诉她："你一切都会好的。"在那之后他回家了，用他劫来的枪打中自己的脑袋。托妮现在知道那是一把卢格手枪，因为她继承了下来。因为有地毯，他先铺了层报纸。

埃塞说他就是那样：体贴，是个绅士。和托妮不一样，她在葬礼上哭了，祷告的时候也自言自语。托妮一开始以为她说的是嘘嘘嘘嘘，但其实是*求你，求你*。也许一直都是说的这个，也许她不是在哭格里夫，而是自己死去的两个孩子，或者生活本身。托妮能够想到所有的可能性，她思路宽广。

当然，格里夫的人身保险无效，不包含自杀。但是在抵押款付清之后，托妮就有房子的钱了，还有妈妈剩下来的钱，说是要给她，以及银行里一些诸如此类的东西。也许这就是她爸爸说她一切都会好的意思。

就是这些了，托妮告诉泽尼亚说。她所知道的，就是这些了。她不常想起自己的父母，没有做过父亲半个脑袋爆裂却还有什么话要说的噩梦；或者她妈妈拖着湿裙子和咸海水，头发像海草一样挂在脸上。她以为大概自己应该做这种噩梦，但是没有。

对历史的研究锻炼得她能够面对残酷的死亡；她全副武装。

“你还保存着骨灰?”泽尼亚说。“你妈的?”

“在我的毛衣架子里。”托妮说。

“你真是个恐怖的小东西。”泽尼亚笑着说。托妮就当是恭维：当托妮拿自己记录死亡人数的战争笔记给她看的时候，她也这样说。“还有什么? 枪?”但之后就严肃起来。“你应该立刻扔掉那些骨灰！它们是坏运气，不会给你带来好的祝福。”

这是泽尼亚新的一面：迷信。托妮不会有这种疑虑，她对泽尼亚的高估划了道口子。“只是一般的骨灰而已。”她说。

“你知道不是真的那样，”泽尼亚说，“你知道不是。留着它们，她仍会支配你。”

于是第二天黄昏的时候她们两个摆渡去岛上。时至十二月，风冷得刺骨，但是湖面还未结冰，所以渡船还开。走到一半，托妮把装着母亲骨灰的罐子扔向渡船的后面，扔向波浪起伏的黑色水面。不是她自己主动要这样做，只是为了让泽尼亚高兴。

“安息吧。”泽尼亚说，她的声音听起来也不很确信。更糟糕的是，这个金属筒不沉没，漂浮在水面上，随着渡船的航迹来回摆动。托妮意识到应该把罐子打开，倒出来。如果她有支来复枪，她就可以打穿几个洞，假使她会开枪的话。

二十四

十二月的天越来越阴沉，大街上到处亮出圣诞节装饰，救世军铜管乐队唱着赞美诗摇着铃，搅动着募捐箱。孤独混在雪花里一起打旋，麦克朗宿舍里的其他女孩子都回去了，回到她们真正的家里，托妮留下来。跟以前一样；但这次好一些，这次在她胃的深处没有寒冷感，因为泽尼亚在，还有她令人振奋的鄙夷态度。“圣诞节是个婊子，”泽尼亚说，“操他妈圣诞节，太小市民了。”然后托妮感觉又好起来，并告诉泽尼亚黑暗时代对基督诞生日的争论，那些成年人一边口诵“世界和平，善待他人”，一边乐于彼此屠杀的。泽尼亚笑了。“你的脑袋是个卡片目录，”她说，“吃点东西，我来做。”于是托妮就很满足地坐在泽尼亚的厨房桌子前，看她酌量，混合，搅拌。

这种时候韦斯特在哪儿呢？托妮放弃他了，因为她怎么能争得过泽尼亚呢？就算她能胜过泽尼亚，她也不会考虑的。这种事太无耻了，泽尼亚是她的朋友，最好的朋友，唯一的朋友，想想看。托妮不是常常有朋友的。

或者是另一回事；也许是在她们两个之间已经无法给韦斯特留出空间了。她们靠得太紧密了。

所以现在是泽尼亚和托妮，泽尼亚和韦斯特；不再是韦斯特和托妮。

有时候他们三个会在一块儿。托妮与泽尼亚和韦斯特一起去他们新搬进去的地方，在他们把原来地方漆成黑色之后。新地方并不新，只是昏暗，便宜，破破烂烂，是皇后街东面的店面楼上的房子，没有电梯。长长的客厅里只有一扇窗户，电车走过，玻璃就嘎嘎作响；厨房粗俗花哨，碎布橙色壁纸和一张桌子，木头的，开裂的蓝色漆，四张不配套的椅子；卧室里，泽尼亚和韦斯特睡的弹簧床垫就放在地上。

泽尼亚给他们做炒蛋和浓烈美味的咖啡，韦斯特给她们弹鲁特琴：他到底还真有鲁特琴。他坐在地上的垫子上，长长的腿从膝盖那儿折起来，像蚂蚱的后腿那样伸着，手指灵巧地伸缩，唱着古老的歌谣。

水面宽阔，我无法跨越，

也没有翅膀可以飞翔，

给我一只二人舟，

两人都能划桨，爱人和我。

他唱着。“还有一个爱尔兰版本，”他补充道，“歌里有一个船夫。”

他实际上是唱给泽尼亚听，根本不是唱给托妮。他很爱泽尼亚；泽尼亚告诉过托妮，确实也很明显。泽尼亚肯定也很爱韦斯特，因为她夸他，称赞他，用眼神爱抚他。在咖啡吧里谈天的时候她告诉过托妮，他是个温柔的人；体贴，不像其他男人，流着口水的野兽。他知道她好在哪里，他崇拜她！找到这么温柔的男人真是幸运。当然他在床上也很棒。

床上？托妮想，床上是什么意思？她想了一会儿。她以前从没见过两个人相爱。她觉得自己像个流浪的小孩，衣衫褴褛，非常冷，鼻子贴住明亮的玻璃窗，一个玩具店的玻璃窗，一个面包店的玻璃窗，里面是花哨的蛋糕和精美的曲奇。她太穷，不能进去。那些东西是给其他人的；没她的份儿。

但是泽尼亚似乎也意识到这一点——托妮的独身和她绝望的渴望——并抚平它。她非常体贴，她会打岔，假装，欢快地聊起其他的事儿。窍门、捷径、点子、花样：她不是衣来伸手、饭来张口那种，她有一大堆有用的诀窍。比如说，炒鸡蛋的秘诀是新鲜的山萝卜和细香葱——她在窗台上种了几盆香料植物——也要加一点点水，火不能太大；咖啡的秘诀是研磨机，木头的并且有柄的，并且有一个迷人的能拉出来的抽屉。

泽尼亚有很多秘诀，她笑着，这样那样若无其事地甩出自己的小秘诀，牙齿闪烁着白色的光芒；她从袖子里面掏出更多的秘诀，在背后将它们抖开，像展开珍贵的布料那样，陈列出来，像吉卜赛头巾那样旋转，像旗帜那样炫耀，一个堆在一个上面，华丽而挥霍地交织在一起。有她在房间的时候，谁还能注意别人呢？

但是托妮和韦斯特会互相看——只一会儿——当泽尼亚转过身去的时候。他们悲伤地互相看一眼，带一点羞怯。被束缚着，这就是他们的状态。他们知道再也不能在下午一起安静地喝啤酒了，现在是泽尼亚借托妮的现代历史笔记，韦斯特当然也从中得益，但只是二手的。

一次，托妮离开麦克朗的时候忘记登记，而且在泽尼亚那里待得太晚，结果只好在泽尼亚的客厅地板上过夜，卷着毛毯，下面垫着泽尼亚和自己以及韦斯特的外套。早上很早的时候，韦斯特送她回麦克朗，把她推上防火梯的最底层的踏板，否则她自己够不着。

在外面过夜是件非常勇敢的事情，但是她再也不想那样做了。一方面太丢脸了，和韦斯特一起回来，先乘电车，然后是地铁，却想不出要和他说些什么，然后像只包裹一样被他举起来，放在防火梯踏板上。另一方面，他们两个都睡在卧室里面，而自己睡在外面，让她觉得非常不舒服。

她怎么都睡不着。没办法睡，由于那些声音。厚重的声音，莫名的声音，深深的声音，像是被毛发盖住、发自喙部、树根一般的声音，又像是从地底下传上来的浑浊而湿热的声音。

“我觉得你妈妈是个浪漫主义者。”泽尼亚毫无根据地说。她将蛋面混合物与自己做的猫舌头饼干混为一谈了；托妮坐在桌旁帮泽尼亚抄自己的历史笔记，她总是来不及。“我觉得她在寻找完美男人。”

“我不觉得。”托妮说。她有点惊奇：她还以为有关她母亲的卷宗已经合上了。

“听她说话，她应该爱玩，”泽尼亚说，“充满生命力。”

托妮不大明白泽尼亚为什么要给她母亲辩白，而且她这才意识到，她自己都没这样做。“她喜欢派对。”她简单地说。

“我敢打赌她曾试图堕胎，却没成功，”泽尼亚开心地说，“在她嫁给你父亲之前。我打赌她一定给浴缸装满沸水，并且喝很多烈酒。以前的人就那样做。”

这是个比托妮自己想到过的更黑暗的观点。“噢，不，”她喃喃地说，“她不可能那样做！”虽然有可能是真的。也许那就是为何托妮个子这么小，她父母都不是这么矮小的，也许她的发育被烈酒妨碍了。不过，她难道不可能也是个白痴吗？

泽尼亚将浅浅的模型装满，然后将它们轻塞进烤箱。“战争时期很奇怪，”她说，“人们互相压榨，他们只是想要摆脱！男人们觉得他们会死，女人们也这样觉得。战争过后，人们无法再次恢复正常状态。”

战争是托妮的领域，这些她都知道，她读过。灾难也有同样效果：恐慌，暖房强迫症，一种贪婪的歇斯底里。但是这种情况应用在自己父母身上似乎不公平，他们本该是个例外。（她父亲，母亲走后的那个圣诞节，站在客厅中间，抱着一捧玻璃装饰品，像是瘫痪一样站在赤裸的圣诞树前面，不知道该做什么。她自己找来四脚梯，轻柔地从父亲手里拿过装饰品。给我，我能挂上去！否则，他可能会扔掉，摔向墙壁。有时候，正在做一件简单的事情，他就会那样中途停住，像是突然变瞎或者失忆，或者突然恢复。他同时活在两个时代：给圣诞树挂上装饰品，和射杀敌对的孩子。所以，不足为奇，托妮想。虽然后来几年他越来越醉，支离破碎。是的，暴力并且令人恐惧，但她或多或少还是原谅了他。如果安西娅不走，他会在地板上结束自己，让血浸在晨报里吗？不大可能。）

“她抛弃了我。”托妮说。

“我自己的母亲卖了我。”泽尼亚叹了口气，说道。

“卖了你?”托妮说。

“嗯，出租我，”泽尼亚说，“为了钱，我们得吃饭，我们是难民。战争之前她就有预见，就逃到了波兰；她设法逃了出来，贿赂或者什么，伪造护照，否则她就会沦入一帮列车警卫之手，谁知道?无论如何，她到了巴黎；我长大的地方。那时人们捡垃圾吃，吃猫！她能怎样呢?她找不到工作，上帝知道她根本没任何技能！她得设法搞到钱。”

“把你租给谁?”托妮说。

“男人，”泽尼亚说，“喔，不是在大街上！不是什么人都租！老将军之类。她是白俄；我猜她家里从前挺富裕——当年在俄罗斯，我想。她称自己多少是个女伯爵，但是上帝知道俄罗斯女伯爵一抓一大把。巴黎有很多白俄；革命之后就在那儿了。她喜欢说自己用惯好东西，但我不知道可能是在什么时候。”

托妮还不知道这些——泽尼亚的母亲是俄罗斯人。她只知道泽尼亚这几年的故事：她的近况。在大学的生活，和韦斯特以及之前，再之前男人的生活。前面两个都是畜生，穿皮夹克，喝酒，打她。

她打量泽尼亚高高的颊骨：斯拉夫人，她猜。还有她轻微的口音，轻蔑、傲慢的腔调有点迷信。俄罗斯人追求偶像等等。一切说得通。

“出租?”她说，“但那时你多大?”

“谁知道?”泽尼亚说。“肯定在我五六岁的时候就开始了，或许更早。实际上我记不起来了，男人的手没在我裤子里面的日子我一点都不记得了。”

托妮张大嘴巴。“五岁?”她惊异地说，同时钦佩泽尼亚的直率。泽尼亚不为任何事感到尴尬，不像托妮，她不会故作正经。

泽尼亚笑起来。“噢，并不明显，一开始，”她说，“都很有礼貌！他们过来，坐在沙发上——上帝，她为那沙发感到骄傲，她披一条绣着玫瑰的真丝围巾在上面——她就让我坐在那个和蔼的男人旁边，一会儿她就走出房间。一开始不是真正的性交只能乱摸，黏腻的手指。她不让别人真的玩大的，直到我到了她称之为‘长大’的年纪十一，十二岁……我想她一定大赚了一笔，虽然那些男人并不是都富得冒油。小气的上流人士，卑鄙，避人耳目，或者有见不得人的交易。他们都去黑市，都有另一面，都住在墙里面，你知道吗？像老鼠一样。她为那件事给我买了一件新裙子，也是在黑市上，我猜。我的第一次是在客厅的毯子上——她从不让他们使用床。那人名叫波波夫少校，如果你肯相信的话，像是从陀思妥耶夫斯基小说里来的，鼻子上一层棕色的粉末，吸鼻烟后留下的。他甚至都没脱裤子，迫不及待。整个过程我一直盯着该死的围巾上的刺绣玫瑰。我把痛苦献给上帝。并不是为了玩乐才犯下罪恶！那个时候我很虔诚；当然，信正教。他们的教堂还是最好的，你不觉得吗？我希望她狠宰了波波夫一刀，有些男人宁愿为一个处女放弃很多顿午餐。”

泽尼亚谈这故事的时候好像它只是个茶余饭后的闲话，而托妮边听边惊骇着。她从没听说过这种事。不对：或多或少听说过，但仅限在书里。如此巴洛克，如此复杂的欧洲故事不会发生在真人身上，或者发生在她可能认识的人身上。但她又怎么知道呢？这些行为说不定周围到处都是，只是她看不到而已，因为她不知道该往哪儿看。泽尼亚也许知道，她比托妮大一些，年龄上没大多少，其他方面大很多。在泽尼亚面前，托妮是个孩子，傻蛋一样无知。

“你一定很恨她。”托妮说。

“噢，不，”泽尼亚严肃地说，“直到后来才恨她。她对我很好！我还小的时候，她做很特别的饭给我吃，从来不提高嗓音，她漂亮，深色的长发编起来，缠在头上，像个圣徒，有大大的哀伤的眼睛。我曾和她一起睡她白色的镶边大床。我爱她，崇拜她，为了她我什么事情都愿意做！我不要她那么悲伤。只有我那么做，她才能逃离悲伤。"

"太可怕了。"托妮说。

"噢，其实，"泽尼亚说，"谁会在乎？不管怎样，不只我一个——她也出租自己。她是那种廉价的地下室情人，我想。为落魄绅士服务。但是只有俄罗斯人，而且没有少校级别以下的。她有她的原则，她满足他们，他们也满足她。但是她在性方面却不太成功，大概因为她不是真的喜欢，她更喜欢苦难。男人换得很快。而且她很多时间都在生病，咳嗽，像歌剧一样，手帕上沾着血。她的气息的味道越来越难闻，她擦很多香水，只要搞得到。我猜是肺结核，她就死于这个病。多么过时的死法！"

"你自己没有得那病已经很幸运了。"托妮说。所有这些显得如此古老，肯定没人再得肺结核了，这是一种已经消失的疾病，就像天花。

"是很幸运，不是吗？"泽尼亚说，"不过，最终她死的时候我已跑得远远的了。长大后，我就不再爱她了。我做大部分的工作，大部分的钱却由她收着，一点儿都不公平！而且我受不了听她咳嗽，听她晚上自己哭泣。她治不好了；我觉得她也很蠢。所以我跑了，我觉得这样做不好；那个时候她没别人，没有一个男人；只有我。但是，要么她要么我，我必须选择。"

"你父亲呢？"托妮说。

泽尼亚大笑。"什么父亲？"

"嗯，你肯定有个父亲吧。"托妮说。

"更甚，"泽尼亚说，"我有三个！我妈妈有几个版本——一个是希腊王室的后嗣，一个是波兰骑兵的将军，一个是好人家出身的英国人。她有张他的照片，就一个人——但是三个故事。关于他的故事随着她的感觉而改变；但是三个故事里面，父亲都死在战争中。她曾经在地图上把地点指给我看：每个故事的地点不一样，死法也不一样。骑着马冲向德军坦克，跳伞降落在法国界内，在一个宫殿被机关枪击中。负担得起的时候，她会放一朵玫瑰花在照片前面；有时候她会点上一支蜡烛。上帝才知道究竟是谁的照片！只是个穿着夹克衫的年轻人，转头看着，背着有点破的军用背包；甚至都没穿制服。是在战争开始之前。或许是她买来的。我自己觉得她是被强奸的，被一帮子士兵之类的。但她不愿意告诉我。对我来说，太过分了——发现我的父亲是那种人。但可以猜想，不是吗？一个女人没有钱，独自一个接着一个地方逃亡——没有保护。那样的女人是待捕的猎物！否则就是她有一个纳粹的爱人，德国暴徒。谁知道呢？她完全是个骗子，所以我从来都不知道。无论如何，她现在已经死了。”

托妮自己的历史缩小了很多。和泽尼亚的比较起来，似乎不过是个插曲，次一级的，灰色，偏远；一段沉闷的地方性轶事；一个脚注。然而泽尼亚的生命闪烁——不，闪耀在巨大的、奇异的世界大事投射下的火烧似的但又不确知的亮光之下。(白俄！)

到此为止托妮一直把泽尼亚看成与自己不一样的人，但现在看她和自己类似了，因为她们两个不都是孤儿吗？都没有妈妈，都是战时婴儿，靠自己在这个世界前行，手挽竹篮跋涉向前，篮子里装着她们贫乏的、仅有的世间财产——一人一个头脑，还有什么别的可以依靠的呢？她非常钦佩泽尼亚，不仅因为她能保持冷静。例如，这个时候，换了别的女人可能在哭，可是泽尼亚在微笑——对着托妮微笑，或许还带着一丝嘲弄，托妮选择将之诠释为动人的勇敢，在不幸命运面前的顽强勇气。泽尼亚经历过恐怖，也获得胜利。托妮想象她骑在马上，斗篷飘飘，高举持剑的手臂；或者是一只鸟，银色的非凡之鸟，从烧杀劫掠的欧洲灰烬里得意洋洋地升起，并且没有受伤。

“但是，孤儿有一点好，”泽尼亚若有所思地说，完美的鼻孔里喷出两道烟雾。“活着不必非让别人觉得你好。”她喝掉咖啡杯里的渣滓，掐灭烟蒂。“你想做谁就做谁。”

托妮看着她，注视着她的蓝黑色眼睛，看到自己的映像：她自己，她自己想成为的样子。*蒙雷弗·妮托*。把她自己的里面翻到外面。

二十五

在那种情况下，托妮能拒绝什么呢？能拒绝的不多。

钱的问题当然无法拒绝。泽尼亚得吃——泽尼亚，当然还有韦斯特——他们怎么办呢，如果不是托妮靠着死去父母的财产，可以借给泽尼亚零星的二十，零星的五十，零星的一百，一次又一次？然后泽尼亚怎么还，事情会怎样呢？她有个什么奖学金，她大概暗示过，但是，不能应付所有的开支。很久以前，她行乞，并且在某种程度上用这种方式穿过欧洲，越过大海；但是——当托妮睁大眼睛眨巴眨巴的时候，她这样告诉托妮——任何时候，她更喜欢抢劫喝醉的中产阶级，更快更干净。后来几年，她通过做餐厅招待或者在二流旅馆打扫厕所赚钱——苦工是美德的代价——但是她那样做的时候，就累得无法学习了。

不管怎样，她都太累了。爱情耗尽你的精力，爱巢需要羽毛，谁来煮饭洗衣打扫卫生呢？不是韦斯特，可怜的天使；粗汉子一个，他炒个鸡蛋或者给自己泡杯茶都不会。（啊，托妮想，我可以给他泡茶！她渴望为韦斯特做这种家务杂事。但又几乎立即压抑下去，即使是为韦斯特煮杯茶也感觉是对泽尼亚的背叛。）

而且，泽尼亚表示，这意味着挑战社会秩序：自由不是免费的，是有标价的。解放之战的前线士兵吃第一颗子弹。泽尼亚和韦斯特已经为第一所老鼠窝似的公寓多花了钱，因为那个思想肮脏的伪善者房东怀疑他们没有结婚。多伦多是如此的古板！

然后，那天晚上泽尼亚流着眼泪攥着写不出来的现代历史学期论文来到她房间的时候，她哪儿有机会拒绝？“如果这门课我不及格，那就全完了，”她说，“我得离开学校，对我来说就是回到街头。呸，你不知道，托妮——你就是不*知道*！简直是地狱，太可耻了，我不能变回那样！”

托妮被她的眼泪弄糊涂了；她本以为泽尼亚不流眼泪，比她自己眼泪更少。但是现在不仅有眼泪，而且是很多眼泪，从泽尼亚奇怪地一动不动的脸上顺畅地滑下来，这张脸即使不化妆也总看上去像是化过一样。如果是其他的女人，睫毛膏会闪动；但泽尼亚闪动的不是睫毛膏，而是她的真睫毛。

结果是托妮写了两份学期论文，一份自己的，一份给泽尼亚。这样做她很紧张：她知道很危险。她跨越了一道线，她向来遵守的一道线。但是泽尼亚造了托妮不敢造的反，所以托妮帮她写学期论文是公平的。或者那只是托妮自己制造的均衡，在言语之外的某些层面。托妮将成为泽尼亚的右手，因为泽尼亚无疑是托妮的左手。

两篇学期论文都与战争无关。现代历史教授，秃顶，斜视眼，肘部打皮补丁的威尔奇博士，对经济比对流血更感兴趣，他对托妮说得很清楚——她曾提出要写十字军在君士坦丁堡的烧杀劫掠——他不觉得战争对于女孩子来说是个合适的主题。所以两篇论文都是有关钱。泽尼亚的是斯拉夫和拜占庭帝国的奴隶贸易——托妮选这个是因为泽尼亚的俄罗斯祖先——托妮的是有关十世纪拜占庭的丝绸垄断。

拜占庭让托妮觉得很有意思。那里的许多人都令人不愉快地死去，大部分都是因为很琐碎的原因；你可能因为穿着不正确而被撕碎，也可能因为傻笑被取出内脏。二十九个拜占庭的皇帝被竞争对手暗杀。弄瞎是最受欢迎的刑罚方法；还有，按关节肢解，慢慢饿死。

如果不是教授过于拘谨，托妮会选择写写拜占庭皇帝尼基福鲁斯·福卡斯被他美丽的妻子狄奥法诺皇后暗杀的事①。狄奥法诺以情妇作为她生涯的开始，一步一步走到顶峰。当她的独裁丈夫变老变丑，她就设计杀他。不只是那样，她是帮凶。969 年 12 月 1 日，她说服他不锁卧室门，保证有性事的惊喜，毫无疑问，午夜时分，她潜入卧室，和她更年轻更好看的情人约翰一起——此人后来将她囚禁在一个修道院——以及一群雇佣兵。他们叫醒尼基福鲁斯——他睡在豹皮上，摸上去很舒服——然后，约翰用剑割开他的头。约翰在大笑。

人们怎么知道呢？托妮想。谁在那个地方记录这件事情呢？狄奥法诺也笑了吗？她推测他们为何要叫醒他，叫醒他简直太残酷；或许是出于报复。据大家所说尼基福鲁斯是个暴君：傲慢，反复无常，残忍。她想象着狄奥法诺去刺杀的路上的样子，紫色丝质披风甩在肩头，金色拖鞋。深色的头发盘在头上；苍白的脸在火把的光中闪闪发光。她走在最前面，而且很快，因为任何反叛中最重要的因素是出乎意料。在她后面是拿剑的男人。

狄奥法诺在微笑，但托妮不认为是邪恶的微笑，而是极为高兴的：孩子从后面用手蒙住别人眼睛的时候那种微笑。猜猜我是谁？

历史有种十分调皮的元素，托妮想，乖张的喜悦，事件本身的粗暴无礼。埋伏是什么，实际上，只是一种军事上的恶作剧？

---

① 指尼基福鲁斯（963 年到 969 年在位）被妻子和侄子约翰一世（John I Tzimiskes）合谋杀害。

躲起来，然后跳出来大叫一声吓你一跳！但是历史学家们没有提到这一点，这个令人目眩的捉迷藏的本性。他们要让过去显得严肃。极其严肃。她仔细思考着这个短语：如果死亡是严肃的，那么活着就是轻浮了？妙语连珠的人会这么说。

也许狄奥法诺叫醒尼基福鲁斯是想让他在死前还欣赏她的聪明，想要他知道她是多么口是心非，他对她的判断是多么错误。她要他明白这个笑话。

两份论文都发挥了托妮的常规水平；如果非得比，丝绸垄断的那篇更好一点。但是泽尼亚得了A而托妮得了A减。似乎，泽尼亚聪明的美名也影响到威尔奇教授了，或许是因为她看上去的样子。托妮介意吗？不是特别。但她注意到了。

她也觉得懊悔。到目前为止，她还一直对学术正派保持着最严谨的态度。她从不借别人的笔记，虽然她借自己的给别人；她的脚注无可挑剔；而且她明确意识到，给别人写学期论文是欺骗。但是似乎她自己并不获益，她的动机是最好的：她怎能拒绝自己的朋友呢？她怎能让泽尼亚滑向性奴隶的生活呢？虽然如此，她的良心仍使她愁烦；所以大概只得到A减是公平的，如果这是为她准备的唯一惩罚，她也算被从轻发落了。

托妮在三月份的时候完成这两篇论文，那时冰雪正溶化，太阳越来越暖，雪莲花从淤泥和旧报纸下面钻出来，然后叶子又衰落在前面的草坪上，人们在自己的冬装里面也按捺不住了。泽尼亚也是。她晚上不再和托妮在皇后东街的克利斯蒂咖啡馆喝咖啡了；她们不再热烈地交谈，远不及托妮本来打算的那么晚。一半因为托妮没有时间，因为期末考试快到，她自己的好成绩是需要努力才能获得的。但好像也因为泽尼亚已经知道了所有她想知道的有关托妮的事。

反过来却远非如此：托妮仍然很好奇，仍然神魂颠倒，仍然热切希望知道细节；但是每当托妮问问题的时候，泽尼亚的回答——虽然十分和善——简短，眼神游离别处。对韦斯特也是同样和蔼可亲却心不在焉，虽然无论他何时走进屋子她也都会碰碰他，虽然仍然施舍一些小小的奉承，小小的夸奖，却不再对他全神贯注。她在想其他的事情。

四月初一个礼拜五，午夜时分，泽尼亚从托妮卧室的窗户爬进来，由于睡着了，托妮没看见她爬的过程；但突然间她的眼睛睁开，从床上直直地坐起来，有个女人站在黑黑的房间里面，黄黑色的矩形窗子勾勒出她头部的轮廓。醒来的那一瞬间，托妮以为是她妈妈。看来安西娅没那么容易被除掉：被紧压进圆筒里面，抛到河里，被忘却。她回来施行报复了，但是报复什么呢？或者，她终于回来找托妮了，晚得离谱，并带她走，去深深的蓝色海底，去托妮不想去的那个地方。如果托妮打开灯，她会是什么样子呢？原来的样子，还是被水泡涨的颜色？

托妮全身冰冷。*我的衣服在哪儿？*安西娅要发出这样的疑问，从她看不见的脸孔上面。她指的是她的身体，被烧掉的身体，溺水的那个身体。托妮能回答什么呢？*对不起，对不起。*

这些都是在无言中发生的，托妮经历的是包含着辨认和恐惧、震惊和缺少震惊的复杂起伏：不论无声的愿望在何时成真，谜团仍然无法解开。她麻痹了，叫也叫不出来，大口喘息，两只手捂在嘴上。

“嗨，”泽尼亚平静地说，“是我。”

托妮恢复过来后稍稍停顿了一会儿。“你怎么进来的？”心脏跳动的声音再次听不见的时候，她问道。

“窗户，”泽尼亚说，“我从防火梯爬进来的。”

“但是太高了，”托妮说。泽尼亚虽然高，但也没高到足以够着第一层踏板。韦斯特是否在那儿助推一把呢？托妮起来打开她床头的灯，才能好好想一下。她没想到有人在晚上的这个时候来她房间，也没想到有什么重要人物或者好事的人在走廊上徘徊、抽烟或者偷尝禁果。

“我爬上树，然后从树枝上翻过来，”泽尼亚说，“傻瓜都能办到。你真的应该给窗子装把锁什么的。”她坐到地上，盘着腿。

“怎么了？”托妮说。一定有什么事情：即使是泽尼亚，也不会仅仅一闪念就在半夜爬进别人窗子。

“我睡不着，”泽尼亚说，两个人都像在耳语，“我想和你谈谈，我觉得很对不起可怜的威尔奇教授。”

“什么？”托妮说，她不明白。

“关于我们怎样欺骗了他。我觉得我们应该忏悔，毕竟是伪造。”泽尼亚焦虑地说。她在说学期论文的事，托妮花了大量的时间和心思的东西。论文本身没有一丁点儿的不诚实：只是署名是假的，是泽尼亚的名字。

泽尼亚现在要告发，托妮将来的生活要完蛋了。泽尼亚的前途都是些朦胧但非常宏大的可能性——新闻杂志，高收入，甚至政治都有可能被提到过——但是大学教授从来不在当中；然而，对托妮来说，这就是唯一的出路。这是她的职业，没了它，她就像一只被截除的手。她能做什么其他的事儿呢？她小贩包裹里的那点知识，她像收集生棉那样积累下来的那些小玩意儿和珍奇的小零碎儿，以及那些没有用的东西，能换来什么其他能让她诚实生活下去的饭碗呢？诚实：这是关键。剥夺了她的知识的诚实，她的好名声，她的正直，她将被驱逐。而泽尼亚就站在这个剥夺的位置。

“但我是为了帮你！”托妮说，同时意识到即使这样说，她的动机也不会对学校当局起作用。（有那么片刻，她在想，我可以干脆否认是自己写了那东西，但是泽尼亚有原件，是托妮的向后倾斜的字体。当然她必须用自己的字体抄一遍。)

“我知道，”泽尼亚说，“但是我仍然觉得内疚。唉，或许到了早上我就可以不这样想了。我只是沮丧，怨恨自己；有时候我觉得自己如此卑劣，只想找个桥往下跳，你知道吗？有时候觉得自己真是个大骗子，觉得自己不属于这儿——我不够好。或者也配不上韦斯特。他是那么干净，有时候我觉得自己会弄脏他，或是打碎他，或是什么的。你知道最糟糕的是什么？有时候我就是想要那样，当我——你知道，压力很大的时候。”

所以不仅是托妮的生活正遭受威胁，还有韦斯特的。就她所见的韦斯特以及他无可怀疑的忠诚来说，托妮断定泽尼亚实在能够造成极大的破坏，她一个轻蔑的轻拂就能把他溅得满人行道都是。泽尼亚是怎样在托妮毫无觉察的时候得到这么大的能力？韦斯特这个人，托妮是知道的。但是她本来相信泽尼亚会善用那个能力，她信任泽尼亚。现在她和韦斯特都处于危险状态，现在她必须拯救两个人。“压力？”她微弱地说。

“噢，钱的事情。托妮，你不懂，是你从来不需要去应付的事情。该死的房租几个月没交了，该死的房东威胁着要赶我们走；他说他要打电话给学校大吵大闹。用这些事情去搅扰韦斯特一点意义都没有——他就是个孩子，把所有实际的事情都交给我。如果我告诉他我们还有多少钱，他毫无疑问会出去卖掉自己的鲁特琴；我的意思是，他还有什么其他可卖的呢？他会为了我做任何事情，虽然不起一点作用，可怜的乖乖；但是他喜爱那些牺牲的姿态。我只是不知道该怎么办，这么重的负担，托妮，这就是为什么我他妈这么沮丧！”

托妮已经有好几次给钱泽尼亚付房租了，无论如何，她知道泽尼亚提到这个的时候会说些什么。*但是托妮！我们得吃！你不知道饥饿的滋味，你没有饿过！你不知道一点钱没有是什么滋味！*

“要多少？”托妮冷冷地，小心翼翼地说。这是种巧妙的勒索，她中了埋伏。

“一千美元就能够帮助我们脱离困境，”泽尼亚圆滑地说。一千美元可是笔大数目，将会从托妮的储蓄里挖走一个大洞，也大大超过可能需要偿还的房租钱。但是泽尼亚没有乞讨，没有恳求，她知道托妮的反应就是预先的结果。

托妮从床上爬起来，十四岁时候留备后用的马球睡衣裤上印了穿小丑服的蓝色老鼠，是她妈妈从加利福尼亚寄过来的——她的睡衣还未升级，因为没人会看见，而且在她回忆里，那个晚上最介意的事情就是泽尼亚完全看到了她滑稽的睡衣裤——走到桌旁，打开台灯，简要地，写好支票。“给。”她说，塞给泽尼亚。

“托妮，你是个好心肠，”泽尼亚说，“晚些时候我会还你的!”两个人都知道这是不可能的。

泽尼亚从窗子爬出去，托妮回到床上。砖头①：坚硬，四方形，潜在的杀人凶器。用一块砖头能够敲击好多个头颅。毫无疑问，泽尼亚会回来要更多的钱，然后更多。托妮得到的只有时间。

二十六

两天后，韦斯特来到麦克朗，找到托妮，问她有没有看到泽尼亚，因为泽尼亚不见了。她离开了公寓，离开了学校周边区域，似乎离开了整个城市，因为没有人知道——长着胡须的夸张男人不知道，瘦瘦的有着芭蕾舞演员似的脸，头发长得像马鬃一样的女人不知道，警察也不知道，当韦斯特最后报警的时候——她在哪里。没人看到她走，她只是不在那儿了。

---

①“砖头”英文为brick，与前面“好心肠”同为一词。

和她一起不见的还有托妮给的一千美元，加上她和韦斯特共同攒下来的钱——两百美元，左右。本来应该更多，但是之前泽尼亚借口说他们的好朋友托妮不像他们想象的那么富有，需要暂时借贷，又不好意思向韦斯特提，于是取出来了一些。韦斯特的鲁特琴也不见了，经过托妮对二手商店的勤奋而如有神助的搜寻，终于在几周后探出了它的下落，并当场买了下来。她一个人把它搬到韦斯特的房间，像棒棒糖一样塞给韦斯特，希望抚慰他的不快乐。但是对他几乎没有任何作用，他就坐在地板中间，一个绒毛磨光而露线的垫子上，瞪着墙壁喝啤酒。

泽尼亚给韦斯特留了封信。她确实那么体贴，或者——凭着她对泽尼亚扭曲灵魂的新近的洞察力，她断定——是那么算计。*我亲爱的，我配不上你。总有一天你会原谅我，我对你的爱至死不渝。爱你的泽尼亚*。托妮也收到一封类似的信，她知道这些宣言什么都不值。她知道这种信能够像铅皮做的纪念品小盒那样挂在你脖子上，拖累你好几年。可她也知道韦斯特需要泽尼亚的保证，就像需要水和空气一样。他宁愿相信泽尼亚放弃了对他错置的高贵，而不愿相信自己被她骗了。女人能够使男人变成傻子，最近省悟过来的托妮想着，即便他们本来不是傻子。

韦斯特的孤寂显而易见。孤寂像一群蚊子一样包裹着他，他好像被砍伤手腕，伸出来要托妮（不发声音，也不动弹）包扎。如果可以选择，托妮不会当选看护者和安慰者的角色，在父亲那里的这种经验实在太差了。但是没有别的选择，所以托妮给韦斯特煮茶，把他从垫子上费力地拉出来，然后——不知道能做什么别的——带他出去散步，像是牵着狗或者残疾人那样。他们一起穿过公园漫步，一起走过拐角，像森林里的孩子那样手拉手，一起默默地哀伤。

韦斯特在哀痛，但是托妮也在哀痛。他们都失去了泽尼亚，但是托妮更加彻底地失去了她。韦斯特仍然信任他已经失去的泽尼亚：他觉得，如果她能回来要求原谅、珍爱、关心，一切可以像从前一样。托妮知道得更多，她知道已经失去的那个人首先从没真正存在过。她尚未质疑泽尼亚的故事，她的历史；甚至，她用它来诠释她：有着如此糟糕的童年，你能对她期待些什么呢？她质疑的是泽尼亚的善意。泽尼亚只是在利用她，她任凭自己被利用；她被仔细搜查了一遍，像只被扒的口袋。但是她没多少时间为自己感到难过，因为正忙着为韦斯特感到难过。

韦斯特的手顺从地平放在托妮的手里。犹如一个瞎子：托妮领他去哪儿，他就去哪儿，完全没有自己的意愿，不关心自己走向何方，悬崖峭壁还是安全天堂，对他来说都一样。偶尔，他似乎醒过来；四周打量一番，找不到方向。"我们怎么到这儿的？"他问，托妮柔嫩的心绞痛着。

最让她担心的是韦斯特的酗酒。还是啤酒，但喝得比以前多很多，可能从来没有真正清醒过。泽尼亚的消失是一条道路，托妮认识这条道路，因为以前看见过。它通向下面并突然截止于一张长方形的血污报纸，韦斯特在这条路上踉跄而行，像是在梦游。她无力阻止他，也无法唤醒他。消瘦、笨拙的笨蛋托妮，戴着特大号的眼镜，在公园和一杯杯茶之间穿行，对抗着韦斯特心中对闪烁的泽尼亚的记忆，抑或就是韦斯特的心本身，这是种什么样的竞争啊？

托妮为他担忧得生病了，她缺乏睡眠，眼睛下面出现了黑眼圈，皮肤变成了纸一样的颜色。她不是用平时的冷静理性而是以近乎疯狂的恍惚完成了期末考试，从她自己都不知道的秘密库存之中召唤出那些储备。

另一方面，韦斯特甚至没有出现在现代历史考试上，那个漩涡使他病倒了。

洛兹在麦克朗的走廊里碰到托妮，发现了她的可怕形容。

“嘿，托，”她说，（泽尼亚叛变的事情她当然知道了，就又恢复了这个昵称。这里的情报网卷须很多，托妮不和泽尼亚一起已不再被看作是不安的事，而是又能够被当作小事儿了。）“嘿，托，怎么样了？好家伙，你看上去真糟糕！”她把温暖的大手放在托妮尖尖的少女肩膀上。“不会那么严重的，怎么了？”

托妮能和哪些其他的人谈呢？没办法和韦斯特谈他自己，泽尼亚也不在。以前她不和谁谈，但是自从克利斯蒂咖啡店那次之后，她对信赖有了正确的评价。所以她们去到洛兹塞得满满的房间，坐在洛兹摆满枕头的床上，托妮倾诉起来。

她没有告诉洛兹伪造学期论文和一千美元的事，无论如何它们不是故事的要点。故事是关于韦斯特，泽尼亚走了，把韦斯特的灵魂塞在她肩头的包里带走了，没了灵魂韦斯特会死的。他会自杀，然后托妮怎么办呢？她自己一个人怎么生活呢？

但是她也不是这样叙述的，她概述了些空洞的事实，事实本身。她没有戏剧性的描述，仅仅是客观的。

“听着，甜心，”托妮停下来的时候，洛兹说，“我知道你喜欢他，我的意思是，他似乎还不错，但是，值得吗？”

他值得，托妮说。他值，当然值，但是她没有希望。（他会缩小，消失，像歌里唱的那样。他会憔悴，衰微，然后拧断自己的头。）

“在我听来他像是个蠢蛋！泽尼亚是个妓女，我们都知道。几年前她横扫半个兄弟会——超过一半！你从没听过关于她的那首打油诗——‘鸡巴不痛快？试试泽尼亚！’他该醒醒了，哼？”洛兹那个时候还未曾邂逅爱情，未曾邂逅密奇。但她初尝性事，而且认为它是新的神奇药方，并且，她总是无法保守秘密。她压低声音，“你应该把他弄上床，”她说，睿智地点着头。她享受聪明女人的角色，痛苦中人的顾问。这能够让你自己不痛苦。

“我？”托妮说。麦克朗宿舍里的女孩虽然喋喋不休地谈论她们的男友，但从来不具体谈论到底和他们做些什么。如果和他们上床，她们从不提及。泽尼亚是在这之前托妮知道的唯一一个对性很开放的人。

“那还有谁?”洛兹说，“你应该让他感觉被需要，给他一点生命的乐趣。”

“噢，我不知道我能不能那样做，”托妮说，和任何一个人上床的想法根本就很可怕，如果他们滚过来不小心压住她，她被压碎了怎么办呢？而且，想象过多地给予另一个人对于她的权力让她觉得畏惧。更不用说她不情愿被摆弄，被口水舔。泽尼亚在性上面很坦白，但从她那儿听来，并没什么吸引力。

然而，仔细想想，托妮不得不承认，如果存在她有可能忍受的人的话，那就是韦斯特。她已经在散步的时候拉过他的手；感觉很好。但是她不知道具体的细节该怎么办，她怎么把韦斯特引诱到例如床这种地方，哪张床？不可能是麦克朗宿舍她自己那个窄窄的床——毫无疑问，太多眼睛盯着她了，连在房间里不被人发现的情况下吃曲奇都不可能——当然不能是他和泽尼亚睡过的那张床。不对的！而且，她不知道怎么做那事儿。理论上，是的，她知道哪里是哪里，但实践上呢？障碍之一就是交谈：她该说什么呢？即使她成功地将韦斯特调动到物理地点，接下来会发生什么？她太小，韦斯特太大，她会被撕碎的。

但是她爱韦斯特，对此她非常清楚。这不是能够拯救他的一件事吗？是的。那么英雄主义和自我牺牲是需要的。

托妮咬咬牙，开始着手引诱韦斯特。正如自己担心的那样，她显得有些笨拙。她尝试带些蜡烛去韦斯特的公寓做烛光晚餐，但是她在厨房的表现使韦斯特更加沮丧，因为泽尼亚是个神奇的极富创造力的厨师；另外，托妮还烧坏了一个金枪鱼砂锅。她带他去看电影，引他看便宜无聊的恐怖片，每当吸血鬼露出毒牙伸长脖子冲下楼梯的时候，她就有机会在黑暗中抓住他的手。但无论她做什么，韦斯特都选择认为是简单的朋友式援助。或者是托妮这样觉得，让她感到绝望，但是也——部分地——让她觉得欣慰，他把她看作忠诚的伙伴，仅此而已。

六月，天气暖和，学期结束了，但托妮和往常一样申请了暑期课程，所以她不需要搬出麦克朗宿舍的房间。一天下午她去到韦斯特的房间，清洗他累积下来已经发霉的盘子，带他出去散步，发现他还在床上睡觉。他的眼睑弯曲纯净，像雕刻的墓石圣徒；一只手臂举在头上。吸一次，呼一次：她充满感激地发现他仍然活着。他的头发——几周没剪——蓬蓬乱。他躺在那里，看上去那么悲伤，那么颓废，那么毫无伤害，因此她小心地在他旁边坐下，小心翼翼地弯下腰，在他额头上亲了一下。

韦斯特没有睁开眼睛，但是手臂搂住她。“你那么温暖，”他对着她的头发喃喃地说，“你对我太好了。”

之前从来没人说托妮温暖和好，没有男人用手臂搂着她。当她还在慢慢适应的时候，韦斯特开始亲她，在她脸上到处轻轻地亲着。他仍然闭着眼睛。“别走，”他低语，“别动。”

无论如何，托妮也动不了，因为她已经吓瘫了。她为自己缺乏勇气和韦斯特十分巨大的身体而气馁，现在她和他靠得这么近。甚至能看见他下巴上的胡子茬儿！通常它们都太高，看不见的。就像看着蚂蚁趴在下落的圆石上，马上就要砸到你了。她感受到强烈的威胁。

但是韦斯特非常缓慢，他轻轻拿开她的眼镜；然后一个一个地解开扣子，摸索着，好像他的手指在睡觉，然后用他粗糙的毯子盖住她，抚摸她，好像她是个丝绒的垫子，虽然确实如书上所说的疼，但不像她听到泽尼亚的咆哮后想象出来的那样被野兽撕裂一般，更像是掉进了一条河，因为韦斯特正如别人称他的那样，是一大杯水，而托妮是那么口渴，她被烤焦了，这些年来一直在沙漠里游走，现在终于有人真的对她有某种需要了，最终她发现了她一直想知道的事：她的内心比外表大。

这样，托妮以自己为傲，充满给予的欢乐，她把韦斯特从失败的战场拖出来，运送到后方，照料他的伤口，让他恢复健康。他已经破碎，但一段时间之后又缝合好了，虽然不太完美。托妮意识到那个以低度的焦虑形式存在的伤疤：韦斯特认为自己有负于泽尼亚。他觉得她被抛到世界的后径，独自抵挡（努力地），因为对她来说，他能力不足或者不够聪明或者仅仅是不够格。他觉得她需要他的保护，但是托妮必须不断地独自对此表示鄙夷。不存在没有对手的竞争，泽尼亚没办法为自己辩护，出于这个原因，托妮不能攻击她，骑士精神和智慧约束着她。

秋天的时候，韦斯特回到学校，补上落掉的课。托妮已经在研究院里，他们共同租了一个小公寓，共享整洁的早餐和甜蜜温和的夜晚，托妮比从前任何时候都快乐。

时光流逝，他们都拿到研究生学位，都得到研究生助教奖学金。没过多久他们结婚了，在城市大楼；之后的派对规模小而充满知识分子气氛，虽然洛兹也在，已经把自己嫁掉了。她解释说她丈夫密奇不能来，出差去了。她给了托妮一个大大的拥抱和一个银色的电话套，她离开（提前）之后，托妮的历史学同事和韦斯特的音乐同事眉间带着嘲讽地问那个人究竟是谁。但是她的在场让托妮觉得安心：虽然自己父母的婚姻是个不幸，但如果洛兹也这样做了，那么婚姻本身应该是可能的甚至是平常的。

韦斯特和托妮搬进一个稍大点儿的公寓，韦斯特买了架小型立式钢琴，和他的鲁特琴相配。他有了套西装，几条领带，和眼镜。托妮买了咖啡研磨机，一个烘烤平底锅，还有一本《烹饪的乐趣》，从中查找烹饪秘诀。她做了榛果大蛋糕，买了配有长叉的干酪碟，还有一些用来烤羊肉的烤肉叉。

更多时光流逝，托妮想要孩子了，但没有提出，因为韦斯特从未提及。现在街上有和平游行，学校有恼人的静坐。韦斯特搞了点大麻带回家，他们就一起吸，然后一起被外面街上的吵闹吓到，就不再抽了。

他们的爱文雅而谨慎，如果比喻成植物的话应该是一株羊齿草，淡绿色，覆以羽毛，敏感；如果比喻成一种乐器，那就是长笛。如果比喻成一幅画，那就是莫奈的《睡莲》，更多柔和的淡色彩画法的那幅，它深深的水，它的倒影，它不同的光线落差。“你是我最好的朋友，”韦斯特告诉托妮，从她的前额把头发捋到后面。“我欠你很多。”托妮被他的感激所感动，她太小，不懂得怀疑。

他们从不提及泽尼亚，托妮不提是因为怕韦斯特担心，韦斯特不提是怕托妮担心。可是，泽尼亚并没有离开。她盘旋着，变得模糊，真实，但仍在那儿，就像香烟熄灭后屋子里留下来的蓝色雾霭。托妮能闻到她的味道。

一天晚上，泽尼亚出现在他们门口。她像其他人那样敲门，托妮开门，还以为是推销曲奇的女孩儿，或者耶和华的见证者。当她看见是泽尼亚，不知道该说什么。她手上还握着烤肉叉，上面穿了几块羊羔肉和番茄还有绿椒，刹那间托妮想象自己将烤肉叉一把插进泽尼亚，插进她心脏的地方，但是她没有这样做。她只是张着嘴站在那里，泽尼亚对她笑着说，“亲爱的托妮，找到你真不容易！”露出白白的牙齿笑起来。她更瘦，更老练了，穿一件黑色迷你裙，黑色披肩黑玉珠子和长长的丝质流苏，网眼紧身袜，齐膝系带高跟靴。

“进来，”托妮说，并用她的烤肉叉示意。羊羔的血滴到地上。

“是谁？”韦斯特在客厅里问，他正在钢琴上演奏普赛尔的曲子。他喜欢在托妮做饭的时候弹钢琴：这成了他们的一个小仪式。

没人，托妮想说。他们找错地方，已经走了。她想用力把泽尼亚往后推，甩上门，但是泽尼亚已经跨进了门槛。

“韦斯特！上帝啊！”她说，大步走进客厅，向他伸出手臂，“好久不见！”韦斯特简直不敢相信，他无框眼镜后面的眼睛激动得像个婴儿，像星际游客充满惊异的眼睛。他没站起来，没有动。泽尼亚捧着他仰起的脸亲了两次，一边一次，然后在额头上亲了第三次。她披肩的流苏爱抚着他，他的嘴和她的胸齐平。“见到老朋友真是太好了，”泽尼亚说，呼出一口气。

不知怎的，最后她留下来吃晚饭了，因为托妮和韦斯特有什么资格，又有什么道理心怀怨恨呢？难道不是泽尼亚的变节才把他们带到一起吗？难道他们不是无比开心吗？泽尼亚告诉他们就是这样的。他们就像两个孩子，她说，冗长的野餐会上在海滩上玩儿沙塔的孩子。所以，亲爱的！她说她看到这些简直太高兴了。然后她叹息，暗示命运对待她不如对他们那么好，她没有他们的优势，她过着惊险刺激的生活，刚从黑暗寒冷的地方出来又走进了匮乏。她不得不搜寻粮秣。

她去哪里了？嗯，欧洲，她说，做手势指向一个更高更深远的文化；美国，大人物玩儿的地方；还有中东。（随着她手的挥动，她昭示出沙漠，海枣，神秘的知识，以及比托妮用加拿大烤箱能够烤出来的任何东西都好的羊肉串。）她回避谈论自己在这些地方干什么，这个那个，她说。她笑着，说自己的注意力时间很短。

关于她骗走的钱，她巧妙地什么都没说，托妮决意如果自己提起来会显得褊狭。泽尼亚说的是，“噢，那是你奇妙的鲁特琴，我一直很喜欢它。”好像她根本不记得自己对这个乐器的勒赎。韦斯特似乎也完全没有记忆了。在泽尼亚的请求下，他弹了几首老歌；虽然他已经不再弹民歌了。他现在正在做复调圣歌的跨文化研究。

没有记忆，没有记忆。除了托妮就没人有点记性了吗？显然不是；或者可以说是韦斯特没有记忆了，而泽尼亚对记忆作了高度挑选。她用肘轻推，微微暗示，假装悔恨的表情：她懊悔了，她暗示道，但是也为了韦斯特的幸福牺牲了自己的幸福。他需要的是家庭生活，不是泽尼亚这样靠不住的漂流者，而托妮正是这样的忙碌的小主妇——多么令人喜爱的事物啊！韦斯特正处在属于他的地方：就像找对窗子的室内盆栽，看看他是多么欣欣向荣！"你们两个真是幸运，"她对托妮低语道，带着忧伤的声音。韦斯特无意中听到，注定会听到。

"你住哪里？"托妮有礼貌地问道，意思是，你什么时候离开。

"噢，你知道，"泽尼亚耸耸肩，说，"这里那里。我现挣现吃——或者时而宴乐时而饥饿，就像以前，记得吗，韦斯特？记得我们的盛宴吗？"她正从一个盒子里拿维也纳巧克力吃，是韦斯特带回家要给托妮惊喜的东西。他经常给她一些小小的款待，作为自己没办法给她的那部分的小小补偿。泽尼亚舔着手指上的黑巧克力，一个接着一个，透过睫毛盯着韦斯特。"很美味。"她意味深长地说。

托妮不相信韦斯特无法看穿这一切，这种奉承和戏法，但他没有看穿。他有一个盲点：他的盲点是泽尼亚的不快乐。要么就是她的身体。男人，托妮带着新的苦涩想道，似乎无法区分两者的不同。

几天之后，韦斯特比平时回来晚一些。"我带泽尼亚出去喝啤酒了。"他是那种完全诚实的男人，即便别人引导他别说实话。"她正经历一段艰苦时期，她是个极其脆弱的人。我非常担心。"

脆弱？韦斯特从哪儿学到这个词？托妮认为泽尼亚和水泥砖头差不多脆，但是她没这么说，而是说了差不多糟糕的另一句话，“我觉得她是想要钱。”

韦斯特受伤的样子，“为什么你不喜欢她？”他问，“你们曾是那么好的朋友。她注意到了，你知道。她觉得难过。”

“因为她对你所做的那些事情，”托妮愤怒地说，“那就是为什么我不喜欢她的原因！”

韦斯特迷惑了。“她对我做了什么？”他问。他是真的不知道。

根本没过多少时间——实际上大概两周——泽尼亚收回了韦斯特，同样，她会收回属于自己的每一件财产，诸如留在火车站的一个手提箱之类的东西。她简单地将韦斯特夹在腋下，带着他离开了。自然，对韦斯特来说并非如此；但对托妮来说就是这样。对韦斯特来说，看上去他好像正在行使一项拯救任务，托妮凭什么竟否定它的吸引力呢？

“我十分钦佩你，”他对托妮说，“你永远是我的好朋友。但泽尼亚需要我。”

“她需要你什么？”托妮用微弱而清晰的声音说。

“她想自杀，”韦斯特说，“你是坚强的，托妮，你一直都那么坚强。”

“泽尼亚像头公牛一样坚强。”托妮说。

“那是装出来的，”韦斯特说，“我一直都知道，她是个受过严重创伤的人。”严重创伤，托妮想。那词汇不可能是别人的，除了泽尼亚。韦斯特被施了催眠术：是泽尼亚在说话，在他的脑袋里面。他继续说：“除非我做些什么，否则她会完全崩溃。”

什么的意思是韦斯特要搬去和泽尼亚住。这个，据韦斯特所说，可以让泽尼亚找回一点失去的自信。托妮想呼一声嘲笑出来，但是怎么笑得出来呢？韦斯特诚挚地看着她，希望她能理解并宽恕他，给出她的祝福，就好像他仍然受自己头脑控制。但实际上他只是个僵尸。

他握着托妮的手，在厨房的餐桌上。她抽回来，起身回到自己的书房，关上门，将自己浸没在滑铁卢战役之中。战争结束后，胜利的战士们举行庆祝，整晚喝酒，宰杀骑兵队的马，在死人的护胸甲上烤，把伤兵留在偏僻的地方呻吟尖叫。胜利让人陶醉，使人忘记别人的苦难。

二十七

她干得多漂亮，托妮想，她把我们欺骗得有多彻底。两性战争一点不像真的战争，而是一种混乱的争夺，人们会在即刻之间改变忠诚，泽尼亚是双重间谍。或者甚至不止如此，因为泽尼亚不为任何一方效力，她没有派别，只有自己。甚至可能她的夸张卖弄——托妮现在年纪大点了，看得出是夸张卖弄——除了她自己的一时兴致之外并没有其他动机，这是她拜占庭式的乐趣。也许她的欺骗和折磨只是为了好玩。

但托妮的部分感受是钦佩。尽管她不赞成，她沮丧，她经历的所有痛苦，她里面有一部分是想鼓励泽尼亚，甚至是怂恿她，把她塑造成传奇，参与她的勇敢，她对几乎所有东西的蔑视，她的贪欲和无法无天。就像她母亲乘着平底雪橇消失在山坡的时候一样。不！不！前进！前进！

但是那种认识晚一些才有。韦斯特背叛的时候她被毁灭了。（毁灭，动词，荒废，成为荒芜；战争描写中的一个再熟悉不过的词，在地下室里，托妮想，审视着她的沙桌和奥托军队的覆亡，一边又吃了一个丁香。）她拒绝哭泣，拒绝哀号，她听着韦斯特在公寓里踮着脚尖走路时候的脚步声，感觉像是在医院里。

当她听见房屋的门在他身后关上，便急忙起来，上好双锁，加上链子。然后走进浴室，把那个门也锁上。她拿下结婚戒指（素色，金的，没有钻石），意欲丢进马桶，但却放到橱柜架子上，消毒剂旁边。然后躺倒在浴室地板上。马桶上写着，美国标准。准标国美。一种保加利亚外壳的软膏。

过了一会儿，她从浴室出来，因为电话响了。她站在那里看着它，以及它新婚似的银色电话套；电话继续响。她拎起来，然后又放下，她不想跟任何人说话。她游走到厨房，却没有想吃的东西。

几小时后，她发现自己正在打开那个装着以前的圣诞节饰品的盒子，里面也放着父亲的德国手枪，包在红色棉纸里。金属止咳药片罐头里甚至还有几颗子弹可以用。她从来没开过枪，但是知道原理。

你需要一些睡眠，她告诉自己。她无法接受在已经遭到亵渎的床上睡觉，因此最终她在客厅里睡着了，在立式钢琴下面。她想用什么东西毁掉它——切肉刀？——但决定等到早上再说。

醒来的时候已经是中午，有人正用力地打着门。大概是韦斯特，忘了东西，要回来拿。（抽屉里他的内衣裤已经拿走了，托妮洗干净后细心地一双双叠好，整洁排放的袜子也拿走了，他带走了一个手提箱。）

托妮走近门。“走开。”她说。

“亲爱的，是我，”洛兹在另一边说，“开门，亲爱的，我真的很想上厕所，整个地板都会被我淹没的。”

托妮不想让洛兹进来，因为她不想让任何人进来，但是她没法赶走一个尿急的朋友。所以她取下链子，打开锁，放摇摇摆摆的洛兹进来。她怀着她的第一个孩子。“需要解决了，”她可怜地说，“身体大多了，嘿！我一个人吃五个人的量！”托妮没有笑。洛兹看着托妮的脸，然后用她肥肥的手臂搂着托妮。“噢亲爱的，”她说；然后，用她新近发现的知识，既是个人的也是政治的，“男人都是猪！”

托妮感到一阵愤怒的刺痛，韦斯特不是猪，连外形都不像。也许是只鸵鸟。不是韦斯特的错，她想说，是她。我爱他但他从未真正爱过我。他怎么爱我呢？他自始至终一直被占领着。但是这些话她都没法说，因为她说不了话。她也没法呼吸，应该是只能吸进来。她吸啊吸，终于发出声音，一声呜咽，长长的持续不断的呜咽，像是遥远的汽笛声，然后眼泪喷了出来。喷出来，像一个装满水的纸袋。如果不是一直储存在那儿，她的眼泪不会那个样子喷出来，眼睛后面一股巨大的没感觉到的压力。眼泪像瀑布一样从脸上落下来；她舔舔嘴唇，品尝它们。中世纪的时候，他们认为只有那些没有灵魂的人才不会哭泣，所以她有灵魂。仍不能给她安慰。

“他会回来的，”洛兹说，“我知道他会的。她要他干什么呢？她只会咬上一口，然后把他扔掉。”她来回摇晃着托妮，来来回回，托妮从未受到如此多的母爱关怀。

洛兹搬进托妮的房子，直到托妮能够自理。她有个女管家，她丈夫密奇又出去了，所以她不用待在自己家里。她打电话到学校找到托妮的班级，说托妮得了链球菌喉炎。她订购了很多食品杂货，喂托妮吃鸡肉面条汤，焦糖布丁，花生酱和香蕉三明治，葡萄汁：孩子的食物。经常给她沐浴，给她放抚慰人心的音乐，讲笑话给她听。她想把她安置到她的玫瑰谷公馆，但是托妮不愿意离开屋子，即使是一秒钟。如果韦斯特回来怎么办呢？她不知道如果他回来会发生什么，但她知道她必须在那儿。她需要可以选择要么在他面前砰地关上门要么投入他的怀抱。但是她不要选择，她两个都要做。

“他打电话给你了？”这样持续几天后，托妮说，当她感觉不那么伤心的时候。

“是，”洛兹说，“你知道他说什么吗？他说他担心你。挺可爱的。”

托妮不觉得可爱，她认为是泽尼亚促使他这么做的。她旋转着匕首。

是洛兹提议托妮放弃这座房子买座新的，“现在价钱很好！你已经有了预付定金——只是契约当中的一部分现金。看——就当作是投资。不管怎样，你应该搬出这里，谁需要那些不好的记忆，呵？”她帮托妮找了一个好的房产经纪人，开车带着她一间一间地转，气喘吁吁地上上下下爬着楼梯，盯着暖气炉看，检查干湿程度和电线系统。“就这个——这个不错，”她悄声对托妮说，“出价低一点——看看他们怎么说！稍微修一修就会非常棒！塔楼上作书房，丢掉那个假木壁板，扔掉那个油毡地板布——下面是枫木的，我看过了。是个隐藏的财富，相信我！一旦你离开那个老地方，就会好很多。”买房子的事情上她比托妮更加费心，她给托妮找了个像样的承包商，指定油漆颜色。即使是在最好的状态下，托妮自己也不可能做出这样的安排。

托妮搬进来之后，事情确实好多了。她喜欢这个房子，虽然不是由于洛兹赞许的那些原因。按照她为托妮所设想的，洛兹希望这个屋子是新的交际生活的中心，但是对托妮来说，更像是个修道院，一个人的修道院。她不应归入成人的领土，巨人的世界。她像个修女一样把自己关在家里，需要补给时才出来。

当然，还有工作。许多工作，在学校工作，家里也工作，晚上和周末都在工作。同事们露出同情的表情，因为谣言以流感的速度传遍了整个大学，他们都知道韦斯特的事情，但是她不在乎。她省掉规律的饭餐，以乳酪食物和饼干为零食。她订了代接电话服务，这样在她思考的时候就不会被打扰。她不去搭理门铃。门铃没有响过。

托妮在她的塔楼房间里工作到很晚，她逃避床和睡眠，特别是梦。她总是做同样一个梦；她感觉这个梦等了她很久，等待她的进入，再进入；或者是它一直等待着再次进入她里面。

这个梦是在水里面。醒着的生活中，她不会游泳；她从不喜欢将自己浸没，弄得又冷又湿。最多相信自己可以洗个沐浴，但大体上她更喜欢淋浴。但是在梦中她毫不费力地游着，在叶子一样绿的水里，阳光穿过水面滤下来，斑驳地照在沙子上。她的嘴里没有气泡冒出来；她没有呼吸的意识。在她下面，彩色的鱼轻快地游过，像鸟一样猛冲着。

然后她来到一个边缘，一个深深的裂痕。像下山一样，她往下沉，斜着滑进越来越深的黑暗。沙子像雪一样落下去，这里的鱼更大更危险，更机灵——磷光闪闪。它们忽闪忽暗，像霓虹灯一样一亮一暗，它们的眼睛和牙齿发出光芒——煤气火焰的蓝色，硫黄的黄色，火炭的红色。突然她发现自己根本不是在海里，而是缩小了，在她自己的脑子里面。那些都是她的神经元，她一思考，就有电流通过并产生细碎的爆破声。她奇怪地看着闪闪发光的鱼：她正在观察自己的梦的电气化学反应过程！

如果是这样，那么底部昏暗的白色沙子是什么？不是神经中枢。有人从她旁边走开，她游得更快但是没有用，她被困在原处，玻璃缸里的金鱼鼻子撞到了玻璃上。远永，她听见，倒过来的梦中呓语。她张开嘴喊，但是没有空气，水冲了进来。她喘息窒息着醒来，喉咙口堵住了，脸上淌着泪水。

既然开始哭泣，就似乎没办法停下来。白天，灯光下，当她工作的时候，她能够把眼泪锁住。但睡眠是命中注定的，命中注定而不可避免。

她取下眼镜揉揉眼睛。从街上看，她的房间肯定像个灯塔，像个信标台。温暖，愉快，安全。但是塔也可以有别的用处，她可以把沸腾的油从左边的窗子倒出去，将站在门前的人置于死地。

诸如韦斯特或者泽尼亚，泽尼亚和韦斯特。她对他们进行了多次的深思，他们以及他们纠缠在一起的身体。有所行动会更好，她想象着自己冲到他们的公寓（她知道他们住哪里，并不难找，韦斯特就列在大学通讯录里）直接面对泽尼亚。但她该说什么呢？*把他还给我？*泽尼亚只会大笑。“他是个自由人，”她会说，“他是大人了，他能自己做出选择。”或者类似这样的笑话。如果她出现在泽尼亚门口的阶梯上，哀诉，乞讨，恳求，那不就是泽尼亚想要的吗？

她想起和泽尼亚之间的一段对话，早先时候，当她们在克利斯蒂喝咖啡，泽尼亚还是朋友的日子。

“你宁愿要什么？”泽尼亚问，“从其他人那里。爱，尊重，还是害怕？”

“尊重，”托妮说，“不，爱。”

“我不是，”泽尼亚说，“我会选择害怕。”

“为什么？”托妮说。

“更管用，”泽尼亚说，“这是唯一管用的东西。”

托妮想起来当时对这个答案印象深刻。但是泽尼亚偷走韦斯特带来的不是害怕，不是强壮的表现，相反，是怯懦的表现。最后的武器。

她随时可以举起枪。

几乎有一年时间韦斯特杳无音讯；没提到——例如——律师或者离婚；甚至没有请求要回钢琴和鲁特琴，托妮把它们作为俘虏放在新房子的客厅里。托妮知道韦斯特为什么这么沉默，因为他觉得自己的所作所为，或者是发生在他身上的事情太可怕了，他觉得太惭愧。

没过多久，他开始在托妮的电话服务台留一些胆怯的口信，提议一起喝啤酒。托妮没有回，不是因为生他气——如果他被卡车辗过，她是不会生他气的，泽尼亚的引诱就类似于这种假设——而是因为她无法想象他们之间能够谈些什么。“你好吗”和“很好”就能够概括了。所以，当他最终出现在她门前，她的新房子门前，她的修道院门前，她只是盯着他看。

“让我进去?”韦斯特说。托妮瞥一眼就知道泽尼亚和韦斯特之间已经完了，从他皮肤的颜色可以看出来，淡绿的灰色，从他下垂的肩膀和沮丧的嘴。他被抛弃了，被劫掠了，被轰了出来，被当作傻子踢开了，

他看上去那么可怜，那么支离破碎——好像上过肢刑架，每根骨头都互不相连，只剩下某种胶状结构——所以她当然让他进门了。进入她的家，进入她的厨房，在那儿她给他弄了杯热饮，最终上了她的床，在那里他紧紧抓住托妮，颤抖着。不是性爱的颤抖，是溺水男人的那种抓握。但是托妮不再有被拖下去的危险，如果有什么感觉的话，她感到一种奇怪的干燥；奇怪的和他的分离。他可能被淹死，但是这次她站在海岸上，更糟：拿着望远镜。

她又开始做小小的晚餐，煮鸡蛋作早餐。她想起来怎么照顾他，怎么轻轻把他拍回原来的形状，她又做了一遍；但是这次少一些幻想。她仍然爱他，但不相信他会爱她来作为回报，以相同的程度。怎么可能呢，在他经过这一切之后？只有一条腿的男人能跳踢踏舞吗?

她也无法相信他了。他也许可以从意志消沉中爬出来，告诉她她有多好，带好东西回来做晚饭，履行公事——甚至韦斯特自己都不知道——然后所有这些温柔的习惯什么都不值，他只是在

借贷。泽尼亚让他上了瘾；她小啜一口，他就跟着走了。他会像一只被超音波口哨召唤的狗，听不懂人声。他会跑掉。

她从不提泽尼亚：老是想着她会唤起她。但是泽尼亚死了，当她被炸，被安全地装进骨灰罐里，埋在桑树下的时候，托妮用不着再害怕门铃声了。泽尼亚不再是威胁，不再具有肉体。她成了一个脚注，成为了历史。

现在泽尼亚又回来了，饥饿嗜血，不是韦斯特的血：韦斯特只是一个工具。泽尼亚是想嗜托妮的血，因为她恨托妮，一直都恨。今天在托克斯克的时候，托妮能看见她眼里的仇恨。这种仇恨无法给出理性的解释，却并不令托妮感到奇怪。她似乎很久以来就已经熟悉它了，是未出生的她的另一个双胞胎的愤怒。

托妮大约是这么认为的，她用镊子移开奥托陷落的军队，将撒拉逊人安置进他们新近夺得的领土。伊斯兰的旗帜飘扬在尸体散布的意大利海滩上空，而奥托自己夺海而逃。他的失败驱使斯拉夫文德人展开另一场对德意志的洗劫掠夺袭击；它将激发暴动，叛变，回到对食人神的崇拜。残暴，反残暴，一片混乱。奥托正失去他的控制权。

他怎样才能赢得这场战役呢？很难说。避免轻率？引出敌人，先对其力量探个虚实？力量和狡猾都是必需的，少了其中一个，另一个就毫无价值。

托妮自己，缺少力量，就不得不依靠狡猾。为了打败泽尼亚，她必须变成泽尼亚，至少够格参与她的下一个行动。如果她知道泽尼亚要什么，就好很多。

托妮关掉地下室的灯，爬上楼梯来到厨房，从查丽丝骗售给她的泉水分配器接了杯水。（和其他东西一样，都是化学品，她知道；但至少没有氯。洛兹管多伦多的自来水叫游泳池的水。）

然后打开后门，慢慢走进庭院，走进干蓟和树干，以及未经修剪的灌木的植物群，和鼠类的动物群。浣熊是常客；松鼠在树枝上造些凌乱的巢穴。曾经回来过一只臭鼬，捕食幼虫，把剩下的草地残余卷成堆；也曾有过一只花栗鼠，在邻居那些猫的整个领土上，简直是个奇迹般的幸存者。

晚上偷偷地走来走去让托妮感到精神振作，她喜欢在别人都睡觉的时候清醒着，喜欢占据黑暗的地方。也许能够看见别人看不见的东西，目睹夜间事件，获得珍贵洞见。还是孩子的时候她就这么认为——踮着脚尖穿过屋子，附耳听门。那个时候也不曾管用。

从这个角度，她有了个全新的视角看自己的房子：潜伏着的敌人的突击队员的视角。她想象如果自己或者其他人要炸掉这座房子，它会是什么样子。书房、厨房、走廊，悬挂在燃烧的烟雾之中。她的房子不能保护她，确实。房子太脆弱。

厨房灯还亮着，后门打开了。是韦斯特，一个笨拙移动的剪影，背光，看不清他的脸。“托妮？”他不安地喊，“你在外面？”

托妮品尝着他的不安，一点点。确实，她爱他，但是凡事都没有完全纯粹的目的。她等了一会儿，聆听着，在她月光照耀杂草丛生的花园里，混合在——可能——斑驳的银色树影里。她无法被看见？韦斯特的睡裤裤脚太短，睡衣的袖子也是；这给他一种没被好好照顾的感觉，又像是作法自毙的怪物。但是谁照顾他——这些年来，除了找到适合他穿的睡衣睡裤——比托妮更尽心呢？如果她做了不情愿的事情，她也许会觉得委屈。抱怨就是那样来的吗？*我生命中最好的几年都给了你！*但是你却没有任何回报。可是，否则的话，她能把这些年给谁呢？

“我在这儿，”她说，于是他出来，走下走廊的阶梯。她放心地发现，他穿着拖鞋，虽然没有披晨衣。

“你不在，”他说，停下不往她那儿走，盯着她看，“我睡不着。”

“我也睡不着，”她说。“所以工作了一会儿，然后出来呼吸一口新鲜空气。”

“我觉得你不应该晚上在外面乱逛，”他说，“不安全。”

“这不是乱逛，”她愉快地说，“这是我们的后院。”

“嗯，可能会有盗贼。”他说。

她挽住他的胳膊，薄薄的衣服下面，肌肉下面，就胳膊本身，她感到另一只胳膊正在形成：一个老人的胳膊。他的眼睛在月色中闪着奶白色的光，她读到过，蓝色的眼睛不是人类眼睛的基本色；很可能是基因突变的结果，所以更容易得白内障。她眼前迅速闪现十年之后的韦斯特，双目失明，自己用手温柔地牵着他。训练导盲犬，整理收藏的磁带书和电子噪声。如果没了她，他该怎么办呢？

“进来，”她说，“你会着凉的。”

“出什么事了吗？”他说。

“没事儿，”她和蔼地撒了谎，“我来煮点热牛奶。”

“好，”他说，“放点甜酒进去。看月亮！好像有人在打高尔夫，那边。”

他是那么平常，那么让人珍爱，让她那么熟悉；就像她自己前臂皮肤的香味，就像她手指的味道。她意欲在他身上挂个标志，酒瓶上的金属牌或者集会上的塑料牌儿那样：入擅得不。她紧紧抱着他，踮起脚尖，尽量伸长手臂搂住他，两只手自始至终都够不到彼此。

她能保护他多久呢？在泽尼亚袭击他们之前，在她露出门牙，伸出她的魔爪，甩开女妖精似的头发，要回属于她的正当的东西之前，有多久呢？

鼬鼠之夜

二十八

查丽丝沿着皇后街跟踪泽尼亚和并非比利的那个男人，保持距离，躲避在她周围的一同往前的路人之中，偶尔靠近他们。她之所以靠近他们，是因为她感觉眼睛一旦从泽尼亚身上挪开，即使就一小会儿，泽尼亚就会消失——不是像肥皂泡爆裂那样消失，而是像儿童卡通片里面的人突然不见那样，变成一串圆点和破折号，到另一个地方大放光芒去了。如果你听说过穿墙而过这回事儿的话，或许泽尼亚就会；虽然她肯定是通过某种邪恶的方式获得的，包括喝鸡血、吃活动物这种事情，收集别人的脚指甲，扎针，引起某人的痛苦。

查丽丝瞪着她的腰背，泽尼亚肯定可以感觉到让人眩晕的视线强度，因为在某个地方，她转头看了看，查丽丝猛地冲到街灯杆后面，在这个过程中差点儿撞到自己的脑袋。当她从头上鲜明的红色感觉（*不是疼痛，而是一种颜色*）中缓过神来，泽尼亚和那个男人已经停下来谈话了。

查丽丝向前靠近一些，不管身后一连串带有敌意的扫视和人行道上嘀嘀咕咕的评论，心虚地对那些伸出援手准备干预的人微笑，还有那些因为吃了过多精炼的糖而肿胀凹陷的脸，向她讨一顿饭的钱。查丽丝没有零钱，都当作小费留给那瓦咖啡馆了；她没有多少钱，就这样，但还是比她原本以为吃完午饭能剩下的要多，因为是洛兹算账，算到后来的结果，总是查丽丝付的钱要少于应该支付的，查丽丝怀疑。不管怎样，查丽丝不相信给街头乞丐钱这回事儿，因为钱就像糖，对人没有好处。但是如果可以，她倒是愿意给他们一些自己种的胡萝卜。

她向前移动到一个更有利的位置，在一个撑着鲜黄色大伞的热狗摊后面，潜伏在那儿，虽然气味令人作呕（猪内脏!），芥末和佐料（完全是盐!）旁边排列着罪大恶极的汽水（化学品!）。售货员问她今天想要点什么，但她几乎没有听见；她全神贯注在泽尼亚身上。现在和泽尼亚一起的男人转身脸朝向了查丽丝，像手放在了加热板上那样，她震惊地认出了他：洛兹的儿子拉里。

查丽丝总是猛地发现洛兹的孩子已经长大，虽然他们当然已经长大，而且是亲眼看着他们长大的，但还是很难相信他们的年龄。就像那个时候奥古斯塔在隔壁房间，查丽丝走进去，指望着会看见她盘腿坐在地板上玩她的芭比娃娃——查丽丝不赞同玩那个，却无力阻止——结果却发现她坐在椅子上，穿着宽肩上衣和露跟女高跟鞋，正在涂指甲。噢奥古斯塔！她想说。*你从哪儿弄来的这身古怪打扮?* 但那些确实是她的衣服。看着你自己的女儿转悠在那些在以前可能是属于你妈妈的衣服当中，实在让人无法抬头。

那么，是拉里，他穿着牛仔裤和一件淡黄褐色的山羊皮夹克，他太妃糖颜色的头发倾向泽尼亚，他的一只手搭在她的手臂上。小拉里！严肃的小拉里，当两个双胞胎妹妹大笑着捏住对方的手臂告诉对方有大把鼻涕要从自己鼻子冒出来的时候，他却噘着嘴巴皱着眉头。查丽丝从来没对拉里感到舒服过，或者更确切地说是对于他的僵化。她总觉得一个好的按摩治疗学家能够创造奇迹，但如果说拉里在托克斯克吃过午饭，说明他已经放松很多了。

但是他和泽尼亚一起干什么？现在又是在干什么？他把头低下来了，泽尼亚的脸像触角一样伸上去，他们在接吻！或者看上去如此。

“听着小姐，你到底要不要热狗?”售货员说。

“什么?”查丽丝吓了一跳。

“疯女人，走开，”售货员说，“到垃圾箱后面去，你打扰其他顾客了。”

如果查丽丝是洛兹，她会说，什么顾客？但是如果真是洛兹，她会处于极度震惊的状态。*泽尼亚和拉里！可她是他两倍那么老！*查丽丝仍然带着男女关系中的年龄问题还很重要的那个时代的残余观念。此时此刻查丽丝告诉自己不要妄自批判。为什么女人不能做很长时间以来男人们一直做的事情，即老牛吃嫩草呢？年龄不是关键，关键也不是泽尼亚的年龄，而是泽尼亚自己。拉里也可能会自食其果。

这个不厚道的想法还在查丽丝脑子当中的时候，泽尼亚已经跨进人行道，离开边栏，钻进了一辆出租车。拉里也跟着进去了——所以不是吻别——出租车被卷进了车流。查丽丝发抖了，她该怎么办呢？当务之急她最想打电话给洛兹——*洛兹！洛兹！救命！快来！*——但是没用，因为她不知道泽尼亚和拉里去哪里；就算她知道，又怎样呢？洛兹能怎么办呢？闯进他们的旅馆房间或者什么的，然后说*放开我的儿子*？拉里二十二岁，已经是个大人了，他能自己做决定。

查丽丝见又来一辆出租车就冲上街道，挥动手臂。车子尖叫着停在她面前，她急忙上前拉开车门，爬了进去。"谢谢，"她喘着气。

"你该庆幸自己没死，"司机说，查丽丝听不出他的口音，"那么，去哪里？"

"跟上那辆出租车。"查丽丝说。

"哪辆？"司机说。

事情往往就是那样，更糟，查丽丝觉得应该付给他三块钱作为名誉担保，因为毕竟是她自己钻进他的出租车，但是她只有一张五元和一张十元的钞票，他也没有零钱找，鉴于那个热狗小贩对她的称呼，她也不想找他换零钱，所以最终司机说，"时间就是金钱，小姐，算帮我个忙，别管了。"不好的感觉环绕着她。

幸好皇后街正在挖路，而且，泽尼亚的车也被堵住了。又开了一段路，查丽丝发现另一辆空车，离泽尼亚的车只有两辆，于是她冲了进去，两辆出租车同时缓行在商业中心区。泽尼亚和拉里在阿诺德花园酒店下车，查丽丝也下了。她看着穿制服的门卫向他们点头，看着拉里把手放在泽尼亚的肘部，她看着他们穿过黄铜玻璃门。她自己从没穿过那种门，一切有天篷的东西都让她觉得害怕。

正当她设法决定下一步该做什么的时候，一个骑自行车的邮递员毫无理由地对她骂起脏话来。*天哪，女士，你他妈的小心！*是个预兆：她今天做的已经足够多了。

她走下渡口，上了船，风不断地拍打着。生活在城市真是粗涩；就像尘土吹到脸上，就像在沙纸上跳舞。虽然不知道为什么，但她恼火被称为女士，更甚于被称为*疯女人*。为什么这个词让她如此生厌呢？（*听着好了*，莎安妮塔的声音，带着愉快的轻蔑。*如果别人都那样叫你！*）

她觉得困惑和笨拙，有点害怕。关于她知道的这些事情，该怎么办呢？下一步该做什么？她倾听，但是身体什么也没有告诉她，虽然是她的身体带她到这一步，用它对咖啡酸的毫无益处的渴望，和肾上腺的冲击，以及它的妄自尊大。有些日子——今天就是这样的一天——有个身体真是不方便。虽然她对自己的身体满怀兴趣和敬意，给它擦洗并涂油，用精选的营养品来喂养它，但它并不总是回报她。现在她的后背——比如说——就在疼，而且在她肚脐下面的某些地方正在形成一个又冷又黑的水池，坏兆头的水池，棕绿色腐蚀性酸水池。或许身体是魂的居所，是灵的过路，但也是一种反常，是一种顽固的抵抗，是物质世界的有害传染病毒。拥有一个身体，待在身体里面，就像将自己拴在病猫身上。

她站在渡船上，倚着栏杆，脸朝后面，看航迹在声名狼藉的脏湖里升起又落下，用同样的姿势追随和涂抹前次的痕迹。水面上波光粼粼，但不再是白色而是正在变黄了；已经是下午，太阳西斜，一天将止，这天的太阳和这样的一天，归其所去之处，也带走一些东西。她再不想让逝去的岁月回转，包括那些她应当有却没有的时光，即有比利在的那些日子。是泽尼亚带走了那些日子，她从查丽丝这儿把它们抢走，而查丽丝现在连天真地去回忆的机会都没有。就好像是趁她不在的时候，泽尼亚爬进她家，从她的相册里撕下照片，这个相册已经不在了，只存在在她脑子里。只一次的掠夺，泽尼亚就偷走了她的未来和过去。难道她就不能再让它留久一点吗？再多一个月，一个星期，多一会会儿？

在灵魂的世界（她现在已经进入，因为渡船催眠似的马达和轻柔的摇晃，常对她产生这种效果），查丽丝的星状身体跪下来，向泽尼亚烧红了的星状身体举起恳求的双手，红色冠状火焰犹如许多尖头叶子，又像老式鹅管笔尖，在她的头四周燃烧，每个火焰中心都是空的。*多一点时间，多一点时间*，查丽丝恳求着。*把你抢走的还给我！*

但泽尼亚走开了。

二十九

查丽丝和泽尼亚的历史可以追溯到70年代的第一个十一月，第一个星期三。70年代。查丽丝这个数字的两个部分都意味深长，7和0。0总是意味着开始，也意味着结束，因为它是一个Ω：一个圆形独立的O，隧道入口或者出口，结束同时也是开始，因为那一年她开始看到比利时代的结束，也是她女儿奥古斯特的开始的起点。7是一个极好的数字，由一个4和一个3组成——

或者两个3和一个1组成，她更喜欢后面这种组合，因为3具有优美的结构，也是女神的数字，而4只是盒状的方形。

她知道那是周三，因为周三是她去市中心教两节瑜伽课赚点钱的日子。周五也教，除非周五她需要待晚一点，在犁沟食物合作社当志愿者。她知道那是十一月，因为十一月是第十一个月份，是死亡的月份，也是重生的月份。太阳指在天蝎座，由火星统治，暗红颜色。性，死亡，和战争。同时发生①。

那天以雾霭开始，查丽丝从床上起来的时候就看见了雾，或者更确切地说是离开床的时候，因为那床是地上的一个充气垫。她走到窗前往外看，玻璃上贴着一个缩小的透明彩虹，但并不是查丽丝贴在那儿的：而是先前的承租人留下的，一群烧焦的嬉皮士用标签笔在褪色的花饰墙壁上画画——正在交配的裸体人物，头上绕着光环的猫——午夜时候用最响的声音玩儿着大门乐队和贾尼斯·乔普林的音乐，在后院里留下一堆堆大便。在一个充满尖叫的嗑药派对上，其中一个人以为客厅里的黑色塑料豆袋椅是会吃人的马勃菌，就放了一把火，于是房东在邻居的帮助下，最终把他们赶了出去。房东——住在街另一头的一个老头子——乐意接受查丽丝和比利，因为他们只有两个人，也没有大喇叭，查丽丝还说她打算弄一个蔬菜园，这在某种程度上表示他们是正派的夫妻关系；换了房客，邻居们也十分感激，甚至没有对那些鸡小题大做，养鸡可能是也可能不是非法的，但这里是岛上，严格的法律并不是准则，看那些未经允许而额外搭建出来的房子就知道了。幸好他们在拐角处有一分地，因此只在一边有邻居。

查丽丝用漆涂盖掉裸体人物和猫，把粪便掘进她的混合废料堆，告诉自己就应该这样，因为中国人这样处理它的，在中国，

---

① 瑞士心理学家荣格给意义相关但无联系的巧合事件定的名称。

人人都知道它们是世界上最好的有机肥料。粪便变成食物再变成粪便，这就是整个循环过程。

他们晚春时候搬进这座房子，一开始查丽丝就知道选对地方了。她喜欢这个房子，不仅如此，她喜欢这座岛屿。它充满生机的、孕育着的、潮湿的生命；她感觉每样事物——甚至水和石头——都是活的并具有意识，连同她自己也一样。有些早晨她在破晓之前出去随便转转，在自行车道似的街上来来回回；经过或是荒废或是整齐的旧农舍，有柴堆，有吊床，还有拼拼凑凑的庭院；否则，她就躺在草地上，即使还是湿的。比利也喜欢这座岛，或者他只是这么说，却不是她爱这座岛的方式。

雾气从地面和矮树丛里升上来，再从院子后面的老苹果树叶子上面滴下来。仍有一些受过霜冻的褐色苹果，悬挂在盘绕的枝头，就像烧焦的圣诞装饰物。有些掉在地上，不能被查丽丝用来做果冻的苹果就躺在树底下腐烂、发酵。有几只鸡肯定啄食了它们；看它们摇摇晃晃的样子，醉得连走回鸡窝的那个斜坡都有困难，查丽丝就知道了。比利觉得那些喝醉的母鸡很酷。

脚下宽阔的油漆地板凉丝丝的；她紧抱起鸡皮疙瘩的手臂，有点发抖。从这里看不见湖：雾气遮住了它。她努力寻找雾霭的美丽——自然创造的每样东西都应是美好的——但只获得了部分成功。雾是美的，没错，就像固体的光，但也预示着某种不祥：有雾的时候你看不见正在到来的东西。

她留比利睡在空气垫子上面，展开的睡袋下面，穿上镶边印第安拖鞋，在棉睡衣外面披一件比利的运动衫。她的睡衣是维多利亚风格的，二手货；在肯星顿市场的一个旧衣服摊位买到的。买这种睡衣要便宜得多，她还买了一个纸样和足以做两件衣服的料子，但是缝纫机坏了——她花了几节瑜伽课赚来的钱买来的一台，脚踏板式——所以一件都还没裁剪出来。她接下来打算买的是一台织机。

她踮着脚，沿着狭窄的走廊从卧室出来，下了楼。六个月前和比利搬过来的时候，地板上面盖了几层破油毡。查丽丝剥掉油毡，把固定用的图钉拔出来，刮去渗下来的黑色柏油黏性物，将走廊的地板漆成了蓝色。楼梯漆到一半的时候，油漆用完了，也没了别的漆，底下的几级楼梯仍然有旧油毡踏板的轮廓。对于那些痕迹，她并不介意；它们像是很早以前住在这里的人留下的标志。所以她不管它们，就像在园子里留一小块野地。她知道自己在与其他的存在物共享一个空间，即使看不见也听不见，最好还是向它们表示你的友好，或是尊重。她想表示的就是尊重，因为她不打算与它们太过亲密，同样需要它们的尊重。

她走进厨房，非常冷。屋子里面倒是有个暖炉，在热水器旁边，在地板布满灰尘的单坡顶的小屋里面——查丽丝管它叫根菜地窖，而且她确实在里面存放了一些根菜，把胡萝卜和甜菜根埋在一个装了沙的盒子里，她祖母曾做过的那样——但是暖炉不大好使。大多数时候它只是从地板的一串格栅里吹出温热的风，制造尘埃；不管怎样，在绝对有必要之前打开暖炉是一种浪费，也是一种自欺欺人。应该尽量利用自然的赐予，如果可能的话，因此查丽丝去岛上的树林里搜集枯木，用剩下的木板建鸡窝，从她的苹果树上折下零星枯干的树枝。

她跪在铁铸的烹调用炉前面——这是她决定要这座房子的原因之一，烧木柴的炉灶——但是其他人会因为它而放弃，人们想要电子炉，因此这房子的租金也便宜。搞清楚它如何运作，一开始还挺困难，它有自己的脾气，有时候会弄出大团烟雾，或者完全熄灭，即使塞满了柴。你得哄着它。她把昨天的灰挖出来，放进就近的深锅里——以后她会洒一些到混合废料堆里，剩下的筛过之后交给一个她认识的陶工，做成釉料——然后往炉膛里塞一些皱巴巴的报纸和引燃物以及两片薄薄的木头。火点着后她蹲在打开的灶门前暖手，欣赏火焰，苹果树木头燃出了蓝色火焰。

几分钟后她站起来，感觉膝盖有些僵硬，走到长桌前，插上电子壶电源。虽然屋子里没有电子炉，但有一些基本的线路，每个房间都有天花板装置，几处墙壁上有插座，但是无法在不烧断保险丝的情况下，同时插上电水壶和其他的用电设备。她可以等烧柴灶上的铁壶里的水开，但可能要等几个小时，她马上就需要她的草本早茶。她想起自己还在大学的时候，常喝咖啡，很久以前了，她的另外的生活样式中的一种，住在麦克朗宿舍的时候。她还记得脑子里那些模糊的感觉，越喝越渴望。那是一种瘾，她猜想。身体是那么容易误入迷途。至少她从不抽烟。

坐在厨房的桌前——不是她想要的圆橡木桌子，而是一张过渡性的桌子，人造的，50年代的那种不入流的桌子，镀铬的桌腿，黑色的花饰烘进福米加塑料顶——查丽丝喝着自己的草本茶，试图把精力集中在即将到来的一天。雾气让这种努力变得更加困难：看不见太阳，使她难以辨别时间，虽然她有手表。

眼下立马需要做的决定就是：谁先吃早饭，她自己还是鸡？如果是她，鸡就得等，然后她会觉得内疚。如果是鸡，她就得饿一会儿，但是在喂鸡的时候她可以期待自己的早餐。而且那些鸡信任她，它们可能会想，这个时间了，她会在哪里。它们在担心，在责备，她怎么能让它们失望呢？

每天早晨她都会在脑子里进行这样一场小小的拔河比赛，每次都是鸡赢。她喝完茶，从水槽里装一桶水，然后走到厨房门口，那里，比利的全套工作服都挂在墙壁的钩子上。她穿上，从头到脚把睡衣塞住——她可以上楼穿衣服，但是会吵醒比利，他太累了，需要好好休息——踢掉拖鞋，把光脚伸进比利的橡胶长靴。感觉一点儿都不好：橡胶冰冷，还有以前脚汗的湿气。有时候会有羊毛短袜放在靴子里，但不知道在里面哪个地方了；即使有了袜子，靴子还是很冷，而且对她来说太大了。她应该买双自己的靴子，但又有违公认的现实，应该让比利喂鸡才对。她拎起水桶，摇晃着走到院子里。

当你真正走进去的时候，雾气就不那么可怕了，这让查丽丝产生自己能在固体障碍物中行走的幻觉。沾满水珠的草轻触着她的腿；空气中有腐叶土壤和湿木头的味道，还有菜园里半打湿湿的卷心菜的味道。这是接近衰老的缓慢氧化的气味。查丽丝吸一口，也吸进了氨水和鸡羽毛的刺激性气味。鸡舍里，它们发出昏睡的轻声咕咕，表明它们还很安静，一种沉思的、默想的哼唱。现在听见了她的声音，就变成了兴奋的咯咯声。

她拉开铁丝网门的插栓，把它们引进围篱。查丽丝一开始的想法是让鸡自由放养，完全没有围栏，但是猫和狗是个问题；还有邻居，虽然大体上他们能够容忍，却不喜欢有走岔的鸡跑进他们自己的院子，刨乱他们的花床。鸡不喜欢篱笆，企图跑出去，所以查丽丝总是在打开鸡舍之前关上身后的篱笆门。

鸡舍是比利自己建的，建的时候他脱了衬衫，太阳晒着他的背，他把钉子一根根地敲进去。这对他有好处，能给他一种成就感。鸡舍有点斜，但能够正常用。它有一个给母鸡进出的门，小正方形的，连着一个坡道斜下来，另一个供人使用的门。查丽丝打开鸡的门，它们蜂拥着咯咯地从坡道上挤下来，在晨光中眨眼。然后她从给人进出的门进去，打开存放鸡饲料的金属垃圾桶，铲起一咖啡罐的饲料，拿出来，洒在地上。她宁愿在外面给它们喂食。书上说应该用稻草垫在鸡舍的地上，鸡粪在上面增进腐烂，因为腐化产生的热量能够在冬天温暖那些鸡，但是查丽丝并不认为在这种环境下进食有什么健康的。自然循环是一回事，也不应该把循环中的不同部分混淆起来。

鸡极度活跃地咯咯叫着，围着她的腿，略带惊慌地轻轻跳着，相互推挤，彼此对啄，发出愤怒的叫声。等它们平静下来开始啄食，她把鸡舍里的水槽也拎出来，用桶里的水将它加满。

查丽丝看着鸡吃食，它们让她充满欢乐，毫无理性来源的欢乐，因为她知道——她早就知道，也记得——鸡有多贪婪，多自私，多无情，它们对待彼此有多残酷，它们怎样联合起来：其中至少有两只头皮都被啄秃了。它们也并非温和的素食者：只要扔过去少许热狗屑或者几片培根，就能够在它们中间激起一场混战。至于那只公鸡，疯狂的预言家一样的眼睛，愤怒时候狂热的神态，还有像生殖器一样炫耀在外的鸡冠和肉垂，就是一个专横的独裁者，而且在它以为她没在看的时候，袭击她的橡胶靴子。

查丽丝才不管；她原谅那些鸡的一切。她极其喜欢它们！自从它们到来的那一刻起，像开花一样从运送它们的饲料袋子里涌出来，抖着它们天使般的羽毛那一刻开始，她就爱上了它们。她觉得它们简直就是奇迹。它们确实是。

她在鸡舍里检查盒子里面的草，希望能找到鸡蛋。六月，母鸡突然开始下蛋，一天两个，巨大的乳白色椭圆体，双黄，或者是三黄，但现在，随着太阳角度的倾斜，它们也逊色多了。它们的羽毛和肉垂变得暗淡，有几只在脱毛。她还是找到一只，表壳粗糙的一个小尺寸鸡蛋。把它滑进工作服胸前的口袋；她要用来给比利做早饭。

回到厨房，她脱下靴子；工作服还是穿着，因为觉得冷。向炉灶里添了一根木头，暖暖手。她要先吃早饭，还是等比利吃早饭的时候再吃？她要叫醒他吗？有时候，他很恼火被叫醒；另一些时候，也很恼火不叫醒他。但是今天她要去城里，因此如果现在叫醒他，就能够在赶上渡船之前，给他弄好吃的。那样的话，他就不能睡懒觉，之后就要责备她。

她爬上楼梯，沿着走廊轻轻地走；到门口时她站了一小会儿，只是看着他。她喜欢像看那些母鸡一样看着比利。比利同样非常漂亮；并且，正如母鸡有母鸡的本质，比利有比利的本质。（而且，像母鸡一样，他现在要比查丽丝最初遇见他的时候懒一点，这大概同样和太阳角度有关系。）

他躺在空气垫上，睡袋拉到脖子那儿，左臂搭在眼睛上；手臂上晒成的棕褐色正在消退，虽然天色尚暗，这只手臂，长着短短的金色汗毛，像是被花粉覆盖的蜜蜂。白色房间里，他黄色的短须在从外面雾霭透进来的奇怪光线中闪耀——就像司宗谱纹章官员那样的，圣徒似的胡须，又像古画里面的爵士。或者像是邮票上的图案。查丽丝喜欢在这种时刻看比利，在他温和安静的时候。比起他在讲话或者走来走去的时候，这种时刻她才能更容易观察他。

比利肯定意识到手电筒一样的目光，他的手臂从眼睛上面移开，眼睛就睁开了，那么蓝！就像勿忘草，就像风景明信片上的远山，就像深冰。他向她微笑，露出北欧人的牙齿。

“几点了？”他问。

“不知道。”查丽丝说。

“你戴着表，不是吗？”他说。*不是吗*。她怎么才能跟他解释是雾的缘故呢？而且她没时间看表，以为她一直在看他。看，并不是一件随随便便的事，它凝聚了她所有的注意力。

他轻叹一声，是恼怒还是欲望，很难区分。“过来。”他说。

肯定是欲望。查丽丝走向空气垫，在比利旁边坐下，抚开他前额的头发，那么黄的头发，像是染上去的。颜色居然没有落在她的皮肤上，始终让她觉得吃惊。虽然她自己的头发也是金黄色的，却是另一种黄，苍白，褪色，相对于他的太阳色来说，她的就是月亮色。

“我是说这里。”比利说着，把她拉到自己身上，嘴对嘴，金色手臂环绕着她，挤压着她的紧身衣。

“鸡蛋!”查丽丝想起来，气喘吁吁地说。蛋破了。

三十

那个时候，比利就是那样。他老是缠着她，早上，下午，晚上，没有区别。也许是某种焦虑，或者无聊，因为他没什么事来消磨时间；或许是由于他非法居住在这里而导致的紧张。他会在渡口等她，一起走回去，甚至在她还来不及把食物放下来的时候，就抓住她，将她压倒在厨房长桌上，用手撩起她轻薄的长裙。他的急切让她觉得困惑。*天哪我爱你，天哪我爱你*，这种时候他总是说。有时候他会伤到她——掐她，捏她。有时候无论怎样都疼，但是由于她从不提及，他又怎么会知道呢?

她自己的感觉怎样呢?很难理清。如果少一些简单老套的性爱——如果她少一些感觉像是有人在上面跳上跳下的蹦床——她会学着更加及时地享受。如果她能够放松。而她只是分离出来，灵魂漂浮在一边，用另外一些实体来塞满自己——苹果、梅子——直到他完事后，才安全地返回她的身体。她喜欢在那之后被抱住，被抚摸，被亲吻，被告诉说她很美，比利有时候会这样做。偶尔她会哭，比利却觉得正常。她的眼泪对比利来说毫无用处；他没有伤她心，他是让她觉得幸福!她那样告诉他，他很满意，就不再追问答案了。他们聊些其他事情；从不谈那个。

但应该是什么样子呢?怎样才是正常?她不知道。他们偶尔吸大麻——不多，因为他们负担不起太多，即使有，一般是从比利朋友那儿弄来的——那种时候她有一点模糊的感觉和暗示，有一点点颤动。但是很难相信，因为那个时候她的皮肤感觉像是橡胶，里面贯穿了细电线网格的橡胶套装，比利的手就像膨胀了的连环漫画册里的手套，她会跟着他在车里回旋，或是在他胸前金黄色螺旋状毛发丛里，无论她的身体在哪里，都不关她的事。比利的一个朋友说把好东西浪费在查丽丝身上真没意思，因为无论怎样她一直都神态恍惚。查丽丝觉得不公平，虽然是否恍惚，对她而言的差别，确实看起来没有对其他人而言那么大。

比利当然不是她睡过的第一个男人。她和几个男人睡过，因为你理当这样，而且她不想被认为过度保守，或者对自己的身体过于自私，她甚至和一个男人同居过，虽然没多久。最终因为他叫她冷血婊子而结束，好像她做了什么伤害他的事，她觉得困惑。难道她不是足够深情，当他讲话的时候难道她不是在点头，难道她没有准备饭餐，在他希望的时候顺从地躺下，难道她没有在事后洗床单，难道她没有照顾他？她不是一个不愿付出的人。

比利好的地方就在于，她的这些事情，这些异常——她知道一定是种异常，因为她听过其他女人谈到——不让他觉得麻烦。实际上他似乎期待如此。他觉得女人就是那样：没有欲望，没有要求。他不在这件事情上纠缠她，不问她，不去试图校正她，不像其他男人所做的那样——好像她是个剪草机那样去焊补她。他喜欢她本来的样子。什么都不用说，他简单地设想，她对此感觉如何不重要，她也是。在这点上他们两个人达成一致。他们都想要同一件事：比利开心就好。

查丽丝躺在睡袋下面，一只肘撑着身体，轻轻地抚摸着比利的脸，他闭着眼睛，或许正准备睡个回笼觉。或许这些天她会有个孩子，比利的孩子；长得像他。她以前也想过——在没有决定或者计划的情况下，会怎样发生，然后他将怎样和她在一起，一直一直，他们可以永远住在这里，就像现在。屋子里甚至有个小房间，可以给孩子住。现在里面都是东西——有些是比利的，但大部分是查丽丝的，因为虽然她不想滞于物，但她还是有好几个硬纸板箱的东西。但那些东西都可以被清除，她就可以摆个摇篮在里面，上面有摇板，或者放个灯芯草的洗衣篮。但不要木框；不要横条。

她的手指在比利的前额上，在他的鼻子上，在他温柔地微笑着的嘴唇上移动；他不明白，她的这种触摸不仅仅是温柔，不仅仅是体恤，也是占有。虽然他不是囚犯，但他某种程度上成为战争的俘虏。是战争把他带到这里，战争使他躲藏，是战争让他停留。她忍不住把他想象成俘虏；她的俘虏，因为他在这里的存在依赖于她。他是她的，她想怎样就怎样，他就像一个外星来的旅客一样属于她，被困在地球上，在这个圆顶的人造太阳系太空，她的家里。如果她要他走，他会怎样呢？他会被抓起来，驱逐，遣送回去，回到气氛更加沉重的地方。他可能会完蛋。

也可以说他是来自另一个星球，因为他从美国来；不仅如此，还是来自美国的某个模糊的神秘的地方，对查丽丝来说就像月亮的黑暗面一样神秘。肯塔基州？马里兰？弗吉尼亚？三个地方都住过，但那些词是什么意思？查丽丝一无所知，只知道它们接近南边，种族隔离——她看过电影，当她还处于另一段生命的时候，在她成为查丽丝之前——但是比利似乎没有住过官邸，或者隔离过谁。相反，由于比利被称为“自由主义者”，他的父亲几乎是逃出了镇子（哪个镇子?），这个“自由主义者”与多伦多千篇一律的选举海报上出现的纯粹的、正统的、脸面温柔、可以互换的自由主义者不是一回事儿。

当然，美国仅仅是在河的那边，天气晴朗的时候甚至可以看到它——有几分轮廓，有一点儿朦胧。查丽丝甚至到过那里，中学时的某天去尼亚加拉瀑布旅游。但是那个地方看起来和这里十分相似，令人失望；不像比利来的地方，那儿一定非常奇特。奇特，而且更危险——非常明显——或许正因此，更高级。据说发生在那儿的事情关乎世界，不像这里发生的事情。

所以查丽丝的手指抚摸着比利，有一点心满意足，因为他就在这里，在她床上，属于她的神话般的人物，像独角兽一样神奇，她俘虏的逃兵役者，上千的头条报道的一部分，历史的一部分，在她的房子秘密畅饮，这个房子必须独自签订租赁合同，因为不能让人知道比利的名字或他在哪儿。有些逃兵役者有签证，但其他人——例如比利——没有，一旦你在这个国家里面，你就拿不到签证了，必须跨越边界回去，在那边申请，然后你就肯定会被逮捕。

这一切都是比利的解释；加拿大骑警实在不是查丽丝童年的骑警，不是马背上栩栩如生，穿着红色制服，笔挺忠实，总是精神振奋的那种样子。相反，他们阴险狡猾，和美国政府是同伙，如果他们对比利动手，比利肯定完蛋——她永远不能告诉别人，即使是他这里的朋友都不知道——逃兵役并不是他做过的唯一一件事情。还有什么？他把事情搞大了，有几个人也是，但他们出了意外。那就是为什么加拿大骑警在找他。

如果他走运，他们会通过引渡程序，他可能有机会。如果不走运，他们会向中央情报局告密，比利会被绑架，某个漆黑的晚上，越过边界急速遣回，或许乘高速游艇穿过湖，就像加拿大禁酒令期间走私酒一样，她听说过有人那么做——他会被偷偷带走，扔进监狱，那就会是他的结局。由于他是个逃兵役者，有人会在他洗澡的时候割破他的喉咙。就是那样。

他说这些的时候，紧紧抱住查丽丝，她则用手臂环绕着他说，“我不会让他们那么做的，”虽然知道她没有能力阻止这种事。但是这样说对他们两个都具有一种抚慰效果。无论如何，其实她不全相信比利的这个不幸而沉重的剧本。这种事情可能会发生在美国——那里什么事情都可能发生，骚乱中的警察会对人开枪，犯罪率那么高——但这里不会。那些事不会发生在岛上，这里那么多树，人们外出从不锁门。不会发生在这个国家，她熟悉的、无聊的、毫无戏剧性和平淡的地方。不会发生在她屋子里，母鸡在院子里安宁地咕咕叫着。没有什么会过来伤害她和比利，有母鸡看守他们，长着羽毛的保护神。母鸡带来好运气。

所以她说，“我会让你和我一起待在这儿，”即使她知道比利是个热诚的旅行者。她也担心更加糟糕的是：她自己只是他的某个驿站，一个暂时的便利设施，就像国外战士的当地新娘。虽然他自己还不知道，但她不是他真正的生活。可他还是她的。

这很痛苦。

“那么，”查丽丝说，思路迅速地闪回来，因为痛苦是一种幻觉，应该遏止，“吃点早饭吧？”

“你真美，”比利说，“培根，哈？我们有咖啡吗？”比利喝真正的咖啡，有咖啡因的那种。他取笑查丽丝的草本茶，也不吃沙拉，甚至不吃查丽丝自己种的生菜。“兔子的食物，”他管它叫，“只适合小兔子和女人。”

“本来有个蛋，”查丽丝责备地说，比利笑了。（胸袋里满是碎鸡蛋的工作服当然不在查丽丝身上而在地上了，她一会儿去洗。不能用热水，否则鸡蛋会结成块。得把口袋翻个里朝外。）

“不弄碎几个鸡蛋就不可能做煎蛋。”他说。不口能[①]。查丽丝在嘴里默默地把他的发音反复一遍，品尝着，收藏好。她宁愿他叫做比利·乔或者是比利·鲍勃，就像电影里持双管枪的南方男人的名字。她拥抱他。

“比利，你真的很……”她想说年轻，因为他确实年轻，比她小七岁；但他不想提到这个，他会认为她在摆资格。或许她可以说他单纯，他更觉得是侮辱：他会认为这是对他性经验不成熟的评论。

---

① 比利把“can't”发成“cain't”。

她的意思是纯朴，是指他没有擦伤的外表。尽管经历了而且正在经历着痛苦，但他仍有闪光之处，闪亮而且崭新的一面，或者毋宁说是一种不可渗透性。她自己就太容易渗透了；尖锐的刀刃刺穿她，容易受伤，她内在的皮肤胀大而柔软，就像药属葵。她浑身上下长满蚂蚁的那种触角：它们挥动着，试探着空气，它们向前触摸又反弹回来，向她发出警戒。比利没有这种触角，也不需要。扔向他的不管是什么，一律弹回去——他要么不理会，要么伤到他，激怒他。这是一种冷酷，它远离那个时候他能够体验的任何悲伤、忧郁，甚至内疚。

也许是这样：他自己的悲伤、忧郁、内疚是属于他的，因此对他来说很重要，但被遏制在内部。其他人进不去。而查丽丝是个纱门，相当于开着，样样都能吹进来。

“我真的很什么?”比利说，龇牙笑着。查丽丝微笑着回应他。“很……嗯，你知道。”她说。

查丽丝其实不是遇见比利，相反，比利是在犁沟食物消费者协会上被分派给她的，在那里查丽丝认识许多人，但都不熟。是一个叫伯妮斯的女人带她进去的。伯妮斯是某个教会的和平运动的成员，他们正在分配集合来的逃兵役者，在这家安置一个，那家安置一个，像安置二战时候跨海运送出来的英国孩子一样。查丽丝那天正好在消费者协会，伯妮斯用类似于兑奖销售的办法分派那些逃兵，比利被剩下了，他以及另一个男孩儿（伯妮斯管他们叫“男孩儿”），所以查丽丝说，她可以收留他们几个晚上，在皇后街上她转租来的库房里，一个睡破掉的故德维尔弹簧沙发上，一个睡在地上，直到他们找到其他的地方，只要伯妮斯提供睡袋，因为她没有额外的了。

查丽丝这么做不是出于政治原因：她不相信政治，被卷入一场活动会让人产生非常负面的情绪。她不赞成战争，也不去思考战争。所以她不懂越南战争，也不想理解它——但有些东西还是渗进她的脑子，尽管她有预防措施，因为它是空气里的分子——最重要的是她不是从电视上看到的。她甚至没有电视，也不读报，因为报纸太令人心烦，而且反正她对这种苦难无能为力。所以她接受比利的原因和政治无关。她那么做是出于一种殷勤。她总觉得有义务对陌生人好，特别是那种背运的陌生人。而且成为协会里唯一一个不愿意接纳任何人的人，也太古怪了。

就是那样开始的。几天之后，另一个男孩儿搬出去了，比利留了下来；然后又过几天，她意识到自己想和他上床。他没有推辞；那段时间一开始的时候，他还怯懦而害羞、迷惘，对自己不确定。他想过在这边或许和那边差不了多少，只是更安全一点，当他发现两边其实都不安全，他就觉得困惑烦乱了。他认识到自己做了件意义重大、无法挽回的事：他使自己流亡国外，兴许是永远。他使家里的生活变得艰辛——他们支持他逃兵役的决定，但不支持其他的事情，那些炸药，用他的话说，他们被“大加指责”。而且他抛弃了自己的国家，这个概念对于他的意义远大于对查丽丝的意义，因为比利的学校开学的时候，手要放在心脏的位置，向他们的旗帜敬礼；而查丽丝的学校是向上帝祷告。对比利来说，他的国家就是神，这种想法让查丽丝觉得是偶像崇拜，甚至野蛮。她觉得标准的上帝形象，白胡子，愤怒，献祭羔羊，死神，也很野蛮。她超越了这一切，她的上帝是椭圆形的。

比利还担心那边家乡的朋友，曾和他一起上学的那些人，他们没有和他一起逃跑，现在很可能，正在跨越海洋或者正在稻田里被扫射，或者正走在某条灼热的泥路上的时候被游击队袭击。他觉得自己背叛了他们，他知道战争的错误和自己所作所为的正确性，但仍然觉得自己是懦夫。他很想家，很多时候他都想回去。

这都是他告诉查丽丝的，断断续续，零零碎碎。他说他不期望查丽丝能够理解，但是她确实能够明白一些。她能理解他的情绪，她情绪来的时候也像洪水一样——水汪汪，混乱的、忧郁的蓝颜色，就像是一大波的眼泪。他是如此迷惘，如此受伤，假如能够给予他任何的安慰，她怎会拒绝呢?

三十一

打那儿之后，事情就有所不同了，也就是在他们搬到岛上，搬进这间屋子之后。比利仍然精神紧张，但是好些了。他似乎更扎下根了，现在也有朋友了，像他一样的流亡者结成的整个网络。他们甚至在大陆举行会议；比利一周去几次。他们帮助新来者渡过难关，把他们弄过来，藏起来，查丽丝不得不给他们多个人提供住处，短期地，让他们在客厅里的沙发上过夜——现在是不一样的沙发，仍是二手货，但弹簧好多了。查丽丝发现，和别人住会导致拥有真正的家具，虽然家具是她几年前一直在拒绝拥有的东西之一。

那些流放者偶尔会聚在她家喝啤酒，聊天，吸大麻，但他们很小心地保持安静：他们不想招来警察。他们坐船过来，带着女朋友，那些头发像绳子似的，比查丽丝年轻许多的女孩儿，她们在查丽丝的浴室洗澡，因为她们住的地方没有自己的浴室，她们用光查丽丝仅有的几条毛巾，把耳环留在查丽丝的爪式底脚浴缸里。肮脏是幻觉，只是想事情的一种方式，查丽丝知道她不应该为此感到烦恼，但是如果她需要对付一种对肮脏的幻想的话，她宁愿是自己的肮脏，而不是那些眼神空洞的女孩子的。那些男人，或者说男孩儿们，称这些女孩儿为“我的老太婆”，但那些女孩那么年轻听到比利也这么叫她，查丽丝好受多了。

比利的小组老是在讨论计划，他们觉得该做点什么，该有所行动，但是什么行动？他们竟然列了一张名单，组里其他人的名字都在里面，但是只有名，姓是假的。查丽丝——瞥见了比利那份名单，虽然她不应该这么做——迷惑地发现其中一些是女人的名字：伊迪斯、艾斯儿、埃玛。在派对中，当她从小型冰箱里拿冰啤酒，当她把从消费者协会带回来的炸薯片和炸坚果倒进碗里，当她坐在地上比利的旁边，呼吸着二手大麻烟，微笑着，瞪着空气的时候，她偷听到，无意中听到，知道了比利实际上是伊迪斯，或者反之。他的名字源于从前一个叫伊迪斯·卡维尔的人。也有电话号码；其中一些潦草地涂在电话机旁边的墙上，但是比利告诉她说这样是安全的，因为这些电话号码代表的只是你可以留信息的地方。他们还计划办份报纸，虽然已经有几个逃兵役者的报纸了。在比利和他新找到的朋友来到之前，已经有许多其他的人来这里了。

查丽丝不敢肯定所有的这些有关阴谋的道具是否真的必要，那些鬼鬼祟祟的勾当，那些密码，那些假名。就像孩子玩游戏。但是行动似乎给比利带来更多活力，以及生活的目的。他现在更频繁地大胆出去，更少把自己关在屋里。有些日子，查丽丝认为并没有真正的危险，这时候她会高兴，但有些日子，她真的相信有危险，就会担心。每次比利坐船去大陆，她身体的某个角落就会恐慌。比利就像一个走绳索的人，蒙着眼睛沿着晾衣绳粗心地迈着步子，绳子两头拉在三十层的高楼之间，而他还以为离地只有四英尺。他相信他的行动、他的言语、他小小的报纸能够改变些什么，能够改变世界上正在发生的事情。

查丽丝知道，普遍来讲，世界不可能改变，说得更精确些，是不可能变得更好。事件是骗人的，是循环中的一部分；卷入其中就等于陷入漩涡。但是比利怎么会知道有形宇宙的残酷预谋呢？他太年轻了。

查丽丝觉得自己唯一能改变的是她的身体，通过它，改变她的灵魂。她希望解放她的灵魂：这也是她去上瑜伽课的原因。她想重整自己的身体，除去深藏其中的沉重，前些时候埋进去的有害物质还没有被挖掘；她想要让自己的身体越来越轻，释放它，她就差不多能够飘起来了。她知道这有可能。她教瑜伽课，还因为得到的报酬可以用来付房租、电话费，以及她从工作的合作社那儿弄到的大宗折扣食物，但是她教课也是为了帮助其他人。实际上是其他女人，因为来上课的大多是女人。她们身体里肯定也藏了很重的金属物质，她们也一定渴望变轻。但是这个课程和减肥无关：她在一开始的时候，就向她们坦言。

穿好衣服，给比利做好培根、吐司和咖啡之后，查丽丝把紧身衣和紧身裤塞进她的秘鲁拎包，在屋子里东奔西走，在她藏过备用零钱的地方翻找，她曾为今天这种紧急情况，现金用完的时候做过准备。雾已经散去，十一月微弱的阳光滤过灰色云层，因此她能够再度信任她的手表，并且不会错过渡船了。无论怎样，她几乎从没错过渡船，除非是因为比利，以及他的自发的无法抵抗的冲动。她能跟他说什么呢？*我得去工作，不然我们就没吃的？*那样说行不大通：他会认为是对他的批评，因为他没有工作，然后他就会发脾气。他更愿意相信她就像田野里的百合花；她既不劳苦也不繁忙；培根和咖啡简简单单由她而生，就像是树上长出树叶。

瑜伽课就在合作社楼上的一个公寓，或者也许以前曾是个公寓。现在，其中两间是办公室，一个是消费者协会，一个是小的诗歌杂志，叫做《大地萌芽》，前面最大的一个房间用来开会或者瑜伽这样的课程。查丽丝每次只教十个人：再多就超过她的限度，破坏她的注意力。她们自己带毛巾和席垫，而且她们通常已经把紧身衣裤穿在衣服里面，所以就不用换了。查丽丝比她们早到，在洗手间换好衣服，展开她放在合作社办公室一个柜子里的垫子。如果不小心，旧硬木地板的尖片会扎伤你。

她要做的第一件事就是清除周围环境。褪色壁纸以及紫色格子花样必须退去，还有以前的照片留在壁纸上的暗色方形，老房子那种腐坏的味道，还有上来时候阶梯地毯上潮湿的小便污渍，以及办公室废纸篓里从来没人清空的午饭残渣。外面的交通噪声必须排除，街上和楼下的声音——被她坚决地一挥手从脑中抹去，就好像它们原本在黑板上一样。她躺下来，膝盖弯曲，手臂放松在头顶，将注意力集中到呼吸上，准备着，让自己集中。呼吸必须进来，下去充满腹腔神经丛。隐秘、仓皇、琐碎的意念必须切断。我必须被超越，自我必须被摆脱，必须漂流。

第一堂课照常进行。查丽丝知道她有副适当的好嗓子，低沉，使人安心；她也有适当的节奏。“礼待你的背，”她喃喃道，“向太阳致敬。”她所谓的太阳是身体里面的。她既用声音也用手，摸一下这里，碰一下那里，用肘将身体轻推至正确的姿势。要和其中的个别女人说话的时候，她用耳语，以免引起注意，让自己觉得尴尬，或者打断其他人的专注。房间里充满了呼吸的声音，就像岸边的碎浪，充满拉紧的肌肉的味道。查丽丝感到能量从她的身体里流出来，经过她的手指，通向其他身体。她的运动量不大——谁都不会称之为耗力之举——但是到了一个半小时的最后，她筋疲力尽了。

她休息一小时，补充体力。她在楼下的果汁吧喝一杯胡萝卜橙汁，让身体系统摄取一些活性酶，并帮助其他人弄清干豆的价格，然后就到第二节课的时间了。查丽丝从不注意谁在哪节课上；她数到十，登记紧身衣颜色，而且一旦进入课堂，她注意的是那些身体的特征，特别是她们的脊椎和错误姿势，但是脸对她来说并不重要，因为脸是个人的，正是查丽丝要帮助这些女人去超越的东西。同样，开始的锻炼是在地上，闭着眼睛。所以过了四分之一的时间，她才发现来了新人，以前从没见过：一个黑头发，穿靛色紧身衣和深紫色紧身裤的女人，她——在这种昏暗的光线下显得奇怪——还戴太阳眼镜。

这个女人很高，瘦得像片剃须刀，查丽丝都能透过紧身衣看到她的肋骨，每根肋骨像是被雕刻出来那样高高凸起，肋骨下面一根暗色线条。她伸出来的膝盖和手肘像是绳子上的结，她摆出来的姿势不流畅，却特别像几何图形，像是用衣架做成的笼子。她的皮肤像蘑菇一样白，周围闪着暗淡的磷光，犹如坏肉上的光泽。不健康的人查丽丝一看就知道：这个女人需要的远不止一堂瑜伽课。大量的维他命 C 和一点阳光可以作为开始，但这些却无法涉及她的真正问题。

她的问题一部分是精神状态：太阳眼镜就是一个说明，它们象征着内在洞察力有障碍。因此在莲花默想之前，查丽丝走过去，对她耳语道，“难道不想把太阳眼镜摘下来吗？会让人分心。”

作为回答，那个女人摘下眼镜，查丽丝吓了一跳。她的左眼眼眶是黑的，又黑又蓝，而且半闭着。另一只眼睛注视着她，受伤，潮湿，带着哀求。

“哦，”查丽丝低语道，“对不起。”她退缩了：她感到仿佛是自己的身体，自己的眼睛挨了一拳。

那女人笑了，衰弱受损的脸上露出痛心的微笑。“你不是卡伦吗？”她低声说。

查丽丝不知道该怎样解释她是也不是。她曾经是卡伦，所以她说：“是的。”并且更仔细地打量着她，这个女人怎么会认识她呢？

“我是泽尼亚。”女人说。就是她。

查丽丝和泽尼亚坐在合作社房间里面一头的房间果汁吧旁边

的一个小桌子上。“有什么推荐吗?”泽尼亚说,“我都没尝过。”查丽丝得意于这种对她的专业意见的需要,给她点了杯番木瓜橙汁,加了少许柠檬和酿酒用的酵母菌进去。泽尼亚仍戴着眼镜,查丽丝却不再怪罪她。然而,和看不见眼睛的人讲话,对她来说还是困难的。

她当然记得泽尼亚,麦克朗宿舍的每个人都知道谁是泽尼亚;即使是查丽丝这种像滑行飞机场一般度过大学几年的人。在教育上,她是个过客,三年后,没有完成学位就走了:无论她需要学习什么,都不可能是在那里的课堂上。或者大概是她还没准备好接受教育。查丽丝认为当你准备好学一样东西的时候,适当的老师就会出现,或者说会送到你面前。一直以来,这对她或多或少都管用,那个时候她没再学任何东西的唯一原因就是,她完全被比利占满。

不过,在某种程度上,比利或许是个老师,只是她没有真正领会到应该从他那里学什么。或许是学习怎样去爱?怎样去爱一个男人,但是她已经爱他了,下一步呢?

泽尼亚吮吸着她的果汁,两个椭圆形的黑色镜片转向查丽丝。查丽丝不知道有什么好说的。在学校的时候她并不真正了解泽尼亚,从没和她说过话——泽尼亚大一些,在查丽丝前面,和那些有艺术天分的聪明人相处得很好——但是查丽丝记得她,美丽而自信,绕着校园阔步走着,和她男朋友斯图,后来又是和矮矮的小托妮。查丽丝对托妮的印象就是,某个晚上查丽丝出去坐在麦克朗草坪的一棵树下的时候,托妮跟在后面。托妮大概以为查丽丝在梦游;这显示出她的一些洞察力,因为查丽丝以前确实有过梦游,虽然那次并不是。

托妮的这个举动显示出她的好心,对查丽丝来说,这是比托妮众所周知的学业优秀更重要的一个品质。泽尼亚也有其他众所周知的事情——最声名狼藉的就是和斯图同居,完全公开,在那个时候这种事情还没有人做。改变太大了，现在是结婚的人也被认为不道德。核心家庭被称为“核武器”。放射性的，具有致命的潜能；早就不是什么“甜蜜的家”①，查丽丝倒是觉得现在这样更恰当。

泽尼亚也变了。不仅瘦，而且病了，不仅病了，而且不知怎的受了惊吓，沮丧，泄气。她的肩膀自我保护地向里弯，手指像是笨拙的爪子，嘴角下垂。查丽丝都不认识她了。好像以前的那个泽尼亚，那个可爱的、有血有肉的泽尼亚被烧掉了，只剩骨架。

查丽丝不喜欢问问题——她不喜欢侵犯别人的自我——但是泽尼亚是那么精力枯干，如果不问大概她什么都不会说。所以查丽丝选择了不具侵略性的方式。“你怎么会到我的课上来?”她问。

“从一个朋友那儿听来的，”泽尼亚说，每个词似乎都很费力，“我想可能会有帮助。”

“帮助?”查丽丝说。

“有助于癌症。”泽尼亚说。

“癌症，”查丽丝说。毫无疑问，因为她难道看不出？那种苍白，那种病弱的颤动，不会有错。是灵魂的不平衡。

泽尼亚扭曲地笑了笑。“我以前战胜过它一次，”她说，“但它又回来了。”

现在查丽丝想起了一些事情：那年年终泽尼亚不是突然消失了吗？是查丽丝住在麦克朗宿舍的第二年，就发生在那个时候：泽尼亚没有任何解释地消失在空气中。女孩儿们曾在早餐时候讨论这事儿，查丽丝会偷听，在她难得地有心思听或者吃早饭的时候。她们那儿没多少她能吃的东西：谷皮片算是一种。传言说泽

① 美国老牌乐队 Motley Crue 的歌曲。

尼亚和另一个男人跑了，甩了斯图，并拿走了他的钱，但是此刻查丽丝推测出真相：因为癌症。泽尼亚没告诉任何人就走了，是因为她不想大惊小怪。她离开，自己疗伤，那样做必须单独一个人，不受打扰。查丽丝能明白。

"你怎么做到的，第一次？"查丽丝说。

"做到什么？"泽尼亚有点急促地说道。

"躲开它，"查丽丝说，"癌症。"

"他们给我动了个手术，"泽尼亚说，"他们拿出——他们进行了子宫切除，我永远不可能生孩子了。但是没用。所以后来我自己上了山，不吃肉，戒掉酒，我只是必须集中精力，慢慢康复。"

这在查丽丝听来非常正确，上山，不吃肉。"现在呢？"她说。

"我觉得好一些了，"泽尼亚说，她的声音变成了嘶哑的低语，"我以为我足够强壮了，所以回来，我一直和斯图——韦斯特住在一起。我想让他将我带回以前的生活，你知道，他喝酒很多——癌症又回来了。他不能接受——真的不能！很多人不能站起来面对疾病，他们害怕。"查丽丝点头：她知道，深深地知道这一点，她每一个细胞都知道。"他否认我有任何问题，"泽尼亚继续道，"他试图让我吃……大堆的肉，牛排和黄油，各种动物脂肪。那些东西让我作呕，我没法吃，就是没法吃！"

"噢。"查丽丝说。这是个可怕的故事，而且带着真实感。很少人理解动物脂肪，不，更糟糕：很少人能明白什么事。"太可怕了。"她说，这句话只是她的感受的一个苍白无力的反射。她乱了，眼泪呼之欲出；最重要的是无能为力。

"然后他就怒了，"泽尼亚继续说，"对我发怒，而我觉得好虚弱……他讨厌我哭，只会让他觉得更愤怒。这就是他干的。"她指着自己的眼睛，"这让我觉得很羞耻，我觉得自己应该为此负责……”

查丽丝试图想起斯图，或者韦斯特，他的名字曾非常突然地改变过，就像她自己。她看到的是个高高的男人，性格有些内向，一个孤僻的男人，温柔得像只长颈鹿。她无法想象他会打谁，更不用说泽尼亚了；但是人可能具有欺骗性的外表。特别是男人。他们可以表现得很好，让你相信他们是模范市民，那样，他们就是对的，你是错的。他们能够愚弄每个人，搞得你像是个骗子。韦斯特，毫无疑问，是他们中的一个。她愤慨之情油然而生，怒火开了头。但是愤怒不健康，于是她将它赶走了。

“他说如果我真有癌症，就应该再开一次刀，否则就去接受化疗，”泽尼亚说，“但是我知道我能自己治愈，只要……”她声音变小，“我不知道现在还能不能喝这个，”她说。她轻轻地把果汁推开，“谢谢你……你真的很好。”她从桌子那边伸手触摸查丽丝的手。她瘦瘦白白的手指看上去很冷但实际上是热的，像炭一样热。然后她推开椅子，拿起外套和手提包，匆忙走开，几乎跌倒。她的头弯下去，头发像面纱一样落在脸前面，查丽丝断定她在哭。

查丽丝想跳起来，跟上她，把她带回来。这种欲望在她心里非常强烈，就像脖子上顶了一只拳头。她想让泽尼亚再次坐下来，把自己的两只手都放在她身上，聚集她所有的能量，光之能量，来治愈她，就在这里。但是她知道她做不到，所以没动。

周五泽尼亚没有来上瑜伽课，查丽丝担心了。也许她垮掉了，也许韦斯特又打她了，这次比以前更厉害，也许她多处骨折躺进了医院。查丽丝乘渡船回岛上，一路都在发愁。现在她觉得有些不够格：一定有一些她应该说或者做的事情，比她所做的要更好的事。一杯果汁是不够的。

那天晚上又起雾了，跟着是寒冷的毛毛雨，查丽丝在暖炉里生了一堆旺火，并打开了暖气，比利要她早点上床睡觉。她在楼下通风良好的浴室刷牙的时候，听到有人敲厨房门。她以为是比利的一个组员，带另一个逃兵过来安置在她的客厅沙发上过夜。她不得不承认已经对此觉得有点烦了。举个例说，他们从不帮忙洗碗。

但不是逃兵，而是泽尼亚，她的头映在潮湿的玻璃门框里，像是一张水里的照片。她的头发湿透了，贴在脸上，牙齿在打战，太阳眼镜不见了，眼睛现在是紫色的，非常哀怨。嘴唇上有道新鲜的刀伤。

门仿佛是自己打开的，她站在门口，门轻微地摇摆着。“他把我赶了出来，”她低声说，“我不想打扰你……只是不知道还能去哪里。”

查丽丝无言地伸出手臂，泽尼亚一个踉跄跨过门槛，瘫倒在她的双臂之中。

三十二

这是个没有阳光的中午，查丽丝在自己的菜园里，母鸡透过它们六边形的钢丝篱笆贪婪地盯着她看，仅剩的几棵卷心菜，像是从地底下钻出来的三个愚钝的绿精灵脑袋那样瞪着她。十一月的菜园看上去很肮脏：枯萎的万寿菊，早金莲花的叶子退成了暗淡的黄色，椰菜的残株，未成熟的番茄被霜打死，上面到处模糊地布满了像是被重击后留下的银色轨迹。

查丽丝并不介意这些蔬菜的混乱，它们都是酵素，都是肥料。她提起铲子，推进泥土，穿着比利的胶鞋，右脚踏在铲子的上缘，掘进土里，然后再撬起来，她哼了一声，再把铲子上的土翻过来。土里的蠕虫缩进自己的隧道，一只白色的幼虫卷起来。查丽丝把它捡起来，无情地扔向篱笆，扔给那些喋喋不休的母鸡。所有的生命都是神圣的，但母鸡的生命比幼虫的生命更加神圣。

母鸡兴奋起来，喧闹着彼此厮打，追逐着那只得到幼虫的鸡。查丽丝曾认为，不给鸡喂食任何她自己不吃的东西，大概是个很好的精神修炼，但是后来她认定这毫无意义。例如，碾碎的贝壳，压过的骨头——母鸡需要它们来生产鸡蛋，但查丽丝却不需要。

在一年的这个季节翻菜园是个错误。她可以等到春天，当新的野草长出来；到那个时候她还得再翻一遍。但这是她不让泽尼亚或者比利跟着的唯一办法。两个人都渴望和她单独在一起而远离另一个。如果她想散个步，就自己一个人走一会儿，只是放松一下，门口就会有冲刺：柔和的、歪斜的冲刺（泽尼亚），或者是笨拙的、明显的（比利）。然后就会产生心灵的冲突，查丽丝被迫需要做出选择。这让她觉得很不安。幸好，两个人都没有帮她开垦菜园的强烈愿望。比利不喜欢被土壤弄脏——他说，干吗要做这么多事，长出来无非都是些蔬菜——泽尼亚当然也绝不会。她偶尔可以稍稍散步了，走到湖岸，然后回来，但即使那样也让她觉得疲惫。

泽尼亚在这儿已经有一周了，晚上睡在沙发上，白天在上面休息。她到来的那天晚上几乎有些喜庆——查丽丝给她弄好热水澡，给了她一件自己的白色棉质睡衣，把她的湿衣服挂在暖炉后面的钩子上烘干，当泽尼亚洗完澡穿上睡衣的时候，查丽丝用一条毛毯裹住她，把她安置在暖炉旁边的一把椅子里，帮她梳理湿头发，给她做了杯加蜂蜜的热牛奶。做这些事情让查丽丝觉得满足；让她觉得自己能干而善良，满溢着善意和活力。把这种活力注入像泽尼亚这样明显需要它的人，使她感到满足。但是等她把泽尼亚安顿好在沙发上，上楼去睡觉的时候，比利正在生她的气，而且从那时起他就一直生气。他明确地表明，他一点也不希望泽尼亚在屋子里。

“她在这里干什么?”那天晚上他就低声问。

“只是暂住一下,”查丽丝也低声说,因为她不希望泽尼亚听见而觉得自己不受欢迎。“我们接待过很多其他人,就在同一个沙发上!没有区别。”

“区别太大了,”比利说,“他们没别的地方可去。”

“她也没有,”查丽丝说。不同的是,她想,其他人是比利的朋友,泽尼亚是她的朋友。嗯,不完全是朋友。是责任。

这都是在比利看一眼泽尼亚或者跟她说一个字之前。第二天,他粗暴地咕噜一声“早上好”,一边在吃炒蛋——不是自己家的,不幸地,母鸡已经枯竭了——以及查丽丝给他们两个人做的苹果酱吐司。他几乎没有朝蜷身坐在那里的泽尼亚看一眼,泽尼亚还穿着查丽丝的睡衣,还是围着毛毯,啜着清茶。查丽丝想,如果他看一眼,就会温和一点了,因为泽尼亚是那么可怜。她的眼睛还是脱色肿胀,你几乎可以数清她手背上的蓝色血管。

“让她离开这里,”泽尼亚去洗手间的时候,比利这样说,“就是要她离开。”

“嘘,”查丽丝说,“她会听见!”

“不管怎样,我们了解她什么?”比利说。

“她得了癌症。”查丽丝说,好像任何人必须知道这事儿一样。

“那么她应该在医院里。”比利说。

“她不相信他们。”查丽丝说,她自己也不相信。

“胡扯。”比利说。

这个评论对查丽丝的打击,不仅让她觉得他心胸狭窄和粗鲁,也让她略微觉得他该受天谴。“她眼睛都黑了。”她喃喃地说。眼睛是某些东西的活生生的证据,例如泽尼亚的艰苦,或者她的友善,或者她的处境。

“又不是我造成的,”比利说,“让她去吃别人家的饭。”查丽丝不可能提出来说如果在这个地方该有人决定谁吃什么的话，应该是她，因为她是那个要么自己种，要么付钱买的人。

“他不喜欢我，是吗？”泽尼亚说，这次是当比利听不见的时候。她的声音颤抖，眼睛饱含泪水。“我最好离开这里……”

“他当然喜欢你！他就这个样子，”查丽丝亲切地说，“现在你就待在这里！”

查丽丝花了一点儿时间搞清楚为什么比利对泽尼亚如此敌视。开始她觉得是因为他害怕她——害怕她告发他，泄露给不应该知道的人，出卖他；或许她会偶然地和某人说些什么，一些不谨慎的话。“口风不严战舰沉”曾是一个古老的战时口号；还贴在海报上，在40年代后期的时候，查丽丝的阿姨维欧拉曾将它作为一种笑话来引用，讲给她的朋友听。所以查丽丝把这一切解释给泽尼亚听，比利是怎样感到不稳定，以及对他来说事情多么艰难。她甚至把那些爆炸，以及比利可能会被那些骑警绑架的事都告诉泽尼亚。泽尼亚保证不说，她说她完全能够理解。

“我会小心的，我发誓，”她说，“但是卡伦——对不起，查丽丝——你怎么会和他们搅在一起？”

“搅在一起？”查丽丝说。

“和那些逃兵，”泽尼亚说，“那些革命分子。你从没让我觉得你是个对政治有兴趣的人。在学校里，我的意思是。并不是说那个垃圾地方有很大一群革命分子。”

查丽丝想不起来泽尼亚可能会注意过她，回到那个时候，那些模糊的，半忘记的大学岁月，当她还是卡伦，至少表面上还是的时候。她不参与任何事物，也并不突出。她总待在暗处，但是看来至少泽尼亚发现了她在那里，并且认为她值得注意。她被感动了。泽尼亚一定是个敏感的人；比人们赞扬的显得更敏感。

“我没有，”查丽丝说，“我那时根本对政治没兴趣。”

“我有，”泽尼亚说，“在那个时候我是彻底的反资产阶级派！一个真正的波希米亚同路人。”她轻轻皱了一下眉，然后笑了，“为什么不呢，他们有最好的政党！”

“嗯，”查丽丝说，“我没有搅进去，那些东西我一点都不懂，我只是和比利住在一起，仅此而已。”

“有几分像是歹徒的情妇，”泽尼亚说，她的身体好一些了。那是在十一月稍微温暖的一天，所以查丽丝觉得泽尼亚外出应该是安全的。她们走到湖边，看着那些鸥；泽尼亚一路走来都没有倚靠查丽丝的手臂。查丽丝给她买了新的太阳眼镜——泽尼亚那天晚上逃跑的时候把旧的给弄丢了——但是她几乎不再需要它们了：她的眼睛已经褪成了黄蓝色，就像褪色的墨斑。

“是什么？”查丽丝说。

“胡扯，”泽尼亚说，“如果和某人住在一起不叫做搅在一起的话，我不知道那叫什么。”但是查丽丝不在乎人们怎么称呼事物。不管怎样，她没在听泽尼亚讲话，她在看她微笑。

泽尼亚现在更常笑了，查丽丝觉得那些笑都是由她，查丽丝，由她投入的所有努力单独完成的：水果饮料；用她自己的卷心菜做的汁，仔细研磨，通过滤网过滤好；她准备的特殊沐浴；柔和的瑜伽伸展；新鲜空气中很小心的空地散步。所有那些正面能量都列队反抗癌细胞，好兵对抗坏兵，光明对抗黑暗；查丽丝自己每天都会默想，代表泽尼亚，去设想那个确切的结果。很管用，果然！泽尼亚现在气色好多了，更有活力了。虽然还是瘦弱，但显然有所进步了。

她知道，也很感激。“你为我做了这么多，”她几乎每天都对查丽丝说，“我不配；我是指，我完全是个陌生人，你几乎不认识我。”

“没关系，”查丽丝笨拙地说，泽尼亚说这些的时候，她总是有点脸红，她相信那没有必要。同时，这种感觉非常愉快；而且，比利自己也能够对查丽丝为他所做的一切显示出更多一点的感激。他不再怒视她，不再不肯吃自己的那份培根，而是让她做两份早餐——一份给泽尼亚，另做一份给他——这样，早上他就不必和泽尼亚坐在同一张桌子上了。

“她巴结你的样子让我觉得恶心。”他昨天说。查丽丝现在知道为什么他这么说了，因为他嫉妒。他担心泽尼亚插在他们中间，她会设法抢走查丽丝对他的全部注意力。他那样想真的很幼稚。毕竟，他并没有危及生命的疾病，而且他该知道到现在查丽丝还是爱着他。所以查丽丝摸着他的手臂。

“她不会一直在这儿，”她说。“只要等她稍微好一点，只要等她找到一个自己的地方。”

“我帮她找，”比利说。查丽丝告诉他韦斯特用拳头打泽尼亚的眼睛，他的反应却一点都不仁慈。“我会打她另外一只，”他这样说，“哇，嘣，谢谢你女士，不客气。”

“你根本不是和平主义者，”查丽丝责备地说。

“我从没说过我是什么该死的和平主义者，”比利说，被伤了自尊，“一场战争的错误并不代表所有的战争都是错的！”

“查丽丝，”泽尼亚从前面的房间焦躁地喊着，“收音机开着吗？我听到声音，刚刚正在打盹。”

“我他妈自己的家，放个屁都不行，”比利嘶声道。

通常在这种时刻，查丽丝就会出去挖菜园。

她提起铲子，插进土里，翻过来，停下来找幼虫。然后她听见身后泽尼亚的声音。

“你真强壮，”泽尼亚渴望地说，“我也曾经那么强壮，能够提三个手提箱。”

“你会再次强壮起来的，”查丽丝说，尽可能地表示亲切，

“肯定的！”

“也许，”泽尼亚轻轻地说，声音哀伤，“这是人每天都会非常想念的小事情，你知道吗？”

查丽丝突然因为自己挖菜园而觉得心虚；或者是似乎她应该感到内疚。做其他许多事情的时候也是这样：擦地板，做面包。做这些事情的时候，泽尼亚羡慕她，但是一种忧郁的羡慕。有时候查丽丝意识到她自己健康的、正在增强的身体是对泽尼亚虚弱的身体的一种责难；泽尼亚对抗着。

“过来喂鸡，”她说。喂鸡是泽尼亚能做的事情。查丽丝从咖啡罐头里取出鸡食，泽尼亚洒出去，一把一把。她说她喜欢鸡，它们充满活力！它们——嗯，生命力的化身，不是吗？

查丽丝被这种谈话弄得紧张，太抽象，太像大学时代了。母鸡并不是任何东西的化身，就是母鸡而已。具体的就是抽象的，但是她怎么向泽尼亚解释这点呢？

“我去做点色拉。”她说。

“有生命力的色拉。”泽尼亚说着就笑了。查丽丝听到这个笑声，第一次觉得不快乐，它本该是受欢迎的。里面有些她不太明白的东西，就像她没有听懂的笑话。

色拉是葡萄干和胡萝卜丝做的，浇了柠檬汁和蜂蜜做调料。胡萝卜是查丽丝自己的，储存在单坡屋顶的地窖里的湿沙盒子里；它们已经开始长白色小胡须了，这证明它们还活着。查丽丝和泽尼亚两个人吃着色拉，以及青豆和煮土豆，因为比利说他当晚要出去，他有个会议。

“他的会真多。”比利正在穿夹克的时候，泽尼亚喃喃道。她已经放弃对他笑脸相迎，因为得不到任何反应；现在，即使他正站在那里，提及他的时候她也用第三人称。它设立了一个圆圈，语言的圆圈，查丽丝和泽尼亚在里面，比利在外面。查丽丝希望她不要这样做；另一方面，在某种程度上，比利也应该怪他自己。

比利恶毒地看了泽尼亚一眼。“我至少不会无所事事地坐着，像某些人。”他生气地说。他也只对查丽丝说话。

“小心点。”查丽丝说。她是指去市区，但是比利把它当作责备。

“和你生病的朋友好好待着吧。”他充满恶意地说。泽尼亚自己微笑了一下，略带苦涩的微笑。他摔门而出，窗玻璃咔嚓作响。

“我想我该走了。”泽尼亚说，当她们在吃查丽丝秋天时候腌制的苹果酱的时候。

“但是你住哪里呢?”查丽丝沮丧地说。

“噢，我可以找个地方。”泽尼亚说。

“但是你没有钱!”查丽丝说。

“我可以找份工作什么的，”泽尼亚说，“我擅长找工作，哪儿都可以混口饭吃，我知道怎么找工作。”她咳起来，细长手指的手蒙住脸。“对不起。”她说，像鸟一样啜一小口水。

“噢，不，”查丽丝说，“你不能那么做！你还不够健康！你很快就会好的。”她加了句，因为她不希望听上去太消极，应该强调健康而不是疾病。

泽尼亚微微地笑了一下。“也许，”她说，“但是卡伦，真的——不用担心我。这不是你的问题。”

“查丽丝。”查丽丝说。泽尼亚总是很难记住她的真名。

是的，是她的问题，因为是她自己揽过来的。

然后泽尼亚说了些更可怕的话。“他不仅仅是恨我，”她说。她伸出舌头，舔掉勺子顶上的苹果酱，“事实是，他没办法放过我。”

“韦斯特?”查丽丝说，感到一个冰冷的手指滑过她的背。

泽尼亚笑了，“不，”她说，“我是指比利，你肯定注意到了。”

查丽丝能感到自己整个脸上的皮肤都陷入震惊。她什么都没注意到，但是为什么没有呢？现在泽尼亚这样说，就很明显了——只要泽尼亚靠近，比利的指尖和头发就都跳动着能量，是种性欲引起的毛发直立，就像雄猫。“你是什么意思？”她说。

“他想拉我上床，”泽尼亚说，她的声音有点抱歉，“他想上我。”

“他爱你？”查丽丝说。她的整个身体都松软下来，骨头像是溶化掉了。她感觉到的是恐怖。比利爱我，她轻声抗议着。“比利爱的是我，”她窒息的声音说。“他说过。”她自己的声音听起来像是个爱抱怨的孩子。但是他最后一次那样说是什么时候了？

“噢，不是爱，”泽尼亚轻轻地说，“他对我不是爱，我的意思是。是恨。有时候男人很难搞清这两者的区别。但是你已经明白这些了，不是吗？”

“你在说些什么？”查丽丝低语。

泽尼亚大笑。“好了，你不是个孩子了，他爱你的屁股，或者是身体的其他部分，我怎么知道？不管怎样，肯定不是你的灵魂，不是你。如果你不交出来，他就自己动手。我观察过他，简直是个贪婪的狗屎，在内心里他们都是强奸犯。你是无辜的，卡伦。相信我，任何男人只想从女人那里得到一样东西，就是性。最重要的是你能够让他们为此付出多少。”

“别那么说，”查丽丝说，“别说了！”她能感觉里面什么东西碎了，垮掉了，一个大大的彩色气球爆裂了，像只被刺穿的肺一样变成灰色。如果拿走爱，还能剩下什么？只有残忍，只有羞耻，只有暴行，只有痛苦。那么她的馈赠，她的菜园，她的鸡，她的鸡蛋又会怎样？所有她的细心照料的行为，又算什么。她在发抖，胃里觉得恶心。

“我只是个现实主义者，就那样，”泽尼亚说，“他想把他的鸡巴插到我里面的唯一原因就是他不能那么做。不用担心，我走了之后他会忘了所有那些，他们都很健忘。这就是我要走的原因，卡伦——为了你。”她还是在微笑，她看着查丽丝，她的脸背对着微弱的天花板灯光，处在黑暗之中，只有她的眼睛在闪，像车前灯那样红，她看进了查丽丝的内心，一路向下。那是一种认命的眼神，泽尼亚接受了自己的死亡。

“但你会死的，”查丽丝说。她不能让那发生。“不要放弃！”她开始哭，握紧泽尼亚的手，或者是泽尼亚握紧她的手，她们两个的手穿过一桌的脏盘子握在了一起。

晚上查丽丝醒着躺在床上，比利在她上床很久之后进来，但是他没有伸手碰她，而是转过脸去，将自己封锁起来，睡觉。这些天都像这样。好像他们之间吵过架。但是现在她知道另有其因了：她不被需要了，泽尼亚才是他需要的。

但比利只是在身体上需要泽尼亚，这也是为何他对她如此粗鲁——他的身体和精神分离开来。这也是为何他对查丽丝如此冷淡：他的身体想要查丽丝走开，因此他就可以抓住泽尼亚，把她推到厨房长桌上，强制地抓住她，即便是她已经病成那样。也许他不知道那就是他所需要的，可那就是。

起风了。查丽丝听见它吹过光秃秃的树，冰冷的浪甩在岸边上。有人越过湖向她走来，她冰冷的脚触在浪尖上，睡衣因多年的洗晒变得破烂，颜色暗淡的头发飘动着。查丽丝闭上眼睛，集中于内里的那个图像，试图看清是谁。在她脑子里面，有月光，被疾行的云弄得昏暗；但现在天空变亮，她能看清脸了。

是卡伦，是被放逐的卡伦，她已经走了很长一段旅程，现在正在靠近，受恐吓、软弱无力的脸，查丽丝曾经在照镜子的时候隐约看见，像个被驱逐的鬼魂一样，穿过黑暗向她飞来；要进入她，和她再次结合，再次分享她的身体。

查丽丝不是卡伦。她不做卡伦已经很久了，而且再也不想成为卡伦。她用尽全力去推开她，将她推进水里，但是这次卡伦不下去，她越来越近，张开嘴，她要说话。

三十三

卡伦出生在错误的父母的家庭里。查丽丝的外婆说这种情况是有的，查丽丝也这么相信。这种人必须寻找很长一段时间，寻找，确认正确的父母，否则他们就在没有父母的情况下经历生活。

卡伦七岁的时候第一次见到她外婆，那天她穿着一条棉质的裙子，前面有褶皱的装饰，一根腰带，暗白色马尾辫梢扎了个匹配的蝴蝶结，马尾扎得太紧，她的眼睛都觉得有点斜。她妈妈浆过这条裙子，有点僵，由于六月底的湿热天气，也有点黏腻。她们乘了火车，当卡伦从热丝绒座位上站起来的时候，她得把裙子从背上和腿上撕下来。很疼，但她知道最好还是别说出来。

她妈妈穿了一套象牙色亚麻衣服，一件无袖连衣裙，外面一件短袖夹克，配了一顶白色草帽，以及白色包包和鞋子，还有一双白色棉手套，拿在手上。“我觉得你会喜欢这里，”她焦虑地不断这样告诉卡伦，“你在某些方面很像你外婆。”这对卡伦来说是个新鲜事，因为很长一段时间以来，她妈妈和外婆几乎不说话了。她知道这个是因为她偷听到说她妈妈年仅十六岁的时候就从农场逃走了。她拼命苦干，存钱读书，成为一个老师。她这么做，就可以逃离她母亲那个疯老女人的魔爪。野马都没办法把她拉回那个垃圾堆，她这么说过。

但是她们现在就在那个地方了，面对卡伦妈妈讨厌至极的那个农场，带着卡伦夏天的衣服，整整齐齐地叠放在小行李箱里，旁边是她妈妈过夜用的包裹，都放在她们头顶的架子上面。她们穿过肮脏的田野，孤立的房子，下垂的牲口棚，一群群的奶牛。卡伦妈妈讨厌奶牛。她的故事之一就是必须在风雪的冬天，太阳还没升起来的时候起床，在风雪的漩涡里面一边发抖一边喂牛。但是，“你会喜欢那些牛的。”她现在这么说，用她在学校教二年级时候的那种过于甜美的声音。她在粉盒镜子里检查了一下她的口红，然后对着卡伦微笑，看她怎么反应。卡伦不太确信地回了一个微笑。她已经习惯于即使是在她不乐意的时候也微笑。九月份她就要进二年级了；希望不被放在她妈妈的班级。

这不是她第一次外出不住自己家了。以前她会被送到姨妈家，她妈妈的姐姐维欧拉。有时候只是过夜，因为她妈妈要外出；有时候是几周，特别是在夏天。由于她的神经过敏问题，夏天妈妈需要长时间的休息。*咳，总而言之，谁没有神经过敏?* 维姨妈不同意地说，好像在说，卡伦的妈妈能指望怎样呢？她是对着弗恩说的，却斜向一边看着卡伦，好像神经过敏是卡伦造成的。但肯定不全是，因为卡伦尽可能地做到叫她做的事，虽然有时候会犯错；但是也有其他她控制不了的事，比如梦游。

神经过敏是战争的错误。卡伦的父亲在她还没出生的时候就死在战争当中，留下卡伦的妈妈独自养育卡伦——都知道是很困难的一件事，几乎不可能。还有其他的问题，可能和卡伦妈妈的婚礼有关，或者是婚礼的缺失有关。她爸爸和妈妈是否真的结过婚是卡伦不太确定的许多事情中的一件，虽然她妈妈管自己叫太太，还戴了戒指。没有结婚照片，但是战时可能会不一样；每个人都这么说。维姨妈的语气里的某些东西引起卡伦的注意：她是个叫人为难的人，只能被间接提及。她不完全是个孤儿，却有孤儿的污点。

卡伦并不想念她的父亲，因为怎样去思念你从没见过的人呢？但是她妈妈告诉她，应该去想念他。有他一张加了框的快照——不是和妈妈一起，是单独的，穿着制服，他长长的瘦脸看上去很庄严，而且不知怎么像是已经死了——总会出现和消失在壁炉架上，视卡伦妈妈的健康状况而定。当她能胜任去看它，照片就在；否则就不在。卡伦把她父亲的照片当作某种晴雨表。消失了，她就知道有麻烦了，然后她就不挡路，从脚底下走开，从她妈妈的头发下面走开（路，脚，头发，她怎能同时既在所有的它们上面又在下面又在它们里面呢?)。但是她没能总是成功，否则就是太成功了，她妈妈会谴责她在做白日梦，谴责她不帮忙，不关心，只顾自己不顾其他人，然后她的声音会升高，更高，高得很危险，就像一个温度计，就要到达红色部分。

卡伦试过去帮忙，试过关心。她愿意去关心，只是她不知道该关心什么，而且她有太多的事情需要去观察，因为颜色，还有其他的事情，她需要去倾听。暴风雨来临之前的几小时，当天空仍然平静而湛蓝，她就能感觉到远处的闪电在她手臂上的动静。她在铃响之前就能听到电话，她听见妈妈手上的疼痛在聚集，就像大坝后面的水那样堵塞，准备好要溢出来，她就会惊恐地站在地板中央，眼睛看着别处——她妈妈说——像个白痴。笨蛋！或许她是蠢，因为有时候她不明白别人对她说的是什么。她没在听词，而是在听词之外的东西；她在听脸部表情，以及它背后的东西。晚上她会醒来，发现自己站在门口，抓住门把柄，奇怪自己怎么会到那个地方的。

*你为什么那么做？为什么？*她妈妈说，一边摇着她，卡伦回答不了。天哪，你是个白痴！你知道出去了会发生什么吗？但是卡伦不知道，她妈妈会说，*我来教你！小婊子！*然后她用自己的一只鞋照着卡伦的腿后面打，或者用烤盘，或者是扫帚柄，就近的任何东西，她的身体里就会涌出浓重的红光，一些信号就会溅

到卡伦身上，卡伦就会扭动尖叫。“如果你爹活着，就会是他来做这件事，他会打得更重，相信我!”揍卡伦是卡伦妈妈归给她爸爸的唯一功能，这让卡伦私下里觉得幸好爸爸不在。

通常，卡伦妈妈从不说耶稣和上帝，或者婊子，她不诅咒；只有当她神经快要出问题的时候才会说这些词。妈妈打她的时候，卡伦使劲儿哭，不仅仅因为很疼，而且她应该表示出她错了，虽然她很纳闷为什么。而且，如果她不哭，妈妈会一直打，直到她哭。*你这个犟姑娘！*但是她必须在适当的时刻停下来，否则妈妈会又因为她哭而打她。*别吵了！马上停下来！*有时候卡伦就是停不下来，妈妈也停不下来，那是最坏的时候。妈妈无法控制，是她的神经问题。

然后卡伦妈妈会跪下来，手臂围住卡伦的身体，紧抱着她，弄得她几乎不能呼吸，而且哭着说，“对不起，我爱你，我不知道什么东西进到我里面了，对不起!”然后卡伦会努力停止哭，她想微笑，因为她妈妈爱她。如果有人爱你，会好很多。卡伦妈妈每天都会喷塔布牌香水①；她憎恶难闻的味道，所以在挨打的时候，房间里充满的味道是：温暖的塔布。

卡伦的维姨妈不太喜欢卡伦，但是至少她不会动她，而且在她那里也不算坏。卡伦睡客房，窗帘上有大大的杂乱的玫瑰，黄色和粉色，就像花椰菜。她会尽量不挡道，不用叫就帮忙洗碗，把她自己的手帕叠好放在衣橱柜的最上面一层抽屉，保持袜子成双，也不弄脏自己。“她是个很不错的小东西，但是对她来说还不够。”维姨妈在电话里说，“牛奶和水，嗯，我会保证她干净、吃饱，没那么难。不管怎样这只是基督教的慈善活动，这跟我们有自己的孩子不一样。我不介意，真的。”

---

① 一种香水品牌，以香味浓郁而持久著称。

弗恩姨父更过分。“我的小女孩儿是谁呢?”他会这样喊。他要卡伦坐在他膝盖上，他揉她的头，把自己的脸贴在她的脸上，露着牙对她笑，在她胳膊下面挠痒痒；卡伦不喜欢这样，但是无论如何她还是胆怯地笑着，因为她能看出他希望她这样做。“我们很开心，不是吗?”他很吵地说；但是他并不相信，这只是他想象中应该怎样对待她的样子。“别纠缠着她。”维姨妈冷冷地说。

弗恩姨父的皮肤顶上是白色的，底下是红色的。星期天晚上维姨妈在教堂的时候，他穿着短裤割草坪，那时候就变得更加红，虽然他周围的光线很暗淡而且带点泥泞的青棕色。早上，她还躺在床上的时候，卡伦听见他在浴室里面的嘟哝声和呻吟声。她就用枕头蒙住耳朵。

“她还是会梦游，但是没那么多了，”维姨妈在电话里说，“我把门都锁上了，她出不去。我不知道格洛里亚有什么好小题大做的。她当然是神经短路，让这么个——哎，孩子在她手上，我觉得只好帮帮忙了。但是，我是她姐姐。”她说这个的时候就把声音放低，好像这是个秘密。

姨妈和姨父不像她妈妈那样住在公寓里，他们住在市郊的一座新的大房子里，地板上全是地毯。弗恩姨父做家具生意；那个时候正是战后，对家具的需求很大，所以弗恩姨父做得很好，现在弗恩姨父和维姨妈已经出去旅行，去了夏威夷。因此卡伦不能待在他们那儿，而必须去外婆家。

她必须去，因为她妈妈需要休息，非常需要；卡伦知道有多需要。当她把浆过的裙子从腿后面剥开，一些皮肤也随之脱落，因为前一天晚上妈妈用了烤盘打她，不是正面打，而是侧面，她用了锋利的边缘，所以出血了。

外婆到车站来接她们，开了一辆蓝色的破烂的载货卡车。

“你好，格洛里亚。”她对卡伦的妈妈说，和她握手，好像她们是陌生人。她的手很大，被晒黑了，她的脸也是；她的头上顶了一个凌乱花白的灰色鸟巢，卡伦过了一会儿才意识到是头发。她穿着罩衫，也不干净。“那么这就是小卡伦啦。”她布满皱纹的大脸猛降下来，鸟嘴一样的鼻子，细而尖的眉毛下面两个明亮的小眼睛，她露出牙齿，牙齿也很大，不自然地平整，而且白得发亮，她在微笑。“我不会吃了你，”她对卡伦说。“今天不吃，你太瘦了，不管怎样——我得先把你养胖了。”

“噢，妈妈，”卡伦自己的妈妈责备地说，用她教二年级的甜美声音。“她不知道你只是在开玩笑!”

“那么她最好快点搞清楚，”外婆说。“无论如何，一半是真的，她太瘦了。如果我的小牛这么瘦，我会说，它肯定在挨饿。”

来接她们的卡车座椅上有只黑白的牧羊狗，躺在污秽的格子毯上。“到后面去，格兰尼，”外婆说，于是那只狗竖起耳朵，摇着尾巴，跳下去，从后面的挡泥板爬进卡车后面。“你进来，”外婆说，好像卡伦是个袋子那样，把她提起来，拉进座位。“挤进来给你妈妈留个地儿。”卡伦沿着座位滑进去；很疼，因为她的腿。卡伦的妈妈看着狗毛，迟疑着。

“进来，格洛里亚，”外婆讽刺地说。“它只是一如既往地脏而已。”

她开车很快，吹着没有音调的口哨，一只手肘得意洋洋地摆在窗子上。两个窗子都开着，沙尘波涛汹涌地吹进来，即使如此，车子里还是散发着老狗的臭味。卡伦妈妈摘下白色帽子，头半伸出窗外。卡伦被挤在中间，有点想吐，努力把自己想象成一条狗，因为如果是狗，她就会觉得那味道很好闻。

“到家喽，到家喽，快跑快跑。”外婆愉快地说。她从颠簸的马路上摇摆过来，卡伦瞥见了一个大大轮廓，像是恐龙骨架，在房子前面长长的杂草当中。这东西显出锈红色，脊椎尖锐，许多包了皮的骨头凸出来。她想问问这是什么，但她还是非常害怕外婆，不管怎样，卡车不再行驶，出现了骚乱，外面是吠叫声，嘶嘶声，咯咯声，还有呼噜声，外婆吼起来，“走开，你们走开，嘘，嘘，小子们姑娘们。”

卡伦看不见外面，只好看着她妈妈。妈妈直直地坐着，帽子放在膝盖上，眼睛紧闭，把她的白色棉质手套揉成了一团。

外婆的脸出现在窗口。“噢，看在基督的分上，格洛里亚，”她说着，猛地拉开车门，“只是些鹅而已。”

“那些鹅简直是杀手。”卡伦的妈妈说，但她还是爬下卡车。卡伦觉得她妈妈不应该穿白色鞋子，因为屋前的院子不是草坪，而是一片淤泥，有些是干的，有些不是，有些根本不是泥，而是各种动物的大便。卡伦只熟悉狗的大便，因为城市里也有。现在有两只狗了，黑白混合的牧羊狗和一只更大的、棕白混合的狗，这个时候它们正将一群鹅赶回牲畜棚里，叫着，摇摆着它们刷子般的尾巴。周围到处是嗡嗡的苍蝇。

“是呀，它们只是亲切地啄啄你，”卡伦的外婆说，“你只要勇敢地抵抗它们！拿点毅力出来！”她伸手过来抱卡伦，但是卡伦说，“我自己能下来。”于是她外婆说，“这就是入场券了。”卡伦妈妈已经在前面走了，一手拎着自己过夜用的包，另一只手用手提包挥赶着苍蝇，踩着高跟鞋，谨慎地穿过院子里的一丛丛大便，外婆便趁机说：“你妈妈意志薄弱，歇斯底里，一直都是，我希望你不是。”

“那个是什么？”卡伦说，找到一些勇气，因为她发现自己在被要求有勇气。

“什么东西？”外婆说。倚在外婆腿边的是只中等大小的猪，用它那吓人的大鼻子嗅着卡伦的短袜，像只眼球那样潮湿柔软，像嘴巴那样流着口水。“她是这里的小粉，是只猪。”

“不，”卡伦说，她知道这是只猪，她看过图片。“那个大东西，前面那个。”

“旧耕田机，”外婆说，留下卡伦自己去想耕田机到底是个什么东西。“快点！”她手臂下面夹着卡伦的行李箱，向门口大跨着步子，卡伦在后面小跑地跟着。远处有更多的吠声和咯咯声。猪一直跟到房子前面，然后，让卡伦大吃一惊的是，它居然进来了。它懂得如何打开纱门。

她们走进厨房，比卡伦想象得更像垃圾堆。椭圆形的饭桌上铺了油布——淡绿色，带草莓图案——上面一个巨大的茶壶，以及一些旧盘子。几张椅子漆成苹果绿，一个烧木柴的多炉炉灶，一个松软的褐紫红色天鹅绒沙发，上面堆了报纸。地上的报纸更多，上面扔了一张摊开的针织羊毛毯。

卡伦妈妈坐在窗边的摇椅上，看上去很疲惫。她的亚麻外套都弄皱了，脱了鞋，正在用自己的帽子扇风，但是当那只猪进屋的时候她尖叫一声。

“没关系，她是家养的。”外婆说。

“应该有个限度的。”卡伦妈妈用严厉愤怒的声音说。

“她比大多数人都干净，”外婆说，“也更聪明，不管怎样，这是我的家，你可以在自己的家想怎样就怎样。我没有叫你过来，也不会赶你走，但是只要你在这里，你想要什么就自己拿。”

她从耳朵后面抓住那只猪，对着它的屁股扇了一巴掌，然后它轻轻咕噜一声，斜眼看了她一下，就走到旁边笨重地倒在针织羊毛毯上。卡伦妈妈突然大哭起来，爬出椅子，向房间外面冲去，脚上只穿了长统袜，白色手套压在眼睛上。卡伦外婆笑了，“没事的，格洛里亚，”她喊道，“小粉不会爬楼梯！”

“为什么不会？”卡伦问。她的声音听上去像是在耳语，她从没听过有人这样和她妈妈说话。

“腿太短，”外婆说，“现在，你可以脱掉裙子，如果你还有别的衣服的话，然后帮我洗土豆，”她叹息道，“我应该生儿子的。”

卡伦打开她的行李箱，找到自己的棉质长裤，在她外婆称为后厅的地方换上去。她不想穿短裤，因为她的腿伤。她不应该说出扫帚柄或者烤盘的事，否则会有麻烦，像那次一样，她妈妈用棍子打二年级一个男生的脸，几乎丢了工作，那样的话，她们吃什么呢？

“待会儿等格洛里亚擦完鼻涕，我给你看你自己的房间。”外婆说。接着，卡伦帮外婆洗土豆。她们在主厨房之外的一个更小的厨房里洗，这里有个电子炉灶，还有一个马口铁水槽和冷水龙头。外婆管这间叫做食品室。猪也跟进来，充满希望地呼噜着，直到被赶走，“现在不行，小粉。”外婆说。“吃太多土豆会生病，但是她喜欢土豆。她还会喝水，对她也不好。大多数牲畜一有机会就会大喝特喝一回。”

她们晚餐吃土豆，煮的，以及炖鸡配饼。卡伦不太饿，她把自己的晚餐暗中分几块给桌子底下的猪和那两只狗。外婆看见她这么做了，但是没有反对，因此她知道没有关系。

妈妈下来吃饭了，仍然穿着亚麻连衣裙，她洗过脸，嘴唇重新涂过，嘴角挂着一丝严厉。卡伦知道这种表情：这意味着她妈妈要过来探个究竟，否则，否则怎样？否则就不会有什么好结果，对卡伦来说。

“妈妈，有餐巾吗？”卡伦的妈妈说着，突然一微笑，好像有线从嘴角两头往上拉。

“有什么？”外婆说。

“餐巾。”她妈妈说。

“装腔作势，格洛里亚，用袖子好了。”外婆说。

卡伦妈妈向卡伦皱皱鼻子，“你看见袖子了吗？”她说。她的夹克脱掉了，所以光着手臂。她选择了新的举措：她决定，她们两个都应该觉得外婆滑稽可笑。

外婆看见了，皱起眉头。“在橱柜抽屉里，一向的，”她说。

“我可不是野人，但这儿也不是什么晚餐派对。谁需要就自己去拿。”

饭后甜点是苹果酱，然后是加奶浓茶。外婆递一杯给卡伦，但是卡伦妈妈说，“噢，妈妈，她不喝茶。”外婆说，“那么她现在要喝了。”卡伦以为会有争辩了，但是外婆接着说，“如果你把她留给我，就是留给我了，因为，你本来可以一直自己带着她。”卡伦的妈妈闭上嘴巴。

卡伦外婆吃完，把鸡骨头舀进盘子，回到双柄炖锅那边，把盘子放在地上。动物们就聚集过来，舔着啜着。

“不要从盘子里吃。”卡伦妈妈弱弱地说。

“他们舌头上的细菌比人少多了。”外婆说。

“你疯了，你知道吗?”卡伦妈妈用窒息的声音说，“你应该被锁起来!”她用手遮住嘴巴，跑到院子里去了。外婆看着她跑开，然后耸耸肩，回去继续喝茶。

“有里面的干净，也有外面的干净，”她说，“里面干净才更好，但是格洛里亚从来分不清。”

卡伦不知道该做什么，她想想自己的胃，里面有动物的口水和猪狗的细菌；但是奇怪，她不觉得恶心。

后来卡伦上楼的时候，听见妈妈在哭，以前听过很多次的那种声音。她小心翼翼地走进声音传出来的那个卧室，她妈妈坐在床沿，比卡伦以前任何时候看到的都孤独。“她从来不像一个真正的妈妈，”她啜泣着，“从来不是!”

她紧紧抱着卡伦，贴在她头发上哭，卡伦在想她是什么意思。

卡伦妈妈第二天早饭之前就走了，她说她必须回市里，她约了医生。卡伦外婆开车送她去车站，卡伦也去了，去说再见。由于腿伤，她还是穿长裤，这就更疼。去车站的一路上，她妈妈的手一直搂着她。

发动卡车之前，外婆把鹅放出围栏。“它们是看家鹅，”她说，“它们和卡里会看顾好一切。任何人想要进来，卡里会击倒他，鹅会戳出他的眼睛。留下，卡里！走，格兰尼。”她开得还是那么快，几乎是在路中央开，但这一次她没有吹口哨。

车站上，说再见的时候到了，卡伦妈妈亲了她的脸颊，紧紧地抱住她，说爱她，并让她乖乖听话。她没有亲外婆，甚至没有和她说再见。卡伦看着外婆的脸：像个盒子一样紧紧关住。

卡伦希望等到火车真的开始移动再离开，所以她们就等。妈妈从窗口向她挥手，她的白色手套像旗帜那样飘扬着。那是她最后一次看自己真实的母亲，那个还能够微笑和挥手的母亲，但在那个时候，她还不知道这一点。

然后卡伦和外婆回到农舍吃早饭，燕麦粥加红糖和厚厚的新鲜奶油。卡伦妈妈走了，外婆就不那么健谈了。

卡伦越过桌子观察外婆，看得很仔细。外婆比卡伦前一天想象得更老；脖子更瘦，眼皮上更多皱纹。她的头四周环绕着一种模糊而苍白的蓝光。卡伦已经觉察出她的牙齿是假的。

三十四

早饭后，卡伦外婆问：“你生病了?”

“没有，”她说。她的腿还是疼，但那不是病，没什么问题，因为她妈妈说没有问题。她不想睡觉，想出去，想看看鸡。

外婆机警地看着她，却只说，“你不想穿短裤吗？今天会很热。”但卡伦再次说不，然后她们就去捡鸡蛋。狗和猪不允许一起去，因为狗会赶鸡，而猪喜欢鸡蛋。它们三个躺在厨房的地上，狗的尾巴慢慢地敲着，猪看上去在沉思。卡伦外婆拿了一个六边形篮子，里面一块擦碟干布，用来放鸡蛋。

天空明亮，像是一拳打进眼睛的那种明亮的蓝色，暖色的混合；尖细刺耳的蝉鸣像金属线那样直接扎进卡伦的脑袋。外婆头发的边缘染上阳光，像炽热燃烧的羊毛。她们走在小路上，两旁是高高的野草，蓟和野胡萝卜，比以前曾经闻过的任何味道都更深更绿，混杂着牲畜棚的淡淡的刺激性味道，所以她都不知道是好闻还是难闻，或者只是那么浓烈，像是要被闷死了。

鸡舍靠近庭院周围的细铁丝围栏和栅栏；栅栏里面是土豆畦，莴苣排成褶边似的一排，三根杆子搭成的架子上爬了豆科植物，红色的花儿上蜜蜂嗡嗡。“土豆、莴苣、大豆，”卡伦外婆对卡伦说，也可能是在跟自己说话。“母鸡。”到鸡舍的时候她说。

母鸡分为两种：红肉垂的白鸡，和偏红的棕色鸡。它们抓爬着，咯咯叫着，用它们黄色的蜥蜴眼睛瞅着卡伦，先是一只眼睛，然后另外一只；闪烁着从羽毛上流下来的多彩亮光，像是露珠。卡伦盯着它们看，直到她外婆抓住她的手臂。“这外面没鸡蛋。”她说。

鸡舍里面陈旧昏暗，卡伦外婆在塞了稻草，仍有两只母鸡在里面的盒子里摸索，把蛋放进篮子。她给了卡伦一只蛋，让她自己拿好。蛋里面渗出一丝温热，上面还粘了一块块鸡屎和稻草，也是暖的。卡伦感到自己的腿肚子在跳动，鸡蛋的热量往上，进入她的脑袋。鸡蛋在她手里很柔软，就像一个跳动的心脏，外面裹了一层橡胶壳。它在生长，膨胀，当她们走回去，经过庭院，穿过太阳的闪耀和蜜蜂的振动时，它变得那么大而且热，以至于卡伦不得不扔了它。

然后卡伦就上了床，趴着，外婆在给她洗腿。“我不是适合她的妈妈，”外婆说，“她也不是适合我的女儿。看看现在。但是没办法。”她把自己大大的有结块的手放在卡伦腿上，一开始更疼了，但后来卡伦觉得越来越温暖，然后就凉下来，然后她就睡着了。

醒来的时候，她在外面，天色很黑，空中有个半圆的月亮；借着月光，她能看见树干和树枝的阴影。一开始她觉得害怕，因为她不知道自己在哪里，怎么到那儿的。有种浓浓的甜味，隐隐约约有些花，后来她才知道是野参，还有许多蛾子扇翅膀的声音，它们翅膀上的白色鳞片抚在她的脸上，不远处有流水。

她听到呼吸的声音，然后感觉到一个湿乎乎的鼻子凑近她的手，有东西在扫她。原来是那两只狗，一边一只。她出门的时候它们叫了吗？她不知道，也没听到。但是她不再担心了，因为它们会知道怎么回去。她站了很久，一口一口地呼吸着树和狗、晚上的花和水的味道，因为这是最好的东西，是她想要的，晚上自己一个人在外面。她不再难受了。

最终，狗轻轻推着她，让她转过来，领她向大块的黑洞洞的房子走回去。哪里都没有灯，她以为自己可以不被外婆发现，进屋，上楼，上床，她不希望自己被摇晃，被人说无情，被什么东西打。但当她到屋前的时候，外婆正站在一边，穿着长长的浅色睡衣，月色中，头发像羽毛似的。她打开门，什么都没说，只是简单地朝卡伦点点头，于是卡伦走进去。

她感到自己受欢迎，晚上的屋子好像不一样了。她现在知道了，外婆在她梦游的时候也一起走出来，而且在黑暗中她也能看见。

早上，卡伦用手摸摸自己的腿肚子，不疼。她感觉到的不是以前黏湿的伤痕，而是一些小小的细线，像头发；像镜子里的裂痕。

卡伦住的房间是楼上最小的一间，以前是她妈妈住。床很窄，还有一个带刮痕的黑漆木制床头板。床上铺了白色床罩，看上去像是由很多毛虫缝合在一起的，有抽屉的五斗橱漆成蓝色，配一把直背木椅。抽屉里面衬了旧报纸；卡伦把自己叠好的衣服放进去。窗帘是褪了色的勿忘我图案，早上阳光透过它们照进来，显出它们的表面以及椅子扶手上的灰尘。一个用破的编织毯，还有塞在角落里的一个深色衣柜。

卡伦知道她妈妈恨这个房间；她恨整个屋子。卡伦不恨它，虽然里面的有些东西让她觉得奇怪。前面的大卧室住着她外婆，壁橱里摆着一排男人的靴子。没有浴室，只有一个屋外厕所，里面有一木盒子的石灰以及一个小木棒，用来把石灰拨进那个洞。正面是会客厅，深色的窗帘，大堆从野地里捡回来的印度慈姑，地上到处是一堆堆的旧报纸。墙上的相框里是卡伦外公的照片，很久以前的了，在他还没被拖拉机轧倒之前。“他没有和拖拉机一块儿长大，”外婆说，“而是和马。该死的东西把他卷进去了。你妈妈看到了经过，那个时候她只有十岁。也许她就是在那时候开始走歪路的。他说是他自己的错，跟魔鬼的发明纠缠。他撑了一个星期，但是我什么办法也没有，最简单的事情也做不了。”她更像是对着自己而不是卡伦说这些事情，和很多其他事情一样。

拖拉机还在车房里；外婆还不那么老的时候曾开过。现在，地交给路那头的荣·斯洛安种，他用自己的拖拉机，自己的包装机，全是自己的工具。卡伦在那儿的第二个礼拜，有只母鸡要孵小鸡了，在拖拉机的坐凳上做了个窝，而不是在它自己的盒子里。卡伦发现它的，坐在二十三只鸡蛋上。“她们会那么做的，”外婆说，“她们知道我们拿走她们的蛋，所以就自己偷偷藏起来，其他母鸡也把自己的蛋生给她，免掉自己的麻烦。懒婆娘。”

但是因为有黄鼠狼，那只母鸡必须被弄回鸡舍。“它们晚上来，”卡伦外婆说，“它们咬断小鸡的脖子，吸干它们的血。”黄鼠狼很小，可以穿过最小的裂缝。卡伦想象着它们是什么样子，蛇那样长长细细的动物，冰冷沉默，穿过墙滑进来，嘴巴是张开的，锋利的毒牙已经准备好，眼睛闪着邪恶的光。一次，天黑后，外婆让她拿着提灯进鸡舍，她自己则在外面透过光照找围板上的裂缝。鸡舍里有只黄鼠狼，她说，应该就是它了。“它们不是为了吃才杀小鸡，”她说，“是因为好玩。”

卡伦看着外公的照片，她从来没法从照片里看出很多东西；照片里面的身体只是平面的，用黑白的纸做成的，没有亮光照出来。外公留了胡须，眉毛浓，穿一件黑色衣服，戴顶帽子；他没在笑。卡伦外婆说结婚前他曾是个门诺派教徒，后来就和他们决裂了。卡伦根本搞不清楚，因为她不知道门诺派是什么。外婆说是一种宗教，他们不用任何新奇的东西，他们保存自我，是好农民。你总能够分辨一个门诺派的田，因为他们会一直耕到田边上。而且，他们反对战争，他们不会打架。“战时他们不太受欢迎，”她说，“仍有些这种立场的人不和我说话，因为他的缘故。”

“我也不同意战争。”卡伦严肃地说，她是刚刚才决定的。是战争让她母亲那么神经过敏。

“是的，我知道耶稣说过要把另一边脸也转过去，但是上帝说也要以眼还眼。”外婆说，“如果有人开始杀你的同胞，你就该反击。这是我的观点。”

“你可以去别的地方。”卡伦说。

“门诺派也这么说，”外婆说，“问题是，如果没有地方可去了呢？回答这个问题，我对他说！”外婆经常提到外公的时候，好像他还活着——“他晚饭喜欢吃大盘的肉”或者“他从不走捷径”。卡伦开始考虑外公是不是确实还活着，以某种方式。如果他可能在哪里的话，应该是在前面的客厅。

也许这也是为什么她们从来不用前厅，只用后厅。她们坐在里面，卡伦外婆一块一块地编织着鲜亮的方毯，她们会听收音机，主要是听新闻和天气预报。卡伦外婆喜欢知道会不会下雨，虽然她说她比收音机更能预知天气，她能从自己的骨头里感觉到。她每天下午都在那儿睡觉，沙发上，裹在一条织好的毯子里，牙齿浸在一个玻璃杯里，由猪和两只狗看着。早上她的精神很好很高兴；吹口哨，和卡伦聊天，告诉她该怎么做，因为每件事情都有对有错。但是到了下午，吃过午饭，她就萎靡了，开始打哈欠，然后她会说她得坐会儿了。

卡伦不喜欢在外婆睡着的时候醒着，这是她一天中唯一害怕的时候。其他的时间她都在忙，她能帮得上，把菜园的草拉出来，收集鸡蛋，一开始和外婆一起，后来就自己一个人。她还擦干盘子，喂狗。但是当外婆睡着后，她甚至不出去，因为她不想走得太远。她待在厨房，有时候看旧报纸，找到周末连环图画那一页仔细研究：如果把眼睛凑得离报纸很近，那些脸就溶解成彩色小点。或者就坐在餐桌上，用铅笔头在纸片上画画。一开始她试图给妈妈写信，她知道怎么开始，在学校学过。亲爱的妈妈，你好吗，爱你的卡伦。她会走到路边的邮箱，把信丢进去，翻起红色的金属旗子。但是没有回信。

所以她就坐在那里用铅笔头乱画；或者干脆不画，而是听。外婆有时候会在睡梦中打鼾，咕哝。还有苍蝇嗡嗡地，远处的奶牛，鹅咯咯的叫声，一辆车经过，从屋前的碎石路上开过。也有其他的声音，食品室里水龙头的水滴进水槽的声音。还有前厅的脚步声，叽嘎声，会是什么呢？是摇椅，还是硬沙发？她一动不动地坐着，在炎热的下午感觉突然冷下来，手臂上的汗毛竖起来，等着听脚步声会不会走近。

外婆会在星期天打扮一下，但是她不去教堂——不像维姨妈，每个星期天去两次。她会从前厅拿出一本巨大的家庭用《圣经》，让它站在餐桌上，闭上眼睛，用一只别针刺进书页之间，然后打开别针选择的那一页。“现在到你了。”她会对卡伦说，卡伦接过别针，闭上眼睛，让自己的手在书页之间游走，直到她觉得别针插进去了。然后外婆会为她读别针所在的地方。

“‘你们中间若有人，在这世界自以为有智慧，倒不如变作愚拙，好成为有智慧的，’①”她读道，“‘因为这世界的智慧，在神看是愚拙。’② 那么现在，我知道那意思指的是谁。”然后她会点点头。

但有时候她会觉得困惑，“‘狗在耶斯列的外郭，必吃耶洗别的肉，’③”她读道，“这个我不知道说的是谁，也许是很久以后的一个。”她每个星期天只读一节，之后就合上《圣经》，放回前厅，换上工作服，出去忙活。

卡伦跪在菜园里，摘了大豆放进六角篮子，黄色的大豆。她慢慢地摘，一次一个。外婆摘的时候能够双手并用，看都不用看，她编织的时候也这样，但是卡伦得看，先找到大豆，然后才能摘下来。太阳又白又热；她穿了短裤和无袖的上衣，戴了外婆给的草帽，就不会中暑了。她蹲伏在那里，几乎隐没不见了，因为大豆株植很大。向日葵用它们巨大的褐色眼睛看着她，黄色的花瓣像干火穗子。

空气像玻璃纸一样闪烁着，很干净的一张纸在平坦的田野上震动着；这震动被蚂蚱划破，变成静电。是个割草的好天气。隔了两块田那边荣·斯洛安开着牵引机过来了，哔哔剥剥，砰砰砰的包装机，然后停了下来。卡伦到了大豆畦的尽头，为自己拔了一根胡萝卜，用手指擦去土壤，在腿上搓了搓，然后一口咬下去。她知道应该先洗一下，但是她喜欢泥土的味道。

---

①《圣经·哥林多前书》，第三章，十八节。
②《圣经·哥林多前书》，第三章，十九节。
③《圣经·列王纪上》，第二十一章，二十三节。

一阵马达噪音，是辆深绿色载货卡车正开过来。开得很快，在碎石路上甩来甩去。卡伦知道卡车是谁的：荣·斯洛安的。

他为什么不在田里，为什么到这儿来？大多数时候没人过来拜访，她外婆对邻居没啥看法。她说他们想法愚昧又搬弄是非，而且他们在街上与她擦肩的时候，当她在镇上买东西的时候，会盯住她看。卡伦见过，确是那样。

卡车刹住停下来；鹅冲过去，狗狂吠。卡车门打开，荣·斯洛安下来。蹒跚着下来，抱着手臂。他脸上黄褐色的皮肤像只褐色的纸袋，完全没有了粉红色。“她在哪里？”他对卡伦说。他一股汗味儿，神情恐怖。他的袖子撕破了，手臂在滴血，是涌血，她现在看见了。手臂上的伤势和危险以鲜红的颜色令人震惊地涌出来。卡伦想尖叫，但是叫不出来，她动弹不得。她在脑子里喊着屋里的外婆，她的外婆就提着桶从屋角转出来。“全能的上帝啊，”她说，“荣。”

荣·斯洛安向她转过脸去，可怜无助的表情。“该死的包装机，”他说了句。

卡伦外婆向他冲过去，“小子姑娘们，小子姑娘们，”她对狗和鹅说，“卡里，闪开。”狗吠声和咯咯声立即隐去。

“很快就好。”她对荣说，伸出自己的手，触摸他的手臂，说了些什么。她看见光，一道蓝色的亮光从外婆手上出来，然后就没了，血也止住了。“弄好了，”她对荣说，“但是必须去医院，我能做的只是止血。我开车送你过去，你不舒服。是动脉：半小时之后还是会流血。去拿一块湿布，”她对卡伦说，“一条茶水毛巾，冷水。”

卡伦和格兰尼一起坐在外婆的卡车后部。如果可以，她现在总是坐在后排，空气在她周围打转，她自己的头发搔弄着脸，树木模糊地闪过，像飞一样。他们去了二十英里之外的一家医院，和火车站在同一个镇，荣下来，然后他就不得不坐下来，耷拉着头，然后外婆用手臂挽着他，一起跛进医院，像是三脚竞赛里的人那样。卡伦和格兰尼在卡车上等。

过了一会儿，外婆出来了。她说她们得把荣·斯洛安留在医院里缝合，他现在没问题了。她们开回去告诉斯洛安夫人发生了什么事，她就不会担心了。她们坐在斯洛安夫人的餐桌旁，卡伦外婆喝茶，卡伦喝一杯柠檬水，斯洛安夫人哭了，说谢谢，外婆却没有说不客气。她只是点点头，有点呆板，说："别谢我，不是我做的。"

斯洛安夫人有个十四岁的女儿，浅色头发，比卡伦的还浅，粉色眼睛，是那种皮肤所没有的颜色。她递过来一盘现成的曲奇，怔怔地看着卡伦外婆，粉色的眼睛都要掉下来了。斯洛安夫人不喜欢卡伦外婆，虽然她劝她再喝一点茶。浅色头发的女儿也不喜欢她，她们是害怕她。她们的害怕遍布全身，带点灰色的发冷的颤抖，就像微风拂过的池塘。她们害怕，卡伦却不；或者不那么怕。她也愿意触摸鲜血，愿意去止住流血。

当夜晚凉快一些的时候，卡伦和外婆会去墓地，不到一英里的地方，那个时候卡伦外婆会穿上她的外套，但是卡伦不一定需要。

她们总是步行，从不开卡车过去。她们沿着石子路前行，旁边是篱笆和沟渠以及穿着灰尘外套的野草，卡伦拉住外婆的手，这是她唯一这么做的时候。现在她用不同的方式握住它，感觉它的青筋纹理，以及骨头的硬块，它松弛的皮肤不一样衰老，却是同一种颜色。淡蓝色，具有力量的一只手。

墓地很小；旁边的教堂也很小，而且是空的。以前去那里礼拜的人们盖了一座新教堂，更大，就在主干道旁边。

"芬尼亚会人来的时候，那儿就是我们藏妇女和孩子的地方，"卡伦外婆说，"就在那个教堂里。"

“芬尼亚会人是什么？”卡伦说。那个词让她觉得放松，她在收音机里听到过。芬—尼—亚会人。

“国家的败类，”外婆说，“爱尔兰人。他们要打仗，眼睛却比胃口大。”她谈到这些事情，好像是前一天才发生的，但实际上是很久以前了，七十年过去了。

“他们不是爱尔兰人。”卡伦说。

“当然不是，”卡伦外婆说，“可你外公是。”她自己是苏格兰人，部分的，所以卡伦自己也部分的是苏格兰人。部分苏格兰血统，部分英格兰血统，部分门诺派，部分她父亲的一些东西。依照外婆的观点，做个苏格兰人最好。

公墓长满杂草，但人们还是会过来：有些坟墓周围割过草。外婆知道每个人葬在哪里，怎么死的：十字路口的汽车相撞，死了四个，他们当时正在喝酒；一个人用自己的散弹鸟枪将自己打成两半，每个人都知道，只是不愿意说，因为那样就意味着是自杀，很羞耻。一位女士以及她的孩子，孩子的坟墓小多了，像个小小的床架；又是一种羞耻，因为那个孩子没有真实的父亲。但是“所有的父亲都是真实的”，外婆说，“但不是所有的父亲都好。”墓碑上都刻着天使的头像，坟墓旁有些柳树，石制的羊羔和花束；也有真的花，枯萎着簇拥在石瓶里。外婆的父母就在前面，还有她的两个哥哥。她让卡伦看着他们，她没有说“他们的坟墓”，而是说“他们”。但是她最想让卡伦看到的是外公。外公的名字就刻在他的墓碑上，还有两个与他有关的数字，左边一个是出生日期，右边一个是逝世的日期。

“也许我应该把他送回门诺派的墓地，”她喃喃地说，“他可能想和自己人在一起。但是很可能他们不会接受他。不管怎么说，他最好和我在一起。”

外婆自己的名字刻在他的下面，但她右边的日期是空白的。“我不得不事先准备好，”她对卡伦说道，“我死后这里没有人会做这些事。那个格洛里亚和维大概只会直接把我扔进这挖好的沟里，好省钱。她们等着我死，这样就可以卖掉农场了。或者她们想把我埋在城里，另找一个墓地。所以我骗了她们，为自己买了墓碑。我都搞定了，在这里下地狱或上天堂。”

“我不希望你死。”卡伦回答道，真的。外婆是她安全的港湾，只是外婆很顽固。也许安全正是因为她的顽固。没有欺骗，没有遮掩。她从来不改变。

外婆抬起了她的下颌。“我没有打算去死，”她说，“只有身体才会死亡。”她紧紧盯着卡伦；目光近乎残酷。此时，她头顶的头发就像结过种子的蓟。

卡伦爱她的外婆吗？查丽丝坐在渡船的后面回岛上的途中想道，记起自己能记得的。有时候爱，有时候不爱。对于粗糙又柔和的颜色，以及辛辣味道和刺耳边缘的混合来说，爱是一个过于简单的词。“给猫剥皮不止一种方法。”外婆会这样说，卡伦畏惧了，因为她能想象她的外婆确实会去剥一只猫的皮。破晓时分，外婆带她出去，背着 22 毫米的来复枪去打旱獭；还有兔子，用来炖汤。鸡太老而不能下蛋的时候或者在她需要的时候，她会杀鸡；她用斧头在劈柴的砧板上把鸡的头剁下来，然后它们就在谷场上默默地乱窜，脖子上血如泉涌，生命的青烟从它们的身体往上升，周围虹光渐渐褪去并消失。然后她拔去鸡毛，取出内脏，并用一支蜡烛燎去绒毛，煮好之后，她把叉骨留下，在窗台上风干。她已经有了五个。“你有愿望要实现吗？”卡伦一个愿望都想不到。“先留下来，需要的时候用。”外婆说。

卡伦现在问更多问题，做更多事情。外婆说她正在变坚韧。她自己去鸡舍捡蛋的时候，如果有母鸡对她发嘶嘶声并试图啄她，她就使劲儿打她们，如果公鸡跳到她的光腿上，她就踢他；有时候她拎根棍子，打退他。“他是个卑鄙的老东西，”外婆说，

“从他那儿得不到任何东西，所以就狠狠揍他，他就会因此尊重你。”

一天早上她们正在吃培根，外婆说，“我们吃的是小粉。”

“小粉？”卡伦说。那只叫小粉的猪正躺在针织毛毯上，吃饭时间她通常在那个地方，眨巴着眼睫毛，期待着残羹剩饭。“小粉在这儿呢！”

“这是去年的小粉，”外婆说，“每年都有个新的。”她隔着桌子看卡伦。她的表情顽皮，正等着看卡伦做何反应。

卡伦不知道该怎么办，她可以开始哭，从桌前跳起来，跑出屋子，她妈妈会这么做，她自己也想这么做。但她只是放下叉子，吐出嘴里嚼过的橡胶似的培根，轻轻放在盘子上，从此不再吃培根，永远不再吃。

“嗯，我的天，”外婆说，有些委屈，带点轻蔑，好像卡伦在什么事情上失败了，“只是猪啊。他们小的时候是很可爱，也很聪明，但是如果让他们一直活着，他们会长得太大。长大后他们就很放肆，狡猾，他们会吃了你自己。一看见你，就贪婪地抓住你。”

卡伦想着小粉，没有脑袋，在谷场上东奔西窜，生命的青烟升出身体，虹光褪去。不管别的什么，她外婆是个刽子手，难怪别人都怕她。

三十五

劳动节到了，卡伦妈妈本该在这个时间乘火车过来，把卡伦接回城里。卡伦整理好所有行李。她在自己窄窄的床上哭过，在松绒线织的床罩下面，蒙着枕头。她不想离开外婆，但是她必须去见妈妈，那个人——已经——她记得不太清楚了。她能记得的就是她的连衣裙，和塔布香水的味道，以及她的某种声音，那种甜美的声音，她在二年级班上用的那种过于甜美的声音。

她妈妈没有过来，倒是维姨妈打电话过来，卡伦外婆说出了点意外，卡伦要再待一阵子。“帮我弄土豆吧。”她说。卡伦就捡了一些土豆，在食品室里洗干净，外婆用开水烫过之后去掉皮，放在锅里煮。

要开学了，仍然什么事情都没有发生。“你没指望在那所学校开学了，”卡伦外婆说，“只能这样进进出出了。”卡伦并不介意。反正她不喜欢学校，很难在同一个房间里面同时注意那么多的人，就像雷雨前的收音机那样：她几乎听不到任何东西。

外婆从前厅拿出《圣经》，将它立在餐桌上。“我要能看见，瞎子这么说，”她说。她闭上眼睛，把别针戳进去。“《诗篇》八十八篇。以前我也抽到过这儿。‘你把我的良朋密友隔在远处，使我所认识的人，进入黑暗里。’嘿，对极了；意思是我得准备自己动身了，不久之后。该你了。”

卡伦接过别针，闭上眼睛，她的手跟随着一股强烈的气流往下。“啊哈，”外婆说，眯眼看着，“又是耶洗别。《启示录》，二章，二十节。‘然而有一件事我要责备你，就是你容让那自称是先知的妇人耶洗别教导我的仆人，引诱他们行奸淫，吃祭偶像之物。’对于一个小女孩儿来说，这是个奇怪的事儿。”她对卡伦微笑了一下，枯萎的苹果的微笑。

“你必须早作打算。”卡伦不明白她的意思。

最终是维姨妈来了，而不是卡伦妈妈。她甚至都没有住在外婆家里，而是在镇上找了家旅馆，外婆开车把卡伦载过去。卡伦这次没有坐在卡车后面，而是坐在前面有狗毛的座位上，穿着她的裙子，就是刚到那天穿的一件，看着车窗外面不说一句话。外婆轻柔地吹着口哨。

维姨妈看见卡伦并没那么开心，但她假装很开心，在卡伦脸上亲了一下。“看你长多高了!”她说，听起来像是一种指责。“她的行李带来了吗?”她对外婆说。

“维欧拉，我还没老，”外婆说，“不可能把她的行李忘了。给你，”她温和地对卡伦说，“我放了根叉骨①进去。”她蹲下来，用骨瘦如柴的手臂搂住卡伦，然后就离开了。

火车上，卡伦坐在维姨妈旁边，她不停唠叨着。“我们必须立刻让你入学，”她说，“你已经落课近一个月了！天哪，你晒成了褐色，跟只浆果似的!”

“我妈妈呢?”卡伦说。她想不出哪种浆果是褐色的。

维姨妈皱起眉头，朝旁边看去。“你妈妈不太舒服。”她说。

到维姨妈家后，卡伦走进她一贯待的房间，橙色和粉色花饰的窗帘的那间，立刻打开她的行李箱。母鸡叉骨在里面，用一张蜡纸包住，外面扎一根橡皮圈，是从外婆放在水槽旁边用来储存橡皮圈的罐子里拿的。她拿出叉骨，闻起来臭臭的，但丰沃而饱满，就像粘满土壤的手。她把它藏到窗帘的缝边里，她知道如果被维姨妈发现，她准会扔了。

卡伦的妈妈在一座大楼里，一座平整的黄色建筑物，看起来像学校。维姨妈和弗恩姨父带卡伦去见她。他们坐在候诊室里，硬椅子上铺着粗糙的纺织品，卡伦吓坏了，因为维姨妈和弗恩姨父那么严肃；严肃，又很热心。他们就像发生车祸时停下自己的车子出来看看怎么回事儿的那些人。不好的事情，错事，但是他们要参与进来，无论是什么事。卡伦宁愿不要，她现在希望回到

---

① 又称“如愿骨”，源自西方习俗。两人食禽肉后同执叉骨一起折断，得较长一端者即表示可以愿望得偿。

从前，时光倒流到农场，但是一扇门打开了，妈妈走进房间。她走得很慢，伸手触摸家具，好像在给自己引道。梦游，卡伦想。之前，她妈妈的手指纤细，指甲圆滑，她为自己的手指倍感骄傲。她穿着卡伦之前从没见过的家居服和拖鞋，而且，她之前也从没见过妈妈这样的脸。

不是这张脸，这是一张单调的脸，泛着迟钝的光，就像渔市搪瓷托盘里的死鱼。光亮正在褪去，银色的，像鱼鳞。她把脸转向卡伦；像盘子一样面无表情；陶瓷一样的眼睛。卡伦突然定格在这双眼睛里面，一个苍白的小姑娘，坐在很多节块的椅子上，一个自己的妈妈从未见过的女孩儿。卡伦向妈妈伸出手去，吸一口气，倒抽一口，取代了一声尖叫。

“格洛里亚，你感觉怎么样？”弗恩姨父说。

卡伦妈妈的头转向他，笨重的头，很沉重，上面的头发梳到后面，用夹子夹住。卡伦妈妈通常用曲针来别头发，梳好后它会有波浪。这个发型又平又直，好像覆了一层薄膜，好像之前是保存在橱柜里面。卡伦想起外婆的地窖，散发室内泥土的味道，一排排的果酱瓶，用玻璃瓶密封的白梅，上面洒了尘土。

“好。”片刻之后，卡伦妈妈说。

“我受不了了，”维姨妈说，用手帕轻轻地敲打自己的眼睛。然后，她用一种更坚定的声音说：“卡伦，你不想去亲一下妈妈吗？”

维姨妈的问题像是命令，卡伦从椅子上滑下来，向妈妈走过去。她没有抱住她，她没有用手摸她，只是弯下腰，用嘴唇碰一下那个女人的脸颊。她根本没有压下去，只是用嘴噘一下又缩回来，在冰凉的橡胶一样的脸颊上。她想起了没有脑袋的小粉，倒在谷场上，变成火腿。她妈妈具有午餐肉的质地。她的胃里觉得恶心。

妈妈被动地接受了这个吻，卡伦退后一步。现在，妈妈周围已经没有红光了，只有一丝模糊的淡紫褐色微光。

车开回去的路上，卡伦坐在维姨妈和弗恩姨父中间，而不是她通常所坐的后排。维姨妈擦拭她的眼睛，弗恩姨父问卡伦要不要吃蛋筒。她说不用，谢谢，他轻拍着她的膝盖。

“我觉得很难过，我自己的妹妹；但是我不得不那么做，”维姨妈在电话里说，“这是第三次了，我能怎样呢？不知道她从哪儿弄来的！幸好空瓶还在她旁边，所以至少我们能告诉医生她吃的是什么。我们及时赶到实在是个奇迹。我猜到她的声音有点问题；但以前也不是没发生过！我们到的时候她都快凉了。她的嘴里都是瘀伤，持续几周，他们撬开她的嘴，把管子伸进去，你都要不认识她了。我不知道——电击治疗，我猜。如果那个没用，他们就得动手术了。”她说手术时的语气庄重，像是在做祷告，好像它是个神圣的词。她期待这个手术，卡伦能够听出来。如果妈妈动手术，维姨妈身上的某些神圣之处将会减色。

卡伦去上学，在学校里她很少说话，也不交朋友。也没人欺负她，她几乎是被忽略的。她知道怎样做到让自己不被注意。只要沉浸在周围的光中；就像是沉进自己的呼吸。每当老师看着她，目光就会穿过她，直接射向坐在她后面的任何人。这样，卡伦就根本不必要待在教室里。她任由自己的手做被要求做的：很长的一行行 a 和 b，整齐的一列列数字。她因为整洁而得过金色星星，她的纸雪花和纸郁金香花是那十个被别在软木公告板当中的一个。

每周，然后是每两周，再是每三周，她和姨妈姨父一起去看她妈妈。妈妈现在在另一家医院了。“你妈妈病得很重。”维姨妈告诉她，但是卡伦不用别人告诉也知道。她能从妈妈皮肤上看出疾病在蔓延，就像手上的汗毛，无法控制；就像闪电时候的电丝，不过很小很慢。就像面包上面扩散的霉。如果妈妈的静脉被这样穿透，她就会死。没人能够阻止，因为是她自己要这么做。

卡伦想过用叉骨许愿，但是她知道没什么用。要实现一个愿望，你必须是真的想要，但她不希望这个女人活着。如果妈妈能回到以前的样子，她好好的时候，她愿意。但是她知道不可能，那样的妈妈没剩下多少了，所以她把叉骨保存在窗帘的缝边里，每隔一阵子去查看一遍，看看是否还在那里。

卡伦坐在自己房间，有时候她将头轻轻地往墙上敲，这样就不用去想了，或者老是看着窗外，或者在学校的时候也看着窗外。她看的是天空，她想念夏天。或许明年夏天姨妈和姨父会出去度假，她就可以回到外婆的农场，捡鸡蛋，在太阳底下摘黄色大豆。

八岁生日那天，卡伦得到一只蛋糕，维姨妈烤的，从商店买了糖做的玫瑰放在上面，还有八支蜡烛。她问卡伦要不要叫她的小朋友过来，但卡伦说不。于是他们三个单独吃生日晚餐，哦上帝，保佑这些食物带给我们健康，阿门。吃的是金枪鱼色拉三明治，还有花生酱和肉冻，维姨妈说："这难道不好么？"然后是三色的那不勒斯冰淇淋，白色、粉色、褐色。之后是生日蛋糕，维姨妈点燃蜡烛，并让卡伦许个愿再吹掉，但是卡伦只是坐在那里，看着火焰。

"我觉得她以前从没有过生日蛋糕。"维姨妈对弗恩姨父说。然后弗恩姨父说："可怜的小孩。"并拂弄卡伦的头发。这些天他老这么做，卡伦并不喜欢。弗恩姨父的手有股沉重的冷光，像肉冻一样厚，黏腻，棕绿色。有时候卡伦会照镜子查看它有没有漏出来。

"许个愿，"弗恩姨父衷心地说，"想要一辆自行车！"

"你得闭上眼睛。"维姨妈说。

所以为了迎合他们，卡伦闭上眼睛，什么也没看见，只有天空，然后再次顺从地睁开眼睛，吹灭蜡烛。维姨妈和弗恩姨父拍手，欢呼，弗恩姨父说，“嘿，你看我们买什么了！”于是，他从厨房外面推了一辆崭新的自行车，鲜亮的红色，用粉色丝带装饰，一只把手上面还系了个气球。“你觉得怎么样？”弗恩姨父热切地说。

黄昏了；打开的窗子透进割过的草的味道，六月的昆虫扑打着纱窗。卡伦看着自行车，看着它闪闪发光的刹车和车链以及它的两个黑色轮子，意识到她妈妈已经去世。

她妈妈三个礼拜后才死，但是都一样，因为有时候（查丽丝想）时间有一个褶层，就像将被单顶部向下折叠以形成一个滚边那样，又比如，如果在任何一个地方刺进一针，那针眼就会在一列上，预见未来也是这么一回事儿。没有什么神秘的，不同的是，就像湖面上有余波，或者音乐里面有和声，两个旋律同时进行。记忆也是这样的重叠，同样一种褶层，只是往后折叠。

或者这种叠层不是在时间里面而是在观察者的意识之中。无论如何，卡伦看着自行车，也知道了妈妈的死，瘫倒在地板上，哭泣，维姨妈和弗恩姨父觉得迷惑，然后是愤怒，告诉她她是个幸运的女孩儿，一个幸运但忘恩负义的女孩儿，她却无法解释。

举行了葬礼，但没有多少人来，几个她妈妈以前学校的老师，以及维姨妈的几个朋友。外婆没来，但卡伦并不觉得奇怪——外婆出现在这个城市大概不大合适。也有其他的原因——突然病了，维姨妈说，还有照料家里，她用那种为自己谋取别人同情的声音——但是这些词对于卡伦来说毫无意义，她也不想听，于是将它们排除在意识之外。她穿了海军蓝，是维姨妈在短时间内能找到的最接近黑色的一件，但是——她在电话里说——她应该知道这种时候早晚要到的。他们不准卡伦看棺材里面妈妈的尸体，因为维姨妈说这种事情对于一个小孩子来说太过骇人了，但不管怎样，卡伦都知道会是什么样子。和活着的时候差不多，只会更加严重一些。

弗恩姨父和维姨妈重新装修了部分地下室，油毡地板上面铺了厚厚的地毯。他们把那里做成了一间娱乐室，它不像是残骸房间，倒更像是消遣的地方。① 有一个吧台和吧凳，还有一副为卡伦准备的象棋，一个电视机。这是他们买的第二台电视机；第一台放在客厅里。卡伦喜欢看娱乐室里这台，不挡任何人的道。她实际上并不需要注意面前的屏幕里面究竟发生了什么；她能自娱自乐，在她自己的脑袋里，没有人问她在干什么。

时值九月，但是外面和楼上还是又干又热。卡伦坐在地毯上，娱乐室这里要凉快一点儿，她赤脚，穿着短裤和无袖上衣，看电视里正在播放的《库克拉、弗兰和欧里》。库克拉、弗兰和欧里是木偶，至少其中的两个是。楼上，维姨妈的鞋嗒嗒嗒，在厨房地板上繁忙地来来回回，卡伦抱住自己的膝盖，轻轻地摇晃。过了一会儿她站起来走到吧台水槽边给自己接一杯水，从小冰箱里拿出一块冰扔进去，又回到毯子上坐好。

弗恩姨父修完草坪，走下楼来。他的肤色比平时更加红，全身散发着汗味，就像一只淋湿的狗抖动自己的时候洒出来的水。他走到吧台，取了一瓶啤酒，掀掉盖子，喝下一半，用水槽旁边的毛巾擦拭汗湿的脸。然后坐到沙发上。这个沙发实际上是张沙发床，以备客人造访，因为卡伦占了以前的客房。那个房间依然被称为“客房”，虽然卡伦住在里面。但是，他们并没有客人。

卡伦站起来，想上楼，因为她知道接下来要发生什么事情，但是她不够迅速。“过来。”弗恩姨父说。他拍拍自己的巨大的毛茸茸的膝盖，卡伦不情愿地走过去。他喜欢让她坐在他的膝盖

---

① 娱乐室的英文为“rec room”，rec 发音与残骸（wreck）相同。

上，觉得这是慈爱的表现。“你现在是我们的小女孩儿了。”他亲爱地说。但是他并不爱她，卡伦知道。她知道自己不能令他满意，因为她不跟他说话，不拥抱他，也笑得不多。她只是不喜欢他的那种味道，还有，他绿褐色的光。

她坐在弗恩姨父的膝头，他把她往上拉到自己的大腿上，并用一只红彤彤的手臂搂住她，另一只手则拍打着她的腿。他总这样，她已经习惯了；但是这次他的手伸得更高，到了她的两腿之间。库克拉、弗兰和欧里继续用它们伪造的声音谈话；库克拉是某种龙。卡伦轻微扭动着，企图使自己逃离那已经伸进她短裤的巨大手指，但是绕在她腹部的手臂更紧了，而且弗恩姨父对着她的耳朵说，“别动!”听起来不像平时那么亲切，带着哄骗；而是似乎在生气。他的两只手现在都进去了，他在自己身上前后揉搓着她，好像她是块洗澡布；她的耳朵旁边到处是他湿热的呼吸声。“你喜欢你的老弗恩姨父，不是吗?”他狂暴地说。

“你们两个!”维姨妈对着地下室楼梯欢快地喊着，“吃晚饭了！有玉米棒子!”

“马上就来!”弗恩姨父刺耳地喊，好像那声音是照着他的肚皮踹上一脚后挤出来的。他将一根手指塞进卡伦里面，呻吟起来，好像被刺痛的是他一样。他继续抓住卡伦一会儿时间：能量从他身体里泄露出来，他需要一块绷带。然后他才让她走。

“跑上楼去，”他告诉她，努力用他的虚假声音，姨父的声音，但是那声音还没回来；是不安的声音。“告诉你维姨妈我马上就来。”卡伦朝自己后面看，想知道自己的短裤是不是棕绿色，但不是；只是湿了。弗恩姨父正在用吧台毛巾擦拭自己。

弗恩姨父潜藏着，埋伏着等待。卡伦躲避他，但没法在所有的时候都成功避开。奇怪的是，维姨妈不在家的时候，弗恩姨父从来不来找卡伦，也许他喜欢那种危险；或许他知道有维姨妈在卡伦就不敢发声。不清楚他是怎么知道的，或者为什么是这样，但事情确是如此。比起腊肠般的手指，卡伦更害怕被维姨妈发现。

很快，一根手指不够了，他让卡伦站在他前面，背对着他，这样她就没法看见，一边一个大膝盖夹住她，然后把手放在她的百褶裙校服下面，滑下她的短裤，用什么东西从后面使劲插进她的两腿之间。也许用了他的两根手指，或者三根。很疼，但卡伦知道人们爱你的话，会对你做令你疼痛的事情，她努力使自己相信他爱她。他就是这么说的："你的老姨父爱你。"他告诉她，用自己的脸摩擦着她的脸。

之后的晚餐上，他笑得更多，讲话更大声，说笑话，亲维姨妈的脸。他给她们两个买礼物：盒装巧克力给维姨妈，毛绒动物玩具给卡伦。"你就像我们自己的女儿。"他说。维姨妈微微地笑了一下。没人能说他们正在做着的事情有什么不对。

卡伦失去了胃口：试图不去想弗恩姨父——无论他在或者不在——的努力让她变得虚弱。她变得更瘦更苍白，维姨妈在电话里谈论她说——"是因为她失去了妈妈，她是那种你能够一眼看出她的感受的类型，她只是闷闷不乐地到处走。不应该持续这么久的，她都快十岁了！"她带卡伦去医生那儿看她有没有贫血，但是她却没有。

"告诉我怎么了，"维姨妈说，"说出来会好受些，你可以告诉我！"她脸上的表情庄重而热心，期望着听到有关卡伦妈妈的事情，她极力劝她说出来。

"我不喜欢弗恩姨父摸我。"卡伦终于说了。

维姨妈的脸松下来，然后僵住。"摸你？"她疑惑地说，"摸是什么意思？"

"摸，"卡伦困乏地说，"在那儿下面。"她指着。

她已经知道自己犯了一个不可饶恕的错误，到目前为止，维姨妈还愿意容忍她，甚至显出喜欢她的样子，但再也不会了。

维姨妈的嘴唇变成白色，眼睛里闪烁着危险。卡伦看着地板，避免看她。“你真是和你妈妈一样，”维姨妈说，“骗子。如果你和她一样疯掉，我一点都不会觉得奇怪。上帝知道这个家怎么了！再也不要说任何你姨父的坏话！他当你是自己女儿一样疼！你想毁了他吗？”她哭起来。“求上帝赦免你吧！”然后她的脸又变过来，擦干眼睛，她微笑着。“我们忘了你刚说过的话，亲爱的，”她说，“我们俩都把它忘了，我知道你经历的事情不容易，你从没有过父亲。”

那样之后，能怎么办呢？什么也做不了。弗恩姨父知道卡伦告发他了，他现在对维姨妈比以前更好。而且对卡伦也更好，在人面前；但是带着悲伤，像是他正在试图原谅她的样子。维姨妈没在看时，他在饭桌那头瞪着卡伦，未煮过的牛肉似的脸上，眼睛里闪着胜利的光芒。*你赢不了这场战争*，他告诉她。她能清清楚楚地听见这些词，好像他是一个字一个字拼出来的。暂时，他避开她，不再在屋子里追踪她，但他在等。他正渴望着向她伸手，但再不会有恳求的低语了。现在他不问她是否喜欢他，现在他更像她妈妈曾经的样子，像是在她开始尖叫，伸手拿扫帚把之前的样子。那种不吉利的平静，那种温和。

卡伦把头蒙在枕头下面睡觉，因为她不想听见或看见；但是她又开始梦游了，比以前更经常。她在客厅醒来的时候，自己正企图穿过落地窗走出去，或者是在厨房里，使劲儿摇着后门的把手。但是维姨妈锁住了所有的门。

卡伦直直地坐在她的床上，把枕头抱在胸前。她的心恐怖地乱跳着。一个男人站在她黑黑的卧室里；是弗恩姨父，在他轻轻把门关上之前，能够借着走廊的灯光看见他的脸。他睁着眼睛，却在梦游；他穿着条纹睡衣，看上去死气沉沉。永远不要叫醒梦游的人，她外婆说，会打断他们的旅程。

弗恩姨父静静地梦游到卡伦床前，一阵陈旧的汗酸味夹杂着肉的恶臭味同时袭来。他跪下，床像艘船一样起伏几下，他移往前，卡伦往后退。“你这个小杂种，你就是个杂种，”他柔和地低语着，“狡猾的小杂种。”他说梦话了。

然后他趴到卡伦身上，用他那黏湿的手捂住卡伦的嘴，把她撕成两半，从正中间把她撕成了两半，于是她的皮肤像茧一样张开，查丽丝从里面飞了出来。她新的身体像羽毛和空气一样轻，没有疼痛。她飞向窗户，躲在窗帘后面，待在那里，穿过布，穿过粉色和橙色的玫瑰图案看过去。她看到的是一个苍白的小女孩儿，脸部扭曲，涕泪纵横，鼻子和眼睛都湿了，好像快要淹死——想喘一口气，又下去了，又喘一口。她的上面是黑黑的一团，撕咬着，好像一个动物在吃另一个动物。她的整个身体——因为查丽丝的视线能够穿透物体，穿透床单，穿透肌肉和骨骼——她的身体由一些光滑的黄色的物质构成，像从母鸡内脏里取出来的脂肪。查丽丝惊异地看着那个人咕噜，像是小孩子被钩子钩住脖子的时候那样扭动挣扎。当然，查丽丝还不知道自己是查丽丝，这个时候她还没有名字。

那个男人坐起来，手放在心脏那里，自己喘起气来。“听着，”他说，像是刚完成件什么事儿：一个任务，“给我闭上嘴，我没有伤害你，闭嘴！闭上你的小脏嘴，不要说出去，否则我杀了你！”然后他呻吟起来，就像早上在浴室里那样。“哦天哪，不知道我是怎么了！”

小女孩儿蜷到一边，查丽丝看着她倒下来呕吐到地板上，吐到那个男人的脚上。查丽丝知道为什么，因为那个褐绿色的光进了她的身体，又浓又黏，像是鹅粪。是从弗恩姨父里面出来，进入卡伦身体，所以她要把它弄出来。

门开了，维姨妈站在那儿，穿着睡衣。“什么事，怎么了?”她说。

“我听见她在这儿，”弗恩姨父说，“听见她在叫——我想她是得了肠胃感染。”

“哎，看在老天的分上，”维姨妈说，“你应该及时带她去浴室，我去拿抹布。卡伦，你还想吐吗?”

卡伦不说话，因为查丽丝把所有的话都带走了。卡伦张开口，查丽丝又吸回去，就像她们两个人共用的那个喉咙被真空吸尘器打扫过。“是。”她说。

卡伦第三次知道自己掉进陷阱之后，她能做的就是分裂成两个人；能做的就是转向查丽丝，飘出自己的身体，看着卡伦，什么话都不说，扭动和啜泣。她只能永远如此，因为维姨妈永远都不会听她的，无论她说什么。她想拿把斧头砍掉弗恩姨父的头，还有维姨妈的，如果他们是小鸡的话；她要看着他们生命的灰烟从他们里面袅出来。但是她知道自己什么都杀不了，她还不够狠。

她从窗帘的缝边里拿出叉骨，闭上眼睛，握住两根岔开的骨头，使劲拉。她想要外婆，外婆现在离得太远，好像她曾经听过的一个故事；她几乎无法相信自己曾在农场那个地方住过，甚至无法相信存在那样的地方。但她还是要许愿，当她睁开眼睛，外婆就来了，穿过关闭的门，走进她的房间，穿着罩衫，有点皱眉，也在微笑。她走向卡伦，卡伦的皮肤感觉到一阵凉风，外婆伸出两只多节的老手，卡伦也伸手去摸，感觉像是沙子从手中滑落。一股乳草花和菜园土壤的味道。外婆继续走过来；她的眼睛是淡蓝色，她的脸颊碰到卡伦的脸，凉凉的干稻谷的感觉。然后，她就像连环画页上的句号，关闭，然后只是空气中的一个漩涡，然后就没有了。

但是她的一些力量留在了那里，留在卡伦手上。她的医治能力和杀戮能力。不足以救卡伦逃离这个陷阱，却足够她活下去。她看着自己的手，发现一道蓝色痕迹。

卡伦要做的就是等，她必须像块石头一样等着，直到时机成熟。她就是这么做的，只要弗恩姨父一碰她，她就分裂成两个人，剩下的时间她就等。

外婆死了，或者说她的这辈子结束了，但是卡伦见过她，也知道实际上并没有什么死亡。《圣经》装在一个大箱子里，寄过来给卡伦，卡伦把它放在床下面的行李箱里，准备好随时离开。外婆把农场留给了她，但是因为卡伦还不到年龄，所以她无法拥有，也不能去那里，虽然她很想去。弗恩姨父和维姨妈是她的监护人，他们控制一切。

当她胸部开始发育，手臂下面和腿上，以及两腿之间开始长毛，来第一次月经之后，弗恩姨父就不碰她了。他们之间隔了一块空间，但是并不空，而是被占满的，透明的却比空气更加厚重。弗恩姨父开始害怕她，他害怕她可能会做什么或者说什么；他害怕她记住的事情，他害怕吃官司。也许是因为她的眼神不再胆怯，不再空洞和恳求了。她的眼睛是石头，当她用石头眼睛看他的时候，好像是穿过他的肋骨挤压他的心脏，几乎让它停止了跳动。他说他心脏有问题，并为此吃药，但他们两个都知道是她造成的。每次看着他，她都觉得嫌恶，极度反胃。她厌恶他，但也厌恶自己的身体，因为里面还是有他的脏东西。她必须想出办法来清洁里面。

感觉到那些东西的时候她必须把它们封锁起来，必须这样，否则她会被摧毁。她把自己分裂成两个人，然后待在更冷静更干净的那一部分。现在这部分有名字了：叫查丽丝。她用别针从《圣经》的暗示里选了这个名字：“这其中最大的就是慈爱（Charity）。”当然，她只是自己使用这个新名，其他人仍然叫她卡伦。

查丽丝比卡伦更尊贵，因为坏东西都留在小卡伦那里。她对维姨妈彬彬有礼，却很疏远。十八岁之后的一天，她问他们两个怎样处理外婆的钱了。姨父说他帮她拿去投资了，等她到了二十一岁就可以拿走所有的钱，这期间，一部分钱可以用在她的教育上。维姨妈的表现好像这是个多么慷慨的举动，好像那些钱是属于他们的，是他们在给予。但不管怎样，当她开始上大学，搬进麦克朗宿舍住之后，他们都轻松了。维姨妈害怕她石头一样的眼睛；至于弗恩姨父，他不知道她记得什么。他希望她忘记一切，但是又不确定。

她什么都记得，或者说是卡伦记着；但是卡伦被储藏起来。只有把卡伦从床底下的行李箱里搬出来的时候，查丽丝才会记起。她不常这么做。卡伦还是很小，但是查丽丝正在长大。

查丽丝到了二十一岁，但是没人提起外婆的钱。她才不管，反正她不会从他们那儿拿钱，因为即使真是她自己的钱，也在他们手里待过，变脏了。她不去争取，无论如何也不可能从他们手里拿到钱。

她不想争取，而是想去别的地方，她一准备好，就会直接退出他们的视线。当你知道没有人会出来找你时，就并不那么困难。她大学还没念完就离开了学校——不管怎样，她总是考试不及格，因为那些课程无法抓住她的注意力——然后就开始旅行。她搭便车，坐巴士，做服务员，在办公室上班。在西海岸的嬉皮士群居所待一阵子，又在萨斯喀彻温的公有农场待一阵子。

她曾经回到过外婆的农场；她想看看。但是它已经不再是个农场，而被细分成了用来出售的小块。查丽丝努力不去介意，因为曾经存在的就不会消失，农场还在她的心里，还是她的，因为某个地方属于某个喜欢它的人。

她在二十六岁的时候扔掉了她的旧名字。那时候，很多人都在改名字，因为名字不仅仅是标签而已，也是容器。卡伦是个皮袋，灰色的。查丽丝收集所有她不想要的东西，塞进这个名字，这个皮袋里面，并打上死结。她尽可能多地扔掉老的伤痛和毒害，只保留她喜欢或者需要的东西。

她在脑中完成了这一切，因为脑子里的事情和任何其他地方的事情一样真实。同样是在脑子里，她走到安大略湖岸，把皮袋沉进湖水里。

那就是卡伦的结局，卡伦走了，但是湖又真实地存在于查丽丝的心里，所以那也是卡伦所在的地方，深深的水底。

三十六

直到现在，在她岛上的房子里，直到这个大风的晚上，树枝残断，卡伦回来了，查丽丝再也无法防备她。她撕开腐烂的皮袋，上到湖面，穿过了卧室的墙，现在正站在房间里。但是她不再是九岁的小女孩，她长大了，她又高又瘦而且蔓延着，就像地下室里的植物，急需阳光。她的眼窝也是暗色的，暗色的瘀伤。她看上去不再像卡伦，而是像泽尼亚。

她走向查丽丝，曲身向查丽丝，现在她进了查丽丝的身体。她带来了古老的羞耻，暖暖的感觉。

查丽丝肯定说了什么或者弄出了什么响声，因为比利醒了。他翻过身，把她拉向自己，亲她，像以前一样急切地在她身上摸索。不是我，查丽丝想告诉他，因为她已经不再掌控自己的身体。另一个女人接管过去了；但是查丽丝并没有飘走，没有躲在窗帘后面观察。她也在身体里，她能感觉到一切。她感觉到身体在动，在反应；她能感觉到快感像电流一样射过全身，又像万花筒一样展开，好像烈火中的孔雀开屏。她忘了卡伦，忘了自己。身体里的一切融化在一起。

“嘿，不太一样哎。”比利说。他正在亲她的眼睛，她的嘴巴；她躺在他的臂弯里，好似病人那样四肢无力，动弹不得。这不是我，她想。但又是，部分的。她的感觉有所不同：内疚，轻松。烦恼。愤慨，因为比利有能力做到那个；愤慨还因为她活了这么多年却不知道有这回事儿。

在她身体里面深深的地方，新的东西正在生长。

（她女儿就是那晚受孕的，查丽丝肯定。她当然知道父亲是谁，不可能有其他人选。但是母亲呢？是她自己还是分享她身体的卡伦？或者也是泽尼亚？）

早上起来，她感觉更像是自己，查丽丝。她不知道卡伦去哪里了。不是回到湖底；不是那种感觉。也许卡伦躲在她们共享的身体里面的某个地方；但当她闭上眼睛用她的意识之眼去搜索，在自己身体里，这里那里都找了一遍，却找不到她，但是有个黑暗的碎片，一个阴影，有个她看不见的东西。当她和比利做爱的时候，她不再将自己看作卡伦或者查丽丝，而认为自己是泽尼亚。

“答应我她马上就离开。”比利说。到现在为止他已经不生气了。他坚持，恳求，几乎绝望。

“她很快就会离开。”查丽丝说，好像在向个孩子保证。她现在更爱比利了，在某些方面；但在另一些方面，爱得少了。贪欲一旦成形，身体的贪欲，就妨碍了单纯的给予。现在她想要的是比利的身体，单是身体本身，而不是作为他本质的表现。她不再是单单照料他，而是要索取。也许是个错误；她不知道。

这天早上，他们躺在床上，她抚摸着他的脸。“很快，很快。”她唱歌般地说，低吟着，抚慰他。她不再认为他的身体需要泽尼亚。既然查丽丝需要他，他怎么会需要泽尼亚呢？

到了十二月中旬，土壤冻结，树叶飘落，寒风正在积聚冲量。今夜风从湖面直冲而来，掠过树林和灌木丛，撕抓着查丽丝钉在窗户上用来阻挡寒流的塑料板。这座房子没有防风暴的窗子，房东也不打算买一些，因为他认为所有岛上的房子很快就会被夷为平地，所以他为什么要白费钱呢？也没有绝缘材料。

查丽丝开始发现居住在这里的弊端了。她这条街已经有两所房子空掉了，他们的窗子用木板封上了。她不知道冬天真正到来的时候，他们是否有足够的木柴取暖。合作社里有个男人愿意用一些木柴来换取瑜伽课程，但是木柴很重，她怎么运到岛上呢？

他们也都需要冬衣，今晚比利在城里开会。她想象他在渡口等最后一班回来的船，在他薄薄的夹克衫里瑟瑟发抖。她得快点去信誉商店，争取到一些二手衣服。

比利一件，她自己一件，泽尼亚也要一件，因为泽尼亚只有身上一套衣服。她害怕回到韦斯特的住所把她剩下的衣服拿过来，她这么说。她害怕韦斯特会杀了她，他的人格分裂——外表温柔，但有时候会变得狂暴，想到她活不久了他就要发疯。如果他正在失去她，如果她正走向死亡，他要自己来控制她的死。很多男人都那样，泽尼亚说，回忆往事般地凝视着空气，脸上挂着微微笑意。爱让他们疯狂。

从前，查丽丝不可能明白这种状态，现在她明白了。

查丽丝确定自己怀孕了，月经没来，但这还不是所有原因：她感到身体有所不同，不再是紧张而有力，而是像海绵，液态的，饱和的。有一种不同的能量，深深的橙粉红色，就像木槿的内部。她还没有告诉比利，因为不确定他会做何反应。

她也没有告诉泽尼亚，一方面她不想伤害她，泽尼亚因为癌症而接受了子宫切除手术，再也不能生孩子，而查丽丝也不想炫耀和自夸。另外，因为泽尼亚现在睡在楼上的小房间，以前存放查丽丝所有的纸箱的地方。因为比利抱怨说在客厅里一点隐私都没有了，所以他们就让她搬到上面那个房间去。而这个房间正是查丽丝准备等泽尼亚走后用作育婴房的地方。因此她怎能告诉泽尼亚自己怀孕了呢，不就相当于将她撵到大街上去吗?

她不能那么做，还不能；但是当泽尼亚提到要离开，查丽丝不再跟她说想也别想。她在挣扎：她希望泽尼亚走，但不希望她死。她希望能够治愈她，然后永不再见她。她们没有多少相似之处，而现在，已经有一部分的泽尼亚在查丽丝里面，对她来说是必要的一部分，因此她宁愿不需要真实的、肉体的泽尼亚在身边。泽尼亚花费了她很多时间，而且——虽然她讨厌这么想——花费了她很多钱。查丽丝实际上并没有足够的钱养活他们三个。

泽尼亚看上去好多了，但这也可能是种假象。有时候，她会大吃一顿，然后冲进厕所去呕吐。而且就在昨天，她们讨论泽尼亚大概什么时候可以离开之后——在她说过自己敢肯定肿瘤正在变小，她已经准备好战胜它之后——查丽丝走进浴室，发现抽水马桶里满是血。如果是别的女人，查丽丝会认为她来了月经，上厕所忘记冲掉，但是泽尼亚不可能有月经，她自己说得很清楚。

查丽丝担心起来，问那血是怎么回事儿；泽尼亚不假思索地说，只是一次溢血，有点儿像流鼻血，不严重的。查丽丝钦佩她的勇气，但是她在愚弄谁呢?也许是她自己。她没有愚弄查丽丝。一次次，查丽丝犹豫要不要建议她去医院，但是她无法忍受医院，因为她自己的妈妈就死在一家医院里，医院好像就是去死的地方。她已经计划好在家生孩子。

查丽丝和泽尼亚坐在餐桌旁。刚吃过晚饭：烤土豆、榨果汁、卷心菜色拉。这次的卷心菜是从市场买的，因为查丽丝自己种的已经吃完了。它们已经变成汁，注入泽尼亚的身体，绿色的输液。

“你今天看上去强壮一些了。”查丽丝满怀希望地说。

“我像头公牛一样强壮，”泽尼亚说。她将头在桌子上搁了一会儿，又费力地抬起来。“真的。”

“我给你泡杯人参茶。”查丽丝说。

“谢谢，”泽尼亚说，“那么，他今晚人呢？”

“比利？”查丽丝说，“大概是开会去了。”

“你从来不担心吗？”泽尼亚说。

“担心什么？”查丽丝说。

“那不是简单的会议。”

查丽丝笑了，她近来更加自信了。“你是指，那些小妞，”她说，“不，不管怎样，不会有问题的。”她相信，比利想和其他女人做什么就能做什么，因为那种机会不计其数。

比利已经开始和泽尼亚说话了，现在他会跟她说早上好，走进她已经在里面的房间时，也会点点头，咕哝一声。他正挣扎于自称的南方风度和他对泽尼亚的反感之间，而他的风度正在占上风。有天晚上，他甚至将自己正在抽的大麻递给泽尼亚抽一口，但是泽尼亚摇摇头，比利感到受了冷遇，就是那样。查丽丝想要让泽尼亚半路碰到比利的时候放松一点，但是看到他的那些举动之后，就不需要那么做了。

在泽尼亚背后，比利反而比一开始更加火气大。“如果她得了癌症，我把自己的帽子吃下去。”两天前他这么说。

“比利！”查丽丝惊异地说，“她动过手术！还有一个大伤疤！”

“你看见过吗？”比利说。

查丽丝没看见过，为什么一定要看见？她为什么要去看一个人的癌症伤疤呢？不应该做那样的事。

“要不要打个小赌？”比利说，“五美元我买没有伤疤。”

“不。”查丽丝说。这种事情怎么证实呢？她脑中闪过一道情景，比利冲进泽尼亚的房间，撕下她的睡衣。她不希望那个样子。

“你在想啥嘛。”泽尼亚说。

“什么？”查丽丝说，她正在想她的伤疤。

“比利是个大男孩儿，”泽尼亚说，“你不需要太紧张他，他能照顾好自己。”

“我正在考虑冬天，”查丽丝说，“我们该怎样度过这个冬天呢。”

“不是该怎样——是还有没有，”泽尼亚说，“噢，对不起，太病态了。过一天算一天。”

通常泽尼亚会照查丽丝的吩咐早些上床，但有时也会熬夜。查丽丝在暖炉里生了一大堆火，她们就坐在餐桌旁聊天。有时候听音乐，有时候玩单人牌戏。

“我会占卜，”一天晚上泽尼亚说，“来，我帮你算。”

查丽丝犹豫不决，她觉得知道未来并不好，因为你又没办法改变，那为什么要受两次苦呢？“玩玩而已。”泽尼亚说。她让查丽丝洗三次牌，并将她手上的牌切掉一些，这样坏运气就不会跟着她了，然后她将牌排成三行，过去、现在和未来。她研究每一行，然后又交叉地加进去一套牌。

“有新人来到你的生命。”她说。喔，查丽丝想，一定是这个宝宝。“而另一个人要离开你，涉及水：穿过水面。”泽尼亚自己，查丽丝想，她会好起来，她很快就会离开。离开的那个人得穿过湖面。

“比利呢?”查丽丝说。

“有一张J,”泽尼亚说,“黑桃J,应该就是他,被方块皇后错开了。”

“是钱吗?”查丽丝说。

“是的,”泽尼亚说,“不过这是张障碍牌。除了钱还有别的东西,也许他会贩毒什么的。”

“比利不会的,”查丽丝说,“他那么聪明。”她实在不想继续这个话题。“你在哪儿学的?”她问。

“我妈妈是个罗马尼亚吉卜赛人,”泽尼亚漫不经心地说,“她说这是家传。”

“是的。”查丽丝说。这个她懂:她知道存在那种天赋,她自己的外婆就有。泽尼亚的黑色头发和深色眼睛,还有她的宿命论——都是吉卜赛人特有的。

“她在战时被石头砸死了。”泽尼亚说。

“太可怕了!”查丽丝说,难怪泽尼亚得了癌症——是那段过去潜伏在她里面,压抑的重金属的过去,从没清除出来。“是德国人干的吗?”在她看来,被石头砸死要比被枪打死更糟糕,过程更慢,更多瘀伤,更痛苦;但是不太像德国人干的。想到德国人的时候她会想到剪刀,白色搪瓷涂面桌子。想到砸石头,就会是尘土、苍蝇、骆驼、棕榈树,《旧约》里那样。

“不是,是被一群村民,”泽尼亚说,“在罗马尼亚。他们认为她有毒眼,认为她施法害死他们的牛。他们不想浪费子弹,就用石头砸,石头和棒子。吉卜赛人在那里不太受欢迎,我猜到现在还是。但是她自己知道会发生什么,她是千里眼。前一夜,她把我交给另一个村的一个朋友。我就那样得救了。”

“所以你会说一点罗马尼亚语,”查丽丝说。如果她早知道这些,她会用另一种方法治疗泽尼亚,不仅仅是瑜伽和卷心菜,她会试着用一些想象,而且不仅仅针对癌症:还有罗马尼亚人。也许对付泽尼亚病症的关键隐藏在另一种语言里面。

“我抵制那种语言，”泽尼亚说，“如果是你，你也会的。他们结束之后我去看我母亲，她就被丢在那里，躺在雪地里，成了一大堆烂肉。”

查丽丝畏缩了一下，真是令人作呕的画面，这解释了泽尼亚为什么吐那么多——如果她脑子里是那个画面的话。她需要将这种有毒的画面驱出体外。

“你父亲呢？”泽尼亚说，试图把泽尼亚的注意力从她死去的母亲那里转移开。

“他是芬兰人，”泽尼亚说，“我的颧骨就是遗传自他。”

查丽丝对芬兰只有一点粗略的概念，那儿有树，人们洗蒸汽浴，穿皮靴，还有驯鹿。“噢，”她说，“那他怎么会在罗马尼亚？”

“他没在那里，”泽尼亚说，“战前，他们都是共产党员。他们在列宁格勒的青年大会上认识。后来，他在芬兰被杀，在对抗俄军的家园保卫战中。讽刺吧？他以为自己和他们是一伙儿的，结果正是他们把他给杀了。”

“我父亲也是死在战争中。”查丽丝说，她很高兴找到她们的相似之处。

“我猜很多人都是，”泽尼亚轻蔑地说，“但已经是历史了。”她收起牌，重新摆了一组。“啊，”她说，“方块皇后。”

“还是我的牌吗？”查丽丝说。

“不是，”泽尼亚说，“是我的。”她现在不看牌了，而是看着天花板，用她半闭的眼睛，斜斜地看着。“方块皇后是坏运气，有人说它是死亡之牌。”她长长的黑发像是一块沉重面纱遮着她的头。

“噢，噢，”查丽丝沮丧地说，“我们不应该这么做，太消极了。”

“好吧，”泽尼亚说，似乎并不在意自己做了什么，“我要上床了。”

查丽丝听着她爬上楼梯，一只脚拖着另一只脚。

三十七

冬天慢慢到来，让他们觉得厌烦，洗个澡成了北极体验，喂鸡成了极地探险：费力地穿过雪地，在从湖面吹来的猛烈寒风中奋斗。鸡倒是挺惬意的，躲在比利建的鸡舍里面。稻草和鸡粪让它们保持温暖，至少让人觉得是这样。

查丽丝希望自己的屋子里也有一层稻草，她在墙上钉了些旧毯子，用卷紧的报纸塞住一些比较明显的裂缝。幸好他们有足够的木柴：从一个放弃这个岛而搬回大陆去住的人那里查丽丝设法搞到了一些便宜货。还没劈开，于是在暖和一点的天气里，比利用把斧头把大部分都劈开了：他喜欢劈柴。但屋子里还是很冷，除非查丽丝把火生到危险的程度。有时候屋子里面变得闷气，闻起来像是加热过的老鼠窝。地板下面其实真住着老鼠，被寒冷逼进来的；它们晚上出来打扫面包屑，把粪便留在桌子上。泽尼亚皱着鼻子把那些粪便抹到地上。

她离开的事儿再也没提过。她每天早上给查丽丝一个健康报告：更好，更差。某天早上她觉得可以出去散步，第二天她又告诉查丽丝说她在掉头发。她不再表现出希望，似乎不再参与自己的身体。她接受查丽丝提供的一切——胡萝卜汁，草药茶——被动地，没有多少兴趣地；她在迎合查丽丝，其实她并不是真的相信吃这些东西有什么帮助。她有间歇性的抑郁症，发作的时候，她就裹着毯子躺在客厅的沙发上。“我是个可怕的人，”她会用颤抖的声音这样告诉查丽丝，“不值得为我费这么大麻烦。”

“噢，别那么说，”查丽丝会说，“我们都会有某些感觉，这些感觉来自阴暗面，想想你自己好的一面。”泽尼亚就会用一个犹豫的小微笑来回报她。“如果一点儿好的地方都没有呢?”她会怯懦地说。

泽尼亚和比利之间仍然保持距离，还是各自向查丽丝抱怨；他们似乎乐此不疲，彼此议论。各自喜欢挑剔对方名字的品位，喜欢彼此控告，喜欢批评彼此差劲的审美。查丽丝本来想警告比利不要对泽尼亚那么粗鲁：这样会促使她去告发他的，有关爆炸那件事。但是查丽丝不能这么告诉比利，因为她背叛了他的信任，未经允许就把这事儿告诉了泽尼亚。那样的话，他就会对她大发脾气。

查丽丝不想要怒气，她只要开心的情绪，因为任何其他的情绪都会玷污她的宝宝。她试图只把时间花在能够给她平静的事物上：雪后，城市的煤灰落下来之前的洁白；风暴把电话线弄断之后那周，冰柱的微光。她单独在岛上散步，小心翼翼，避免滑倒在结冰的路面上。她的肚子现在变得又硬又圆，乳房在膨胀。她知道自己现在大部分的白光能量正直接供给宝宝，不再给泽尼亚或者比利了。宝宝开始有反应了，她能感觉到；它在她里面倾听，它在留意，正在像朵花儿那样吸收光亮。

她不希望另外两个觉得被疏忽，但她又没别的办法。她只有这么多能量，而且渐渐地不再有剩余了。她变成一个更加残忍、更顽固的人；现在，她更加强烈地感觉到外婆的野蛮在她身体里增长。她体内的宝宝又是一个卡伦，还未出生，但有查丽丝看管，也许她的机会更好一些，这一次，她会出生在一个合适的母亲怀里。

她在脑子里装饰着那个小房间，用来做婴儿房。晚些时候，如果她有钱，等泽尼亚走后，她要把它漆成白色。夏天天气热起来的时候，比利可以在后院的鸡舍旁建一个桑拿室。然后下个冬天他们就可以坐在里面取暖，然后出来在雪地里打滚。这样才能更好地利用雪；比坐在家里抱怨它要好多了，像泽尼亚那样，还有比利。

四月，冰雪融化，泽尼亚的三个水仙花球的嫩芽儿开始从棕色土壤里钻出来，鸡能够再次出窝刨泥的时候，她告诉比利和泽尼亚有关宝宝的事，她必须得说了。很快就会显怀；而且，很快就有可能产生一些危险。她没办法继续教瑜伽课了，所以得通过别的渠道挣钱，比利也许应该找个工作什么的。他没有正当的身份证件，但不管怎样还是能够找到工作，因为他的一些逃兵朋友就有工作。比利得戒烟了，查丽丝怀孩子之前从没想过这个，但现在她想到了。

泽尼亚最终还是得离开。查丽丝曾是她的老师，如果泽尼亚没能从查丽丝的给予中获益，那就是她自己的事儿了。

适可而止，外婆的声音在她脑子里面说，凡事有先后，血浓于水。

她一个一个地告诉，先是泽尼亚。那时她们正在吃饭——罐装烤豆子，冻豌豆。查丽丝最近都没那么拘泥于有机食物了；出于某种原因，她没时间。比利又去城里了。

"我要生宝宝了。"查丽丝一边吃着罐装桃肉，一边突然开口。

泽尼亚没觉得受伤，不是查丽丝害怕的那样，也没有给予任何愁闷的祝福，或者女人之间的那种拥抱，也没有轻轻地拍她的手。而是表示藐视。"那么，"她说，"你肯定是发神经了。"

"你什么意思?"查丽丝说。

"你怎么会觉得比利想要孩子?"泽尼亚说。

这让查丽丝倒抽一口气。她意识到她一直坚持某种假设：每个人都会像她一样欢迎这个孩子。同时也意识到她没把比利考虑进去，她确实努力想象过一个男人，作为比利，有个孩子，会是什么样子，但是想不出来。之后，她就不再作任何努力去推测他的反应了。

“是呀，他当然想要。”她说，努力地坚信。

“你还没告诉他，不是么。”泽尼亚说，她不是在问。

“你怎么知道?”查丽丝说。她怎么会知道？她们为什么会吵起来?

“等等他就会发现，”泽尼亚冷酷地说，“这个屋子就会完全变成一个到处是尖叫的小鬼的地狱。你应该等到我死之后再要孩子。”

查丽丝吃惊于她的残忍和自私；吃惊，愤怒。但是说出口的话却近似一种姑息。“现在我没办法了。”她说。

“当然有，”泽尼亚自以为高人一等地说，“你可以去堕胎。”

查丽丝站起来。“我不会堕胎的。”她说。她都快要哭出来，她上了楼——立马上去了，仅此一次没有洗碗——她哭了。她躲在睡袋里面哭，感到受伤和迷惑。哪里出问题了，但她也搞不清是怎么回事儿。

比利回家的时候，她还躺在睡袋里，外面灯没关，衣服还穿在身上。

“嘿，怎么了?”他说，“发生什么事了?”他亲她的脸。

查丽丝直起身，伸出手臂环抱着他。“你注意到了吗?”她含泪说。

“注意什么?”比利说。

“我怀孕了!”查丽丝说，“我们将要有个孩子了!”她说出来像是在责备；这不是她想表达的意思，她希望他和自己一起高兴。

“哦放屁!”比利说。他在她的手臂里呆掉了。“哦天哪，什么时候?”

“八月份。”查丽丝说，等着他变开心，但是他没有，而是把这当作一个大灾难；像是死亡，而不是出生。“哦放屁!”他又说，“我们该怎么办?”

午夜，查丽丝发现自己站在外面，庭院里。她又梦游了。她穿着睡衣，赤着脚；泥浆和树叶土挤碎在她脚趾间。她闻到一股臭鼬的味道，隐隐约约，就像在公路上跑的时候闻到的那种；但是臭鼬怎么会在这儿呢?这是个岛啊，不过，兴许它们会游泳。

现在她完全清醒了。她的手里有另一只手的印记：外婆的手，试图告诉她什么，试图和她连接。她有一个警告。

“什么?”她大声地说，“是什么?”

她注意到庭院里还有另外一个人，一个黑影靠在厨房窗户旁边的墙上。她看到一丝微光，原来她刚闻到的不是臭鼬，而是香烟。

“泽尼亚，是你吗?”她说。

“我睡不着，”泽尼亚说，“那么，伟大的爹爹怎样反应?”

“泽尼亚，你不应该抽烟，”查丽丝说，她忘了自己正在生她的气，“这对你的细胞很不好。”

“去他妈的细胞，”泽尼亚说，“它们正在摧毁我！我得及时行乐。”黑暗中传出她的声音，懒懒的，嘲讽着。“而且我得告诉你，你的善举让我恶心得要死。如果你多管管自己的事，你他妈会开心得多。”

“我正在帮你。”查丽丝说。

“饶了我吧，”泽尼亚说，“去帮别人好了。”

查丽丝听不懂，为什么她被带到这里来听这些?她转身回到屋里，摸索着上楼，没有开灯。

第二天一大早，比利就乘船进城了，查丽丝在菜园发狂地干活，施春肥，努力清空她的脑袋。泽尼亚还躺在床上。

天黑之后，比利回来了，喝得烂醉。他以前也喝醉过，却从没这么厉害。查丽丝在厨房里洗碗，积攒了几天的碗。她觉得沉重，堵得慌；脑子里有些理不清的东西。不管她多么用心地观察，都没办法穿过事物表面。她被阻挡，隔绝在外；甚至今天的菜园都不让她进去。土壤失去了光泽，只是一片烂泥，鸡也任性懒散，像是旧鸡毛掸子。

所以比利进来的时候，她扭头看着他，却没说话，然后又转回脸，继续洗碗。

她听见他撞倒桌子；打翻椅子。接着他的手就在她的肩膀上了，把她转过来。她希望他会亲她，告诉她自己改变主意了，一切都很好，但是他却开始摇她。前前后后，慢慢地。“你……他妈……太……蠢，”他一边摇一边说，“你他妈真是太蠢了！”他的声音几乎带着温柔。

“比利，不要，”她说。

“为什么不要？”他说，“为什么不？我喜欢怎样就怎样，你太笨了，都没有发现。”他一只手松开她的肩膀，去扇她的脸：“醒一醒！”又扇了一巴掌，更用力。

“比利，住手！”她说，努力表现得坚定而温柔，努力止住不哭。

“没人……告诉……我……该怎么办。”他退后一步，然后抬起一条腿，膝盖顶着她的肚子。他醉得无法对准，但是已经弄疼她了。

“你会杀了它！”她尖叫起来，“你会杀了我们的孩子！”

比利把头搁在她肩上，哭起来，粗哑的闷声啜泣听起来像是从他里面撕扯出来的。“我告诉过你，”他说，“我告诉过你，你却不听。”

“告诉我什么？”她说，抚摸着他的黄色头发。

“没有伤疤，”他说，“什么都没有，根本没有伤疤。”

查丽丝摸不着头脑，不知道他在说些什么。“来吧，”她说，“我们上去睡觉。”他们就上去了，她用手臂轻轻摇着他，然后两个人就都睡着了。

早上查丽丝起来喂鸡，跟平时一样。比利醒了：他仍然在睡袋里面暖着，看她穿衣服。下楼之前她亲他额头，希望他说些什么，可是他没有。

她先点上炉子，然后在水槽里接一桶水。她听见比利在楼上走动；泽尼亚也起来了，这是例外。也许她在打包，大概要走了。查丽丝当然确实希望如此，泽尼亚不能再在这儿待了，她给这里的气氛平添了很多混乱。

查丽丝出去，拉开鸡圈篱笆的插栓。这天早上却听不见它们沙沙作响的声音，听不见它们睡着的咕咕声。懒鬼！她打开鸡舍门，但是没有一只从里面出来。奇怪，她从供人进出的门走进鸡舍。

所有的鸡都死了，每一只都是，死在它们的盒子里，有两只死在地上。到处都是血，从盒子里的稻草上往下滴。她从地上捡起一只死掉的母鸡：它的喉咙上有道口子。

她站在那里，震惊，沮丧，抱紧自己。她的脑子一片混沌，红色的碎片在眼前打转。她美丽的鸡啊！一定是黄鼠狼。还有什么可能呢？但是为什么黄鼠狼不喝光所有的血呢？或许是邻居干的，不是紧邻她的，而是其他人。谁那么恨它们呢？恨这些鸡；或者是她和比利。她觉得受到了侵犯。

“比利！”她喊道。但是他听不见，他在里面。她摇摇摆摆地走向屋子；觉得自己要晕倒了。到了厨房，她又喊。他肯定睡着了。她沉重地爬上楼。

比利不在床上，房间里也没有，她看看泽尼亚的房间，他也不在。为什么自己会指望他在那个房间？

泽尼亚也走了，他们两个都走了，都不在屋子里。查丽丝跑出去，气喘吁吁地奔向渡口。她现在知道了，终于发生了：比利被绑架了。她到渡口的时候，船已经鸣笛，正在离开，比利站在上面，旁边站着两个陌生的男子。穿着大衣的男子，一看就知道。他旁边是泽尼亚，一定是她告密的，一定是她出卖了他。

比利没有招手，他不想让那两名男子知道查丽丝和他有瓜葛，他企图保护她。

她慢慢地走回家，慢慢地跨进去。她上上下下翻找，看有没有留言，却什么都没找到。她在水槽里发现了切面包的刀，刀身上有血。

是泽尼亚，泽尼亚杀了她的鸡。

也许比利不是被绑架了，也许是和泽尼亚一起逃了。他说没有伤疤就是这意思：泽尼亚身上没伤疤。他之所以知道，因为他看过，他看过泽尼亚的身体，全看过了，还是开着灯。他知道有关那个身体的一切。他进去过。

查丽丝坐在餐桌边，头轻轻地在上面敲，努力把这想法赶出去，但无论怎样还是在想。如果没有伤疤，肯定没有癌症。就像比利说的那样，泽尼亚没有得癌症。但如果真是这样，查丽丝在过去的六个月里所做的一切算什么？就是个笨蛋，蠢货，蠢到让人觉得她根本没脑子。

被背叛多久了？多少次了？他曾试图告诉她，他曾试图赶走泽尼亚，但是一切都晚了。

至于死掉的鸡和面包刀，那是一种启示。割开你的手腕，她听到一个声音，很久以前的声音，而且不止一个。你那么蠢，赢不了这场战斗。这辈子都赢不了，反正她差不多已经活够这辈子；也许是时候轮到下辈子了。泽尼亚拿走了她赖以生存的另一部分。她真笨，她是个失败者，她是个白痴。发生在她身上的坏事都是惩罚，是给她的教训，教训她也许应该放弃了。

是卡伦在说话，卡伦回来了，控制了她们的身体。卡伦在生她的气，卡伦是孤独的，卡伦憎恶得要死，卡伦要她们死，她想杀死她们的身体。面包刀已经在她手上，移向她们共同的手臂。但是如果她真的这么做，他们的孩子也会死，查丽丝拒不让此发生。她召集所有的力气，所有内在的医治之光，外婆的强烈蓝光，引至手上；她默默地和卡伦角力，争夺那把刀。她一拿到，就尽最大的力气把卡伦推得远远的，把她推回阴暗处。然后她把刀扔出门外。

她等着比利回来。明明知道他不会回来了，她还是要等。她坐在餐桌旁，不想移动身体，也动不了。整个下午她都在等，然后去睡觉。

第二天她已经不那么迷乱了，反而是癫狂。最糟的是不明就里。也许她错怪比利了，也许他不是跟着泽尼亚跑了。也许他被关进监狱，在骤雨里被割了喉咙，也许他已经死了。

她把涂在电话机旁墙壁上所有的电话号码都打遍，要么问，要么留言。他的朋友没一个人听说或者承认任何消息。还有谁会知道他在哪里，他会去哪里呢？他，或者泽尼亚，或者他们两个一起。还有什么人认识泽尼亚？

她唯一能想到的是：韦斯特。泽尼亚青着一只眼睛出现在查丽丝门口的阶梯之前，和韦斯特住在一起。查丽丝现在从另一个角度看待那只乌青眼睛了，或许只是作为她的出现的一个有效理由。

韦斯特在大学教书，泽尼亚曾告诉过她，教音乐或者什么的。她不知道他是称呼自己韦斯特，还是斯图亚特，她会两个都问。找到他家的电话号码并没花多长时间。

她拨出去，一个女人接起来。查丽丝解释说她正在找泽尼亚。

“找泽尼亚?”那个女人说，“现在怎么每个人都要找她?”

“你是哪位?”查丽丝说。

“安东尼娅·弗雷蒙。”托妮说。

“托妮。”查丽丝说。这个人她认识，多少算是。她还没来得及多想托妮怎么会接韦斯特的电话，喘一口气：“还记得在麦克朗大楼前面的草坪，你曾经想要帮我吗？当时我不需要帮助?”

“记得。”托妮谨慎地说。

“那么，这次我需要你的帮助。”

“有关泽尼亚?”托妮说。

“算是。”查丽丝说。

托妮说她马上过来。

三十八

托妮乘船到了岛上，她坐在查丽丝的餐桌旁，喝着薄荷茶，倾听着整个故事，嘴微微张开，不断地点头。她问了几个问题，却没有质疑任何事情。当查丽丝告诉她自己有多么愚蠢，托妮说查丽丝并不是特别愚蠢；没有比托妮自己更蠢。“泽尼亚擅长于她做的那些事情。”

“但是我真的为她感到很难过!”查丽丝说，泪水从脸上滚下来；她似乎没办法抑制。托妮递给她一张弄皱的克里内克斯面巾纸。

“我也是，”她说，“她是那方面的专家。”

她解释说韦斯特没有打泽尼亚的眼睛，不仅因为韦斯特从不会打任何人的眼睛，而且那个时候韦斯特并没有和泽尼亚住在一起。他和泽尼亚住一起的时间不超过一年半，他和托妮住一起。

“但是我想他有可能在大街上碰到的时候这么做，”她说，“绝对是个诱惑，我不知道如果我再次碰到泽尼亚会做出什么来，也许会泼她汽油，点火烧了她。”

至于比利，托妮认为查丽丝不应该再浪费时间找他；第一，因为她永远找不到他；第二，就算找到又怎样？如果他是被骑警抓走，她没办法救他，现在可能已经在弗吉尼亚的某个小水泥房间里了，而他如果想要联系她的话是可以做到的。他们允许信件往来。如果他不是被抓了，而是被泽尼亚骗走了，他无论如何都不会再见查丽丝了，因为他会觉得太内疚。

托妮知道，托妮经历过：比利好像是中了邪，但是泽尼亚不会长久满足于比利的。他是个太小的猎物，而且——查丽丝会原谅托妮这么说——他太容易到手了。对于泽尼亚，托妮思考了许多，她认为泽尼亚喜欢挑战，她喜欢破坏和介入，她喜欢拿走不属于她的东西。比利，正如韦斯特，只是她的打靶练习。她可能有一排男人的阴茎钉在她的墙上，就像填充动物的脑袋那样。

“别管他，他就会摇着尾巴回来，”托妮说，“如果被泽尼亚玩过之后他还有尾巴的话。”

托妮如此轻松地表达敌意，让查丽丝惊讶。这对她不好，却带来无可否认的安慰。

“如果他不呢？”查丽丝说。“如果他不回来呢？”她仍在抽鼻涕。托妮在水槽下面翻给她一张纸巾。

托妮耸耸肩：“那就不回了，还有别的事情可以做。”

“但是她为什么要谋杀我的鸡？”查丽丝说，无论她怎么想，就是不明白这一点。那些鸡多么可爱，它们是无辜的，和偷走比利一点关系都没有。

“因为她是泽尼亚，”托妮说。“别为动机犯愁了。匈奴王是不需要理由的，他有那种嗜好。她杀了它们，本身就是原因。”

“也许是由于她妈妈因为是吉卜赛人而被罗马尼亚人用石头砸死的缘故。”查丽丝说。

“什么？”托妮说。“不，她不是！她是个流亡的白俄罗斯人！她死在巴黎，因为肺结核！”

然后托妮笑了起来，一直笑一直笑。

“什么？”查丽丝困惑地说，“笑什么？”

托妮给查丽丝泡了杯茶，让她休息。现在得由她来照顾她的健康了，托妮说，因为她是个妈妈了。她给查丽丝裹条毯子，让她躺在客厅沙发上。她觉得昏昏沉沉，被照顾着，好像什么事情都不管了。

托妮带了几只塑料垃圾袋出去——查丽丝知道塑料不好，但是也没别的可选择了——捡起那些死掉的鸡。她清除了鸡舍，装一桶水，尽量把血迹清扫干净。

“那儿有根水管。”查丽丝疲倦地说。

“我觉得清理得差不多了，”托妮说，“切面包的刀怎么会在园子里？”

查丽丝解释说她本来打算用它割腕来着，托妮没有责骂她，只是简单说了句面包刀是割不开的，就用水冲了冲，把它放回刀架子上。

查丽丝休息得差不多了，托妮又让她坐回到餐桌前。她拿出一张纸和一支圆珠笔。“现在，想想你需要的所有东西，”她说，“任何实际需要的东西。”

查丽丝想了想，她需要一些白色油漆，用来喷涂育婴室；屋子需要一些绝缘材料，因为夏天过去之后，冬天将来临；还要几件宽松的衣服。但是这些东西她一样也付不起。比利和泽尼亚两个人吃闲饭，她没办法存钱。也许她该去申请福利。

“钱。”她慢吞吞地说。她讨厌说这个，因为不想让托妮觉得她在乞讨。

“好。现在，我们想想有哪些办法可以搞到钱。”

在她的一个朋友洛兹的帮助下，查丽丝模糊地记得她也曾住在麦克朗，托妮帮查丽丝找了个律师，由律师去追讨弗恩姨父。他还活着，维欧拉姨妈已经不在了。他仍住在那座铺满地板并拥有娱乐室的房子里。查丽丝不需要去见他——由律师代劳，并向托妮汇报。查丽丝不需要把所有关于弗恩姨父的故事都告诉托妮，因为律师需要的就是追回她妈妈和她外婆的遗产。事情非常明了：弗恩姨父卖了农场，拿走了属于查丽丝的钱，投入自己的生意。他宣称，查丽丝二十一岁生日之后，自己曾试图寻找她，但是找不到。这也许是真的。

查丽丝没有得到她该得的那么多钱——没能得到利息，弗恩姨父用掉了一些资金，但是得到的钱还是比她以前多得多。她还收到弗恩姨父的一张毛骨悚然的便条，说他仍然盼望见见她，因为她就像是他自己的女儿。他肯定是老糊涂了，她把便条扔进火炉烧了。

“如果我真有一个父亲，不知道我的生活会不会更好一些。”她对托妮说。

“我有父亲，”托妮说，“但好坏参半。”

洛兹帮查丽丝做了些投资，收益不会太多，但总比没有好。剩下的钱，查丽丝用了一部分来买房子——房东急着脱手，他觉得城市早晚得拆掉这里，所以很乐意低价出手。买下来之后，她装修一番，没有全部装修，但是足够了。

洛兹常来岛上，因为她喜欢帮着装修房子，或者她这么声称。她块头比查丽丝记忆中还要大；嗓门儿也更大，查丽丝不用费多大力气就能看出她有种明亮的柠檬色光晕。

“噢，真不错，”洛兹说，“就像在扮家家！但是亲爱的——你需要一个不同的桌子！”第二天，就来了个不同的桌子。圆的，橡木的，正是查丽丝想要的。查丽丝觉得——尽管外表看上去不是——洛兹是个敏感的人。

洛兹忙着买婴儿的全套服装，因为托妮不喜欢逛街也完全不知道买什么，查丽丝也不知道。但是洛兹有个孩子，她什么都知道，甚至包括需要多少条毛巾。她告诉查丽丝总共花了多少钱，查丽丝就把钱还给她，并惊异于价格的低廉。“宝贝儿，我可是讲价高手，”洛兹说，“现在，你需要快乐苹果，是那种塑料苹果，吊在浴室里会丁当响——我敢保证会很棒！”

查丽丝，曾经那么高那么瘦，现在变得又高又肿。产前两周，托妮搬过来和查丽丝一起住。她抽得出这个时间，她说，因为现在是暑假。她帮助查丽丝练习呼吸，用她的大数字的手表给查丽丝计时，用她自己的小手紧紧握住查丽丝的手，小得不可思议，像是松鼠的爪子。查丽丝不太相信自己真的有了孩子；或者她无法相信孩子就要从她身体里出来了。她知道它在那里，她不断地和它说话。很快，她就可以听到它用自己的声音回复她了。

她向它承诺说，永远都不会在生气的时候去碰它，永远都不打它，甚至不会随意地拍它一下。而且她确实几乎从没有过。

查丽丝最终还是进了家医院，因为托妮和洛兹觉得这样更好：万一情况复杂，就可以让警用汽艇把查丽丝送到大陆，如果不去医院就找不到这种汽艇。奥古斯特生下来的时候有个金色的光圈，就像圣诞卡片里耶稣头上的那样。别人都看不见，但是查丽丝能看见。她抱着奥古斯特，发誓尽她所能做一个最好的人，赞美她的上帝。

现在，奥古斯特来到了世上，查丽丝觉得更加有着落。有着落，或者被牵绊。她不再随风摇曳；她所有的注意力都放在眼下。她被推回自己乳白色的肉体，推回她沉重的乳房，回到她自己的重力场。苹果树下，分布不均的草地上铺条毯子，她躺在上面唱歌给奥古斯特听，潮湿的空气，阳光滤过树叶。卡伦离得远远的，也应当如此：卡伦在小孩子周围可不好。

托妮和洛兹是教母，当然不是正式的，因为世界上没有能够按照查丽丝的方式行事的教堂。她自己主持了仪式，用她外婆的《圣经》，一个在河滩捡到的非常圆滑的石头、一个山桃蜡烛和瓶子里的一些泉水，托妮和洛兹发誓要看顾奥古斯特并保护她的灵魂。查丽丝很高兴能够给予奥古斯特两个这么头脑坚固的女人做教母。她们不会让她成为一个软弱的人，她们会教她维护自己——是查丽丝觉得自己无法给予的特质。

当然，还出现了第三个教母——黑暗的教母，带来了负面的天赋。泽尼亚的阴影掠过摇篮，查丽丝祈祷从她自己体内投射出来的光，足够把它冲走。

奥古斯特越长越大，查丽丝照顾她，非常快乐，因为奥古斯特是快乐的，比查丽丝的卡伦时代快乐很多，她感到自己生命中的分裂正在缝合。但是没有完全缝合，也不可能完全缝合。晚上，她洗很久的热水澡，加薰衣草和玫瑰香水在里面，想象她所有的负面情绪从身体里面流进洗澡水，拉开塞子，它们就打着旋流进下水道。这是她经常感到强烈需要的疗法。她远离男人，因为男人和性对她来说太困难，他们总是塞满了愤怒、羞耻、憎恶，以及迷失，总散发着呕吐物的味道和腐肉的味道，还有比利消失了的手臂上的金色小毛，以及饥渴。

她一个人和奥古斯特在一起会更好。奥古斯特的光晕是水仙花般的黄色，强烈而清晰。五岁的时候，她就开始具有明确的主张。查丽丝很高兴；她很高兴奥古斯特不是双鱼座，不像她。奥古斯特没什么电触角，没什么直觉；她甚至无法知道什么时候会下雨。这种东西都是天赋，确实如此，但要除去它们的缺点。查丽丝在一本淡紫色笔记本上记下奥古斯特的星位：宫，狮子；宝石，钻；金属，金；守护星，太阳。

所有这些日子，没有比利的音讯。查丽丝决定告诉奥古斯特——在她长大后——她的父亲在越南战场上英勇牺牲。她自己也是这么被告知的，或许真是那样。但是她没有身着制服的比利的庄重的照片，原因很简单，他根本没有。她只有一张他的快照，他的一个伙伴拍的。照片里，他握了杯啤酒，穿着T恤和短裤；那个时候他正在建鸡舍。他看上去像是被捶过，头顶被截掉了，她觉得不适合放进相框。

渡船靠岸，舷梯放下来，查丽丝从上面走下来，吸一口岛上的清新空气。干草像是簧管，肥土犹如大提琴。她来了，回到自己的家，脆弱却坚固的家，似乎要垮掉却依然伫立的家，繁茂的花朵，裂缝的围墙，还有那凉凉的宁静的白床。

她的家，而不是他们的；不是比利和泽尼亚的，尽管曾经是。也许继续待在这儿并不好。她已经驱除了他们的碎片，烧过香草，洁净了房间，而且奥古斯特的出生本身就是一种驱邪。但是她无论如何都摆脱不了比利，不管怎样努力，因为他的故事还没结束；而且比利连带着泽尼亚。他们两个胶在一起。

她要见泽尼亚，因为她要知道结局，最终能够摆脱她。她不会把自己这个需要告诉托妮和洛兹，因为她们会劝阻她。托妮会说，远离那个危险地带。洛兹会说，干吗要吊死在一棵树上？

但是查丽丝要见泽尼亚，而且很快就能见到了，现在她知道泽尼亚在哪儿了。她会直接去阿诺德花园酒店，走进电梯，敲开她的门。她觉得自己足够强壮了，而且奥古斯特已经长大。不管有关比利的真实情况怎样，她已经足够大，不会被伤害到。

所以查丽丝要直接面对泽尼亚，这一次她不会被胁迫了，她不会去安抚，不会放弃原则；她要坚定立场，回击。泽尼亚，杀鸡刽子手，好嗜无辜者之血。泽尼亚，为三十银钱卖了比利。泽尼亚，灵魂的蚜虫。

她将外婆的《圣经》从书架上取下来，放在橡木桌子上，找到一根别针，闭上眼睛，等待着插下去的地方。

《列王纪下》，第九章，三十五节，她读道，他们就去埋葬她，只寻得她的头骨和脚，并手掌。

是耶洗别从塔上被扔下来，耶洗别被狗吃。又是这个，查丽丝想。在她眼睛后面，她看见一个黑影落下去。

强盗新娘

三十九

洛兹收拾好办公室，来来回回，前前后后，一边吸烟，一边吃一包不新鲜的上周储备在办公桌里后来就忘了的干酪馅饼，一边在等。吸烟，吃馅饼，等待，她生命的全部。等什么呢？她不期待这么早就会有反馈。海蒂这个匈牙利侦探是不错，但肯定也需要些日子才能嗅出泽尼亚，因为泽尼亚不会将自己藏在显而易见的地方，或者是你认为她会在的地方。但也可能她根本没有躲起来，就在眼皮底下。洛兹在那儿，四肢着地，趴着找床底下的绒毛球，尽管洛兹用了顶级的真空吸尘器，那些干燥的虫子尸体总能积成堆，整个过程，泽尼亚就站在屋子当中。*你看见的就是你得到的*，她对洛兹说。*只是你看不见*。她喜欢一件事情反复讲。

视线穿过窗子，洛兹停住不想这些。她的办公室是个自然的拐角，而且在顶层。多伦多的公司总裁有权享有顶层的转角办公室，即使是洛兹这样的芝麻小总裁。这是地位的问题：在这座城市，图腾柱的制高点就是景观房，即使那景观大部分是闲置的起重机和建筑台架，以及高速公路及路上甲虫般大小的汽车，还有纠缠的细通心粉似的铁路轨道。但是任何人一走进洛兹的办公室，会立即感受到某种信号。*在这里得显示出敬意！哼，哼！*她要的就是这种元首的感觉。

屎一样。再也没有人是王了，一切都超出控制。

洛兹能从这里看到湖，和未来的码头，建在充斥着白蚁的垃圾填埋地上；也能看见岛，岛上有查丽丝的快崩塌的鼠窝一样的房子；从另一面窗户看过去，是国家电视塔——世界上最高的照明杆——旁边是天穹体育馆，鼻子眼睛，萝卜洋葱，阴蒂卵子，选择你自己喜欢的符号，还好洛兹没有投资那个，传言说那些下注者正在赔本。如果她站在两面窗户的拐角向北看，能看见大学校园和里面的树，每年的这个时候是金黄色的，躲在后面的，是托妮怪异的哥特式红砖建筑物，还带了个塔楼，倒是完全适合托妮。她可以躲在那里，装作不会受伤的样子。

洛兹不知道她们两个现在在做什么，像她一样踱来踱去吗？她们紧张吗？从天空往下看，她们三个形成一个三角，洛兹是顶点。她们彼此用闪光灯发送信号，就像女侦探南希·朱那样，当然最常还是用电话。

洛兹伸手拿起电话，拨号，又放下。她们能告诉她什么呢？关于泽尼亚，她们知道的不比她自己多，很可能更少。

洛兹的手潮湿了，腋下也是，身体闻起来像是生锈的钉子。这是一阵热潮红①，还是以前的愤怒又回来了？*她只是嫉妒而已*，人们说，好像嫉妒是件小事。但它不是，是最糟糕的，是所有感觉中最差的——毫无条理，惶惑，羞耻，同时又自以为是，集中着精力，像玻璃一样坚硬，像是透过望远镜看风景。这种感觉是彻底专注的，却又完全软弱无力。大概这就是为什么嫉妒引起了这么多谋杀：屠杀是终极的控制。

洛兹想象泽尼亚死了，她现实的肢体，死了，并融化了。

还不满足，因为如果泽尼亚死了，她就不知道了。最好是想象她很丑。洛兹拿起泽尼亚的脸，从上往下一擦，好像是油灰。一些可爱的下颌赘肉，双下巴，总带着怒容。最好再涂黑几颗牙齿，就像小孩子画巫婆那样。

镜子，镜子，谁是我们当中最美丽的？

要看情况，镜子说，美丽只是肤浅的东西。

你说得没错，洛兹说，不管怎样，我会听取你的一些话的，快回答我。

---

① 妇女更年期时一种突然而短暂的发热感觉，常波及全身。

我认为你是个了不起的人，镜子说，你热情又大方，找个其他的男人毫不困难。

我不要其他男人，洛兹说，忍住不哭，我要密奇。

对不起，镜子说，办不到。

总这样结束。

洛兹擤擤鼻涕，拿起夹克和手提包，锁好办公室门。波尔斯工作到很晚，他繁琐的菱形小短袜很可爱：灯从门下面的缝里透出来。她考虑要不要敲门请他出去喝一杯，策略上他一定不会拒绝，然后带他去埃迪王酒吧，那会把他给烦死。

最好不要，还是回家带孩子吧。她对自己有个幻想，只穿那件橙色浴衣在河湾街上跑，从一个粗麻布袋里往外大把大把地抛钱。抛弃自己的财产，摆脱她所有的污秽的钱财。然后加入一个教派什么的，成为一个僧侣，女僧侣，尼姑，吃干豆过活。让每个人都觉得困惑，比她现在还要让人觉得困惑。但是有电动牙刷用吗？献身上帝需要有勋章吗？

双胞胎在客厅里看电视，客厅装修成最近流行的印第安村落——浅棕色，严肃，赭石色，一株真仙人掌隐约地靠着窗口，皱得跟龙葵似的，浇水过多，快要死了。洛兹得跟玛丽亚说一声，玛丽亚看到植物就给它浇水，要么就是给它掸灰。洛兹有一次看见玛丽亚拿真空吸尘器对着那株仙人掌吸，对它一点好处都没有。

“嗨，妈。”伊伦说。

“嗨，妈。”坡拉说。两个都没看她；她们在调频道，遥控器抢来抢去。“真蠢！”伊伦叫道。“太——太傻了！看那个小丑。”

“笨蛋！”坡拉说，“蠢蛋！嘿——轮到我了！”

“嗨孩子们，”洛兹说。她踢掉挤脚的鞋子，扑通一下坐进椅子，暗紫色的椅子，是新墨西哥断崖在夕阳西下时分的颜色，或者只是装潢师这么说说而已，洛兹又不知道。她希望波尔斯在这儿；他会给她调杯饮料。甚至谈不上调：就是倒。单麦芽，纯正的，她喜欢，但是突然间她连自己去拿的力气都没有。“你们在看什么电视？”她对自己两个漂亮的孩子说。

“妈，没人在看电视。”坡拉说。

“我们在找洗发水广告，”伊伦说，“我们想去掉我们的头皮屑。”

坡拉像个模特那样用头发遮住一只眼睛。“你被……可恶的头皮屑困扰吗？”她用假声模仿广告。她们两个都觉得这个非常搞笑，但同时也在审视她，用眼角轻轻瞟着，查看有无危险。

“你们的哥哥在哪里？”洛兹疲倦地说。

“轮到我了。”伊伦说，夺过遥控器。

“出去了，”坡拉说，“我想。”

“X 行星。”伊伦说。

“舞蹈与浪漫。”两个一起说，哈哈笑着。

只要她们能够静下来，租一部带有二重奏的好电影，洛兹就会做爆米花，加融化的黄油，和她们坐在一起，一副其乐融融的样子，像很久以前那样。《欢乐满人间》① 曾是她们最喜欢的；在她们还穿法兰绒睡衣的那些日子。但是现在她们专攻音乐频道，里面某男子穿着有破洞的汗衫，上蹿下跳，摇摆着他皮包骨的臀部，并且伸出舌头，他肯定觉得这个举动非常性感，但是在洛兹看来就像是口腔疾病的示意图，而且洛兹无法忍受这种风格，即使不放出声音，所以她站起来，穿着袜子走上楼，穿上浴衣和地主婆拖鞋，然后慢慢踱到厨房，在冰箱里发现一个吃了一

①《欢乐满人间》（Mary Poppins）是由美国迪士尼出品发行，罗伯特·史蒂文斯执导的电影。

半的纳奈莫棒①。她把它放进盘子——她才不会回归野人状态，她要用叉子——加上些买给孩子们当午餐的三角形独立包装的快乐牛牌芝士，以及多米克泡菜，一种古老的波兰秘方，借果汁下肚。没必要叫孩子们过来和她一起吃晚饭，她们会说已经吃过了，无论是否真的吃过。既然如此，洛兹就开始思量这座房子，一间一间地，一边大嚼着泡菜，一边在脑子里翻新墙壁的颜色。先锋蓝，她想，我就要那个颜色，回到我自己的根基。她瘦弱的犹疑的根基，她纠缠的根基，次于密奇的根基，就像其他无形的东西。密奇的根基之下还有根基。

晚些时候，她发现自己捧了个空盘子，正在奇怪为什么里面什么东西都没有了。她站在地下室，还是以前的老样子，屋子的这部分她从来没有重新装修过。用来储藏的地方，水泥浇铸的地面，到处是蜘蛛网。密奇的藏酒还有一部分留在角落里：不是他最喜欢的，他逃走的时候把喜欢的都带走了。很有可能和泽尼亚一起喝了。剩下的洛兹一瓶都没碰过，她没勇气碰，也没勇气扔掉。

里面还有些密奇的书；他以前的法律课本，约瑟夫·康拉德，还有快艇驾驶指南。可怜的人，他喜欢他的船。他觉得自己在本质上是个水手，虽然他们每次出航总会出一些故障，马达部件或者是木片，洛兹不知道，她从不习惯称*船艏*和*船尾*，而总是说*前面*和*后面*。她看到自己站在其中一艘船上，大概叫罗沙琳达，以她的名字命名，鼻子被太阳晒得蜕皮，肩膀上被晒出斑点，头上顶着密奇的帽子，挥动着扳手什么的——*是这个吗，亲爱的？*——当他们漂到一个多岩石的岸边——那是哪里呢？苏必利尔湖？——密奇俯下身查看马达，一边喘气一边骂脏话。开心吗？不。但和现在相比，她宁愿在那儿。

① Nanaimo bar，加拿大经典甜点。

她转过去，背对密奇的东西，这样她就不必去看。太伤感了。还有一些双胞胎的旧东西，也有一些拉里的：他的棒球手套，他的棋盘游戏——海军上将，战略，神风队——托妮硬要买给他的，她觉得他会喜欢这种游戏。还有小人书，是洛兹饶有兴致地保留下来的，盼望着哪天有了孙子孙女，读一样的东西给他们听。*宝贝儿，你知道吗——这是你妈妈以前的书！在她还是个小女孩儿的时候。*（或者，你爸爸的。但是洛兹很难想象拉里做父亲的样子，虽然她很期望。）

她读这些给拉里听的时候，他就严肃地静静地坐在那儿。他最喜欢的是有关会说话的火车并结局完满的故事，或者是物种之间相互帮助的故事书，例如熊先生协助海狸建了个水坝。拉里很少评论，但双胞胎却总是直言不讳，她们总是和她抢夺对故事的控制权——*改变结局，妈妈！回到前面！我不喜欢这部分！*她们要让《彼得·潘》的故事在温迪长大之前结束，要让《绿山墙的安妮》里的马太永远活下去。

她记得有个阶段，她们多大的时候呢？四岁、五岁、六岁，还是七岁？持续了一小段时间，她们决定，所有故事里的主角都应当是女性，彼得兔是女的。如果洛兹疏忽了，说成“他”，她们就会纠正她：*她！她！*她们会坚持下去。她们所有的填充玩具也全是雌性。洛兹不知道为什么。当她问她们，双胞胎会以非常鄙视的表情回应她。“你不知道？”她们会说。

她曾担心她们的这种信念是对密奇以及他的缺席的反应，否认他的存在的某种企图。但也许只是因为填充玩具都没有阳物，也许仅此而已。不管怎样，她们长大一点儿后就不会再那样了。

洛兹坐在地下室的地上，穿着浴衣，从不担心水泥灰尘和蠹虫以及蜘蛛网。她从架子上随便抽了几本书。*赠坡拉和伊伦，托妮阿姨。*封面是黑森林，阴森的黑森林，迷路的孩子在里面游荡，狐狸四处潜伏，任何事情都有可能发生；城堡的塔楼从错综的树林里钻出来。《三只小猪》，她读道。第一只小猪用稻草盖房子，她的房子，她的房子，脑海里稚嫩的声音大叫着。大灰狼从烟囱爬下来，正好掉进一大锅烧开的水里，皮都烫掉了。她的皮！改了代词读起来很奇怪。

一方面，双胞胎认为狼不应该掉进开水锅里——应该让三只小猪当中的一只掉进去，因为它们都非常笨。但是当洛兹建议说也许猪和狼都不掉进开水里，反而成为好朋友，双胞胎却显出藐视的表情，必须有人被烫。

这让洛兹觉得吃惊，小孩子多么残忍。拉里不那样；他不喜欢太暴力的故事，会让他做噩梦。他不喜欢托妮贡献的书——扭曲的树的版本的真正的童话故事，一字不变，都是凸出的眼睛，伪装的身体，悬挂的尸体，以及又红又热的钉子。托妮说那些比生活更加真实。

《强盗新郎》，托妮读着，很久以前，双胞胎一边一个。美丽的少女寻找丈夫，一个富有而英俊的陌生人到来，他专门引诱无辜少女来到他树林的要塞，然后剁开，吃掉。“一天来了一个求婚者，他……”

“她！她！”双胞胎嚷嚷。

“好了，托妮，别读这个了。”洛兹站在门口说。

“可以改成《强盗新娘》，”托妮说，“可以接受吗?”

双胞胎想了一会儿，然后说可以。她们喜欢新娘的礼服，会给芭比娃娃穿上这种衣服，然后把新娘扔下楼梯扶手，或者溺死在浴缸里。

“如果那样的话，”托妮说，“她要杀谁呢？男性受害者，还是女性受害者？或许一个两性人?”

双胞胎仍然坚持原则，她们不退缩。她们选择女性，每个角色都是。

托妮从不用高人一等的口气对孩子说话，也不拥抱她们，或者捏她们脸蛋儿，说她们很可人。她对她们说话的方式，好像她们是缩小的大人。反过来，双胞胎把她当作她们的一员，让她参与她们的事情，让她知道她们的构想和阴谋，她们的坏点子——这些东西她们从来不会和洛兹分享。她们常常穿托妮的鞋在房间里走来走去，一人一只，那个时候大概六七岁。她们被那些鞋子搞得狂喜：适合她们的大人的鞋！

强盗新娘，洛兹想着，是啊，为什么不可以？让新郎也尝尝这种滋味。强盗新娘，埋伏在黑森林的宅邸，狩猎无辜迷人的少年人，在她的大锅里置之于死地。就像泽尼亚。

不。对泽尼亚来说太过戏剧化了，毕竟——她只是一个市井荡妇。按摩女郎（Rubber Broad）① 更加合适——她以及她的充气奶头。

洛兹又哭了。她哀悼的是她自己的诚意。她那么努力，那么努力地做到亲切和有教养，做到最好。但是托妮和双胞胎是对的：不管你做什么，总得有人被煮。

四十

洛兹和泽尼亚的故事始于一个美丽的五月天，1983 年，艳阳高照，鸟儿鸣唱，洛兹感觉很棒。

嗯，也不那么棒。说实话，皮肤开始松弛了：眼睛下面，手臂下面。但是比她到四十岁的时候好多了。四十岁是真正的沮丧，她绝望了，把头发染成黑色，一个悲剧性的错误。但自那以后她就接受了自己，然后头发又变回金棕色。

---

① 与强盗新娘（Robber Bride）谐音。

而且：实际上洛兹和泽尼亚的故事早些时候就已经开始了，只不过是在泽尼亚的脑子里，洛兹不知道。

也不完全是那样。她是有一点知道，但是弄错了。几乎不能说知道什么，只知其一，不知其二。只是知道有什么正在靠近，她以为自己知道是什么，但不知道是谁。她告诉自己说她没那么在乎：她超越了它。只要它不破裂，只要它不妨碍，只要她能够挺过去并不用断太多肋骨。有些男人需要些许的逃避，这让他们更加健康。作为嗜好，首选会是酒精或者高尔夫，而密奇的东西——她称之为东西，用来区别于人——从未持久过。

但是那是个美丽的五月天。确凿无疑。

洛兹在破晓时醒来，她总这么做：醒来，悄悄坐起来，在密奇仍然睡着的时候看着他。这是不多的机会之一，她能够看着他而不被他发现并被他幽暗的蓝色凝视干涉。他不喜欢被审视：太像在被评估，因而又太接近于审判。如果真的需要审判的话，他希望由自己来做。

他平躺着，两腿大大地岔开，手臂伸展开来，好像要占据尽量多的空间。这是"贵气的姿势"，洛兹曾在一本杂志上看到，几篇心理分析的文章之一，号称能够通过分析一个人怎样系鞋带来知道他的一切。他的罗马人的鼻子伸出来，微微双下巴，在这个姿势下，双下巴和下颌周围的赘肉看不见了。他的眼睛周围有一些浅线，是没有晒黑的皱纹；晨曦中，从他的下巴上钻出来的粗硬胡须是灰色的。

高贵的，洛兹想。高贵极了。也许她该嫁给难看的人，从不期待好运的癞蛤蟆之类，那他就会完全欣赏她性格的纯正，连她的小手指都会崇拜。这样，她就具有了贵族性。密奇应该娶一个冷酷的金发碧眼女子，眼神凶恶，脖子上绕两圈真珍珠，左胸的内置口袋里放着银行存折。这种女人对付得了他，不会像洛兹那样输得那么惨。

她重新睡去，梦见她父亲站在一座黑色的山上，煤炭或者是烧焦的山上，并听见密奇的闹钟响，后来又响一次，最后醒了。旁边已经空了，她爬下床，从加长加大的床上爬下来，床架是黄铜材质以及最新的弯曲造型设计，深红色床单，绒毛被子，拖到紫红色的地毯上。卧室里，墙壁是橙红色，昂贵的20年代梳妆台和镜子，仿埃及货。洛兹迅速穿上自己淡黄色的缎子长袍，赤脚走进浴室。她喜欢这个浴室！里面什么都有：淋浴隔间，按摩浴盆，坐浴盆，散热毛巾架，他的和她的水槽，这样洛兹的头发就不会和密奇下巴上的短须混起来。她甚至可以住在这个浴室里！也能够容纳几个南亚的家庭，想到这里，她的反应有些忧郁，内疚涌上来。

密奇已经在里面，正在淋浴。他鲜明的轮廓透过水蒸气和粗面玻璃隐约显现。很多年前——多久？——洛兹会开玩笑地也跑进淋浴间；她会给他浑身上下打满肥皂，用自己的身体去擦他光滑的身体，把他推翻在浴室的地砖上；那些日子他的皮肤完全平整，没有松弛，没有凸出部分，她的也是，那个时候他尝起来像是榛仁，好闻的烤肉香味；但是现在她不那么做了，现在她越来越不愿意在白天被看。

不管怎样，如果她猜得不错，在这个时候不应该把自己亮出来。在密奇的宇宙观里，洛兹的身体代表了占有、实质、内在的美德、家庭和故乡、长期的习惯。他孩子的母亲。密室。无论其他什么样的身体暂时占据他的视线，都附着其他名词在上面：冒险、年轻、自由、未知、没有限制的性。当钟摆摆回来的时候——其他的身体表示出复杂、决定、需要、不高兴、泪汪汪的场景——然后又轮到洛兹了。总是这种模式。

直觉并不是洛兹的强项，但是她对密奇进攻的开端有直觉。她认为那是进攻，就像是在污浊的空气中的进攻；或者就像袭击另一种生物，因为密奇不是个食肉动物吗，他不是总占那些可怜女人的便宜吗，随着密奇越来越老，她们一个比一个年轻，那攻击难道不像熊的进攻、鲨鱼的进攻吗，那些女人不是被他疯狂袭击吗？从洛兹对付过的一些哭哭啼啼的电话和她假惺惺地拍过的肩膀来判断，就是那个样子的。

密奇能够直接和这些女人一笔勾销的方法真令人吃惊。他一口咬下去，然后吐出来，指望洛兹收拾残局。生殖器射击完毕，然后一擦，就像块儿黑板，然后连她们的名字他都不记得。洛兹记得，她们的名字，以及有关她们的一切事情。

密奇的艳遇一开始从不明显。他从来不会厚颜无耻地说“我今天加班”之类的话；如果他那么说，就是真的在办公室加班。反而是，他的习惯会发生细微的变化。参加讨论会的次数，洗澡的次数，在洗澡的时候吹口哨的次数，剃须后使用修复乳液的量和种类以及他喷洒的地方——生殖器部位肯定是一种泄漏——这种细节被洛兹点点滴滴地看在眼里，她纵容的眼睛开玩笑似的看着他，又好像里面有个洗瓶刷似的毛发耸立。他会比以前站得更直，收紧腹部；她发现他在走廊的镜子、在商店窗户前怒视自己的侧影，眯着眼睛，好像狮子就要猛扑出去。

他对她更加体贴，更加关注；他警惕她，观察她是否在观察。他轻轻地吻她背后的脖子和指尖——轻轻的尊敬之吻，小小的“原谅我”之吻，但是所有这些亲吻都不能解释为性交前戏，因为到了床上，他就变得没有生气，他转过身去，推托说有点儿不舒服，采用对折刀的姿势，对她抚摸的手指无动于衷。他的鸡巴遵守按顺序的一夫一妻制；彻底的浪漫主义者的明确标志，在洛兹的书里写着。它不需要自私自利的一夫多妻！再多一个，它只要再多一个女人，因为一个男人的区域应该超出他的把握，而密奇害怕死亡，一旦他停止，把自己看作和洛兹结婚的男人，仅仅只和洛兹结婚，永远只和洛兹结婚，那一刻，他的头发会一下子掉光，他的脸会像千年木乃伊那么皱，他的心脏会停止跳动。或者说这只是洛兹给自己的解释。

她问他是不是外面有人了。

他说没有，他说他只是累了，他压力太大，他说，很多压力，而且为了证明这一点，他半夜起来去书房，关上门，一直工作到黎明。有时候可以听到他的私语声：他在早餐的时候不问自答地说是拼字母的声音。

如此这般，直到密奇厌倦了他碰到的那个，然后他变得故意不小心，开始留线索。他和洛兹从没去过的餐厅的一套宣传单，家里电话账单上陌生的长途电话号码条目。洛兹知道这意味着她该和他对峙了，她应该面对他，咆哮和尖叫，哭喊、谴责、卑躬屈膝，问他是否还爱她，问他孩子对他来说还有没有意义。她被认为应该像第一次那样做（然后是第二次，第五次），这样他就能够脱身，才能够告诉另一个女人，那个形容枯槁的女人，那个支离破碎的女人，告诉她说他永远都会爱慕她，但他无法忍受离开孩子们；也只有这样他才能告诉洛兹——高尚地，带着自我牺牲的英雄气概——她是他生命中最重要的女人，不管他一次一次的行为有多坏多愚蠢，他已经为了她而放弃了另一个女人，所以她怎能不原谅他呢？其他女人只是微不足道的冒险，他会暗示道：最终他还是会回到她身边。然后他扑进她的怀里，好像跳进一缸热水，好像跳进一张厚厚的羽毛床，让自己精疲力竭，再次投进婚姻生活的麻痹状态。直到下一次。

但后来，洛兹已经拒绝做出那样的反应，她已经学会闭上她厚厚的大嘴。她对电话账单和餐厅宣传单视而不见，等他煲完午夜的电话粥，她会亲切地告诉他工作不要过度劳累。他外出开会期间她也找到事情做，她也要开会，她也有消遣，也有侦探小说要读，蜷在床上，还有奶油做宵夜；她有自己的朋友，有生意要维持；她的时间完全被除他以外的各种事情占满。她选择心不在焉：忘记把他的衬衫送去洗衣店，当他和她讲话的时候她会说："你刚刚说什么，亲爱的？"她买新衣服和新的香水，在他应该没在看事实上却在看的时候，她看着镜子对自己微笑，密奇开始不安起来。

洛兹知道为什么：他的那小片棉花糖开始溶化了，她正在表示她不知道正发生在他身上的事情，她在抱怨，在含糊地表达着委身和离婚，这两件他自己应该正在做的事情，在他承诺了那么多之后。网就在向他靠近，没有人来救他，他正在被三驾马车扔出来，扔向狼群，扔向抓他后跟的一群掠食的荡妇。

绝望之余，他求助于更加公开的博弈。他将私人信件随便放——女人写给他的信，以及更糟糕的是，他写给女人的信——实际上是他抄来的！——洛兹读完一阵愤怒，就去健身房发泄一通，然后吃巧克力泥蛋糕，把信放回原处，压根不提这档子事儿。他称自己要开始一个单独旅行——也许会在乔治亚海湾附近来个短航，自己一个人，他需要些时间放松——洛兹想象着某个嘴巴松弛的荡妇伸展着躺在罗沙琳达二号的甲板上，又在脑子里把那幅场景撕毁，然后告诉他说她觉得是个好主意，因为可以给彼此都留点空间。

上帝才知道她多努力地保持缄默，一直等到最后一分钟，等到他真的不得不私奔，或者是为了引起洛兹的注意，故意被洛兹捉奸在她的深红色床上。只有那样她才伸出援手，才把他从边缘拉回来，才发泄出期待中的脾气。然后，密奇流下的眼泪不是悔改的眼泪，而是解脱的眼泪。

洛兹私下里享受这一切吗？一开始不喜欢。第一次发生的时候她感觉像是被挖了个洞，像是脱臼了，感到被藐视和背叛，好像被推土机压扁了。她觉得下贱、无用、性冷淡，她以为自己会死掉。但是她找到一个诀窍，因此形成了一种审美力。做生意和打扑克是一回事儿，她可是个扑克专家。你必须知道什么时候下注，什么时候虚张声势，什么时候收手。所以她在某种程度上享受这一切。享受自己不擅长的东西是很困难的。

但是她的享受能使一切都顺利吗？相反，正是她的享受铸成大错。任何一个老修女都能告诉你，在洛兹早年的时候就曾有很多这样的人告诉过她。如果她能够熬过密奇烈士般的对外进攻，哀悼和鞭笞自己——如果她能够让它们影响到她，却又不参与进去，不去共谋，不欺骗不掩盖不微笑也不把密奇当特大号的鲤鱼来玩弄，那会有多好。她确实也受过爱的煎熬，只是被动地受苦，而不是积极地争取。为自己争取，为自己是谁的信念而争取。真正的爱应该是忘我的，至少对于女人来说是这样，或许只是修女们这么说说而已。自我应当像地板一样被擦干净：双膝着地，用粗糙的金属丝刷子刷，直到上面什么都不留。

洛兹做不到，她没办法忘我，从来不能。不管怎样，她的方法更好一点。也许对密奇来说更困难，但对她来说更简单。当然，她必须放弃一些爱；放弃一些她曾经对密奇的无穷无尽的爱。沉浸在爱里面的时候没办法保持清醒的头脑。你只能使劲儿地到处折腾，然后尖叫，然后筋疲力尽。

五月的阳光穿过窗子照进来，密奇吹着《不是我，宝贝》的调子，洛兹飞快地剔着牙齿，就不必被密奇淋浴出来的时候看到。洛兹觉得没有什么比牙线更让人倒胃口的了：一个大大地张开的嘴巴，周围一根胶黏的线在操纵。她的牙齿一直很好，它们是她的特征之一。最近她开始想也许它们不该老是待在它们现在的地方，即她的嘴里了。

密奇走出淋浴间，走到她身后，用手臂绕着她，将她压在自己怀里，然后用鼻子把她的头发拂到一边，亲她的脖子。如果前天晚上他们没有做爱，她会觉得这个脖子之吻非常有说服力：无疑是太过谄媚而不可能是无辜的！但是在这种初步行为的阶段，还不知道。

“洗得很舒服，亲爱的？”她说。密奇发出那种每当他觉得洛兹的问题没有意义并不需要回答时才发出的声音，但他却不知道她所说的虽然不是一个问题，却是一个反向的祝福：翻译成，我希望你洗得舒服，现在可以开始抱怨身体的任何小毛病，这样我就可以给予同情。

“我想我们可以出去吃午饭。”密奇说。洛兹注意到这种公式：不是一起吃晚饭好吗或者我邀请你吃午饭。没有给她说好的或者不好的余地，没有拒绝的余地：如果不做主导，密奇什么都不是。但与此同时她的心也为之一动，因为他的这种邀请，她也不常得到。她从镜子里看他的脸，他朝她微笑。镜子的反射老让她觉得惶恐。斜向一边，因为她不习惯看他那个样子，看上去是反的。但没有人是对称的。

她压制住想说这些的冲动：犹大牧师，我怎么突然间受欢迎了呢？地狱里冰天雪地，还是怎么了？而是说：“亲爱的，太好了！我想去！”

洛兹坐在浴室凳子上，改造的维多利亚式洗脸台，在密奇刮胡子的时候看着他。她极其喜欢看他刮胡子！所有那些野性的白色泡沫，一种穴居人的胡须，还有他为了刮到那些隐藏的胡茬扭曲自己的脸的样子。她不得不承认他不仅只是高贵，而且还很帅，尽管皮肤越来越红，蓝色的眼睛正变得暗淡。粗犷的帅，男士服饰广告中会这么说，尽管他们说的是件羊皮外套。羊皮外套，羊皮手套，小牛皮公文包：是密奇的风格。他有很多上等品味的昂贵皮革制品。他还没有秃，感谢上帝，不是洛兹介意，只是男人容易秃，如果他真的开始脱发，她希望他不要把腋窝下的毛移植到头顶上。但是连鬓胡子上已经出现一些花白处。洛兹像检查一辆汽车一样，检查他有没有红褐色斑点。

但她真正在等的是剃须之后的修复液，他会选哪一种，洒在哪里呢？啊！不是什么很性感的，只是他从英国买的，石南或者什么的，外出时候使用的，而且他没有洒在脖子下面。洛兹松了口气。

她真的爱他，仍然爱他。只是她承受不了那种热诚的爱了。

但也许在深处，她太爱他了。也许正是她过度的爱把他赶走了。

密奇出了浴室，洛兹继续她自己的准备，上乳油，上化妆水，洒香水的过程永远不能被密奇看到。它们属于舞台背后，就像剧场里那样。洛兹像别人集邮那样收集香水，她是任何新产品的强烈爱好者。她有三排香水，三排可爱的小瓶子，她分别归类为："插花艺术"、"生气勃勃"和"强烈爱抚"。今天，为了和密奇的午餐，她选择了"一千零一夜"，是"强烈爱抚"的一种。但对于一天的中午来说又有点太刺激了，所以她从"插花艺术"里又选了一种来减轻刺激性。然后穿好衣服，化好妆，但是仍然穿着卧室拖鞋，把高跟鞋提在手上，转到厨房履行妈妈的责任。密奇，不用说，已经出门了。他要开早会。

"嗨，孩子们。"洛兹说。三个都在那儿，上帝保佑他们贪吃的营养过剩的心，他们正在德洛丽丝的监督下狼吞虎咽地吃下洒了红糖和香蕉的大米脆片，德洛丽丝来自菲律宾，洛兹希望她已经开始克服文化冲击了。"嗨，德洛丽丝。"

德洛丽丝让洛兹充满了焦虑和担忧：德洛丽丝是否应该在这儿？西方文化会让她变坏吗？洛兹付给她的钱足够多吗？德洛丽丝私底下恨他们所有的人吗？她快乐吗，如果不快乐，是洛兹的错吗？洛兹想了许多，觉得不应该要入住的女管家。但是没有女管家，就没有人给孩子们做午饭，在他们生病的时候照顾他们，处理紧急情况，除非洛兹来。这样一来，洛兹就太多事情缠身而没办法给予密奇足够的关注，密奇就会脾气不好。

洛兹绕着餐桌一个一个给他们拥抱。拉里已经十四岁，快到十五岁了，被她的拥抱弄得有些尴尬，但还是忍耐着。双胞胎给她回吻，短短地，柔和地。“妈妈，”伊伦说，“你闻起来像是房间清新剂。”

多棒！多真切！洛兹环顾厨房，用暖色木镶板装修，砧板台上放着三份配好的午餐盒子，蓝色是伊伦的，绿色是坡拉的，黑色是拉里的，她的身体里燃烧起来，她闪耀着光辉！这就是为什么她能够挺过来，一切都值了！为了这样的早晨，为了能够走到厨房去说“嗨，孩子们”，为了他们当她不存在似的继续大口吃早餐，和密奇在一起的地狱般的生活也值了。她展开自己看不见的翅膀，她温暖柔软的天使翅膀，她振动着的母鸡翅膀，这翅膀的作用虽然被低估了，却是必不可少的，她包裹着他们。安全，是她希望他们感觉到的；而他们也确实感到安全，她确信。他们知道这是个安全的家，他们知道她在那里，稳固地长在里面，两只脚踩在土里，密奇或多或少也在那里，以他自己的方式。他们知道一切无恙，所以他们无论在做什么都会继续去做，用不着担心。

四十一

午饭在一个叫作涅瑞伊得斯的餐厅，地方不大，皇后街上一家重新装修的房子，巨大的裸体男人雕像耸立在外面。洛兹以前从没进来过，但密奇来过；她能从老板娘欢迎他的样子看出来，从他用愉快的、带着占有感的眼神察看四周的方式看出来。她也知道他为什么喜欢这个地方：整个空间都用油画装修，如果是在二十年前，这种装修会让你被抓起来，因为全是裸体女人。裸体女人，还有美人鱼，巨大而美丽的胸部：没有一个是下垂的。唉，赤裸裸的人们啊，因为裸体女人总不会缺少男性同伴。走到他们的桌子时，洛兹正好看到一个人勃起，赶紧转移目光。

“这是什么地方？”她低声说，脸上闪烁着好奇和惊异的狂喜，以及被密奇带出来吃午饭的十足的快乐。“我看到的都是真的吗？我是指，这是个卖色情商品的店，还是什么？”

密奇咯咯笑，因为他喜欢让洛兹小吃一惊，他喜欢显示自己不在她的偏见的理解范围之内。（不是她故作正经，只是有私人场合也有公共场合，这里是公共场合，公共的私人场合！）他解释说这里是一家海鲜餐厅，地中海海鲜餐厅，他认为是市里最好的餐厅之一，而且老板也是个画家，这些画有些是他画的，有些是他志同道合的朋友所画。维纳斯是主打，因为她毕竟是大海的女神。因为鱼是主题，才会有那些美人鱼。洛兹推断这些不单单是裸体人，而是神话中的裸体人。她对此有所涉猎，大学里接触过。希腊海神吹海螺，或者是让它自己吹起来。

“噢，”洛兹说；用她装出来的天真声音说。“那么这是A字打头的艺术！是合法的吗？”密奇又笑了，有点儿担心，并建议她应该小点声，因为会影响其他人的情绪。

如果任何其他人让洛兹小点声，她知道该怎么做：叫得更响。但是密奇总是能够让她感觉自己像是刚从外国来，头裹在围巾里，用袖子擦着鼻涕，而且幸好还有个袖子。来自哪个国家呢？就她知道的，她的祖先中有很多不同国籍的血统。她这一支的祖先都是从其他地方被赶出来的，或者由于太穷，或者由于政治上的古怪，或者由于不正确的面相或口音或者头发的颜色。

她父亲从外国来这里多少是最近的事，但也足够早，可以回溯到加拿大政府不允许犹太人入境之前，30年代和战争期间。她的父亲甚至不是个完全的犹太人。你怎么可能是从母亲那方遗传了犹太人的特征？托妮曾经问过洛兹。因为很多犹太妇女被哥萨克人和诸如此类的人强奸，她们从不确定孩子的父亲是谁。但是对于憎恶混血人超过一切的希特勒来说，她的父亲足够是个犹太人了。

她母亲这一方的迁徙要早得多。一百五十年前，战争引起的没有土地和饥荒把他们赶出家园，爱尔兰和苏格兰都是如此。那些家庭中有一户，出发的时候是五个孩子，到达目的地的时候一个都没有了，然后父亲因霍乱死在蒙特利尔，母亲尽可能快地再嫁了——一个妻子去世的爱尔兰人，他需要一个新的妻子。在这种艰难的时期，男人需要妻子。完了他们就去半开垦的灌木林，在那里拼命劳动，生儿育女，种土豆，用以前从没用过的工具砍树，因为爱尔兰有多少树可以砍呢？那些人中，很多都会砍到腿。托妮，她比洛兹对这些细节更感兴趣，有一次给洛兹看一张老照片——一个站在金属洗衣盆里的男人，以免让他们自己的斧子砍伤他们的腿。中产阶级英国人返乡并倚靠帮助生活下去，真是一出滑稽戏。愚蠢的爱尔兰人！然而，爱尔兰人总是擅长嘲笑几句。

当然，他们都是坐最低票价的舱位过来的。然而密奇的祖先虽然不是本土的多伦多人——他们必定是从某些地方来到这里——但肯定乘坐私人舱位过来。这意味着他们一路上可以朝陶瓷盆里呕吐，而不是吐在别人脚上。

了不起，但让洛兹觉得害怕。她打开美人鱼装饰的菜单，读过那些条目后，让密奇给她建议，好像她自己不知道该吃什么。洛兹，她对自己说，你真恶心。

她记起第一次和密奇出去，她年龄大了，快二十二岁，人老珠黄了。她在高中认识的很多女生进大学之后就结婚了，那么她为什么不结呢？这正是她母亲越来越困惑的眼睛在不断地问她的问题。

洛兹已经有过一次风流韵事，抑或说是性事，接着另一次。她对此并没觉得太内疚。虽然修女对性事避之不及，而且性是罪大恶极，但洛兹已经不再是天主教徒了。她曾经是，而且按照她妈妈的说法，一旦是天主教徒，终身都是；所以，当她第一次犯罪的兴奋感消失后，她感觉到了良心的谴责。奇怪的是，这些谴责不是集中在性本身，而是在避孕套上面——你不得不暗中购买的东西，即使她自己从没买过，那是男人的事。她似乎天生就不喜欢避孕套，但它们似乎也天生很有趣。就像一个手指的橡胶手套，每次看到它，她都得保持严肃，否则就会笑出来，想到就害怕，因为男人可能会认为你在嘲笑他，嘲笑他的阴茎，它的尺码，那就死定了。

但是性爱很棒，是她所擅长的，可是所有这些男人当中没有一个人的脖子以上部位是她喜欢的。一个人有着大大的招风耳朵，另一个比她矮两英寸，她可不想一辈子穿平底鞋。她想要孩子，但却不想要招风耳朵的矮个子小孩儿。

所以她一个也没认真对待，结果是他们也没有认真对待她。也许是因为她那个时候经常摆出来的臭脸，因为她还被束之高阁，仍然住在家里，仍然帮她爸爸干活儿。*你将是我的得力助手*，他会告诉她。听上去像是一种称赞，这样她就不必为自己不是儿子而感觉不好。但是洛兹不想做儿子，她根本不想成为男人，得力也好，不得力也罢。就她所看到的，做那种人是多么紧张，那种保持威严的虚伪。如果是个男人，她就没法做了愚蠢的无聊举动却逃过别人的注意了；然而如果真是男人，也许她也就没这个必要了。

她工作的事情非常基本；低能都做得来。本质上她是个接班人，但是她父亲认为每个人，甚至是老板的女儿，都必须从基层做起。那样才能知晓真正的生意是怎么做的，一层一层地体会。如果秘书出了什么问题，如果档案整理出了问题，就可能全盘都出错；你必须自己会做那些工作，那样，才能知道别人做得对不对。过去这么多年，这仍是她学到的很有用的一课。

但是她学到很多，她观察父亲的风格。粗暴但有效，柔和但坚决，表面搞笑内在却严肃。他等待自己的时机，像猫蹲伏在草坪上那样等着；然后猛扑过去。他喜欢主导谈判，喜欢削减价格。主导、削减，这些词对他来说有种魅力。他喜欢冒险，喜欢打擦边球。大捆的钱消失进他口袋里，然后魔术似的变出办公室大楼来。如果他可以修复——如果有什么值得拯救——他会的。不然就用起重锤砸了，尽管那些头脑不清的抗议者举着用蜡笔写出来，用订书机订在耙柄上的“救救街坊四邻”的标志到处游行。

洛兹有自己的想法，如果他给她一些经验，她知道自己在这种事情上会很在行。但是经验不是靠他给予，而是赚取的，所以她加倍努力。

与此同时，她的爱情生活怎样呢？没有人，没有合适的，甚至没有人亲近。没有人看中她的人也没有人看中她的钱，钱是洛兹要紧记在心的事情。她将来的钱财，因为在那个时候，她和其他任何人一样靠薪水过活，微不足道的薪水。她父亲认为你只有知道了薪水有多寒酸，才能领会到加薪谈判是怎么回事。他认为你应该知道土豆的价格。洛兹那个时候并不知道，因为由于她微薄的收入她仍然住在家里。她曾看过一套一室户，角落里缩了一个简陋的小厨房，还能看见别人家的浴室，太恶劣了！什么价格优惠！比她那个时候挣得还多。她宁愿待在原来的地方，父母的可以停三辆车的车库顶上以前的仆人住的阁楼里，然后把她微薄的收入花在新衣服和自己独用的电话线路上。

她想一个人去欧洲旅行，但她父亲不会允许她去。他说那太危险了。“那边发生了什么，你不需要知道。”他告诉她。他想用钱围成一堵墙，保证她的安全。

密奇那个时候是个新手律师，在为她父亲拟生意文件的公司工作。她第一次见到他的时候，他正穿过外面的办公室，而洛兹正坐在里面埋头苦干。他穿了一套西装，拎了一个公文包，在几乎每天都例行的、像尾巴一样跟在她父亲身后的那些西装—公文包行列中，他属于排在最后的那一种人。在洛兹的办公桌前停了一下，四处握手：洛兹的父亲总会把每个人都介绍给每个其他的人。密奇握了握洛兹的手，洛兹的手颤抖了一下。她看了他一眼，想，有丑的，有好看的，有介于两者之间的，但这个是好看的。然后她又想：在做梦呢，孩子，口水都流到枕头上了，这个不是你的。

但可恨的是他居然打电话给她！你不用成为爱因斯坦才能弄到她的号码，却也需要花一些工夫，因为她爸爸的姓氏太引人注目，她厌倦了有时接到的那些报复电话，于是洛兹在电话簿上登记的名字是萝西·奥格兰蒂。在废墟周围打上广告也没用，一英尺高的印刷体印着“格郎沃德住宅区”，把她的真名列在电话簿上，倒不如在她额头上印一个红色的X，并拉着到处游行，吐她口水。

然而突然之间，密奇打电话过来，冷静但口才很好，听上去好像是他想卖给她一些人寿保险，他正在提醒她曾在哪里遇见过他，好像她需要提醒似的，而且一开始他那么生硬，使得她几乎想对着他大喊，*嘿！我可不是你奶奶！快把藏在屁股底下的牌摊出来！*无论长得是否好看，他听上去很烦，一个过于严厉的英国新教徒式的蠢货，对美好时光的想象是，用双手修建正在碎裂的姻亲关系，或者星期日在墓地散步。他花了很长一段时间说到点子上，远远晚于洛兹已经领会的时间，她成了主导，但是他最终还是逐渐达到邀请她出去吃晚饭并在饭后看电影的目的。咳，哈利路亚赞美马利亚，洛兹想。真是无奇不有。

但正在准备出去的时候，她的喜悦消失了。她想要漂浮，想要飞，而当她坐在梳妆台前，轻轻地把琶音香水拍在脉搏位置，试图决定戴哪副耳环的时候，却开始觉得越来越沉重了。的确，她是有酒窝，却是能在膝盖上看见的那种酒窝，更像是皱纹。她是个大骨头的女孩儿，一个骨头强健的女孩儿（她妈妈的话），一个骨头顽固的女孩儿（她爸爸的话），一个饱满成熟的身材（服装店里的人说）。从来都没人说过她好看。*亲爱的上帝，缩小我的脚，我将为你做任何事情，6码就好，如果可以，顺便把我变成金发碧眼的女人。*

问题是密奇又太漂亮了。那肩膀，那蓝眼睛，那骨架——看上去像是男版电影杂志的新星，太漂亮了，像是假的。洛兹被他的漂亮吓住了——不应该允许长成那样的人出现在公共场合，会引起撞车——也被他合宜的礼貌和气派、他的姿势吓住了，有棱有角地挺立着，像是冰冻的鱼片。她不想和他走在一起，会被人笑话，遭到周围人的戏谑。她会担心是不是自己牙齿里塞了东西。

而且，她的欲望那么疯狂——说出来就是奸淫（Lust），大写的L，七宗罪之首——以至于都坐不住了。她不常这么失控，但是密奇超出了外貌科系图的顶端。人们会回头，会瞪眼，他们会惊讶这位理想人物和这位波兰甘蓝小姐竞赛的亚军在一起干什么。总而言之，会是个炼狱般的晚上。*让我能够挺过去，上帝，我就帮你擦洗一百万个马桶！不是因为你感兴趣，因为在天堂里，谁还拉屎呢？*

事情一如洛兹预料的那么糟糕地发展开来。密奇送花给她，虽然不多但毕竟是花，多么老套，而且她根本不知道该怎么处理这该死的东西，所以她拿到厨房——应该放进花瓶还是怎样？为什么送的不是巧克力呢？——她的妈妈穿着睡袍阴郁地守着一杯茶，头上戴着卷发夹子和发网，因为待会儿她得出去参加宴会或者是和洛兹爸爸一起出去，生意上的事情，她妈妈讨厌那些事情，她用受打击的眼神瞪着洛兹，自从他们变富并搬到上加拿大学院附近的邓维更路上的一座大房子里来后，她就一直是这种眼神。像密奇这样的男性后裔就被送进那种学校里去洗脑，然后将他们的脊椎熔化，这样他们的盆骨就动弹不得了。洛兹妈妈对洛兹说："你要出去？"好像在说："你去死啊？"

洛兹让密奇站在空旷的客厅里，站在足有半英亩宽空间的中央，四周环绕着三卡车那么多的家具，拜她母亲无瑕的差品味所赐，花了不少钱，却像是直接从丧礼接待室的邮购目录上买回来的东西，并且，每个表面上都铺了装饰桌巾，仍然于事无补。她妈妈是个桌巾狂，因为年少的时候无法拥有，如果密奇跟着洛兹到了厨房里，发现洛兹妈妈坐在那里，然后被盘问一遍，查出他的宗教情况和财政前途，那该怎么办？于是洛兹把花砰地扔在水槽里，晚些时候再来处理，然后在她的紧肤霜上亲了亲，这个吻来得太小太晚，然后在被爸爸拦截下来之前，挟持着密奇奔出家门。如果被爸爸撞见，他会让密奇过三道关，和盘查其他被他抓住的曾和她约会的所有人一样——去哪里，干什么，什么时候回来，太晚了——然后用神秘的民族寓言来向他解释生活。"两个瘸子成不了一个舞者。"他会对他们说，从浓密的眉毛下面射出意味深长的一瞥，那些可怜的呆瓜该怎么想呢？"爸爸，我希望你不要那么说。"事后她跟他说。那又是另外一回事，她必须喊他爸爸，叫爹爹他是不回答的。"那又怎样？"他说，露齿笑着，"是，还是不是？"

等到他们出了门，才发现密奇没有车，礼节上应该怎么做呢？她应该把自己的贡献出来，还是怎么样？她不能看着自己的梦中情人乘公交；更不能看着自己乘。如果你无论如何都不得不乘巴士，那向上层流动还有什么用？是有限度的！她想建议乘出租车，但闪念之间她觉得也许密奇没钱叫出租车。

最终他们还是开洛兹的车，一辆红色的小奥斯汀，生日礼物，洛兹更想要一辆捷豹，但她父亲说那会毁掉她。洛兹装腔作势极力主张把钥匙给他，让他来开车的时候，密奇没怎么抗议。男人被女人开车载着会感觉很屈辱，她曾在女性杂志上看到过相关文章，有关所有会在无意间贬低男人的做法，男人多么容易退缩啊，虽然洛兹通常喜欢亲自开自己的车，但她不想把密奇吓跑。而且这样她就可以休息一下并欣赏他的侧影了。他车开得很好——决断，具侵略性，却不是不讲礼貌，她喜欢。她自己是个快车手；横冲直撞，乱按喇叭。但是看密奇开车，她发现能够以更平稳的方式到达你想去的地方。

晚餐在一个小小的准法国餐厅，红色丝绒装饰，就像 19 世纪末 20 世纪初的妓院，食物不太好。洛兹叫了洋葱汤，真是个错误，因为每勺下去后都有线一样的芝士丝打成圈。她尽其所能对付它，却发现自己没有通过优雅的测试。密奇似乎没有注意；他正在对她讲有关他的法律事务所。

他不喜欢我，她想，这是个可耻的失败，所以她又喝了一杯白葡萄酒，然后她想，真见鬼，就给他讲了个笑话，是说一个女孩儿告诉另一个女孩儿那年夏天她被强奸了，是的，之后就是不断地被强奸，整整一个夏天。密奇慢悠悠地对着她笑，眼睛闭上一点点，就像你抚摸一只猫的耳朵时它的样子，也许除了那小锡兵的姿势之外，他毕竟还有一点荷尔蒙，也许英国新教徒只是装饰的外表，外表而已，如果真是那样，她将会永远感激，然后她感到他的手放在了她的膝盖上，在桌子下面，这是她能够自控的极点，她觉得自己快要融化，就像一根受热的冰棒，弄得红色的丝绒餐椅上面到处都是。

饭后他们本来是准备动身去看电影，却以在洛兹的车里接吻而告终；然后，他们就到了密奇的公寓，和其他两个学法律的学生合租的三室公寓，另外两个正好外出了——是他计划好的吗？洛兹飞快地想，到底是谁引诱谁——洛兹全力挣扎地脱下紧身束腰衣，帮密奇一起脱掉她上面的衣服——没有束腰衣就不是淑女，她妈妈和杂志上都这么说，控制住难看的抖动，你不会想让男人认为你是个屁股下垂、皮肤松弛的女人吧，虽然那该死的玩意儿做得像个老鼠夹子，完全是铸铁的橡皮圈，脱下它，仿佛是努力挣脱一个绕了三圈的橡皮圈——当密奇握住她的肩膀，深深地看着她的眼睛，告诉她说他有多尊重她。“我不是仅仅想和你做爱，”他说，“我想娶你。”洛兹想抗议说，这两者并不相互排斥，但是至少在密奇看来，这样就太傲慢了，但不管怎样，她感觉太幸福了，或者是太害怕了，因为这是在求婚吗？

“什么？”她说。

他重复了想和她结婚那一句。

“但我几乎不了解你。”洛兹结结巴巴地说。

“你会越来越了解我。”密奇平静地说。他说得没错。

事情就这样发展下去了：不好不坏的晚餐，沉重的爱抚，有力的满足。如果洛兹能够克服，能够把密奇排除在她的规律之外，也许就不会和他结婚。错：还是会，因为第一个晚上之后，她已经深陷其中，根本没办法选择不。但是每次他们出去，他都让她变成颤抖的肉冻，又在她要拉开他拉链的时候抓住她的手，这又增添了某些含糊因素。由于含糊表示挫败，又意味着可怜的蒙羞。她感觉自己像个不道德的荡妇，像是一只小狗，设法爬上裤管，却被一张报纸一阵乱揍。

当那个时刻到来——不是在教堂里，不是在犹太教会堂——

考虑到有关的各种因素，地方选在公园广场酒店的宴会厅里——洛兹以为不会从走廊这头一直走到那头。她以为会发生不体面的事。但如果她当众扑到他身上，甚至在“亲吻新娘”环节中给他一个大大的拥抱，密奇永远都不会原谅她的。到那个时候，他分得很清楚，有人扑，有人等着被扑，有人主动去吻，有人等着被吻，他是前者，她是后者。

是性别角色的固定套路，在那个过程中学到一两点后，洛兹现在想到。狡猾的杂种，他隐瞒了我，制服了我。他明白自己在做的每一件事。为了不像其他没有出路的男人那样，他很可能给自己留了一手。但是他赢了，他娶了我，抓住了发达的机会。到现在她才知道，她的钱肯定是要素之一。

甚至在那个时候，她的父亲仍然保持怀疑。“他挣多少钱?”他质问洛兹。

“爸爸，这不是重点!”洛兹喊道，反物质主义得过了头。不管怎样，密奇不是个有前途的男孩吗？不是肯定能做得很好吗？他不是像肥皂泡泡一样正在他的法律事务所冉冉升起吗？

“我所问的是，我需要资助他吗?”她父亲说。对密奇，他说：“两个瘸子成不了一个舞者。”他的眉毛下面，双目怒瞪着。

“先生，你说什么?”密奇说，文雅地，过于文雅，而且谦虚，意思是他愿意忽略洛兹的父母，一个是带着移民的污点，另一个是煮土豆和桌巾狂，还留着寄宿舍的余臭。洛兹是新贵，密奇是老贵族；或者说，如果他有钱的话，他就是个老贵族。他自己的父亲死了，死得太早，没能给他的生活带来安乐。洛兹怎么会知道他父亲和一个战争寡妇私奔，败光所有家产，然后从桥上跳下去呢？她又不会读心术，密奇很多年都没告诉过她，很多很多年。还有他从来不提的母亲，也许那个时候还没死而且（洛兹在地下室里想）也许已经死了。洛兹永远都不会原谅自己接受新婚后那些微妙的伤人的暗示，降低自己衣服的档次，摆放餐桌的正确方法。

"爸爸，我不是瘸子!"洛兹事后对她父亲说，"我是指，太侮辱人了!"

"一个瘸子和一个不是瘸子的人仍然不能成为一个舞者。"她父亲说。

他想告诉我什么？洛兹想，事隔这么久。他看到了什么，什么裂缝或者断层线，什么样的跛行的前兆？

但是洛兹在那个时候没有听从，她用手捂住耳朵，不想听。她父亲久久地阴沉地看着她："你知道你在做什么吗？"

洛兹以为她知道；或者是她根本不在乎知不知道，因为就要这样，就要这样，最终她飘了起来，处在狂喜状态，尽管有着强健的大骨头，她却像羽毛一样轻。她母亲站在她一边，因为在她看来，洛兹快二十三岁了，有得嫁总比没得嫁要好；但是一旦看到事情真的发生了，她变得对密奇的好风度嗤之以鼻——装模作样，他以为他是谁——而且宣称她宁愿要一个天主教徒，而不要一个国教徒。但是她嫁给了洛兹的父亲，她父亲又不是罗马教皇，所以她没法争辩太多。

密奇娶洛兹不单单为了钱，她确定。她真切地记得他们的蜜月，在墨西哥，在亡灵节市场上有很多糖制头颅的那些日子，那些花，那些颜色，快乐得头晕眼花的自己，新奇感，以及放松，因为她结婚了，不再可能成为老处女了，而是一个新娘，一个结了婚的女人；在那些炎热的晚上，窗户向着大海打开，窗帘飘动，风吹在她的皮肤上像是细棉布，密奇的黑色轮廓在她上面，看不见脸，却很激烈。当你陷入爱情，会不一样，它不再是个游戏；反而更加危险。事后她哭了，因为她是如此幸福，密奇肯定也感觉到了，因为你没办法伪造那种激情。能吗？

所以不单单是钱。但是也可以这么说——如果没有钱的因素，他不会和她结婚。也许那就是把他和她连在一起的东西，那就是让他安定下来的东西。她希望那不是唯一的东西。

密奇举起他的白葡萄酒杯，对她说："为了我们。"然后手伸到桌子对面握住她的左手，戴着戒指的那只手，非常朴素的一只戒指，因为他那个时候只能够买得起这个，而他又不愿意接受她父亲的帮助买一个更大的，对她微笑着说："不那么糟糕，不是吗？我们在一起很不错。"洛兹知道他在安慰自己，为那些隐藏的沮丧，为前进中的时光，为将要攻克而现在还没有攻克的世界，为了世间有数千个适婚女性这个事实，数百万个，而且每分钟都在增加，无论他怎么做，都没能力玩尽她们所有的人，因为艺术长存而生命短暂，死亡正在临近。

是的，他们在一起还算不错，有时候。所以她朝他微笑，反过来捏了捏他的手，想着他们尽可能地幸福了，他们。就他们两个，已经处于可能的最幸福的状态了。但是如果他们是陌路人，也许更加幸福。

一个女孩儿，漂亮的女孩儿，穿着汤勺领运动衫，端着一大浅盘的死鱼过来，给密奇选。他点的是每日特点，洛兹的是乌贼意大利面，因为她以前从没吃过这种东西，而且听上去那么怪异。蘸墨的通心粉。首先是色拉，吃的时候洛兹觉得是适当的时候了，就试探性地问密奇有没有想要讨论的特定主题。以前的午餐都会有一个主题，一般是生意上的事情，话题是有关密奇在《智慧女人世界》委员会里越来越有权力，他是主席（chairman），喔，主席（chairperson）①。

---

① 因为《智慧女人世界》（*Wise Woman World*）是女权运动时兴办的杂志。

但他说没有，只是觉得最近都没有在孩子不在场的时候好好看看她，洛兹，总是那样急急忙忙吃完盘里的东西。她会原谅，会忘记。然而无论如何至少会原谅，因为能不能忘记不受自己控制。也许这些年来，密奇只是中年危机；虽然二十八岁就开始是略早了点。

色拉来了，在一个大大的盘子上，被另一个长头发的汤勺领美女端过来，洛兹猜想这些服务员是不是选出来和这些画相配的。这么多的奶头在周围，她感觉像是被无数外星人的眼睛盯着，粉色的眼睛。她脑子里快速闪过某个被这家餐厅拒绝雇用的平胸女人以歧视为由对这家餐厅提出诉讼。甚至更棒，平胸的男人去告。她倒愿意做墙上的一只苍蝇。

服务员俯身，露出深深的乳沟，把色拉盛进盘中，并在洛兹尝一口的时候微笑着站在那里。“很棒。”洛兹说，她是指色拉。

“绝对！”密奇说，仰脸朝服务员笑。噢天哪，洛兹想。他已经开始和服务员调情。她会怎么看他？下流的老混蛋？他还有多久才真正成为一个下流的老混蛋？

密奇总是以他克制的方式和女服务员调情。但是那就像一个九十岁的康康舞者总是跳康康舞①那样。谁知道什么时候会停下来呢？

色拉之后是主菜。这次又是另外一个女孩儿。实际上是另一个女人；她要大一些，但是有着一团令人销魂的黑头发，和令人惊奇的大波，以及洛兹死都想要的小蛮腰。洛兹费力地看着她，知道自己以前见过她。很早以前，另一种生活里。“泽尼亚！”还没来得及控制，她惊叫出来。

“你说什么？”那个女人说，然后轮到她看着洛兹，笑起来，说，“洛兹？洛兹·格朗沃尔德？是你吗？你和照片上不像了！”

---

① 起源于19世纪，由女子穿着长裙，高高踢起大腿的一种法国舞蹈。

洛兹迫不及待地想要否认。她不应该先开口说话，应该让钱包掉到地上，脸随着它潜到下面，或者用任何方法待在泽尼亚的视线之外。谁不想避开凶眼？

但是震惊地看到泽尼亚在那里做侍应生——一个服务员——在涅瑞伊得斯，这让洛兹顾不上其他，而是脱口而出："你在这里做什么？"

"搞调查，"泽尼亚说，"我是个撰稿人，几年来都是自由职业，主要是在英国。但是我想回来看看——看看这里情况怎么样了。所以我在容易被性骚扰的工作场所找点事情做。"

泽尼亚如果写那些东西的话，她一定有所不同了，洛兹想。她甚至看上去也不同了，一开始洛兹还搞不清楚是哪里不同，后来就看清了。是乳房，鼻子也是。前者隆过，后者削过。泽尼亚的鼻子曾经更像洛兹的鼻子。"真的？"洛兹饶有兴趣地说，"撰稿给谁？"

"《周六晚报》，"泽尼亚说，"主要是采访形式，但我觉得实地考查一下会很好。"她对洛兹笑得多，对密奇笑得少。"上周我在工厂里，上上周是在一家医院。你没法相信有多少护士被病人袭击！我不是单指抓搔——他们扔东西，便盆等等，那是一种真正的职业危险。但是他们不让我做任何实际的看护工作；不然，会更能获得一手资料。"

密奇看上去开始因为被撂在一边而有怒气了，于是洛兹把他介绍给泽尼亚。她不想称她为"一个老朋友"，所以说，"我们曾在同一所学校。"我们不是你认为的那种好朋友，洛兹想。那个时候她几乎不了解泽尼亚，只知道她是谣言的对象。庸俗，耸人听闻的谣言。

密奇没说什么能让洛兹从谈话中解脱出来的话。他简单地嘀咕了几句，就盯着自己的盘子。显然，他觉得被打搅了。"那么，这里的职业危险是什么？"洛兹替他圆场说，"有人叫你'亲爱的’并捏你屁股了吗？”

泽尼亚笑了。“老洛兹还是那样，她总是给派对带来活力。”她对着密奇说。

正当洛兹在想自己参加过哪些泽尼亚也在场的派对——就她的记忆，没有，但是那个时候她喝酒很多，或者说一下子喝很多，有可能她忘了——泽尼亚把手放到洛兹的肩膀上。她的声音改变了，变得更深沉，更庄重。“你知道，洛兹，”她说，“我一直想告诉你这个，但以前一直没有。”

“什么？”洛兹说。

“你父亲。”泽尼亚说。

“噢，天哪，”洛兹说，担心是一些她从没发现的故事，一些掩埋的传闻。也许泽尼亚是她失散很久的半个妹妹，真荒唐。她的父亲是个狡猾的老狐狸。“他做了什么？”

“他救了我的命，”泽尼亚说，“在战时。”

“救了你的命？”洛兹说，“在战时？”等一等——战时泽尼亚出生了吗？洛兹犹豫着不愿意相信。但这又是长久以来她所期盼的——一个见证人，一个相关但中立的人，能够向她担保说她父亲果真如传言中所说的那样：是个英雄。或者半个英雄；至少，不止是个阴暗的商人。她听说过别人的解释，例如她的叔叔，但是他们两个都不可信；所以她从来都不确定，一点儿也不。

现在，最终，来了个信差，从那个遥远的国度带回消息，那个过去的国度，战争的国度。但为什么这个信差偏偏是泽尼亚？泽尼亚知道这些消息，而洛兹却不知道，这激怒了洛兹。好像洛兹父亲故意留下一些东西，一些财宝，给一个完全的陌生人，留给一个在酒吧遇到的流浪者，却不给女儿留任何东西。难道他不知道她有多想知道？

也许什么都没有，另一方面，如果有些什么呢？至少值得一听，值得一试。

“是个很长的故事，”泽尼亚说，“我很想告诉你，如果你有空，又想听的话。”她微笑了，对着密奇点一下头，然后走开。她自信地走开，冷漠地，好像她就知道自己给出的东西洛兹连拒绝的可能性都没有。

四十二

洛兹的父亲，伟大的未知者。对别人来说是伟大，对她来说是未知。或者这么说——洛兹想着，穿着她的橙色浴衣，在地下室里，吃完那小片纳奈莫棒，饥饿地舔着盘子——他有九条生命，她自己只知道其中的三到四条。你从来没法知道什么时候有人从父亲以前的生命中冒出来。

从前，洛兹并不是洛兹，而是罗沙琳达，中间的名字是艾格尼斯，名从圣艾格奈以及她的母亲，但是这个名字她没有告诉学校的女生，因为她不想像她妈妈那样被起绰号叫艾吉，那些房客在背后这样叫她的母亲。没人敢在她母亲面前叫她艾吉，她远比那个可敬得多，对于他们来说，她应该是格林伍德太太。

所以是罗沙琳达·格林伍德，而不是洛兹·格朗沃尔德，她和母亲一起住在休伦街上她母亲的房间里。那座房子又高又窄，红砖砌成，屋前一排破旧的走廊，也许洛兹的父亲会回来修好，某天。她父亲走了，从洛兹记事起她父亲就已经走了，是战争的缘故。

洛兹记得那场战争，虽然不太清楚。她记得空袭警报，在她上学之前，因为她母亲让她趴在床底下，而床底下有蜘蛛。她母亲储藏了培根肉和罐头，但是洛兹想不出士兵们拿那些东西来干什么，后来，在学校里，每个人都交给红十字会五分镍币，为了所有的孤儿。孤儿们站在一堆堆的瓦砾前，衣衫褴褛，严肃的眼睛，哀求的眼睛，因为他们的父母被炸弹炸死了。一年级的时候，玛丽·保罗修女展示过他们的照片，洛兹哭了，因为她真是同情他们，却被告知要控制自己的情绪，她吃不下午饭，却被告知说为了那些孤儿要吃下去，然后被要求帮第二次忙，因为，如果吃一顿午饭能够帮助那些孤儿，那么吃第二顿就更加能够帮到他们，虽然她不清楚是怎么帮的。也许洛兹吃的那些固体的有形的食物转化成无形的精神食粮，通过空气，直接流向孤儿，有点像领圣餐，圣饼虽然看上去像一块圆的苏打硬饼干，但实际上是耶稣的身体。不管怎样，洛兹十分乐意给予帮助。

瓦砾后面的某个地方，远处看不见的阴暗的树堆里，是她的父亲。她希望她吃的一些食物能够绕过孤儿进入他身体里。洛兹在一年级的时候就是那样想的。

但是战争结束了，洛兹的父亲呢？“在路上了。”她母亲说。厨房餐桌前总是摆着第三张椅子，等着他。洛兹几乎等不及了。

因为洛兹的父亲不在，洛兹的母亲就要独自经营整个宿舍。她累得筋疲力尽，她几乎每天这样告诉洛兹。洛兹能看见：她母亲看上去像绳索，好像身体的柔软部分被刮走了，骨头好像越来越靠近表皮。她的脸长，有着灰色条纹的棕色头发向后别住，穿着一条围裙。她话不多，而且一旦说话都很短，精练的词组。“多说误事，”她会说，“小洞不补大洞吃苦。少之又少。非常安全。钱不会长在树上。人小耳朵长。”她说洛兹是个话匣子，舌头两头都在摇摆。

她的手关节很粗，由于洗衣变得通红。“看看我的手。”她会说，好像她的手证明了什么。它们通常证明出来的是洛兹必须更加帮忙。“你妈妈是个圣徒。”住在第三层的希勒丝小姐说。但是如果洛兹的妈妈是个圣徒，洛兹就不太想成为圣徒了。

洛兹父亲回来的时候就可以帮忙了。如果洛兹表现好，他就回来得更快，因为上帝会喜欢她，答应她的祷告。但有时她不总能记得，忘记的时候，犯罪的时候，她就会吓得要死；她就会看见父亲在海上的一艘船上，一阵巨浪打向他，或者一个闪电击中他，是上帝惩罚她的方法。然后她就得加倍努力祷告，直到礼拜天，她才能去认罪。她会跪在窗前祷告，眼泪从脸上淌下来。如果是个严重的罪，她还会去擦马桶，即使是刚刚才擦过。上帝喜欢擦得干净的马桶。

洛兹想知道父亲究竟是什么样子，她对他没有记忆，被母亲藏在她黑暗的、磨光的、不许打开的衣屉柜里的照片上，只是一个体型庞大的男人，穿着黑色的衣服，洛兹几乎没办法辨认他的脸，因为是在阴影之中。这张照片一点也无法显露出洛兹归在她父亲身上的魔力。他很重要，正在做重要而秘密的事情，不能说出来。和战争有关，即使战争已经结束了。

“冒着他的生命危险。”她母亲说。

“怎样?”洛兹问。

“吃你的晚饭，”她母亲说，“欧洲有孩子正在挨饿。”

他在做的事情是那么重要，以至于没有时间写信，但的确不时有信从很远的地方过来：法国、西班牙、瑞士、阿根廷。她母亲独自读这些信件，读的时候就会露出斑驳的粉色那种奇怪的面容。洛兹收藏起邮票。

洛兹的母亲做得最多的就是打扫卫生。“这是一个干净的，体面的宿舍。”当房客做错事情，弄脏走廊或者浴缸按铃却没有擦干净的时候，她会这么说。她刷洗楼梯踏板，用真空吸尘器打扫二楼走廊上的绒毯，使劲擦洗前厅的油毡，然后往上面打蜡，厨房地板也这样处理。她用老荷兰清洁剂清洗浴室的固定装置，用桑尼夫拉希牌洁厕水清洗马桶，用温德科斯牌清洁剂擦窗户，用阳光牌肥皂洗窗帘蕾丝，用手小心地在洗衣板上搓洗，但她用厨房隔壁小屋里的转筒洗衣机来洗被单和毛巾；因为房客多，所以被单和毛巾很多。她每周要打扫两次，疏通所有的下水道，否则的话房客们的头发会把下水道堵住。头发是她的困扰；她的表现好像是房客们故意大把大把地从头上扯下头发，塞进下水道。有时候，她将一根回形铁钩戳进二楼的水槽下水道，然后拖出来一卷污秽物，正在腐烂的头发，外面裹着肥皂。“看见了?”她会对着洛兹说，“充满了细菌。”

她希望洛兹帮她一起干所有的这些无穷无尽的卫生工作。“我做得手指只剩骨头了，”她总是说，“全为了你。看看我的手。”如果洛兹说她才不在乎二楼的厕所干净与否，因为她又不用那个。说了也没用。洛兹的母亲要使这个宿舍在她父亲回来的时候保持整洁，因为她们从不知道那一刻何时到来，所以必须在所有时间都保持整洁。

房客总共有三个。洛兹的母亲住二楼的前屋，洛兹住在三楼的两间房中的一间——她母亲称之为“阁楼”。希勒丝小姐住另一间阁楼间，穿着她的羊毛拖鞋和格子花纹的维耶勒法兰绒浴衣，她会穿下来洗澡，因为三楼的浴室只有一个水槽和一个马桶。希勒丝小姐已经不年轻了，她白天在一家鞋店工作，晚上就在房间里听柔和的电台音乐——舞蹈音乐——读许多许多平装本侦探小说。“没有谁比一个好凶手更厉害。”她这样告诉洛兹。她似乎觉得这些书很慰藉。她在床上读，也在浴缸里读；洛兹总发现它们摊开朝下放在地上，书页有一点潮湿。她会帮希勒丝小姐带回楼上，同时看那些封面：乌云暴风雨和闪电下的大楼，拉下毡帽挡住脸的男人，插着匕首的死人，大胸的年轻女人，穿着颜色古怪的睡衣，阴暗而庸俗，地上的鲜血闪闪发光，像是一摊糖蜜。

如果希勒丝小姐不在房间，洛兹就会往她的衣柜里看一眼，但是希勒丝小姐并没有很多衣服，她有的仅仅是蓝色和棕色以及灰色。希勒丝小姐是天主教徒，但是她只有一幅圣像：圣母马利亚，腿上放着圣婴耶稣，以及穿着毛皮的施洗者约翰，因为后来他会在旷野生活。一般照片里的圣母马利亚总是看起来很悲伤，除了耶稣是个婴儿的时候。婴儿是唯一能让她高兴起来的东西。耶稣，就像洛兹，是唯一的一个孩子；如果他有个姐姐就好了。洛兹打算长大后儿子女儿都要。

底楼有一间卧室，以前是饭厅，由卡洛泽先生住着。他是个拿抚恤金的老人；曾参加过战争，是另一场战争。他的腿受了伤，所以走路用一根拐杖，而且他身上还有几颗子弹。“看到这条腿了？”他对洛兹说，“布满了弹片，等他们用光了铁，可以来开采我这条腿。”这是他常开的一个玩笑。他常读报纸，如果出去，就会去军团看望他的老战友。有时候喝得酩酊大醉，洛兹妈妈说。她无法阻止他那样，但她能够阻止他在房间里喝。

房客们不允许在自己房间里吃东西或者喝酒。喝水可以。他们不能有轻便电炉，因为可能会烧掉整个房子。另一件他们不许做的事情是抽烟，但是卡洛泽先生抽。他打开窗子，把烟扇出去，然后烟蒂扔进马桶里冲走。洛兹知道，但是她没有告发他，因为她有点儿害怕他，他凸出的脸，竖立着的灰色髭须，厚底鞋，以及带着啤酒味的呼吸，而且她也不想告发，因为如果告发某人就是叛徒，在学校里那样做的女孩儿会被瞧不起。

卡洛泽先生是新教徒还是天主教徒？洛兹不得而知。据洛兹妈妈说，宗教对于一个男人来说关系不大，除非他是个牧师，那就很有关系了。

希勒丝小姐和卡洛泽先生自洛兹记事起就已经住在那儿了；但是第三个房客，莫雷太太，是最近才搬进来的。她住在二楼的另一个房间，从洛兹母亲的房间沿着走廊到底。莫雷太太说她三十岁。她有着下垂的胸部，蜡黄的脸涂着厚厚的粉底，黑色睫毛，红色头发。她在依顿化妆品公司工作，销售伊丽莎白·雅顿，她涂指甲油，已经离婚。离婚是罪，据修女说。

洛兹对莫雷太太极感兴趣，她任由自己被莫雷太太引诱到房间里，莫雷太太给她古龙香水和蓝草护手霜的小样，教她怎样用卷发别针将头发束起来，告诉她莫雷先生有多讨厌。“亲爱的，他欺骗了我，”她说，“就像过了今天没了明天似的。”她管洛兹叫“亲爱的”和“甜心”，这是洛兹自己的母亲从来不叫的。“我希望能有个女儿，”她总是说，“就像你一样，”洛兹总会愉快地露齿笑着。

莫雷太太有个银柄的镜子，上面有玫瑰，背面雕刻着她名字的首字母：G. M.。格雷迪斯是她的名字。这个镜子是莫雷先生送给她的结婚一周年礼物。“他连句话都没说。”莫雷太太总会在拔眉毛的时候说。她用镊子拔眉毛，夹紧一根眉毛的根部，然后用力迅速一拉。这让她打喷嚏。她拔掉几乎所有的眉毛，只留细细的一根线，像新月一样完美的曲线形状。这让她看上去像是吃惊的样子，或者在疑惑什么。洛兹会在镜子里研究自己的眉毛，她认为它们太黑太浓密了，但她还太小，不能开始拔眉毛。

莫雷太太仍然戴着结婚戒指和订婚戒指，偶尔会把它们取下来，放进她的珠宝盒。“我不应该卖掉它们，”她说，“但我不知道该怎么办，有时候我仍然觉得和他在一起，尽管发生了这一切，你知道我的意思吗？你需要有东西去倚靠。”有些周末她会出去约会，那些男人过来按前门的门铃，被洛兹母亲勉强让进来，进来后他们只能站在前厅等莫雷太太，因为没别的地方让他们去了。

洛兹母亲当然不会让他们进厨房坐。她并不满意他们，或者大体上都不太满意莫雷太太；但有时候她允许洛兹和她一起出去看电影。莫雷太太喜欢的电影是女人为了其他人而放弃某些东西，或者是她们起先被爱，然后被抛弃。她随着情节起伏，边吃爆米花边擦眼睛。“我是个爱哭鬼。”她对洛兹说。洛兹不懂为什么电影里的事情会按照那种方式发生，她宁愿看《罗宾汉》或者二傻系列，但是她母亲觉得她应该有个大人样子了。忽明忽暗、闻起来甜甜的阴暗的电影院里会有事情发生；男人会占便宜。这是莫雷太太和洛兹母亲一致同意的主题：男人会占便宜。

洛兹在莫雷太太不在的时候查看她的珠宝盒，但她很小心不移动任何东西。这让她觉得很有乐趣，不仅因为东西漂亮——珠宝不是真的，大多数都是装饰性的珠宝、人造钻石和玻璃——还因为这样做有种兴奋感。虽然无论莫雷太太在与不在，胸针和耳环都完全一样，但是她不在的时候，它们似乎不一样——更诱惑，更隐秘。洛兹也会看她的衣橱：莫雷太太有很多浅颜色的裙子和配套的高跟鞋。当她感觉比一般情况下更大胆的时候，洛兹的脚会伸进鞋子，在莫雷太太衣橱门上的镜子前蹒跚地走上几圈。她最喜欢的一双脚尖上有闪烁的装饰物，看上去像是钻石做的。洛兹觉得它们简直到了迷人的程度。

有时候衣橱的角落会有一堆脏内衣，扔在那儿，都没有放进洗衣袋：奶罩、长统袜、贴身衣物。这些东西莫雷太太就在浴室水槽里手洗，然后盖在自己房间里的暖气机上晾干。但是她应该先把它们从地板上捡起来，就像洛兹必须做的那样。当然，莫雷太太是新教徒，所以你能有什么期待呢？洛兹的母亲本来只愿意把公寓租给天主教徒，像希勒丝小姐那样爱干净而彬彬有礼的天主教徒，但是饥不择食，在这种时候只能有什么就拿什么。

洛兹有着圆圆的脸，黑色的直发和刘海，看上去比实际年龄要大。她去救赎学校和圣灵学校上学，现在这两所学校只剩下两个名字，那里的修女穿着黑白服装，教她读书写字唱歌祷告，用白粉笔在黑板上写字，如果你站不直就用一把尺量你的关节。

天主教是最好的，因为死后能够进天堂。她母亲也是天主教徒，但她不去教堂。她带洛兹到那里，把她往门口推，但她自己不进去。洛兹不用问，从她脸上的表情就能知道为什么。

街上有些孩子是新教徒或者犹太教徒；无论是哪一种，放学路上都会有其他孩子在后面追赶，但是有时候那些男孩也会在一起玩棒球。男孩子也会追赶女孩儿：那个时候，是什么宗教并不重要。也有几个中国孩子，还有 DP 们。

DP 孩子最倒霉。学校里有个 DP 女孩儿：几乎不会说英语，其他女孩儿一看到她就对她窃窃私语，对她说难听的话，她就会说："什么?"然后她们大笑。

DP 的意思是难民①。他们越过海洋，来自东方；是战争让他们成了难民。洛兹的母亲说他们能在这里应该觉得幸运。成年的难民衣着古怪、破旧可怜、口音奇怪，看上去表情狡猾，破败。是困惑的表情，好像他们不知道自己在哪里，或者发生了什么事。大街上的孩子会跟在他们后面喊："难民！难民！从哪里来，就滚回哪里去！"大一些的孩子会喊："狗粪！"

难民听不懂，但他们知道是对着自己喊叫，他们会走得更快，头缩进衣领里面；或者转过身怒视着。如果不在自己家附近，洛兹会和那群人一起喊。她妈妈不喜欢她像个又脏又破的孩子那样在大街上乱跑，像一群小流氓那样乱叫。之后，洛兹为那样对着难民吼叫而觉得惭愧；但是当每个人都那么做的时候，一个人很难抗拒。

有时候洛兹会因为她的深色皮肤被叫作难民。但仅仅是一个绰号，就像"低能"，或者——更糟糕——"同性恋"。并不意味着你真的是。如果洛兹把那些孩子逼到角落里，而且如果他们

---

① DP 是"Displaced Persons"的缩写。

不比她大多少，她就会给他们来个“中国烧”。也就是两只手抓住手臂，然后一扭，就像拧干洗过的东西。确实像烧伤一样，会留下红色印记。否则她就踢他们，或者反过来对着他们喊。她脾气很大，修女们说。

即使洛兹不是难民，仍然有什么东西，有关她的什么东西将她分别出来，一种看不见的障碍，模模糊糊地在那儿，就像水的平面，却仍然很强烈。洛兹不知道是什么，但她能感觉到。她和其他人不一样，她在他们中间，却不是他们的一部分。所以她会又推又撞，企图闯进去。

洛兹穿一件海军束腰外衣和一件白色的宽松上衣去学校，外衣前面有个纹章，纹章上有只鸽子。鸽子代表圣灵。礼拜堂里有一幅鸽子的画，从天堂飞下来，双翼展开，停在圣母马利亚的头上，圣母马利亚的眼睛向上翻，洛兹母亲曾告诉她永远都不要做这个动作，否则眼睛就会那样定住；同样也不要对眼。还有另一幅画，在圣灵降临节，圣灵降临在门徒和使徒身上；这一次鸽子周围有红色的火。

鸽子使圣母马利亚怀孕，但是每个人都知道男人不可能生孩子，所以门徒和使徒没有怀孕，他们只是用灵言说话和作预言。洛兹不知道用灵言说话是什么意思，康赛普辛修女也不知道，因为当洛兹问这个问题的时候，康赛普辛修女告诉她不要无礼。

圣灵降临的画在学校长长的主回廊上面，回廊的木地板叽叽嘎嘎，散发着慈爱的味道，那种味道由光滑的地板蜡和石膏灰以及礼拜堂的香料组成，洛兹每次闻到礼拜堂的香料都会在胃里聚集一小池凉凉的心虚的畏惧，因为上帝能知道你所做所想的每件事情，这些事情大部分都冒犯了他。大多数时候他似乎都在生气，就像康赛普辛修女。

但是上帝也是耶稣，被钉在十字架上。是谁钉了他？武装的罗马士兵。他们在那里，三个，看上去很残酷，开着玩笑，背景里穿着蓝色衣服的马利亚和穿着红色衣服的抹大拉的马利亚①在哭泣。

真正的错不在罗马士兵，因为他们只是在执行公务，真正错的是犹太人。礼拜堂里的祷告之一就是为犹太人的皈依祷告，也就是说，他们要转向天主教，然后得到赦免。同时，上帝的怒气仍然在他们身上，他们仍然继续被惩罚。康赛普辛修女这么说的。

事情要比这复杂得多，洛兹想，因为耶稣故意安排自己被钉死在十字架上。是一种牺牲，当你为了拯救其他人而舍弃自己的生命就是牺牲。洛兹不明白为什么钉死自己就是帮助每个人，但显然就是这样。所以，如果耶稣故意这么做，又为什么是犹太人的错？不是他们帮了他吗？这个问题康赛普辛修女没能回答，但是更漂亮的修女，总的来说对洛兹也更好的塞西莉亚修女解开了疑惑：坏行为始终是坏行为，她说，即使结果是好的。有很多坏行为反而产生了好结果，因为上帝是神奇，他能把事情扭转过来，但是人类不处在这种控制之下，他们有自己的自由意志。人心里的东西最关键。

洛兹知道心脏是什么样子，她看过很多心脏图，大多数都是耶稣的心脏，在他被剖开的胸腔里。一点都不像情人节礼物；更像屠宰店里牛的心脏，褐红色，有星点，看上去有弹性。耶稣的心脏会发光，因为它是神圣的。一般来说，神圣的东西都发光。

人们所犯的每宗罪都相当于再向十字架上加一根钉子。修女们都这么说，特别是在复活节。洛兹不太担心耶稣，因为她知道最终他会没事的，她更担心那两个盗贼。其中一个立刻相信耶稣是神，所以他能在天堂里坐在耶稣右边。但是另一个会怎样呢？洛兹私下里同情另一个盗贼，他一定和耶稣以及第一个盗贼一样痛苦，但不是牺牲，因为他不是故意要钉十字架。更惨的是，不想被钉却

① 耶稣最著名的门徒之一，耶稣曾从她身上逐出七个恶魔。

被钉上十字架。而且，他偷了什么？也许是些小东西。从没提到过。

洛兹觉得他也应当进天堂。她对座位安排有所了解：上帝坐在中间，耶稣在他右边，好强盗坐在耶稣右边。右手就是正确的①手，画十字一定要用这只手，即使你是个左撇子。但是谁坐在上帝左边？一定有人坐，因为上帝有右手也有左手，上帝不可能有任何不好的东西，因为上帝是完美的，洛兹不能看着那一边白白空着。所以坏盗贼可以坐在那里，他可以和其余的人一起宴乐。（还有，所有这些当中，圣母马利亚在哪儿？是张长餐桌吗，也许上帝在一头，圣母马利亚在另一头？洛兹知道不应该问，她知道会被认为邪恶和不敬。但这是她很想知道的事情。）

有时候，对于洛兹提出的问题，修女们会报之以可笑的表情，或者她们给彼此可笑的表情，撇撇嘴，摇摇头。康赛普辛修女说，“你指望怎样？”当洛兹行为不良，需要在放学后做忏悔的时候，塞西莉亚修女花额外的时间和洛兹一起祷告。“一只迷途的羔羊寻回，天上的喜乐是大的。”她对康赛普辛修女说。

洛兹把羊也加进她对天堂的想象里。自然情况下，它们应该待在窗户外面。但是很高兴它们在里面，这意味着狗和猫也有机会。她自己却不被允许养猫养狗；她妈妈已经有很多事情要做，它们会给她带来太多麻烦。

四十三

洛兹放学后晚回家了。她一个人走在渐渐暗下来的天色和飘落的雪片里，雪不多，像白色的小肥皂片一样从天空飘下来。她

① “right”既是“右”也是“正确的”。

希望雪能一直持续到圣诞节。

她之所以晚了是因为在排练基督降生的话剧，她在里面扮演天使长。她想做圣母马利亚却只能做天使长，因为她太高了，除此之外，还因为她能记住所有的台词。她有件白色的服装，一个用衣架做的闪烁的金色光圈，在僵硬的白色卡纸板上涂上金色的羽毛尖，然后用吊带固定住。

今天是他们第一次试穿服装。洛兹移动的时候必须小心，因为翅膀可能会滑下来，而且由于光圈的缘故，她得一直抬着头脸朝前。晚上牧羊人看羊群的时候，随着一颗大大的金属亮片做的伯利恒之星从他们头顶上的一根细线上滑落，她得去他们那里，在他们看上去很害怕的时候，举着右手，说，不要惧怕；我报给你们大喜的信息，是关乎万民的。然后她要告诉他们将要看见婴孩包在襁褓中，躺在马槽里，然后要说，在至高之处荣耀归于神，在地上平安归于他所喜悦的人，然后她得点一下，整个手臂都伸出去，越过舞台将牧羊人指向马槽所在的地方，这时学校唱诗班开始唱诗。

洛兹同情扮演牧羊人的女孩儿，因为她们必须穿肮脏的衣服，用金属线把胡子钩在耳朵上，像戴眼镜那样。这些胡子每年都用，很脏了。她更同情那些扮演羊的小孩子，他们的羊皮服装肯定曾是白色，但现在是灰色的，而且他们肯定很热。

马槽前面用蓝色的窗帘挡住，牧羊人要站在帘子前面直到唱诗完毕；与此同时，洛兹已经走到帘子后面，爬上一个凳子，双臂张开站在上面。她的右边是安妮-玛丽·荣，左边是伊琳·希尔；两个人都在吹喇叭，当然，不是真吹。她们必须一直那样站着，这个时候，两个天使翅膀的小孩子拉开窗帘，露出穿成圣母马利亚模样的笨蛋朱莉·华顿，金色头发，蔷薇花蕾样的嘴，以及愚笨的假笑，头上的光圈比洛兹的还大，抱着个陶瓷娃娃耶稣，圣约瑟站在她后面，靠在自己的棒子和一捆干草上面。牧羊人跪在一边，随后来了几个穿着华丽长袍、扎头巾的哲人，其中一个的脸被涂黑了，因为其中一个哲人是个黑人，然后他们跪在另一边，唱诗班唱《天使歌唱在高天》，然后主帷幕关闭，洛兹可以把手放下了，真是一个解脱，因为那个样子保持在空中那么长时间真是很疼。

今天的彩排结束后，塞西莉亚修女告诉洛兹她做得很好。整个剧情里，只有洛兹有台词，所以用甜美的声音把它们清楚地说出来很重要。她做得非常棒，而且会是学校的荣耀。洛兹很开心，因为只有这次，她的大嗓门没给她带来麻烦——大多时候，当修女们当众讲她的时候，都是因为她的吵嚷行为。但是当大家都脱掉戏服的时候，朱莉·华顿说："我觉得里面有个黑头发的天使很傻。"

洛兹说："不是黑色，是棕色。"然后朱莉·华顿说："是黑色，不管怎样，你不是一个真正的天主教徒，我妈妈说过。"洛兹要她闭嘴，否则就修理她，而朱莉·华顿说："那么你爸爸在哪里？我妈妈说他是个难民。"然后洛兹抓住朱莉·华顿的手臂，给她一个"中国烧"，朱莉·华顿尖声叫喊。塞西莉亚修女赶过来，把她们分开，问是怎么回事，朱莉·华顿告发她，塞西莉亚修女告诉洛兹这不符合圣诞精神，她不应该欺负比她小的女孩儿，所幸的是康赛普辛修女不在场，因为如果她在，洛兹就会吃皮带。"罗沙琳达·格林伍德，你就从来不学好。"她伤心地说。

回家的路上，洛兹把时间花在思考明天怎么对付朱莉·华顿，讨回公道上；直到最后一条街，两个住在街角的新教徒男孩儿看见她，开始沿着人行道追赶她，喊着："吵架大王！"几乎要到她家的时候，他们抓住她，往她脸上搓雪，洛兹踢他们的腿。他们放了她，大笑着假装疼得大叫，或许是真的疼——"哎哟，哎哟，她踢我”——然后她捡起雪里的书，一路跑回家，没有哭，爬上家门前的阶梯到了走廊里。“不许在我的地盘上撒野!”她喊道。一个雪球飕飕地从她面前飞过。如果洛兹妈妈在那儿，她会把这些男孩赶走。“小破孩儿!”她会说，他们就逃散开。有时候她会对洛兹动手，但她不允许任何其他人动她一根指头。当然，除了修女。

洛兹刷掉雪——她不应该把雪带进屋子里——然后进门，穿过走廊到了厨房。两个男人坐在餐桌旁，穿着难民服，不是褴褛的，没有穿破，但仍然是难民服，洛兹能从外形上判断出来。桌子上放了一只瓶子，洛兹马上知道里面装了酒——她在人行道上见过那种瓶子——两个男人前面各有一只玻璃杯。洛兹妈妈不在厨房里。

“我妈呢?”她说。

“她去弄吃的了，”其中一个说，“她可不是没东西吃。”

另一个说：“我们是你新来的叔叔，乔治叔叔，乔叔叔。”

洛兹说：“我没有叔叔。”而乔治叔叔说：“现在，你有了。”然后他们两个都笑起来。他们的笑声很响，声音奇怪。难民声音，但是还有些另外的东西，另外的口音，某些电影里的口音。

“坐下。”乔治叔叔招待周到地说，好像这是他的家，好像洛兹是条狗。洛兹不确定现在的局势——以前从没有过两个男人出现在厨房里——但她还是坐下了。

乔治叔叔更高大一些；他的额头很高，浅色的波浪发光滑地向后梳着。洛兹能闻到他的发胶味，甜甜的，像电影剧场里的味道。他正用一只黑色烟嘴抽一根棕色的烟。“黑檀，”他对洛兹说。“知道什么是黑檀吗？是一种树。”

“她知道，”乔叔叔说，“她是个聪明的女孩儿。”乔叔叔要矮小一点，耸肩，细长的手，深色的头发，几乎是黑色，以及大大的深色眼睛。他有一边的牙齿掉了一颗。他见洛兹盯着看，就说："以前这里有颗金牙，放在口袋里了。"确实，他拿出一个小小的木盒子，红漆上面画了些绿色的小花，打开后，里面是颗金牙。

"为什么?"洛兹说。

"不能把金牙装在嘴里，人们会起坏心。"乔叔叔说。

洛兹妈妈进来了，提着两个棕色的食品杂货店的袋子，放到桌子上。她脸色潮红，表情愉快，对酒和烟缄口不提。"这些是你父亲的朋友，"她说，"他们是战友。他要回来了，很快就会到。"然后她又忙开来；她得去肉贩子那里，她说，因为这是个重要时刻。重要时刻就得有肉。

"打仗的时候你们是干什么的?"洛兹说，渴望知道她父亲的更多事情。

两个叔叔笑起来，彼此对视一眼。"我们是盗马贼。"乔治叔叔说。

"最棒的盗马贼，"乔叔叔说，"不是，你父亲才是最棒的。他能偷一匹马——"

"他能在你不注意的时候，从你两腿之间把马盗走，"乔治叔叔说，"他能撒谎——"

"他能像上帝自己那样撒谎。"

"住口！上帝不撒谎。"

"你说得对，上帝什么话都不说。但是你父亲，他撒谎连眼睛都不用眨。他能在边境穿来穿去，好像边境根本不存在。"乔叔叔说。

"边境是什么?"洛兹说。

"边境是地图上的一条线。"乔叔叔说。

"边境是危险的地方，"乔治叔叔说，"需要护照才能穿越的地方。"

“护照。看见没？”乔叔叔说。他给洛兹看他的护照，里面有他的照片。然后他又拿出一本，照片一样但名字不同。他有三本护照。他把它们摊开，像是一组牌。乔治叔叔有四本。

“只有一本护照的男人就好像只有一只手。”他严肃地说。

“你父亲，他有的护照比任何人都多。最好的，像我说的那样。”他们举起杯子，为洛兹父亲干杯。

洛兹母亲煮了鸡，还有土豆泥和肉汁，以及煮胡萝卜；她很高兴，比洛兹见过的任何时候都高兴，而且一个劲儿地劝两个叔叔多吃点。或许她不是在高兴，而是紧张。她一直在看表。洛兹也很紧张：父亲什么时候到？

“他该到的时候就会到。”叔叔们说。

洛兹的父亲在午夜时分回来。她母亲叫醒她，小声说：“你父亲回来了。”几乎好像在为什么事情道歉，然后把穿着睡衣的洛兹领到楼下，他就在那儿，坐在桌子旁边为他准备着的第三张椅子上。他惬意地坐着，占满了椅子，好像他一直都是在的。他高大魁梧，满脸胡子，高昂的头。他微笑着伸出双臂。“过来，亲亲爸爸！”

洛兹环顾四周：谁是爸爸？然后她明白过来，他是指自己。朱莉·华顿说的确实是真的：她的父亲是难民。她能从他说话的方式分辨出来。

现在洛兹的生活分割成两部分。一边是洛兹母亲，还有寄宿舍，以及修女和学校的其他女孩子。这部分似乎成了过去，虽然仍在进行。这一边大多数是女人，有权力，也就是说对洛兹有权力，因为即使上帝和耶稣是男人，掌握最终话语权的还是她母亲和修女，当然除了牧师，但也仅限于周日。另一边是她的父亲，以他的大身躯，大嗓门儿，他的多种气味占满了厨房；也占满了整个宿舍，占据她母亲的每个凝视，因此洛兹被推到一边，因为她的母亲曾经是那么不屈不挠，现在屈服了。她退位了，说："问你父亲。"她默默地看着洛兹的父亲，和画像里圣母马利亚带着惊吓的表情伤感地看着婴儿耶稣或者圣灵一样；她盛好食物，在他的面前放好，像是某种献祭。

对于洛兹来说，现在的工作并没有减少，反而更多，因为有了三个盘子，而不是两个，什么东西都是三个，洛兹的父亲从来不必清理。"帮帮你妈，"他告诉洛兹，"在这个家，我们互相帮助。"但是洛兹没见他帮过忙。他回来两天后，洛兹撞见他们在厨房里拥抱和接吻，他父亲长着毛的大手臂搂着她瘦小的母亲，看到她母亲这么柔软，她充满恶心，也很悲伤和嫉妒，还有被排斥的愤怒。

为了惩罚她的背叛，洛兹不理她。当两个叔叔在的时候，她转向他们，而且，特别地转向父亲。"过来坐在爸爸膝盖上。"他说。她就坐上去，在那个安全的地方她注意着母亲，始终是努力地工作，弯腰在厨房水槽上面干活，或者跪在烤箱前面，或者把骨头从他们的盘子里刮进盛剩汤的缸里，或者在扫地。"让你自己有一点用。"她母亲会急躁地说，以前的话，洛兹必须服从。但是现在父亲的手臂紧紧搂着她。"我好久没见她了。"他说。而她母亲就紧闭着嘴唇，什么也不说，于是洛兹以一种心满意足的胜利感看着她，觉得是她应得的报应。

但是爸爸不在那儿的时候，她还是得干活，像以前一样，去擦，去洗。如果不做，她母亲就说她是惯坏的小鬼。"去年谁做你的仆人了？"她冷笑着，"看看我的手！"

叔叔们搬进来了，以前是每天过来吃晚饭，现在是搬进了这座房子，住在地下室。下面有两张床，两张军用剩余折叠床，还有两个军用睡袋。

“就等到他们找到着落，”洛兹的父亲说，“等到船进来。”

“什么船?”洛兹母亲说，“这个周五会有霜冻，他们的船都进不来。”但她说的时候带着宽容，而且给他们做饭，叫他们多吃，给他们洗床单，他们在下面地下室喝酒抽烟，吆喝声和笑声传到上面，对此，她什么都不说。叔叔们也不需要帮忙打扫。当洛兹问为什么的时候，她母亲的回答无非就是他们在战争中救了父亲的性命。

“我们救了彼此的命，”乔治叔叔说，“我救了乔，乔救了你父亲，你父亲救了我。”

“他们从没抓住过我们，”乔叔叔说，“一次也没有。”

“笨蛋，如果抓住，我们就不可能在这儿了。”乔治叔叔说。

艾吉对房客的支配力正在下滑，因为对每个人的标准不再相同了。叔叔们不付房租或者砰地关上前门，急匆匆地进来出去并没关系。他们有地方要去，有事情要做，不知道的地方，未指明的事情。他们有朋友要见，从纽约来，从瑞士来，从德国来。他们住过纽约，伦敦，也住过巴黎，还有其他地方。他们怀旧地提到一打子城市的酒吧、旅馆和跑道。

希勒丝小姐抱怨吵闹声：他们一定要对着彼此大叫吗，而且一定是用外国话？但是莫雷太太和他们一起开玩笑，有时候还和他们小酌一杯，当洛兹的父亲在家，大家都在厨房的时候。她踩着高跟鞋，迈着小碎步下楼来，手镯丁当作响，她说她不介意偶尔小喝一口。

“她肯定酒量不错。”乔叔叔说。

“她是个骚货。”乔治叔叔说。

“什么是骚货?”洛兹说。

“有女士，有女人，有骚货，”乔治叔叔说，“你妈妈是女士。那个，她是个骚货。”

卡洛泽先生知道地下室和厨房里喝酒的事。他还是不被允许在自己的房间喝酒抽烟，但是他开始这么做了，比以前更经常。有天下午，他打开门，在前厅拦住洛兹。

“那些男人是犹太人。”他悄声说。空气里充满了啤酒味道。“我们为这个国家献出生命，他们却把它拱手让给犹太人！”

洛兹兴奋起来，她跑过去找到叔叔，直接问他们。如果他们真是犹太人，她也许会和他们谈谈，改变他们的信仰，让康赛普辛小姐大吃一惊。

“我，是一个美国公民，”乔治叔叔说，有点想笑，“我有护照作证。乔，他是个犹太人。”

“我是匈牙利人，他是波兰人，”乔叔叔说，“我是南斯拉夫人，他是个荷兰人。另外这本护照说明我是西班牙人。你父亲现在是半个德国人，另一半，是犹太人。”

这太让洛兹震惊了，她觉得失望——她没有宗教信仰上胜利的机会，因为她无论怎样都别指望改变她的父亲，她知道这点——然后又觉得罪过：如果修女们发现怎么办？更糟的是，如果她们其实一直都知道只是没有告诉她，该怎么办呢？她想象朱莉·华顿脸上的恶毒的喜悦，还有将会出现在她背后的窃窃私语。

她肯定看上去很沮丧，因为乔治叔叔说：“比起做个杀人犯来，做犹太人更好。他们在那里杀了六百万。”

“五，”乔叔叔说，“其余部分是别的人，吉卜赛人和同性恋者。”

“五，六，谁数过呢？”

“六什么？”洛兹说。

“犹太人，”乔治叔叔说，“他们在炉灶里烧死他们，将他们堆成堆。小洛兹-琳德，你不会想知道的。回到那里，如果他们要动你，就会把你做成灯罩。”

他没跟洛兹解释清楚只是用皮肤做。她想象自己的整个身体变成了灯罩，里面放个电灯泡，光从她的眼睛、鼻孔、耳朵和嘴巴里射出来。她看上去肯定很吓人，因为乔叔叔说："别吓坏孩子。所有那些，都结束了。"

"为什么？"洛兹说，"他们为什么那么做？"但是他们两个都不回答。

"不死光就不会结束。"乔治叔叔阴郁地说。

洛兹觉得有人骗了她，不仅仅是关于她父亲：还有关战争，有关上帝。饥饿中的孤儿是糟透了，但他们不是故事的全部。其他还发生了什么，有关那些炉灶和人堆还有灯罩，而上帝为什么允许这些发生？

她再也不想知道任何这些事情，因为实在太沮丧和令人困惑了。她转而开始读侦探小说，从希勒丝小姐那里借来，晚上读，借着从她古典的窗子透进来的街灯。她喜欢里面的家具和人物的装备，以及男管家和女仆。但她最喜欢的是每个死亡都有原因，一次也只有一个凶手，事情到最后总会水落石出，凶手总会被抓住。

四十四

洛兹果然带着想象中那种情绪从学校走回家。有事情正在发生；她不确定，但她知道。有事情正要发生。

上周，早饭的时候她母亲说：莫雷太太被炒了鱿鱼。那是什么意思？丢了工作，但是洛兹似乎看到莫雷太太在火焰里，就像一个早期的殉道者。她不想要莫雷太太被烧。她喜欢她，以及她的配备——她的面霜样品，她的装饰性珠宝，特别是她的鞋。

从那以后莫雷太太就拖着步子，穿着她光亮柔滑的棉质粉色晨衣在公寓里晃。她的眼皮肿胀，她的脸不施粉黛；平时丁当响的项链和手镯垂饰也陷入了沉默。她不应该在自己房间里吃饭，但她不管，照吃不误，卡洛泽先生从外面帮她带纸袋装的食物回来；她的废纸篓里有三明治面包皮和苹果皮，虽然洛兹母亲肯定发现了，但她没有像通常喜欢做的那样去敲莫雷太太的门发命令。有时候纸袋里会出现小瓶子，却不会出现在废纸篓里。下午很晚的时候，她还是穿着晨衣，下来到厨房待一会儿，一直和洛兹母亲讲话。她该怎么办？她问。洛兹妈妈撇撇嘴，说她不知道。

这些谈话都是有关钱：没有工作，莫雷太太将没有能力支付租金。洛兹同情她，但同时又不那么友好，因为莫雷太太在抱怨，让洛兹很是藐视。在学校里，如果有女孩儿抱怨，就会被其他孩子戳或者掴，或者被修女罚站。

“她应该自己努力。”在餐桌上洛兹母亲对父亲说。洛兹曾是这种评论的听众，但现在她只是个大耳朵的小家伙。

“有点良心，艾吉。”洛兹父亲说。没别人当洛兹母亲的面叫她艾吉。

“有良心当然是好，”洛兹母亲说，“但它不能换吃的到餐桌上来。”

但是餐桌上有吃的，炖牛肉、肉汁土豆泥、炒卷心菜。洛兹正在吃。

紧接着莫雷太太被炒，希勒丝小姐因为感冒病倒了。“祈求上帝她不是得了肺炎，”洛兹母亲说，“那样的话我们手上就有了两个没用的女人。”

洛兹走进莫雷太太的房间，她正躺在床上吃三明治；她把它藏进被子，但当她看见只是洛兹，就微笑了。“亲爱的，进一位女士的卧室，你总该先敲门。”她说。

“我有个主意，”洛兹说，“你可以卖掉你的鞋。”洛兹是指有着闪亮的装饰物的缎子般的那些。肯定很贵。

莫雷太太的笑容颤动了一下，然后退去了。“噢，亲爱的，”她说，“只要卖得出去，我当然想卖。”

当她转过街角回家的时候，洛兹看见一个奇怪的现象。门前的草坪被雪覆盖着，就像其他草坪一样，但是有很多五颜六色的东西散落在上面。她走近一些才发现是什么：莫雷太太的衣服，莫雷太太的长统袜，莫雷太太的手提包，莫雷太太的奶罩和内衣裤，莫雷太太的鞋。这些东西周围闪着俗艳的光。

洛兹进门，到了厨房。她母亲脸色苍白，直挺挺地坐在桌前；眼睛仍然像石头一样，面前摆着一杯没碰过的茶。希勒丝小姐坐在洛兹的椅子上，轻轻地拍着她母亲的手。她的两颊各带一点粉红，看上去很紧张，但也有些兴奋。

“你妈妈被吓到了，”她对洛兹说。“要喝牛奶吗，亲爱的？”

“莫雷太太的东西怎么会在草坪上？”洛兹说。

“我能怎么做？”希勒丝小姐说，没有特别的说话对象，“我没办法不看见他们，整个过程他们甚至都没关门。”

“她在哪里？”洛兹问，“莫雷太太在哪里？”莫雷太太肯定是没付房租就跑了。“逃之夭夭。”她母亲会这么形容。以前也有房客那样逃走，留下他们的所有物，虽然从没被扔到草坪上。

“她不会再在这座房子出现了。”她母亲说。

“我能穿她的鞋吗？”洛兹说。再也不能见到莫雷太太她觉得挺可惜的，但是没必要浪费她的鞋。

“别碰她的脏东西，”她母亲说，“碰都不要碰！那些东西都是垃圾，就像她一样。那个妓女！如果那些脏东西明天早上不拿走，看我不烧了它！”

希勒丝小姐看上去被那些狠话吓住了。“我会为她祷告的。”她说。

“我不会。”洛兹母亲说。

在她父亲出现之前，洛兹没把这事儿和他联系起来，后来，吃饭时间到了。他准时回来的事实值得注意：通常不这样。他面对母亲显得有些屈服，有些谦恭，却没有拥抱她亲她。这是他回来之后头一次显得几乎有些怕她。

“这是房租。”他说。扔下一小堆钱在桌上。

“别以为你可以收买我，”洛兹母亲说，“你和那个荡妇！这是堵嘴的钱，一分脏钱我都不会碰。”

“不是她的，”洛兹父亲说，“我打扑克赢的。”

“你怎么能那么做?”洛兹母亲说。“在我为你放弃了所有之后！看看我的手!”

“她在哭。”洛兹父亲说，好像这就能够解释一切。

“哭!”洛兹妈妈轻蔑地说，好像她自己从来不做这种可耻的事情。“鳄鱼的眼泪！她是个狐狸精。”

“我是同情她，”洛兹父亲说，“她自己扑上来，我能怎样?”

洛兹母亲背转向他。她弯腰在炉灶上，盛出炖肉，勺子重重地敲击锅沿，准备晚餐的整个过程没有说一句话。一开始洛兹父亲几乎没碰他的饭——洛兹知道这种感觉，是焦虑和内疚——但是洛兹母亲向他投去强烈恶心的一瞥并指指他的盘子，意思是说如果他不吃她花了一辈子时间在为他准备的东西，他的麻烦会比现在还要大。当她转过身去的时候，洛兹父亲微微对洛兹笑了笑，对她使眼色。然后她明白了——他的痛苦，他低贱的装腔作势——是个表演，或者部分是表演，而他实际上已经没事了。

钱还在桌上，洛兹看着它：她从来没见过这么一堆钱。她想问问她能不能拿走这些钱，既然他们似乎都不要，但是在她清理盘子的时候——“帮帮你妈。”她父亲说——钱不见了。她知道，进了他们其中一个的口袋，但到底在谁那儿？她怀疑在她母亲那儿——在她围裙口袋里，因为后来几天她温柔多了，说话更多，生活变回常态。

然而莫雷太太再也没出现过，她的衣服和鞋也没再见到过。洛兹想念她，想念那些昵称和护手霜；但是她十分清楚不能说出来。

“骚货，就像我说过的，”乔治叔叔说，“你父亲有个极大的弱点。”

“他最好能把门关上。”乔叔叔说。

几年后，当她到了十几岁，得益于几个女朋友，洛兹能把事情连起来了：莫雷太太是她父亲的情妇。她在侦探小说里读过有关情妇的事情。她更喜欢用情妇这个词，因为它比其他可用的词更高尚一点：“荡妇”、“娼妓”、“便宜货”。那些其他的词无非都在影射分开大腿，宽松的大腿——薄弱的腿，什么都不做，只会躺在那儿的腿，便宜的大腿——还有气味，任意的交合，以及黏性体液。可“情妇”暗示着某种优雅，一套贵重的行头，装备良好的住宅，还有得到这种东西所需要的能力、狡猾和美丽。

莫雷太太没有这种住宅或这种精密，她的美丽也待商榷，但至少她有衣服，洛兹想给她父亲一点信任：他并不想去找这样的老便宜货。她想为他感到骄傲。她知道她母亲是对的，父亲是错的；她知道她母亲很贞洁，辛勤工作以至于毁了自己的手，却被忘恩负义。但是洛兹也是忘恩负义的一分子。也许她父亲是个恶棍，但是她崇敬他。

莫雷太太不是唯一的一个情妇。那些年，还有其他的：和善的，伤感的，身体柔软的女人，又懒又贪杯，又喜欢看悲伤的电影。在后来的生活中，通过父亲间歇性的得意洋洋和消失，洛兹推断出她们的存在；有时候，她甚至在闹市区撞见她们，挽着她年老却仍然脾气暴烈的父亲的手臂。这些女人来了又去，母亲却一直在。

她母亲和父亲是怎么处理的？他们还相爱吗？当然，他们有段历史：有段故事。他们相遇在战争刚开始的时候。他令她倾倒吗？不完全是。她在那个时候就有了这间宿舍，从她自己的母亲那儿继承来的。她父亲死的时候她母亲只有二十五岁，之后她就独自经营这间寄宿舍，那个时候，洛兹的母亲才两岁。

洛兹的母亲比父亲大，遇见他的时候她肯定已经算是个老处女了；已经沉默寡言，已经尖酸刻薄，已经一本正经了。

她提着一袋食品，正往家走；回家的路上必须经过一家酒馆。已经下午很晚了，正要打烊，酒鬼们被轰到街上，这样才能让他们回家吃晚饭，或者理论上如此。通常洛兹母亲会穿过马路避开这家酒馆，但这次却看见那边正在打架。四对一：*暴徒*，她管他们叫。一个人的那个就是洛兹的父亲。他像只熊那样吼着，但其中一个暴徒出现在他身后，用一只瓶子砸在他头上，他倒下，他们全都开始踢他。

街上有人，却只是站在那儿看，洛兹的母亲觉得地上那个人会被打死。习惯上她是个沉默的女人，却不十分胆小，至少那时候不胆小；她习惯于告诉男人怎样怎样，因为那些房客磨炼了她，其中一些曾企图占她便宜。但通常情况下，她只管自己的事，让别人也管好他们自己的事就行；通常，她避开酒吧的争斗，眼睛故意朝另一边看。可是那天不同，她不能干站在那里看着一个人被活活打死。她尖叫起来（对于洛兹来说，这是最精彩的部分——她说话简短的妈妈，喊破喉咙，而且是在公共场所），最后她插手了，把手提袋甩过去，用苹果和胡萝卜砸，直到能看见警察，那帮暴徒逃走。

洛兹母亲捡起她的水果和蔬菜。她全身发抖，却也不愿意浪费自己的钱包。然后她帮助洛兹的父亲站起来，走到人行道边上。“他满身是血，”她说，“看上去像是被猫抓过。”她家就在附近，作为一个虔诚的基督徒，也熟知好撒玛利亚人①的故事，她觉得自己应该把他带回去，至少把他清洗干净。

洛兹能够明白事情的经过。谁能抵挡得住感恩之情？（虽然感恩是种复杂的感情，而她也应该去学习感恩。）然而，什么女人能抗拒自己救回来的男人？是有关绷带的性欲，当然衣服也必须被除掉：夹克衫、衬衫、汗衫。然后怎样？她妈妈本应该去洗衣服的。但是这个可怜的男人在哪里过夜呢？他正在去参军的路上，他说（虽然他实际上并没有正式参军）；他背井离乡——他的家乡在哪里？温尼伯湖——而且钱也不见了，被那帮暴徒抢了。

她的母亲，二十岁以来一直在照顾她自己生病的母亲，从来没见过不穿衬衫的男人，这一定是发生在她身上最浪漫的一件事情，唯一浪漫的事情。而对她父亲来说只是个插曲。或许不对？也许他爱上了她，爱上这声尖叫，这个帮助他的沉默女人。也许他有点爱上了她的寄宿舍。也许她意味着避难所。在她父亲对这段经历的诠释里，总是提到尖叫，并带着相当的赞美。而她母亲总是提到血。

不管是什么，结果他们结婚了，却不是一个天主教婚礼；这意味着在教会眼中，他们根本没有结婚。为了她的父亲，她母亲使自己处在一个不得赦罪的状态，难怪她总觉得他欠她什么。

啊，洛兹想，坐在地下室，穿着橙色浴衣。上帝，你这个狡猾的老玩笑家，你无疑在捉弄人。你改变规则，给出相互矛盾的教导——救人，帮人，爱人；但是不要碰他。上帝是个好听众，

---

① 典出《圣经·新约·路加福音》。

他从不打断。也许这就是为什么洛兹喜欢和他讲话。

紧跟着莫雷太太的放逐，卡洛泽先生也消失了，留下一团糟的房间，只带走了一只手提箱，欠了一个月的房租。乔治叔叔搬进他的房间，而乔叔叔搬进莫雷太太以前住的房间，然后希勒丝小姐表示抗议，因为这间宿舍已经不再体面。“哪里有收入进来?”她母亲问。

“别担心，艾吉。”她父亲说。确实有钱出现了，不多但是足够，好像凭空生出来的，因为她父亲没有工作，乔治叔叔和乔叔叔也没有。他们去跑马场，偶尔会带洛兹去，周六她不用上学的时候，并给她在一匹马上面下注一美元。洛兹的母亲从来不去，其他母亲——洛兹凭着观察周围人的装束，下结论——也不去。在那里的女人都是骚货。

晚上，叔叔们坐在乔治叔叔的新房间里的小桌子边，喝酒抽烟打扑克。如果洛兹母亲不在家，她父亲有时候也会加入进去。洛兹在附近逗留，从他们的肩膀上看过去，最终他们教她怎么玩。“不要显露你的想法，”他们告诉她，“牌紧贴胸前，知道什么时候该叠起来。”

等她学会怎么玩，他们就教她怎样赌钱。一开始只是用扑克筹码当赌注；但有一天乔治叔叔给她五美元。“这是你的赌注，”他告诉她，“下注不要超过本钱。”但他自己却不遵循这个建议。

洛兹玩得很好，她学会了等：她数他们喝了多少，看着瓶子里的水平线下降，然后才杀进去。

“这个小姑娘是个杀手。”乔治叔叔钦佩地说。洛兹微笑着。

这得益于她在认真玩儿，而叔叔和爸爸则不是，不真正是。他们玩牌好像是为了等一个电话，像是在打发时间。

突然之间，有了许多钱。“我在跑马场赢的。”洛兹的父亲说，但是洛兹知道不可能是真的，因为比在那里能赢到的多多了。那些钱足够他们所有的人，也包括母亲在一家饭店里吃一顿，饭后还有冰淇淋。她母亲穿上了她最好的衣服，也是一套新买的，白色雏菊领子的淡绿色衣服，因为钱也足够支付那个。钱也足够买一辆车；一辆蓝色的道奇，街头的男孩子足足在洛兹家门口站了半个小时，注视着它，而洛兹则默默地在走廊上观察他们。她的胜利是那么完全，甚至都不屑于去嘲讽。

钱是哪里来的？无中生有。就像变魔术；她父亲摇手一变，钱就出来了。“船进来了。”洛兹的父亲说。叔叔也有份儿。是他们三个人的，父亲说。均分，因为船是三人共有的。

洛兹知道他们说的不是真正的船，但她仍然能够想象它的样子，大型帆船那种老式的船，载满财宝，在金色的阳光下航行，细绳在柱子上飘扬。或者某种那样的东西，更华丽的东西。

她父母卖掉宿舍，搬到北方，离开这个房屋紧邻草坪的狭小的窄街，搬进一个门口有着半圆车道和一个三车车库的巨大的房子。洛兹认为他们已经变富了，但是她母亲告诉她不要用那个词，“我们是小康。”她这么说。

但是她似乎一点儿都不舒服，反而是害怕。她害怕这个房子，害怕洛兹父亲坚持找来的女清洁工，害怕她自己买的新家具——“买最好的。”洛兹父亲说——她害怕自己的新衣服。她穿着家居服和拖鞋到处逛，从一个房间到另一个房间，像是在找什么；像是迷了路。她在以前的地方要更加舒服，在那里，东西大小正好，她知道自己该做什么。

她说她没人说话，但以前她什么时候说很多话了？又和谁聊过了？无非就是洛兹，洛兹的父亲，还有叔叔们。现在，叔叔们有自己的地方了。房客？再也没有房客供她抱怨和指挥了。当有人过来递送东西，他们看她一眼然后说要和房子的女主人说话。

但是为了洛兹的父亲，她不得不装得开心。“这就是我们所等待的。”他说。

洛兹也有了新衣服，还有了个新名字。她不再是罗沙琳达·格林伍德，她是洛兹·格朗沃尔德。她父母解释说，一直以来她都该是这个名字。“那为什么以前我不叫那个名字？”她问。

“因为战争，”他们说，“那个名字太犹太了，不安全。”

“现在安全了吗？”她问。

不完全。在他们现在住的地方，不一样的东西是安全的；出于同样的原因，不一样的东西也可能是危险的。

洛兹进了一个新学校。她现在已经上中学了，所以去森山中学。她不再是个天主教徒：她放弃了所有的那些——不是没有良心的谴责，不是没有遗留的影响——更乐意做个犹太人。由于它具有如此明显的边界，因此她更乐意站在那一边。她仔细研读，因为她想做好；然后她让父亲帮她买两套盘子，并拒绝吃培根。她父亲为了迎合她就给她买了两套，但是她母亲不把装肉的盘子和装牛奶的盘子分开，如果她提出来，她就显出一副受伤的表情。她父亲也不涉足宗教。“我从来不参与宗教，”他说，“就像我常说的——谁能拥有上帝？如果没有宗教就没有这些麻烦。”

洛兹的新学校里有很多犹太孩子；事实上，这就是个犹太学校。但是鉴于洛兹曾经不是个十足的天主教徒，现在她也不是个十足的犹太人。她是个怪人，一个混血，一个奇怪的半人。她的衣服虽然贵，却在细节上不正确。她的口音也不对，她的热情也不对，技巧也不对：中国烧和踢人的胫部，以及打一手好牌在这里也不起作用。除此之外，她还太大；也太吵，太粗俗，太渴望讨人喜欢。她不圆通，不乏味，也没有类别。

她发现自己在外国，她是个移民，一个难民。她父亲的船已经进来了，但是她却刚下船。或许是别的东西：也许是因为钱。洛兹有许多钱，但是需要沉积一些年月，就像好酒或者干酪。它太匆促，太亮堂，太惊叹。太喧嚷。

她被父亲送进犹太人的夏令营，因为他觉得应该这么对待自己的孩子，这里，在这个国家，这个城市，这个街区，在夏天。他希望洛兹开心，他想要她融进去。他把这些事情等同起来。但是在夏令营里，她更像是个闯入者，一个明显的入侵者：她以前从没玩过网球，从没骑过马，从来不知道任何可爱的以色列民族舞，也不知道任何悲伤的犹太小调。她从帆船上掉下来，掉进寒冷的蓝色乔治亚海湾的北部水域，因为她以前从没上过船；当她试图用滑水橇滑行，却在最后关头逃跑，刚好在他们发动马达之前，于是她像块石头似的沉了下去。第一次穿着泳装出现的时候，她不是真会游泳，笨拙的挥动是她的基本风格，那时她才意识到，应该剃掉腋毛。指望谁来告诉她呢？不是她母亲，她从不谈论身体。她一辈子没有出过城市，其他孩子表现得生来就能划独木舟，并习惯于睡在帐篷里，但是洛兹受不了那些昆虫。

她坐在小木屋饭厅的早餐桌前，静静地听着其他女孩儿无力地抱怨着她们的母亲。洛兹也想抱怨她的母亲，但她发现她的抱怨无关紧要，因为她的母亲不是犹太人。当她开始讲她寄宿舍的故事，她的马桶和擦洗的故事，她们就转动眼珠，微妙地打着哈哈，把话题转回她们自己的母亲。她们在暗示，洛兹不可能明白，不能理解。

下午时间，她们用发卷把头发高高束起，涂指甲，在民族舞蹈和歌舞会以及搪稀烤肉野餐和化妆派对结束之后，她们被不同的男孩子陪着慢慢走回睡觉的小屋，穿过植物芳香的费力的黑暗，伴随着猫头鹰的声音和蚊子还有松针的味道，他们的手电筒像萤火虫一样闪烁着，还有那疲倦的低语。没有男孩子闲逛过来和洛兹搭讪，没有人的手臂越过她的头，撑住树站着。事实上，没几个足够高可以那么做，而且不管怎样，谁想被人看见自己和一个算是半个女朋友却又长着河马屁股的傻瓜在一起？所以洛兹留下来，帮助打扫。上帝知道她是这方面的专家。

在洛兹不擅长的手工课上——她的黏土烟灰缸看上去像牛肉馅饼，她编织的原始印第安风格的手工织布像是被猫抓过——她说她要去厕所，然后游荡到厨房，去骗点饭前小吃。她和糕饼厨子混熟了，他是个老人，能够用黄油冰淇淋一口气在蛋糕上做一整排鸭子，而且一次都不用停下作修饰。他向洛兹展示怎么弄的，还让她看怎么做冰淇淋玫瑰，加一根茎一片叶子。“一朵玫瑰没有叶子就像一个女人没有荣耀。”他说，尊严而有礼貌地向她弯下腰，那种老式的欧洲方式，将蛋糕装饰笔交给她，让她试试。他让她舔碗里的奶油，告诉她一个女人就应该是她这种身段，不像这里其他人的骨架，他知道她能欣赏好食物。像她的叔叔那样，他有口音，手臂上有个模糊的蓝色数字。是战争时候留下来的，但是洛兹没问，因为这里没有人谈论战争，还没人谈过。战争是不宜说出口的。

洛兹知道自己永远都不可能比这里其他女孩子更漂亮，更可人，更瘦，更性感，或者说，她要比她们更难打动人。因此她决定更聪明，更有趣，更富有，一旦达到这些，她们就只配亲她屁股。她开始扮鬼脸；她采取以前休伦街的粗鲁举动，来引起注意。很快她在小组里为自己开辟了一块领地：她是个会开玩笑的人。同时，她还会模仿。她模仿他们的口音，语调，用词；她给自己的语言加上层级，把它们一层层贴上去，像是篱笆上的广告，一个粘在另一个上面，盖住原来的空板。至于衣服，至于装饰品，都可以研究学习。

洛兹整个中学都这样度过，那里不完全是个开心的居所，轻描淡写就能度过岁月。很久以后她发现——在一个她无法抗拒的班级联欢会上，因为她有很多装备想拿出来炫耀——大多数在那儿的其他女孩子也和她以前一样惨。她们也不相信她有烦恼。“你总是那么高兴。”她们说。

中学毕业后洛兹进了大学。她选择了艺术和考古学，她父亲觉得没有实际用途却在后来的生意革新上派上用场；你永远都不知道以前的哪样小玩意儿能够重新用上。她准备住校，即使她母亲指出她有个完美的家可以住。但是她想出去，从底层走出去，然后她让父亲为此开始行动，并威胁他说除非他这么做，否则她就跑到一百万英里外的欧洲去找个其他大学。她选择了麦克朗，因为它没有宗派。那个时候，她把自己过分的犹太主义连同过分的天主教都卸下来，投进大海。或者是她这么以为。她想要轻装上阵，在一个鱼龙混杂的地方是最开心的。

拿到学位那天，父亲为她请客，带着母亲以及越来越褴褛的叔叔们。他们去了一家昂贵的法国餐馆，菜单用法文字，下面是小号英文字。甜点是各种法式口味的冰淇淋：黑醋栗酒、草莓、柠檬、开心果。

“我的护照中没有法国的，”乔叔叔说，“我要开心果口味的。”

那个是我，洛兹想。我就是开心果。

四十五

很久以后，洛兹已为人妇之后，她的母亲去世之后——她是慢慢地，不以为然地死去的，因为死是不雅的，让男医生窥探你的身体几乎等于罪——接着父亲也去世了，断续的、痛苦的一步步，就像火车转轨——这一切发生并且洛兹成为孤儿之后，她认识到她的财富。不是后来的钱，洛兹已经知道那些钱了；是最初的财富。根基、秧苗、栖身之处。

她去医院看过乔治叔叔，因为他也快要死了。他没有独立的病房，甚至半私人的都没有；他在普通病房里。两个叔叔都混得不好，都是在宿舍里终老。花光了他们的钱之后，他们也花了洛兹父亲的一些钱。他们赌博，又借；他们称为借，但每个人都知道他们不可能还。但是对于他们的要求，洛兹的父亲从来不说不字。

“是绝症，”乔叔叔在电话里告诉她，“最好别提到他的病。”所以洛兹没提，因为叔叔们也有自己羞怯的一面。她买了花和插花的瓶子，因为医院里从没花瓶；她装出明亮的笑容和热络能干的态度，但是当她看到乔治叔叔有多可怕时，笑容和态度立马都丢掉了。他枯干了，衰废了，头已经成了骷髅。洛兹坐在他旁边，暗自悲恸着。邻床的病人睡着了，正在打鼾。

“那个人，他哪里都不去。”乔治叔叔说，好像他自己有计划似的。

“你想要一个单人间吗？”洛兹说。她能帮他安排，很容易。

“不，”乔治叔叔说，“我喜欢通间，喜欢有人在旁边。你知道吗？无论怎样，需要花很多钱。我从没有那种天分。”

“什么天分？”洛兹说。

“不像你父亲，”乔治叔叔说，“他能够从早上的一块钱开始，那天结束就会有五块。我，只会拿着那一块钱，押在马身上。我只会在顺利的时候过得好。”

“他从哪儿弄到的？”洛兹说。

乔治叔叔用他干瘪的黄色眼睛看着洛兹。“弄到什么？”他纯洁、狡猾地说。

“第一块钱，”洛兹说，“你们三个人到底做了什么，战时？”

“你不需要知道。”乔治叔叔说。

“我要，”洛兹说，“没有关系，他现在已经死了，你可以告诉我，不会伤害我的感情。”

乔治叔叔叹一口气。“是的，嗯，”他说，“很久以前了。”

“是我在问啊。”洛兹说，她听过叔叔们互相使用这种表达，总带有意义。

“你父亲是个修理工，”乔治叔叔说，“他修东西，战前是修理工，战时是，战后也是个修理工。”

“他修什么？”洛兹说。她知道他指的不是坏掉的电冰箱之类。

“实话告诉你，”乔治叔叔慢慢地说，“你父亲是个恶棍。别理解错了，他也是个英雄。但是如果他不曾是恶棍，就不可能成为英雄。世事就是如此。”

“恶棍？”洛兹说。

“我们都是恶棍，”乔治叔叔耐心地说，“每个人都是恶棍，他们偷，什么都偷，你没法相信——画、金子，能藏起来然后再卖的所有东西。他们知道事情会怎样，最后他们什么东西都抢。每次发生战争，人们就偷，能偷到什么就偷什么。战争就是这样——战争就是偷盗。我们有什么不同呢？乔是内线，我是司机，你父亲，他谋划：我们什么时候行动，应该相信谁。如果没有他，什么都没有。”

“我们帮别人偷出来——按照他们的法律来说是不合法的，我没必要告诉你是什么法律——但是我们贿赂了警卫，每个人都有份。把它们藏在安全的地方，直到战争结束。但是他们怎么可能知道什么是什么，他们怎么知道我们把东西放哪儿了？所以我们给自己留了一些东西。放在另外的地方，之后再拿出来。有些人也死了，所以我们拿了他们的份儿。”

“他就做了那些？”洛兹说，“帮助纳粹？”

“很危险，”乔治叔叔责备地说，好像危险是主要的正当理由，“有时候我们运不该运的东西，运犹太人。我们必须小心，履行我们的规则。他们任我们这么干是因为一旦我们被抓住，他们也倒霉。但是你父亲从来不会做得太过分，他知道什么时候太危险，知道什么时候应该停下来。”

“谢谢你告诉我。”洛兹说。

“不要谢我，”乔治叔叔说，“就像我告诉你的，他是个英雄。只是，有些人不理解。”他累了；闭上眼睛。他的眼睑脆弱、皱缩，好像湿的皱纹纸。他举起两根干瘦的手指，让她离开。

洛兹走出迷宫一样白色瓷砖的医院，往家赶，要回去喝杯烈酒。听完这些，对于这些可疑的新知识，她该得出什么结论呢？她的钱是脏钱，还是所有的钱都是肮脏的？不是她的错，不是她做的，那时候她只是个孩子。她没有创造世界。但是她仍然感觉有手，瘦削的手，从地底下伸出来，拖住她的脚踝，要回本属于他们的东西。那些手有多大岁数了？二十，三十岁，还是一千，两千？谁知道那些钱去了哪里？摸钱之后要洗手，她母亲曾说，它充满病菌。

但她没告诉密奇，永远都不会告诉他。这会抬高他，而且他已经自我抬高了，抬高他以及他老贵族的一丝不苟，他律师的虚伪顾虑。剪下赠券可以，偷渡犹太人不可以，洛兹敢那么说。他小心地嘲笑她的钱，但她发现他根本不介意花那些钱。陈年老钱也是获益于人的拼命，只是那些拼命和血肉已经经过几道清洗。密奇那样的人以为那些分红到底来自哪里？他建议她买的南非黄金的股票又怎样？他们两人的每次谈话都有第三方在场：她的钱坐在他们之间的沙发上，像是个洞中巨人，或者沉重的麻木的蔬菜。

有时候，感觉像是她的一部分，她身体的一部分，就像她背上的肉峰。她挣扎于将它从身上切除，放弃它，还是赚更多。因为它不是她的保护吗？也许两者都一样要紧，正如她父亲所言，不先得到，就没办法给予。

洛兹左手得到，右手给予，还是相反？一开始她捐赠给人体项目，心脏项目是因为父亲，癌症项目是因为母亲。她捐赠给世界饥饿组织，给联合劝募会，给红十字会。那是在60年代。但在70年代早期女权运动席卷整个城市的时候，洛兹就像灰尘球被吸进真空吸尘器那样被吸了进去。她是显而易见的，这也是原因。她引人注目，那个时候没有多少这样的女人，除了电影明星和英国女王。在她被密奇和他那些事教训过两次后，她就正好成为信息焦点。第一次——不管怎样，她第一次发现——的时候她正怀着拉里，他不能做得更下作了。

洛兹喜欢意识提高小组，喜欢自由讨论。那就像是一个大家庭，里面的成员，仅此一次，具有一些共同之处；最终，她被允许进入所有她以前从来无法进入的小组和派系。不再是拐弯抹角的说话，不再有"我丈夫比你丈夫好"，不再有旁敲侧击！你想说什么说什么！

她喜欢坐成一个圈，虽然一会儿之后她发现这个圈已经不太圆了。一个女人说出自己的问题并承认她的痛苦，然后是另一个，然后轮到洛兹，却有某种不相信的光从她们眼睛里面出来，然后就有人改变话题。

怎么回事？为什么洛兹的痛苦是次等的？她没过多久就找出原因：因为她的钱。无疑，她们以为，有洛兹这么多钱的人不可能正在受苦。她想起叔叔们用过的一个古老的表达：*我的心在为他流血*。这话通常是带着极度的讽刺来形容交上好运的人，意思是富有的人。洛兹被期望为人流血，但是却不能期望别人为她流血。

仍然存在一个需要洛兹的领域，在一个永久性的现金缺乏的运动中，几乎可以说她是不可或缺的。所以当《智慧女人世界》要破产的时候，很自然人们就会找她，因为它不可能吸引光亮的唇膏和酒的广告。那个时候它不仅是份杂态，更是一个朋友；一个又怀抱高尚理想又希望聆听卑下肮脏的秘密的朋友。手淫的真相！有时候想把自己孩子的头往墙上撞的真相！在地铁里如果有男人从后面往你身上蹭的时候该怎么办，当老板绕着办公桌追你的时候该怎么办，当你按捺不住想吃掉橱柜里所有的药丸时该怎么办，月经前一天该怎么办！《智慧女人世界》是洛兹曾感觉到的在暗中进行的借宿派对，她当然要救它。

其他人希望是合作性质的，按原有的方式。她们想让洛兹只是给她们钱，定期地，不作税务销账，因为它太具政治性。要花费的数目也不小。投入小额的钱没意义。不够和什么都没有是一样的结果，她还不如把钱冲下马桶。

“我从来不投资任何我不能控制的东西，”她告诉她们，“你们必须发行股份，然后我买大头。”她们对此表示愤怒，但是洛兹说，“你的腿断了，去找医生。钱的问题，就来找我。你们尝试过你们的方法但是不奏效，坦白说你们的账本一团糟，这就是我所知道的。你们要我来收拾，还是不要?”她知道这样还是会亏钱，但那至少是她愿意承担的商业损失。

她们也不喜欢洛兹把密奇加进委员会的理事当中，再附上他的两个法定合伙人陪他，但这是唯一的选择。如果她们要她帮助，她们必须认识到她的生活状态是什么样子，如果密奇不能参与进来，他会蓄意搞破坏。她的家庭生活将会变成一个圈套和陷阱的迷魂阵，比既定的状态还要糟糕。“只是一年三次会议，”她告诉她们，“是你们该付的代价。”随着价格的上涨——世界历史上，这里那里的价格都上涨了——这还不算太高。

“我和泽尼亚出去喝了一杯。”洛兹告诉密奇。如果她不告诉他，他肯定会插进她们两个之间，然后发怒，因为他被晾在一边了。作为一个有权力的女人并不意味着洛兹在密奇面前可以少一点温柔。她必须更加温柔，缩小自己，假装比实际上小，为她的成功道歉，因为她所做的一切都太过夸大了。

“谁是泽尼亚?”密奇说。

“你认识的，我们在那家餐馆里碰见她。”洛兹说。她很高兴密奇不记得了。

“噢，是的，”密奇说，“她和你的大多数朋友都不一样。”

密奇对洛兹的朋友不太感兴趣，他觉得她们是一帮憎恨男人、腿上长毛、拿着鞭子的女权主义者，因为在某一时间点她们是那样的，也就是他在《智慧女人世界》委员会的早期。洛兹告诉他那个时候每个人都那样，那是一种趋势，那些罩衫只是流行，但都没办法改变密奇的想法——洛兹从没穿过那些衣服，穿上的话她就活像个卡车司机。他知道得更多，他知道不仅是罩衫的问题。杂志社的女人们为了洛兹才容忍他，却不是高高兴兴地忍受他。她们不让他告诉她们该怎样做个好的女权主义者，虽然他非常努力地这么做。也许因为他说她们应该使用幽默和魅力，否则男人就不会怕她们，但是她们却不对他展现出魅力，在那个时候不会。他肯定被那整个过程狠狠伤了一把；虽然他一直在努力施展着自己的那些小把戏。

洛兹记得那次为了庆祝《智慧女人世界》的重组而举办的宴会，密奇坐在主编阿尔玛旁边，错误地用手在桌子下面上上下下地抚摸她的腿，与此同时又正和设计师伊迪斯进行着过于热烈的理论探讨。可怜的家伙，他以为洛兹发现不了。但是一看密奇的手臂位置——以及他潮红的，像是用火文炖过的脸，以及阿尔玛严肃的皱眉和嘴角的斜线——就能知道一切。洛兹饶有趣味地看着阿尔玛挣扎在两难之中：容忍还是不容忍，因为密奇是洛兹的丈夫，而且她不想危及自己的工作——以前，密奇靠此在别人身上得逞过——或者，是否该提醒他一下。原则和愤怒胜出，阿尔玛严厉但低声对他说：“我可不是短笛。”

“你说什么？”密奇疏远、礼貌、虚张声势地说，手仍然放在桌子下面。这可怜的孩子还没意识到女人已经改变了。在往昔，阿尔玛会为招致这种注意而感到内疚，但是已不再如此了。

“把你该死的手从我腿上拿开，否则我就用叉子刺上去。”阿尔玛嘶嘶地说。

洛兹咳嗽两声装作没有听到，密奇的手像是被烫到一样，嗖地出现在上面，自从那个晚上，提到阿尔玛时他便开始表示可怜和顾虑，好像她是个迷失的灵魂，瘾君子之类。“那姑娘太不幸了，”他会悲伤地说，“她有潜力，但她态度有问题。如果没有那种怒容，她会非常好看。”他暗示说她可能是个女同性恋；他还没领会到这个词已经不再是一种侮辱了。洛兹等到一个合适的间隙，然后牵线搭桥，让阿尔玛升职。

但是密奇就是那样看待洛兹的朋友：闷闷不乐。最近的用词是，没见过世面。他忍不住评论她们的脸皮怎样地往下垂，好像他自己不是一样，但男人确实能够幸免于老得更快。很可能是报复：他怀疑洛兹和她的朋友们在背后谈论他，分析他，提供针对他的医疗方法，好像他是慢性胃病。不得不承认，这曾经是真的，当洛兹仍然相信自己能够改变他，或者她的朋友相信她能改变自己的时候。*把那个小人赶走！你能挺住！为什么要和他在一起？*

但是洛兹有自己的原因，其中之一就是孩子，而且她仍然是个天主教徒，对离婚感到胆怯。而且她不愿意承认自己犯了个错误，况且她还爱密奇。所以没过多久她停止与朋友们讨论他，因为还剩下什么可说呢？已经成了僵局，详细讨论她知道自己永远都不会应用的解决办法让她觉得罪恶。

后来她的朋友们放弃穿罩衫，离开杂志，换上为成功而穿的女士西服，对密奇失去了兴趣，转而讨论过度劳累，洛兹就可以允许自己为其他的事情感到内疚了，例如比她们更加精力旺盛。“你是和那个没见过世面的讨厌男人的老女人一起吃午饭吗?”每当有那个时期的朋友再次出现，密奇老是这么说。他知道她会受影响。

他对查丽丝和托妮稍多一些宽容，也许因为洛兹认识她们已经很久了，而且因为她们是双胞胎的教母。但是他认为托妮是个怪人，查丽丝是个傻瓜。他就是这样对她们保持中立态度的。就洛兹所知，他从没调戏过她们任何一个。可能他没把她们放在“女人”这一类里面，而是归结在其他类别里，没有清楚界定。一种无性的侏儒。

洛兹打电话到托妮的历史系办公室。“你肯定不会相信。”她说。

托妮停了一会儿，试图猜到她打电话过来要告诉她什么无法相信的事情。“可能会不相信。”

“泽尼亚回到这里了。”洛兹说。

又停了一会儿。“你和她说话了?”托妮说。

“我在一个饭店里碰到她。”洛兹说。

“你永远都不可能只是碰到泽尼亚，”托妮说，“我建议你小心点。她想干什么？一定有目的。”

“我认为她变了，”洛兹说，“她和以前不一样了。”

“狗改不了吃屎，”托妮说，“怎么不同?”

“噢，托妮，你太悲观了!”洛兹说，“她似乎——嗯，更好看，更通人情。她现在是个自由撰稿的新闻记者，正在写女性题材的东西，而且”——洛兹放低声音——“她的奶子更大了。”

“我认为奶子不可能再长了。”托妮怀疑地说，她曾经观察过。

“当然不会，”洛兹说，“现在很多人去做手术的，我敢打赌她做过植入。”

“那不会让我吃惊，”托妮说，“她会提高自己的吸引力。但是不管奶子不奶子，你得当心。”

“我只是和她见面喝一杯，”洛兹说，“我必须这么做，真的。她认识我父亲，在战争时期。”这里面满满的潜台词，托妮几乎不可能理解。

所以后来谁也不能说洛兹没被警告过，而且没人说洛兹曾被警告过，也没人再提起。因为托妮不是那种过分幸灾乐祸的朋友，她从没提醒洛兹她曾极力劝过她要留心。但是一旦事情落下帷幕，洛兹自己想起来了：你睁着眼睛走进去，只能指责自己。傻瓜！是什么引诱了你？

她现在知道是什么了，是骄傲，七宗罪中最致命的一个；撒旦之罪，所有罪的源头。虚荣，虚伪的勇气，虚张声势。她肯定认为自己有点儿是驯狮者，是斗牛士；她能够在她的两个朋友失败的地方得胜。为什么不能？她比她们那个时候知道得更多，因为她知道她们的故事，预先得到警告就预作准备。而且她太过自信，她肯定认为她会防备会灵巧行事，肯定以为自己能够对付泽尼亚。现在想想，她也曾经以十分相似的态度对待密奇。

那个时候她没有感觉到运行在她内心的骄傲，一点都没有。那是和罪有关的东西——它们会伪装起来，乔装打扮，几乎无法辨认。那个时候，她不认为自己有什么骄傲，只是待人友善；因为洛兹父亲的缘故，泽尼亚想说谢谢，如果洛兹拒绝这个机会，会非常错误。

还有另一种骄傲，她想为她的父亲感到骄傲。她那有瑕疵的父亲，她狡猾的父亲，修理工父亲，恶棍父亲。当有人为杂志做人物传略而采访她时，她很少提到他的战争故事，洛兹作为一个商业巨头，你是怎么发家的，你是怎么平衡不同生活的，你怎么照顾孩子，和丈夫相处怎么样，家务活怎么办，但即使她谈到他，她会说她的父亲是个英雄，是个救助者，她知道自己在给他贴金，给他加上一层好的光芒，在他胸口别上勋章。他自己拒绝讨论这部分阴暗的生活。你想知道什么？他说，那个年代已经结束了，说了会伤害人们感情的。等待泽尼亚的时候，她还挺紧张会发现什么。

四十六

当泽尼亚终于过来喝一杯的时候——她并不着急——是一个礼拜五，洛兹已经精疲力竭了，因为这周公司情况非常差，投入资本超量十倍之多，而且双胞胎选择这天给彼此剪头发，因为她们想做朋克乐手，即使她们只有七岁。洛兹本打算列队迎接泽尼亚，可她们却看上去像是得了重度疥癣，并且似乎一点儿都不懊恼，无论如何，洛兹都不觉得她应该发火，因为女孩子不应该被灌输漂亮是唯一要紧的事情，以及其他人认为她们应该怎样处理自己的身体比她们自己的想法更重要的思想。

所以第一声惊奇和沮丧的叫喊之后，她努力表现得一切都正常，和平常一样，虽然她狠狠咬到了舌头以至于它几乎只剩了个残根，但她还是很尽责地压制住把她们送到楼上去洗澡或者在游戏室里玩儿的强烈冲动，当泽尼亚到前门，穿着惊人的蜥蜴皮鞋子，那鞋至少要花三百美金，后跟那么高，她的腿看上去有一英里长，一件紫红色和黑色相间的生丝收腰小上衣，一条高出膝盖很多的紧身裙的时候——迷你裙又回来了，洛兹憎恶极了，如果你大腿太粗该怎么办呢，她记得上次流行那些裙子的时候，在60年代，坐下来时必须双腿紧贴，否则一览无余，它是曾经不宜说出口的东西，是中心议题，是犯规和可耻的污渍，是可笑的财宝，是邀请男人来窥视，来进行好色的揉捏和挑逗，来垂涎三尺，来强奸和抢劫，正如修女一直警告过的——双胞胎正穿着从她们的梳妆盒里拿出来的洛兹不用的贴身衣物，拿着密奇的电动剃须刀，追逐着猫，因为她们想让它变成一只朋克摇滚吉祥物，虽然洛兹在这之前就告诉她们一定不能动那个剃须刀，被密奇发现的话她们会倒大霉。洛兹找不到自己的就用密奇的剃须刀刮腿和腋窝却又不够仔细地洗掉里面的残发的时候已经遭过殃了。双胞胎根本不理会她，因为她们假定她会掩护她们，自己挺身而出，用自己的身体挡住子弹。她们猜得没错，她确实会。

泽尼亚看到她们，说："那些是你家的？她们掉进食物搅拌机了吗？"这话像是洛兹自己可能会说或者至少会想的，洛兹不知道是该笑还是该哭。

她笑了，然后她们在洛兹的阳光屋里面喝酒，洛兹拒绝称之为温室，即使她总是渴望有个温室，里面种着微型橘树，或者兰花，就像20年代的侦探小说，在那种小说里，找到尸体的地方经常是在温室，旁边放着英国公馆的地图和一个X。但是，虽然这个阳光屋是玻璃的，上面也有个维多利亚式圆顶篷，但是作为一个真正的温室又太小，而且这个词本身对于洛兹母亲的声音来说也显得过于骄傲，她间歇性地住在洛兹脑子里并会表示鄙夷，虽然这里放满了植物，却是短命的植物，因为到底由谁来负责呢？密奇说他没有时间，虽然他是订购所有这些植物的人；洛兹的拇指花也不是绿色了，成了褐色，莎草的那种褐色。并不是她不想要那些植物活下去，她甚至还挺喜欢它们，虽然她连秋海棠和杜鹃花都分不清。但是这些东西应该由专业人士来打理：栽植服务。他们得常过来看，浇水，运走要死的植物，带新鲜的过来。

她办公室里就有那种服务，为什么这儿不行？密奇说他不想要更多的陌生人在这座房子里穿行了——他正在遭受那些室内装饰者之苦——但是很可能的是他喜欢洛兹戴着围裙拿着煎锅，或者是戴着围裙拿着羽毛掸帚的样子，即使洛兹完全不会烹饪，如果上帝想让她做饭，为什么又要造餐馆呢，而且她有羽毛掸帚恐惧症，因为小时候被强迫用得太多。不变的是围裙，是好管家的保证，保证无论密奇选择什么时候回来，洛兹都会在家。

否则就会有另一个议程，另一个洛兹应该感到近乎内疚，比失败的植物会更加感到内疚的议程，因为密奇想要一个游泳池而不是一个阳光屋，那样他就可以潜进用氯清洁过的浴池，给他的胸毛消毒，杀死无论什么脚癣和胯部菌类，以及与那些成熟的荡妇交欢而导致的舌头溃疡；但是洛兹说在加拿大，户外游泳池简直就是荒谬，两个月热死人，另外十个月能让你屁股结冰，而且她拒绝室内游泳池，因为她知道有些人有，由于那些化学品的缘故，热天家里闻起来像是瓦斯精炼厂，也会有很多设施坏掉，洛兹还得负责叫人来修。洛兹所担心的游泳池最不好的一点是，它向野外迈出了太近的一步。野生动植物会掉进去，蚂蚁、蛾子，等等。就像夏令营里的湖，她在里面挣扎前行的时候会突然碰到一只昆虫，正好在鼻子高度。洛兹觉得，游泳是个主要的健康威胁。

泽尼亚笑着说她再同意不过了，然后洛兹继续说话，因为这么多年后再次见到泽尼亚让她觉得紧张，她记得她的名声，记得晃绕在泽尼亚周围的绿色有毒的气味，那看不见的炽热，一触即会被烧死；她记得她的历史，托妮和查丽丝的故事。所以她必须小心地跨到这里，所以她紧张并不奇怪，当她紧张的时候她就说话。说话，还有吃、喝。泽尼亚拿了一颗橄榄，优美地咀嚼，洛兹狼吞虎咽，并给泽尼亚添了点马提尼，又给自己倒了一杯，并给她一根香烟，话从她口里出来像是乌贼吐出墨汁那样。掩饰。发现泽尼亚吸烟让她放心不少，如果她既瘦又穿得好看而且没有皱纹是个大美人，还不吸烟，会让人难以忍受。

“那么，”意在打破僵局的自嘲过后，洛兹说，“我父亲。”因为这才是她想知道的，也是这次来访的重点所在，不是吗？

“是呀。”泽尼亚说。她向前探身，放下杯子，若有所思地将下巴搁在一只手上，微微皱眉。“当然，那时候我还只是个婴儿，所以对那个时候并没有真正的记忆，但是我姑姑死前一直说到你父亲，有关他怎样把我们弄出来。我想如果不是他的话，我现在就只能是灰烬了。

“事情发生在柏林，我父母就住在那里，一个不错的街区，在一个体面的公寓里——那种老式的柏林建筑，前厅有马赛克瓦片，长方形的阶梯和木头栏杆，有女仆卧室和一个能俯瞰庭院的后露台，可以用来晾晒衣服。我之所以知道是因为我看到过——回去过。70 年代末我在柏林有任务——给一些旅游杂志提供柏林夜生活的报导，你知道那些内容，性感的酒店歌舞表演、脱衣舞俱乐部、桌子上的电话。所以我花了一个下午去找那座房子，我手上有地址，写在我姑姑的一张旧纸上。那里的建筑物都是新的了，轰炸之后都重建过，整个地方几乎都被夷平；但令人惊奇的是，那座老的建筑仍然在那里。

“我按了所有的蜂鸣器，有人开了门，我走进去，上楼，像我父母走过千百次那样。我触摸着相同的栏杆，转过相同的拐角。我敲门，门开后我说我的一些亲戚曾经住在这里，能不能让我进去看看——由于姑姑的缘故，我会说一点德语，虽然是很老式的口音——那家人就让我进去了。他们是一对年轻夫妇带着一个孩子，人非常和善，但是我没法久待。真的无法承受，那房间，那穿过窗户的阳光……一样的房间，一样的光线。我第一次觉得父母变得真实起来，一切，里面的一切都变得真实。而在那之前，只是一个悲惨的故事。”

泽尼亚停住不说话，洛兹发现，人们说到艰难部分的时候通常都会这么做。“一个悲惨的故事。”她提示道。

“是的，”泽尼亚说。“那个时候战争已经开始，物资供应缺乏。我姑姑从没结过婚，一战之后男人紧缺，许多女人都没办法结婚，所以她把我家当作她自己的家，而且她曾为我家做事情。照顾我们——她那么说。所以那一天，我姑姑去我父母的公寓；带给他们一些自己烤好的面包。她像往常一样走上楼——也有电梯，像是铁笼的那种电梯，我看见了——但是电梯坏了。她正要敲门，这层楼的另外一户打开门，住在里面的一个女人——我姑姑只是看见过她——出来一把抓住她的手臂，把她拉进自己家。‘别进去，千万别去那里，’她说，‘他们都被带走了。’

“‘带走了，带到哪里？’我姑姑说。她没有问被谁带走了，用不着问。

“‘别想着找到他们，’那个女人说。‘最好不要。’我在她那里，因为我母亲看到他们来了，她看到窗外，他们正在沿街过来，然后当他们转到门口准备上楼的时候，她猜到他们奔向哪里，于是就抱住裹着披肩的我跑出后门，穿过女仆的房间，沿着后面的露台——后面的露台是一个接一个的——她猛敲着这个女人的厨房门，那个女人把我抱进去。发生得太快了，她几乎不知道在干什么，如果她有时间去想的话很可能不会做出这么危险的事情。她只是一个普通的女人，温顺，但是我想如果有人硬塞给你一个婴儿，你不会往后退，让它掉在地上的。

“我是唯一一个得救的，其他人都被带走了。我有一个哥哥，一个姐姐。我小得多，是个晚生的孩子。我有他们的照片；我姑姑一直带在身边。看——”泽尼亚打开手提包，然后钱包，抽出一张快照。这是一张方形的照片，四周是宽宽的白色边缘，人像很小而且在褪色：一张全家福，父亲、母亲、两个年幼的孩子，另一个年长的女人在边上。是那个姑姑，洛兹猜。两个孩子都是金色头发。

让洛兹觉得奇怪的是他们看上去那么现代：那个女人身上的超短裙，是20年代的吗？还是30年代初？——漂亮的帽子，化妆，可能是现在时尚杂志上的怀旧装束。只有孩子的衣服是古风的；还有他们的发型。男孩儿是一件西装一条领带，盖式发型。女孩儿穿着繁琐的裙子戴着发卷。笑容有点紧张，但确实是那些日子的微笑。是特定场合下的笑容，肯定是一件特别的事情：度假，宗教节日，某个人的生日。

“那是在战争之前，”泽尼亚说，“事情变得真正糟糕之前。我从来没经历过那个世界，我出生的时候正好战争开始；我是个战争宝宝。不管怎样，我所有的就只是这张照片，他们留下的也只有这张照片，是战后我姑姑搜寻到的。什么都没留下。”她小心翼翼地将照片放回钱包。

“你姑姑呢？”洛兹说，“他们为什么没带走她？”

“她不是犹太人，”泽尼亚说，“她是我父亲的妹妹，我父亲也不是犹太人，但是纽伦堡法规颁布后他也被当作犹太人来处置，因为他娶了个犹太人。该死的，即使我母亲也不是真正的犹太人！宗教上不是，实际上她是个天主教徒。但是她的四个祖父母辈中有两个是犹太人，所以她被划为‘混种’①，第一级。混血。你知道他们划分等级吗？”

“知道。”洛兹说。所以泽尼亚是个混种，和她自己一样！

“有些‘混种’比真正的犹太人活得久一些，”泽尼亚说，“例如我父母。我猜他们觉得事情不会发生在他们身上，他们把自己当作德国良民，他们不和犹太团体来往，所以甚至没有听到那些传言；即使他们听到，也不会相信。人们不愿意接受令人吃惊的东西。”

---

① 原文为德语：mischling。

“你姑姑怎样呢?”洛兹说,“为什么她要逃走?如果她不是犹太人,不就安全了吗?”但是回头想想,安全这个词用在那种情境下是很愚蠢的。

“因为我,”泽尼亚说,“他们早晚会查出我父母有三个孩子,而不是两个。或者我姑姑的邻居可能会看见或听见我,会去告密。一个没有结婚的女人家里有一个孩子,不久前还没有。人们迫不及待地要去告发,你知道。让他们感到道德上的高尚。上帝,我恨死那些自命不凡的自以为是的人!他们做了凶手的同谋。

“所以我姑姑想办法把我弄出去,然后她发现自己身处完全另一个世界——地下世界,黑市。她一直生活在地上,但是为了保护我她必须进入那另一个世界。那个世界在地球上无处不在;你要做的就是向边缘走几步,往下走几步,就是了,和人们所认为的正常世界肩并肩。记得50年代的时候想要堕胎怎么做吗?只要打三个电话。当然前提是你能付钱。你追索那根线,一些人知道另一些人。那个时候德国也一样,护照之类的事情也是,唯一要小心的是该问谁。

“我姑姑需要的是一些伪造的证件,证明我是她的女儿,丈夫死在法国战场上,然后她弄到了;但是他们肯定会详细查看。我的意思是,你看看我!我几乎不是个白种人。我的哥哥和姐姐都是金发,我父亲的头发是浅色;我母亲也是。我肯定是某种隔代遗传。所以她知道她必须把我送走,把我弄出去。如果被抓到,她就是叛国罪,因为她在帮我。叛国罪!天哪,我那时只有六个月大!”

洛兹不知道该说什么。“你好可怜。”她的朋友告诉她有关工厂事故或者个人不幸或者浪漫的灾难时,她就这样喃喃低语,几乎不起作用。“太可怕了。”她说。

“不要同情我,”泽尼亚说,“我几乎意识不到,不知道正在发生什么，所以我没有留下阴影；但是我肯定感觉到了变化，母亲不在了。不管怎样，我姑姑联系到你父亲，或者应该说是你父亲的朋友，通过帮她伪造证件的那个男人——他认识某个人，那个人又认识另一个人，他们检查过她又从她身上收到钱之后就把她交给下一个。黑市都那么运作。买毒品也是一样：先作检查，然后交给下一个。幸好我姑姑有些钱，她的铤而走险也令人信服。我说过，她没有结婚，所以我成了她的一切；她为我冒生命危险。也是为了她哥哥，那个时候她还不知道他已经被杀了，她以为他还会回来。那么，如果他回来发现她失败了，她怎么交代呢？

“所以，你父亲和他的朋友把她弄了出来，穿过丹麦然后瑞典。他们跟她说这样相对容易，她没有口音什么的，他们来的时候她看上去像个德国人。

“我姑姑某种程度上就是我母亲，她把我养大，尽她最大的努力，但是她不快乐。她被战争毁了，几乎垮掉。失去她的哥哥及家人，还有内疚——她什么都无法阻止，还参与了那些事情。她常说到你父亲——他是怎样一个英雄，这还给她一点信心。所以我曾经妄想你父亲是我的父亲，某天他会回来找我，我会搬到他的家里。虽然那个时候还不知道他住在哪里。”

洛兹几乎流泪。她想起她的父亲，那个老流氓；她很高兴地知道他奇怪的天赋能有所贡献，因为双亲当中，他依然是她的最爱，她乐意接受能对他产生好感的机会。在保持自我控制方面，两杯马提尼一点帮助都没有。她自己多么幸运，她有三个孩子和丈夫，她有钱有工作，有家。生命多么不公平！在污秽的欧洲，那一切发生的时候上帝在哪里呢——那些不公平，那些残忍的野蛮行为，那些痛苦？大概在开会，不接电话，罪恶不在他眼里。她愿意给泽尼亚一点什么，只一点点，来弥补上帝对她的忽视，但是给什么才是适当的呢?

然后她听见一个细微的声音，却像冰水一样清澈，在洛兹的脑袋后面。是经验的声音，是托妮的声音。泽尼亚在撒谎，它说。

“你记得托妮吗?”洛兹还没来得及阻止自己，就脱口而出。“麦克朗大楼里的托妮·弗雷蒙?”她怎么这么傻，这么狗屎，去质疑泽尼亚的故事，甚至是在她的脑袋里?没人会撒这种谎。这也太卑鄙了，太尖刻了，几乎该受天谴!

“噢，是的，”泽尼亚笑了，“一百万年前了!托妮以及她有趣的战争集锦!我看到她正在写书，她一直都是个聪明的小东西。”

聪明的小东西让洛兹感到自己很大很迟钝。但是她费劲地继续问。“托妮告诉我你是个白俄罗斯人，”她说，“一个雏妓，在巴黎。而查丽丝说你母亲是个吉卜赛人，被罗马尼亚农民用石头砸死。”

“查丽丝?”泽尼亚说。

“她以前叫卡伦，”洛兹说，“你在岛上和她一起住过，告诉她你有癌症。”她加了一句，残酷地强加进去。

泽尼亚看着阳光屋的窗外，啜了一口马提尼。“噢是的，查丽丝，”她说，“恐怕我说了些可怕的事——我年轻的时候，不常说实话。我想我大概是情绪错乱了，姑姑死后我经历了一段非常困难的时期。她什么都没有，没有钱；我们就住在店面的楼上。她去世的时候，没人帮助我。那是在沃特卢，50 年代。对于一个没有被收编的孤儿来说，那并不是一个好时候，也不是个好地方。

“所以我告诉托妮的某些部分是真实的，我是做过妓女。而且我不想做犹太人，不想和那一切有任何的瓜葛。我想我是在逃避过去。此一时，彼一时，对吗?在我去英格兰找到一份杂志工作，能够负担得起之后，我甚至整了鼻子。我想我可能是觉得耻辱。当那些事情被做在自己身上的时候，比自己做在别人身上更觉得耻辱。会让人认为可能是自己罪有应得；或者自己应该更强——能够保护自己，或者什么的。你感到——啊，被痛打了。

“所以我为自己编造了一个不同的历史——做一个白俄罗斯人更好。你可以称之为否认。我曾和一个白俄罗斯人住过，在我十六岁的时候，所以我知道一点有关他们的事。

“对于卡伦——对于查丽丝——我肯定是神经崩溃了。我需要母亲般的照顾；我的畏怯说明是由于自己的母亲被剥夺了。我不应该说我有癌症，因为我没有。但是我是病了，在其他方面，卡伦为我创造了奇迹。

“那不是好事——很可怕，我想，说出那些谎言。我欠她们两个一人一个道歉。但是我觉得我不能够告诉她们真实的故事，真正发生在我身上的事情。她们没办法理解。”

她久久地看着洛兹，用她靛蓝的眼睛直直地看着，洛兹被感动了。她，洛兹——唯有她——被选来理解她。而且她能理解，她能。

“离开加拿大后，”泽尼亚说，“情况更加糟糕。我有好想法，却没有人分享。看到我做事的方法没什么用，你知道，男人不把你当一个人看，他们只能看见身体，你自己也就这么看你自己了。你把身体当作一个工具，可以使用的东西。我厌倦了男人！他们太容易取悦了。要得到他们的注意，只需要脱衣服就行了。没过多久你就想要多一点挑战，你知道吗？

“我大概做了一年的脱衣舞女——就在那个时候隆了胸，和我同居的那个男人付的钱——而且染上了一些不好的习惯。一开始是可卡因，后来是海洛因，我没有死是个奇迹。也许我努力地想要那样，因为我家庭的缘故。也许你觉得我并不认识我父母，所以不会受伤，但是它就像生下来就少一条腿，是一种可怕的残缺。

“我花了很长时间，但最终还是让自己妥协下来，克服了过去。我花了几年时间接受治疗，很艰难，但是现在我知道自己是谁。”

洛兹很受感动。泽尼亚不是规避了，不是逃避或者扭曲逃跑了。她坦白了，她承认了，忏悔了。那表明——什么？诚实？善意？成熟？一些令人钦佩的特质。修女们曾经高度评价忏悔，她们那么推崇忏悔以至于洛兹有一次忏悔一件自己从来没有做过的事——将狗粪放在盥洗室里。但是并没有因为忏悔而取消惩罚——她还是掉进了陷阱，当你向神父忏悔的时候同样也要苦修——但是他们对你的评价会更高，或许他们只是这么说。

泽尼亚也曾在外面的世界，一个广阔的世界，比多伦多更广阔；一个深远的世界，比洛兹这个又大又受庇护的青蛙所在的池塘深得多。泽尼亚不仅使洛兹觉得被保护，而且放松。她自己的争战显得那么微不足道。

“你做得很好，”洛兹说，“我的意思是——多好的故事！是很棒的素材！”她在考虑那份杂志，因为这是他们喜欢登载的那种故事：富于灵感，是个成功的故事。有关战胜恐惧和阻碍，面对自己并且变成一个完整的人的故事。和两个月前他们搞的一个相似，是关于一个女人战胜贪食病的故事。洛兹觉得一只迷途的羊羔在天堂引起更大的欢乐这类故事让人难以抗拒。姑姑身上也有故事：《智慧女人世界》喜欢现实生活中的女英雄，平凡女人具有非凡的勇气。

令她惊奇，同时也令她敬佩的是，泽尼亚开始哭了。大大的泪珠从睁开的并注视着洛兹的眼睛里往下掉。“是的，”她说，“我就知道它所值的就是这些，它只是个故事，只是素材，拿来用的东西。”

洛兹，看在上帝的分上，不要说这么让人不安的话，洛兹想。1983年的机智小姐。“噢亲爱的，我不是那个意思。”她说。

“不，”泽尼亚说。“我知道，没有人是那个意思。它就是那样，我受够了。我一直处在边缘，在那里那么久了；我总是必须一个人对付它。我没法靠着男人解决它，他们都想从我身上得到同样的东西，我再也没办法做出那种妥协了。我是指，你什么都有，有家，有丈夫，有孩子。你有一个家庭，脚下有牢固的土地可以踩。我从来没有过任何东西，从来没有融入社会。我一辈子都是提着行李箱过活；到现在也是仅能糊口，这就是所谓的自由作家，我的精力快要耗光了，你知道吗？没有根基，没有安定！”

洛兹是多么严重地误解了泽尼亚！现在她在新的光线下看待她，一种骚动的光线，一种寂寞的雨中的战争；泽尼亚在其中挣扎着，被男人折磨，被命运的风吹动。她不是看上去那个样子，不是一个漂亮而事业成功的女人。她是流浪者，没有家，四处游荡的流浪者，她蹒跚地行走在边缘，她在衰落。洛兹打开了心扉，展开了她的翅膀，她硬纸板似的天使翅膀，她看不见的鸽子翅膀，她温暖的庇护之翼，把她带进来。

“别担心，”她说，用她最可靠的声音，“我们会找到解决办法。”

四十七

泽尼亚离开的时候密奇正走进来，在前厅碰见她，她只是给了他最短促最冷淡的点头。

“你的老朋友无疑带有敌意。”他对洛兹说。

“我想不是，”洛兹说，“我想她只是疲倦了。”

她不想和密奇分享泽尼亚令人沮丧的生活故事，这是单单告诉她的故事，仅仅是给她，经过一个个的旁观者之后，单独进入她的耳朵。只有洛兹能明白。密奇不能，因为他知道外面的什么事情呢？

“疲倦？”密奇说，“她看上去并不疲倦。”

“疲倦于男人对她动手动脚。”洛兹说。

“别相信，”密奇说，“不管怎样，我没准备动她。但是我敢打赌，如果我动她，她一定会喜欢。她是个女冒险家，看得出来。”

“女诗人、女歌手、女冒险家，”洛兹轻轻地说。密奇是个权威，他能根据女人屁股的形状来分辨她们的想法。“为什么不直接说她是一个冒险家？”洛兹取笑道，她知道在女权主义的专有名词面前，他会成为傻瓜。但是她也觉得自己是个冒险家，至少在生命的某些领域。财政方面。曾有一个名词是绅士冒险家。

“不一样，”密奇说，“冒险家靠他们的才智生存。”

“女冒险家呢？”洛兹是。

“靠奶子。”密奇说。

“正点。”洛兹说，大笑着。他这话把她逗乐了。

但是他错了，洛兹想，记住。泽尼亚靠的也是才智。

那是他们婚姻结束的开始，虽然在那个时候她不明白。抑或是他们婚姻结束的结束，谁知道？结局一定来得很漫长，这种事情不可能是突然之间。

但洛兹没办法从密奇那里知道这一点。那天晚上他迫不及待地和她做爱，显示出很久没有过的那种急迫。没有奢侈逸乐的前戏，没有高贵的海象般的摇摆：是一种抢夺和抓取。他不需要她给予什么；而是自己来拿。洛兹觉得自己在被撕咬，但是比其他时候更开心。她没想到自己还是那么具有诱惑力。

一周之后她安排了一个早晚宴，在胆小鬼餐厅，为她自己和泽尼亚以及《智慧女人世界》的现任编辑，名叫贝丝安妮，她们吃着菊苣色拉和外国产的半熟蔬菜，以及精巧的意大利面，同时仔细查看泽尼亚的简历和她撰写的杂志故事的文档。一开始是她在英国时为一个先锋时尚杂志工作时写的故事。但她辞了那份工作，因为感觉太平乏了，而且她想写些更加政治性的东西。利比亚、莫桑比克、贝鲁特、巴勒斯坦营地；柏林、北爱尔兰、哥伦比亚、孟加拉国、萨尔瓦多——洛兹记得的热点国家，泽尼亚几乎都去过，还去过一些洛兹记不起来的。泽尼亚把它们当作插曲来享受，石头和子弹飕飕地飞过她的头，摄像机被警察打碎，坐吉普车死里逃生。她给那些酒店命名。

许多故事都是用的别名，男人的名字，因为泽尼亚说，那些素材都太具争议性，甚至带有煽动性，她可不想在半夜打开门，发现愤怒的阿拉伯或爱尔兰打手，或者以色列人，或者大毒枭站在门的另一边儿。“我不想把这些传播出去，”她说，“但这是我回加拿大的主要原因，这里是我的安全港湾——你知道吗？那里的事情对我来说有些过于有趣了。加拿大是个那么——那么温柔的地方。”

洛兹和贝丝安妮隔着桌子交换了一下眼神，两个人都被深深地震惊了。一个世界纷争中心的政治记者，正在她们中间；而且是个女记者！她们当然要庇护她。安全港湾是做什么用的呢？瞒不过洛兹的是，有趣的反面不是温柔，而是无聊。但是，这些日子，无聊也有东西可以贡献，总比脑袋被炸掉要好。

“如果你给我们撰写一个故事，我们会很乐意。”贝丝安妮说。

“实话告诉你，”泽尼亚说，“我现在有点被掏空了，故事枯竭。但是我有个更好的点子。”

更好的点子是她可以在广告部分帮助她们走出困境。“我从头到尾看过那本杂志，发现你们的广告不多，”她说，“你们肯定在亏钱，亏很多。”

“绝对地。”洛兹说，她知道有多少，因为亏的钱都是她的。

“我想我能让你们的广告翻一番，在，可以说，两个月之内，”泽尼亚说，“我有经验。”

她很好地履行了诺言。洛兹还不清楚事情是怎样发展的，泽尼亚就坐到了编辑会议上，而且当贝丝安妮离职生孩子，留下一个颇有权力的空位时，泽尼亚顶替了这个位置，因为其他还有谁——诚实地说——够格呢？甚至其实是洛兹替她张罗的。最有可能；是她那个时候做过的那种自挖墙脚的事情。她拯救可怜的泽尼亚计划的一部分，她不愿意记住那些细节。

泽尼亚拍了张自己的照片，V 字领外套的迷人快照；它出现在编辑页。女人们知道她多大后就奇怪她如何能够保养得这么好。销路打开了。

泽尼亚现在开始参加派对了，许多派对。为什么不？她有手腕，有影响力，有——委员会的男人喜欢说——胆量。他们无法抗拒地补充道，像大头钉一样锋利，鞭子一样伶俐，也是个大人物，这让洛兹回家后在镜子前对着自己微皱的葡萄柚皮般的腿部皮肤皱眉，然后因为做这样的对比而责备自己。

泽尼亚去的有一些派对是洛兹举办的。洛兹监督着起酥卷传来递去和瓢冬菇盒被一点点吃掉，以拥抱和飞吻向她的朋友致敬，看着泽尼亚在整个房间忙活。她忙得认真，彻底；她似乎天生就知道每个人身上值得花多少时间。但，她将一些极其宝贵的时间花在洛兹身上，将她拉到一边窃窃私语，洛兹也报以窃窃的私语。每个看到她们的人会认为她俩是一伙儿的。

“你真的很擅长这个，”洛兹告诉泽尼亚，“我，总是被一些运气不好的故事粘住几个小时才能收场，但是你却从来不被影响。”

泽尼亚回她一个微笑。“所有的狐狸都会为自己凿好后门，我喜欢知道出口标志在哪里。”洛兹想起泽尼亚死里逃生的故事，为她感到悲哀。泽尼亚总是一个人过来，一个人离开，真悲哀。

密奇也在忙活。奇怪的是，他不参与泽尼亚正在忙活的任何部分。通常他会和每个人调情；如果没有别的可供选择，他甚至会和一只萨卢基狗调情。他喜欢看见自己的魅力被房间里的每个女人的眼睛反射回来；他从一个房间窜到另一个房间，好像她们是树丛而他是一条狗。但是他远离泽尼亚，而且，当她在看的时候，他就额外地关注洛兹，无论什么时候，有可能就把一只手搭在她身上。*是在保持镇定*，洛兹后来想到。

洛兹逐渐地感到不安了。事情的转变有些不对劲儿，但到底是什么呢？她开始是为了帮助泽尼亚，倒变成泽尼亚帮助了她，而且泽尼亚确实值得感激，她做得很好；她们每周吃一次午饭，讨论事情，那样泽尼亚就能够向洛兹咨询意见，因为洛兹经营这份杂志比泽尼亚久得多。洛兹把自己的反应当作简单的嫉妒来打消。通常，如果有事情困扰洛兹，有事情让她无法下手，她会和托妮或者查丽丝商量。但是现在不能那么做，因为她和泽尼亚做朋友，她们会无法理解这一部分。她们无法理解洛兹会和她们的——面对它——敌人做朋友。她们会把这看作背叛。

“我做过考虑，”下一次理事会议上泽尼亚说，“尽管有了新的广告，我们还是在亏钱。我们无法钓到愿意花大钱的主顾——香水公司，化妆品公司，最新的式样。老实说，我认为我们应该更名。我们的运作理念太70年代了，现在是80年代——我们已经超越了那些过时的态度。”

“更名？”洛兹问，有趣地记起早年的集体经验。那些女人怎样了？她们去了哪里？为什么自己和她们断了联络？所有这些工作正装打哪儿来？

“是的，”泽尼亚说，“我做了一个小小的调查，最好是用《女人世界》，或者，更加好，就直接叫《女人》。”

对于洛兹来说，丢掉了什么是很明显的。智慧这一部分是一回事儿，丢掉的还有一个世界。但是她怎能在不指出《女人》这个名字有什么不对的地方就反对它呢？

所以泽尼亚改掉了杂志名字，不久杂志本身也改了，改变得那么厉害，以至于洛兹都不认识它了。成熟的成功者不见了，挣扎着克服男性至上主义和大量不平等的故事不见了；重量级的关注健康的故事也不见了。现在五页纸都散布着春季流行，和新的食疗法，以及护发系列和抗皱霜，还有怎样在生活中愚弄男人，你是否处理好自己的人际关系。这些事情不重要吗？洛兹会是最后一个说不的，但是肯定少了一些东西。

她不再一周和泽尼亚吃一次午饭；泽尼亚现在太忙了。她是个劳碌的蜜蜂，她广泛撒网，到处应酬。所以，在下一次理事会议上，洛兹表示了对这种转变的不满。“这不是原初的想法。”她说。

泽尼亚温柔地朝她笑了笑。“大多数女人不喜欢阅读其他女人的成功，”她说，“会让她们觉得自己不成功。”

洛兹发现自己越来越愤怒——这无疑是在挖苦她——但是她控制住自己。“那么，她们想读什么？”

“我不是在指知识分子，”泽尼亚说，“我指的是一般的女人，一般的会买杂志的女人。根据我们的统计，她们想读到怎样打扮。噢，当然还有性，与合适的附属物的性关系。”

“什么是合适的附属物?”洛兹和蔼地问。她以为她会被问住。

“男人。”泽尼亚说。理事会的成员都笑了，包括密奇。洛兹无话可说。她眼前闪过一幕泽尼亚的样子，戴着镶黑边的长手套，吹开六发式左轮手枪上的烟，重新插进手枪皮套。

洛兹是大股东，她能幕后操纵，能做好安排，能迫使泽尼亚退出。但是若不看上去像个怀恨的泼妇就没办法做到这一点。

那么就让我们面对它，最终他们在赚钱。钱说话。

有一天，密奇走了。就是走了，弹指之间，眨眼之间。没有前奏，没有暗示，没有到处留下信件，不像平常。但是回头想想，洛兹觉悟到他肯定出去若干时间了。

他去哪里了?和泽尼亚同居了，一段完全的求爱，完全的罗曼史，在洛兹的鼻子底下发生，她却一点都没有发现。肯定持续了好几个月。

但又不是那样。密奇告诉她了——他似乎想告诉她——那件事太突然，他都没想到，一天晚上下班后，泽尼亚进到他办公室，咨询他一些财务上的事情，然后……

“我不想听。”洛兹说，她很清楚叙述的快感，她不愿意给他满足的机会。

“我只是希望你理解。”密奇说。

“为什么?”洛兹说，“有什么重要的?谁在乎我理解不理解?”

“我在乎，”密奇说，“因为我还爱你。爱你们两个，对我来说这真的很难。”

“不稀罕。”洛兹说。

密奇趁洛兹不在的时候回来。他偷偷地回来，因为不敢面对她，他来了又走，像贼一样安静，搬东西走：卧室镜子门的衣橱里他的套装，水手服，他的好酒，照片。洛兹总在下班回来发现这些空白，这些尖锐的有说服力的空白，以前被密奇的东西占据的空间。但是他留了一些东西：一件外套，一件带风帽的厚夹克，一些书，旧靴子，地窖储藏室里一箱箱这个那个。这意味着什么？他有两种心思？他在这个家有一席之地？洛兹几乎期望他一下子把所有的东西都拿走，一干二净。另一方面，靴子在就还有希望。但希望是最可怕的，希望存在的时候，她该怎样继续她的生活？这是在她这种处境下的女人不断地想要的事情。

密奇没有拿走任何不属于他的东西，没有拿走洛兹为这个家买的任何东西，买给大家共享的东西。洛兹惊奇地发现他在这类购买中所占据的比例是何等的小，他协助她所作的决定是多么的少；或者说，换个角度看，他的贡献是多么小。那么，他怎样才能帮助她呢？她总是抢在他前面；她一看见需要或者愿望就立即满足，支票簿神奇地一挥。那样反而激怒了他，她的慷慨，她的大气，她大堆的珍珠，她的一掷千金。有求必应。啊，密奇甚至都不用问！他要做的就是张嘴躺在草坪上，洛兹爬上树，把金苹果摇下来。

也许是泽尼亚的诡计，将自己表现得空虚，饥饿，像乞丐的空碗。也许她采取的姿态是跪下来，向上伸手，要救济品。也许密奇想找个机会做散财童子，洛兹从来不会给的机会。他厌倦了被给予，被原谅，被拯救；也许他想做一些给予，想自我拯救。比一个美丽的女人跪在他面前更好的是，一个感恩的美丽女人跪在面前。但是洛兹不够感恩吗？

显然不够。

洛兹屈服了，她向自己吃人的肮脏渴望屈服，雇了一个私人侦探，一个叫海蒂的女人；匈牙利人海蒂，很久以前通过乔叔叔认识的一个人，他和一些匈牙利人有联系。“我只想知道他们的情况。”她告诉海蒂。

“哪类事情?”海蒂说。

“他们住在哪里，干什么，”洛兹说，“她是不是真实存在的。”

“真实存在?”海蒂说。

“她打哪儿来。”洛兹说。

海蒂的发现很充分，太充分了，以至于洛兹比原本更加痛苦。泽尼亚和密奇住在能够鸟瞰港口的一个斜顶屋檐的公寓里，靠近密奇停泊他的船的地方。那样，他们就能够快速而短暂地航行了，洛兹想象，但是她不觉得泽尼亚受得了。被弄湿，伤及她的优雅，她不会像洛兹那样去容忍。他们还做什么?出去吃，在屋里吃，泽尼亚购物。有什么好知道的?

泽尼亚是不是真实存在，这更难解决。这个人似乎没有出生过，至少不是用的这个名字；但是自从柏林被烧光，谁敢那么说呢?在沃特卢的调查找不到任何东西。她没在那里上学，要么是没用现在的名字。甚至，她是犹太人吗?每个人都会这么猜，海蒂说。

“但是照片怎么回事?”洛兹说，“她的家庭?”

“噢，洛兹，”海蒂说，“照片一角银币能买一打。你听谁说那是她的家庭?”

“她知道我的父亲。”洛兹说，她不愿意放开这一点。

“我也是，”海蒂说，“算了，洛兹，有关你的每个杂志访谈暗示出所有的一切。她告诉你的那些东西，有点想象力的十二岁孩子哪个编造不出来?”

“没错，”洛兹说，“但是有那么多细节。”

“她很厉害。”海蒂承认。

伦敦的调查就有收获多了：泽尼亚确实为那里的一家杂志工作过；她是写了一些她宣称是自己的文章，但绝不是所有的。有关服装类的，是；有关政治热点的，不是。署男人姓名的文章似乎正是那些男人所写，但是五个人当中有三个已经死了。在被问到在随笔栏里她的名字和一位内阁大臣联系在一起的时候，她愣住了一小会儿；她用过"朋友"这个词，随后又暗示她结过婚，但实际上并没有发生过。然后，泽尼亚被发现同时在和一个苏联文化随员有来往的事情在当时是一个丑闻。"有来往"是个委婉说法。那件事曾招来很多政治骂名，以及一般英国小报的追踪和揭发。这个事件之后泽尼亚就突然消失了。

"她真的去过所有那些国家吗?"洛兹说。

"你准备花多少钱?"海蒂问。

知道了泽尼亚掩饰的不可信对洛兹一点帮助都没有。她的棋局已经被将死。如果告诉密奇所有这些谎言，只会被认为是嫉妒。

是嫉妒，洛兹嫉妒得不能正常思考。某些晚上，她因愤怒而哭泣；另一些晚上，她因悲伤而哭泣。她笼罩在一团愤怒的红色之雾，一团自怜的灰色之雾之中，两方面她都恨自己。她召唤自己的顽强，和战斗的意志，但是敌人究竟是谁？她不能和密奇作战，因为她想要他回来。也许她按捺火力过久，一旦进攻，所有都将被炸光。密奇将会像雨中烧烤一样失败，像往常一样回到家里，要她帮忙打开和泽尼亚的纠结，要被解救。洛兹会去做，虽然这一次没有那么容易。他违背了某些东西，某些无形合约，某种形式的信任。他以前从不会搬出去，其他女人只是他的游戏，但对泽尼亚玩真的了。

还有另一种玩法：泽尼亚自己离开密奇。她把他甩出窗外，就像她甩过很多其他人那样。密奇得到应有惩罚，洛兹得以报仇雪恨。

当众，洛兹还是保持露齿微笑，露齿的微笑，口腔肌肉随之疼痛着。她希望维护尊严，抬起厚重的颜面。但是不那么容易，胸膛这么扯开着，心脏暴露在外面，无疑每个人都能看见；她的心脏，在火上烧着，滴着血。

她无法从朋友那里得到太多怜悯，那些曾让她扔掉密奇的朋友。她现在明白她们的意思了：*在他甩掉你之前先甩掉他！*

但是她没听，反而是继续做飞刀手的助演，穿着闪耀的戏服，手脚大大张开，站着不动，微笑着，与此同时，飞刀砰地插进墙壁，勾勒出她身体的轮廓。稍有畏惧就死定了。无法避免的是，某一天，意外或者故意，她会被击中。

托妮打电话给她，查丽丝也打给她。她从她们的声音里听出了关心：她们知道什么，她们听说了。但是她推托开，把她们挡在一臂之遥。只要一碰她们的同情，她就会一发而不可收。

三个月过去了，洛兹挺直了腰，勒紧嘴唇，合紧嘴巴，那么用力，她能肯定牙齿正在被碾得只剩根茬，她将头发染成栗色，买了一件新衣服，意大利皮衣，喜庆的朱红色。她和男人有过几次不满意的性关系。她和他们一起翻滚，断断续续地，自觉地，好像她的卧室里装了传声装置：她知道自己在伪装。她希望她毫不在乎的不忠的消息能传到密奇那里，让他闹腾，但是他所有的闹腾就是在他自己家的私生活里，如果他所住的那个毒蛇窝能叫作家的话。最坏的情况：也许他都没在闹腾。也许他正欣喜于那些倒霉蛋兴许能把她从自己手上弄走。

海蒂打电话来：她认为洛兹也许喜欢知道泽尼亚正在和另一个男人见面，在下午，密奇不在的时候。

“什么其他男人？”洛兹说。肾上腺素快速穿过她的脑子。

“这么说吧，他穿一件黑色皮夹克，开一辆哈雷摩托，两次被捕但没有判罪，没有自愿的目击证人。”

“为什么被捕？”洛兹说。

“贩卖可卡因。”海蒂说。

洛兹要了一份书面报告，丢进一个信封，以匿名方式寄给密奇，等着另一只鞋扔下来；确实扔下来了，因为某个周一的午饭前，海蒂打电话到她公司。

“她要乘飞机走了，”海蒂说，“三个大行李箱。”

“去哪里？”洛兹说，她的整个身体都在激动，“密奇一起去吗？”

“不，”海蒂说，“去伦敦。”

“也许他晚一些去和她汇合。”洛兹说，好的，好的，她想着。再见，害群之马。满满的三箱。

“我想不会，”海蒂说，“看上去她没那种打算。”

“她看上去怎样？”洛兹说。

“黑色墨镜，”海蒂说，“脖子围着围巾。我敢打赌有一个黑眼圈，而且十有八九他试图掐过她的脖子，或者是别人。我想说，从整个外表看来，她正在逃跑。”

“他会去追她，”洛兹说，她还不想唤醒自己的希望，“他被迷住了。”

但是那天晚上，当她走回家，走进粉色和淡紫色地毯的起居室，带着精致的褪色绿的格调，新40年代复兴的后现代意蕴的房间，密奇就在那里，坐在他最喜欢的手扶椅里，好像他从来没有离开过。

至少是坐在他最喜欢的手扶椅上，至于是否离开过，是的，他离开过。去了遥远的地方，遥远的银河系里某个星球上的灰烬里。他看上去好像在很深的空间漂流了一圈，刚回到地球，那地方又冷又空旷，有着长触角的东西。目瞪口呆，吃了当头一击的表情。像是被从后面推了一把，脸直接撞到砖墙上，被挤到树干上，被剥得半裸，然后扔到冰冷的路边，并且，他都没看见是谁干的。

洛兹一阵狂喜，但她克制住。“密奇，”她说，用她最女人的声音，“亲爱的，怎么了？”

“她走了。”密奇说。

“谁走了？”洛兹说，因为这节骨眼上，虽然她不需要一池子的血，但她确实需要一点血，只要一两滴，因为她口渴。

“你知道谁。”密奇用嘶哑的嗓音说。这是悲伤还是狂怒？洛兹分辨不出。

“我给你倒杯喝的。”她说。她给两人分别倒了一杯，然后坐在密奇对面的那张配对的椅子里，他们进行这种算总账的对话的惯常位置。他会解释，她会受伤；他会装作悔改，她会装作相信他。他们面对彼此，两个纸牌老千，两个扑克玩家。

洛兹开场。“她去哪里了？”她说，虽说她知道答案；可她想知道他是否知道。如果他不知道，她不会告诉他。他可以去雇自己的侦探。

“她把衣服拿走了。”密奇说，用一种呻吟的声音。他把一只手放在头上，像是头痛。所以，他不知道。

洛兹应该怎么做？同情她的丈夫，因为他所爱的那个不是她的女人在逃避追捕？安慰他？亲他？是的，应该那样，没错。她徘徊在做与不做的边缘——密奇看上去被打得那么惨——但是她却步了。让他等。

密奇看着她，她忍住不说话。最终他说了：“还有另外的事情。”

泽尼亚，显然，在《女人》运营账户上伪造了一些支票。她带着最大限额透支款逃走了。多少？五万美金上下；但是每张支票小于一千美金，从不同的银行取出现金。她知道操作方式。

洛兹计算了一下：她承担得起，泽尼亚以这个价格消失算是便宜了。“她用了谁的名字?”她问。她知道有哪些有效签名人。那样的小额支票是泽尼亚自己，以及一些三位数的额度。

“我的。”密奇说。

还有比这更显而易见的吗？泽尼亚是个冷血、诡诈的婊子，她从没爱过密奇，她所要的就是赢的快感，把他从洛兹身边抢走的快感，还有钱。这对洛兹来说很明显，对密奇显然不是。“她陷入了某种困境，”他说，“我应该找到她。”他肯定在想那个毒贩。

洛兹控制不住了。“饶了我吧。”她说。

“我不是在请求你做什么，”密奇说，好像洛兹有多吝啬于伸手帮忙，“我知道那个信封是哪儿来的。”

“你不应该去追她，”洛兹说，“我的意思是，难道你还不明白吗？她踩在你头上，愚弄你，她撒谎、欺骗、偷窃，她把你一笔勾销了。相信我，她生活中不留空间给利用过的受骗者。”

密奇怀着强烈的憎恶瞥了她一眼。对他来说，这太不真实了，他不习惯被抛弃，被背叛，因为这在以前从没发生过。也许，洛兹想，我该教育教育他。

“你不明白。”他说。但是洛兹明白。她明白的是，不管在这之前发生了什么，对密奇来说没有比泽尼亚更重要的人了，就是这样。

海蒂打电话来：密奇乘了周三晚上的飞机去伦敦。洛兹的心麻木了。它停止了燃烧和滴血，心上的裂缝合上了。她能感到那儿有一只看不见的手，像绷带一样紧，将她的身体紧紧勒住。罢了，她想。最终还是被撕裂了。她买了五本侦探小说，休假一周，去佛罗里达，躺在阳光下哭泣。

四十八

密奇回来了，狩猎归来，在二月中旬。先打了个电话；让她为自己预留了一个时段，就像所有的客户或者离婚原告那样。他穿着他的羊皮外套出现在洛兹的门前阶梯，看上去像是个空麻布袋。手握一束悲哀的鲜花。

为此，洛兹想踢他一脚——他觉得她就这么贱吗？——但她被他的外表吓住了。他像个公园长椅上的醉汉一样潦倒，皮肤因为长途跋涉而变灰，黑黑的眼圈深凹进去。他变瘦了，肌肉没有了，脸开始下陷，像是没戴假牙的老人，就像万圣节结束几天后孩子们的南瓜，里面的蜡烛已经燃尽，朝着中间潮湿的空处变软，下沉。

洛兹觉得她应该站在门口，在他带来的外在寒冷空气和她自己温暖的家之间设置一道障碍，挡住他，把他拦在外面。孩子需要被保护远离这一残余物，这一消沉的回声，他们的真实父亲的这个影子，和他排水口似的眼睛，皱纸似的微笑。但她至少要听他说说。她无言地接过鲜花——红色的玫瑰。真是笑话，因为她不再欺哄自己了，他没有任何热情，至少对她没有。她让他进去。

“我想回来。”他告诉她，打量着高大宽敞的起居室，洛兹建造的宽敞领地，也曾和他分享过。不是*你能让我回来吗？*不是*我想要你回到我身边*。和洛兹没有任何关系，根本没有提到她。他声明的是这座屋子，这个领地。他错得远了。他觉得他有权利。

“你没找到她，是吗？”洛兹说。她递过去自己为他倒的一杯酒，一如昔日：纯麦苏格兰威士忌，不加冰。以前他喜欢这个，很久很久以前；这些天她自己喝的也是这个，比她该喝的多得多。递杯子过去的手势让她心软，因为这是他们以前的习惯。对他的怀旧之情使她的喉咙堵塞，她努力地不去哽咽。他戴了根新领带，她不熟悉的一根，上面有恶心的淡色郁金香。上面布满泽尼亚的指纹，像是看不见的烧焦的印迹。

“没有。”密奇说。他不看她。

“如果你找到的话，”洛兹说，再次狠下心，点上一支烟——她不会让他来点，他们远离这种暧昧的求爱时期的手势，更别指望他会跳过来伸出手臂——“你会怎样做？揍扁她，还是找律师对付她，还是给她一个大大的吻？”

密奇直接看向她，却不碰她的眼神，就好像她是半透明的，影影绰绰看不清。“我不知道。”他说。

“好，至少是诚实的，”洛兹说，“我很高兴你没骗我。”她努力保持声音温柔，避免苦涩的不快。他没有骗她，他什么都不对她做。至于他所关心的那些东西里面，根本没有她；也许她都不在这里。不管他在做什么，都是为了他自己。她这辈子从来没像现在这样毫无存在感。“那么，你想要什么？”她也要问问自己，找到自己需要什么。

但是他摇摇头：也不知道。他甚至没有喝洛兹倒给他的东西，好像他什么也不想从她这里得到，这也意味着，她什么也给不了他。“也许等你想到了，”她说，“再让我知道。”

现在他终于看她了。上帝知道他看到了谁，是复仇天使，是裸露着一只手臂持剑的女巨人——反正不是洛兹，不是亲切柔软的洛兹，不是他注视着的那个她的样子。他的眼睛令人恐惧因为它们受了惊吓。他极度恐惧，被她或者被谁或者被什么东西吓的，她都不忍心看。无论发生过什么，那么多年来，他在那些女人当中进进出出，她对他发火，哭泣，她总是依赖于他不要乱了分寸。但现在他内心有了裂缝，就像玻璃上的裂缝；受一点热，他就会变成碎片。但清扫碎片为什么一定就是洛兹的责任？

“就让我待在这里，”他说，“让我待在这个屋子里，我可以睡在楼下，在家庭娱乐室里。我不会麻烦你的。”

他在祈求，但是只有回到过去，洛兹才会听从这话，此刻她觉得这个主意难以容忍：地板上的密奇睡在睡袋里，像是双胞胎的集体借宿小组里的朋友，降级为暂住者，降级为青少年。被锁在她的卧室外面，更糟，反正他也不想进去。肯定是——他在拒绝她，拒绝她大大的渴望的，不好看的，热切的，充实的身体；对他来说，它已经不够好了，甚至作为一张羽毛床，一个避难处都不够了。他肯定觉得她很讨厌。

但是她还有值得骄傲的东西，虽然只有上帝才知道她是怎样才坚守住的，如果她让他回来就必须完全接受他。“你不能把我当作一个驿站，”她说，“再也不能了。”

因为他就会那么做，他会搬进来，她会给他盛好营养午餐，喂饱他，再次让他健壮起来，他会找回体力，走掉，乘他的大艇和帆船走掉，搜遍七大洋去寻找圣杯，寻找特罗伊的海伦，寻找泽尼亚，透过望远镜察看，留心查找她的海盗旗帜。洛兹能从他的眼睛里看出来，他注视着的是地平线，而不是她。即使他回来，回到她的卧室，睡在她深红色的床单里面，回到她的身体里面，也不会真的是她在他的下面，在他上面，在他周围。再也不可能了。泽尼亚从他身上偷走了某些东西，之前他一直不让其他女人，甚至不让洛兹碰。就把那个叫作他的灵魂。她趁他没在看的时候，把它从他胸前的口袋里抽出来，就像从一个醉汉那里偷东西那样容易，然后看着它，咬一口看看是不是真的，然后嘲笑它居然这么小，然后扔掉，因为她就是那种女人：想要自己没有的东西，得到她想要的东西，然后藐视已经得到的东西。

她的秘诀是什么？她怎么做到的？她在男人身上的无法否认

的能力来自哪里？她怎样占据他们，弄乱他们的步伐，绊倒他们，然后又那么容易地把他们翻个里朝外？肯定是一些非常简单和明显的东西。她告诉他们，他们是独特的，然后揭露给他们看，他们不是的。她打开藏着秘密口袋的斗篷，向他们展示魔术是怎样变出来的，一切不过是把戏而已。只有那个时候，他们拒绝去看；他们认为瓶子里的水是真的，即使她在他们眼前倒空瓶子，在水龙头下面再次装满。他们想相信。

"没有用的。"洛兹告诉密奇。她不是在报复，这就是事实。

他肯定知道，因为他不恳求了。他缩进自己褶皱的衣服里；脖子更短了，仿佛头顶有个坚固但无情的重物在慢慢往下推。"我想也是。"他说。

"你不是还有那个公寓吗？"洛兹说，"你们不是住那儿吗？"

"我没办法住在那里。"密奇说。他的声音带着责备，好像她做出这种建议也太粗鲁、太残忍了。住在曾和已然消失的爱人共享的地方，那个常常提醒他已经离开的爱人的地方，那个曾经那么幸福的地方，对他的伤害有多大，难道她不知道吗？

洛兹知道，她自己就住在这样的一个地方，但是很明显他都没有想过这个。自己处在痛苦中的人无暇顾及他们制造出来的痛苦。

洛兹看着他出去，走进前厅，穿上外套，这几乎使洛兹心碎了，因为这也是她的外套，是她帮着买的，她分享过他穿在这件衣服里的生活，上好品位的皮革，羊皮，以前里面装的是狡猾的狼。不再是了，不再了；现在他没了牙齿，可怜的小羊羔，洛兹想，紧紧握住拳头，因为她不允许自己再次被愚弄。

他离开了，走进寒冷的二月的黄昏，走进未知的一切。洛兹看着他走向自己停在那里的车子，有点东倒西歪，虽然他没碰杯子里的酒。人行道结冰了，或许他在受什么影响，某种药丸。镇静剂什么的。最好他不要开车，但阻止他已经不再是她的分内事。她告诉自己没必要为他而受良心谴责，他可以待在旅馆，他并不像没钱的样子。

她把还裹在花纸包装里的红玫瑰留在餐具柜上，任其凋谢。明天德洛丽丝就会发现，会在心里责备洛兹的粗心，富人不知道东西值多少钱，然后她会扔掉。她又给自己倒了一杯苏格兰威士忌，又点上一支烟，然后取下她的老相册，在后院生日派对上，在毕业典礼上，在假期里，冬天在雪中，夏天在船上，那些无穷无尽的用来证明他们确实是一家人的照片，她坐在厨房里仔细地看着。密奇的照片，毫无生机的颜色：密奇和洛兹在婚礼上，密奇和洛兹和拉里，密奇和洛兹和拉里还有双胞胎。她在他的脸上寻找线索，降临到他们身上的悲惨结局的预兆，什么都没找到。

有些处在她这种位置的女人会取出她们的修甲剪刀，剪下有问题的那个男人的头，只留他们的身体，另一些会把身体也剪掉。但是洛兹不会这么做，为了孩子们。她不想让他们看见自己父亲的照片没有脑袋，她不想惊动他们，她给他们的惊动已够了。而且那么做也于事无补，因为密奇还是会在那些照片里，一个空白的轮廓，占据同样的空间，正如在她床上他依然占据同样的空间。她从来不睡在那张床的中间，仍然只睡在一边。她没办法让自己占据整个空间。

冰箱上面，用磁铁粘在上面的是微笑的猪和猫的形状，是双胞胎在学校做给她的情人节礼物。双胞胎最近很黏人，她们需要她在左右。她们不喜欢她晚上外出。她们还没等到情人节，就把她们的礼物带回家，立刻给了她，好像非常急迫。这是她能得到的唯一的情人节礼物，很可能是从此以后她能得到的唯一礼物。对她来说应该够了。在她这个年龄，要灼热的心，鲜亮的嘴唇和快速的呼吸干什么呢？

振作起来，洛兹，她告诉自己，你不老。你的生活还没有结束。

只是感觉像是老了。

密奇在这个城市，在附近。他回来看孩子们，而洛兹正准备出去，意识到他在的整个时间，她的皮肤一直感觉刺痛。走进他刚离开的房间，她就能闻到他的味道——他的剃须修复乳液，英国产的石南原料的，会不会是他故意在四周喷洒一点，引起她的注意？她在餐馆或者游艇俱乐部瞥见他。然后她不再去那些地方。她拿起电话，他和孩子中的一个在那一头。整个世界就是个陷阱，专坑傻瓜，她就是那个傻瓜。

他们的律师谈过，提了一个离婚协议，但是密奇推托了；他不想要洛兹——否则的话他就会在这里，不是吗，再次出现在门口阶梯上，至少再恳求一次？——但是他也不要和她离婚。或许他只是在磋商，试图把价格抬高。洛兹咬紧牙关，坚持不变。这会花费她不少，但剪断这根线、这个束缚、这根链子还是值得的。你得知道什么时候该收，不管怎样，她多少做到了，虽然以前做得好多了。

她去找了个临床心理分析师，看看能否对自己有些改善，把自己变成一个新的女人，变成一个什么都不在乎的女人。她想成为那样。那个心理分析师是个和蔼的人；洛兹喜欢她。她们两个一起艰难地考察洛兹的生命，好像它是一个智力拼图，一个有最终解决方案的侦探故事。她们排列之后又重新整理那些碎片，试图让它们的结局更好。她们充满希望：如果洛兹能够找出她身处什么样的故事，她们就能够侦察出她拐了什么样的错弯儿，折返她的脚步，改变结局。她们设计出一个实验性的情节。也许洛兹嫁给密奇是因为：虽然密奇和洛兹的父亲很不一样，但她意识到他们在最深处还是一样的。他会像她父亲欺骗她的母亲一样欺骗她，她会像母亲所做过的那样，不断地原谅他，带他回来。她会一次次地拯救他，她扮演圣徒的角色，而他是罪人。

只是她父母最后还是能够在一起，洛兹和密奇却不行，什么出了问题呢？泽尼亚。泽尼亚改变了洛兹的情节，从拯救到逃跑，然后当密奇再次要求被拯救的时候，洛兹却无法胜任了。是谁的错？应该责备谁？啊，洛兹对于怎样分摊责难是不是想得太多了？或者，她责备自己了吗？总而言之，是的。也许她仍然无法将上帝抛开，也无法抛开她是在受惩罚的观念。

也许没有谁的错，心理分析师暗示说。也许这些事情就这样发生了，就像飞机坠落那样。

如果洛兹那么想要密奇回来——显然她是那么想要他回来，现在她对他们之间关系动力有了更深的洞察——也许她应该请他过来做治疗。也许她该原谅他了，至少到那个程度上。

所有这些都非常合理，洛兹考虑开始打电话。她几乎有勇气了，几乎可以打了。然后，下着毛毛雨的三月，泽尼亚死了。死在伦敦，被一次爆炸炸死；放在一只铁罐里送过来，被埋葬。洛兹没有哭，而是狂喜——如果有个焚化炉可以绕着跳舞，如果有一个小手鼓可以用来摇。但是在那之后她害怕了，因为如果没有复仇心的话，泽尼亚就算不了什么。死并不能改变那个复仇心，她要考虑考虑。

密奇没有出现在丧礼上，洛兹伸着脖子找他，但是只有一帮子她不认识的男人。当然还有托妮和查丽丝。

她想知道密奇听说没有，如果听说了，他怎么面对它。她应该感到泽尼亚被扫出道路，像是一件被虫蛀的皮大衣，一棵倒在小路上的树枝，但她没有这种感觉。泽尼亚的死比她活着更像是一道障碍；但是，就像她告诉心理分析师的那样，她说不出为什么。可能是自责吗，因为泽尼亚这个受人仇恨的对手死了，是洛兹希望她死掉，而洛兹却活着？可能。你不用为每件事情负责，心理分析师说。

密奇当然改变了，出现，恢复原状。他像是从催眠术中醒过来。但是他不打电话过来，不作任何表示，现在已经是四月了，第一周，第二周，第三周。当洛兹终于打电话给他的律师问他在哪里，律师不知道。他回想起来，好像他提到过有关旅行的事。去哪里？律师不知道。

密奇在哪里？在安大略湖里，在那儿已经有一会儿了。警察找到他的船，罗沙琳达二号，帆是收好的，漂在湖上，密奇最后被冲到士嘉堡悬崖。他穿着救生衣，但是在一年的这个时候，体温过低很快就夺去了他的生命。他肯定是失足了，他们告诉她。失足之后掉进水里，没办法爬回来。他离港那天有风。一定是个事故，因为如果是自杀的话他就不会穿着救生衣了，不是吗？

他是自杀，是的，洛兹想。他穿救生衣是为了孩子们，他不想给他们留下黑锅，他爱他们。但是他知道水温，他曾屡次告诫过她。你的体温会在眨眼之间消散，会冻僵，然后死掉。他就是这么死的。深思熟虑后洛兹毫不怀疑是这样，但她不说。是个事故，她告诉孩子们。事故常会发生。

她当然还得为他处理后事，收拾零碎的东西，整理那些杂乱的事务。毕竟，她仍是他的妻子。

最糟糕的就是那间公寓，他和泽尼亚一起住过的公寓。在她走后，在他追到欧洲去找她之后，他就没再回去过。他的一些衣服仍然在衣橱里——他华丽的西装，漂亮的衬衫，领带。洛兹将它们折叠起来，打好包，就像以前所做的那样。他的鞋，空得不能再空。无论他身在何处，都不在这里。

泽尼亚是个更加强大的存在。她的大部分东西都不在了，除了一件中式晨衣，玫瑰色的丝绸，上面绣着龙，搭在卧室的一张椅子上。鸦片，洛兹想，她闻到了，就是这种味道最让洛兹不安。乱糟糟的被单还在那张破床上，浴室里是脏兮兮的毛巾。作案现场。她根本不应该过来，是种折磨。她应该叫德洛丽丝过来。

洛兹不再去心理分析师那里。是乐观，是对事情能够被解决的信念感染了她，而现在，只感觉像是另一个负担。所有这些都是有希望的？而且她也应该是充满希望的？应该感恩但是没什么好感谢的。那么，上帝，她对自己说。算你狠，愚弄我吧！你可以引以为傲了。你抖抖袖子还有什么把戏？或许来场漂亮的战争，某种种族灭绝——嘿，一两波瘟疫？她知道不应该用这种方式说话，即使是对自己说，是在试探命运，但是这让她能够挨过白天的时光。

挨过白天是首要的事。她手上悬置了两个房地产生意；她没办法做重大决定。杂志能够自行运转，直到她动手卖掉，卖掉也应该不难，因为自从泽尼亚引进变革后，它正在盈利。如果卖不掉，就关掉，她没有心胸继续经营给出那么多夸张的要求的刊物，而这些要求在她自己的生命中非常不幸地没能具体表现出来。她不是女强人，失败才是关键词。她在很多事情上面是成功者，但在一件事情上不是，在支持她的男人方面不是成功者。因为如果密奇是自己溺死——如果没有什么能让他活下去——是谁的错？泽尼亚，是的，可也是她的错。她应该记得自己的父亲，他也选择了这条黑暗的道路。她应该让他回来。

挨过白天是一回事儿，挨过晚上又是另一回事儿。她没办法在豪华的双水槽浴室刷牙而感觉不到密奇在她的旁边，她没办法不在洗澡的时候看看地板上是否有他的湿脚印。她没办法睡在她紫红色的床中间，因为，比以往更甚，比他还活着但在别处的时候更让她觉得他还在那里。可是他已经不在了，他失踪了，是个失踪了的人。他去了某个她够不着的地方。

她根本没办法睡在自己的紫红色大床上，她躺下，又起来，穿上浴衣，徘徊到楼下的厨房，在冰箱里翻找；或者踮着脚尖沿着楼上走廊来回走，倾听孩子们的呼吸声。她现在为他们焦虑了，比以前更甚，他们也为她感到焦虑。虽然她努力地向他们保证，告诉他们她很好，每件事情都会好起来的，她还是吓到他们了。她看得出来。

一定是因为她声音的无精打采，她的脸不化妆，没有伪装。在屋里她总是拖着一条毛毯，以防突然有了睡意。有时候在家庭娱乐室的地板上睡着了，电视开着陪伴她。她有时候喝酒，希望能使她放松，失去知觉。有时候行得通。

德洛丽丝辞职了，她说她找到另一份工作，未来有养老金，但是洛兹认为不是那样。是因为坏运气；德洛丽丝害怕染上它。洛兹会找个另外的人替代她；但是要晚一点，等她能够思考的时候，等她能睡睡觉之后。

她去看医生，一个全科医生，给孩子们看咳嗽的同一个医生，问他要了一些安眠药。她说，只是帮她撑过这一阵子。医生能够理解，答应给药。一开始她用得非常小心，但是后来效果不太好，她就吃得多一些。一天晚上她吃了一把，以及三倍的苏格兰威士忌；不是想死，她不想那么做，而纯粹是被清醒激怒了。结果，她倒在厨房的地上。

是拉里发现了她，从朋友家回来后。他打电话叫了救护车。他现在长大了，比他实际年龄更大，他可以信赖。

洛兹苏醒过来，发现自己被两个大块头护士夹着兜圈子。她在哪里？医院。多么虚弱，多么尴尬，她不想死在这种地方。“我要回家，”她说，“我要休息休息。”

“她醒过来了，”左边的护士说。

“你会好的，亲爱的。”另一个说。

洛兹好久没被称作她或者亲爱的了。闪过一丝羞辱，而后羞辱感便消退了。

洛兹浮在烟雾上面，她能感觉到自己的颅骨，像皮肤一样薄；骨头里面的脑袋肿胀着，一团糨糊。她的身体像天空一样阴暗浩瀚，神经上闪着明亮的针刺小孔：长串的星星，像海藻那样摆动着。她可以漂，可以沉下去，密奇会在那里。

然后查丽丝坐在了她的床边，握住她的手。“不是现在，”查丽丝说，“你得回来，你还没到时候，你还有事情要去完成。”

当她醒过来，变正常的时候，洛兹觉得查丽丝是个可爱的傻子——面对吧，她可不是个博学的人——而且总是拒绝她如烟似雾的玄学。但是，现在，查丽丝伸出另一只手，抓住洛兹的一只脚，洛兹感到忧伤像波浪一样穿越她，经过身体沿着手臂直到手上，到了查丽丝手上，离开了。然后她感到一种拖拉的力，一种引力，好像查丽丝在很远的地方，岸上，抓住什么东西——像是绳索的某样东西——用力地将洛兹从湖水里拉出来，拉出她几乎被淹死的地方。那边有生命：河滩，阳光，一些小人影。她的孩子们，朝她招手，喊叫，但是她听不见。她集中注意去呼吸，去把空气压入肺中。她足够强壮，能做得到。

“没错，”查丽丝说，“你可以。”

托妮搬进洛兹家，陪孩子们。洛兹出院后，查丽丝也搬进来，只是一段时间；直到洛兹恢复过来。

“你们不用这么做。”洛兹反对道。

“得有人做啊，”托妮精神奕奕地说，“你有其他建议吗?”她已经打电话到洛兹办公室，告诉他们洛兹得了支气管炎，以及喉炎，所以不能打电话。有鲜花送过来，查丽丝把它们放进花瓶，后来忘了加水。她去保健食品商店，带回各种胶囊和萃取物，喂洛兹吃，要不然就是硬塞进洛兹嘴里，还带回来一些由不知名的种子加工而成的早餐谷物，需要煮非常久。洛兹渴望巧克力，托妮帮她偷拿了一些进来。“这是个好迹象。”她告诉洛兹。

查丽丝带着奥古斯特和三个女孩儿在双胞胎的游戏室拿一个芭比娃娃玩暴力游戏，让她走上征途，占据了整个世界，控制了身边的每个人，其他的游戏里面，她又落得了坏下场。或者，她们穿上洛兹的旧贴身衣服，绕着屋子潜行，装成三个探险的公主。洛兹很高兴再次听到那些吵闹的声音和争论；最近双胞胎太安静了。

托妮煮茶和晚餐，古老的金枪鱼砂锅，顶上撒了干酪和薯条，洛兹还以为这种东西已经从世界上消失了，查丽丝则用薄荷精和玫瑰油按摩洛兹的脚。她告诉洛兹她有着炽热的灵魂，和秘鲁有关联。发生在她身上的这些事情，看上去像是悲剧，但过去的都自行消耗完毕了。洛兹必须从中学习，因为这就是她回到这个世界的原因：去学习。“在你的下一个生命里，并非不再是自己，”她说，“而是加进一些东西。”洛兹忍住不说话，因为她清醒过来了，觉得自己拉肚子了，但是她永远都不会这么说，因为查丽丝是好意，查丽丝用漂着肉桂小棒和叶子的水给她洗澡，像是准备把洛兹熬成鸡汤。

“你们要惯坏我了。”洛兹告诉她们。现在她感觉好多了，被所有这些小题大做弄得有些不自在了。通常她才是做这些事的人，中年妇女做的，照顾人的事情，不习惯处在接受的那一方。

“你经历了一个艰难的历程，”查丽丝用她温柔的声音说，“用光了你的能量，现在你可以放开了。”

“不是那么容易。”洛兹说。

“我知道，”查丽丝说，“但是你从未喜欢过容易的事情。”

用从未这个词，她的意思是过去的四千年都没有过。洛兹感觉自己就是那么老。

四十九

洛兹发现自己坐在地下室的地上，头顶上是没有灯罩的灯泡射出来的光线，旁边一个空碟子，膝盖上一本打开的儿童故事书。她正将结婚戒指扭来扭去，在手指上转动着这枚曾经意味着她已经结婚，也曾让她忧虑的戒指，像是正在旋开它，又像是期待有个妖怪什么的从不知道的地方显现，为她解决所有的问题。把碎片拼回整块，处理好每件事情；把密奇带回来，回到她的床上，让她上楼之后可以见到他——洗过、涂过香水、刷过、讨人喜欢，满口甜蜜的哄人话，那种年轻二十岁的她能看穿、能够对付的谎言。再给一次机会，现在她已经知道该怎么做，这次会做得更好。告诉我，上帝——我们为什么没有排练的机会？

她在这里多久了，在昏暗的光线下呜咽多久了？她必须回到楼上，处理现实，无论那会是什么。她必须铆足劲儿。

为此她拍拍浴衣的口袋，在双胞胎勒令禁止前，她曾常常在里头放一张纸巾。没有找到，她就在橙色的袖子上抹了抹眼睛，留下眉毛油的黑色印迹，然后在另一只袖子上擦鼻子。唉，除了上帝，谁会看见？据修女们说，他更喜欢人用棉手帕。上帝，她跟他说，如果你不想我们在袖子上擦鼻子，那就不该给我们袖子。或者鼻子，或者眼泪，更进一步说，或者记忆，或者痛苦。

她把孩子们的书插回书架。她应该把这些书捐给某些慈善事业，或许借出去——让它们散到世界上，去扭曲小孩子的思想，在她等待自己的孙子出现的时候。什么孙子？继续做梦吧，洛兹。双胞胎还太小，不管怎样都很可能长成赛车手，或者是那种跑去和无所畏惧不生孩子的暴徒住在一起的女人；至于拉里，他完全不着急，而如果他至今为止交往过的那些假模假式的女人是将来儿媳的样品的话，洛兹宁愿去死。

如果还兴包办的话，生活将容易很多。她可以去婚姻市场，手上拿着现金，找个可靠的婚姻掮客讨价还价，为拉里找个好新娘：聪明但不专横，甜美但并不耳根太软，骨盆宽阔，腰背强壮。如果她自己的婚姻是被这样安排的，结果会更糟吗？把没有经验的年轻女孩儿放进野生丛林让她们自我防御，公平吗？大骨架的女孩儿，脚不是最小的女孩儿。能帮忙的、智慧的妇人，一个执拗的干瘪老太太，从树后面站出来，会给出建议，会说，不，这个不行，会说，漂亮只是表面文章，男人女人都一样，会直接看到人的心里去。谁知道潜伏在男人心里的邪恶是什么？一个年长的妇人知道。但是需要变多老才能得到那种智慧呢？洛兹一直希望它能在她体内发芽，长遍全身，就好像老年斑那样；但是它还没有。

她用力从地上站起来，拍拍后面的灰尘，一个错误的举动，因为她的手上沾满了书本上的灰尘，当她看着自己的手时，才意识到已经晚了，而且发现一只被压扁的蠹虫粘在她穿着天鹅绒的屁股上，上帝知道她坐在这里空想①的时候有什么东西在她身上爬来爬去。空想，她母亲的用词，多么古老的一个词，源于很久之前，虽然每个人都知道它是什么意思，却没有人知道它是怎么来的。为什么收集羊毛就是懒惰呢？对她母亲来说，读书和思考都是空想。*罗沙琳达！别光坐在那里空想！去打扫前面的走道！*

洛兹的腿麻了，每走一步都感到钉子和针刺进腿里。她一瘸一拐地朝地下室台阶走去，停下来皱皱眉头。等她走到厨房，她

---

① 此处空想的原文是“woolgathering”。字面意思为“收集羊毛”。

要打开冰箱看看有没有她想吃的东西。她还没有吃正餐，经常不吃。没人给她做饭，没人让她可以做给他们吃，并不是说她从来没做过。没人要求吃什么。食物应该用来分享，单独吃饭和单独喝酒是一样的——麻木自己、填充空白的一种方法。空白；密奇留下来的空空的男人形状的轮廓。

但是冰箱里不会有什么她要吃的东西；或许有很少的东西，但是她不愿意把腰弯得那么低去找，她不会像以前一样，一勺勺地吃广口瓶里的巧克力甜酒冰淇淋果酱，也不会猛吃那听鹅肝酱，上帝知道她是为什么神秘场合储存的，就着它后面那瓶她经常畅饮的香槟酒。有一捆生蔬菜，她一时兴起，想讲究营养而买的粗粮蔬菜，但是到现在为止它们毫无魅力。她能预知它们的命运：它们会在蔬菜保险盒里慢慢变成绿色和黄色的黏性物质，然后她再买更多。

也许她可以打电话给查丽丝或者托妮，或者她们两个，邀请她们过来；从卡尔顿街上的印度唐杜里烹饪外卖那里叫一些热乎乎的鸡翅，或者虾球和蒜味豆子，士巴丹拿大道上她最喜欢的四川餐厅的炸馄饨，或者都叫：来个罪恶深重的多重文化的盛宴。但是查丽丝应该已经回岛上了，而且现在天色已晚，也许会有抢劫犯，而查丽丝又是那么明显的目标，长头发的中年妇女，穿着几层印花纺织毛衣在路上走，会撞上东西，还不如在身上别上标牌：*来抢我的手提包*。洛兹很少说服她乘出租车，即使由她来付钱，因为查丽丝坚持不浪费汽油。她会乘公共汽车；更糟糕的是，她会决定步行，穿过诺斯戴勒荒地，经过一排排的人造乔治亚风格的宅第，被警察当作流浪汉抓起来。

至于托妮，在她有塔楼的堡垒里，为韦斯特做晚饭，面条砂锅或者其他的 1967 年版的《烹饪的乐趣》里的东西。很奇怪，托妮怎么会是她们当中唯一一个最终和男人在一起的人，洛兹实在想不出来，瘦小的托妮，她小鸟一样的眼睛，以及她乖僻的微笑，而且，你想想看，这种比例的消防龙头是否性感。但是洛兹有机会学到，爱以奇怪的方式到来。也许韦斯特年轻的时候被泽尼亚吓坏了，从此以后再也不敢看任何别的女人。

洛兹充满希望地认为托妮家里的晚饭时间是一幅生动场面，后来她觉得自己一点都不会嫉妒，因为稻草人似的、思路奇怪、下巴凸出的韦斯特不是她自己理想中愿意隔着桌子面对面坐着的人。但是她很高兴托妮有个男人，因为托妮是她的朋友，而她希望自己的朋友快乐。据女权主义者说，早年穿着罩衫的那些人，唯一的好男人就是死人，最好还是一个都不要；然而洛兹仍然希望她的朋友们喜欢那些对于你来说太差的男人。我遇到了一个人，一个朋友告诉她，洛兹以真诚的快乐尖叫着。也许是因为好男人太难找，所以当有人真找到一个的时候就是一个真正的机会了。但是很难，几乎不可能，因为“一个好男人”是什么，似乎没人知道更多，即使是男人自己。

或许因为太多的好男人被泽尼亚这样的食人者吃掉了。大多数女人反对食人者；不大会因为其行为本身，或者其中所涉及的乱交，而是因为其贪心。女人们不想所有的男人都被食人者吃光；她们希望可以留下一些自己吃。

这个观点有些愤世嫉俗，托妮会这么想，洛兹不该。洛兹必须保持某种乐观，因为她需要；这是种心灵维他命，维持她的前进。“其他女人很快都会加入我们。”女权主义者曾说。但是需要多久，洛兹想，为什么到现在还没有发生？

与此同时，这个世界上的泽尼亚们已经上岸，孜孜地从事她们的买卖，清空男人的口袋，迎合男性的幻想。男性的幻想，男性的幻想，一切事物都是由男性的幻想驱动的吗？高高站在基座上或者跪下来，都是男性的幻想：要么你足够强悍，拿走他们盘中的东西，否则就柔弱到毫无办法。即使假装你不去迎合男性的幻想也是一种男性的幻想：假装你没在看，假装你有自己的生活，你可以自己洗脚梳头，意识不到经常存在的监视者，透过钥匙孔注视你，如果没有真的钥匙孔的话，就是透过你自己的脑海中的那个。你是一个心里存在着一个观看女人的男人的女人。你是自己的窥淫狂病人。世界上的泽尼亚们研究过这种情况，并将其变成她们自己的优势；她们没让自己被塑造成男性的幻想，她们自己利用这种幻想。她们从旁偷偷进入梦想；也是女人的梦想，因为女人也是其他女人的幻想，正像她们是男人的幻想一样。只不过是另一种不同种类的幻想。

有时候洛兹被自己搞得很低落，这是她自己的价值观造成的，是她强加给自己的压力：要亲切，要合乎道德，要举止得体；好行为，好品性，顶呱呱金灿灿的伪善之光从她头顶周围放射出来。这是她最好的意图。如果她真他妈那么有价值，为什么她没有因此更快乐呢？有时候她宁愿脱掉包裹着的慷慨女士的外衣，停止谨慎和犹豫，摆脱，不是她正在做的那样，在较小的方面——在脑海里轻轻发誓，说一些没用的废话——而是一些真正大的事情，一些巨大而彻底的卑劣罪行。

随意的性能够一次性地获得成功，但是平淡无奇的性几乎不再起作用，只是一种形式的情绪治疗或者柔软体操，她甚至必须追求嗜血的狂念。或者是别的，一些阴险的、陈旧的、复杂的和卑鄙的东西。紧跟着诱惑的是慢性中毒、变节、背叛、欺骗和谎言。

她需要另一个身体去那么做，毋庸置疑，因为她有的这个身体太愚笨，诚实得太笨拙，她思想当中的那种邪恶需要魅力来施行。真的狠毒的话，她必须更瘦。

镜子，墙上的镜子，

谁是最邪恶的人？

减掉几磅，坚强的人儿，然后也许我能为你做点儿什么。

或许她可以转而追求超人的良善。穿刚毛衬衣①，打上烙印，援助穷人，做某种特大号的特蕾莎修女②。圣洛兹，听上去不错，但圣罗沙琳达更上等。少许的荆棘，身体的一两个部分放在盘中，展示她是怎样牺牲的：一只眼睛，一只手，一个奶头，最好是奶头，古罗马似乎有那种割掉女人乳房的酷刑，有点像整形外科医生所做的那样。她能看见自己在一个光圈里面，手无力地放在心脏位置，一根头巾，正好可以挡住松弛的下巴，眼睛入迷地往上翻。极端的东西很吸引她。极端的好，极端的恶；所需要的能力差不多。

都可以。她愿意成为另一个人，却不是任何人。有时候——至少有一天时间，或者即使就一小时，如果其他条件无法达到，那就五分钟也行——她想变成泽尼亚。

她针刺的脚蹒跚地走上地下室的楼梯，一次一级，撑住栏杆，在想九十岁的时候是不是就这样了，她要不要活到那么久。最后终于到了顶上，打开门，到了白色的厨房，和她离开的时候一样。她感觉自己离开这里很久了，徘徊迷失在树木扭曲，被施魔法的阴暗树林。

双胞胎坐在长餐桌的高凳子上，穿着短裤，下面是紧身裤，每个膝盖上各有一个时髦的洞，正在用高脚杯喝草莓果昔。上嘴

---

① 苦行者或忏悔者才会穿这种衣服。

② 特蕾莎修女（1910—1997），印度天主教最善工作者，1979 年诺贝尔和平奖获得者。

唇染上了粉色的胡子，冰冻的优酪乳罐子在水槽旁边融化。

“天哪，妈，你看上去像遭了车祸！”坡拉说，“你整个脸上油污的东西是什么？”

“就是我的脸，”洛兹说，“它正在往下掉。”

伊伦跳下来，向她跑过来。“坐下，甜心，”她说，拙劣模仿洛兹自己的母亲样式，“你发热了？让我们来摸摸你的额头！”

她们两个把她推到一张凳子上，弄湿擦碟干布，帮她擦脸——“噢，真乱真乱！”她们很明显知道她哭过，但是她们当然不会提。然后她们试图让她喝她们的思木西，笑着，转着眼珠，因为对她们来说很好玩，她们的母亲是个大婴孩，她们自己成了妈妈。等着瞧，洛兹想，等到我真的失去理智，开始流口水，你们就要真的做这种事情了，那时候就不会好玩了。

但是她丧失行动能力的情况对她们来说是多么大的负担啊。为什么她们不能装出小丑的表情来掩饰她们的痛苦？这是她们从她那里学到的把戏，颇有效果的把戏。

托克斯克

五十

托妮在弹钢琴，却没有音乐声发出来，她的脚没有踩踏板，手没有跨过琴键，但是她继续弹，因为如果不弹就会发生可怕的事情。屋子里是干燥的烧焦的味道，印花棉布窗帘上的火花的味道，是一些粉色的大玫瑰，盛开了，花瓣散落，现在像是火焰；它们正向墙纸扩散。这火花不是来自她自家的窗帘，而是来自别的地方，托妮想不起来的地方。

她的母亲走进正在变暗的房间，鞋跟在地板上咔嗒作响，戴着栗色的帽子和有斑点的面纱。她在钢琴凳子上托妮的旁边坐下；她的脸朦胧地发着光，变得昏暗了，容貌模糊起来。戴着皮手套的手，雾一样凉，掠过托妮的脸，托妮转过去，野蛮地坚持着，因为她知道接下来将发生什么；但是她母亲从连衣裙前胸口袋里拿出一只鸡蛋，闻起来像海草的味道。如果托妮能拿到这只鸡蛋，并保存好，整个房间的火势就会停止，家具就能幸存下来。但是她母亲把鸡蛋举在空中，嘲弄似的举过头顶，托妮不够高，够不着。“可怜的东西。可怜的东西。”她母亲说；或者她是在说可怜的双胞胎①？她的声音像是鸽子的咕咕声，带着抚慰，冷酷和无限的悲恸。

看不见的地方火花已经无法控制，屋子着火了。除非托妮制止，否则曾经的一切将被烧毁。看不见的火焰弄出振翅般的声响，好像在拨动羽毛。一个高个子男人站在角落里，是韦斯特，但他为什么穿着那些衣服，为什么他的头发是黑色的，为什么还戴顶帽子？旁边，一只行李箱放在地上，他把它捡起来，打开：里面装满了削尖的铅笔。远永，他悲伤地说；但是他的意思是再

① 英文中“东西”（thing）和“双胞胎”（twin）发音接近。

见，因为泽尼亚在门口，受伤了，裹在一条有着长长的流苏的丝绸披肩里，她的脖子上有一道略带粉色的灰色伤口，好像喉咙被割破了；但是当托妮看的时候，它张开了，又潮湿地合上，她发现泽尼亚有鱼鳃。

但是韦斯特走了，用手搂着泽尼亚，他转过身去。外面，出租车在等着载他们去积雪的山丘。

托妮必须阻止他们，她伸出手，而她的母亲又一次把鸡蛋放上去，但由于大火，鸡蛋太烫，托妮扔掉了。它滚到一张报纸上面，然后裂开来，时间从里面流出来，潮湿而暗红，有枪声，从屋子后面传出来，以及正在前进的靴子声，和用外语吼叫的声音。父亲在哪里？她疯狂地四处找他，但是哪儿都看不见，士兵们已经过来要带走她的母亲。

查丽丝躺在她白色的葡萄藤床罩的床上，手臂放在两边，手掌张开，眼睛闭上。她在自己闭上的眼睛后面却是完全的清醒，她感觉自己无形的身体从她体内升出来，直接往上升，悬在她上面，像面罩从脸上拿掉一样，而且它也穿了件白色的睡衣。

我们对自己身体的占据是多么贫弱，她想。在她身体的光线里——像凝胶一样清晰——她从窗口滑出去，穿过港口。她的下面是渡船；她向下猛冲，跟着船迹。她听见周围翅膀扇起的急流。她希望能够看见海鸥，却惊奇地发现一群鸡在空中飞翔。

她到达对面岸上，飘过整个城市。她的前面是个巨大的窗户，一个酒店的窗户。她趴在玻璃上，用手臂敲打了一会儿，像只蛾子。然后窗户像冰块儿一样融化了，她穿进去。

泽尼亚在那里，坐在椅子上，和查丽丝一样穿着白色睡衣，在镜子面前梳她乱糟糟的头发。头发像火焰一样纠结在一起，像黑柏树的枝子向天空蔓延，被静电爆裂；顶上闪着蓝色的火花。泽尼亚看见查丽丝，向她示意，于是查丽丝走近前去，然后更近，看见她们两个并排站在镜子前面。然后泽尼亚像是雨中的水彩画那样边界溶化开来，查丽丝合并到她身体里。她像戴手套那样滑进她身体里，好像她是件肉做的衣服，然后从她的眼睛后面出去。她看到的是她自己，在镜子里，有能力的自己。她的睡衣在看不见的风中泛起小波浪。她的脸下面是骨头，透过玻璃越变越黑，就像X射线；她现在能看穿物体，能够把自己变成能量，穿越固体物质。她很可能已经死了，很难想起来。可能是重生。她伸开新手的手指，想知道它们将要做些什么。

她飘向窗户往外看。下面，炯炯的灯光和诸多生命之间，慢慢地升起了浓烟；它的味道渗透整个房间。最后所有的东西都烧起来，即使是石头也能烧着。她身后的房间是太空的最内层，原子像灰尘一样被吹动，绕在不安定的星际之风里，被放逐的灵魂，在赎罪……

有敲门声，她去开门，因为有可能是拿着毛巾的侍女。但不是，是比利，穿着条纹睡衣裤，他的身体变老，浮肿了，他的脸是生肉。如果他碰她，她就会像一捆腐烂的皮革那样土崩瓦解。她新的眼睛看见了这一切。她搓拉着自己的脸，努力挣脱这双眼睛，她不再需要这双阴暗的眼睛了。但是泽尼亚的眼睛不会罢休；它们像鱼鳞一样紧粘在她自己的眼睛上，好像蒙上雾的玻璃，使一切都变得昏暗。

洛兹正穿越森林，穿越碎裂的树干和多刺的矮树丛，她穿着过大的水手服，她知道这衣服不是她的，她自己从没有过这种衣服。她赤着的脚冰冷；疼痛扎进脚里，因为地上被雪覆盖。前面有一道痕迹：一个红色的脚印，一个白色的脚印，一个红色的脚印。旁边是一丛树林。很多人都曾这样；他们丢下自己携带的东西，一只灯泡，一本书，一只表，一个打开的行李箱，穿着鞋的一条腿，有着钻石装饰的鞋。纸钱四处飞扬，就像被抛开来的糖果纸。脚印在树林里向前引导，却没有人从那边出来。她知道不能跟随过去；有东西在那里。她不想看见的可怕的东西。

她安全通过了，因为这里是她的庭院，飞燕草低垂着，因为发霉而变黑，被遗弃在雪地里。还有白色菊花，却不是栽植在那里，而是在巨大的银色圆筒花瓶里，在这之前她从没看见过。虽然如此，这是她的家。后窗被打碎了，门松松地摇晃着，不管怎样她还是进去了，穿过白色厨房，什么都没动过，走过三张椅子的桌子。灰尘覆盖了每件东西，她必须把这些打扫干净，因为她的母亲已经不在这里了。

她爬上后梯，脚上的雪正在融化，犹如针刺般疼痛。楼上的走廊空荡而寂静；没有音乐。孩子们在哪里？他们肯定已经长大，离开了，住在别的地方了。但是怎么可能，她怎么可能有已经长大的孩子呢？她还很小，太小。时间出了问题。

然后她听见洗澡的声音，密奇肯定在这里，这让她高兴极了，因为他离开了那么久。她想冲进去，去欢迎他。开着门的浴室里雾气翻腾。

但是她进不去，因为一个穿着大衣的男人挡住了她的去路。他的鼻孔和嘴巴里冒出橙色的光，他掀开外套，里面是他的圣心，也是橙色的，像是一盏灼热的空心南瓜灯，在突然吹过来的风中闪烁。他举起手，阻止她。不行，他说。

虽然是这样的装束，不管一切如何，她也知道这个男人是泽尼亚。天花板上开始下起雨来。

五十一

天已经黑了，下了冰冷的毛毛雨，店铺窗子里灯火闪烁，霓虹灯反射的后街路面光滑，潮湿的托妮穿着雨衣，抹过头油，新涂了口红——奇怪的有趣的样子。汽车嘶嘶地开过，载着陌生的人们，去到未知的地方。托妮步行。

托克斯克在晚上的时候很不一样，灯光更加幽暗，矮胖的蜡烛在桌上的红色玻璃底座上闪烁；男女服务生的装束更加无礼。有少许西装男人在里面吃晚饭；商人，托妮猜，不过正和他们的情妇而不是妻子一起。她倾向于认为这种男人仍然可能有情妇，虽然他们自己不那么称呼。爱人，最重要的女朋友，特殊的朋友。托克斯克是个适合和特殊朋友而不是妻子一起来的地方。但是托妮怎么知道呢？这又不是她周旋其中的世界。穿皮夹克的男人比白天要多。一种压低的嘈杂声。

她看了一下大数字的手表：摇滚乐团要到十一点才开始演出，她希望能够在那之前离开那里。她在家已经被吵够了；今天她不得不忍受了三十分钟的听觉折磨。这折磨由韦斯特制造，以最大音量为她表演，搭配大幅度的手臂起伏和喜悦的表情。“我觉得我成功了。”韦斯特的评论。她能说什么呢？“很好。”是她说出口的话。都是些偶然的音节，而且显得多余。

托妮是第一个到这儿的人。她从没在托克斯克吃过晚餐，只在这儿吃午餐，这次晚餐也是最后一刻才决定的：洛兹上气不接下气地打电话过来说有事情必须说出来，一开始她建议托妮和查丽丝去她那儿，但是托妮指出没有车子去她那儿是很困难的。

不管怎样，她不那么热衷于去洛兹家，虽然洛兹的双胞胎是——理论上——她的最爱。她曾因为没有孩子而遗憾，但是她不太肯定自己是不是擅长这方面，想想安西娅。但是作为教母要比做母亲更适合她——首先是因为它更加具有间歇性——而且这对双胞胎让她引以为傲。她们都带有闪光的金边，她的另一个教女奥古斯塔也是。她们没有一个可以称为是谦逊的——三个人都可能是骑马好手，跨在马背上，头发飞扬，横扫平原，不留余地。托妮不清楚她们怎么会如此自信，她们标准的平视，她们幽默而冷酷的腔调。她们没有那种嵌入在女人内心里的胆怯。她希望她们有型地在世界上飞驰，比她自己勉强维持的更加张扬。她们有她的祝福；但只是从远处，因为想接近奥古斯塔隐隐有些寒冷——她那么专注于成功——而双胞胎已经变得太大；又大又粗心。托妮有点害怕她们，她们可能会不小心踩上她。

所以这次是托妮建议去托克斯克。洛兹有事情要说，而托妮也有事情要说，并且在那里说出来才合适。她要了她们惯常的那张桌子，角落里的一张，靠近雾气的镜子。她向出现在她旁边的年轻女人要了一瓶白葡萄酒和一瓶依云水，也许是个男人，穿着一身黑色紧身连衣裤，一根点缀着大头钉的宽皮带，每只耳朵上都有五只耳环。

查丽丝和酒一起到，看上去不可思议地苍白。没错，托妮想，她总是看上去非常苍白，但今晚更加厉害。“今天有件古怪的事情发生在我身上。”她告诉托妮，脱下她潮湿的羊毛毛衣外套和覆盖着绒毛的编织帽。但是查丽丝通常不太说这种话，所以托妮仅仅点了点头，给她倒了杯依云。她们迟早会开始她们的故事，梦见发光的人们坐在树上，或者是街道号码奇怪地一致，或碰到一只猫与查丽丝似乎曾经认识又不再认识的人的猫很像。但是托妮宁愿等到洛兹到了再开始，因为洛兹对这些小聪明更加具有容忍力，而且更善于转换话题。

洛兹进来了，招招手，“喂”地喊了一声，她穿着火红的军用防水短上衣和一顶匹配的帽子，摇晃着。“犹大牧师！”她说，拉下她的紫色手套。“等着听吧！你们不会相信的！”她声音的沮丧胜于喜气洋洋。

“今天你见到泽尼亚了。”查丽丝说。

洛兹的嘴张开来。“你怎么知道？”她说。

“因为，我也见到她了。”查丽丝说。

“我也是。”托妮说。

洛兹沉沉地坐下去，轮流瞪了她们一会儿。“好，”她说，“说吧。”

托妮等在阿诺德花园酒店的休息室里。这个酒店不会是她住宿的首选。粗俗的50年代建筑物，外面是一块块水泥厚板和厚玻璃板。从她的有利位置，能从后面的双门看出去，看见一个点缀着矮矮胖胖的花盆的天井，里面的角落是一个巨大的圆形喷泉，在一年的这个季节是不打开的，能够在一层层有着薄金属板的橙色栏杆的阳台上俯瞰。前面的后现代雨篷和黄铜制品是附加上去的：阿诺德花园的精髓就是那些阳台。但是也做过了努力：托妮头顶上吊了些能被够到的略显紫色的干花，电线和奇怪的袋网，不识审美的人估计会觉得丑陋。

天井和喷泉肯定是阿诺德花园的庭院，托妮认为；但是她猜想着阿诺德这个名字。是马修·阿诺德的那个阿诺德，写“无知的军队在黑夜冲突”的那个？是本尼迪克特·阿诺德的那个阿诺德，有人认为他是卖国贼，有人认为他是英雄？它或许是个名字，特指一些过去的城市议员，一些权贵的密室中介人，被朋友称为阿诺。休息室，加了边框的画，画里是穿着粉色外套的胖胖的猎狐英国人，毫无端倪。

托妮坐的椅子是皮的，表面光滑，好像是为阿波罗巨像而造。即使她移到最前面，脚也没法触地，如果她全部滑到后面，她的膝盖就没法在前面的边缘弯起来，腿就会像瓷娃娃的腿那样直直地伸出去。所以她做出妥协——身体有点向前弯曲——但是一点都不舒服。

而且，纵使她穿了端庄的海军蓝外套和实用的跑鞋，以及懦弱的小圆领，她还是觉得突兀，她的坏意图仿佛从全身上下伸出来。她感觉自己的毛发正在生长，小刺像箭猪毛一样从她腿上的皮肤钻出来，耳朵周围也一簇簇地挤出来。是泽尼亚害的，奋力追踪泽尼亚的结果：它溶解了她的神经元，重整了她的部分脑子。她正在变成一个毛茸茸的白色魔鬼，有着毒牙的怪兽。也许这是种必要的变形，因为打仗必须用炮火。但是任何武器都是双刃剑，所以也要付出代价：托妮无法不作任何改变就能从中获取武器。

她超大号的手提包里面是父亲的卢格手枪，从通常存放它的圣诞装饰品盒子里面挖出来的，新上了油，而且托妮根据自己从图书馆影印回来的40年代军备指南介绍重新装上了火药。她影印的时候谨慎地戴上了手套，以免留下指纹，以防万一，万一事后他们试图把任何的罪名强加给她。这把枪本身没有注册，她相信。毕竟它是一种纪念品。

此外，还有另一个工具。托妮看了散落在她门前草坪上的许多工具传单，采购了一个无绳电钻，附有螺丝刀。她以前从没用过这东西，而且，也从没用过手枪，但凡事都有第一次。她最初的想法是用这个电锥强行闯进泽尼亚的房间，如果必要的话。扭松门链的螺丝或者什么的。但是坐在休息室里，她发现这个电锥也可能是致命的，可能用得上。如果她能用一个无绳电钻杀了泽尼亚，什么警察才能聪明到能够查出来呢?

但是她脑子当中的实际剧本却不那么清晰。也许她应该先朝泽尼亚开枪，然后再用锥子干掉她：相反的方法会太笨，她必须先拿着锥子偷偷地走到泽尼亚身后，然后开动锥子，电锥呼呼的响声会泄漏机密。她应该完成一个双管齐下的谋杀：左手拿枪，右手拿电锥，就像后文艺复兴时期的长剑短剑相配合。这是个吸引人的想法。

隐患在于，泽尼亚要比托妮高出很多，而托妮理所当然会被瞄准头部。对称的复仇：泽尼亚是会对准受害者的弱点发动袭击的类型，而最易受伤之处也是最被重视之处，托妮的弱点是她的脑袋。那也是为什么她会首先掉进泽尼亚的陷阱：那是种试探，诱饵。托妮因为她对自己的智力的虚荣而被玩弄，她以为自己找到了一个和她一样聪明的朋友。更聪明不可能作为一个类别。

托妮对韦斯特的爱是她另一个最大的弱点，所以靠得住的推理是这次泽尼亚会通过韦斯特来攻击她。她做的这些是为了韦斯特，真的——他的心要是再被割上一刀，他就活不下去了。

她没有将这个计划告诉洛兹或者查丽丝，她们两个都是正派人；都不会宽恕暴力。托妮知道她自己不是个正派人，从她还是个孩子的时候她就知道了。她表现得像是个正派人，大多数时候，因为没有理由不这样，但是她有另一个自我，一个更残忍的自我，隐藏在她里面。她不仅仅是托妮·弗雷蒙，她还是蒙雷弗·妮托，野蛮人的女王，而且，理论上，能够做到托妮自己没办法做到的很多事情。部乐俱牌桥！部乐俱牌桥！别用囚犯，因为为了保护无辜，必须有人牺牲自己的无辜。这是战争的规则之一。男人必须做冷酷的事情，做冷酷的男人的事。冷酷男人的事情。他们必须流血，因此其他人才能够过他们平稳的生活，喂养他们的婴孩，在他们的菜园里翻找，创作他们不合调子的音乐，摆脱罪过。女人通常不被召唤去施行这种冷血的行动，但这并不意味着她们没有能力这么做。托妮咬紧她的小牙齿，求助于她的左手，希望她能够应付自如。

她拿在面前的是《全球和邮政事业》，翻到商业部分。但她没在读：她在休息室守候着泽尼亚。监视着，战战兢兢的，因为她不是每天都冒这种险。为了解除紧张，为了让自己转移一些注意力，她合上书，从包里拿出她的讲座笔记。复习它可以将她的思想集中起来，更新她的记忆：去年以来，她没有做过这个讲座。

这个讲座是她的学生最喜欢的一个，有关各个年代的随军女性的角色，战前和战后——她们作为被雇佣者、被掠夺者和炮弹生产者的敏捷，她们减压、护理、治疗精神病、烹饪、洗烫和屠杀后的洗劫以及终止生命的技巧——也会离题讲到性病。传说学生们对这个讲座的绰号是“当母性的勇敢遇上有瑕疵的阴茎”，或者是“妓女与恨事”；通常会吸引来访的工程学专家代表，他们是为那段影像而来，因为托妮总会播放一部令人印象深刻的教育影片。二战时候军队为了推广避孕套的使用放给新兵看的也是这部影片，凸显了很多腐烂的鼻子和绿色的、外露的男性器官。托妮已经习惯于那些神经过敏的笑声。*设身处地*，她会告诉他们。*假设是你自己。现在：没那么好笑了吧？*

那个时候梅毒被认为是自食其果，有些人利用性病让自己可以因病退役回家。你可能会因为服药而被送交军事法庭，正如你可以打穿自己的脚。如果疾病是创伤，那么娼妓就是武器。就是性的战争中的另一个武器，性的娼妓，性的生肉，*生的性战争*①。完美的回文。

也许这就是韦斯特对泽尼亚的无法抵抗之处，托妮曾经想：她是生肉，是生的的性，而托妮自己是熟的的种类。煮半熟，把危险的野生物质排出去，浓烈的新鲜血液的香味。泽尼亚是午夜的烈酒，托妮是早餐的鸡蛋，而且放在鸡蛋杯上。这不是托妮更愿意成为的类型。

这么多年来，托妮一直克制住不问韦斯特有关泽尼亚的问题。她不想让他烦恼，而且也害怕知道更多有关泽尼亚的魅力，有关这种能力的属性和程度。但是自从泽尼亚回来之后她就忍不住了。在危机的边缘，她必须知道。

“记得泽尼亚吗?”两晚之前，她在吃饭的时候问韦斯特。他们吃的是鱼，*好太太鳎鱼*，托妮从她的基础法式烹饪书里学来

① 参第140页注释。

的，买这本书是为了和她的布利耶尔战场的鱼盘子相配。

韦斯特停止咀嚼，就一会儿。“当然。”他说。

“因为什么？”托妮说。

“什么因为什么？”韦斯特说。

“为什么——你知道。为什么你跟她走了。”托妮感到自己全身紧张。*而不是我*，她想。*为什么你抛弃我*。

韦斯特耸耸肩，然后微笑了。“我不知道，”他说，“我想不起来了。不管怎样，那是很久以前的事了。她现在已经死了。”

托妮知道韦斯特知道泽尼亚根本没死。“你说得对，”她说，“是因为性吗？”

“性？”韦斯特说，好像她提到的是一些忘记的但又不重要的购物清单上的东西。“不，我不那么想，不完全是。”

“不完全是，是什么意思？”托妮说，比她应该的样子更加严厉。

“我们为什么要谈论这个呢？”韦斯特说，“现在已经不重要了。”

“对我来说很重要。”托妮小声地说。

韦斯特叹了口气。“泽尼亚是性冷淡，”他说，“她也没办法。她在童年遭受过性虐待，被一个希腊正教牧师。”

托妮的嘴张得大大的：“希腊正教？”

“是，她有部分希腊血统，”韦斯特说，“希腊移民。她无法向任何人告发那个牧师，因为没有人会相信她。那是个非常虔诚的社区。”

托妮勉强克制住自己，她感到一种沙哑的不合宜的愉悦在里面增大。性冷淡！那就是泽尼亚告诉可怜的韦斯特的！和泽尼亚在性的主题上曾经与托妮分享的那种可靠的自信完全不一致。性是一个巨大的葡萄干布丁，充满欢乐的蜜饯，这种乐趣她能够向托妮一一列举，而托妮则被关在外面，鼻子贴住玻璃，只能听。

托妮能看见白衣骑士韦斯特，忠诚地喘着粗气，尽最大的努力去射击，努力把泽尼亚从那个狠毒的、不存在的希腊正教牧师扮演的邪恶角色手上救出来，好让泽尼亚能够好好生活。很可能她告诉他，她在假装高潮来取悦他。双倍的罪过！

当然，对他来说，也是个挑战，融化冰美人，第一个成功探测极地气候的人。但是，他当然不可能赢，泽尼亚的游戏从来都是一手操控。

"我从来都不知道。"她说。用睁得大大的眼睛注视着韦斯特，试图看上去表示同情。

"是啊，"韦斯特说，"她觉得实在很难说出口。"

"为什么又和她分开了呢？"托妮说，"第二次，你为什么会搬出来？"现在，他们跨越了从不提及的边界，现在是韦斯特自己在谈，她也许可以打破砂锅问到底。

韦斯特叹了口气，用类似羞耻的眼神看着托妮。"老实说。"他说，又停住。

"怎么？"托妮说。

"嗯，老实说，是她把我踢出来的，她说她觉得我很沉闷。"

托妮几乎大声地笑出来，她被自己吓住了。也许泽尼亚是对的：从某种观点看来，韦斯特是沉闷。但一个女人的乐趣正是另一个女人的厌倦，韦斯特的厌烦和孩子的厌烦是一回事儿，但和孩子的有趣也一样，这是泽尼亚这样的女人永远无法体会的。不管怎样，如果连一点点的厌烦都不能忍受，那还算什么真正的爱呢？

"你没事吧？"韦斯特问。

"被一根骨头卡住了。"托妮说。

韦斯特垂下头。"我猜我是很沉闷。"他说。

托妮感到懊悔，她真是残忍，觉得这个有趣。这个并不有趣，因为韦斯特曾被深深伤害过。她从桌边站起来，从后面用手臂绕住他的脖子，把自己的脸颊靠在他头发稀少的头顶上。“你一点都不沉闷，”她说，“你是我认识的最有意思的一个男人。”这句话是对的，因为韦斯特实际上是托妮认识的唯一一个男人，不管怎样，这句话都算数。

韦斯特伸出手来拍她的手。“我爱你，”他说，“我爱你远超过曾经爱过泽尼亚。”

说得好听，托妮想，坐在阿诺德花园酒店的休息室，但是如果那的确是真的，为什么他不告诉我泽尼亚打过电话？也许他已经见过她了，也许她已经引诱他上床了，也许她的牙齿现在已经咬到他的脖子了；也许，当托妮坐在这张顽固的皮椅子上，甚至不知道到哪里去找的时候，她已经在嗜他的血了，因为泽尼亚可能在任何地方，可能在做任何事情，到目前为止，托妮没有任何线索。

这是她试过的第三家酒店了，她花了另外两个上午在阿莱福和林阴公园的休息室逗留，什么结果都没有。她唯一的线索是分机号码，韦斯特记下来，留在他的电话旁边，但是她迟疑着不用这个分机号码去拨打所有的酒店，因为她不想惊动泽尼亚，她想要出其不意地抓住她。她也不想去前台查询她，因为她非常清楚泽尼亚会用假名；并且，万一托妮询问之后却被告知没有这位客人，这样，如果她还继续坐在休息室就会显得可疑。而且在泽尼亚被发现倒在血泊中之后，她不希望员工记得她。所以她仅仅是坐在那里，努力使自己看上去像是在等待一个商业会议。

她的推测是泽尼亚——习惯上她是个晚起的人——总归会起床，总会乘电梯到大厅，会穿过休息室。当然并不排除泽尼亚会一整天都待在床上，或者从防火楼梯偷偷下来，但是托妮赌的就是平均规律。早晚——如果托妮找对了酒店的话——泽尼亚会出现的。

然后呢？然后托妮会跳起来，或者从椅子上滑下来，啪嗒啪嗒地穿过地板走向泽尼亚，会兴高采烈地打招呼，会被忽略；在泽尼亚穿过玻璃门的时候快步跟上她。喘着大气，她的过时手枪和愚蠢的无绳电钻在包里碰撞，叮咚作响，她会在泽尼亚沿着人行道大步走的时候追上她。“我们得谈谈。”托妮会脱口而出。

“什么事？”泽尼亚会说。那样的话，她会干脆走得更快，而托妮要么得可笑地小跑跟上，要么放弃。

这是噩梦般的剧情，单是想想就足以使托妮为自己将来的羞耻感到脸红。还有另一个剧情，在这个剧情里，托妮更加能言善辩而且机灵，反而是泽尼亚被蒙骗，这个剧情将托妮的一些假想出来的但更加暴力的空想付诸行动，包括泽尼亚前额正中一个红色的洞，一个整洁的位置正好的洞。但此刻托妮并没多少信心。

她不太能够集中注意在她的讲义上，所以她转回到《全球》商业那部分，强迫自己阅读。业失多更，闭倒厂工。这是个令人满意的斯拉夫语气，或者是芬兰语气，或者是来自冥王星某个头发粗野的部落语气。当托妮正在欣赏这个的时候，她感到有只手在她肩上。

“托妮！你终于来了！”托妮抬头看，然后抑制住一声小小的啮齿类动物般的尖叫：泽尼亚正向她弯下腰，热情地微笑着。“为什么不先打个电话？而且为什么就坐在休息室？我把房间号码给了韦斯特！”

“是呀，”托妮说，她的思维摸索着，努力地把这一切组合起来，“他是记下来了，然后弄丢了。你知道他是什么样的人。”她笨拙地将自己从皮椅子里摆脱开来，看上去像是拔出吸住的杯子。

“我告诉他要让你立刻打电话给我，”泽尼亚说，“在托克斯克看见你之后我就打了，我猜你没认出我来！但是我打电话了，告诉他这很重要。”她不再笑了：开始装出一副托妮记得很清楚的表情，介于皱眉和畏怯之间，迫切并且同时掩饰着什么。它表示泽尼亚需要某些东西。

现在，托妮的内部神经警惕起来，她最悲观的猜疑被证实了：显然这是个回转的故事，泽尼亚和韦斯特共同编造的故事，以防万一托妮嗅出风声来，或者在像托妮自己的卧室这样不太可能的地方偶然碰上泽尼亚。这个故事是，口信留给托妮，而不给韦斯特。这是个狡猾的故事，到处都是泽尼亚的爪痕，但韦斯特肯定勾结其中。事情比托妮想象得还要糟糕，烂得更深。

“快点，”泽尼亚说，“去我房间；我叫咖啡上去。”她抓住托妮的胳膊，同时朝休息室晃眼看了一圈。这是种焦虑的眼神，甚至是害怕，托妮在无意间看见的。或者真的是吗？

她伸长脖子，向上凝视着泽尼亚仍然惊慌的脸。她在心理上给它加了一点东西：一个小小的红色X，定下位置。

泽尼亚的房间除了大和整洁之外没什么引人注目的地方。整洁与泽尼亚不相符合。就托妮能从一旁瞥见的，没有到处可见的衣服，没有散乱的行李箱，浴室台上没有化妆包。好像没人在这儿住一样。

泽尼亚脱下她的黑色皮外套，打电话叫咖啡，然后在粉蜡画花纹装饰的绿色沙发上坐下，交叉着她无限长的黑色长统袜的腿，点上一支烟。她穿的是一件紧身运动罩衫，熟透的蓝莓的那种紫色。她黑色的眼睛非常大，而且，托妮现在看见了，有疲倦的黑眼圈，但是她深紫色的微笑依然讽刺地上扬着。在这里她显得比在休息室轻松多了。她抬起眉毛看着托妮。“好久不见。”她说。

托妮困惑了。她该怎么玩下去？显示出她的愤怒会是个错误：那会走漏风声，使她产生警惕。托妮在心里溜达了几圈，发现她实际上并不愤怒，至少不是在此刻。她反而很有谋略，还有好奇，历史学家的一面占了上风。“你为什么要装死?”她说，“那些东西是什么意思，包括骨灰和伪造的律师?”

“律师是真的，”泽尼亚说，吐出一口烟，“他也相信我死了。律师是那么容易上当。”

“还有呢?”托妮说。

“还有，我必须消失，相信我，我有自己的原因，不单单是因为钱！我确实消失过，我为那些企图追捕我的人设置了大概六次死亡的结局。但是那个笨蛋密奇，到处跟着我，他就是不停下来，真是把我的生活弄糟了。他真他妈坚持！而且也很有钱，他雇人跟踪我；并且不是业余的。他本来可以找到我的，就差一点点。

“人们都知道；那些其他的人，我不想见的那些人。他们知道我是个坏女孩儿。我设置了一个骗局，我说军队在某个地方，事实上并不在。我不赞成这样——军队里那类人会变得待人很轻蔑，特别是那些爱尔兰的。他们复仇心重。他们发现，他们所有要做的事情就是盯住密奇，而他早晚都会找到我。所以，我必须让他确信我死了，让他放弃。那样他就可以放手。”

“为什么在贝鲁特?”托妮说。

“那个时候，如果你打算让自己被意外炸死，什么场所是更好的选择呢?”泽尼亚说，“那个地方到处是身体部件；数百的尸体无法确认。”

“你可知道，密奇自杀了，”托妮说，“因为你。”

泽尼亚叹了口气。“托妮，长大吧，”她说，“不是因为我，我只是个借口而已。你以为他没有一直在等待一个借口吗？他的一生都在等待一个借口，我想说。”

“这个，洛兹认为是因为你。”托妮微弱地说。

“密奇告诉我，和洛兹睡在一起就像和一个水泥搅拌机睡一起。”泽尼亚说。

"那真残酷。"托妮说。

"我只是转述，"泽尼亚沉着地说，"密奇是个讨厌的家伙，洛兹没有他会更好。"

这和托妮想象中的自己也太相像了，她发现自己在微笑；微笑，然后徐徐滑落，退回来，回到她记得非常清楚的状态。合作关系，搭档关系，一个团队。

"为什么是我们，在你的葬礼上？"托妮说。

"装点门面，"泽尼亚说，"必须有私人关系在场，你知道，老朋友。我觉得你们都会享受那个过程，而且洛兹知道的一切，密奇也会知道，她能保证这个！他才是我的目标。但他躲了，我猜是带着负罪感屈服了。"

"那地方有很多穿着外套的男人走来走去。"托妮说。

"其中有一个人是我的，"泽尼亚说，"帮我查看有哪些人在那儿。其中有两个人是从对方那边过来的。你哭了吗？"

"我不是个爱哭的人，"托妮说，"查丽丝有些抽鼻涕。"她现在觉得有些惭愧，对于她们三个所说过的话，对于她们是多么欢天喜地，而且思想卑鄙。

泽尼亚笑了。"查丽丝什么都多，除了脑子。"她说。

有敲门声。"是咖啡来了，"泽尼亚说，"你可以开门吗？"

托妮发现泽尼亚可能有些原因导致她不想开门，一阵忧虑的刺痛升上脊椎。

但确实是咖啡，由一个褐皮肤的矮个子男人送过来。那个男人微笑着，托妮接过托盘，胡乱扔了一些小费在账单上，然后轻柔地关上门，保上保险。在她害怕的那个压力面前，泽尼亚必须被保护，被托妮保护，此刻，在这个房间里，最终泽尼亚活生生站在她面前的时候，托妮几乎想不起来过去的一周她都在做些什么——包里放把枪，以一种冷酷的狂热状态偷偷地到处走动，自私地筹划杀掉泽尼亚。她为什么要那么做？为什么有人要那么做？泽尼亚像只船桨，像艘大型帆船那样横穿生命。她很优秀，很独特，她是锋利的好刃。

“你说过有话跟我说。”托妮说，打开话题。

“咖啡里要加点甜酒吗？不要？”泽尼亚说。她从小型吧台上旋开一个小瓶，给自己倒了一点。然后她稍皱眉，信任地放低声音。“是的，我需要帮助，你是我唯一能求助的人，真的。”

托妮等着，她又一次警觉了。等待，她告诉自己。她应该立刻离开这里！但是听一听又有何妨呢？她发现泽尼亚有需要，就越发起劲。很可能是钱。托妮总归可以拒绝。

“我唯一需要的是有个地方住，”泽尼亚说，“不是这里，这里不好。而是和你一起，我想，就几个星期。”

“为什么？”托妮说。

泽尼亚不耐烦地移动她的手，弹了弹烟灰。“因为他们在找我！不是那些爱尔兰人，他们已经被我摆脱，而是另一些人，他们现在还不在这里，不在这个城市，但他们会过来的，雇佣当地的专业人员。”

“那么他们怎么会不到我家去找呢？”托妮说，“那里难道不会是他们第一个要找的地方吗？”

泽尼亚大笑，熟悉的笑声，温暖，充满魅力，不顾一切，对别人的白痴行为的一种嘲笑。“最后一个地方！”她说，“他们做过功课，他们知道你恨我！你是妻子，我是前女友，他们永远都不会相信你会接纳我住进去！”

“泽尼亚，”托妮说，“这些人到底是谁，他们为什么要追你？”

泽尼亚耸耸肩。“规则，”她说，“我知道得太多了。”

“噢，算了吧，”托妮说，“我不是个孩子。什么知道得太多了？可别告诉我，对我来说不去听才更好。”

泽尼亚向前探身，压低声音。“你知道巴比伦工程吗？”她说。她肯定晓得托妮知道，她知道托妮的知识领域所在，“伊拉克的超级枪。”她加一句。

“格里·布尔，”托妮说，“导弹学天才，当然。他被谋杀了。”

“说得和缓点，”泽尼亚说，“嗯。”她吹出一口烟，用一种几乎是羞答答的方式看着托妮，扇子舞演员的那种表情。

“不是你打死他的！”托妮说，吓呆了。“不是你！”她不相信泽尼亚真的杀过人。不：她无法相信坐在她面前的这个人，在一个真实的房间，真实的世界里，真的杀了某个人。这种事情只会发生在舞台后面，在别的地方；与生俱来地和过去联系在一起。不会在这里，在这个加利福尼亚色彩的房间，以及它温和的家具，它的中立，肯定是个年代错误。

“不是我，”泽尼亚说，“但我知道是谁干的。”

她点上另一支烟，几乎是在接连不断地抽烟，她周围的空气成了灰色，托妮有一点点头昏眼花。“是以色列人，”她说，“因为伊拉克的缘故。”

“不是以色列人，”泽尼亚急忙说，“那是为了转移注意力的说法，我就在那里，发动者之一，只是你可以称为报信人的那种；但你知道报信人的下场是什么。”

托妮知道。“噢，”她说，“噢天哪。”

“我最好的机会，”泽尼亚急切地说，“就是把一切都告诉报社。所有的一切！然后就没理由杀我了，对吗？而且还可以赚点外快，我不会说那有什么不好的。但是没有证据就没人会相信我。不用着急，我已经拿到证据了；不在这个城市，但很快就要到了。所以我想躲在你和韦斯特那里，直到我拿到证据。我知道怎么搞到它，什么时候搞到。我会很安静，所要的不会超过一个睡袋，我可以待在楼上，韦斯特的书房里……”

托妮迅速警觉起来。韦斯特这个词响彻她的脑子：关键就在这里，泽尼亚真正要的就是这个，泽尼亚怎么会知道韦斯特有个书房，而且是在三楼呢？她从没去过托妮的家。或者她已经进去过？

托妮站起来，她的双腿在颤抖，像是被刚刚从坍塌的悬崖边上拉回来。她差一点又被套进去了！格里·布尔的整个故事只不过是个巨大的谎言，专门设计的弥天大谎。任何读过《简氏防务周刊》和《华盛顿邮报》的人都可以拼凑出这样一个东西来，而泽尼亚——知道托妮的弱点，她对武器技术的怪癖——肯定就编了这么个故事。

没有族间仇杀，没有他们，除了讨债人，没有人追捕泽尼亚。她想要的就是闯进托妮的城堡，她武装好的家，她的安全之地，将韦斯特像只蜗牛一样抽出来。她想要将新鲜而且还在蠕动的他，刺在她的叉子顶端。

“我觉得那是不可能的，”托妮说，试图保持她的嗓音平稳，“我想我得走了。”

“你不相信我，是吗？”泽尼亚说。她的脸色变得平静。“哼，你自顾自享受你那些正义的愤怒去吧，你这个没用的小东西。你总是最可怕的两面派伪君子，托妮。一条马槽里沾沾自喜的狗，妄自尊大的虚伪的小狗屎。你以为自己有着某种冒险性的思想，算了吧！心底里，你是个懦夫，用自己收集的歪曲的战争伤疤，使自己躲在自己的布尔乔亚式的婴儿围栏里，你坐在可怜的韦斯特头上，好像他是你自己他妈新产的鸡蛋！我敢打赌，他钻出他的外壳，没有别人，只好把他无聊的鸡巴插进你里面！天哪，肯定像是在干一只沙鼠。”

泽尼亚温和的天鹅绒斗篷一旦散开；下面就是野蛮的残忍。一只拳头打出来的时候就是这种声音。托妮站在屋子中间，她的嘴巴张开又合上，没有声音发出来。一堵无形的墙包围着她。她疯狂地想到提包里的枪，没用的，没用的：泽尼亚是对的，她不可能扣动扳机。她所有的战争都是理论上的，没有能力付诸真实的行动。

但是泽尼亚的表情正在改变，从愤怒到狡猾。“你知道，我还保留着那份学期论文，你伪造的那份。俄国奴隶贸易，不是吗？听上去像是你替代性虐待狂的商标，整个论文充满了死尸。你是个摇椅上的恋尸狂，你知道吗？改天你应该尝试真正的死尸！也许我会把这份论文寄出去，寄到你可爱的历史系，给你搅搅局，一个小小的丑闻！我很喜欢那样！学术诚实值多少钱？”

托妮感到一些钝物飕飕地穿过她的脑袋，脚下的土地溶解了。历史系会很开心，让她丢脸和开除她会让他们再高兴不过。她有同事却没有同盟。覆亡隐约出现。泽尼亚是完全随心所欲的狠毒；她想要毁灭，她需要像军队撤退时销毁一切敌军可利用之物一样，她要玉石俱焚。托妮努力从这种局势中站出来，好像它是发生在很久以前那样去看待它；好像她和泽尼亚只是破碎的绣帷上两个小小的人影。但历史上的事情真实发生的时候，也许就是这样：被激怒的人们彼此朝着对方吼叫。

忘记礼节，忘记尊严，逃跑。

托妮摇摇晃晃地走向门口。“再见。”她尽量坚定地说；但是她的声音在自己听来，就像在吱吱叫。她被锁住的门弄得惊慌了一阵，等她疾走出来之后，她希望听见一声凶猛的咆哮，一个沉重的身体砰然落地的声音。但什么都没有发生。

她乘电梯下来，奇怪地感觉好像是在往上。然后像是喝醉了一样迂回地穿过休息室，撞到皮家具上。有几个男人在前台登记入住。外套，公文包，肯定是个集会。她的前面隐约一排干花，她伸出手，看着自己的左手伸出去，折断一根花柄，花柄染成了紫色。她向门走去，却发现自己走错了地方，走到面向露台和喷泉的那个门。这不是出去的路，她迷失了方向，回转过来：真实的世界看上去一片混乱。她喜欢把事物清楚地整理在她的脑子当中，但是它们还远没整理好。

她把自己偷来的小枝塞进手提包，朝前门走去，摇晃着穿过门，最终来到外面，呼吸冰冷的空气。那边的烟太多了。她摇摇头，试图将烟清出去。她好像刚刚睡了一觉。

五十二

托妮不完全是这么讲给洛兹和查丽丝听的，她省去了学期论文那部分，但是她煞费苦心地将泽尼亚说她的其他所有不好的事情都包括进去了。她提到了那支枪，这无疑是很重要的一面，而省去了无绳电锥这个不重要的部分。提到了自己可耻的撤退。在叙述的最后，她拿出了紫色枝子，作为证据。

“我肯定是有点疯了，”她说，“以为我实际上能够杀了她。”

“无论如何，”洛兹说，“想杀她都不算疯狂。她就是那么对待别人的，我觉得你能够双目俱在地从那里出来，算是走运了。”

是的，托妮上下将自己检查一遍，没有明显的身体部件的丢失。

“枪还在手提包里吗?”查丽丝焦虑地问。她不希望这种危险的东西和她的光环相冲突。

“不在了，”托妮说，“在那之后我回家了，把它放了回去。”

“好主意。”洛兹说，“现在到你了，查丽丝。我最后。”

查丽丝迟疑着。“我不知道是否应该把所有的事情都讲出来。”她说。

“为什么不?”洛兹说，“托妮全说了，我也会。快点，我们之间没有秘密!”

“可是，”查丽丝说，“里面有些内容你不会喜欢。”

“唉，我很可能不喜欢里面的任何内容。”洛兹愉快地说，声音未免太大了些。查丽丝想起早年的洛兹，在麦克朗宿舍的公共休息室里，曾经用口红在肚子上画脸，然后跳肚皮舞的那个人。也许洛兹过于激动了。

“和拉里有关。”查丽丝不开心地说。

洛兹即刻清醒过来。“没关系，亲爱的，”她说，“我是个大人了。”

“没人是大人，”查丽丝说，“真正意义上的。”她深深地吸一口气。

那天泽尼亚在托克斯克露面之后，查丽丝花了一周时间思考自己该怎么办。或者说，她知道该做什么，但是不知道怎么着手去做。而且她在精神上为自己设好要塞，因为迎战泽尼亚不是一件轻松的事。

她预知到的是她们两个僵持着，泽尼亚射出鲜血一般红的能量火花；她黑色的头发像燃烧的脂肪一样噼啪作响，她的眼球呈鲜红色，从里面射出光来，好像是正对着车前灯的猫。另一边，查丽丝冷静，站得笔直，被温柔的光芒包围。她的周围画了一个白色粉笔圈，保护她免受海湾的邪恶震动。她向上举起手臂，呼吁上苍，然后她发出丁当作响的声音：你把比利怎么了？

然后泽尼亚，翻腾着，扭曲着，抵抗着，但却被查丽丝的正极力场的优势支配，被强迫说出来。

要达到那种力量，查丽丝还不够强大。全靠她自己的话，可能永远不行，她必须向她的朋友借一些兵器。不，不是兵器；单单是防护服就行了，因为她没看见自己在进攻。她不想伤害泽尼亚，不是吗？她只想要泽尼亚把偷走的东西还回来：查丽丝的生活，有比利在里面的生活。她只需要正当属于她的东西，就这个。

她搜查了楼上小房间的几个硬纸板箱，那个房间曾是个储物间，后来是泽尼亚的房间，再后来是奥古斯特的育婴室和游戏室，现在是个空房间，如果有客人来就作为客房。实际上仍然是奥古斯特的房间；周末她过来的时候就住在里面。箱子里有些查丽丝从来不用，回收起来的东西。她找到洛兹送的一份圣诞礼物——一副恐怖的手套，真毛袖口的皮手套，死动物的皮，她永远都没办法戴。托妮送的是一本书，托妮自己写的。《四场失败的事业》。全都是有关战争和杀戮，腐臭的话题，查丽丝永远都没有能力读进去。

她把书和手套拿到楼下，放在客厅里主窗下面的小桌子上——这里，阳光可以照在上面，驱散它们的阴暗面——然后把她的紫水晶球放在旁边，用万寿菊花瓣围住它们。经过考虑，她在这种安排里面又加进外婆的《圣经》，它永远都是个有效的信物，以及庭院里的一块土。每天两次对着这组藏品沉思二十分钟。

她需要的就是吸取她朋友积极的一面，她自己内心缺乏的东西。她需要托妮的思路清晰，需要洛兹的高分贝的新陈代谢和她计划的能力。还有她伶俐的嘴，因为到时候如果泽尼亚开始羞辱查丽丝，她就能够想到一些真正能压制人的回话。从庭院的泥土那里，她需要的是地下的能量。从《圣经》那里，她需要什么？可以是她外婆的同在；她的手，她蓝色的医治之光。万寿菊花瓣和紫水晶球包含这些不同的能量，并疏导它们。她心里是某种集中的东西，就像一束激光。

工作的时候，莎安妮塔发现查丽丝比平时更加魂不守舍。“有事情困扰你？”她说。

“嗯，算是。”查丽丝说。

“要用纸牌算吗？”

她们正忙着设计新店的室内图，或者更恰当地说是莎安妮塔在设计，查丽丝在赞叹其结果。窗户上将会有一个褐色的巨大标帜，上面用蜡笔写着商店名字。“要像孩子的字体。”莎安妮塔说：小气鬼。标帜的两端各有一个巨大的蝴蝶结，也是褐色纸张，几根包装编织饰带拖曳出来。“主要理念是，每样东西都要看上去完全简单，”莎安妮塔说，“自制的那种，你知道，能负担得起。”她要卖手磨枫树陈列橱，由未经加工的木板制成的各种样子，还能看见钉子。她管那个叫作橘色条板箱子。“我们可以留下一些岩石和草本糊，但我们将它们放在后面，不摆在橱窗里。奢侈不是我们的关键词。”莎安妮塔忙着整理新鲜的库存条目：用回收利用的报纸做幼苗移植盆所需要的一套小工具，把切好的杂志纸粘贴成自制的圣诞卡片所需要的其他工具，以及一些其他的卡片工具，包括压花，还有干洗头发时候要用的皱罩衫。包含有机木头材料的厨房垃圾混合肥料；还有针绣花边垫子套，上面绣着 18 世纪的花样，如果你能买到成品算是幸运了。还有手工咖啡研磨机，漂亮的木制品，带有放置研磨好的咖啡的抽屉。莎安妮塔说，小型厨房电子产品已经不再流行了，体力劳动的时代又回来了。

“我们需要的就是能做出那些否则就要花很多钱去买的东西的东西，”莎安妮塔说，“节约，是我们的主题。上帝，我知道这种便宜货是落后的，我一辈子都在做这种东西。事实是，没人告诉我你可以用一百万个橡皮圈来制造什么。”

她也要改变她们的装束：不再穿粉蜡画花，而是帆布的木匠围裙，浅褐色，以及用折叠的褐色纸做成的方形无边帽，耳朵后面再挂支铅笔，就是完全的造型。“表示我们很诚挚。”莎安妮塔说。

尽管她已经给出了赞美，因为所有的这些创新都需要被肯定，而且确实很富创造性，但查丽丝不敢肯定自己是否真能适应。这将是个困难的处境，但查丽丝会试试，因为还有什么其他的工作呢，特别是适合她的？她可能都没有能力得到一份整理文件的工作；并非她不想干那种工作，而是她觉得以字母表来划分等级不是个精确的方法。但是，如果她留下来，她必须更加强大；她就必须得抓住握把。掌握方法。主动销售。莎安妮塔说服务和具有竞争力的价格是将来的口号。而且，缩减日常开支。至少她们没有债务。“感谢上帝我从来没有过多借贷，”她说，“原因是，银行不会借给我很多的。”

“他们为什么不呢？”查丽丝说。

莎安妮塔甩了下头发——今天，一串长长的闪耀的卷发，随意地披下来——给她轻蔑的一瞥。“让你猜三次。”她说。

下午，她们休息了一会儿，莎安妮塔从仓库弄了点儿柠檬提神茶，为查丽丝摊开纸牌。“大事，很快就要到来，”她说，“我看见的是——你的纸牌是圣杯皇后，对吗？女祭司长交错在你身上。这意味着什么吗？”

“是的，”查丽丝，“我会赢吗？”

“赢什么？”莎安妮塔说，对着她微笑，“这是我第一次听见这个词从你口中说出来！也许是时候开始说这个词了。”她凝视着纸牌，又摊开一些。“看上去好像能赢，”她说，“无论如何，你不会输。但是！有死亡，无路可逃。”

“不会是奥古斯塔！”查丽丝说。她努力自己去看：塔楼、刀剑女王、术士、愚人。但是她从来无法读懂纸牌。

“不，不，离她远得很，”莎安妮塔说，“这个人要年长一些，比她年长，我的意思是。但某种程度上和你有关，你看不见这个死亡的发生，但你将是那个发现它的人。”

查丽丝沮丧了，肯定是比利。她要去见泽尼亚，泽尼亚会告诉她比利死了。这是她一直害怕的事情，但总比不知道要好。也有好的方面，因为等轮到她自己超度的时候，她会发现自己在黑暗的隧道，在山洞里，在船上，能看见她前面的亮光，她第一个会听到的声音是比利的。他会成为帮助她的那个人，在另一边。他们最终会在一起，如果他不先死，就不可能那样遇见她。

这使她明白了交错在她身上的女祭司长是什么意思。也对得上，因为现在，最终，她等到了选好的这一天，面对泽尼亚的那一天。一起床她就明白这个，把当天的别针一插进《圣经》她就知道了。选出来的是《启示录》第十七章，大淫妇的那一章：*那女人穿着紫色和朱红色的衣服，用金子、宝石、珍珠为妆饰；手拿金杯，杯中盛满了可憎之物，就是她淫乱的污秽。在她额上有名写着说：***奥秘哉！大巴比伦，做世上的淫妇和一切可憎之物的母。**

查丽丝闭着的眼睑后面，那个形状正在具体化，那个轮廓——深红色的边缘，闪烁着钻石一样坚硬的光。她看不见脸；但是除了泽尼亚还有谁呢？

“那就是为什么我觉得那么——啊，那么准确。”查丽丝对托妮说。

“什么那么准确？”托妮耐心地说。

“你说过的，有关巴比伦工程，我是指，不可能只是个巧合，对吧？”

托妮张开嘴巴，想说可能是巧合，但是又闭上嘴，因为洛兹在台面下用肘轻轻推了她一下。

“继续。”洛兹说。

查丽丝跋涉在这个城市，呼吸着空气中的沉淀物。经过颜色鲜艳的加勒比海绘画的竹艺俱乐部，经过和风贝壳水晶店，她通常都会进去浏览一番，但今天她几乎没看一眼就强迫自己走过了，经过龙女士连环漫画书店，匆匆忙忙，因为她有时间限制。这是她的午休时间，通常她不会花太久时间在午饭上，因为午饭时间是最忙的时候，但是在安放新柜台和褐色纸蝴蝶结的时候，她们把店关上几天，所以今天可以例外。她向莎安妮塔多请了半个小时的假；重新开业后，她会加班补上。她用这个时间去阿诺德花园酒店见泽尼亚，问她要问的事情，问到答案。当然，假如泽尼亚在酒店的话。她随时可能出去。

这天早上查丽丝穿好衣服，在通风良好的浴室洗漱的时候，她想起来虽然她知道旅馆的名字，却不知道房间号码。她可以去那家旅馆，到处闲逛，在走廊上来回走动，去触摸门把；也许她能够在接触那个金属的时候感觉到电流，在正确的门后面通过手指感觉到泽尼亚的存在。但是旅馆里可能到处是人，其他人可能产生静电。很容易出错。

乘渡船去大陆的途中，她想到有一个人肯定知道泽尼亚的房间号码。洛兹的儿子拉里知道，因为查丽丝看见他们两个一起走进那间旅馆。

“这就是我不愿意告诉你的那部分。”查丽丝对洛兹说，“记得那天在托克斯克吗？我等在对街的那瓦咖啡馆，我看见他们出来，然后跟上他们，泽尼亚和拉里。”

“你跟踪他们?”洛兹说，好像没有其他人跟踪他们似的，而她知道另外跟踪他们的人是谁。

“我只是想问问她有关比利的事情。”查丽丝说。

洛兹拍拍她的手。“当然!”她说。

“我看见他们接吻了，在街上。”查丽丝抱歉地说。

“没关系，宝贝儿,”洛兹说，“不用担心我。”

“查丽丝!”托妮钦佩地说，“你比我想象得机灵多了!”查丽丝踮着脚尖跟在泽尼亚后面的画面让她觉得很好笑，因为太不可能了。泽尼亚会怀疑任何一个可能跟踪她的人，但肯定想不到是查丽丝。

那天早上，当查丽丝到达商店，莎安妮塔去银行换零钱的时候，她打电话到洛兹家。只有拉里可能接电话，因为这个时间双胞胎应该在学校，而洛兹在上班了。她没错，是拉里。

“喂，拉里，是查丽丝阿姨。”她说。她觉得叫自己查丽丝阿姨很傻，但是这个传统是洛兹在孩子们还小的时候就发起的，而且从没被抛弃。

“噢，嗨，查丽丝阿姨。”拉里说。听上去，他处在半醒状态。“妈妈上班去了。”

“是啊，但是我想和你谈谈，”查丽丝说，“我在找泽尼亚。你知道，泽尼亚，你大概记得，你们还小的时候。”（那个时候拉里有多小呢？她想。不那么小，洛兹告诉他多少有关泽尼亚的事？她希望不要太多。）“我们在大学就认识，我本来打算和她在阿诺德花园酒店见面，但我忘了她的房间号。”这是个大谎言；她觉得内疚，同时为泽尼亚把她放在这种位置而觉得愤怒。泽尼亚就是这样：她把你拖到她自己的水准。

一个长长的停顿。“为什么问我？”最后，拉里戒备地说。

“噢，”查丽丝说，恼火自己一贯的含糊，“她知道我的记性有多差！她知道我不是个好的组织者。她说，如果我忘了，可以打电话给你，她说你会知道。真抱歉把你吵醒了。”她加了句。

“她可真够蠢的，”拉里说，“我又不是她的电话服务员。你为什么不直接打电话到旅馆？”拉里显得不可思议地粗鲁。通常，他要有礼貌得多。

“我打过，”查丽丝说，“但，你知道，她的姓和以前的不一样，我恐怕忘了她的新姓。”这是一个猜测——新姓——但是猜对了。托妮曾说泽尼亚很可能加入了“一月一姓”俱乐部。

“她在1409。”拉里悻悻然道。

“噢，让我写下来，”查丽丝说，“14—0—9?”她希望听上去能够尽量显得犹豫和健忘；尽量像是年迈的、脑袋只剩羽毛的母鸡，尽量不像构成威胁的样子。她不希望拉里打电话给泽尼亚，预先提醒她。

这个房间号码的含意逃不过她的眼睛。她知道，旅馆从来不编十三层，但它无论怎样都会存在。第十四层实际上是第十三层。泽尼亚在第十三层。但是这个坏运气可以被九这个好运抵消，因为九是女神的数字。但是坏运气本身会粘上泽尼亚，好运气粘到查丽丝身上，因为查丽丝在内心是洁净的——或者说她在努力尝试——而泽尼亚却不是。她一边在脑子里盘算，一边给自己上光。查丽丝到了阿诺德花园酒店，走在恐怖的雨篷下面，穿过华丽的黄铜装饰的玻璃门，门上面好像没有玻璃。

她在休息室站了一会儿，换口气，搞清方向。这个休息室不坏，但太多家具是用被捕杀的动物做成的，她很高兴地看见有幅植物装饰画：干花。穿过后面电镀玻璃门，是一个有喷泉的庭院，但喷泉没开。她喜欢看到都市空间向着更加自然的方向发展。

然后突然之间她产生了一个气馁的想法，如果泽尼亚没有灵魂呢？肯定有人像那样，因为现在活在地球上的人比以前任何时候都多，总计，自从人类诞生以来，如果灵魂是循环利用的，那么如今肯定有人分不到，有点儿类似于“听音乐抢位子”的游戏。也许泽尼亚就是那样：没有灵魂，只有外壳。既然这样，查丽丝怎样才能对付她呢？

这个想法令人瘫痪，在它的支配下，查丽丝树干似的静静站在休息室中央。但是她现在不能回头了。她闭上眼睛想象她的祭台，有手套、泥土和《圣经》，召唤它的力量；然后她睁开眼睛等待一个征兆。休息室的一角有一个老爷钟，快到正中午了，查丽丝看着它，直到两根针排成一列，指成直线。然后她登上电梯，每上一层，她的心跳得更厉害一点。

到了第十四层，实际上是第十三层，她站到了 1409 门外。一股微红色的灰光从门下面的缝隙里透出来，以一种可以感觉到的力将她向后推。她把手掌放在木门上，以一种寂静的威胁震动着。就像远处的火车渐渐过来，或者远处缓慢的爆炸。泽尼亚一定在里面。

查丽丝敲门。

过了一会儿——这期间，查丽丝能感觉到泽尼亚的眼睛透过猫眼在看她——泽尼亚打开门。她穿着旅馆的浴衣，头发裹在毛巾里。她肯定刚洗过澡。即使头上裹着厚绒布头巾，她也比查丽丝记忆中矮了很多。这是一种慰藉。

“我正在想你什么时候到呢。”她说。

“是吗?”查丽丝说，“你怎么知道我要来?”

“拉里告诉我你正过来，”泽尼亚说，“进来。”她的声音平淡，面孔疲倦。查丽丝感到奇怪，她看上去是多么衰老。也许是因为她没有化妆，如果查丽丝不是得出这个结论，她会以为泽尼亚病了。

房间里一片狼藉。

“等一等，”托妮说，“再说一遍，你是正午时分到那里，房间里一团糟?”

“那时候，在岛上，她和我住在一起的时候总是一团糟，”查丽丝说，“从来不帮着收拾碟子或者任何东西。”

“但是当我早些时候在那里的时候，每样东西都非常整洁，”托妮说，“床是整理好的，每样东西都是。”

"呃，不整洁，"查丽丝说，"枕头掉在地上，床是坏的，咖啡杯是脏的，地上到处是炸土豆片和衣服，咖啡桌和毯子上还有碎玻璃。像是举行了一个晚上的派对。"

"你确定是同一个房间?"托妮说，"也许她发脾气摔碎了几个玻璃杯。"

"看来她回床休息过，"洛兹说，"在你走后。"

她们都这么认为，于是查丽丝继续说。

房间一片狼藉，花窗帘半拉上，好像是为了挡住光线刚刚拉上。泽尼亚跨过散在地上的东西，坐上沙发，从咖啡桌上散落在破玻璃上面、大概有十几根的香烟里捡起一根。"我知道我不该抽烟，"她像是在对自己发牢骚，"但现在几乎没关系了。坐下，查丽丝，很高兴你来了。"

查丽丝坐在扶手椅里。这不是她想象中充满紧张的对抗，泽尼亚没企图躲避她；如果有什么的话，就是她似乎有点高兴查丽丝能够在这里。查丽丝提醒自己她要查明有关比利的事情，他在哪里，活着还是死了。但是很难把注意力集中到比利身上，她几乎不记得比利的样子，然而泽尼亚却坐在这个房间里。最后看到她以肉身形式存在，是那么奇怪。

现在，她无力地微笑着。"你对我那么好，"她说，"我总想为自己那样离开没说再见而向你道歉，我那么做太草率了，但我那个时候太依赖你了，我让你医治我，而不是自己集聚能量，我只是想去到某个地方，独自一人，这样可以集中精力。因为——嗯，我得到了某种神示，你知道吗?"

查丽丝惊愕了，这么多年，也许她一直都错怪泽尼亚了。或许泽尼亚改变了。人会改变，他们可以选择，转变自己。这是她的一个深刻的信念。她不知道怎么想了。

"你并不是真有癌症。"最终，她说。她没把这句话当作谴责，只是想确认。

“没有，”泽尼亚说，“不完全是。但我是病了，是精神上的疾病，而且我现在还病着。”她停下来，但还没等查丽丝问，她就说，“那就是为什么我会回来——医疗保健系统。我付不起任何其他地方的医疗费。他们告诉我，我快要死了，只有六个月的时间。”

“噢，太糟糕了，”查丽丝说，她看着泽尼亚的边缘，看是什么颜色，但是看不出个所以然。“是癌症吗？”

“我不知道是否应该告诉你。”泽尼亚说。

“没关系。”查丽丝说，因为如果这次泽尼亚说了实话呢？如果她真的要死了呢？她的气色确实略呈灰色，眼睛周围。查丽丝可以做的至少是倾听。

“咳，实际上，我得了艾滋病，”泽尼亚说着，叹了一口气，“真的很傻，几年前，我的生活习惯不好，从一个脏针头传染上的。”

查丽丝喘着气，太可怕了！那么拉里会怎样呢？他也会得艾滋病吗？*洛兹！洛兹！快来！*但是洛兹能怎么办呢？

“我不会介意花一点时间，找个安静的地方，”泽尼亚说，“整理思绪，在那之前，你知道。像岛上那种地方。”

查丽丝感觉到熟悉的圈套，昔日的引诱。也许泽尼亚的身体真没希望了，但是身体不是唯一的要素，她可以让泽尼亚和她住在一起，就像以前。她可以帮助泽尼亚走向超度，她可以用光绕住她，她们可以在一起默想……

“或许我只要让自己解脱，”泽尼亚柔弱地说，“药片或者什么的。不管怎样，我死定了，我的意思是，为什么要傻傻地等着呢？”

查丽丝喉咙里有种熟悉的东西沸腾起来。*噢，不，你必须试试。必须尝试抱积极态度……*她要张开嘴发出邀请，是的，来吧，但是某个东西阻止了她。是泽尼亚给她的表情：一种专注的神色，头偏在一边。鸟瞰着一只虫子。

“为什么要骗我你有癌症？”她说。

泽尼亚大笑。她一跃而起，她肯定知道自己已经失败了，肯定知道查丽丝不会相信她得了艾滋病。“好吧，”她说，“我们也该做个了断。这么说吧，我想要你让我去你家，而那就是最快的方法。”

“那太卑鄙了，”查丽丝说，“我相信你！我非常关心你！我努力救你！”

“是的，”泽尼亚愉快地说，“但是别担心，我也很遭罪。如果我再多喝一杯那毒药般的卷心菜汁，就会完蛋。你知道我一到大陆就做了什么吗？第一次集会，我出去吃了一大盘油炸食物和一块可口的多汁生牛排。我简直可以一口吸下去，我对红肉渴望极了！”

“但是你真的病了。”查丽丝怀着希望说。光晕不会骗人，泽尼亚确实生病了。而且，她不愿去想任何一棵蔬菜被浪费了。

“你应该知道一个诀窍，”泽尼亚说，“从你的饮食里去掉所有的维他命C，你就会有败血症的早期症状。20世纪没人想到会得败血症，所以也没人会觉察它。”

“但是我给你吃了很多维他命C！”查丽丝说。

“试试把手指伸进喉咙里面去，”泽尼亚说，“就会创造奇迹。”

“但是为什么？”查丽丝无助地说，“你为什么那么做？”她觉得那么被欺骗——被她自己的善行，自己的要当用人的愿望欺骗。真是愚蠢。

“自然是因为比利，”泽尼亚说，“和个人无关，你只是我接近他的手段。”

“因为你爱他？”查丽丝说。那至少是可以理解的，至少还有些正面的东西在其中，因为爱是种正力。她能理解爱上比利是怎么回事。

泽尼亚大笑。“你真是个愚蠢的浪漫主义者，”她说，“在你这个年龄，你更应该知道。不，我不是因为爱比利，虽然和他做爱很好玩。”

“好玩？”查丽丝说。在她的经验里，性从来都不好玩，它要么就什么都不是，要么就是痛苦；或者是种难以忍受的东西，将你置于危险之中；也是她这么多年来一直逃避它的原因。但却不是好玩。

“是啊，是一个惊喜，”泽尼亚说，“对那些认为它好玩的人来说。你不是，我发现了。根据比利所说，如果在上面跌倒过，你就不会明白其乐趣。他对一点点好的性爱那么饥渴，我几乎是一走进你那可悲的小木屋，他就跳到我身上。你以为你在大陆教那令人生厌的瑜伽课时，我们在干什么？或者你在楼下给我们做早饭，或者在外面喂你那些脑子坏掉的母鸡时，我们在干什么？”

查丽丝知道她一定不能哭，泽尼亚可能有性，但查丽丝有爱，对于比利。“比利爱我。”她不确定地说。

泽尼亚微微笑了一下，她的能量水平现在升上来了，她身体的嗡嗡声像是坏了的烤面包机。“比利不爱你，”她说，“醒醒吧！你是张免费饭票！他即使自己有钱也要靠你吃饭；那时候他沿街叫卖肉末，我猜肯定还曾从你身边经过。如果你真想知道，他认为你是只母牛。他觉得你那么笨，肯定会生出个白痴来。确切地说，他觉得你是个呆头呆脑的女人。”

“比利永远都不可能说出那种话。”查丽丝说。她觉得好像有一张又热又尖的铁丝网紧紧拉在她的周围，极细的热铁烧进她的皮肤。

“他觉得和你性交就像是和一只芜箐甘蓝性交，”泽尼亚残酷地继续说，“现在听我说，查丽丝，这是为你好。我了解你，我能猜到你是怎样耗费你自己的时间的，穿上毛衣，过隐居的生活，在比利周围闲荡着。他只是你的一个借口；他能够让你逃避自己的生活。放弃他，忘掉他。”

“我忘不了他。”查丽丝用微弱的声音说。她怎能干坐在这里听任泽尼亚将比利撕成碎片？对比利的记忆，如果像她所说的那样，那段时间所剩下的还有什么呢？什么都没有，只有虚空。

“看着我的嘴唇，他不值得。”泽尼亚说，显得很恼怒，“你知道我在那里真正做什么吗？是去转变他。而且，相信我，他很容易变节。”

“变节？”查丽丝说。她几乎无法集中注意力；她觉得自己好像被扇了耳光，先是一边，然后又是另一边。另一边也转过来。但是要转多少次呢？

“变节，变节者的变节，”泽尼亚说，好像在解释给一个孩子听，“比利变成了告密者。他回到美国，告发了他所有的具煽动倾向的小朋友，那些还在那里的人。”

“我不相信你。”查丽丝说。

“我不在乎你相不相信，”泽尼亚说，“但它仍然是真实的。他出卖了自己的搭档，使自己脱身，而且赚了一点现金。他们给他弄了个新的身份和一个下贱的小工作，一个三等间谍。但是他并不擅长。我上一次碰到他是在巴尔的摩或者什么地方，他已经相当潦倒了。衰弱的瘾君子，满腹牢骚的酒鬼，而且也秃了。”

“是你造成的，”查丽丝低语着，“你毁了他。”宝贵的比利。

“胡说，”泽尼亚说，“他也这么说，可是我几乎没扭过他的胳膊！我只是把选择告诉他，比利的选择要么就是那样，要么比那还要糟糕。在现实世界里，大多数人选择保全自己，那是靠得住的方法，十次有九次是这样。”

“你和骑警是一伙儿的。”查丽丝说。这是最难相信的事情——太不相称了，泽尼亚站在法律和秩序的一边。

“不完全是，”泽尼亚说，“我一直都是个自由人，比利只是我看到的某个机会。那个假装神圣的逃兵帮助组已经被摸得一清二楚，我有关系，所以就偷看了一眼档案。我记得你在麦克朗宿舍待过——他们也有你的档案，你知道，但我告诉他们何必浪费纸张，更别说那些纳税人辛苦赚来的钱呢，这就好像是给一罐肉冻立个档案——于是我就靠着你还记得我。给自己弄个黑眼圈并出现在你的瑜伽课上并不困难。嘿，接下来的事都是你做的！现在，如果你不介意，我得穿衣服了，我还有事情要做。顺便说一句，比利住在华盛顿，如果你打算筹办一个欢欣的重聚会，和他以及他失散已久的女儿，我会很乐意把他的地址给你。”

“我不那么认为。”查丽丝说，她的腿在颤抖；有一会儿时间，她害怕站起来。比利在她的脑海里消散了。擦掉录音带，她告诉自己，但是这个录音带擦不掉。她意识到自己没有武器，没有对付泽尼亚的武器。站在查丽丝一边的只有做好人的愿望，然而善是缺席的，同时也是恶的缺席；然而，泽尼亚却有活生生的故事。

泽尼亚耸耸肩，“随便你，”她说，“如果我是你，我会把他从我的清单上勾掉。”

“我觉得我做不到。”查丽丝说。

“随你便。”泽尼亚说。她站起来，走向衣橱，开始选衣服。

还有件事情查丽丝想知道，她积聚了所有的勇气去问。“你为什么杀了我的鸡？”她说，“它们不曾伤害任何人。”

“我可没杀你那些该死的鸡，”泽尼亚转过身来说，她觉得很好玩，“是比利杀的。他喜欢那么做，天亮前，当你还在梦乡的时候，踮着脚尖出去，用面包刀割断它们的喉咙。他说那是帮了它们的忙，你把它们关在你那肮脏的母鸡贫民窟。但实际上，是他恨它们。不仅如此，想到你走到鸡舍发现它们死了，他笑死了。有点像恶作剧，他从中得到不少刺激。”

查丽丝的内心，某样东西碎了。愤怒占据了她，她想要勒紧泽尼亚，勒紧她，勒紧她的脖子，直到查丽丝的生活，她自己思念的生活，泽尼亚吸去的所有的她生活中的好东西，就像水从海绵里挤出来一样，从她里面流出来。她自己的暴怒反应让她沮丧，但她已经无法控制。她发觉自己整个身体被一种白热之光填满，包围；火翼从她里面往外射。

然后她就到了窗帘后面，靠近阳台门，处在自己的身体之外，看着。那身体站在那里，另一个人掌管了它，是卡伦。查丽丝能看见她，一个黑核，一个阴影，长长的混乱的头发，现在长大了，变大了。这么多年来，她一直在等待这种时刻，能够回到查丽丝的身体并用它去谋杀的时刻。她把查丽丝的手移向泽尼亚，手闪烁着蓝色的光；她无法压制地强壮，像一阵寂静的风那样冲向泽尼亚，将她往后推，推出阳台门，碎掉的玻璃像冰一样散开。泽尼亚是紫色和红色，像宝石一样闪耀，但她不是阴郁的卡伦的对手。她举起泽尼亚——泽尼亚很轻，她是空的，充满疾病和腐烂，像纸一样脆弱——然后将她扔出阳台栏杆；她看着她飘下去，从楼塔之上，然后摔在喷泉边缘，像只老葫芦一样爆裂。查丽丝藏在花窗帘后面，悲哀地叫着：不！不！不要流血，不要让狗吃院子里的碎片，她不要那样。真的吗？

“不管怎样，都是古老的历史了。”泽尼亚谈话似的说。查丽丝回到了自己的身体，控制了它，朝着门的方向移动。根本什么都没发生，的确什么都没发生。她转过身看着泽尼亚，她辐射出黑色的轮廓，好像蜘蛛网的细丝。不，是黑色的线正向她集中，以她为目标；她很快就会被缠住。在那中间，她的灵魂扇动着，一只苍白的蛾子。毕竟她还有个灵魂。

查丽丝聚集了所有气力，所有的内在之光；她必须聚集起来，因为这需要花很大的努力。不管泽尼亚做了什么，不管她曾经有多邪恶，她需要帮助。她需要查丽丝的帮助，在灵魂的层面。

查丽丝张开嘴。“我原谅你。”她听见自己这么说。

泽尼亚愤怒地大笑起来。“你以为你是谁?”她说，“你原不原谅和我有什么关系?收起你的宽恕!找个男人!自己去生活!”

查丽丝看到了泽尼亚眼中自己的生活:一个空空的硬纸板箱，翻倒在马路边上，里面什么人都没有。没有人值得提及，在某种程度上这是最伤人的情况。

她求助于自己的紫水晶球，闭上眼睛，看见了结晶体。“我有生活。”她说。她伸直肩膀，转动门把，忍住泪水。

直到她摇摇摆摆地穿过休息室走向前门的时候，查丽丝才闪过一个念头，也许泽尼亚在撒谎。也许有关比利，有关鸡，有关所有的事情，她都是在撒谎。她以前也曾对查丽丝撒过谎，而且非常有说服力。为什么现在她不是在那么做呢?

五十三

洛兹斜向一旁，用一只手臂拥抱了查丽丝。“她当然在撒谎，”她说，“比利不会说那种话。”她知道比利什么?一无所知，她从没见过他，但是她愿意那么去猜想他，因为又没有什么代价，而且她希望气氛能够轻松一些。“泽尼亚就是那么狠毒，她想怎么说就怎么说，她就想让你不舒服。”

“但是为什么?”查丽丝说，眼泪呼之欲出，“她为什么要那么做?为什么要说那些话?她那么消极，真的很伤人，我都不知道该怎样想了。”

“没事的，宝贝，”洛兹说，又拥抱了查丽丝一下，“去她的!

我们不要请她参加我们的生日派对，好吗？”

“看在老天的分上，”托妮说，因为洛兹老是走得太远，托妮觉得这种场景对于她的品味来说显得太幼稚了，“这也太离谱了！”

“是，”洛兹说，自控了一下，“我知道。”

“我有生活。”查丽丝说，眨着湿润的眼睛。

“你有着丰盛的精神生活，”托妮坚定地说，“比谁都多。”她到包里翻找，找到一张皱巴巴的棉纸，递给查丽丝。查丽丝擤鼻子。

“现在，到我了，”洛兹说，“故事是关于成熟的饱满身材小姐遇上黑夜女王，但就快乐层面来说，这个故事无法得满分。”

洛兹在办公室里，踱来踱去。桌子上是一堆文件，既有项目文件，也有慈善捐赠文件，肝，肾，肺，心，都在吵着要被关注，更不用提无家可归的女人和受虐妻子了，但是它们都得等，因为为了给予首先得有获取，钱不是树上长的。她应该想象卢比孔项目，一个美容公司提交的方案。“90年代的唇膏”是他们提出的概念，波尔斯说可以翻译成“九十岁人群的口部黏胶”。但是洛兹没办法全力投入其中，她的心事过于繁多了。心事繁多？狂热的！她的身体是个荷尔蒙燃烧的盛暑，脑袋里面就像洗车处，所有那些刷子都呼呼地到处刷，肥皂泡沫到处飞，视觉模糊。泽尼亚在徘徊，老天才知道她在哪里！也许她现在正爬上她大楼的一面墙，脚底附有吸盘，像只苍蝇那样。

洛兹吃掉了所有的莫扎特巧克力球，吸完了所有的香烟，波尔斯的缺点之一，实际上是唯一一个，就是他不吸烟，所以她没办法免费从他那儿讨上一根香烟，啊呀，原谅这个双关词①；他的肺无论如何都有从动齿轮那么干净。也许楼下的新任前台——

① Fag 这个词既有香烟的意思，也是同性恋男子的意思。

敏茨，班比？——有一整包可以畅吸；她可以打电话下去，但是多么贬低身份，老板为一支香烟而抓狂了。

她不想立刻离开大楼，因为是侦探海蒂打电话过来的时间。洛兹让她每个下午三点打过来提供有关进程的情况。“我们正在缩小范围，”一开始几天海蒂所说的就是这些。但是昨天她说，“有两种可能性，第一是在埃迪王，另一种可能是在阿诺德花园。能够配合我们的人——那些愿意确认照片的厚道人——都肯定说看到了她。”

“为什么你认为必须二选一？”洛兹说。

“你说什么？”海蒂说。

“随你赌什么，她在这两个旅馆都有房间。”洛兹说。这很像她！两个名字，两个房间。狡兔三窟。“房间号码是什么？”

“让我们再确认一下，”海蒂谨慎地说，“到时候告诉你。”她明显地能够看到一个不好的情景：洛兹闯入陌生人的房间，捣坏家具，谴责，嘴里喷火，而海蒂要因为给了她错误的房间号码而吃官司。

所以洛兹现在正处在对即将到来之事的兴奋之中，无论它们是什么。她妈妈能明白的状态，因为这是她的表达。她在心里盘算着问问波尔斯，然后自己又否决了，她在桌前坐下来，打开波尔斯给她解释过的“90年代的唇膏”相关文件。她喜欢这个商业计划，喜欢这个提案；但是波尔斯说得没错，名字本身错了，因为她们都想要超出唇膏的领域。一支减小眼睑肿胀的眼影膏也会是个成功，她买过，而且如果她还要买一样东西的话，就是勒肚带，其他很多女人也都会买的东西，如果价格合适的话。另一方面，90年代必须保留。90年代现在并不是什么大新闻，即使也只过去一年，那么为什么要强调每个人都卷入其中的事实？

不，洛兹同意——读了波尔斯在提案边页上的干净注解，他可真是个天才，那男孩儿——每个人都会选择时间旅程，某段历史，大大的H①，经由一条名为广告的河流。女人们更容易想象自己在另一时代可以有浪漫的热烈经历，在抽水马桶和按摩浴盆以及电子咖啡研磨机出现之前的年代，在还有肺结核患者，过早长了皱纹的仆人不得不用手洗男人的内裤，清空粪缸，在爬满老鼠的厨房里，加热大锅的水，像踩葡萄那样用脚踩踏咖啡豆。洛兹每天都收到各种器具，有担保的器具，还有一周两次的可靠的家庭帮助。

至于广告方面，她需要里面有些蕾丝。蕾丝，以及鼓风机，把头发吹散在四周，火烧查尔斯顿似的戏剧危机效果。摄像机向上倾斜，从一角去拍摄模特儿，效果会更佳。雕像般的，巨大的，以至于你都无法看见她们的鼻孔，这是洛兹看马背上的青铜英雄的时候总会碰到的问题。而且她想起来另一条河流的名字，另一种颜色：阿萨巴斯卡冰河色。一种带青铜色的粉红，交错着晒伤的冻疮。没有涂防晒霜怎么能去北方呢？

电话响了，洛兹迅速接起来。“海蒂，”海蒂说，“确定是阿诺德花园，1409房间。我亲自装作送毛巾的女服务员去过那儿。毫无疑问。”

“太好了。”洛兹说，草草记下房间号码。

“还有另一件事情你得知道，”海蒂说，“在你冲进去之前。”

“什么，天使还有什么不敢涉足的地方？”洛兹不耐烦地说，“是什么？”

“泽尼亚似乎有奸情，或者什么的，和……嗯，和一个年轻许多的男人。据我们的消息来源说，他几乎每天都在她房间。”

为什么海蒂的声音听起来这么害羞？洛兹想。“那有什么奇

① “历史”（history）一词的英文首字母。

怪的，”她说，“泽尼亚什么都会抢过去，包括摇篮里的婴儿，只要他有钱。”

“他是，”海蒂说，“这么说吧，或者说他可能是。”一阵迟疑。

“你为什么告诉我这些？”洛兹说，“我才不在乎她和谁有一腿！”

“你让我查清楚每个细节，”海蒂责备地说，“我不知道怎么说出口，我说到的那个年轻男人可能是你儿子。”

“什么？”洛兹说。

挂断电话，她抓起手提包，冲进电梯，然后一路小步快跑到人行道，尽她可恶的鞋子的最大可能地跑起来，来到最近的一家贝克尔便利店，买了三包杜莫里埃烟，用颤抖的手指撕开一包，点得太快以至于差点儿烧着了自己的头发。她要杀了泽尼亚，她要杀了她！这个厚颜无耻的家伙，这个不要脸的，完全的没品，去追无能为力的小拉里，密奇的儿子拉里，在弄死他的父亲之后！喔，实际上真可以算是她弄死了他。去挑适合你自己的好了！而拉里，容易上当的家伙，可怜的孩子；那么孤独，那么混乱。他可能从十五岁起记她记到现在；那个时候，他还很可能那时候就对她有欲望了。很可能他还觉得她很迷人，热情而善解人意。泽尼亚在魅力和理解力方面是很有一套，而且，她还会告诉他一些有关自己的悲伤故事，他就会觉得他们两个人都是风暴后的孤儿。洛兹受不了！

烟雾浸没了她，过了一会儿，她觉得稍微平静一点，走出办公室，她的脑袋慢慢地嗞嗞作响。她现在到底，该死的，该怎么做？

她敲开波尔斯的门。“波尔斯？介意我借你脑子一用吗？”她说。

波尔斯极有礼貌地站起来，给她一把椅子，“问吧，它应该给你用，”他说，“上帝。”

“我不知道，”洛兹说，“最近也没有从上帝那里得到什么重要的结果，在寻找答案这方面。”她坐下来，交叉两腿，接过波尔斯给她的咖啡。他的头发那么直，几乎令人痛苦，好像用小刀裁的，他的领带上面有小鸭子。“让我给你一个理论上的案例。”她说。

“洗耳恭听，”波尔斯说，“是有关口部黏胶的事吗？”

“不，”洛兹说，“是一个故事。从前有个女人，嫁给一个男人。”

“是我认识的人吗？”波尔斯说，“我是指那个男人。”

“他周旋于其他女人之间，”洛兹坚定地说，“然而，这个女人为了孩子容忍了，不管怎样，这些事情维持不了多久，因为那些女人只是一时的性玩物，或者说那个男人是一直这么说的。据他所说，我们的女主人公才是真正意义，是他眼中的瞳仁，他火炉里的火，等等。后来有一天，来了个荡妇——对不起，这个人和正在被讨论的这个女人一样年纪，只是，我不得不承认，漂亮许多，但是，在你、我和门框之间，我敢发誓，她的胸是假的。”

“她走在美的光彩中，像病毒①，”波尔斯同情地说，“拜伦。”

“一点不错，”洛兹说，“她也很聪明，如果她是个男人，就可以叫她 prick②。我是指，找不到相应的女性词来形容，因为婊子远远不够表达！她编故事说自己是半个犹太战争孤儿，从纳粹手下被救出来，而我们的女主人公，全心全意地相信并为她找了份工作；飞艇胸小姐假装是我们这位伙伴的好搭档，冷淡对待那

① 在这里，波尔斯将拜伦原诗中的“night”一词说成了“blight”。

② 英式俗语，指讨厌、贱格的男人。

位丈夫，用她的肢体语言暗示说，他还不如草坪上的矮树有吸引力，到了最终，这也被证明是终极真理。”

“与此同时，我们这两位女性密友来往密切，有许多在一起的惬意午餐，讨论世界事务和生意情况。后来这个女人开始背着笨蛋小姐和多情先生在一起。对于这位非常出色的小姐来说，这只是一样东西——更糟糕的是，只是一个策略——但他却动了真格儿，最终投入了巨大的热情。我不知道她是怎么办到的，但是她成功了。就他而论，在她之前的几千个都无法做到，所以她最不缺的就是才能。”

“天赋是制造痛苦的无限能力。”波尔斯忧郁地说。

“没错，”洛兹说，“所以她欺诈每个人，使得自己能够负责讨论中的这个生意，是一个中大型的企业，而且你还不知道的时候她就和爱偷情先生搬到了一起，他们共同住在年度最佳设计的爱巢里，留下小妻子独自啃着自己受伤的小心灵。但是激情消退了，只是在女吸血鬼那一边，而不是他，当他发现她已经开始和某些性感男人在摩托车上做爱，就开始对此喋喋不休。所以她伪造了一些支票——用他的签名，无疑是从无数的爱意泛滥的留言上复制下来的——然后和现金一起消失了。要问这使他的热情冷却下来了吗？还不如问，小鸡有乳房吗？他追随着她，好像裤子塞进了电源插座。”

“我知道这种情节，”波尔斯说，“各种人群中都会发生。”

“发光手指小姐消失了，”洛兹说，“但是下一件事情，你知道，她出现在一个金属罐里。似乎是碰到了暴乱事故，成了猫食。她被葬进了墓地，我并没有——我的朋友并没有流一滴眼泪——忧伤先生爬回小妻子身边，小妻子已经自立，拒绝接受他。这个，能责备她吗？我的意思是，已经受够了。所以，他并没有把头缩回来，即使这么做也太晚了；也没有像他以前经常做的那样，使出一些新的性爱小花样儿；他都做了些什么？他正在渴求着爱情，不是持家的太太，而是火辣小腰小姐。所以他在暴风雨中登上船，被淹死了，也许甚至是他自己跳下去的，谁知道呢？”

“真糟蹋，”波尔斯说，“活着的身体好多了。”

“还有呢，”洛兹说，“结果这个女人竟然没有死，她在愚弄大家。她再次出现，这一次，她把钩子伸向了那个唯一的儿子——唯一的讨人爱的儿子——我的意思是，你能想象吗？她肯定有五十岁了！她抓住了那个被她欺骗的女人和那个几乎是她谋杀的男人的儿子！”

“这太夸张了。”波尔斯低语。

“听着，我并没有编造情节，”洛兹说，“我只是转述事实，而且我不需要文学评论。我想知道的是——你会怎么做？”

“你在问我？”波尔斯说，“我能做什么呢？首先，我得搞清楚她是否真是个女人，也可能是个男扮女装的人。”

“波尔斯，严肃点。”洛兹说。

“我很严肃，”波尔斯说，“但是你真正的意思是，你该怎么做，对吗？”

“简而言之。”洛兹说。

“着迷即大勇①，”波尔斯说，“莎士比亚。”

“什么意思？”

“你必须去见她，”波尔斯叹息道，“把一切都说出来。噢洛兹，汝病矣。去当众吵闹，大喊大叫，告诉她你是怎么看她的。澄清事实；相信我，这是必要的。否则，那无形的飞虫，乘着黑夜飞来了，在狂风暴雨中，找到你的床，钻进那红色的欢欣，它的黑暗而隐秘的爱，毁了你的生命②。布莱克。”

---

① 波尔斯将莎士比亚原话中的“小心”（discretion）说成了“着迷”（obsession）。

② 语出威廉·布莱克诗作《病玫瑰》，但词句有出入。

"我也这么认为，"洛兹说，"我只是不相信自己，就那样。波尔斯，什么是拉幅钩①？"

"一种布满钩子的木框架，布料可以拉紧在上面晾干，"波尔斯说。

"没什么帮助。"洛兹说。

"但却是真的。"波尔斯说。

洛兹出发去阿诺德花园酒店。她选择乘出租车，因为她过于紧张，无法开车。她甚至不用问前台，把她看作旅行推销员的那个人；她快步穿过糟糕的休息室，里面放着再度流行起来的俗丽的皮沙发，大约是1984年的《加拿大女人》里面教的自己动手喷漆粘胶花布置，能看见破旧的小天井，穿过玻璃门，能看见市政厅似的现代风格的喷泉，这就算是花园，就好像包装微波餐也算是食物一样，然后，她直接走进用塑料和皮革填塞的升降机。

这期间，她一直在排练：*一个还不够？你还要害死我儿子？把你的魔爪从我孩子身上拿开！*她感觉自己像只保护幼崽的母老虎。或者是据传母老虎会这么做。*我会愤怒，会喷气，*她暗自咆哮着，*我要把你的房子吹倒！*

只可惜泽尼亚一座房子都没有，她只是闯进别人的房子。

在她这些思想的后面有另一个剧本：当拉里发现她的所作所为会怎样？毕竟，他已经二十一岁了，远超过合法年龄。如果他想去操拉拉队队长或者是圣班纳犬或者是像泽尼亚这样的老荡妇，实际上，关她什么事呢？她想到他容忍的、愤怒的藐视，退缩了。

敲，敲，敲，她越来越靠近泽尼亚的门，弄出噪音来补偿她的力气。开门，你这只猪，你这母猪，让我进去！

咔嗒咔嗒，有人来了，门开了一条缝，上了链条。"谁？"泽

① 在英文中，tenterhook还有犹豫不决的意思。

尼亚扯着烟嗓说。

“是我，”洛兹说，“洛兹。你应该让我进去，因为如果你不让，我就站在这里大叫。”

泽尼亚打开门，她穿好了衣服准备出门，洛兹记得还是那件在托克斯克看见的黑色低胸装。她的脸化了妆，头发松散，有的波浪，有的卷，有的没卷，像藤蔓一样绕着她的头。床上有一只手提箱打开着。

“手提箱?”托妮说。“我没看见什么手提箱。”

“我也没看见，”查丽丝说，“房间整齐吗?”

“非常整齐，”洛兹说，“但这个时候是下午很晚的时候，在你们之后，很可能女服务员来过。”

“手提箱里是什么?”托妮说，“她在收拾吗? 或许她正打算离开。”

“是空的，”洛兹说，“我看过。”

“洛兹!”泽尼亚说，“简直是个惊喜! 快进来——你看上去棒极了!”

洛兹知道自己看上去并不是棒极了：不管怎样，看上去棒极了是人们对她这种年龄却还没死的女人说的话。另一方面，泽尼亚倒是真的看上去棒极了。她难道不会老吗? 洛兹辛酸地想。她喝了什么样的血? 只有一条皱纹，一条小小的皱纹，上帝啊；有那么难吗? 再次告诉我——为什么邪恶的人反而昌盛?

洛兹没有旁敲侧击。“你想干什么，和我儿子搞在一起?”她说，“你就没有一点，一点点的良心不安吗?”

泽尼亚看着她。“搞在一起? 多有趣的想法! 他这么告诉你的?”

“有人看见他进了你的房间，不止一次。”洛兹说。

泽尼亚温和地笑着。“有人看见？别告诉我你又让那个匈牙利人到处跟踪我了。洛兹，为什么不坐下来呢？喝点什么吧。我个人从未针对过你。”她自己故作端庄地坐在花纹装饰的沙发上，好像什么事情都没发生一样；好像她们是两个主妇，正要一起用下午茶。“相信我，洛兹。我对拉里只怀有母性的关怀。”

“母性的，是什么意思？”洛兹说，她觉得站着很傻，于是就坐在相匹配的椅子上。泽尼亚正在找烟，找到烟盒，摇一摇：空的。“抽我的。”洛兹不情愿地说。

“谢谢，”泽尼亚说，“我是偶然间碰到他的，在托克斯克。他还记得我——嗯，那个时候他大概——十五岁？他想要和我谈谈他父亲。多么感人！你在那个话题上没有向他坦白，是吗，洛兹？一个男孩儿想知道有关他父亲的事；不错。你觉得呢？”

“所以，你究竟告诉他什么了？”洛兹怀疑地说。

“除了说些好的，其他什么都没说，”泽尼亚说，她适当地低垂眼睛，“我觉得有时候稍微篡改一点事实对一个人来说是最好的，你觉得呢？不需要花费我什么，而且可怜的拉里似乎正需要一个他能够仰望的父亲。”

洛兹几乎无法相信自己耳朵，实际上她根本不相信。肯定还有下文，确实有。“当然，如果这个情境持续更长时间，就会变得更复杂了，”泽尼亚说，“也许我会忘记，真相说得稍微多了一点，比如可怜的拉里的父亲实际上是个多么扭曲的蠢人。”

洛兹发怒了，果真发怒了，一阵愤怒的雾霭模糊了她的双眼。她自己批判密奇是一回事，泽尼亚批判却是另一回事了。“你利用了他，”她说，“你耗尽他，吸干他，然后又抛弃他！你应该为他的死负责，你知道的，他因为你而自杀。我认为你没有任何资格评论他。”

“你想知道吗？”泽尼亚说，“你真想知道？在我告诉他这样不行之后，因为他实在是太愚蠢了——呸，我几乎没法呼吸，他是个控制狂，我没有自己的生活，他想知道我早饭吃什么，每次我想小便他都要和我一起进厕所，我说真的！——他几乎要杀了我！我脖子上的痕迹几周都没褪去；所幸的是我没有神经质到踢他的头，尽我最大的力气去踢，让他放我走。然后他一个劲地对着我；他要我们两个定一个愚蠢的自杀约定，这样我们就可以死在一起！喔，真好笑！滚，我告诉他！所以别怪我，与我无关。"

洛兹听不下去，她受不了！可怜的密奇，到了那种地步，成了个落魄的卑躬屈节的人。"你本来可以帮他的，"她说，"他需要帮助！"当然，洛兹本来也可以帮他的。她会帮的，如果她知道的话。难道不会吗？

"别娇气了，"泽尼亚说，"只因为我把他从你背上弄下来，你就该给我个奖牌。密奇是个恶心的好色之徒，他想从我身上得到变态的性——他想要自己被绑起来，要我穿上皮内衣以及其他的东西，那些他从来不会要求你穿的东西，因为他认为你是他的天使妻子。男人过了某个年龄就需要那种东西，但是他太过分了。我连一半都没法告诉你，太荒谬了！"

"是你强迫他的，"洛兹说，这个时候她只想冲出这个房间，太侮辱密奇了，太损他了。太痛苦。

"像你这样的女人让我觉得恶心，"泽尼亚生气地说，"你总是拥有很多，但你却无法拥有他，你知道。他不是上帝赐予你的财产！你认为你对他有某种权力？除了能够得到的东西，没人有任何权力！"

洛兹深吸一口气，一发脾气就输掉这场搏斗。"也许，"她说，"但是并不改变你愚弄了他的事实。"

"你的问题，洛兹，"泽尼亚更加温柔地说，"是你从来不给那男人任何信任。你总把他当作是女人的受害者，任由她们摆布。你把他当孩子，你从来都没想过密奇应该为自己的行动负责吗？他自己做决定，也许那些决定和我并没有什么关系，或许和你也没有关系。密奇自己想做什么就去做了，是他自己准备去冒险。”

“是你预先给他下了套。”洛兹说。

“噢拜托，”泽尼亚说，“一个巴掌拍不响。但为什么要为密奇争吵呢？密奇已经死了。让我们回到主要问题，我有个提议：也许，为了拉里，我应该离开这个城市。拉里当然不是唯一的原因——我对你坦白，洛兹，我无论如何都得离开这个城市了，我在这里有点危险，所以也希望你看在以前的情分上。我现在钱不够；我不会向你隐瞒，事情非常紧急。如果可以我得像离弦之箭一般走掉，简言之，一张机票和一些零用钱。”

“你想要敲诈我。”洛兹说。

“我们不用挑明嘛，”泽尼亚说，“我能肯定你明白这个逻辑。”

洛兹犹豫了，她应该接受吗，她应该花钱让泽尼亚走吗？如果她不接受会怎样呢？真正的威胁是什么？拉里已经不是个孩子了；他肯定猜想过密奇的很多事情。“我不那么认为，”她慢慢地说，“我有一个更好的提议。无论如何你都得离开这个城市，怎样？我依然有你盗用公款的把柄，你知道。伪造支票之类的事情。”

泽尼亚眉头紧锁。“钱对你来说太重要了，洛兹，”她说，“我提供给你的条件是在保护你自己，而不是拉里，但是你不值得保护。那么，真相是，是的，我和拉里搞在一起，但那只是次要的，拉里根本不是我的情人，我很惊奇你那笨拙的私人侦探没有发现，特别惊奇你也没有发现。你可能不漂亮，但你曾非常聪明。你的小男孩儿正在积极地进行着可卡因交易，来膨胀他扁平的小自我，雅皮士会选择的那种消遣毒品。他正在分发和售卖给他富有的朋友。他自己尝的分量也很足——他最后要是一鼻子吸死了，你就算走运了。你以为他一夜又一夜地在托克斯克干什么呢？那个地方臭名昭著！他做那个不光是为了钱——他喜欢做！你知道他最喜欢的是什么吗？鬼鬼祟祟地跟在你后面！想从妈妈那里猎奇！像个父亲，又像个儿子。那孩子有问题，洛兹，他的问题是你！”

洛兹四肢无力，她不想相信这一切，但部分听上去是真的。她想起自己发现的白色粉末的信封，想起拉里的守口如瓶，他生命中她无法填补的空白，然后恐惧从背后涌来，加上内疚这个巨大的帮手。她过于保护了？拉里在试图逃脱她？她是个贪婪的母亲吗？更糟糕的是：拉里是个无药可救的瘾君子吗？

“所以，如果我是你，就会重新考虑一下，”泽尼亚说，“因为如果你不买这个信息，会有人买。我认为这将是个非常好的头条，你觉得呢？《显赫公民的儿子在酒店毒品搜捕过程中锒铛入狱》。我来安排这个再容易不过了，拉里相信我，他认为我需要他，我只要一吹口哨，你的宝贝儿子就会口袋满满地跑过来。他真的很可爱，你知道。他有着漂亮的屁股，在监狱里会备受青睐。他们会怎么判来着？十年？”

洛兹惊呆了，她完全无法接受。她从椅子上站起来，走向窗边，走向通往阳台的落地窗。在这里往下看，她能看见喷泉的新月长条形状。里面的水还没有排干；棕色的枯叶漂浮在上面。很可能这家旅馆受经济不景气的影响，人员紧缺。“我要和他谈谈。”她说。

“如果我是你，我不会那么做，”泽尼亚说，“他会受伤，会做出轻率的举动。他还仅仅是个外行，会自暴自弃。而且现在他欠供应商很多钱，我知道那些人，他们都不是好人，如果他把那东西冲进马桶里，他们不会开心的。不给他们钱，通常不会有好果子吃。他们也不喜欢有人被抓住并且提到他们。他们不会到处游荡。你的孩子拉里可能引火上身，实际上他有可能死在某个沟渠里，身上少掉几个部件。”

这不可能，洛兹想。亲爱的，严肃的拉里，在他摆着学校奖品，贴着船的画的房间里，可能吗？泽尼亚是个骗子，她想起来。但是她不能不去考虑她讲的故事，因为如果——偏偏这一次——是真的呢？

想到拉里死，让她无法忍受，她永远都无法承受这一点。这个想法就像一块碎冰片一样插在她心脏；同时她感觉自己正在被以某种隐秘的不公和邪恶的阴谋以及恶劣的摄像角度，传送进了某个可怕的日间肥皂剧。

她可以偷偷地走到泽尼亚身后，用根灯管或者什么的击中她的头，用连裤袜把她绑起来，弄成奸杀的场景。她读过很多那种垃圾小说，上帝都知道这似乎是合理的，就是泽尼亚这种女人应得的肮脏下场。她想象侦探布满这个房间，抽着烟的侦探们把粉末撒在家具上来提取指纹，她会小心地把那些指纹都擦掉……

“我没有带支票，”她说，“明天才行。”

“给现金，”泽尼亚说，“五千，已经算是便宜的了，如果不是经济衰退，我会要双倍。请给小额旧钞票；你可以叫快递送过来，中午之前。但不是送到这儿，明天早上我会打电话给你，告诉你在哪里。现在，如果你不介意，我有点急事。”

洛兹乘电梯下楼，突然间她头疼得厉害，紧接着她感到自己生病了，好像吃过带沙门氏菌的晚餐那样，内脏在里面翻腾。*那么，上帝，这是我的错误还是什么？这是我要忍受的背叛吗？所以你一只手给予，另一只手拿走？或许你认为这是个玩笑？*她并非第一次地想到，如果一切都是神圣计划的一部分，那么上帝真是有种乖戾的幽默感。

五十四

“你打算怎么办？”托妮说。

"付给她，"洛兹说，"我有什么选择？不管怎样，只是钱而已。"

"你可以和拉里谈谈，"托妮说，"毕竟，泽尼亚是个大骗子，可能完全是她编造出来的。"

"首先我会付钱，"洛兹说，"这样泽尼亚就会乘飞机走人，然后我会和拉里谈。"让她觉得惊奇的是托妮不能明白所有的事情，特别是有关孩子。即使只有百分之五的真实就已经够了；她不能冒险。

"但是我们该拿她怎么办呢？"查丽丝说。

"泽尼亚？"洛兹说，"明天之后她就会在别的地方了。个人来说我希望她是永远地离开，就像肿块被去除那样。但是我觉得那不太可能。"她又点了一支烟，从红色玻璃支架的蜡烛上。查丽丝胆小地咳了一声，用手扇了一下烟雾。

"我觉得，"托妮慢慢地说，"我们拿她一点儿办法都没有。我们无法让她消失，即使她走了，只要她想回来，就会回来。她是个既定事实，她就在那儿，就像天气。"

"也许我们应该感恩，"查丽丝说，"然后祈求帮助。"

洛兹大笑。"感谢什么？上帝，感谢你造了泽尼亚？只是下一次不要费心了？"

"不，"查丽丝说，"因为她走了，而我们依然没事。不是吗？我们都没有放弃。"她不确定到底该怎样表达，她真正的意思是，她们被试探了，她们每个人，但她们没有屈服。屈服的话就会杀了泽尼亚，身体上或者灵魂上的，而杀了泽尼亚等于变成了泽尼亚。另一个屈服的方法是相信泽尼亚，让她把她们撕裂。她们确实差点被撕裂了，但那是因为她们没有按照泽尼亚想要的去做。"我的意思是……"

"我觉得我明白你的意思。"托妮说。

"对，"洛兹说，"那么让我们感恩吧，我一直都喜欢那么做。

我们该感谢谁，要怎么感谢？”

“奠酒祭神，”查丽丝说，“我们这里什么都有了，连蜡烛也有。”她举起葡萄酒杯，里面只剩下一英寸高的白葡萄酒，她向冰淇淋拼盘里粉色的剩余物里倒了少许。然后低下头，闭了会儿眼睛。“我已经祈求帮助了，”她说，“为我们三个。现在到你了。”她也请求了原谅，为她们三个。她觉得这样做是正确的，但说不出为什么，所以没有说出来。

“我不太确定这是否有帮助。”洛兹说。她知道有必要搞个庆典，求神保佑也不是不成熟的表现，但是她想知道这里召唤的是哪一位神——或者说是神的哪个变体——这样她才能用其他的变体来防御闪电的攻击。但是她倒了酒。托妮也倒了，有点紧张地微笑着，她的那种保持缄默的微笑。她想，如果这发生在三百年前，她们全都会被烧死在木桩上。但第一个会是泽尼亚，毫无疑问，泽尼亚第一个。

“就这样？”她说。

“我要撒点盐到蜡烛的火焰上。”查丽丝说，然后就撒了上去。

“我只希望没人在看我们，”洛兹说，“我的意思是，我们什么时候变成纯正的不折不扣的古怪老太婆的？”她感觉有些头晕；也许是因为她吃了止头疼的可待因片。

“现在别看。”托妮说。

“老太婆没什么不好，”查丽丝说，“年龄只是态度。”她出神地看着蜡烛。

“把这个想法告诉我的妇科医生，”洛兹说，“你想成为老太婆的话，就可以把药混合起来吃了。”

“她已经混合起来了。”托妮说。

突然，查丽丝在椅子上坐直了身子，眼睛大大张开，手捂住嘴。

“查丽丝？”洛兹说，“怎么了，亲爱的？”

“噢天哪。”查丽丝说。

“她是窒息了吗？”托妮说。也许查丽丝心脏病发作，或者出现了类似这种问题。“敲她的背！”

“不是，不是，”查丽丝说，“是泽尼亚！她死了！”

“什么？”洛兹说。

“你怎么知道？”托妮说。

“我在蜡烛里看到了，”查丽丝说，“我看见她掉下来，她掉进了水里。我看见了！她死了。”查丽丝哭起来。

“亲爱的，你确定那不是一厢情愿的想法吗？”洛兹温柔地说。但是查丽丝沉浸在她的悲伤里，没有听见。

“来。”托妮说。“我们去酒店，去察看一下，否则，”越过在她手上来回摇动的查丽丝的头，她对洛兹说，“今晚我们一个都别想睡个好觉。”这是真的：查丽丝会为泽尼亚的死担心，托妮和洛兹会担心查丽丝。开车过去看一下，避免失眠，还是值得的。

当她们穿上外套，洛兹结账的时候，查丽丝还在无声地啜泣。一部分是因为这个冲击；今天一整天就是个冲击，而这是个更大的冲击。但另一部分是因为她看到的比她能够说出来的更多。她不仅看见泽尼亚掉下来，一个黑色的影子翻来翻去，头发像羽毛一样散开，她生命的彩虹卷起来，像灰色的金属网一样脱出她的身体，泽尼亚缩小，断了电。她还看见有人推了她，在边缘，有人推了泽尼亚。

虽然她没办法看清楚，但她觉得自己知道那个人是谁。是卡伦，被落下的人物；她藏在泽尼亚的房间里没有走；她等到泽尼亚开门走到阳台上，然后就跟在后面，一把将她推下去。卡伦谋杀了泽尼亚，查丽丝把卡伦挡在外面，将她和自己分离开来，努力把她留在外部，不让她进来，是查丽丝自己的错误，查丽丝的眼泪是内疚的眼泪。

当然，这只是叙述的一种方式，查丽丝的意思是，她向自己解释道，她希望泽尼亚死。而现在泽尼亚死了，从道德角度来看，精神上的行动和身体的行动是一样的。卡伦-查丽丝是个杀人犯，手上沾满了鲜血，她不洁净。

她们坐洛兹的车前往，那辆小的。洛兹找人停车的时候被耽误了一会儿；就像洛兹对着那个最终过来停车的人抱怨的，阿诺德花园的服务不是真的随叫随到。然后她们三个走进大堂，现在查丽丝已经振作起来，托妮牢牢地扶着她的手臂。

“她在喷泉里。”查丽丝低声说。

“嘘，”托妮说，“我们一会儿就能看见了，让洛兹来说。”

“下午我来过这里，察看能否在你们旅馆召开一个会议，我觉得我把手套落在这里了。”洛兹说。她认为如果说要找泽尼亚的话，可能是个错误，在不可能的可能下，查丽丝也许是对的；洛兹不是突然间才相信这点，而是常常这样相信。不管怎样，如果他们打电话去她房间，却没有人接听，能证明什么呢？和有没有死没有关系，泽尼亚也许是退房。

“你刚在和谁说话？”柜台后面的女人说。

“噢，只是客套一下，”洛兹说，“我觉得我大概把它们留在庭院里了，在喷泉旁边。”

“每年这个时间我们都会锁上那个门。”那个女人说。

“但是，今天下午没锁，”洛兹好斗地说，“所以我到处转了转，那是个可爱的小天井，可以在喷泉那边搞个鸡尾酒会，我当时想。大概会在六月份，这是我的名片。”

名片的效果立竿见影。“好的，安德鲁小姐，我立刻帮您把门打开，”女人说，“实际上，我们经常用它来办鸡尾酒会。我们也可以为您在那里搞一个自助餐；夏天就会有桌子了。”她走向门房。

“可以把外面的灯都打开吗?”洛兹说,“我的手套可能掉进喷泉里面了,或许会被吹进去。”

洛兹的想法是照亮整个地方,让它像棵圣诞树那样,这样查丽丝就能够像在白天一样看清楚泽尼亚不在那儿。她们三个穿过玻璃的天井门,走出去,站在一起,等着亮灯。“没事儿,亲爱的,什么都没有。”洛兹对查丽丝耳语着。

但是当灯打开,上面和水下都有照明灯打出来,泽尼亚就在那儿,脸朝下漂浮在枯叶之间,她的头发像海草一样散开来。

“上帝啊!”托妮低语着。洛兹抑制住一声尖叫。查丽丝没发声。时间重叠起来,预言成了现实。但是没有狗。然后她想起来。*我们就是狗,舔她的血。在庭院里,耶洗别之血。*她觉得恶心。

“别碰她。”托妮说,但是查丽丝非碰不可。她往前走,往下够,并用力拽,泽尼亚慢慢地翻过身,并用她的白色美人鱼眼睛直直地看着她们。

五十五

但她不是真的在看她们,因为她没办法看。她的眼睛向后翻了进去:这也是为什么它们是白色的,像鱼眼。她已经死了几个小时,警察到的时候他们说至少有那么久了。

旅馆的人非常担心,在他们的喷泉里有一个死掉的女人并不是他们想要的名声,特别是生意越来越难做的时候。他们似乎觉得都是洛兹的错误,建议打开灯,好像这就是导致泽尼亚丧生于喷泉的原因。但是,正如洛兹向门房指出的,白天发现更糟糕:旅馆客人会在自己房间吃早饭,并走到阳台上呼吸新鲜空气,抽支烟，往下一看，你可以想象一下那种骚乱。

由于是她们发现了尸体，托妮和洛兹还有查丽丝必须等在那里，有问题要她们回答。洛兹抓住了谈话权并很快插进她找手套的故事；如果告诉警察她们冲进阿诺德花园酒店是因为查丽丝凝视烛火的时候看见了幻影，一点不明智。洛兹读了足够多的侦探小说，知道这种故事会立即把嫌疑引到查丽丝身上。警察不仅会认为查丽丝是个疯女人——其实，客观地说，洛兹已经看出来他们这么认为了——而且也会认为她是个能够把泽尼亚推下阳台的疯女人，然后患上健忘症，再因为内疚而产生幻觉的情景再现。

洛兹脑后又有一丝怀疑：也许那样的推测是对的。到托克斯克来吃晚餐之前，查丽丝有足够的时间回到旅馆，有可能真是她干的。也可能是托妮，她坦白说她有谋杀意图。那样的话，洛兹自己也有可能。更不用说她们三个的指纹满房间都是。

也许是她们不认识的人干的，陌生人，追赶她的那些持枪人士或者什么人当中的一个，泽尼亚欺骗托妮的故事中的一个。但是洛兹不相信那个故事。那么，还有一个更坏的可能性，坏得多：也许是拉里。如果泽尼亚所说是真实的，他也有动机。他从不是个暴力的孩子，他都不会和别的孩子争吵，而是乖乖回家；但是泽尼亚可能用某种方法威胁他了。她可能试图敲诈他，他有可能沾上毒瘾。既然他已经长大，洛兹到底了解拉里什么？她必须尽快回家，看看他究竟在干什么。

托妮把查丽丝拖到一边，免得她坏事，她只希望查丽丝闭口不提看到的幻象，这个幻象——托妮不得不承认——十分精确，和事实非常相像。但是到底发生了什么？托妮历数了一下可能性：泽尼亚掉下来，泽尼亚跳下来，泽尼亚被推下来。事故，自杀，谋杀。托妮倾向于第三个：泽尼亚被某人或者某些不认识的人——肯定——谋杀。托妮很高兴她把枪放回去了，万一查出来有子弹孔，虽然她还没看见。她觉得不可能是查丽丝干的，因为她连只苍蝇都不会伤害——她相信苍蝇可能是你前世认识的人的转世——但是她不确定洛兹。洛兹脾气大，容易冲动。

“有人认识这个女人吗?”警察说。

她们三个相互看看。“是的。”托妮说。

“今天早些时候，我们都来看过她。”洛兹说。

查丽丝哭起来。“她曾是我们最好的朋友。”她说。

托妮觉得这还是头一回听说，但是现在必须这么说。

洛兹把查丽丝送到渡口，然后把托妮送回家。托妮走上韦斯特的书房，他的耳机插在两台机器里。她关掉开关。

“泽尼亚打过电话来?”她说。

“什么?”韦斯特说，“托妮，怎么了?”

“这很重要，”托妮说，她知道自己的声音听上去很疯狂，但是她控制不住，“你和泽尼亚说过话？她来过这里?”她发现想到泽尼亚和韦斯特抱在一起在地毯上和合成器之间打滚，就觉得无比恶心。不：无法忍受。

也许，她想，是韦斯特干的。也许他去泽尼亚的房间恳求，说服，希望再次和她私奔，泽尼亚嘲笑他，韦斯特受不了，就把她扔出了阳台。如果真是那样，托妮想知道，那样她就可以帮韦斯特掩盖，帮他想出一个不在场证据，救他。

“噢，是的，”韦斯特说，“她是打过电话，我不知道——一周前。但是我没和她说话，她在机器上留了言。”

“她说什么了?”托妮说，“你为什么不告诉我？她想要什么?”

“也许我应该提一下，”韦斯特说，“但是我不想你受到伤害，我是指，我们都以为她死了，我想我希望她就处在那种状态下。”

“真的?”托妮说。

“她不想和我说话，”韦斯特说，好像他知道托妮在想什么似的，“她要找的是你。如果我亲自和她讲电话的话，我会告诉她打消这个念头；我知道你不想见她。我草草记下——她住哪儿——但是我把事情认真想了一遍，就扔掉了。她一直都是坏消息。”

托妮觉得自己软下来了。“但是我见到她了，”她说，“今天下午见到她，她似乎知道你在三楼有个书房。如果她从没来过这里，她怎么可能知道？”

韦斯特笑了。“是我的电话应答机，‘三楼，逆风’。记得吗？”

这个时候他扔下电线，站起来，托妮向他走过去，他将自己折叠起来，像只靠背椅，用多节的绳子般的手裹住她，亲她的额头。“我喜欢你吃醋，”他说，“但是没有必要，她已经什么都不算了。”

他知道的很少，托妮想。或许他知道，但装作不知道。顶压着他的身体，她嗅嗅他，看他有没有喝很多酒。如果喝很多，无疑会露馅儿。但是除了平常那种温和的啤酒味儿，没别的。

“泽尼亚死了。”她严肃地告诉韦斯特。

“噢，托妮，”韦斯特说，“又死了？真是抱歉。”他来来回回摇晃着她，好像她才是需要被安慰的人，而不是泽尼亚。

当查丽丝回到家里，她仍在发抖，但还能控制，厨房里亮着灯。是奥古斯塔，过来度长周末，算是来看望她。查丽丝很高兴能见到她，虽然她希望自己本该先花时间把家里打扫干净。她注意到奥古斯塔已经将她过去几天剩下的碗洗干净，清理了一些蜘蛛网，但是她知道最好不要动查丽丝的冥想祭坛。不管怎样，她注意到它了。

“妈，”在查丽丝欢迎过她，并把睡前要喝的茶煮上之后，她说，“这块石头和这堆脏东西还有树叶放在客厅桌子上干吗？”

“是作冥想用的。”查丽丝说。

“上帝啊，”奥古斯塔咕哝着，“你就不能把它们放到别的地方去吗？”

“奥古斯特，”查丽丝说，口气有点生硬，“是我要冥想，这是我的家。”

“别斥责我！”奥古斯特说。“还有，妈，是*奥古斯塔*，这才是我现在的名字。”

查丽丝知道，她知道自己应该尊重奥古斯特的新名字，因为每个人都有权利按照自己的内心的指示给自己重新命名。但是她怀着多么大的爱心和关注选择了奥古斯特的原名，作为礼物送给她的，她很难不再提它。

“我给你做些松饼，”她说，企图和解，“明天。你一直喜欢的，里面有瓜子的那种。”

“你不用非得老要给我做松饼，妈，”奥古斯塔说，以一种大人的奇怪口吻，“无论怎样我都爱你。”

查丽丝觉得她的眼睛湿了，奥古斯塔已经很久没有说这么深情的话了，她觉得难以相信——即使她不努力也有一个人会爱她。努力地想出别人需要什么，努力显得有价值。“只是因为，我担心你，”她说，“你的健康。”这并不是奥古斯塔真正令她担心的部分，但它代表了其他的部分，更多精神层面的东西。虽然健康也是精神层面的东西。

“不开玩笑，”奥古斯塔说，“每次我回到家，你就给我塞满各种健康夹饼。我十九岁了，妈，我能照顾自己，我平衡进餐！我们为什么就不能在一起开心玩玩呢？出去散散步什么的。”

奥古斯塔想要花时间和查丽丝在一起是很不平常的，也许奥古斯塔不是完全坚硬，不是从头到脚都漆得发亮。也许她有一个软肋，也许她毕竟也是查丽丝的一部分。

“你非常介意没有父亲吗？”查丽丝问，“当你还小的时候？”很久以来她都很想问这个问题，但是她害怕知道答案，因为比利走了肯定是她的错。如果他是逃走了，就是因为她恳求他留下的程度还不够；如果他被绑架了，是因为她的照顾不周到。但是，现在，她对比利有了其他合理的看法。无论泽尼亚是否撒谎，也许只是比利自己不想留下来。

"我希望你不要再觉得那么内疚了，"奥古斯塔说，"也许在我小的时候还介意，但是看看你周围，妈，这是20世纪！父亲们来来去去——这个岛上的很多孩子都没有父亲。我知道有些人有两三个父亲！我的意思是，有父亲可能会更糟糕，对吗？"

查丽丝看着奥古斯塔，看见她周围的光，就像矿物质一般坚硬的光，也很柔软，犹如发光的珍珠的光辉。在光圈的最里层，奥古斯塔的正中间，有一个小小的伤口，属于奥古斯塔的伤口，不属于查丽丝；需要奥古斯塔自己去医治。

查丽丝感到释然。她把手放在奥古斯塔肩上，温柔地，因此奥古斯塔不会觉得被抓得太紧，并亲了她的额头。

睡觉之前，查丽丝默想了泽尼亚，她必须这么做，因为虽然她常常去想泽尼亚和自己或者比利，甚至托妮和洛兹的关系，但她从来没有真正思想过泽尼亚自己：泽尼亚本身。她找不到那个对象，没有从属于泽尼亚的东西，使她可以把注意力集中上去，所以她关掉客厅的灯，透过窗户，朝着黑暗，朝着湖，看出去。泽尼亚被注入她的生命——被她选择——来教她某些东西。查丽丝还不知道是什么，但总有一天会搞清楚。

她能够清楚地看到泽尼亚躺在喷泉池子里，云一般的头发飘散开。她看的时候，时光倒转，泽尼亚复活，她从水里升起来，像一只大鸟一样往后飞，回到橙色的阳台。但是查丽丝无法将她支撑在那儿，然后她又掉了下来；掉下来，慢慢地翻滚，进到她自己的未来。她的未来是个死人，和还没有出生的人一样。

查丽丝想知道泽尼亚会以人的形式还是别的什么回来，也许她的灵魂和身体一起摔碎了，只有一些部分可以重生，这里一块儿碎片，那里一块儿碎片。也许很多人都会带着泽尼亚的一部分重生。但是查丽丝更愿意认为她是作为一个整体。

过了一会儿，她关掉楼下其他的灯，上楼。在爬上她的葡萄藤被套铺盖的床之前，她拿出她淡紫色纸张的记事本和绿色墨水的钢笔，写下：泽尼亚已经回到光点。

她希望如此，希望泽尼亚不是仍在四处盘旋，孤单，迷失，晚上还在外面某个地方。

洛兹把托妮送回家之后，她自己也尽快回家了，因为她担心得要命，如果家里到处藏了可卡因怎么办，用塑料包装着裹在茶叶或者曲奇瓶里，如果发现家里到处是嗅探犬和名为德怀恩的人，会称呼她为夫人并称他们只是在执行任务，该怎么办呢？她甚至闯了红灯，正常情况下她不会那样，虽然如今其他每个人都会。她在走廊里就脱掉外套，踢掉鞋，到处找拉里。

双胞胎在家庭娱乐室里，正在看重播的《星际迷航》。

“欢迎，地球妈妈。”坡拉说。

“也许她不是妈妈，”伊伦说，“也许她是个复制人。”

“嗨，孩子们，”洛兹说，“超过睡觉时间了！拉里在哪里？”

“伊拉已经完成家庭作业，”伊伦说，“这是我们的奖励。”

“妈，怎么了？”坡拉说，“你看上去糟透了。”

“年纪大了，”洛兹说，“他在家吗？”

“他在厨房里，”伊伦说，“我们猜。”

“在吃面包和蜂蜜。”坡拉说。

“是那个皇后，真蠢。”伊伦说。她们哈哈地笑。

拉里坐在厨房柜台的高凳子上，穿着牛仔裤和黑色T恤，赤着脚，在喝啤酒。在他对面的那张高凳子上是波尔斯，穿着整洁的套装；他也在喝啤酒。洛兹走进来的时候，他们两个都抬起头，都一样不安。

“嗨，波尔斯，”洛兹说，“真是出乎意料！公司出问题了？”

“晚上好，安德鲁小姐，”波尔斯说，“不是公司的事，不是。”

“我有些事要和拉里讨论，”洛兹说，“如果你不介意的话，波尔斯。”

“我觉得波尔斯应该留下。”拉里说。他看上去很沮丧，考砸了似的：肯定和泽尼亚的故事有点关系，但是关波尔斯什么事？

“拉里，我很担心，”洛兹说，“你和泽尼亚在一起干什么？”

“谁？”拉里说，非常无辜地。

“我想知道。”洛兹说。

“我梦见泽尼亚在她明亮的棕色窝里。”波尔斯对自己喃喃抱怨着。

“她告诉你了？”拉里说。

“有关毒品？”洛兹说，“噢上帝，是真的！如果你放了任何毒品在这个家里，我要它们都扔掉，现在！所以你还曾和她有过关系！”

“关系？”拉里说。

“关系，放纵，随便什么，”洛兹说，“圣母马利亚，你不知道她有多老了吗？不知道她有多坏吗？你不知道她对你父亲做了什么吗？”

“关系？”波尔斯说，“我认为不会。”

“什么毒品？”拉里说。

“只有几次，”波尔斯说，“他在做实验。我的鼻子在痛，困顿和麻木刺进了感官。济慈①。他已经放弃了，现在——对吗，

① 济慈（1795—1821），英国浪漫主义诗人。前一句改自济慈的诗《夜莺》，原句为：我的心在痛，困顿和麻木刺进了感官。

拉里?”

“那么你已经不是毒品贩子了?”洛兹说。

“妈，根本不是那么回事儿。”拉里说。

“但是查丽丝看见你和她接吻了，就在大街上!”洛兹说。这么和自己的儿子说话，她感觉非常奇怪，自己像是个爱管闲事的老太婆。

“接吻?”拉里说，“我从没吻过她。她在我耳边低声说话，告诉我有个疯狂的老女人一直跟踪我们。也许看上去是像接吻，对于查丽丝阿姨来说，因为跟踪我们的那个女人就是她。”

“不是接吻，而是低语，”波尔斯说，“就像‘不是挥手而是溺水’。斯黛薇·史密斯①。”

“波尔斯，嘴闭上一会儿，”拉里暴躁地说。他们似乎早就彼此认识，比洛兹设想的早得多。她以为他们只在父女舞会上见过一次，然后在拉里进出办公室的时候有几次点头之交。显然不是。

“但是你去过她旅馆很多次，”洛兹说，“我知道得很清楚!”

“不是你想的那样。”拉里说。

“你知道她已经死了吗?”洛兹说，她亮出最好的证据，“我刚从她那儿回来，他们刚把她从喷泉里弄出来!”

“死了?”波尔斯说，“因为什么？自食其果?”

“谁知道?”洛兹说，“也许有人把她从阳台上扔下来了。”

“也许是她自己跳的，”波尔斯说，“当可爱的女人陷入愚蠢，太晚发现男人的背叛，她们就会从阳台上跳下来。”

“我只是希望你和这件事没关系。”洛兹说，对着拉里。

波尔斯飞快地说：“他不可能和这事儿有关，今天晚上他哪里都没去，和我在一起。”

---

① 斯黛薇·史密斯（1902—1971），英国诗人、小说家。

“我曾试着让她不要那么做，”拉里说，“她想要钱，但我没那么多，又不能向你要。”

“让她不要做什么？干什么的钱？”洛兹说，几乎是在喊。

“让她不要告诉你，”拉里痛苦地说，“我想我能够保密，我不想让事情更加糟糕——我觉得你已经够烦恼了，因为爸爸，还有其他所有的事。”

“圣徒犹大啊，不要告诉我什么？”洛兹喊起来，“你快吓死我了！”她的声音和她自己的母亲一模一样。依然，那么可爱，拉里在试图保护她。他不想回家后发现她躺在厨房地板上，就像以前发生过的那样。“波尔斯，”她说，更加温柔地，“你有烟吗？”

波尔斯，总是有准备，递给她一包，并为她点着。“我认为是时候了。”他对拉里说。

拉里吞口唾沫，看着地板，认命的样子。“妈，”他说，“我是同性恋。”

洛兹觉得自己的眼睛像只被勒死的兔子那样暴凸出来。为什么她看不出来，为什么她没发现，她到底怎么了？尼古丁揪住她的肺，她几乎背过气去，然后她开始咳嗽，烟雾在她嘴里翻腾，也许她已经是心脏病前期了！她很可能就会那样，倒在地上，缩成一堆，留下别人去处理这一切，因为这是她能力以外的。

但是她看见拉里眼里的痛苦和恳求。不，她可以处理，只要她能够忍住不说。这只是超出了她的预备。应该说什么呢？*不管怎样我爱你？你还是我的儿子？我的孙子孙女呢？*

“但是你曾害我见过那么多荡妇！”最终从她口里冒出来。她现在明白了：他曾试图取悦她。试着带个女人回来，就像某种义务性的考试证书，给妈妈看。显示他已经通过了。

“一个男人只能尽力为之，”波尔斯说，“沃尔特·司各特。”

“双胞胎怎么办？”洛兹喃喃地说。她们正处在性格形成阶段；她该怎么告诉她们？

“噢，双胞胎已经知道了，”拉里说，因为至少解决了一隅之急而感到宽慰，“她们很快就发现了，说很酷。”那两个家伙，洛兹想：在性别分界上曾经那么牢固的篱笆，对于她们来说，只是一捆生锈的旧铁丝网。

“这样想，”波尔斯亲切地说，“你没有失去一个儿子，而是得到一个儿子。”

“我已经决定去法律学校。”拉里说。现在，最糟糕的已经过去了，而洛兹并没有嘶声叫喊或者发作，他看上去放心了。“我希望你帮助我们装修公寓。”

“亲爱的，”洛兹说，深吸一口气，“我很愿意。”不是她有偏见，而她自己的婚姻并不是异性恋的很好证明，密奇的也不是，而她只希望拉里能够快乐，如果他就打算这么做，好吧，也许波尔斯能够好好影响他，教他把衣服从地上捡起来，让他免于麻烦；但是这一天可真长。明天她要真正地热情和接受。而今晚，矫饰还是要的。

“安德鲁小姐，你是时尚的晴雨表，是礼仪的典范。”波尔斯说。

洛兹大大摊开双手，耸起肩，拉下嘴角。“告诉我，”她说，“我能有什么选择？”

穿着大衣的男人到访，他们想知道泽尼亚的许多事。她三本护照中哪一本是真的，如果有的话。她到底来自哪里，她是干什么的。

托妮提供大量信息，查丽丝含含糊糊；洛兹十分小心，因为她不希望拉里牵扯进来。但是她不需要担心，因为那些男人似乎对拉里一点兴趣都没有。他们感兴趣的是泽尼亚的两个打好包的手提箱，整齐地放在床上，其中一个里面放了十一袋装了白粉的小塑料包，按照他们的说法。第十二包打开了，在电话机旁。而且不是“鼻糖”可卡因：而是海洛因，百分之九十的纯度。他们用凝固的表情看着，眼睛像是充满智慧的卵石，等着痛苦，等着有罪消息的迹象。

他们对在阳台上找到的针头也很感兴趣，他们继续说，实际上，泽尼亚在掉到水里之前就死于用药过量。她可能是在不知道自己买或者卖的玩意儿的非同寻常的力度的情况下试用了那东西吗？在她左手臂上有痕迹留下，但是看上去是以前的。据那些穿大衣的人说，已经有越来越多的这种用药过量；有人正用高强度的产品冲击市场，即使是有经验的也措手不及。

针头上没有别人的指纹，只有泽尼亚的，他们告诉她。至于她天鹅般栽进喷泉，可能是掉下来的。她是个高个子女人，金属片的阳台栏杆实在是太矮了，无法保证她的安全；这个标准应该提高了。这种事情是有可能的，如果她倚在上面的话。另一方面，海洛因也可能是圈套，也有可能是被谋杀的。

或者可能是自杀，托妮告诉他们。她希望他们能够相信这点，她说泽尼亚从来都不是个好人。

当然，穿大衣的男人彬彬有礼地说，我们也知道。我们在她的手提箱里发现一份药方，顺藤摸瓜找到那个医生。她似乎不仅拥有假护照，还有假的健康证明，但是疾病本身是确实的。最多能活六个月：卵巢癌。但是没有留下自杀留言。

托妮告诉他们不可能有的：泽尼亚不是那种会留留言条的人。

穿大衣的男人看着她，他们的小眼睛闪烁着怀疑。他们可不要这些理论，但他们又得不到其他的，能证明点什么的东西。

托妮知道会怎样：泽尼亚对于这些穿大衣的男人们来说，实在是太聪明了。她会以计取胜，就像她取胜其他所有人一样。她觉得这样很开心，甚至是兴高采烈的，好像对泽尼亚的信心——她以前没有发觉的信心——得到了证明。让他们烦恼去！为什么每个人都得知道所有的事情？而且这并不是没有先例：历史上充满了死因不详的人。

但是，她觉得很荣幸向他们报告有关格里·布尔和巴比伦工程的谈话，但她不仅仅是受荣誉的驱使：她非常希望如果泽尼亚是被谋杀的话，那就是那些专业人士，而不是她自己认识的人干的。那些男人告诉她说他们会通过她的飞机票来追溯泽尼亚的足迹，尽他们最大能力；最近，她无疑在一些非常奇怪的地方出现过，但都还不确定。他们和她握手，然后离开，请求托妮如果听到任何其他消息就给他们打电话。她说她会的。

留下她自己面对那种未必会发生的可能：泽尼亚最新的三个故事——或者至少是其中的一部分——可能是真的。如果这一次泽尼亚请求帮助是真的在请求帮助呢？

警察查完之后，要举行葬礼。洛兹付账，因为当她找到第一次为泽尼亚办理丧事的那个律师，他非常恼火。他认为泽尼亚在没有咨询他的情况下一直活到现在是对他个人的一种藐视。前一次她就已经通过了遗嘱认证，并不是说她还有什么可以认证的，因为她没有留下任何不动产，只有一点遗产要留给沃特卢附近的一个孤儿，后来被发现也已经根本不存在了，另外，他自己还没有拿到佣金。所以他们能从他那里问到什么？

“没什么，”洛兹说，“一切都会被弄得好好的。”

“那么，葬礼怎么办？”她对托妮和查丽丝说，“似乎留下我们来收拾后事，她好像没有任何亲戚。”

“除了我们。”查丽丝说。

托妮认为没有必要反驳她，因为查丽丝相信每个人都通过某种看不见的根源系统与其他人联系在一起。她说她会保留骨灰，直到她们三个找到更合适的方式。她把装着泽尼亚的罐子放在地窖里，和圣诞树装饰在一个盒子，用棉纸包好，摆在枪旁边。她没有告诉韦斯特，因为这是女人的事。

尾声

五十六

因此泽尼亚现在成了历史。

不：现在泽尼亚已经死了。她不见了，永远离开了，成为散落的尘土，像孢子一样飘散在风中；她是一团看不见的病菌，一些微分子，正在慢慢消失。如果托妮选择将她装进历史，那她就只能是历史。此刻，她没有形状，是破碎的马赛克；她的碎片在托妮手里，因为她死了，死人的一切都握在活人手里。

但是托妮要将她做成什么呢？泽尼亚的故事似是而非，所有者缺位，只是谣传，从一张嘴漂到另一张嘴，在这漂流过程中不断改变。对于任何巫婆来说，你只能看见她想要你看的；或者看见你自己想要看见的。她用镜子来完成这个过程。镜子里面就是正在看的那个人，但在二维的影像后面，除了一层薄薄的水银之外，什么都没有。

就托妮的调查，即使是泽尼亚（Zenia）这个名字可能都不存在。她试图追溯过它的意义——谢妮娅（*Xenia*），在俄语中表示宽容，在希腊语中表示种子直感，异粉性之意；塞纳达（*Zenaida*），意思是宙斯之女，也是两个早期基督教殉道者之一的名字；齐拉（*Zillah*），希伯来语，一个阴影；季诺碧亚（*Zenobia*），3 世纪叙利亚帕尔米亚王国叱咤风云的艳后，后被奥勒良皇帝打败；塞诺（*Xeno*），希腊语，表示外来的，例如恐外的（*xenophobic*）；泽那那（*Zenana*），印度语，女性的内室或者闺房；禅（*Zen*），一个日本冥想宗教；无神论者（*Zendic*），东方邪教的术士——这些是她能找到的最相近的解释。

根据这些暗示和预兆，泽尼亚自己自我设计。至于有关她的真相，无从知道，因为——至少根据记录来看——她从没出生过。

但是，都这个年代了，为什么还要——泽尼亚自己会说——将这种堂吉诃德式的观念当作真理来烦恼呢？任何严肃的历史至少有一半是花招：右手招摇着它可怜的事实碎片，摆在外面给所有的人去检验，而左手却在隐藏的口袋深处忙着自己偏离正道的勾当。托妮因精确重建的不可能而气馁了。

也为它的毫无价值而气馁。她为什么会从事现在的工作呢？历史曾经是个有着实质性质的宏伟建筑，有着智慧的柱石和记忆女神的祭坛，所有的沉思之母。现在，酸雨和恐怖爆炸以及白蚁都包括在里面，看上去越来越不像是庙宇，越来越像是一堆垃圾，但是它曾经拥有过富有意义的结构。它本该对人们有所教导，有所裨益；本该有一些健康的维他命或者幸运曲奇似的箴言隐藏在它堆积的解释里面，这些故事里面大多都蕴含着贪婪、暴力、邪恶、对权力的渴望，因为历史不关心那些试图为善的人。任何事件中的善都存在问题，因为一种行为可以具有善的动机，却带来恶的结果，传教士就证明了这一点。这就是托妮更喜欢战争的原因：在一场战役里，有正确的行为，有错误的行为，通过看谁赢了就可以分辨出来。

仍然，它也曾经被认为应该有某种寓意。吃一堑长一智，大人通常会对孩子说，历史学家会对读者们说。但是历史故事果真能够有所教益吗？通常意义上，托妮想，不太可能。

虽然她依然孜孜不倦地从事着这项事业，仍然编织着她精明的猜想和看似合理的假设，仍然在她事实的残片，在她陶器的碎片和破碎的箭头以及晦暗的项链首饰上沉思着，按照她认为的它们最初被制造时的样子拼凑起来。谁在乎这些呢？几乎没人在乎。也许这只是一种嗜好，在阴暗的天气里做的事情。否则就是一种对抗行为：这些历史也许是破烂俗套，由无用的残余物缝合起来，但对她来说，它们还是旗帜，以某种洋洋得意的傲慢悬挂起来，虽然不合理，却是勇敢地飘扬着，穿过树林，到处都能看见它，在山路上，在废墟间，在通向混乱的漫长行程中。

午夜，托妮在地下室里，因为她不想睡。她穿着睡衣，羊毛工作袜和浣熊拖鞋，终于站在了它们最后的脚上，虽然它们并没有腿，它们只是站在托妮的脚上。其中一个丢了尾巴，它们现在就剩下一只眼睛。托妮已经开始习惯有眼睛在她脚上，就像古埃及人在船上画的眼睛。它们给予了额外的引导——额外的精神引导，你可以这么说——托妮觉得自己开始有需要的一种东西。也许等这些拖鞋彻底穿坏之后她再去买双有眼睛的。可以选择的动物是：猪、熊、兔子、狼。她觉得自己会买狼的。

她的沙桌欧洲地图被重新排列过，现在是13世纪的第二个十年，后来成为法国的地方正被宗教战争撕得四分五裂。这个时候，已经不再是基督徒对穆斯林：而是天主教徒对清洁派教徒。二元论的清洁派教徒认为世界被分为善的力量和恶的力量，属灵和属物质，神和魔鬼；他们相信转世，拥有女性宗教领袖。但是，天主教徒排斥转世说，认为女人不洁净，以逻辑之力坚信，上帝是确定无疑的全能，魔鬼最终只是一种幻想。意见的不同导致许多生命为此付出代价，但是，当然还有更多比神学更危险的东西，例如谁来控制贸易要道和橄榄收成，以及正在渐渐脱离掌控的女人。

卡卡松，朗格多克的要塞，洁净教派的地方，在经过十五天的围攻和供水不足的情况下，已落入嗜杀的西门·德·孟福尔及其残暴的天主教徒十字军之手。随后就是全面的屠杀。但是，托妮感兴趣的焦点不是卡卡松，而是拉沃尔，下一个被袭对象。在城堡女主人吉罗女爵士的领导下，它抵抗了六十天。在这座城最终被攻陷之后，八十个骑兵像猪一样被屠宰，四百个清洁派抵抗者被活活烧死，而吉罗女爵士自己则被孟福尔的士兵扔进一口井里，并在上面堆积了很多石头，将她压在下面。崇高会使人在战争中成名，托妮想，因为这种情况太少。

托妮选择了1211年的2月，大屠杀之前的一天。围攻的天主教徒用芸豆来代表，抵抗的清洁教徒用大米谷子来代表。西门·德·孟福尔是个红色的独裁者，吉罗女爵士是蓝色的。红色代表十字军，蓝色代表清洁派：他们各自的颜色。托妮已经吃掉了几颗芸豆，严格来说，在战役结束之前她不应该那么做。但是一点一点地咬有助于集中思想。

当吉罗看着防御墙，评估敌军的时候，她在想什么？她肯定已经知道这场战役不能取胜，她的城堡和人民死定了。她绝望吗，她祈求奇迹发生吗，她因自己正在为信仰而战觉得骄傲吗？看着第二天她的宗教狂热同盟被屠杀，她一定觉得拥有比孟福尔更多的证据来支持自己有关恶的理论。

托妮去过那里，去看过那里的地势，她摘了一枝花，那种茎干坚韧的野豌豆花；在《圣经》里将它压平，已经粘在她的剪贴簿里了，在代表拉沃尔的L之下。她还买了一个纪念品，一个塞满薰衣草的缎面小枕头。据当地居民说，吉罗女爵士还在那口井下面。那个时候，他们能想到的对待那种女人的方法就是那样：把她们扔进井里，或者扔下陡峭的悬崖或者护墙——某些无情的垂直面——看着她们血肉飞溅。

也许改天托妮会写点有关吉罗女爵士的东西。有关女军事指挥的研究。她会称之为《铁掌，丝绒手套》。但是素材并不多。

现在她不想继续这场战役了；她的情绪不在杀戮上。她从椅子上站起来，给自己倒了杯水；然后，在13世纪的欧洲上面铺开一张街区图，多伦多商业区的地图。这里是托克斯克，这里是皇后街，这里是洛兹重新装修的办公大楼；这里是渡口，还有平坦的小岛，上面查丽丝的房子依然挺立。这里是阿诺德花园酒店，现在已成了地上一个大大的黏土坑，一个未来发展用地，因为失败的酒店会变得非常便宜，有人会狠狠砍价。这里是麦克朗大楼，然后，北面，是托妮自己的家，里面有韦斯特，在楼上的床上，温柔地梦中呓语着；家里还有地下室，里面有沙桌，沙桌上面有地图，地图上有这个城市，城市里面有这个家，家里有地下室，地下室里有地图。地图，托妮想，包含着容纳着它的大地。在这种永无止境的回溯的顶空，泽尼亚依然存在。

托妮之所以需要地图，和她通常对地图的使用出于同样的原因：它们帮助她看见，帮助她将地质学形象化，帮助她回忆。她正要回忆的是泽尼亚，她欠她这个回忆，她欠她一个结尾。

五十七

每一个结尾都是随机的，因为结尾就在你写下尾声的地方。一个句号，一个圆形标点，一个停止的端点。是纸上的一个小孔：你可以把眼睛放上去；穿过它去看，看到另一面，看到另一些事情的开始。或者，就像托妮对她的学生说过的，时间不是像木头那样的固体，而是液体，就像水或者思想。它不会整齐地被均分成相同的长度，被分成十年和世纪。只是，为了我们的目的，我们不得不假装它是可以那么分的。任何历史的终结都是我们共谋的一场谎言。

那么，一个结尾。1991 年，11 月 11 日，上午 11 点，第十一个月的第十一天的第十一个小时。衰退正在加剧，有谣言说有大公司要倒闭，饥荒正席卷非洲；曾经是南斯拉夫的地方正在搞种族争斗。暴行增加，领导权摇摇欲坠，汽车工厂接近停产。海湾战争结束了，而沙漠地带散落着炸弹；石油旷野还在燃烧，大片的黑烟从油腻的海上升腾而起。两边都宣称自己赢了，两边都输了。这是个昏暗的天气，雾气环绕。

当船从港口启程开向小岛，划开短暂的黑色船迹，她们三个站在渡船的尾部。她们能听见大陆传来的喇叭声，还有被消音的炮弹声。礼炮。水在珍珠色的灯光下变成了水银，风微微地吹，凉凉的，但对于一年的这个季节，这个月来说，算是温暖的了。停滞的月份，空空的树枝，呼吸都屏住，满是雾气的月份，冬天到来前的灰色沉寂。

死亡之月，回归之月，查丽丝想道。她想到湖底的灰色野草在有毒的坦率的水下摇曳；灰色的鱼长着块状的化学肿瘤，像影子一样漂荡；长着锉子似的牙齿和不停吮吸着的嘴的七鳃鳗在破损的吊舱和空瓶之间起伏。她想象着所有掉下去或者被扔进去的东西。财宝或者骨头。十一月开始的时候法国人会用菊花装饰他们的家族坟墓，墨西哥人用金盏草做成一个金色的通道，这样灵魂就能找到方向。然而我们用的是罂粟，安睡和忘却之花，溅上血的花瓣。

她们每个人都在衣服前面插了一朵罂粟，轻薄的塑料制品，但是有什么办法呢，洛兹想，其实她更喜欢布的。它就像可怕的水仙花代表癌症，很快，所有的花都会和身体的不同部位或者疾病联系起来。羽扇豆对应狼疮，塑料耧斗菜对应结肠造口术，塑料一叶兰对应艾滋病，你必须得买那可恶的东西，它保护你，让你每次走出门的时候不会被请求购买。我已经有一朵了，看见没？

是托妮坚持这一天的，纪念日，血色罂粟日。洛兹觉得，托妮正一点一点变得越来越古怪；但是后来，她们三个都变得那样了。

纪念日最合适了，托妮想道。她想给泽尼亚一个公道；但是她记住的远不止泽尼亚。她记住了战争，被当场或者在战后杀死的那些人；有时候，战争杀人的时间持续很长。她正在回忆所有的战争，她渴望脑子里出现典礼或者仪式的意念；而不是正在由其他人协作办理的那种。洛兹按照被要求的，穿了黑色衣服，但是她用一条红色和银色相嵌的围巾来点亮。*黑色凸显我的眼袋，*她说，*我需要一些另外颜色的东西在我的脸旁边，和唇膏搭配——这是卢比孔，火红的。喜欢吗？你不会介意的，是吗亲爱的？*

至于查丽丝……托妮斜地里看着查丽丝捧着的容器：不是火葬场叫卖的那种带仿造的希腊把柄的低廉铜骨灰缸，实际上更像是一个饯行酒杯的容器，而是更糟糕的一种样子。是一个手工陶质花瓶，过多的装饰，上面有着斑驳的淡紫色和栗色阴影，是莎安妮塔从“小气鬼”的仓库里拿出来送给查丽丝的，它在那仓库里已经积了几年的灰尘。查丽丝执意要用比托妮保存在她的地下室的铁罐子更加有意义的东西来装，所以她们买船票之前，在“第二杯”咖啡店里，把泽尼亚的骨灰从罐子里倒进花瓶里。洛兹倒的；那灰要比托妮想象得更黏。查丽丝不忍看，怕万一有牙齿。但是现在她已经又有了勇气；她站在渡船栏杆旁边，暗淡的头发散开来，看起来像是往后退的船头装饰雕像，轻摇着吓人的花瓶，里面是泽尼亚的物质剩余物。如果死人要回来报仇，托妮想，单单这个花瓶就是个足够的理由。

“你们觉得一半过了吗？”托妮问，她想让她们从深思当中走出来。

“我觉得是了，亲爱的。”洛兹说。她已经不耐烦，想要快点结束。等她们到了岛上，都去查丽丝家里喝茶，而且，洛兹相信并且希望有某种类型的午餐：一块自制面包，一块全麦曲奇，任何东西。但不管是什么，尝起来总会是像稻草——那种糙米，令人畏惧的健康和毫无味道是查丽丝做出来的任何食物的基本格调——但终究是食物。她的手提包里裹了三个莫扎特球，作为一种维他命补充和饥饿时候的退路。她本想带香槟过来，但是忘了。

将会凑合弄个守灵，她们三个聚集在查丽丝的圆桌子边，咀嚼着烤出来的食物，杂粮面包屑掉在地上，因为死亡是一种饥饿，一种空虚，你必须将它填满。洛兹执意由她来主持：这将是她所做出的贡献。托妮选择日子，查丽丝选择容器，所以说话的事情就交给洛兹。

有趣的是，她实际上感觉很消沉。现在来看看为什么。泽尼亚是个肿瘤，但也是洛兹生活的主要部分，而她的生命已经过半。不是很快，是比她希望的要快，她会像太阳一样下沉，衰落。当泽尼亚最终进到密奇最终也将进去的湖里；洛兹终将成为一个寡妇。不。她不仅仅是寡妇，她还是别的，不止是个寡妇。什么人物呢？她将会等着瞧。但是她会脱掉结婚戒指，因为查丽丝说它束缚了左手，那只手正是洛兹现在应该利用的。

对于泽尼亚，她感觉到了某些她从没想到自己能够感觉得到的东西。奇怪极了，是感激。感激什么？谁知道？但她就是那么觉得。

“我应该就这么倒出去还是整个扔出去？”查丽丝说。她私下里希望留下这个花瓶，它有种强大的能量。

“之后你会拿它来做什么？”托妮说，严厉地看着她，过了一会儿——在这期间，她想象着这个花瓶里装满了花，或者空空地立在架子上，无论哪种情况，它都会散发着邪恶的深红色光——

查丽丝说：“你说得对。”如果留下花瓶将会是个错误，会把泽尼亚留在这个世界上；她已经知道那样做的后果了，她不想重蹈覆辙。单单是肉体的缺席不能阻止泽尼亚的存在；她会用别人的身体。死人会以其他的形式回来，她想，因为受我们的意志影响。

“那么，扔吧，”洛兹说，“最后就剩这腐烂的讨厌鬼了！”她究竟在想什么？冰冷的水！夏令营！谈谈情绪波动！更不用说坏品味。她还要将多少生命花在卖弄，以及哗众取宠上？在智慧像头顶的塑料袋一样往下降，你得学会闭上你的大嘴之前，需要等到多老呢？也许永远都不会，也许年纪越大越轻浮。他们的眼睛，他们古老的闪烁的眼睛，很明亮。

但是这是死亡，死亡就是死亡，大写的 D 字，不管死的是谁，所以醒醒吧，洛兹。无论如何她醒了，对于她来说这是唯一能够做的选择。我得闭上嘴，上帝，我不是故意的。我就是这样的人。

托妮恼怒地瞥一眼洛兹。她自己宁愿来一点礼炮，一种仪式性的炮鸣，降半旗，一声军号，响彻云霄。其他为打仗而死的人能够得到那个，那么为什么泽尼亚不能呢？她想象着肃穆的时刻，战场风景画：英雄倚在他的剑或者矛或者旧式步枪上，以一种崇高而冷静的忧伤凝视着刚刚被杀死的敌人。不用说，她也应该得到相同待遇。我就是被你杀死的敌人，我的朋友。

从技巧上来说，一切都很完美。在真实战役上，更像是表袋被洗劫，耳朵作为纪念品被割下来。一张古老的相片，猎人一脚踏在熊的尸体上，开玩笑地晃着被锯掉的杂食贪婪的脑袋。将神圣的敌人征服在地毯上，将所有的绘画和诗歌作为一种高雅的窗帘，来伪装后面得意洋洋的言谈。

“好了。”她对查丽丝说，查丽丝伸出两只手臂和两只手，花瓶就从她的身前平抛出去，越过栏杆，一声刺耳的破裂，花瓶碎成两半。查丽丝轻轻尖叫了一声，缩回手来，好像是被烫到一样。她看着它们：有一丝细微的蓝色，轻轻地一闪。花瓶的碎片溅进水里，泽尼亚随着长长的波浪逐渐漂散，就像一阵烟雾。

“圣母啊！”洛兹说，“那是什么东西？”

“我觉得是她自己磕在栏杆上的。”托妮说。

“不，”查丽丝用肃静的声音说。“它是自己裂开的，是她自己。”存在就能够造成那种情况，它们能够影响物质实体；为了引起你的注意。

洛兹和托妮无论说什么都不会改变查丽丝的想法，所以她们什么都不说。查丽丝自己奇怪地得到了慰藉，泽尼亚参加了自己的撒骨灰仪式，并让自己被知道，这让查丽丝开心。这是她延续下去的象征。泽尼亚现在自由了，有了重生的机会，也许下一次她会更幸运。查丽丝试图祝福她。

但是她在发抖。她握住了向她伸出的手，一边一只，紧紧地握住，就这样，她们悄悄走到岛上码头。三个深色衣服的中年妇女；戴孝的女人，托妮想道。那些面纱是有目的的——那些过时的，厚重的黑色面纱。没人能看见你在那后面干什么，你可以笑掉大牙。但是，她自己不会那么做。

湖旁的犁沟里没有长花，沥青的田野里也没有。托妮想要一束花，一种普通的野草，因为不管泽尼亚在她的生命过程中做过什么，她曾经经历过战争。一种非正式的战争，一种游击战，连她自己也不知道她正在从事的一种战争，但始终是种战争。

谁是敌人？她在追讨的是曾经的怎样的过错？她的战场在哪里？不在任何地方，又在空中的任何地方，就存在于世界的构造里面；或者它不在任何看得见的地方，而是在于神经元里面，在脑子里闪烁并燃烧的白热小火花里。或许泽尼亚更像是一个电光，一个明亮的、致命的火花，就像一个短路，就像融化的钢铁般的一粒蓟种子播种在爆裂的火花中。

托妮能做的就是折一根查丽丝后院的野胡萝卜小枝，已经是又干又脆了。当其他人进了后门的时候，她偷偷折下一枝，她要带回家，尽可能地将它压平，然后用胶带粘在剪贴簿上。她会把它放在最后面，在塔林之后，在弗吉谷之后，在伊普尔之后，因为她是个会因为死人而伤感的多愁善感主义者，而泽尼亚死了，虽然她还有许多其他的特点，但她也是勇敢的。泽尼亚站在哪一边并不重要；对托妮来说不重要，不再重要了。也许根本没有什么派别，也许她只是一个人而已。

托妮抬头凝视着泽尼亚，退到阳台的一角，她的魔力在消退，在锋利的刀口上保持着平衡，她用来变戏法的袋子终于空了。泽尼亚回头往下看，她知道自己输了，但无论她的秘密是什么，她仍然没有说出来。她就像是古希腊克里特宫殿里挖掘出来的古老的小雕像，黑色眼睛，蜿蜒的头发。托妮将她捡起来，翻过来，探索研究一番，但是这个有着光滑的陶瓷脸的女人什么都不说，只是微笑。

她听见厨房里传出笑声，还有碗碟碰撞的声音。查丽丝在开饭了，洛兹正在讲故事。她们将来就会那样逐渐度过她们的生命：讲故事。今晚她们的故事将是有关泽尼亚的。

她和我们有相像的时候吗？托妮想。或者，用另一种说法：我们和她有相像的时候吗？

然后，她打开门，走进去，加入到她们中间。

图书在版编目(CIP)数据

强盗新娘/(加)阿特伍德(Atwood, M.)著;刘国香译. —上海:上海译文出版社,2016.10
(阿特伍德文集)
书名原文:The Robber Bride
ISBN 978-7-5327-7228-5

Ⅰ.①强… Ⅱ.①阿… ②刘… Ⅲ.①长篇小说—加拿大—现代 Ⅳ.①I711.45

中国版本图书馆 CIP 数据核字(2016)第 038005 号

强盗新娘
[加拿大] 玛·阿特伍德 著 刘国香 译
策划编辑/黄昱宁 责任编辑/顾 真 装帧设计/丁威静

上海世纪出版股份有限公司
译文出版社出版
上海世纪出版股份有限公司发行中心发行
网址:www. yiwen. com. cn
200001 上海福建中路 193 号 www. ewen. co
上海信老印刷厂印刷

开本 890×1240 1/32 印张 16.5 插页 2 字数 327,000
2016 年 10 月第 1 版 2016 年 10 月第 1 次印刷
印数:0,001—5,000 册

ISBN 978-7-5327-7228-5/I·4398
定价:58.00 元